Miss Marple's Mördergarn

Agatha Christie

Miss Marple's Mördergarn

Scherz

Erste Auflage 1987
Gesamtdeutsche Rechte an allen Werken
beim Scherz Verlag, Bern, München, Wien
(siehe Quellenvermerk am Schluß des Buches)

Schutzumschlag von Graupner & Partner

Der Dienstagabend-Klub

«Ungelöste Rätsel.»

Raymond West blies eine Rauchwolke vor sich hin und wiederholte die Worte mit einer gewissen Selbstgefälligkeit.

«Ungelöste Rätsel.»

Er blickte sich voller Behagen um in dem alten Zimmer mit den breiten schwarzen Deckenbalken und den guten alten Möbeln, die so ganz und gar dazugehörten. Von Beruf war er Schriftsteller und schätzte eine harmonische Atmosphäre sehr. Das Haus seiner Tante Jane hatte ihm von jeher gefallen, da es in seinen Augen den richtigen Rahmen für ihre Persönlichkeit bildete. Sein Blick wanderte hinüber auf die andere Seite des Kamins zu dem behäbigen Großvaterstuhl, in dem sie kerzengerade saß.

Miss Marple trug ein in der Taille eng zusammengerafftes Kleid aus schwarzem Brokat, und Brabanter Spitzen fielen in Kaskaden über ihren Busen. Sie hatte schwarze Spitzenhandschuhe ohne Finger an, und ein schwarzes Spitzenhäubchen thronte auf dem kunstvoll aufgetürmten schneeweißen Haar. Sie strickte etwas aus weicher weißer Wolle. Ihre blauen Augen, die so gütig und freundlich dreinschauten, glitten mit sanftem Wohlgefallen über ihren Neffen und seine Gäste.

Zunächst ruhten sie auf Raymond selbst, der so selbstbewußt und heiter dasaß, dann auf Joyce Lemprière, der Künstlerin mit dem kurzgeschnittenen schwarzen Haar und den ungewöhnlichen haselgrünen Augen, danach auf dem gutgekleideten Weltmann, Sir Henry Clithering. Es waren noch zwei weitere Gäste anwesend: Dr. Pender, der ältliche Geistliche der Gemeinde, und Mr. Petherick, der Rechtsanwalt, ein kleiner, vertrockneter Mann, der stets über seine Brillengläser hinwegblickte. Nach kurzer, aufmerksamer Betrachtung wandte Miss Marple sich wieder ihrer Strickarbeit zu, während ein Lächeln um ihre Lippen spielte.

Mr. Petherick ließ das trockene Hüsteln vernehmen, mit dem er gewöhnlich seine Bemerkungen einleitete.

«Was sagen Sie da, Raymond? Ungelöste Rätsel? Ha – was hat's damit auf sich?»

«Gar nichts!» rief Joyce Lemprière. «Raymond liebt nur den Klang der Worte und seiner eigenen Stimme.»

Raymond West blickte sie vorwurfsvoll an. Sie aber warf den Kopf zurück und lachte.

«Es ist doch Unsinn, nicht wahr, Miss Marple?» fragte sie gebieterisch. «Davon sind Sie sicher überzeugt.»

Miss Marple lächelte ihr sanft zu, ohne jedoch etwas zu erwidern.

«Das Leben selbst ist ein ungelöstes Rätsel», ließ sich der Pfarrer vernehmen.

Raymond richtete sich auf und warf mit einer impulsiven Bewegung seine Zigarette in den Kamin.

«So war es nicht gemeint. Ich habe nicht im philosophischen Sinne gesprochen», erklärte er. «Ich habe an nackte, nüchterne Tatsachen gedacht, an Begebenheiten, die niemals aufgeklärt worden sind. Ich dachte an Mordaffären und geheimnisvolles Verschwinden – an Vorkommnisse, von denen uns Sir Henry stundenlang erzählen könnte, wenn er wollte.»

«Aber ich plaudere nicht aus der Schule», meinte Sir Henry bescheiden. «Nein, das Fachsimpeln liegt mir nicht.»

Sir Henry Clithering war bis vor kurzem Kommissar bei Scotland Yard gewesen.

«Es gibt wohl eine ganze Reihe von Mordfällen und anderen Verbrechen, die von der Polizei nie aufgeklärt worden sind», äußerte sich Joyce Lemprière.

«Das wird im allgemeinen zugegeben», bestätigte Mr. Petherick.

«Ich möchte doch wissen», sagte Raymond West, «was für eine Art von menschlichem Gehirn am besten dazu befähigt ist, die

Fäden eines Geheimnisses zu entwirren. Man hat immer das Gefühl, daß dem durchschnittlichen Polizeibeamten die nötige Portion Phantasie dazu fehlt.»

«Das ist die Ansicht des Laien», bemerkte Sir Henry trocken.

«Sie sollten ein Komitee gründen», meinte Joyce lächelnd. «Betreffend Psychologie und Phantasie wende man sich an den Schriftsteller –»

Sie machte eine ironische Verbeugung in Richtung Raymond, er aber blieb ernst.

«Die Kunst des Schreibens verschafft einem eine Einsicht in die menschliche Natur», erwiderte er mit gesetzter Miene. «Man entdeckt vielleicht Motive, die der Durchschnittsmensch übersehen würde.»

«Ich weiß, lieber Neffe», mischte sich Miss Marple ein, «daß du sehr interessante Bücher schreibst. Aber glaubst du, daß die Leute wirklich so unangenehm sind, wie du sie schilderst?»

«Meine liebe Tante», erwiderte Raymond sanft, «bewahre dir deinen guten Glauben. Um keinen Preis der Welt möchte ich ihn dir nehmen.»

«Ich will damit sagen», beharrte Miss Marple, während sie mit gerunzelter Stirn ihre Maschen zählte, «daß mir so viele Leute weder gut noch schlecht, sondern einfach töricht erscheinen.»

Mr. Petherick räusperte sich wieder.

«Meinen Sie nicht, Raymond», fragte er, «daß Sie der Phantasie eine zu große Bedeutung beimessen? Phantasie ist etwas sehr Gefährliches, was wir Rechtsanwälte nur zu gut wissen. Das Beweismaterial unparteiisch zu prüfen und den Tatsachen nüchtern ins Auge zu sehen, scheint mir die einzig logische Methode zu sein, die zur Wahrheit führt. Ich möchte noch hinzufügen, daß sie nach meinen Erfahrungen die einzige ist, die Erfolg hat.»

«Pah!» rief Joyce und warf den schwarzen Haarschopf entrüstet in den Nacken. «Ich möchte wetten, daß ich Sie alle auf diesem Gebiet übertrumpfen könnte. Ich bin nicht nur eine Frau – und Sie können sagen, was Sie wollen, Frauen besitzen eine Intuition, die Männern versagt ist –, ich bin auch eine Künstlerin. Meine Augen sehen Dinge, die Ihnen verborgen bleiben. Und dann habe ich mich als Künstlerin in allen Kreisen herumgetrieben. Ich kenne das

Leben von allen Seiten, was zum Beispiel unserer lieben Miss Marple erspart geblieben ist.»

«Das läßt sich nicht so ohne weiteres sagen, meine Liebe», entgegnete Miss Marple. «In einem Dorf kommen manchmal auch sehr peinliche und unglückselige Dinge vor.»

«Darf ich auch ein paar Worte hinzufügen?» fragte Dr. Pender lächelnd. «Ich weiß, es ist heutzutage üblich, die Geistlichkeit zu belächeln, aber wir hören Dinge und kennen Seiten des menschlichen Charakters, die den Mitmenschen ein Buch mit sieben Siegeln sind.»

«Nun», meinte Joyce, «mir scheint, daß wir eine ziemlich repräsentative Versammlung darstellen. Wie wäre es, wenn wir einen Klub bildeten? Was ist heute? Dienstag? Wir wollen ihn den Dienstagabend-Klub nennen. Er kommt jede Woche zusammen, und jedes Mitglied muß der Reihe nach ein Problem vorbringen. Irgendeine geheimnisvolle Angelegenheit, die ihm persönlich bekannt ist und deren Lösung es natürlich weiß. Wie viele sind wir denn eigentlich? Eins, zwei, drei, vier, fünf. Von Rechts wegen müßten es sechs sein.»

«Sie haben mich vergessen, liebes Kind», sagte Miss Marple vergnügt lächelnd.

Joyce war ein wenig betroffen, ließ sich aber nichts anmerken. «Das wäre herrlich, Miss Marple, wenn Sie sich auch daran beteiligen wollten. Ich hatte angenommen, es sei Ihnen nichts daran gelegen.»

«Ich denke es mir sehr interessant», erwiderte Miss Marple, «besonders, wenn so viele kluge Herren zugegen sind. Leider bin ich selbst nicht besonders klug, aber wenn man so viele Jahre in St. Mary Mead gelebt hat, gewinnt man eine gewisse Einsicht in die menschliche Natur.»

«Ich bin überzeugt, daß Ihre Mitwirkung sich als sehr wertvoll erweisen wird», meinte Sir Henry höflich.

«Wer will anfangen?» fragte Joyce.

«Darüber besteht kein Zweifel», meinte Dr. Pender, «wenn wir schon das große Glück haben, daß ein so berühmter Gast wie Sir Henry in unserer Mitte weilt...»

Mit diesen Worten schaute er zu Sir Henry hinüber und machte eine höfliche Verbeugung. Letzterer schwieg eine Weile. Dann schlug er seufzend die Beine übereinander und begann:

«Es ist ein wenig schwierig für mich, gerade das auszuwählen, wonach Ihr Sinn steht, aber da fällt mir eben ein Beispiel ein, das Ihre Bedingungen tadellos erfüllt. Wahrscheinlich haben Sie vor einem Jahr etwas über diesen Fall in den Zeitungen gelesen. Damals wurde der Fall als ungelöstes Rätsel ad acta gelegt, aber zufälligerweise ist mir gerade vor wenigen Tagen die Lösung in die Hände geraten.

Die Tatsachen sind sehr einfach. Drei Menschen fanden sich zum Abendessen zusammen, das unter anderem aus Dosenhummer bestand. Später am Abend erkrankten alle drei, und ein Arzt wurde schnell herbeigeholt. Zwei Personen erholten sich wieder, die dritte starb.»

«Aha», sagte Raymond mit wachsendem Interesse.

«Wie gesagt, die Tatsachen als solche waren äußerst einfach. Der Tod wurde auf Fischvergiftung zurückgeführt und ein dementsprechender Totenschein ausgestellt. Das Opfer wurde mit allen Ehren bestattet. Aber dabei ließ man die Sache nicht bewenden.»

Miss Marple nickte zustimmend.

«Es entstand wohl ein ziemliches Gerede, wie das meistens so ist.»

«Und nun muß ich die handelnden Personen in diesem kleinen Drama vorstellen. Ich will den Mann und seine Frau Mr. und Mrs. Jones nennen und die Gesellschafterin der Frau Miss Clark. Mr. Jones war Reisender für eine chemische Fabrik – ein etwa fünfzigjähriger Mann, der in seiner groben Art ziemlich gut aussah. Seine Frau war eine ganz alltägliche Erscheinung von etwa fünfundvierzig Jahren. Die Gesellschafterin, Miss Clark, war sechzig Jahre alt – eine korpulente, heitere Frau mit einem rötlich glänzenden Gesicht. Keiner von ihnen, möchte man sagen, sehr interessant.

Der Anfang aller Schwierigkeiten lag in einem merkwürdigen Umstand. Am Abend vor dem Unglück hatte Mr. Jones in einem kleinen Hotel in Birmingham übernachtet. Zufällig war das Löschpapier in der Schreibunterlage seines Zimmers gerade an diesem Tag erneuert worden, und das Zimmermädchen, das anscheinend nichts Besseres zu tun hatte, amüsierte sich damit, das Löschpapier im

Spiegel zu studieren, nachdem Mr. Jones gerade einen Brief geschrieben hatte. Ein paar Tage später brachten die Zeitungen einen Bericht über Mrs. Jones' Tod, der auf das Essen von schlecht gewordenem Dosenhummer zurückgeführt wurde, und das Zimmermädchen teilte dem übrigen Dienstpersonal sofort mit, was sie auf dem Löschpapier entziffert hatte. Es handelte sich um folgende Worte: ‹... völlig abhängig von meiner Frau... wenn sie tot ist, werde ich... Hunderte und Tausende...›

Ich möchte noch erwähnen, daß kurz zuvor die Zeitungen voll waren von der Geschichte einer Frau, die von ihrem Mann vergiftet worden war, und es gehörte infolgedessen nicht viel dazu, die Phantasie dieser Mädchen zu schüren. Nach ihrer Ansicht hatte Mr. Jones geplant, seine Frau umzubringen, um Hunderttausende von Pfund zu erben! Eines der Zimmermädchen hatte zufällig Verwandte in der kleinen Provinzstadt, in der die Jones' wohnten. Sie schrieb an sie und erhielt bald Antwort. Es wurde dabei erwähnt, daß Mr. Jones sich sehr für die Tochter des ansässigen Arztes, eine gutaussehende junge Frau von dreiunddreißig Jahren, interessiere. Ein Skandal breitete sich aus, und es dauerte nicht lange, da wurde ein Gesuch an den Minister des Inneren eingereicht, die Leiche obduzieren zu lassen. Zahllose anonyme Briefe, die alle Mr. Jones des Mordes an seiner Frau bezichtigten, gingen bei Scotland Yard ein. Ich kann nun wohl zugeben, daß wir die Sache zuerst auch nicht eine Sekunde lang ernst nahmen, sondern sie für eitles Dorfgeschwätz hielten. Um das Publikum zu beschwichtigen, wurde dennoch die Exhumierung der Leiche angeordnet, und wieder einmal erwies sich der auf nichts Konkretes gegründete Aberglaube der Bevölkerung als überraschend gerechtfertigt. Die Leichenschau ergab, daß genügend Arsenik vorhanden war, um einwandfrei zu beweisen, daß die Dame an Arsenvergiftung gestorben war. Es lag nun an Scotland Yard, mit Hilfe der örtlichen Behörden nachzuweisen, wie und durch wen das Arsenik verabreicht worden war.»

«Oh!» rief Joyce. «Jetzt wird's interessant.»

«Der Verdacht fiel natürlich auf den Ehemann, der durch den Tod seiner Frau profitierte. Wenn er auch nicht gerade Hunderttausende erbte, wie das romantisch angehauchte Zimmermädchen im

Hotel annahm, so kam er immerhin in den Besitz des nicht zu verachtenden Betrages von 8000 Pfund. Abgesehen von dem, was er verdiente, hatte er kein eigenes Vermögen, und er war ein Mann mit verschwenderischen Gewohnheiten und einer besonderen Vorliebe für die Gesellschaft junger, hübscher Frauen. So taktvoll wie möglich untersuchten wir das Gerücht über seine Zuneigung zu der Tochter des Arztes. Es stellte sich heraus, daß wohl eine enge Freundschaft zwischen ihnen bestanden hatte, die jedoch vor zwei Monaten zu einem jähen Ende gekommen war, und seitdem schienen sie sich nicht mehr gesehen zu haben.

Der Doktor selbst, ein älterer, ehrlicher, argloser Mann, war wie vom Donner gerührt, als er von dem Ergebnis der Leichenschau hörte. Er war damals um Mitternacht zu den drei Kranken gerufen worden und hatte sofort den ernsten Zustand von Mrs. Jones erkannt. Daraufhin ließ er Opiumpillen aus seiner Hausapotheke holen, um ihre Schmerzen zu lindern. Trotz seiner Bemühungen erlag sie jedoch der Vergiftung. Aber auch nicht eine Sekunde lang hatte er den Verdacht gehegt, daß etwas nicht in Ordnung sei. Er war überzeugt, daß der Tod auf eine Fischvergiftung zurückzuführen sei. Ihr Essen hatte an jenem Abend aus Hummer in Dosen und Salat, einem Auflauf und Brot mit Käse bestanden. Unglücklicherweise war von dem Hummer nichts übriggeblieben – es war alles aufgegessen und die Dose fortgeworfen worden. Er hatte das junge Hausmädchen Gladys Linch befragt. Sie war schrecklich aufgeregt, in Tränen aufgelöst und nahezu fassungslos, und es war schwierig, sie immer wieder zum Thema zurückzubringen. Sie hatte jedoch wiederholt erklärt, daß die Dose in keiner Weise ausgebeult und der Hummer ihrer Meinung nach in tadellosem Zustand gewesen sei.

Das waren die Tatsachen, auf die wir uns stützen mußten. Wenn Jones seiner Frau mit Vorbedacht Arsenik verabreicht hatte, so konnte es nicht beim Abendessen gewesen sein; das lag klar auf der Hand, da alle drei Personen an dem Mahl teilgenommen hatten. Und noch etwas: Jones selbst war gerade aus Birmingham zurückgekehrt, als das Abendessen aufgetragen wurde. Also hätte er keine Gelegenheit gehabt, das Gift vorher unter die Speisen zu mengen.»

«Wie steht es mit der Gesellschafterin», fragte Joyce, «dieser korpulenten Frau mit dem gutmütigen Gesicht?»

Sir Henry nickte.

«Wir haben Miss Clark nicht vergessen, das kann ich Ihnen versichern. Aber es war völlig unklar, welches Motiv sie für dieses Verbrechen gehabt haben könnte. Mrs. Jones hatte ihr nichts hinterlassen. Im Gegenteil, sie verlor durch den Tod ihrer Arbeitgeberin ihre Stelle und mußte sich eine andere suchen.»

«Damit scheidet sie als Verdachtsperson wohl aus», bemerkte Joyce nachdenklich.

«Einer meiner Inspektoren entdeckte bald darauf eine bedeutsame Tatsache», fuhr Sir Henry fort. «An dem verhängnisvollen Abend war Mr. Jones nach dem Abendessen in die Küche hinuntergegangen und hatte einen Teller Grießbrei verlangt für seine Frau, die über schlechtes Befinden geklagt hatte. Er hatte in der Küche gewartet, während Gladys Linch den Brei zubereitete, und ihn dann selbst nach oben in das Zimmer seiner Frau getragen. Das, gebe ich zu, erschien mir als das letzte Glied in der Beweiskette.»

Der Rechtsanwalt nickte zustimmend.

«Motiv», sagte er, während er die Punkte an seinen Fingern abzählte, «Gelegenheit. Als Reisender für eine chemische Fabrik konnte er sich mit Leichtigkeit das Gift beschaffen.»

«Auch war er ein Mann mit schwachem Charakter», fügte der Pfarrer hinzu.

Raymond West starrte Sir Henry an.

«Es ist irgendein Haken dabei», meinte er. «Warum haben Sie ihn nicht verhaftet?»

Sir Henry zog ein schiefes Gesicht.

«Das bringt uns zum unglückseligen Teil dieses Falles. Bis dahin war alles glattgegangen, nun aber kommen wir zu den Hindernissen. Jones wurde nicht verhaftet, weil wir im Laufe des Verhörs von Miss Clark erfuhren, daß nicht Mrs. Jones, sondern sie selbst den ganzen Teller Grießbrei aufgegessen hat.

Ja, es stellte sich heraus, daß sie, wie üblich, zu Mrs. Jones ins Zimmer gegangen war. Mrs. Jones saß aufrecht im Bett, und der Teller mit der Milchspeise stand neben ihr auf dem Nachttisch.

‹Ich fühle mich gar nicht gut, Milly›, erklärte sie. ‹Das geschieht mir ganz recht. Warum muß ich ausgerechnet Hummer zu Abend essen. Ich bat Albert, mir etwas Grießbrei zu holen. Aber jetzt, wo er vor mir steht, scheine ich keinen Appetit darauf zu haben.›

‹Schade›, meinte Miss Clark, ‹und dabei ist er so gut zubereitet, ganz ohne Knötchen. Gladys kann wirklich recht gut kochen. Es gibt heutzutage sehr wenige Mädchen, die einen Grießbrei richtig zubereiten können. Am liebsten möchte ich ihn selbst essen. Ich habe einen Riesenhunger.›

‹Das glaube ich Ihnen gern. Bei Ihrer verrückten Lebensweise›, erklärte Mrs. Jones.

Ich muß erwähnen», unterbrach sich Sir Henry, «daß Miss Clark gerade eine Abmagerungskur machte.

‹Die Kur ist nicht gut für Sie, Milly, wirklich nicht›, behauptete Mrs. Jones. ‹Wir sind nun mal so, wie Gott uns geschaffen hat. Essen Sie den Brei. Es ist das Beste für Sie, was es gibt.›

Miss Clark ließ sich das nicht zweimal sagen und verzehrte tatsächlich den ganzen Brei. Sehen Sie, damit brach der gegen den Ehemann aufgebaute Beweis zusammen. Als wir Jones um eine Erklärung der Worte auf der Schreibunterlage baten, antwortete er ohne Umschweife, der Brief sei eine Antwort auf ein Schreiben seines Bruders in Australien gewesen, der ihn um eine größere Geldsumme gebeten habe. In seiner Antwort habe er darauf hingewiesen, daß er völlig abhängig sei von seiner Frau. Erst wenn seine Frau gestorben sei, werde er über Geld verfügen und seinem Bruder nach Möglichkeit helfen. Er habe sein Bedauern ausgesprochen, daß es ihm im Augenblick nicht möglich sei, und seinen Bruder daran erinnert, daß sich Hunderte und Tausende von Menschen in der Welt in derselben mißlichen Lage befänden.»

«Und damit verlief die Sache im Sand?» fragte Dr. Pender.

«Damit verlief die Sache im Sand», bestätigte Sir Henry mit ernster Miene. «Wir konnten es nicht riskieren, Jones nur auf Vermutungen hin zu verhaften.»

Die Anwesenden verfielen in tiefes Schweigen, das schließlich von Joyce gebrochen wurde: «Und mehr können Sie uns nicht verraten, nicht wahr?»

«So stand der Fall während des letzten Jahres. Die richtige Lösung befindet sich nun in den Händen von Scotland Yard, und in zwei bis drei Tagen werden die Zeitungen darüber berichten.»

«Die richtige Lösung», wiederholte Joyce nachdenklich. «Was mag wohl dahinterstecken? Wir wollen alle einmal fünf Minuten nachdenken und dann sprechen.»

Raymond West nickte zustimmend und blickte auf seine Uhr. Als die fünf Minuten um waren, sah er zu Dr. Pender hinüber.

«Wollen Sie zuerst sprechen?» fragte er.

Der alte Herr schüttelte den Kopf. «Ich muß gestehen, daß ich völlig ratlos bin. Meiner Ansicht nach muß der Ehemann schuldig sein. Aber wie er es fertiggebracht hat – bei dieser Vorstellung streikt meine Phantasie. Ich kann nur sagen, er muß ihr das Gift auf eine bisher unbekannte Weise verabreicht haben. Wie die Geschichte dann aber nach so langer Zeit ans Licht kommen konnte, ist mir schleierhaft.»

«Joyce?»

«Die Gesellschafterin», entschied Joyce. «Allemal die Gesellschafterin! Wer weiß, was für ein Motiv sie gehabt hat! Daß sie alt, etwas korpulent und häßlich war, besagt gar nichts. Sie konnte sich trotzdem in Jones verliebt haben. Außerdem mag sie die Frau aus einem anderen Grund gehaßt haben. Versetzen Sie sich einmal in die Rolle einer Gesellschafterin – stets gezwungen, freundlich zu sein, ja zu sagen, die eigene Persönlichkeit zu unterdrücken und alles in sich zu verschließen. Eines Tages konnte sie es eben nicht länger ertragen und hat sie dann getötet. Wahrscheinlich hat sie das Arsenik in den Brei gemischt, und die Geschichte, daß sie ihn selbst gegessen habe, ist einfach erfunden.»

«Und was ist Ihre Ansicht, Mr. Petherick?»

«Aus den Tatsachen läßt sich nicht viel schließen. Persönlich bin ich der Meinung, daß der Ehemann schuldig ist. Die einzige Erklärung, die sich mit den Tatsachen vereinbaren läßt, scheint darauf hinzudeuten, daß Miss Clark ihn aus irgendeinem Grunde absichtlich in Schutz nahm. Sie mögen ja eine finanzielle Vereinbarung untereinander getroffen haben. Wahrscheinlich war er sich darüber klar, daß er in Verdacht geraten würde, und sie, die nichts weiter als eine sorgenvolle Zukunft zu erwarten hatte, erklärte sich vielleicht für eine beträchtliche Summe dazu bereit, das Märchen von dem Grießbrei zu erzählen. Wenn sich die Sache so verhielt, so war es höchst anstößig. Wirklich höchst anstößig.»

«Ich bin völlig anderer Meinung», protestierte Raymond. «Sie haben alle einen sehr wichtigen Faktor vergessen. *Die Tochter des Arztes*. Ich sehe den Fall so: Der Dosenhummer war tatsächlich schlecht. Daher die Vergiftungserscheinungen. Man läßt den Arzt kommen. Dieser stellt fest, daß Mrs. Jones, die mehr von dem Hummer gegessen hat als die anderen, an heftigen Schmerzen leidet, und läßt, wie er aussagte, ein paar Opiumpillen holen. Wohlgemerkt, er geht nicht selbst, sondern schickt jemanden. Wer gibt dem Boten die Opiumpillen? Offenbar seine Tochter, die ihm wahrscheinlich bei der Zubereitung der Arzneien hilft. Sie liebt Jones, und in diesem Augenblick können die niedrigsten Triebe ihrer Natur zum Durchbruch kommen. Sie wird sich bewußt, daß es in ihrer Hand liegt, seine Freiheit zu erwirken. Die Pillen, die sie schickt, enthalten reines weißes Arsenik. Dies ist meine Lösung.»

«Und nun, Sir Henry, sagen Sie uns, wer recht hat», bestürmte ihn Joyce.

«Einen Augenblick», erwiderte Sir Henry. «Miss Marple hat noch nicht gesprochen.»

Miss Marple schüttelte nur den Kopf.

«Du meine Güte», sagte sie, «da habe ich schon wieder eine Masche fallen lassen, aber die Geschichte war so spannend. Ein trauriger Fall, ein sehr trauriger Fall. Er erinnert mich an den alten Mr. Hargraves, der oben auf dem Hügel wohnte. Seine Frau hatte nie den geringsten Verdacht geschöpft – bis er starb und sein ganzes Vermögen einer Frau hinterließ, mit der er zusammen gelebt und mit der er fünf Kinder gehabt hatte. Eine Zeitlang war sie bei ihm Hausmädchen gewesen. Ein so nettes Mädchen, behauptete Mrs. Hargraves immer – das stets gewissenhaft die Betten lüftete. Und der alte Hargraves hatte ihr in der Nachbarstadt ein Haus eingerichtet, während er weiterhin Kirchenvorsteher blieb und am Sonntag den Klingelbeutel herumreichte.»

«Meine liebe Tante Jane», fragte Raymond ein wenig ungeduldig. «Was haben denn längst verstorbene Leute wie die Hargraves mit diesem Fall zu tun?»

«Er kam mir bei der Schilderung von Sir Henry sofort in den Sinn», entgegnete Miss Marple. «Die Tatsachen ähneln sich doch sehr, nicht wahr? Das arme Mädchen hat wohl inzwischen gebeichtet, und ich nehme an, daß Sie es auf diese Weise erfahren haben, Sir Henry?»

«Was für ein Mädchen?» rief Raymond. «Meine liebe Tante, was redest du nur daher?»

«Das arme Mädchen Gladys Linch natürlich – das Mädchen, das so furchtbar aufgeregt war, als der Doktor mit ihr sprach –, und sie hatte auch allen Grund, das arme Ding. Hoffentlich kommt dieser gemeine Jones an den Galgen. So ein hilfloses Wesen zur Mörderin zu machen. Wahrscheinlich werden sie das arme Kind hängen.»

«Miss Marple, ich glaube, Sie befinden sich in einem leisen Irrtum», begann Mr. Petherick.

Miss Marple schüttelte jedoch störrisch den Kopf und blickte zu Sir Henry hinüber.

«Habe ich nicht recht? Der Fall scheint mir so klar zu sein. Die ‹Hunderte und Tausende› – und der Auflauf – ich meine, der Zusammenhang ist unverkennbar.»

«Welcher Zusammenhang, liebe Tante?» erkundigte sich Raymond.

Seine Tante wandte sich ihm zu.

«Köchinnen streuen fast immer ‹Hunderte und Tausende› – diese kleinen rosa und weißen Zuckerkügelchen – auf einen Auflauf. Als ich hörte, daß sie einen Auflauf zum Abendessen gehabt hatten und daß der Ehemann in seinem Brief ‹Hunderte und Tausende› erwähnt hatte, brachte ich sofort diese beiden Tatsachen in Zusammenhang. Das Arsenik steckte natürlich in den Zuckerkügelchen. Jones übergab sie dem Mädchen und trug ihr auf, sie über den Auflauf zu streuen.»

«Das ist aber unmöglich», fiel Joyce ihr ins Wort. «Sie haben alle von dem Auflauf gegessen.»

«Keineswegs», erwiderte Miss Marple. «Wie Sie sich wohl noch entsinnen, machte die Gesellschafterin gerade eine Abmagerungskur. Dabei meidet man natürlich gewöhnlich Süßspeisen. Und Jones hat wahrscheinlich die Zuckerkügelchen von seiner Portion abgekratzt und auf den Rand des Tellers gelegt. Ein sehr kluger, aber auch sehr böser Plan.»

Aller Augen waren auf Sir Henry gerichtet.

«So merkwürdig die Sache auch klingen mag, Miss Marple hat

den Nagel auf den Kopf getroffen. Jones hatte Gladys Linch ‹ins Unglück gebracht›, wie man im Volksmund zu sagen pflegt. Sie war der Verzweiflung nahe. Er wollte seine Frau aus dem Weg schaffen und versprach Gladys, sie zu heiraten, sobald seine Frau tot sei. Also vergiftete er die Zuckerkügelchen und gab sie Gladys mit einer genauen Gebrauchsanweisung. Gladys Linch ist in der vergangenen Woche gestorben. Ihr Kind starb bei der Geburt, Jones hatte sie wegen einer anderen Frau sitzenlassen. Als sie im Sterben lag, gestand sie die Wahrheit.»

Es folgte ein kurzes Schweigen, und dann wandte sich Raymond an seine Tante.

«Nun, Tante Jane, du hast ja wieder einmal den Vogel abgeschossen. Ich kann mir beim besten Willen nicht vorstellen, wie du das fertiggebracht hast. Nie im Leben wäre mir der Gedanke gekommen, daß die kleine Küchenhilfe etwas mit dem Fall zu tun haben könnte.»

«Das glaube ich wohl, lieber Neffe. Denn du weißt noch nicht so viel vom Leben wie ich. Ein Mann wie dieser Jones – leichtsinnig, gewöhnlich und jovial. Sobald ich hörte, daß ein hübsches junges Mädchen im Hause war, wußte ich, daß er sie nicht in Ruhe gelassen haben würde. Es ist aber alles so wahnsinnig aufregend und gar kein angenehmer Gesprächsstoff. Ich kann dir nicht sagen, wie schokkiert Mrs. Hargraves damals war und was für eine Aufregung im ganzen Dorf herrschte.»

Der Tempel der Astarte

«Und was wollen Sie uns nun erzählen, Dr. Pender?»

Der alte Pfarrer lächelte sanft. «Mein Leben hat sich an friedlicheren Plätzen abgespielt. Es war arm an sensationellen Ereignissen. Und doch habe ich einmal in meiner Jugend etwas sehr Seltsames und Tragisches erlebt.»

«Das klingt sehr interessant», ermunterte ihn Joyce Lemprière.

«Ich habe es nie vergessen», fuhr der Pfarrer fort. «Es machte damals einen tiefen Eindruck auf mich, und wenn ich daran zurückdenke, kann ich noch heute die Furcht und das Entsetzen jenes schrecklichen Augenblicks fühlen, als ich mitansehen mußte, wie ein Mann durch anscheinend überirdische Kräfte zu Tode kam.»

«Ich bekomme eine regelrechte Gänsehaut», klagte Sir Henry.

«So erging es mir damals auch», erwiderte Dr. Pender. «Seitdem habe ich nie mehr über Leute gelacht, die von der ‹Macht der Atmosphäre› reden. Es gibt tatsächlich so etwas. Gewisse Orte sind von guten oder schlechten Einflüssen so durchdrungen und gesättigt, daß eine unwahrscheinliche Wirkung von ihnen ausgeht.»

Joyce stand auf und drehte die beiden Lampen aus, so daß der Raum nur durch den flackernden Feuerschein im Kamin erhellt wurde.

«Atmosphäre», meinte sie, «nun können wir uns so richtig in die Geschichte hineinversetzen.»

Dr. Pender lächelte ihr zu, lehnte sich im Sessel zurück, nahm seinen Kneifer ab und begann.

«Ich weiß nicht, ob jemand von Ihnen Dartmoor kennt. Das

Haus, von dem ich Ihnen erzählen will, liegt am Rande von Dartmoor. Es war ein reizvolles Besitztum, und doch blieb es mehrere Jahre ohne Käufer. Ein Mann namens Haydon – Sir Richard Haydon – kaufte das Haus schließlich. Ich kannte ihn von meiner Studienzeit her, und obwohl ich ihn etliche Jahre aus den Augen verloren hatte, verband uns immer noch die alte Freundschaft. Mit großem Vergnügen nahm ich daher seine Einladung in den ‹Hain des Schweigens›, wie sein neues Besitztum hieß, an.

Die Zahl der Gäste war nicht sehr groß. Abgesehen von Richard Haydon selbst waren anwesend: sein Vetter Elliot Haydon, Lady Mannering mit einer blassen, ziemlich unansehnlichen Tochter namens Violet, ein Captain Rogers und seine Frau, abgehärtete Sportsmenschen, die sich nur für Pferde und Jagd interessierten; ferner ein junger Dr. Symonds und endlich Miss Diana Ashley. Miss Ashley war mir nicht ganz unbekannt. Ihr Bild war oft in den besseren Illustrierten zu sehen, denn sie gehörte zu den berühmten Schönheiten der Saison. Sie war in der Tat eine auffallende Erscheinung – hochgewachsen, mit schöner, gleichmäßig getönter elfenbeinfarbener Haut und dunklen, schräg stehenden Augen, die ihr ein seltsam pikantes orientalisches Aussehen verliehen. Außerdem besaß sie eine wundervolle Stimme, tief und klar.

Ich sah sofort, daß sie auf meinen Freund Richard Haydon eine große Anziehungskraft ausübte, und ich vermutete, daß die ganze Gesellschaft ihretwegen arrangiert worden war. Über ihre Gefühle war ich mir nicht ganz im klaren. Sie war ein wenig launenhaft in ihren Gunstbezeigungen. Eine Zeitlang redete sie nur mit Richard, ohne irgendeinem anderen die geringste Beachtung zu schenken. Dann wieder favorisierte sie seinen Vetter Elliot und schien kaum zu merken, daß Richard überhaupt noch existierte. Bei anderen Gelegenheiten griff sie sich den ruhigen, zurückhaltenden Dr. Symonds heraus und versuchte, ihn mit ihrem bezaubernden Lächeln zu betören.

Am Morgen nach meiner Ankunft zeigte uns unser Gastgeber sein ganzes Anwesen. Das Haus selbst war nicht besonders bemerkenswert; es war ein gutes, solides Haus aus Devonshire-Granit, das Wind und Wetter trotzen konnte, unromantisch, aber sehr behaglich. Von seinen Fenstern aus genoß man einen weiten Blick über das Panorama der Heide – eine weite Landschaft, deren Hügel mit verwitterten Felsspitzen gekrönt waren.

Auf den Kuppen des uns am nächsten gelegenen Felsens befanden sich Überreste aus den längst vergangenen Tagen der jüngeren Steinzeit. Auf einem anderen Hügel hatte man kürzlich ein Hünengrab entdeckt, in dem Bronzewerkzeuge gefunden worden waren.

‹Aber diese Besitzung hier ist das Interessanteste von allem›, behauptete er. ‹Der Name ist Ihnen bekannt – Hain des Schweigens. Es ist leicht zu erraten, woher der Name stammt.›

Er deutete mit der Hand auf eine bestimmte Stelle. Die Gegend hier war einigermaßen kahl – Felsen, Heide und Farnkraut, aber kaum hundert Meter vom Hause entfernt befand sich ein dichter Hain.

‹Das ist ein Stück uralter Vergangenheit›, erklärte Haydon. ‹Die Bäume sind natürlich inzwischen abgestorben und wieder neu angepflanzt worden, aber im großen und ganzen ist der Hain so geblieben, wie er in grauer Vorzeit war – vielleicht genauso wie in den Zeiten der phönizischen Siedler. Kommen Sie mit, und sehen Sie ihn sich einmal an.›

Wir folgten ihm alle. Sobald wir den Hain betraten, spürte ich eine seltsame Beklemmung. Es lag vielleicht an dem drückenden Schweigen. In diesen Bäumen schien kein Vogel zu nisten. Ein Gefühl beklemmender Trostlosigkeit bemächtigte sich meiner. Ich sah, wie Haydon mich, seltsam lächelnd, anblickte.

‹Spüren Sie etwas an dieser Stätte, Pender?› fragte er. ‹Was ist es? Antagonismus? Oder Unbehagen?›

‹Es gefällt mir hier nicht›, antwortete ich gelassen.

‹Das ist verständlich. Dies war nämlich ein Bollwerk der alten Feinde Ihres Glaubens. Dies ist der Hain der Astarte.›

‹Astarte?›

‹Ja, Astarte oder Istar oder Aschtoreth oder wie man sie auch nennen mag. Ich ziehe den phönizischen Namen Astarte vor. Es existiert noch ein anderer Hain der Astarte in diesem Land – auf dem Wall im Norden. Ich kann es zwar nicht beweisen, aber ich glaube, wir haben hier einen wirklichen, authentischen Astartehain. Hier, innerhalb dieses Baumkreises, wurden heilige Riten ausgeübt.›

‹Heilige Riten›, murmelte Diana Ashley, und ihre Augen bekamen einen träumerischen, abwesenden Ausdruck. ‹Was für Riten mögen das wohl gewesen sein?›

‹Sicher keine anständigen, nach allem, was man so hört›, meinte Captain Rogers mit einem lauten, albernen Lachen. ‹Ziemlich leidenschaftliche Angelegenheit, denke ich mir.›

Haydon achtete nicht weiter auf ihn.

‹Im Mittelpunkt des Hains müßte eigentlich ein Tempel stehen›, erklärte er. ‹Tempel kann ich mir nicht leisten, dafür habe ich mir ein eigenes Phantasiegebilde geschaffen.›

In diesem Augenblick betraten wir eine kleine Lichtung im Innern des Hains, und mitten darin erhob sich ein steinerner Bau, der wie ein Sommerhaus aussah.

Diana Ashley richtete einen fragenden Blick auf Haydon.

‹Ich nenne es das Götzenhaus›, sagte er. ‹Es ist das Götzenhaus der Astarte.› Er führte uns hinein. Innen stand auf einer unpolierten Ebenholzsäule eine seltsame kleine Statue, die eine Frau mit halbmondförmigen Hörnern, auf einem Löwen sitzend, darstellte.

‹Die Astarte der Phönizier›, sagte Haydon, ‹die Göttin des Mondes.›

‹Die Göttin des Mondes›, wiederholte Diana. ‹Oh, feiern wir doch heute abend eine wilde Orgie! In Kostümen. Im Mondschein werden wir hierherkommen und dem Kult der Astarte frönen.›

Ich machte eine unwillige Bewegung, worauf Elliot Haydon, Richards Vetter, sich mir schnell zuwandte.

‹Ihnen gefällt dies alles nicht, Herr Pfarrer, gestehen Sie es nur.›

‹Nein›, erwiderte ich ernst. ‹Ganz und gar nicht.›

Er warf mir einen besorgten Blick zu.

‹Aber es ist doch nur ein Scherz. Dick kann bestimmt nicht wissen, ob dies wirklich ein heiliger Hain war. Das bildet er sich nur ein. Er spielt gern mit diesem Gedanken. Und selbst, wenn es der Fall wäre –›

‹Ja, was dann?›

‹Nun –› Er lachte vielsagend. ‹Sie glauben doch nicht an so etwas, nicht wahr? Sie, als Pfarrer.›

‹Ich weiß nicht recht, ob nicht gerade ich als Pfarrer daran glauben sollte.›

‹Aber das sind doch alles Dinge der Vergangenheit.›

‹Dessen bin ich nicht so sicher›, erwiderte ich nachdenklich. ‹Ich weiß nur eines: Im allgemeinen lasse ich mich nicht so leicht von meiner Umgebung beeinflussen, aber von dem Moment an, da ich diesen Hain betrat, habe ich eine merkwürdige Wirkung verspürt. Es ist mir, als sei ich von etwas Bösem und Drohendem umgeben.›

Er blickte ängstlich über seine Schulter.

‹Ja›, gab er zu, ‹es ist – es ist irgendwie sonderbar. Ich verstehe, was Sie meinen, aber vermutlich spielt uns unsere Phantasie einen Streich. Was sagen Sie dazu, Symonds?›

Der Doktor antwortete nicht sofort. Nach einer Weile sagte er ruhig:

‹Ich mag so etwas nicht. Ich kann Ihnen nicht sagen, warum, aber irgendwie gefällt es mir nicht.›

In diesem Augenblick kam Violet Mannering zu mir herüber.

‹Dieser Platz ist mir verhaßt!› rief sie. ‹Lassen Sie uns doch fortgehen.›

Wir brachen auf, und die anderen folgten uns. Nur Diana Ashley blieb zurück. Als ich mich umsah, stand sie vor dem Götzenhaus und betrachtete sinnend die Statue.

Es war ein ungewöhnlich heißer und schöner Tag, und Dianas Vorschlag, am Abend ein kleines Kostümfest zu veranstalten, wurde von allen mit Begeisterung aufgenommen. Wie gewöhnlich wurde bei den Vorbereitungen viel gelacht, getuschelt und heftig genäht, und als wir am Abend zum Essen erschienen, wurden wir mit den üblichen Heiterkeitsausbrüchen empfangen. Rogers und seine Frau waren neolithische Höhlenbewohner – wodurch sich das plötzliche Fehlen der Kaminvorleger erklärte. Richard Haydon nannte sich einen phönizischen Seefahrer, und sein Vetter war ein Räuberhauptmann. Dr. Symonds hatte sich als Küchenchef verkleidet. Lady Mannering stellte eine Krankenschwester dar und ihre Tochter eine tscherkessische Sklavin. Ich selbst steckte in einer reichlich warmen Mönchskutte. Als letzte erschien Diana Ashley, die uns alle ziemlich enttäuschte, denn sie war in einen unförmigen schwarzen Domino gehüllt.

‹Die Unbekannte›, erklärte sie leichthin. ‹Das bin ich. Und nun lassen Sie uns, um Himmels willen, endlich essen.›

Nach dem Essen gingen wir hinaus vor das Haus. Es war eine bezaubernde Nacht, warm und mild, und der Mond ging gerade auf.

Wir machten einen Spaziergang und plauderten vergnügt, und die Zeit verging rasch. Nach etwa einer Stunde fiel uns auf, daß Diana Ashley nicht unter uns weilte.

‹Sie ist bestimmt noch nicht zu Bett gegangen›, meinte Richard Haydon.

Violet Mannering schüttelte den Kopf.

‹O nein›, sage sie. ‹Ich habe sie vor einer Viertelstunde in diese Richtung gehen sehen.› Bei diesen Worten wies sie auf den Hain, der düster und schattenhaft im Mondlicht lag.

‹Was sie wohl im Sinn hat?› bemerkte Richard Haydon. ‹Einen Schabernack, möchte ich wetten. Wir wollen das mal prüfen und nachsehen!›

Wir machten uns also alle zusammen auf den Weg, neugierig, was Miss Ashley wohl angestellt haben mochte. Ich spürte jedoch wiederum eine seltsame Abneigung, diesen dunkel brütenden Baumgürtel zu betreten. Eine geheimnisvolle Macht schien mich davon zurückhalten zu wollen. Fester denn je war ich davon überzeugt, daß diesem Ort etwas wirklich Böses anhaftete, und ich hatte den Eindruck, daß einige meiner Gefährten von den gleichen Empfindungen geplagt wurden, obwohl sie es sicher höchst ungern zugegeben hätten. Die Bäume waren so dicht gepflanzt, daß das Mondlicht nicht durchdringen konnte. Die Nacht war erfüllt mit vielen unbestimmten Geräuschen. Von allen Seiten glaubte man ein ständiges Flüstern und Seufzen zu hören. Es war so unheimlich, daß wir uns unwillkürlich dichter zusammendrängten.

Plötzlich waren wir bei der Lichtung angelangt und blieben vor Staunen wie angewurzelt stehen; denn vor uns auf der Schwelle des Götzenhauses stand eine schimmernde, in durchsichtige Gaze gehüllte Gestalt, aus deren dunklem Haar zwei halbmondförmige Hörner hervorragten.

‹Mein Gott!› rief Richard Haydon, während ihm die Schweißperlen auf die Stirn traten.

Aber Violet Mannering hatte schärfere Augen.

‹Nanu, das ist ja Diana!› rief sie erstaunt. ‹Wie hat die sich denn nur hergerichtet? Sie sieht auf einmal ganz anders aus.›

Die Gestalt im Türrahmen hob die Hände. Sie trat einen Schritt vor und sprach mit singender, süßer, hoher Stimme:

‹Ich bin die Priesterin der Astarte. Tretet mir nicht zu nahe; denn ich halte den Tod in meiner Hand.›

‹Lassen Sie den Unsinn, liebes Kind›, protestierte Lady Mannering. ‹Sie machen uns ja angst und bange, wirklich!›

Haydon sprang auf sie zu.

‹Mein Gott, Diana!› rief er. ‹Du bist einfach wundervoll.›

Meine Augen hatten sich inzwischen an das schwache Mondlicht gewöhnt, und ich konnte alles deutlicher erkennen. Wie Violet schon gesagt hatte, sah Diana tatsächlich ganz verwandelt aus. Die orientalischen Züge ihres Gesichts waren ausgeprägter; ihre Augen funkelten drohend, und auf ihren Lippen lag ein seltsames Lächeln, das ich nie zuvor gesehen hatte.

‹Hüte dich›, warnte sie. ‹Nähere dich nicht der Göttin. Wer mich anrührt, ist des Todes!›

‹Wundervoll, Diana›, rief Haydon, ‹aber hör bitte auf damit. Mir ist irgendwie nicht ganz geheuer dabei.›

Er schritt über das Gras auf sie zu, und sie erhob die Hand gegen ihn.

‹Halt!› rief sie. ‹Keinen Schritt näher, oder ich schlage dich mit dem Zauber der Astarte zu Boden.›

Richard Haydon lachte und schritt ein wenig schneller aus. Auf einmal geschah etwas Merkwürdiges. Er zauderte einen Moment; dann stolperte er und schlug der Länge nach hin.

Er stand nicht wieder auf, sondern blieb flach auf derselben Stelle liegen.

Plötzlich begann Diana hysterisch zu lachen – ein seltsames, unheilvolles Geräusch, das in das Schweigen der Lichtung einbrach.

Fluchend sprang Elliot vor.

‹Das kann man ja nicht mehr aushalten›, rief er. ‹Steh auf, Dick, Menschenskind, steh auf.›

Doch Richard Haydon rührte sich nicht. Elliot kniete neben ihm nieder und drehte ihn vorsichtig herum. Er beugte sich über ihn und schaute ihm prüfend ins Gesicht.

Dann sprang er abrupt auf, er schwankte ein wenig bei dem Versuch, zu gehen.

‹Herr Doktor – um Gottes willen, kommen Sie, Herr Doktor. Ich glaube – ich fürchte, er ist tot.›

Symonds rannte sofort hin, und Elliot kehrte langsamen Schrittes zu uns zurück. Er betrachtete seine Hände mit einem merkwürdigen Blick, den ich nicht verstand.

In diesem Augenblick stieß Diana einen wilden Schrei aus.

‹Ich habe ihn getötet!› rief sie. ‹Oh, mein Gott! Ich wollte es nicht, aber ich habe ihn getötet.›

Mit diesen Worten wurde sie ohnmächtig und sank auf das Gras, wo sie wie ein Häufchen Elend liegenblieb.

Mrs. Rogers schrie auf.

‹Ich möchte fort von diesem gräßlichen Ort›, jammerte sie. ‹Hier kann einem ja alles mögliche passieren. Oh, wie furchtbar!›

Elliot packte mich an der Schulter.

‹Das ist einfach nicht wahr›, murmelte er. ‹Ich sage Ihnen, es ist unmöglich. Auf solche Weise kann niemand getötet werden. Es ist – es ist gegen die Natur.›

Ich versuchte, ihn zu beruhigen.

‹Es gibt sicher eine ganz vernünftige Erklärung dafür. Ihr Vetter litt vielleicht an einer Herzschwäche, von der niemand etwas wußte. Und der Schock und die Erregung –›

Er unterbrach mich. ‹Sie haben mich nicht verstanden.› Mit diesen Worten hielt er mir die Hände vor die Augen, und ich sah, daß sie rote Flecken aufwiesen.

‹Dick ist nicht vor Schreck gestorben, sondern erstochen worden. Und zwar mitten durchs Herz. Aber es ist *keine Waffe vorhanden.*›

Ich starrte ihn ungläubig an. In diesem Augenblick erhob sich Symonds, der seine Untersuchung beendet hatte, und kam auf uns zu. Er war sehr blaß und zitterte am ganzen Leib.

‹Sind wir denn alle verrückt?› fragte er. ‹Was für eine Stätte ist dies eigentlich – daß so etwas vorkommen kann?›

‹Dann stimmt es also›, sagte ich.

Er nickte. ‹Die Art der Wunde deutet auf einen langen, dünnen Dolch hin, aber – es ist kein Dolch vorhanden.›

Wir sahen einander bestürzt an.

‹Aber er muß doch da sein›, rief Elliot Haydon. ‹Er muß herausgefallen sein und irgendwo auf dem Boden liegen. Wir wollen ihn suchen!›

Vergeblich tasteten wir den Boden ab. Violet Mannering meinte:

‹Diana hatte etwas in der Hand. Eine Art Dolch. Ich habe ihn gesehen. Ich habe ihn glitzern sehen, als sie ihm drohte.›

Elliot Haydon schüttelte den Kopf.

‹Er war mindestens drei Meter von ihr entfernt, als es passierte.›

Lady Mannering beugte sich über die am Boden liegende Gestalt des jungen Mädchens.

‹Jetzt hat sie nichts in der Hand›, sagte sie, ‹und auf dem Boden kann ich auch nichts entdecken. Hast du dich auch nicht geirrt, Violet? Ich habe nämlich nichts gesehen.›

Dr. Symonds ging zu dem Mädchen hinüber.

‹Wir müssen sie ins Haus schaffen›, erklärte er. ‹Rogers, wollen Sie mir helfen?›

Gemeinsam trugen sie das bewußtlose Mädchen ins Haus und kehrten zurück, um Sir Richards Leiche zu holen.»

Dr. Pender brach seinen Bericht ab und blickte sich mit kummervoller Miene im Kreise um.

«Heutzutage würde man natürlich anders handeln», meinte er, «dank der zahlreichen Detektivromane. Jeder Straßenjunge weiß, daß man eine Leiche dort liegenlassen muß, wo man sie findet. Aber damals hatten wir davon keine Ahnung und trugen infolgedessen Sir Richard ins Haus und legten ihn in sein Schlafzimmer. Dann wurde der Butler mit dem Fahrrad zur Polizei geschickt – eine Fahrt von gut zwölf Meilen.

Daraufhin zog Elliot Haydon mich beiseite.

‹Hören Sie›, erklärte er, ‹ich gehe zum Hain zurück. Die Waffe muß unbedingt gefunden werden.›

‹Falls überhaupt eine Waffe vorhanden war›, erwiderte ich.

Er ergriff meinen Arm und schüttelte ihn heftig.

‹Der abergläubische Kram spukt Ihnen im Kopf herum. Sie sind der Ansicht, daß sein Tod durch übernatürliche Kräfte verursacht wurde. Ich aber werde in den Hain zurückkehren, um der Sache auf den Grund zu gehen.›

Merkwürdigerweise war ich dagegen und versuchte, ihn von seinem Vorhaben abzubringen, was mir jedoch nicht gelang. Schon die Vorstellung von diesem dunklen Wald war mir zuwider, und ich hatte die unbestimmte Vorahnung, daß sich noch ein weiteres Unheil ereignen würde. Doch Elliot war eigensinnig. Ich glaube, er fürchtete sich, wollte es aber nicht eingestehen. Er machte sich auf den Weg mit der festen Absicht, das geheimnisvolle Geschehen aufzuklären.

Wir verbrachten eine fürchterliche Nacht. Keiner von uns konnte schlafen. Wir versuchten es nicht einmal. Als die Polizeibeamten ankamen, wollten sie der Geschichte keinen rechten Glauben schenken und unbedingt Miss Ashley einem Kreuzverhör unterziehen. Dabei hatten sie aber nicht mit Dr. Symonds gerechnet, der sich diesem Ansinnen heftig widersetzte. Sobald Miss Ashley aus ihrer Ohnmacht oder Trance erwacht war, hatte er ihr einen starken Schlaftrunk verabreicht und bestand nun darauf, daß sie keinesfalls vor dem nächsten Tag gestört werden dürfe.

Erst am nächsten Morgen gegen sieben Uhr dachte jemand an Elliot Haydon. Symonds erkundigte sich plötzlich nach ihm. Ich schilderte ihm Elliots Vorhaben, und da wurde Symonds' ernstes Gesicht noch um eine Nuance blasser.

‹Ich wollte, er hätte das nicht getan. Es war – es war sehr unvorsichtig›, meinte er.

‹Sie nehmen doch nicht an, daß ihm etwas zugestoßen ist?›

‹Hoffentlich nicht. Ich glaube aber, Herr Pfarrer, daß es besser ist, wenn wir uns jetzt um ihn kümmern.›

Er hatte natürlich recht, und ich mußte mich gehörig zusammennehmen, um den nötigen Mut für diese Aufgabe aufzubringen. Wir machten uns auf den Weg und betraten noch einmal diesen unglückseligen Hain. Zweimal riefen wir Elliots Namen, bekamen aber keine Antwort. Nach einer Weile erreichten wir die Lichtung, die auch im Licht des frühen Morgens geisterhaft aussah. Symonds umklammerte meinen Arm, und ich unterdrückte einen Aufschrei. Derselbe Anblick, der sich uns gestern abend im Mondschein geboten hatte, wiederholte sich vor unseren Augen. Elliot Haydon lag genau an derselben Stelle wie sein Vetter.

‹Mein Gott!› stöhnte Symonds. ‹*Es hat ihn auch erwischt!*›

Wir eilten über das Gras an seine Seite. Elliot Haydon war bewußtlos, atmete noch schwach. Diesmal bestand kein Zweifel über die Ursache der Tragödie. Ein langer, dünner Bronzedolch steckte in der Wunde.

‹Glücklicherweise ging der Stich durch die Schulter und nicht durch das Herz›, bemerkte der Doktor. ‹Mein Gott! Ich weiß nicht, was ich davon halten soll. Jedenfalls ist er nicht tot und wird uns über den Vorfall Bericht erstatten können.›

Aber ausgerechnet dazu war Elliot Haydon nicht in der Lage. Seine spätere Schilderung war im höchsten Grade verschwommen. Er hatte vergeblich nach dem Dolch gesucht und sich schließlich in die Nähe des Götzenhauses gestellt. Hier kam es ihm immer mehr zum Bewußtsein, daß er von einer Baumgruppe her beobachtet wurde. Er wehrte sich gegen diesen Eindruck, konnte ihn aber nicht abschütteln. Seiner Beschreibung nach begann ein kalter, seltsamer Wind zu wehen, der nicht von den Bäumen her, sondern aus dem Innern des Götzenhauses zu kommen schien. Er drehte sich um und sah hinein. Beim Anblick der kleinen Figur schien ihm, als leide er an einer optischen Täuschung. Denn die Figur wurde ganz offensichtlich immer größer. Dann erhielt er plötzlich einen Schlag an die Schläfe, der ihn nach hinten taumeln ließ, und im Fallen spürte er einen scharfen, brennenden Schmerz in der linken Schulter.

Man stellte fest, daß der Dolch aus dem nahen Hünengrab stammte und von Richard Haydon gekauft worden war. Aber niemand schien zu wissen, ob er ihn im Hause oder im Götzenhaus des Haines aufbewahrt hatte.

Die Polizei war und ist der Ansicht, daß Richard Haydon mit Vorbedacht von Miss Ashley erstochen worden sei. Aber angesichts unserer gemeinsamen Aussage, daß eine Entfernung von drei Metern zwischen ihnen lag, konnten sie die Anklage gegen sie nicht aufrechterhalten, und die Angelegenheit ist und bleibt ein Geheimnis.»

Es folgte tiefes Schweigen.

«Es läßt sich eigentlich nichts dazu sagen», bemerkte Joyce Lemprière zu guter Letzt. «Es ist alles so unheimlich. Haben Sie selbst keine Erklärung dafür, Dr. Pender?»

Der alte Mann nickte.

«Doch, ich habe eine Erklärung – man könnte es jedenfalls so bezeichnen. Sie ist ziemlich unglaublich und läßt nach meiner Ansicht immer noch gewisse Faktoren ungeklärt.»

«Ich habe an spiritistischen Séancen teilgenommen», ließ sich Joyce wieder hören, «und Sie können sagen, was Sie wollen, es kommen sehr merkwürdige Dinge vor. Vielleicht lassen sie sich durch Hypnose erklären. Das Mädchen hat sich tatsächlich in eine Priesterin der Astarte verwandelt, und dann muß sie ihn wohl auf irgendeine Weise erstochen haben. Vielleicht hat sie den Dolch geworfen, den Miss Mannering in ihrer Hand sah.»

«Es könnte auch ein Wurfspieß gewesen sein», schlug Raymond West vor. «Mondlicht ist letzten Endes nicht sehr kräftig. Es ist sehr gut möglich, daß sie einen Speer in der Hand hielt und ihn damit aus der Ferne erstach. Und dann setzte wohl eine Art Massenhypnose ein, womit ich sagen will, daß Sie alle gewissermaßen heimlich überzeugt waren, daß er auf übernatürliche Weise umkommen würde, und daher bildeten Sie sich ein, es sei so geschehen.»

«Im Varieté habe ich schon manche ans Wunderbare grenzende Kunststücke mit Waffen gesehen», bemerkte Sir Henry. «Ich könnte mir sehr gut vorstellen, daß sich ein Mann in den Bäumen versteckt hielt und von dort aus mit ziemlicher Treffsicherheit ein Messer oder einen Dolch schleuderte – vorausgesetzt natürlich, daß es sich um einen Artisten handelte. Ich gebe allerdings zu, daß diese Erklärung weit hergeholt ist, aber sie erscheint mir die einzig mögliche Theorie. Wie Sie sich vielleicht erinnern, stand das zweite Opfer deutlich unter dem Eindruck, daß sich jemand unter den Bäumen aufhielt und es beobachtete. Und wenn nun Miss Mannering erklärt, Miss Ashley habe einen Dolch in der Hand gehabt, und die anderen behaupten das Gegenteil, so ist das nicht weiter überraschend. Aus meinen Erfahrungen heraus kann ich Ihnen versichern, daß fünf Augenzeugenberichte von ein und derselben Sache oft so weit voneinander abweichen, daß es fast unglaublich erscheint.»

Mr. Petherick hüstelte.

«Aber bei allen diesen Theorien scheinen wir eine wesentliche Tatsache übersehen zu haben», meinte er. «Was ist aus der Waffe geworden? Miss Ashley, die mitten auf einem freien Platz stand, hätte wohl kaum einen Speer verbergen können; und hätte ein verborgener Mörder einen Dolch geworfen, müßte dieser Dolch noch in der Wunde gesteckt haben, als man den Mann umdrehte. Wir müssen, glaube ich, alle weithergeholten Theorien aus dem Spiel lassen und uns an nüchterne Tatsachen halten.»

«Und wohin führen uns die nüchternen Tatsachen?»

«Nun, über einen Punkt scheinen wir uns alle einig zu sein: Niemand befand sich in der Nähe des Mannes, als er zu Boden sank. Also könnte nur einer ihn erstochen haben: er selbst. Mit anderen Worten: Selbstmord!»

«Aber um Gottes willen, warum hätte er Selbstmord begehen sollen?» fragte Raymond West ungläubig.

Der Rechtsanwalt räusperte sich von neuem.

«Ah, das ist wieder so eine theoretische Frage, aber im Augenblick befasse ich mich nicht mit Theorien. Wenn man das übernatürliche Element, an das ich nicht für eine Sekunde glaube, ausschließt, so scheint mir dies die einzig mögliche Erklärung des Geschehens zu sein. Er erstach sich, und beim Hinfallen flogen seine Arme zur Seite, wobei der Dolch aus der Wunde gerissen und weit fort unter die Bäume geschleudert wurde. Wenn dies auch reichlich unwahrscheinlich klingt, so liegt es doch wohl im Bereich des Möglichen.»

«Ich möchte mich eigentlich nicht dazu äußern», sagte Miss Marple. «Es ist alles so verwirrend. Aber es passieren tatsächlich merkwürdige Dinge. Selbstverständlich gab es nur eine Möglichkeit, den armen Sir Richard zu erstechen, aber ich möchte wirklich wissen, was ihn zunächst veranlaßt hatte zu stolpern. Wahrscheinlich eine Baumwurzel. Man muß bedenken, daß er nur das Mädchen im Auge hatte, und im Mondlicht stolpert man sowieso sehr leicht.»

Der Pfarrer warf ihr einen fragenden Blick zu.

«Sie sagen, daß Sir Richard nur auf eine Weise erstochen werden konnte. Möchten Sie diese Behauptung vielleicht näher erläutern, Miss Marple?»

«Es ist sehr traurig, und ich mag nicht gern daran denken. Er war Rechtshänder, nicht wahr? Das muß er schon gewesen sein, um sich in die linke Schulter zu stechen. Ich glaube nicht, daß dieser arme Mann, Elliot Haydon, viel Nutzen von seinem bösen Verbrechen gehabt hat.»

«Elliot Haydon?!» rief Raymond. «Hältst du ihn etwa für den Täter?»

«Wer könnte es sonst gewesen sein», erklärte Miss Marple und blickte ihn mit sanft erstaunten Augen an. «Es scheint niemand anders in Betracht zu kommen, wenn man nach Mr. Pethericks weisem Rat sich an die Tatsachen hält und die heidnische Atmosphäre, die mir gar nicht gefällt, außer acht läßt. Elliot ging als erster zu seinem Vetter und drehte ihn um. Dabei kehrte er notgedrungen allen den Rücken zu, und da er als Räuberhauptmann verkleidet war, hatte er bestimmt irgendeine Waffe im Gürtel.»

Aller Augen richteten sich auf Dr. Pender.

«Ich erfuhr die Wahrheit», sagte er, «fünf Jahre nach dem tragischen Ereignis. Und zwar durch einen Brief, den mir Elliot Haydon schrieb. Darin erwähnte er, daß er immer das Gefühl gehabt habe, daß ich ihn verdächtigte. Er behauptete, er sei damals einer plötzlichen Versuchung erlegen. Auch er habe Diana Ashley geliebt, aber er sei nur ein armer, um seine Existenz ringender Rechtsanwalt gewesen. Plötzlich sei ihm die Idee gekommen; wenn er Richard beiseite schaffte und Titel und Besitz erbte, lag ja die Zukunft in rosigem Schimmer vor ihm. Der Dolch sei ihm aus dem Gürtel gefallen, als er bei seinem Vetter niederkniete, und ehe er sich's versah, habe er ihn seinem Vetter in die Brust gestoßen. Um den Verdacht von sich abzulenken, habe er sich dann später selbst die Stichwunde in der Schulter beigebracht. Er schrieb mir, gerade bevor er auf eine Expedition nach dem Südpol aufbrach, für den Fall, wie er sagte, daß er nicht zurückkehren würde. Ich glaube nicht, daß er die Absicht hatte zurückzukommen, und ich weiß, daß, wie Miss Marple schon erwähnte, sein Verbrechen ihm nichts eingebracht hat. «Fünf lange Jahre», schrieb er, «habe ich Höllenqualen erduldet, und ich hoffe, mein Verbrechen nun wenigstens durch einen ehrenhaften Tod zu sühnen.»

Eine Weile schwiegen alle. Schließlich unterbrach Sir Henry die Stille.

«Und er ist tatsächlich eines ehrenvollen Todes gestorben. Sie haben zwar die Namen geändert, Dr. Pender, aber ich habe den Mann, von dem Sie sprachen, doch erkannt.»

«Wie ich schon sagte», fuhr der alte Pfarrer fort, «bin ich nicht der Ansicht, daß diese Erklärung völlig ausreicht. Ich glaube immer noch an den bösen Einfluß dieses Hains – ein Einfluß, der Elliot Haydon zu seiner Tat trieb. Selbst bis auf den heutigen Tag kann ich nicht ohne ein Gefühl des Schauderns an das Götzenhaus der Astarte denken.»

Die verschwundenen Goldbarren

«Es ist vielleicht nicht ganz fair, Ihnen die folgende Geschichte zu erzählen», erklärte Raymond West, «da ich Ihnen nicht die Lösung geben kann. Doch waren die Begebenheiten so interessant und eigenartig, daß ich Ihnen das Problem nicht vorenthalten möchte, und vielleicht könnten wir gemeinsam die Geschichte zu einem logischen Abschluß bringen.

Es ereignete sich alles vor zwei Jahren, als ich nach Cornwall fuhr, um Pfingsten mit einem Mann namens John Newman zu verbringen.

Er wohnte in Polperran an der Westküste von Cornwall – eine sehr wilde und felsige Gegend. Ich hatte diesen Mann ein paar Wochen zuvor kennengelernt und hielt ihn für einen äußerst interessanten Zeitgenossen. Er besaß Intelligenz, ein Einkommen, das ihn unabhängig machte, und eine romantische Phantasie. Um seiner neuesten Liebhaberei zu frönen, hatte er dort ein Haus – Pol House – gemietet. Er war eine Kapazität für das Elisabethanische Zeitalter und beschrieb mir in lebhaften, anschaulichen Farben die Niederlage der spanischen Armada. Man hätte beinahe annehmen können, er sei ein Augenzeuge dieser Ereignisse gewesen. Ob es wohl so etwas gibt wie Reinkarnation? Das möchte ich nur allzugerne wissen.»

«Du bist ja so romantisch, lieber Raymond», sagte Miss Marple und sah ihren Neffen lächelnd an.

«Das ist wohl das letzte Adjektiv, das man auf mich anwenden kann», entgegnete Raymond West etwas verdrießlich. «Aber dieser Bursche Newman steckte bis zum Rand voll phantastischer Ideen, und aus diesem Grund interessierte er mich, sozusagen als ein merkwürdiges Relikt aus der Vergangenheit. Anscheinend war ein bestimmtes Schiff der Armada, das einen unermeßlichen Schatz in Form von Goldbarren von der Nordostküste Südamerikas an Bord hatte, an den bekannten heimtückischen Schlangenfelsen an der Küste Cornwalls zerschellt. Seit Jahren – so erzählte mir Newman – waren Versuche unternommen worden, das Schiff und seinen Schatz zu bergen. Solche Geschichten sind ja nicht selten, wenngleich die mythischen Schiffe die wirklichen an Zahl weit übertreffen. Jedenfalls war eine Gesellschaft gegründet worden, die leider bankrott ging, und Newman konnte die Rechte – oder wie man das nennt – für einen sehr geringen Betrag erwerben. Er war ganz begeistert darüber. Seiner Ansicht nach brauchte er sich nur die modernsten technischen Einrichtungen zu beschaffen, und schon gehörte das Gold ihm.

Als ich ihm zuhörte, mußte ich unwillkürlich denken, daß einem so reichen Menschen wie Newman alles mühelos in den Schoß fiel, während er sich aus dem tatsächlichen Wert des Goldes wahrscheinlich nichts machte. Jedenfalls steckte mich diese Begeisterung an. Im Geist sah ich die Galionen im Sturm an der Küste treiben und an den schwarzen Felsen zerschellen. Außerdem arbeitete ich zu der Zeit gerade an einem Roman, der zum Teil im sechzehnten Jahrhundert spielte, und ich hoffte, durch meinen Gastgeber wertvolles Lokalkolorit kennzulernen.

In aufgeräumter Stimmung fuhr ich also an dem betreffenden Freitag von Paddington ab und freute mich auf die Reise. Außer mir war nur noch ein Mann im Abteil, der mir gegenüber auf dem Eckplatz saß. Er war groß und hatte eine militärisch stramme Haltung, und ich konnte mich des Eindrucks nicht erwehren, daß ich ihn vorher schon irgendwo gesehen hatte. Eine Zeitlang grübelte ich vergeblich darüber nach, und schließlich fiel es mir ein. Mein Reisegefährte war Inspektor Badgworth, und ich war ihm begegnet, als ich eine Reihe von Artikeln über den Fall Everson schrieb.

Ich sprach ihn an und brachte mich ihm wieder in Erinnerung, und bald war eine angenehme Unterhaltung im Gange. Als ich erwähnte, daß ich auf dem Weg nach Polperran sei, meinte er, das sei ja ein komischer Zufall, er habe dasselbe Reiseziel. Da ich nicht neugierig erscheinen wollte, unterließ ich es, nach dem Zweck seiner Reise zu fragen. Statt dessen sprach ich von meinem eigenen Interesse für den Ort und erwähnte die untergegangene spanische Galione. Zu meinem Erstaunen schien der Inspektor gut orientiert zu sein. ‹Das ist sicher die ‹Juan Fernandez››, meinte er. ‹Ihr Freund ist nicht der erste, der Geld verloren hat, um Geld aus ihr herauszuholen. Es ist eine romantische Geschichte.›

‹Und wahrscheinlich beruht das Ganze auf einem Märchen›, fügte ich hinzu, ‹und es ist dort überhaupt kein Schiff versunken.›

‹Oh, das Schiff liegt dort schon auf dem Meeresgrunde›, bestätigte der Inspektor, ‹zusammen mit vielen anderen. Es ist erstaunlich, wie viele Wracks es gerade vor dieser Küste gibt. Nebenbei bemerkt, ist es gerade ein Wrack, das mich in diese Gegend führt. Nämlich die ‹Otranto›, die vor sechs Monaten untergegangen ist.›

‹Ich erinnere mich, davon gelesen zu haben›, erwähnte ich. ‹Soviel ich weiß, ist niemand dabei umgekommen.›

‹Niemand ist dabei umgekommen›, pflichtete mir der Inspektor bei. ‹Aber etwas anderes ist verlorengegangen. Es ist nicht allgemein bekannt, aber die ‹Otranto› hatte Goldbarren an Bord.›

‹So?› fragte ich mit großem Interesse.

‹Natürlich haben wir Taucher gehabt, um die Bergungsarbeiten vorzunehmen, aber – *das Gold ist verschwunden*, Mr. West.›

‹Verschwunden?› fragte ich erstaunt. ‹Wie ist das möglich?›

‹Das ist die große Frage›, erwiderte der Inspektor. ‹Die Felsen rissen ein klaffendes Loch in die Stahlkammer des Schiffes. Es war für die Taucher leicht, auf diese Weise hineinzugelangen, aber sie fanden die Stahlkammer leer vor. Es erhebt sich nun die Frage: Wurde das Gold vor oder nach dem Schiffbruch gestohlen? War es überhaupt je in der Stahlkammer?›

‹Ein merkwürdiger Fall›, bemerkte ich.

‹Ein sehr merkwürdiger Fall, wenn man sich klarmacht, was Goldbarren sind. Es handelt sich nicht um ein Diamantenkollier, das man in die Tasche stecken kann. Wenn man sich vorstellt, wie groß und hinderlich diese Barren sind, dann sollte man es einfach nicht für möglich halten. Es mag natürlich ein gewisser Hokuspokus vor der Abfahrt des Schiffes stattgefunden haben; aber wenn dies nicht der Fall ist, müssen die Barren in den letzten sechs Monaten entfernt worden sein. Und ich fahre jetzt hin, um der Sache auf den Grund zu gehen.›

Bei meiner Ankunft holte mich Newman vom Bahnhof ab, und zwar mit einem Lastwagen, der zu seinem Besitz gehörte.

Das Haus war bezaubernd. Es lag hoch oben auf den Klippen und gewährte einen herrlichen Blick auf das Meer. Einzelne Teile waren drei- oder vierhundert Jahre alt, und ein moderner Flügel war angebaut worden. Dahinter, nach dem Binnenland zu, lagen etwa zweihundertvierzigtausend Ar Ackerland.

‹Willkommen in Pol House›, sagte Newman, ‹unter dem Zeichen der Goldenen Galione.› Mit diesen Worten wies er auf eine tadellose Reproduktion einer spanischen Galione unter vollen Segeln, die über der Haustür hing.

Der erste Abend war äußerst angenehm und lehrreich. Mein Gastgeber zeigte mir die alten Manuskripte, die sich auf die ‹Juan Fernandez› bezogen. Er entrollte Karten für mich und deutete darauf bestimmte Positionen an. Ferner zeigte er mir Entwürfe von Tauchgeräten, die mir, offen gestanden, ein Buch mit sieben Siegeln waren.

Ich erwähnte meine Begegnung mit Inspektor Badgworth, die ihn sehr zu interessieren schien.

‹Eigenartige Leute wohnen an dieser Küste›, bemerkte er nachdenklich. ‹Schmuggeln und Plündern steckt ihnen im Blut. Wenn ein Schiff vor ihrer Küste zu Schaden kommt, betrachten sie es einfach als gesetzliche, für ihre Taschen bestimmte Beute. Ein Bursche ist darunter, den ich Ihnen gern zeigen möchte. Ein interessanter Mensch.›

Der nächste Tag stieg klar und hell herauf. Newman nahm mich mit nach Polperran und machte mich mit seinem Taucher Higgins bekannt. Ein Mann mit völlig ausdruckslosem Gesicht, der auch noch äußerst schweigsam war. Sein Beitrag zur Unterhaltung bestand in wenigen einsilbigen Worten. Nach einer Diskussion höchst technischer Angelegenheiten begaben wir uns alle drei in die Kneipe ‹Zu den drei Ankern›, wo ein Krug Bier die Zunge des verschlossenen Burschen ein wenig löste.

‹Ein Herr Detektiv aus London ist hier aufgetaucht›, grunzte er plötzlich. ‹Man erzählt überall, daß das Schiff, das im vergangenen November hier unterging, eine beträchtliche Menge Gold an Bord hatte. Na, es war nicht das erste Schiff, das gesunken ist, und wird auch nicht das letzte sein.›

‹Hört, hört›, mischte sich der Drei-Anker-Wirt ein. ‹Da hast du ein wahres Wort gesprochen, Bill Higgins.›

‹Stimmt wohl, Mr. Kelvin›, entgegnete Higgins.

Ich betrachtete den Wirt mit Neugierde. Er war ein bemerkenswerter Mann, ein dunkler Typ mit ungewöhnlich breiten Schultern. Seine Augen waren blutunterlaufen, und er vermied es stets, sein Gegenüber direkt anzusehen. Ich vermutete, daß dies der Mann war, den Newman als interessanten Menschen erwähnt hatte.

‹An dieser Küste wollen wir keine neugierigen Fremden›, brummte er.

‹Meinen Sie damit die Polizei?› fragte Newman lächelnd.

‹Jawohl, die Polizei – *und andere*›, fügte Kelvin vielsagend hinzu. ‹Vergessen Sie das nicht, Mister.›

Als wir später den steilen Hang hinaufkletterten, sage ich zu Newman, daß das doch sehr nach einer Drohung klang.

Mein Freund lachte.

‹Unsinn, ich tue den Leuten hier nichts.›

Ich schüttelte zweifelnd den Kopf. Kelvin verkörperte etwas Unheimliches, ja fast schon Wildes. Ich hatte mehr das Gefühl, daß sich seine Gedanken auf seltsamen, uns unbekannten Pfaden bewegten.

Ich glaube, ich führte meine beginnende Unruhe auf diesen Umstand zurück. In der ersten Nacht hatte ich ziemlich gut geschlafen, aber in der folgenden Nacht schlief ich unruhig und war häufig wach. Der Sonntag zog unfreundlich und finster herauf. Der Himmel war bedeckt, und ein Gewitter lag in der Luft. Ich habe es noch nie gut verstanden, meine Gefühle zu verbergen, und Newman spürte natürlich, wie bedrückt ich wurde.

‹Was ist denn nur mit Ihnen los, West? Sie sind ja das reinste Nervenbündel heute morgen.›

‹Ich weiß es nicht», bekannte ich, «aber ich bin von düsteren Vorahnungen geplagt.›

‹Das liegt wohl am Wetter.›

‹Vielleicht.›

Mehr sagte ich nicht. Nachmittags unternahmen wir eine Fahrt in Newmans Motorboot. Aber es regnete so heftig, daß wir gern umkehrten, um wieder in trockene Kleidung zu kommen.

Und am Abend wurde meine Unruhe noch größer, während draußen ein furchtbarer Sturm heulte und tobte. Gegen zehn Uhr beruhigten sich die Elemente. Newman blickte zum Fenster hinaus.

‹Es klart auf›, verkündete er. ‹Mich sollte es nicht wundern, wenn wir von der nächsten halben Stunde an eine wolkenlose, klare Nacht hätten. Wenn das so ist, werde ich noch einen Spaziergang machen!›

Ich gähnte. ‹Ich bin furchtbar müde. Habe in der letzten Nacht nicht viel Schlaf bekommen und werde mich daher früh hinlegen.›

Das tat ich denn auch. Im Gegensatz zur vorigen Nacht verfiel ich in einen tiefen Schlaf, der mir aber keine Ruhe brachte. Ich war immer noch von schrecklichen Ahnungen gequält und hatte furchtbare Träume. Ich wanderte in gräßlichen Schlünden und Klüften umher und wußte dabei genau, daß jedes Ausrutschen den Tod bedeutet hätte. Ich wachte auf, als die Zeiger meiner Uhr auf acht standen. Ich hatte heftige Kopfschmerzen, und der Terror meiner nächtlichen Träume war noch nicht von mir gewichen.

Ich stand so sehr unter diesem Einfluß, daß ich, als ich zum Fenster trat und es öffnete, mit einem neuen Gefühl des Entsetzens zurückfuhr; denn das erste, was ich sah oder zu sehen glaubte, war ein Mann, der ein Grab schaufelte.

Es vergingen einige Minuten, bis ich mich gefaßt hatte. Dann wurde mir klar, daß der ‹Totengräber› Newmans Gärtner und das ‹Grab› dazu bestimmt war, drei neue Rosenbüsche aufzunehmen, die daneben auf dem Rasen lagen.

Der Gärtner blickte zu mir hinauf und faßte grüßend an seinen Hut.

‹Guten Morgen, Sir. Schöner Tag, Sir.›

‹Sieht ganz so aus›, entgegnete ich unsicher; denn ich vermochte immer noch nicht, meine gedrückte Stimmung ganz abzuschütteln.

Es war jedoch, wie der Gärtner festgestellt hatte, bestimmt ein sehr schöner Morgen. Die Sonne schien warm aus einem klaren, mattblauen Himmel, der schönes Wetter für den ganzen Tag versprach, und ich pfiff schon wieder vor mich hin, als ich zum

Frühstück hinunterging. Newman hatte keine Dienstmädchen, die im Hause wohnten. Zwei Schwestern in mittleren Jahren, die auf einem Bauernhof in der Nähe lebten, erschienen täglich, um für seine bescheidenen Bedürfnisse zu sorgen. Eine von ihnen stellte gerade die Kaffeekanne auf den Tisch, als ich in das Zimmer trat.

‹Guten Morgen, Elizabeth›, begrüßte ich sie. ‹Ist Mr. Newman noch nicht unten?›

‹Er muß schon sehr früh fortgegangen sein, Sir›, erwiderte sie. ‹Er war nicht im Hause, als wir ankamen.›

Sofort war meine Unruhe wieder da. An den beiden vorhergehenden Morgen war Newman ziemlich spät am Frühstückstisch erschienen, und ich hatte durchaus nicht den Eindruck, daß er ein Frühaufsteher sei. Meine Befürchtungen trieben mich dazu, in sein Schlafzimmer zu gehen. Es war leer, und außerdem war das Bett unbenutzt. Eine kurze Durchsuchung des Zimmers brachte noch etwas anderes ans Licht. Wenn Newman tatsächlich einen Morgenspaziergang unternommen hatte, mußte er in seinem Anzug vom Vorabend ausgegangen sein, denn dieser fehlte.

Ich war jetzt davon überzeugt, daß meine bösen Ahnungen begründet waren. Newman hatte natürlich seinen Abendspaziergang gemacht und war aus irgendeinem Grund nicht zurückgekehrt. Warum? Hatte er einen Unfall erlitten? War er von den Klippen gestürzt? Es mußte sofort eine Suchaktion gestartet werden.

In wenigen Stunden hatte ich eine große Schar von Helfern zusammengetrommelt, und gemeinsam suchten wir die Klippen und Felsen nach allen Richtungen hin ab. Aber von Newman war keine Spur zu sehen.

In meiner Verzweiflung suchte ich schließlich Inspektor Badgworth auf, dessen Gesicht bei meiner Erzählung einen sehr ernsten Ausdruck annahm.

‹Sieht ganz so aus, als ob da eine Schurkerei im Gange sei›, meinte er. ‹Es gibt hier in dieser Gegend etliche Burschen, die kein sehr ausgeprägtes Gewissen haben. Kennen Sie Kelvin, den Drei-Anker-Wirt, schon?›»

Ich erwähnte meine Begegnung mit ihm.

‹Wissen Sie, daß er vor vier Jahren wegen tätlichen Angriffs eine Gefängnisstrafe abgesessen hat?›

‹Das überrascht mich gar nicht›, erwiderte ich.

‹Man ist hier allgemein der Ansicht, daß Ihr Freund seine Nase allzu gern in Angelegenheiten steckt, die ihn nichts angehen. Hoffentlich ist ihm nichts Ernsthaftes passiert.›

Die Suche wurde mit doppelter Kraft fortgesetzt, aber erst am Spätnachmittag wurden unsere Anstrengungen belohnt. Wir fanden Newman in einem tiefen Graben in einem entfernten Winkel seines eigenen Besitztums. Er war an Händen und Füßen gefesselt, und man hatte ihm ein Taschentuch als Knebel in den Mund gestopft, damit er nicht um Hilfe rufen konnte.

Er war äußerst erschöpft und klagte über heftige Schmerzen. Aber nachdem wir seine Handgelenke und Fußknöchel gerieben und ihm zur Stärkung einen ordentlichen Schluck Whisky eingeflößt hatten, war er in der Lage, uns das Vorgefallene zu schildern.

Nachdem sich der Sturm gelegt hatte, war er um elf Uhr aus dem Haus gegangen und eine ganze Weile an den Klippen entlanggewandert bis zu der sogenannten Schmugglerbucht, die ihren Namen einer großen Anzahl von Höhlen verdankte. Hier hatte er einige Burschen beobachtet, die etwas aus einem kleinen Boot luden, und war hinuntergestiegen, um zu sehen, was da vor sich ging. Er konnte nicht erkennen, was die Männer transportierten, aber es schien sich um etwas sehr Schweres zu handeln, und es wurde in eine der abgelegensten Höhlen getragen.

Obwohl Newman keinen eigentlichen Verdacht schöpfte, hatte er sich im stillen doch etwas über dieses Treiben gewundert und war unbemerkt ziemlich dicht an den Ort des Geschehens herangeschlichen. Plötzlich ertönte ein Schreckensruf, und sofort stürzten sich zwei kräftige Seeleute auf ihn, die ihn so lange bearbeiteten, bis er das Bewußtsein verlor. Als er wieder zu sich kam, lag er auf einem Lastwagen, der mit Holterdipolter den Weg hinanfuhr, der von der Küste zum Dorf führte. Zu seiner großen Überraschung bog der Wagen dann in seine eigene Einfahrt ein. Nachdem sich die Männer hier eine Zeitlang im Flüsterton unterhalten hatten, zerrten sie Newman schließlich aus dem Wagen und warfen ihn in einen Graben, der so tief war, daß man ihn nicht so rasch entdecken konnte. Dann fuhr der Wagen weiter und verließ seinen Grund und Boden durch ein anderes Tor, das etwa vierhundert Meter näher am

Dorf lag. Er konnte seine Angreifer nicht näher beschreiben, wußte nur, daß es Seeleute waren und, ihrer Sprache nach zu urteilen, aus Cornwall stammten.

Inspektor Badgworth zeigte großes Interesse.

‹Sie können sich darauf verlassen, an dieser Stelle haben sie das Diebesgut versteckt!› rief er. ‹Auf irgendeine Weise haben sie die Barren aus dem Wrack geborgen und in einer einsamen Höhle verstaut. Es ist bekannt, daß wir alle Höhlen in der Schmugglerbucht durchsucht haben und uns jetzt die anderen vornehmen.

Sicher haben sie nun bei Nacht die Barren in eine Höhle geschafft, die wir bereits untersucht haben und demzufolge höchstwahrscheinlich nicht noch einmal betreten werden. Unglücklicherweise haben sie schon achtzehn Stunden Zeit gehabt, um den Kram beiseite zu schaffen, und ich möchte es sehr bezweifeln, ob wir noch etwas vorfinden werden.›

Der Inspektor eilte von dannen, um seine Nachforschungen wieder aufzunehmen. Er entdeckte Spuren, die ganz deutlich darauf hinwiesen, daß man das Gold an der erwähnten Stelle aufgestapelt hatte. Aber inzwischen war es wieder entfernt worden, und nichts deutete auf das neue Versteck hin.

Einen Anhaltspunkt hatte man allerdings, und der Inspektor selbst machte mich am nächsten Morgen darauf aufmerksam.

‹Dieser Weg wird von Motorfahrzeugen wenig benutzt›, erklärte er, ‹und an einigen Stellen haben wir sehr deutliche Reifenspuren gefunden. Der eine Reifen hat eine dreieckige Vertiefung, die eine unverkennbare Spur hinterläßt. Wir fanden sie an beiden Toren, also haben wir zweifellos das richtige Fahrzeug erwischt. Es gibt nicht viele Leute im Dorf, die einen Lastwagen besitzen – höchstens zwei oder drei. Kelvin, der Drei-Anker-Wirt, hat zum Beispiel auch einen.›

‹Was war Kelvin ursprünglich von Beruf?› fragte Newman.

‹Ein merkwürdiger Zufall, daß Sie gerade diese Frage stellen, Mr. Newman. In seiner Jugend war Kelvin Taucher.

Newman und ich warfen uns einen Blick zu. Die einzelnen Stücke schienen sich ja wunderbar in das Mosaik einzufügen.

‹Sie haben wohl nicht erkannt, ob einer der Männer am Strand Kelvin war?› fragte der Inspektor.

Newman schüttelte den Kopf.

‹Leider kann ich darüber nichts sagen›, bedauerte er. ‹Ich hatte wirklich nicht viel Zeit, mich umzusehen.›

Der Inspektor gestattete mir freundlicherweise, ihn zu den ‹Drei Ankern› zu begleiten. Die Garage lag in einer Seitenstraße. Die großen Türen waren geschlossen, aber wir entdeckten eine kleine Seitentür, die offen war, und sahen das Fahrzeug darin. Eine sehr kurze Untersuchung der Reifen genügte dem Inspektor. ‹Wahrhaftig, wir haben ihn!› rief er aus. ‹Hier auf dem linken Hinterrad ist das Dreieck in seiner ganzen Größe. Nun, Mr. Kelvin, trotz all Ihrer Ränke werden Sie sich aus dieser Angelegenheit nicht herausreden können.›»

Raymond West hielt kurz inne.

«Nun», meinte Joyce, «ich sehe weiter kein Rätsel darin – es sei denn, man habe das Gold niemals gefunden.»

«Das Gold hat man nie gefunden», entgegnete Raymond, «und auch Kelvin hat man nicht geschnappt. Er war wohl zu gerissen für sie, aber ich verstehe nicht ganz, wie er es fertiggebracht hat. Auf Grund der Reifenspur wurde er vorschriftsmäßig verhaftet. Jedoch trat ein unvorhergesehenes Hindernis ein. Gerade gegenüber der großen Garagentür befand sich ein Häuschen, das eine Künstlerin für den Sommer gemietet hatte.»

«Oh, diese Künstlerinnen!» rief Joyce lachend dazwischen.

«Ganz recht. Diese spezielle Künstlerin war einige Wochen krank gewesen und wurde jetzt von zwei Krankenschwestern betreut. Die Nachtschwester hatte an dem bewußten Abend ihren Sessel ans Fenster geschoben. Sie erklärte, daß der Lastwagen die gegenüberliegende Garage nicht hätte verlassen können, ohne von ihr gesehen worden zu sein, und sie sagte unter Eid aus, daß der Wagen in jener Nacht die Garage nicht verlassen habe.»

«Das ist kein Problem», erklärte Joyce. «Die Krankenschwester ist natürlich eingeschlafen. Meistens geht das so.»

«Das soll – hm – schon vorgekommen sein», sagte Mr. Petherick diskret. «Aber es will mir scheinen, daß wir Tatsachen ohne genaue Prüfung hinnehmen. Bevor wir die Zeugenaussage der Krankenschwester akzeptierten, sollten wir ihre Glaubwürdigkeit genauestens prüfen. Dieses mit so verdächtiger Schnelligkeit gelieferte

Alibi ist dazu angetan, Zweifel zu wecken.»

«Die Künstlerin hat aber auch eine Aussage gemacht», wandte Raymond ein. «Sie erklärte, sie habe Schmerzen gehabt, die sie fast die ganze Nacht wach gehalten hätten, und sie würde bestimmt das Motorengeräusch des Wagens gehört haben, besonders in der Stille, die auf den Sturm folgte.»

«Hm», meinte der Pfarrer. «Das ist natürlich ein Beweis mehr. Besaß Kelvin selbst ein Alibi?»

«Er behauptet, daß er von zehn Uhr an zu Hause und im Bett gewesen sei, konnte aber keine Zeugen zur Unterstützung dieser Aussage beibringen.»

«Die Sache ist ganz einfach», erklärte Joyce, «die Krankenschwester muß eingeschlafen sein. Und die Patientin ebenfalls. Kranke Leute bilden sich immer ein, sie hätten die ganze Nacht kein Auge zugetan.»

Raymond West warf einen fragenden Blick auf Dr. Pender, der nachdenklich sagte: «Wissen Sie, dieser Kelvin tut mir eigentlich leid. Wer einmal einen schlechten Namen hat, dem wird so allerlei angehängt. Kelvin war im Gefängnis gewesen. Abgesehen von der Reifenspur, die allerdings zu bedeutsam ist, um einen bloßen Zufall darzustellen, spricht außer seiner unglückseligen Vergangenheit nichts gegen ihn.»

«Und was meinen Sie dazu, Sir Henry?»

Sir Henry schüttelte den Kopf.

«Zufällig ist mir dieser Fall bekannt. Also darf ich mich nicht dazu äußern.»

«Und wie steht es mit dir, Tante Jane? Was ist deine Meinung?»

«Die würde dir nicht gefallen, lieber Neffe. Die jungen Leute halten nicht viel von den Ansichten der Älteren, das habe ich schon gemerkt. Es ist besser, man schweigt.»

«Unsinn, Tante Jane. Heraus mit der Sprache!»

«Nun, lieber Raymond», begann Miss Marple, während sie ihr Strickzeug hinlegte und zu ihrem Neffen hinüberblickte. «Ich bin vor allen Dingen der Ansicht, daß du in der Wahl deiner Freunde vorsichtiger sein solltest. Du bist so leichtgläubig, mein Lieber, und läßt dich so rasch einwickeln. Das liegt wohl daran, daß du ein Schriftsteller bist und so viel Phantasie hast. Diese Geschichte mit der spanischen Galione! Wenn du älter wärst und mehr Lebenserfahrung hättest, würdest du sofort auf der Hut gewesen sein. Noch dazu bei einem Mann, den du erst wenige Wochen kanntest!»

Sir Henry ließ plötzlich ein homerisches Gelächter erschallen und schlug sich kräftig auf das Knie.

«Da haben Sie aber eine aufs Dach gekriegt, Raymond», rief er. «Miss Marple, Sie sind wundervoll. Ihr Freund Newman, mein Junge, hat noch einen anderen Namen – mehrere sogar. Im Augenblick weilt er nicht in Cornwall, sondern in Devonshire – genauer gesagt, in Dartmoor – als Sträfling im Princetown-Gefängnis. Wir haben ihn nicht bei dem Diebstahl der Goldbarren erwischt, sondern bei der Plünderung der Stahlkammer in einer Londoner Bank. Dann untersuchten wir seine Vergangenheit und fanden eine beträchtliche Portion des gestohlenen Goldes im Garten von Pol House vergraben. Es war eine ganz raffinierte Idee. An der ganzen cornischen Küste schwirrten Geschichten umher von gesunkenen Galionen und Goldschätzen. Daher fiel der Taucher nicht auf, und später wäre aus diesem Grund auch das Gold nicht aufgefallen. Aber man brauchte einen Sündenbock, und für diesen Zweck war Kelvin geradezu ideal. Newman hat seine kleine Komödie sehr gut gespielt, und unser Freund Raymond mit seinem Ruf als Schriftsteller war ein einwandfreier Zeuge.»

«Aber die Reifenspur?» beharrte Joyce.

«Oh, das ist mir gleich aufgefallen, meine Liebe, obwohl ich von Autos nichts verstehe», erwiderte Miss Marple. «Ein Rad läßt sich leicht auswechseln – das habe ich schon oft beobachtet –, und sie konnten natürlich ohne weiteres ein Rad von Kelvins Wagen abnehmen, es durch die kleine Tür in die Seitengasse tragen und es an Mr. Newmans Wagen montieren. Dann fuhren sie Mr. Newmans Wagen durch das eine Tor zum Strand, füllten ihn mit Gold und brachten ihn durch das andere Tor zurück. Später haben sie dann das Rad wieder an Mr. Kelvins Wagen montiert, während ein anderer Bursche aus der Gruppe Mr. Newman im Graben fesselte. Sehr unbehaglich für ihn, und wahrscheinlich dauerte es länger, als er erwartet hatte, bis man ihn fand. Vermutlich hat der Mann, der sich als Gärtner bezeichnete, diesen Teil des Komplotts ausgeführt.»

«Warum gebrauchst du den Ausdruck ‹der sich als Gärtner bezeichnete›, Tante Jane?» fragte Raymond neugierig.

«Nun, er kann doch kein richtiger Gärtner gewesen sein», entgegnete Miss Marple. «Kein Gärtner arbeitet am Pfingstmontag. Das weiß doch jeder.»

Lächelnd faltete sie ihr Strickzeug zusammen.

«Diese geringfügige Tatsache hat mich eigentlich erst auf die richtige Fährte gebracht.» Sie blickte zu Raymond hinüber und fuhr fort:

«Wenn du erst einmal ein Haus und einen Garten hast, lieber Raymond, wirst du über solche Kleinigkeiten auch Bescheid wissen.»

Der rote Badeanzug

«Es ist merkwürdig», sagte Joyce Lemprière, «aber ich mag Ihnen meine Geschichte eigentlich gar nicht erzählen. Obwohl sie schon vor längerer Zeit passiert ist – es sind genau fünf Jahre her –, ist sie mir nie aus dem Sinn gekommen. Das freundlich lächelnde Äußere – und die dahinter versteckte Scheußlichkeit. Und seltsamerweise ist das Bild, das ich zu der Zeit malte, von derselben Atmosphäre durchdrungen. Auf den ersten Blick ist es nur die flüchtige Skizze einer kleinen, steilen, sonnenbeschienenen Straße in Cornwall. Sieht man jedoch länger hin, dann kriecht etwas Unheimliches hinein. Ich habe das Bild nie verkauft, aber ich sehe es mir auch nie mehr an. Es steht in einer Ecke meines Ateliers mit dem Gesicht zur Wand.

Der Name des Ortes war Rathole. Das ist ein seltsames kleines Fischerdorf, sehr malerisch – vielleicht zu malerisch. Es hat etwas zu betont Altfränkisches an sich. Es gibt dort Läden, wo bubiköpfige Mädchen in Kittelschürzen Sinnsprüche auf Pergament malen. Das Dorf ist hübsch und altväterisch – ohne Frage –, aber sehr gewollt altväterisch.»

«Das kennen wir», stöhnte Raymond West. «Es ist der Fluch der Omnibusse. Wie eng die Straßen auch sein mögen, die hinführen, kein malerisches Dorf ist vor ihnen sicher.»

Joyce nickte.

«Die Wege, die nach Rathole hinunterführen, sind auch sehr eng und so steil wie ein Hausdach. Doch zurück zu meiner Geschichte. Ich war für zwei Wochen nach Cornwall gefahren, um zu malen. In Rathole gibt es ein altes Gasthaus, das ‹Polharwith-Wappen›. Es soll das einzige Haus sein, das noch stand, nachdem die Spanier den Ort im Jahre fünfzehnhundertsoundso bombardiert hatten.»

«Nicht bombardiert», verbesserte Raymond West stirnrunzelnd. «Bemühe dich doch, historisch genau zu sein, Joyce.»

«Na, sie hatten jedenfalls Kanonen aufgestellt und geschossen, und die Häuser stürzten zusammen. Das ist aber nebensächlich. Der Gasthof war ein wunderbares altes Haus mit einer auf vier Säulen ruhenden Veranda. Ich fand eine sehr gute Stelle, von der aus ich das Haus malen konnte, und hatte gerade begonnen, als ein Auto auf gewundenem Pfad den Hügel herabkroch. Natürlich blieb es ausgerechnet vor dem Gasthof stehen – an der Stelle, wo es mich am meisten störte. Die Leute stiegen aus – ein Mann und eine Frau –, ich schenkte ihnen keine besondere Aufmerksamkeit. Sie trug ein malvenfarbenes Leinenkleid und einen dazu passenden Hut.

Bald darauf kam der Mann wieder heraus und fuhr zu meiner großen Erleichterung seinen Wagen zum Kai hinunter, wo er ihn stehenließ. Er schlenderte dann an mir vorbei auf den Gasthof zu. In diesem Augenblick kam schon wieder so ein dummes Auto den Hügel herab. Die Frau am Steuer trug das leuchtendste Kattunkleid, das ich je gesehen habe – mit scharlachroten Blumen –, und dazu einen riesengroßen grellroten Strohhut.

Diese Frau hielt nicht vor dem Gasthof, sondern fuhr weiter die Straße hinunter in die Nähe des anderen Autos. Erst als sie ausstieg, wurde der Mann sie gewahr, und er rief ganz erstaunt: ‹Carol, du hier? Das ist ja wundervoll. Ich habe dich eine Ewigkeit nicht gesehen, und ausgerechnet in diesem abgelegenen Nest müssen wir uns treffen. Da kommt Margery – meine Frau. Ich muß euch miteinander bekannt machen.›

Sie gingen nebeneinander die Straße zum Gasthof hinauf, und ich sah, daß die andere Frau gerade aus der Tür getreten war und sich auf die beiden zubewegte. Von der Frau mit dem Namen Carol erhaschte ich einen flüchtigen Blick, als sie an mir vorbeikam. Ich sah ein sehr weiß gepudertes Kinn und einen flammend rot geschminkten Mund, und es ging mir durch den Sinn, ob Margery von dieser Bekanntschaft wohl sehr begeistert sein würde. Ich hatte Margery allerdings nicht aus der Nähe gesehen, von weitem wirkte sie ein wenig altmodisch.

Nun, es war natürlich nicht meine Angelegenheit, aber manchmal bekommt man merkwürdige kleine Einblicke ins Leben anderer, und man denkt unwillkürlich darüber nach. Einige Brocken ihrer Unterhaltung drangen an mein Ohr. Sie sprachen vom Baden. Der Ehemann, dessen Name Denis zu sein schien, wollte ein Boot nehmen und an der Küste entlangfahren, um ihnen eine sehenswerte Höhle in der Nähe zu zeigen. Carol stimmte zuerst zu, schlug aber dann einen Spaziergang über die Klippen vor, da sie Boote nicht ausstehen könne. Schließlich einigte man sich dahin, daß Carol den Klippenweg benutzen sollte, um das Ehepaar später bei der Höhle zu treffen, zu der Denis und Margery rudern wollten.

Da sie vom Baden gesprochen hatten, überkam auch mich das Verlangen zu schwimmen. Es war ein sehr heißer Morgen, und meine Arbeit ging sowieso nicht gut voran. Auch bildete ich mir ein, daß die Nachmittagssonne eine ausdrucksstärkere Wirkung auf meinem Bild hervorbringen würde. Also packte ich meine Sachen zusammen und ging zu einem kleinen Strandplatz, den ich vorher schon entdeckt hatte – er lag gerade in entgegengesetzter Richtung zu der Höhle. Nach einem herrlichen Bad verzehrte ich meinen Lunch – Zunge aus der Dose und zwei Tomaten – und kehrte nachmittags zuversichtlich und voller Tatendrang zu meiner Arbeit zurück.

Ganz Rathole schien zu schlafen. Mit der Wirkung der Nachmittagssonne hatte ich recht gehabt, die Schatten waren weit ausdrucksvoller. Ich nahm an, daß die Badegesellschaft wohlbehalten heimgekehrt war; denn zwei Badeanzüge – ein scharlachroter und ein dunkelblauer – hingen über dem Balkongeländer, um in der Sonne zu trocknen.

Ich hatte eine Ecke in meinem Bild ein wenig verpfuscht und war eine ganze Weile eifrig damit beschäftigt, die Sache in Ordnung zu bringen. Als ich wieder aufblickte, lehnte an einer der Säulen des Gasthofes eine Gestalt, die plötzlich aus dem Nichts hervorgezaubert zu sein schien. Der Mann trug Seemannskleidung und war demzufolge ein Fischer. Er hatte einen langen, dunklen Bart, und wenn ich nach einem Modell für einen typisch spanischen Piraten gesucht hätte, so wäre es kaum möglich gewesen, ein besseres zu finden. In fieberhafter Eile machte ich mich sogleich daran, ihn auf meinem Bild festzuhalten, aus Angst, daß er sich entfernen könnte.

Obwohl seine ganze Haltung mehr darauf hindeutete, daß er bereit war, die Säule bis in alle Ewigkeit zu stützen.

Er bewegte sich dann aber doch, glücklicherweise nicht, bevor ich ihn skizziert hatte. Er kam auf mich zu und begann zu sprechen. Meine Güte, und wie dieser Mann reden konnte!

Rathole, erklärte er, sei ein interessantes Fleckchen Erde. Meine Beteuerung, daß ich das bereits wisse, rettete mich jedoch nicht vor seinem folgenden Wortschwall. Er tischte mir noch einmal die ganze Geschichte der Zerstörung des Dorfes auf und schilderte mir temperamentvoll und in allen Einzelheiten, wie der Wirt des ‹Polharwith-Wappens› als letzter daran glauben mußte und auf äseiner eigenen Schwelle vom Schwert eines spanischen Kapitäns getötet wurde, wie das Blut auf das Pflaster spritzte und hundert Jahre lang nicht abgewaschen werden konnte.

Es paßte alles zu der lässigen, schläfrigen Stimmung des Nachmittags. Die Stimme des Mannes war sanft und monoton, hatte aber gleichzeitig einen unheimlichen Unterton. Obwohl er ein unterwürfiges Wesen zur Schau trug, wirkte er auf mich eher wie ein eiskalter, um nicht zu sagen grausamer Zeitgenosse. Ich verstand plötzlich die Inquisition und all die anderen Greueltaten der Spanier viel besser als je zuvor.

Während der ganzen Zeit, die er auf mich einredete, hatte ich weitergemalt, und plötzlich merkte ich, daß ich in der durch seine Erzählung verursachten Erregung etwas in mein Bild hineinmalte, das gar nicht vorhanden war. Auf das weiße, sonnenbeschienene Pflaster vor der Tür des Gasthofs hatte ich Blutflecke gemalt. Es schien mir merkwürdig, daß die Phantasie mit meiner Hand einen solchen Schabernack spielen konnte. Doch als ich wieder zum Gasthof hinüberschaute, erlitt ich den nächsten Schock. Meine Hand hatte doch nur gemalt, was meine Augen sahen – Blutstropfen auf dem weißen Pflaster.

Wie gebannt starrte ich eine Weile darauf. Dann schloß ich die Augen einen kurzen Moment und sagte mir: Sei nicht töricht. In Wirklichkeit ist gar nichts da. – Dann schaute ich wieder hin, aber die Blutflecken waren immer noch auf dem Pflaster.

Plötzlich konnte ich es nicht mehr aushalten. Ich unterbrach den Redefluß des Fischers.

‹Sagen Sie bitte, ich sehe heute nicht besonders gut. Sind das etwa Blutflecke dort auf dem Pflaster?›

Er sah mich nachsichtig und freundlich an.

‹Keine Blutflecke in der heutigen Zeit, meine Dame. Was ich Ihnen erzählt habe, passierte vor ungefähr fünfhundert Jahren.›

‹Ja›, sagte ich, ‹aber sehen Sie doch mal hin – da auf dem Pflaster –› Die Worte erstarben mir fast auf den Lippen. Ich wußte, daß er nicht das sehen würde, was ich sah. Ich erhob mich und packte mit zitternden Händen meine Siebensachen zusammen. Währenddessen kam der junge Ehemann aus der Tür des Gasthofes und blickte ziemlich bestürzt die Straße hinauf und hinunter. Oben auf dem Balkon erschien seine Frau und holte die Badesachen herein. Er ging inzwischen auf seinen Wagen zu, drehte sich aber plötzlich um und überquerte die Straße, um den Fischer anzusprechen.

‹Sagen Sie, guter Mann, wissen Sie zufällig, ob die Dame, die in dem zweiten Wagen heute morgen hier ankam, schon wieder abgefahren ist?›

‹Die Dame in dem großgeblümten Kleid? Nein, Sir, ich habe sie nicht gesehen. Heute morgen ist sie jedenfalls auf dem Klippenweg zur Höhle gegangen.›

‹Ich weiß, ich weiß, wir alle haben uns dort getroffen und zusammen gebadet, und sie hat uns dann verlassen, um ins Dorf zurückzukehren. Aber ich habe sie seitdem noch nicht wieder gesehen. Sie kann unmöglich so lange unterwegs sein. Die Klippen in dieser Gegend sind doch nicht etwa gefährlich?›

‹Das richtet sich ganz danach, welchen Weg Sie gehen. Am besten ist immer, wenn man einen Ortskundigen mitnimmt.›

Offenbar meinte er sich selbst damit und begann, weit ausholend, mit neuen Erklärungen, aber der junge Mann schnitt ihm kurzerhand das Wort ab und rannte zum Gasthof zurück, wo er seiner Frau, die noch auf dem Balkon stand, zurief:

‹Margery, merkwürdigerweise ist Carol noch nicht wieder zurück.›

Margerys Antwort konnte ich nicht verstehen, aber ihr Mann fuhr fort: ‹Wir können jetzt nicht länger warten, weil wir möglichst bald in Penrithar sein müssen. Bist du fertig? Ich will eben den Wagen holen.›

Das tat er, und bald darauf fuhren die beiden los. Inzwischen hatte ich genügend Mut gefaßt, um mir selbst zu beweisen, wie lächerlich meine Phantasiegebilde waren. Sobald der Wagen verschwunden war, ging ich zum Gasthof hinüber und untersuchte das Pflaster genau. Es gab natürlich keine Blutflecke. Sie waren mir von meiner verzerrten Phantasie vorgegaukelt worden. Aber irgendwie erschien die Sache dadurch nur unverständlicher. Während ich grübelnd dastand, hörte ich wieder die Stimme des Fischers.

Er warf mir einen merkwürdigen Blick zu.

‹Sie haben also geglaubt, hier Blutflecke zu sehen, meine Dame?›

Ich nickte.

‹Das ist seltsam, wirklich sehr seltsam. Hier herrscht nämlich noch ein alter Aberglaube. Wenn jemand diese Blutflecke sieht –›

Er hielt inne.

‹Nun, was ist dann?› fragte ich.

Er fuhr mit seiner weichen Stimme, die völlig frei von cornischen Dialektausdrücken war, fort:

‹Man sagt hierzulande: Wenn jemand diese Blutflecke sieht, dann wird innerhalb von vierundzwanzig Stunden ein Todesfall eintreten.›

Schaurig! Es rieselte mir kalt den Rücken hinab.

Mit sanftem Ton fuhr er fort: ‹Es gibt da eine sehr interessante Tafel in der Kirche, meine Dame, über einen Toten –›

‹Nein, danke›, wehrte ich energisch ab, drehte mich rasch um und ging die Straße hinauf zu dem kleinen Häuschen, in dem ich wohnte. Gerade als ich dort ankam, sah ich in der Ferne die Frau, die Carol hieß, auf dem Klippenpfad dahineilen. Gegen den Hintergrund der grauen Felsen wirkte sie wie eine giftige Scharlachblume. Ihr Hut sah aus, als sei er in Blut getaucht...

Ich schüttelte mich. Wirklich, Blut war bei mir schon zur fixen Idee geworden.

Später hörte ich das Geräusch ihres Wagens, und ich fragte mich im stillen, ob sie wohl auch nach Penrithar wollte. Aber sie fuhr in die entgegengesetzte Richtung. Ich beobachtete, wie der Wagen den Hügel hinaufkroch und verschwand, und dann atmete ich erleichtert auf. Rathole schien wieder zu seiner ursprünglichen Ruhe und Verschlafenheit zurückgekehrt zu sein.»

«Wenn das alles ist», meinte Raymond West, als Joyce eine Pause machte, «will ich sofort mein Urteil abgeben: Verdauungsstörungen, nach den Mahlzeiten Flecke vor den Augen.»

«Das ist aber nicht alles», entgegnete Joyce. «Sie müssen sich unbedingt den Schluß anhören. Ich habe davon zwei Tage später in der Zeitung gelesen unter der Überschrift ‹Unglücksfall beim Baden im Meer›. Es wurde berichtet, wie Mrs. Dacre, die Frau von Captain Denis Dacre, unglücklicherweise in der Landeer-Bucht ertrunken war. Sie und ihr Mann wohnten zu der Zeit dort im Hotel und hatten erklärt, sie wollten schwimmen gehen. Weil ein kalter Wind blies, verspürte Captain Dacre plötzlich keine Lust mehr, sich in die Fluten zu stürzen. Also ging er mit einigen anderen Hotelgästen zum nahe gelegenen Golfplatz. Mrs. Dacre dagegen behauptete, für sie sei es nicht zu kalt, und begab sich allein hinunter zur Bucht. Nachdem sie überhaupt nicht wiederkam, wurde ihr Mann unruhig und ging mit einigen anderen Hotelgästen zum Strand. Dort fanden sie die Kleider seiner Frau auf einem Felsblock, aber von der unglückseligen Schwimmerin war keine Spur zu sehen. Ihre Leiche wurde erst nach fast einer Woche etwas weiter unten an der Küste angeschwemmt. Man stellte fest, daß sie vor dem Tod einen heftigen Schlag auf den Kopf bekommen hatte. Man nahm an, daß sie beim Sprung ins Wasser mit dem Kopf auf einem Felsen aufgeschlagen war. Nach meiner Berechnung ist ihr Tod genau vierundzwanzig Stunden, nachdem ich die Blutflecke gesehen hatte, eingetreten.»

«Ich protestiere», erklärte Sir Henry. «Das ist kein Problem, sondern eine Geistergeschichte. Miss Lemprière ist anscheinend ein Medium.»

Mr. Petherick räusperte sich wie gewöhnlich.

«Ein Punkt fällt mir besonders auf», meinte er, «und das ist dieser Schlag auf den Kopf. Wir dürfen, glaube ich, nicht die Möglichkeit eines Verbrechens ausschließen. Aber es fehlen die nötigen Anhaltspunkte. Miss Lemprières Halluzination oder Vision ist gewiß sehr interessant, aber mir ist nicht ganz klar, worauf sie hinauswill.»

«Verdauungsstörungen und Zufall», entschied Raymond. «Außerdem weiß man nicht genau, ob es sich um dieselben Leute handelt, ganz abgesehen davon, daß der Fluch, oder wie man's nennen will, sich nur auf die eigentlichen Einwohner von Rathole beziehen würde.»

«Ich habe das Gefühl», sagte Sir Henry, «daß dieser Fischer eine Rolle dabei spielt. Aber ich muß Mr. Petherick zustimmen. Miss Lemprière hat uns tatsächlich wenig Anhaltspunkte gegeben.»

Joyce wandte sich an Dr. Pender, der lächelnd den Kopf schüttelte.

«Es ist eine höchst interessante Geschichte», gab er zu, «aber ich fürchte, ich bin derselben Ansicht wie Sir Henry und Mr. Petherick. Zu wenig Tatsachen.»

Joyce sah neugierig zu Miss Marple hinüber, die ihren Blick lächelnd erwiderte.

«Ich bin auch der Ansicht, daß Sie nicht ganz fair sind, liebe Joyce», sagte sie. «Natürlich ist es für mich nicht so schwierig. Ich meine, wir Frauen verstehen uns auf Kleider. Aber ich glaube, es ist nicht fair, einen Mann vor dieses Problem zu stellen. Das Umziehen muß sehr rasch vor sich gegangen sein. Was für eine böse Frau! Und ein noch schlimmerer Mann!»

Joyce starrte sie an.

«Tante Jane», rief sie. «Ich meine natürlich, Miss Marple. Mir kommt es tatsächlich so vor, als hätten Sie die Wahrheit erfaßt.»

«Nun, liebes Kind», erwiderte Miss Marple, «es ist viel leichter für mich, die ich hier so ruhig sitze, als für Sie. Als Künstlerin lassen Sie sich doch so leicht von der ganzen Atmosphäre beeinflussen. Wenn man hier so mit seinem Strickzeug sitzt, sieht man nur die nüchternen Tatsachen. Blut, das aus dem Badeanzug auf das Pflaster tropfte, und da es ein roter Badeanzug war, haben die Täter natürlich nicht bemerkt, daß er blutbefleckt war. Armes Ding! Das arme junge Ding!»

«Entschuldigen Sie, Miss Marple», sagte Sir Henry, «aber ich tappe immer noch gänzlich im dunkeln. Sie und Miss Lemprière scheinen orientiert zu sein. Doch uns armen Männern ist noch kein Licht aufgegangen.»

«Dann will ich Ihnen lieber jetzt das Ende der Geschichte erzählen», meinte Joyce. «Ein Jahr später war ich in einem kleinen Seebadeort an der Ostküste. Ich skizzierte wieder und hatte auf einmal das Gefühl – wie das manchmal so vorkommt, – daß ich eine ähnliche Situation früher schon einmal erlebt hatte. Vor mir auf dem Bürgersteig standen zwei Leute, ein Mann und eine Frau, und begrüßten gerade eine dritte Person, eine Frau in einem scharlachrotgeblümten Kattunkleid. ‹Carol, du hier? Das ist wundervoll! Ich habe dich eine Ewigkeit nicht gesehen. Darf ich dich mit meiner Frau bekannt machen? Joan, dies ist eine alte Freundin von mir, Miss Harding.›

Ich erkannte den Mann sofort. Es war derselbe Denis, den ich in Rathole gesehen hatte. Die Frau war eine andere – das heißt, sie war jetzt eine Joan und keine Margery, aber im übrigen der gleiche Typ: jung, etwas altmodisch und sehr unauffällig. Einen Augenblick lang dachte ich, daß das alles gar nicht wahr sein konnte. Man begann, vom Schwimmen zu reden. Wissen Sie, was ich da tat? Ich marschierte schnurstracks zur Polizeiwache. Ich nahm an, daß sie mich dort wahrscheinlich für verrückt halten würden, aber das war mir ganz gleich. Wie sich herausstellte, waren meine Befürchtungen in dieser Richtung grundlos. Es war nämlich ein Mann von Scotland Yard da, der gerade in dieser Angelegenheit hergekommen war. Anscheinend hatte die Polizei – oh, das Ganze ist so schrecklich, wenn man darüber nachdenkt – gegen Denis Dacre Verdacht geschöpft. Das war allerdings nicht sein richtiger Name – er legte sich immer wieder einen anderen zu. Sein Trick war, daß er sich an ruhige, unauffällige Mädchen heranmachte, die kaum Verwandte oder Freunde hatten. Bald heiratete er sie und kaufte sie hoch in einer Lebensversicherung ein, und dann – es ist furchtbar! Carol war seine richtige Frau, und sie arbeiteten immer nach dem gleichen Plan. Dadurch ist man ihnen eigentlich auf die Spur gekommen. Die Versicherungsgesellschaften schöpften Verdacht. Er pflegte mit seiner neuen Frau jeweils einen ruhigen Seebadeort aufzusuchen. Dann erschien die andere Frau, und alle miteinander gingen schwimmen. Bei dieser Gelegenheit wurde die Frau ermordet, Carol zog die Kleider der Ermordeten an und fuhr im Boot mit ihm zurück. Nachdem sie Nachforschungen nach der sogenannten Carol angestellt hatten, verließen sie den Ort, und sobald sie das Dorf hinter sich hatten, zog sich Carol in aller Hast ihr flammendrotes Kleid wieder an und schminkte sich in grellen Farben. Darauf kehrte sie in das Dorf zurück und fuhr in ihrem eigenen Wagen davon. Sie hatten natürlich ausfindig gemacht, in welcher Richtung die Strömung floß, und suchten sich einen entsprechenden Badeplatz an der Küste aus, wo dann der vermeintliche Tod stattfand. Carol spielte die Rolle der Frau: Sie ging zu einem einsamen Strand, legte die Kleider der Frau auf einen Felsen und verschwand in ihrem geblümten Kattunkleid. Später wartete sie seelenruhig an irgendeinem Ort, bis ihr Mann sich mir ihr treffen konnte.

Als sie die arme Margery töteten, muß wohl ziemlich viel Blut auf Carols Badeanzug gespritzt sein, und da er rot war, haben die beiden es nicht gemerkt, wie Miss Marple schon andeutete. Aber als sie ihn zum Trocknen über das Balkongeländer gehängt hatten, mußte anstatt Wasser natürlich Blut aus ihm heraustropfen.» Joyce schauderte. «Ich sehe es noch vor mir.»

«Aber natürlich!» rief Sir Henry. «Ich erinnere mich jetzt sehr gut an den Fall. Der Mann hieß in Wirklichkeit Davis. Es war mir ganz entfallen, daß Dacre einer seiner vielen angenommenen Namen war. Die beiden waren ein unbeschreiblich gerissenes Paar. Ich war damals so erstaunt darüber, daß niemand hinter diesen Personenwechsel kam. Aber wie Miss Marple schon sagte, stechen Kleider wohl mehr ins Auge als Gesichter. Der Plan war sehr gut ausgeheckt. Obwohl wir Verdacht gegen Davis hegten, war es nicht leicht, ihn zu überführen; denn er schien immer ein unanfechtbares Alibi zu haben.»

«Tante Jane», sagte Raymond, während er ihr einen bewundernden Blick zuwarf, «wie bringst du es nur immer fertig? Du hast ein so friedliches Leben geführt, und doch scheint dich nichts zu überraschen.»

«So viele Dinge ähneln sich auf dieser Welt», erwiderte Miss Marple. «Da war zum Beispiel Mrs. Green. Sie trug fünf Kinder zu Grabe – und alle waren versichert. Da schöpfte man natürlich Verdacht.»

Sie schüttelte den Kopf.

«Auch in einem Dorf gibt es viel Niedertracht und Abscheuliches. Ich hoffe, daß ihr lieben jungen Leute niemals zu spüren bekommt, wie schlecht die Welt in Wirklichkeit ist.»

Die überlistete Spiritistin

Mr. Petherick räusperte sich noch etwas nachdrücklicher als gewöhnlich.

«Ich fürchte», entschuldigte er sich, «mein kleines Problem wird Ihnen allen recht harmlos erscheinen nach den sensationellen Geschichten, die wir bisher gehört haben. In meiner Erzählung findet kein Blutvergießen statt, aber es geht meiner Ansicht nach um ein interessantes Problem, und glücklicherweise bin ich in der Lage, Ihnen die richtige Lösung geben zu können.»

«Und keine juristischen Spitzfindigkeiten, wenn ich bitten darf», warnte Miss Marple und drohte mit einer Stricknadel.

«Ganz gewiß nicht», versicherte Mr. Petherick ihr.

«Na, davon bin ich nicht überzeugt, aber fangen Sie nur an.»

«Meine Geschichte betrifft einen meiner früheren Klienten, den ich Mr. Clode – Simon Clode – nennen will. Er war ein sehr wohlhabender Mann und wohnte in einem großen Haus nicht weit von hier. Sein einziger Sohn war im Krieg gefallen, und dieser Sohn hinterließ ein Kind, ein kleines Mädchen. Die Mutter war bei der Geburt gestorben, und als der Vater fiel, kam die Kleine zu ihrem Großvater, der ihr vom ersten Augenblick an geradezu leidenschaftlich zugetan war. Die kleine Chris konnte ihren Großvater um den Finger wickeln. Niemals bin ich einem Mann begegnet, der so vollständig in einem Kind aufging wie er, und ich kann Ihnen seinen Kummer und seine Verzweiflung nicht beschreiben, als das Kind im Alter von elf Jahren eine Lungenentzündung bekam und starb.

Der arme Simon Clode war untröstlich. Ein Bruder von ihm war vor kurzem in ärmlichen Verhältnissen gestorben, und Simon Clode hatte den Kindern dieses Bruders großzügig ein Heim geboten – es waren zwei Mädchen, Grace und Mary, und ein Junge, George.

Obwohl der alte Mann seinem Neffen und seinen Nichten gegenüber stets freundlich und großmütig war, schenkte er ihnen niemals die Liebe, die er seiner kleinen Enkelin hatte zuteil werden lassen. George Clode fand Anstellung in einem nahen Bankhaus, und Grace heiratete einen klugen jungen Forschungschemiker namens Philip Garrod. Mary, ein stilles, verschlossenes Mädchen, lebte zu Hause und sorgte für ihren Onkel. In ihrer ruhigen, zurückhaltenden Art mochte sie ihn wohl sehr gern, und so lebten sie friedlich zusammen. Ich möchte noch erwähnen, daß Simon Clode nach dem Tod der kleinen Chris zu mir kam und mich beauftragte, ein neues Testament aufzusetzen. In diesem Testament hinterließ er ein beträchtliches Vermögen seinem Neffen und seinen Nichten zu gleichen Teilen.

Die Zeit verging, und als ich eines Tages zufällig George Clode traf, erkundigte ich mich nach seinem Onkel, den ich schon lange nicht mehr gesehen hatte. Zu meiner Überraschung flog ein Schatten über Georges Gesicht. ‹Ich wollte, Sie könnten Onkel Simon etwas Vernunft beibringen›, sagte er kläglich. Sein ehrliches, aber nicht sehr verständiges Gesicht hatte einen verwirrten und bekümmerten Ausdruck. ‹Dieser spiritistische Kram wird immer schlimmer.›

‹Was für ein spiritistischer Kram?› fragte ich, im höchsten Grade überrascht.

Daraufhin erzählte mir George die ganze Geschichte. Wie Mr. Clode sich allmählich für den Spiritismus interessierte und wie er dann zufällig ein amerikanisches Medium getroffen hatte, eine gewisse Mrs. Eurydice Spragg. Diese Frau, die George ohne Bedenken als eine abgefeimte Schwindlerin bezeichnete, hatte ungeheuren Einfluß auf Simon Clode gewonnen. Sie war pratkisch immer im Hause, und es wurden viele Séancen abgehalten, in denen Chris' Geist dem zärtlichen Großvater erschien.

An dieser Stelle möchte ich erwähnen, daß ich nicht zu den Menschen gehöre, die den Spiritismus verhöhnen oder lächerlich machen. Wie ich schon sagte, halte ich mich an Tatsachen. Und wenn wir unvoreingenommen an die Sache herangehen, so bleibt meiner Ansicht nach beim Spiritismus eine ganze Menge übrig, das sich nicht einfach beiseite schieben oder gar auf Betrug zurückführen läßt.

Andererseits eignet sich der Spiritismus vorzüglich für Schwindel und Betrügereien, und nach allem, was mir der junge George Clode über diese Mrs. Eurydice Spragg erzählte, gelangte ich immer mehr zu der Überzeugung, daß Simon Clode sich in schlechten Händen befand und daß Mrs. Spragg wahrscheinlich eine Betrügerin schlimmster Sorte war. So scharfsinnig der alte Mann in praktischen Dingen auch sein mochte, sobald es sich um sein totes Enkelkind handelte, würde er sich sehr leicht hinters Licht führen lassen.

Je länger ich darüber nachdachte, desto unruhiger wurde ich. Ich mochte die jungen Clodes, Mary und George, sehr gern, und ich war mir klar darüber, daß der Einfluß, den diese Mrs. Spragg auf ihren Onkel ausübte, in Zukunft zu Scherereien führen würde.

Sobald es meine Zeit erlaubte, stattete ich unter irgendeinem Vorwand Simon Clode einen Besuch ab und fand Mrs. Spragg als Gast im Haus etabliert vor. Kaum daß ich sie sah, schienen meine schlimmsten Befürchtungen bestätigt. Sie war eine korpulente Frau in mittleren Jahren, die sich auffallend kleidete. Sie überbot sich fast mit heuchlerischen Phrasen über ‹unsere Lieben, die hinübergegangen sind›.

Ihr Mann, Mr. Absalom Spragg, war ebenfalls Gast im Haus. Ein dünner, schmächtiger Mann mit einem melancholischen Gesichtsausdruck, dessen Augen ungewöhnlich verschlagen wirkten. Sobald es sich einrichten ließ, sprach ich mit Simon Clode unter vier Augen, und ich versuchte, ihn taktvoll auszuhorchen. Er war voller Begeisterung. Eurydice Spragg erschien ihm einfach wundervoll! Er glaubte, sie sei ihm geradezu durch eine göttliche Fügung gesandt worden! Aus Geld mache sie sich nichts, es sei ihr eine Freude, einem bedrängten Herzen zu helfen. Sie besaß ein richtig mütterliches Verständnis für die kleine Chris. Simon Clode betrachtete Mrs. Spragg allmählich fast wie eine Tochter. Dann erzählte er mir Einzelheiten – er habe die Stimme seiner lieben Chris gehört, und sie habe ihm erzählt, daß sie mit Vater und Mutter vereint und glücklich und zufrieden sei. Er erwähnte noch andere Empfindungen, denen das Kind Ausdruck verliehen habe, die mir aber auf Grund meiner Erinnerung an die kleine Christobel höchst unwahrscheinlich vorkamen. Das Kind habe besonders betont, daß Vater und Mutter die liebe Mrs. Spragg sehr ins Herz geschlossen hätten.

‹Sie, Mr. Petherick›, unterbrach er sich, ‹gehören natürlich zu den Spöttern.›

‹Nein, ich bin kein Spötter. Weit davon entfernt. Das Zeugnis einiger Männer, die über dieses Thema geschrieben haben, würde ich ohne weiteres respektieren und jedem von ihnen empfohlenen Medium Achtung und Vertrauen schenken. Ich nehme an, daß diese Mrs. Spragg gute Referenzen hat.›

Simon geriet fast in Ekstase über Mrs. Spragg. Der Himmel selbst hatte sie ihm gesandt. Er hatte sie in einem Kurort getroffen, wo er im Sommer zwei Monate gewesen war. Eine zufällige Begegnung, aber was für ein wunderbares Resultat!

Ich verließ Simon Clode sehr beunruhigt. Meine schlimmsten Befürchtungen fanden sich bestätigt, aber es war mir nicht klar, was ich dagegen hätte tun können. Nach reiflicher Überlegung schrieb ich an Philip Garrod, der, wie ich schon erwähnte, die ältere Schwester, Grace, geheiratet hatte. Ich legte ihm den Fall dar, wobei ich mich natürlich äußerst vorsichtig ausdrückte, und wies darauf hin, wie gefährlich der Einfluß einer solchen Frau auf den alten Mann werden könne. Ich schlug vor, Mr. Clode nach Möglichkeit mit angesehenen spiritistischen Kreisen in Verbindung zu bringen. Das, dachte ich, würde wohl keine allzu schwierige Aufgabe für Philip Garrod sein.

Garrod handelte prompt. Im Gegensatz zu mir wußte er nämlich, daß es um Simon Clodes Gesundheit nicht besonders gut bestellt war, und er hatte als praktischer Mann nicht die geringste Absicht, seine Frau und deren Geschwister um ihr rechtmäßiges Erbe betrügen zu lassen. In der folgenden Woche schon besuchte er Simon Clode und brachte als Gast niemand anderen als den berühmten Professor Longman mit. Longman war ein erstklassiger Wissenschaftler, ein Mann, dessen Einstellung zum Spiritismus die Menschen zwang, die Lehre vom Übersinnlichen mit

Respekt zu behandeln. Und er war nicht nur ein glänzender Wissenschaftler, sondern auch ein Mann von äußerster Rechtschaffenheit.

Doch das Ergebnis dieses Besuches war nicht gerade überwältigend. Es wurden zwei Séancen abgehalten, aber Longman hatte sich nicht dazu geäußert, solange er als Gast im Haus weilte. Erst nach seiner Abreise schrieb er an Philip Garrod. In diesem Brief erklärte er, daß es ihm nicht gelungen sei, Mrs. Spragg bei einem Betrug zu ertappen, daß er persönlich jedoch die Echtheit der Phänomene anzweifle. Es stehe Mr. Garrod frei, seinem Onkel diesen Brief zu zeigen, wenn er es für richtig halte, und er schlage vor, daß er, Longman, Mr. Clode ein völlig unvoreingenommenes Medium beschaffe.

Philip Garrod zeigte diesen Brief unverzüglich seinem Onkel, der jedoch ganz anders darauf reagierte, als er angenommen hatte. Der alte Mann bekam einen fürchterlichen Wutanfall. Und es war natürlich nur eine Verschwörung, um Mrs. Spragg, diese verleumdete und verunglimpfte Heilige, noch mehr in Mißkredit zu bringen! Sie hatte ihm bereits erzählt, wie eifersüchtig man in diesem Land auf sie sei. Er wies darauf hin, daß Longman habe zugeben müssen, keinen Schwindel entdeckt zu haben. Eurydice Spragg war in der dunkelsten Stunde seines Lebens zu ihm gekommen, hatte ihm Hilfe und Trost gewährt, und er war bereit, für das Gute ihrer Sache zu kämpfen, selbst wenn er damit einen Streit mit jedem einzelnen Mitglied seiner Familie heraufbeschwören würde. Sie bedeutete ihm inzwischen mehr als jeder andere Mensch auf der Welt.

Philip Garrod wurde kurz und bündig des Hauses verwiesen. Aber als Folge dieses Zornesausbruchs verschlimmerte sich Clodes Gesundheitszustand beträchtlich. Im vorhergehenden Monat hatte er fast dauernd liegen müssen, und nun sah es so aus, als würde er ans Bett gefesselt bleiben, bis ihn der Tod erlöste.

Zwei Tage nach Philips Abreise erhielt ich eine dringende Aufforderung von Clode, ihn zu besuchen, und ich ging eilends hin. Clode lag im Bett, und jeder Laie konnte sehen, daß er ein schwerkranker Mann war. Er rang nach Atem.

‹Mit mir geht es zu Ende›, keuchte er. ‹Ich fühle es. Keine

Widerrede, Petherick. Aber ehe ich sterbe, will ich meine Pflicht tun dem einzigen Menschen gegenüber, der mehr für mich getan hat als alle anderen. Ich möchte ein neues Testament aufsetzen.›

‹Gewiß›, erwiderte ich. ‹Wenn Sie mir jetzt Ihre Instruktionen geben wollen, werde ich das Testament abfassen und Ihnen das Dokument dann sofort zusenden.›

‹Das geht auf keinen Fall›, erklärte er. ‹Denn es ist möglich, daß ich diese Nacht nicht überlebe. Ich habe meine Wünsche aufgezeichnet›, seine Hand faßte tastend unter das Kopfkissen, ‹und Sie können mir sagen, ob es so richtig ist.›

Er zog ein Blatt Papier, auf das mit Bleistift einige Worte gekritzelt waren, hervor. Es schien alles ganz einfach und klar. Er hinterließ seinem Neffen und seinen Nichten je 5000 Pfund, und den Rest seines ungeheuren Besitzes vermachte er Eurydice Spragg, aus Dankbarkeit und Verehrung.

Das gefiel mir ganz und gar nicht, aber daran ließ sich auch nichts ändern. Man konnte nicht geltend machen, daß er nicht richtig bei Verstand gewesen sei, als er seine Verfügung traf, denn der alte Mann war durchaus bei Verstand.

Er läutete nach zwei Dienstboten, die auch prompt erschienen. Emma Gaunt, das Hausmädchen, war eine Frau mittleren Alters, die seit vielen Jahren im Hause beschäftigt war und Clode treu gepflegt hatte. Die Köchin, die sie mitbrachte, war eine dralle, frische junge Frau von etwa dreißig Jahren. Simon Clode blickte sie unter seinen buschigen Augenbrauen durchdringend an.

‹Ich möchte Sie bitten, mein Testament als Zeugen zu unterschreiben. Emma, holen Sie mir meinen Füllfederhalter.›

Emma trat gehorsam an den Schreibtisch.

‹Nicht in der linken Schublade, Mädchen›, sagte der alte Simon gereizt. ‹Wissen Sie denn immer noch nicht, daß er in der rechten Schublade liegt?›

‹Nein, er ist hier, Sir›, entgegnete Emma und holte ihn hervor.

‹Dann müssen Sie ihn das letzte Mal falsch weggelegt haben›, brummte der alte Herr. ‹Ich kann es nun mal nicht leiden, wenn nicht alles am richtigen Platz liegt.›

Immer noch knurrend, nahm er ihr den Füllfederhalter aus der Hand und schrieb seinen eigenen, von mir verbesserten Entwurf ab.

Dann unterzeichnete er das Testament. Emma Gaunt und Lucy David setzten ebenfalls ihre Namen darunter. Dann faltete ich das Testament zusammen und steckte es in einen langen blauen Umschlag. Notgedrungen war es ja auf ein ganz gewöhnliches Stück Papier geschrieben.

Gerade als die Dienstboten den Raum verlassen wollten, sank Clode stöhnend und mit verzerrtem Gesicht in die Kissen zurück. Ich beugte mich besorgt über ihn, und Emma Gaunt kam eilig zurück. Der alte Mann erholte sich jedoch wieder und lächelte schwach.

‹Ist schon gut, Petherick. Kein Grund zur Aufregung. Jedenfalls kann ich jetzt ruhig sterben, nachdem ich ausgeführt habe, was ich schon lange tun wollte.›

Emma Gaunt sah mich fragend an, um zu erfahren, ob sie wohl das Zimmer verlassen könne. Ich nickte ihr beruhigend zu, und sie ging hinaus – hob aber erst noch den blauen Umschlag auf, der mir aus der Hand gefallen war, als ich mich in Sorge über Clode gebeugt hatte. Sie reichte ihn mir, und ich steckte ihn in meine Manteltasche. Dann verließ sie das Zimmer.

‹Sie ärgern sich über mein Testament, Petherick›, sagte Simon Clode. ‹Sie haben ein Vorurteil, wie alle anderen auch.›

‹Es handelt sich hier nicht um Vorurteile›, entgegnete ich. ‹Mrs. Spragg mag ja so tüchtig sein, wie sie behauptet hat. Das bestreite ich nicht, und ich hätte nichts dagegen gehabt, wenn Sie ihr als Zeichen der Dankbarkeit ein kleines Vermächtnis hinterlassen hätten. Aber Ihr eigenes Fleisch und Blut zugunsten einer Fremden zu enterben, Clode, das ist, offen gestanden, ein großes Unrecht.›

Nach diesen Worten drehte ich mich um und ging hinaus. Ich hatte Protest erhoben, und mehr konnte ich nicht tun.

Mary Clode kam aus dem Salon und fing mich in der Halle ab.

‹Sie werden doch eine Tasse Tee trinken, bevor Sie gehen, nicht wahr? Kommen Sie herein›, und damit führte sie mich in den Salon.

Im Kamin brannte ein Feuer, und der Raum wirkte heiter und gemütlich. Sie nahm mir meinen Mantel ab, und ihr Bruder George, der gerade ins Zimmer trat, legte ihn über einen Stuhl. Dann kehrte er zum Kamin zurück, wo wir unseren Tee tranken. In der folgenden Unterhaltung kam etwas zur Sprache, das den Besitz anging. Simon Clode wollte nicht damit belästigt werden und hatte George die Entscheidung überlassen. George war ein wenig ängstlich und mochte sich nicht auf sein Urteil verlassen. Auf meinen Vorschlag hin zogen wir uns nach dem Tee in das Arbeitszimmer zurück, und ich sah mir die fraglichen Papiere an. Mary Clode begleitete uns.

Eine Viertelstunde später wollte ich aufbrechen; ich erinnerte mich, daß ich meinen Mantel im Salon zurückgelassen hatte, und ging hin, um ihn zu holen. Die einzige Person im Raum war Mrs. Spragg, die neben dem Stuhl kniete, auf dem mein Mantel lag. Sie schien sich unnötigerweise an dessen Innenfutter zu schaffen zu machen. Sie erhob sich mit hochrotem Gesicht, als wir eintraten.

‹Dieses Futter hat nie richtig gesessen›, klagte sie. ‹Ich könnte bestimmt ein besseres machen.›

Ich nahm meinen Mantel vom Stuhl und zog ihn an. Dabei merkte ich, daß der Umschlag mit dem Testament aus der Tasche gefallen war und auf dem Boden lag. Ich steckte ihn wieder ein, verabschiedete mich und ging.

Ich möchte hier genau beschreiben, was ich nach Ankunft in meinem Büro tat. Zunächst zog ich meinen Mantel aus und nahm das Testament aus der Tasche. Ich stand am Tisch und hatte es in der Hand, als mein Sekretär hereinkam und mir sagte, daß mich jemand am Telefon zu sprechen wünsche. Da die Leitung zu meinem Schreibtisch nicht in Ordnung war, ging ich ins Vorzimmer und führte ein etwa fünf Minuten dauerndes Telefongespräch.

Als ich aus dem Zimmer zurückkam, wartete mein Sekretär auf mich.

‹Mr. Spragg ist hier, Sir. Ich habe ihn in Ihr Büro geführt.›

Bei meinem Eintritt saß Mr. Spragg am Tisch. Er erhob sich und begrüßte mich auf etwas salbungsvolle Weise. Dann erging er sich in einer langen, weitschweifigen Rede, die mir im großen und ganzen wie eine ängstliche Rechtfertigung seiner Frau und seiner eigenen Person vorkam. Er fürchtete sich vor dem, was die Leute wohl sagen würden, etc. Seine Frau sei schon seit ihrer Kindheit wegen ihrer Lauterkeit und Tugend bekannt gewesen... und so weiter und so weiter. Ich fürchte, ich war ziemlich kurz angebunden. Schließlich merkte er wohl, daß sein Besuch kein allzu großer

Erfolg war, und er brach ein wenig überstürzt auf. Dann fiel mir ein, daß das Testament noch auf dem Tisch lag. Ich klebte den Umschlag zu, schrieb die erforderlichen Angaben darauf und legte ihn in den Safe.

Nun komme ich zu dem verwickelten Teil meiner Geschichte. Zwei Monate später starb Mr. Simon Clode. Ich will mich nicht auf langatmige Erörterungen einlassen, sondern mich mit den nüchternen Tatsachen begnügen. *Als der Umschlag mit dem Testament geöffnet wurde, enthielt er nur ein leeres Blatt Papier.*»

Mr. Petherick blickte der Reihe nach die interessierten Gesichter an und schmunzelte stillvergnügt vor sich hin.

«Sie verstehen doch natürlich, worauf es ankommt, nicht wahr? Zwei Monate lang hatte der verschlossene Umschlag in meinem Safe gelegen. Während dieser Zeit konnte niemand damit Unfug getrieben haben. Nein, die Zeitspanne, in der dies geschehen konnte, war sehr kurz; sie liegt zwischen dem Augenblick, da das Testament unterzeichnet wurde, und dem Zeitpunkt, da ich es im Safe einschloß. Nun, wer hatte Gelegenheit und in wessen Interesse lag es, mir ein leeres Blatt unterzuschieben?

In einer kurzen Zusammenfassung will ich die Hauptpunkte noch einmal aufzählen: Das Testament wurde von Mr. Clode unterzeichnet und von mir in einen Umschlag gesteckt – so weit ist alles in Ordnung. Dann wurde dieser Umschlag von mir in meinen Mantel geschoben. Mary nahm mir den Mantel ab und reichte ihn ihrem Bruder George, den ich dauernd im Auge hatte, solange er den Mantel hielt. Während der Zeit, die ich im Arbeitszimmer verbrachte, hätte Mrs. Spragg sehr gut den Umschlag aus der Manteltasche ziehen und das Testament lesen können, wofür die Tatsache, daß der Umschlag am Boden lag, ja auch spricht. Aber hier stoßen wir auf einen wichtigen Punkt: Sie hatte zwar die *Gelegenheit*, mir das leere Blatt unterzuschieben, aber kein *Motiv*. Das Testament war ja zu ihren Gunsten abgefaßt, und wenn sie es durch ein leeres Stück Papier ersetzte, beraubte sie sich ja einer Erbschaft, auf die sie so versessen gewesen war. Dasselbe gilt für Mr. Spragg. Auch er hatte die Gelegenheit; denn er war ja mehrere Minuten mit dem fraglichen Dokument in meinem Büro. Jedoch wäre das wiederum nicht zu seinem Vorteil gewesen. Wir stehen also einem merkwürdigen Problem gegenüber: allein die beiden Leute, die Gelegenheit hatten, das leere Stück Papier in den Umschlag zu schieben, besaßen kein Motiv für eine solche Handlungsweise, und die beiden Leute, die ein Motiv gehabt hätten, besaßen keine Gelegenheit. Nebenbei bemerkt, würde ich das Hausmädchen, Emma Gaunt, nicht vom Verdacht ausschließen. Sie war ihrer jungen Herrin und ihrem jungen Herrn sehr ergeben und verabscheute die Spraggs. Ich bin überzeugt, daß sie durchaus dazu imstande gewesen wäre, den Tausch vorzunehmen, wenn sie daran gedacht hätte. Aber obwohl sie tatsächlich den Umschlag in Händen hatte, als sie ihn vom Boden aufhob und mir reichte, hatte sie in dem Augenblick nicht genügend Zeit, an dem Inhalt herumzupfuschen, und sie hätte auch nicht durch irgendeinen Kniff – dessen sie zudem kaum fähig gewesen wäre – den Umschlag vertauschen können, denn der fragliche Umschlag war von mir ins Haus gebracht worden, und es war nicht sehr wahrscheinlich, daß jemand im Haus ein Duplikat besaß.»

Mr. Petherick blickte sich strahlend im Kreise um.

«Nun, hier ist mein kleines Problem. Ich habe es hoffentlich klar zum Ausdruck gebracht und würde mit großem Interesse Ihre Ansichten hören.»

Zum Erstaunen aller lachte Miss Marple vergnügt vor sich hin. Etwas schien sie königlich zu amüsieren.

«Was hast du nur, Tante Jane? Willst du uns nicht an dem Spaß teilnehmen lassen?» fragte Raymond.

«Es sollte mich wirklich wundern, wenn Sie tatsächlich dahintergekommen sind», meinte der Rechtsanwalt.

Miss Marple schrieb ein paar Worte auf ein Stück Papier, faltete es zusammen und ließ es ihm überreichen.

Mr. Petherick faltete es auseinander, las die Worte und blickte bewundernd zu ihr hinüber.

«Meine liebe Freundin», sagte er, «gibt es eigentlich etwas, das Sie nicht wissen?»

«So etwas habe ich schon als Kind gekannt», erwiderte Miss Marple, «habe sogar damit gespielt.»

«Da komme ich nicht mehr mit», meinte Sir Henry. «Sicherlich hat Mr. Petherick irgendeinen juristischen Trick dabei.»

«Keineswegs», antwortete Mr. Petherick. «Keineswegs. Es ist eine völlig faire Angelegenheit ohne irgendwelche Schliche. Sie dürfen sich nicht von Miss Marple beeinflussen lassen. Sie hat ihre eigene Anschauungsweise.»

«Wir müßten eigentlich die Lösung finden», meinte Raymond West ein wenig verärgert. «Die Tatsachen erscheinen wirklich einfach genug. Fünf Personen haben den Umschlag angerührt. Die Spraggs hätten ihr Spiel damit treiben können, haben es aber offenbar nicht getan. Da bleiben also nur noch drei übrig. Wenn man an die wunderbaren Tricks denkt, die ein Zauberkünstler direkt vor unseren Augen ausführt, so will es mir scheinen, daß George Clode mit Leichtigkeit das Testament gegen ein leeres Stück Papier hätte vertauschen können, während er den Mantel zum anderen Ende des Zimmers trug.»

«Ich glaube eher, es war Mary», bemerkte Joyce. «Das Hausmädchen ist nach unten gerannt und hat ihr erzählt, was oben vor sich ging. Da hat sie einfach einen anderen blauen Umschlag genommen und ihn später mit dem richtigen vertauscht.»

Sie Henry schüttelte den Kopf.

«Ich stimme mit beiden Erklärungen nicht überein», sagte er langsam. «Diese Taschenspielerkünste wären wohl kaum unter den scharfen Augen meines Freundes Petherick auszuführen gewesen. Ich habe eine Idee – es ist allerdings nur eine Idee. Wir wissen, daß Professor Longman kurz vorher zu Besuch war und sehr wenig gesagt hatte. Es ist wohl anzunehmen, daß die Spraggs sehr beunruhigt waren über das Ergebnis dieses Besuches. Wenn Simon Clode sie nicht ins Vertrauen gezogen hat, was durchaus wahrscheinlich ist, mögen sie Mr. Pethericks Erscheinen von einem ganz anderen Gesichtspunkt aus gesehen haben. Vielleicht glaubten sie, daß Mr. Clode bereits ein Testament zugunsten von Eurydice Spragg gemacht habe und daß nun ein neues aufgesetzt worden sei mit der ausdrücklichen Absicht, sie auf Grund von Professor Longmans Enthüllungen wieder zu enterben, oder auch, weil Philip Garrod bei seinem Onkel die Ansprüche seiner eigenen Verwandtschaft geltend gemacht haben könnte. Also schickte sich Mrs. Spragg an, den Wechsel vorzunehmen. Da Mr. Petherick jedoch gerade in einem ungünstigen Moment erschien, hatte sie keine Zeit, das Dokument zu lesen, und warf es eilig ins Feuer, um jeden Beweis zu vernichten, für den Fall, daß der Rechtsanwalt den Verlust entdecken sollte.»

Joyce schüttelte energisch den Kopf.

«Sie würde es nie verbrannt haben, ohne es zu lesen.»

«Die Erklärung ist ziemlich schwach», gab Sir Henry zu. «Mr. Petherick hat doch wohl nicht etwa – hm – der Vorsehung selbst ein wenig unter die Arme gegriffen?»

Obwohl diese Äußerung nur im Scherz gemacht worden war, richtete sich der kleine Rechtsanwalt in verletzter Würde auf.

«Eine höchst unziemliche Bemerkung», erklärte er mit einiger Schärfe.

«Und was meint Dr. Pender zu der Sache?» fragte Sir Henry.

«Ich kann nicht behaupten, daß ich sehr klare Vorstellungen darüber habe. Meiner Ansicht nach muß der Tausch von Mrs. Spragg oder ihrem Gatten vorgenommen worden sein, wahrscheinlich aus dem von Sir Henry angedeuteten Grunde. Wenn sie das Testament erst gelesen hat, nachdem Mr. Petherick fort war, befand sie sich natürlich in einem Zwiespalt, da sie ihre Handlung nicht eingestehen konnte. Wahrscheinlich hätte sie dann das Testament zwischen Mr. Clodes andere Papiere gesteckt, in der Annahme, daß es nach seinem Tod gefunden würde. Aber warum es nicht gefunden worden ist, entzieht sich meiner Kenntnis. Es könnte natürlich möglich sein, daß Emma Gaunt es entdeckt und aus Treue zu ihren Arbeitgebern vorsätzlich vernichtet hat.»

«Ich glaube, Dr. Penders Lösung ist die beste von allen», entschied Joyce. «Ist sie richtig, Mr. Petherick?»

Der Rechtsanwalt schüttelte den Kopf. «Ich will da fortfahren, wo ich aufgehört habe. Ich war bestürzt und ebenso ratlos wie Sie alle. Ich glaube nicht, daß ich die Wahrheit je erraten hätte, aber ich wurde aufgeklärt, und zwar auf sehr geschickte Weise.

Etwa einen Monat später wurde ich von Philip Garrod zum Abendessen eingeladen, und im Laufe unserer nach dem Essen stattfindenden Unterhaltung erwähnte er einen interessanten Fall, der ihm kürzlich zu Ohren gekommen sei.

‹Ich möchte Ihnen davon erzählen, Petherick›, sagte er, ‹natürlich unter dem Siegel der Verschwiegenheit.›

‹Selbstverständlich›, erwiderte ich.

‹Ein Freund von mir, der eine große Erbschaft von einem Verwandten zu erwarten hatte, war aufs tiefste bekümmert, als er entdeckte, daß dieser Verwandte die Absicht hatte, eine gänzlich unwürdige Person als Erbin einzusetzen. Mein Freund ist leider nicht übermäßig gewissenhaft.

Im Haus des Verwandten lebte ein Hausmädchen, das die Interessen der sogenannten rechtmäßigen Partei tatkräftig wahrnahm. Mein Freund erteilte ihr sehr einfache Instruktionen. Zunächst gab er ihr einen gefüllten Füllfederhalter, den sie in eine Schublade des Schreibtisches im Zimmer ihres Herrn legen sollte, aber nicht in die übliche Schublade, wo sein Füllhalter gewöhnlich aufbewahrt wurde.

Falls ihr Herr sie nun bitten sollte, bei irgendeinem Dokument seine Unterschrift zu beglaubigen und ihm seine Feder zu bringen, sollte sie ihm nicht den eigenen reichen, sondern diesen, der ein genaues Duplikat war. Das war alles, was sie zu tun hatte. Er gab ihr keine andere Information.

Sie war eine treue Seele und führte seine Instruktionen sorgfältig aus.›

Er brach ab und bemerkte:

‹Hoffentlich langweile ich Sie nicht, Petherick.›

‹Durchaus nicht›, erwiderte ich. ‹Ich bin im höchsten Grade interessiert.›

Unsere Blicke begegneten sich.

‹Mein Freund ist Ihnen natürlich nicht bekannt›, meinte er.

‹Selbstverständlich nicht›, entgegnete ich.

‹Dann ist es ja gut›, sagte Philip Garrod.

Nach einer kleinen Pause fuhr er lächelnd fort:

‹Sie sind sicher im Bilde, nicht wahr? Der Füllhalter war natürlich mit einer sogenannten verschwindenden Tinte gefüllt – einer Lösung von Stärke in Wasser, der ein paar Tropfen Jod beigefügt worden waren. Das ergibt eine tief blauschwarze Flüssigkeit, aber die Schrift verschwindet vollkommen in vier oder fünf Tagen.›»

Miss Marple schmunzelte wieder.

«Ja, Zaubertinte», sagte sie. «Wie oft habe ich als Kind damit gespielt!»

Sie blickte sich strahlend im Kreis um und drohte Mr. Petherick noch einmal mit dem Finger.

«Trotzdem war es eine Falle, Mr. Petherick», meinte sie. «Aber was kann man von einem Rechtsanwalt schon anderes erwarten!»

Der Daumenabdruck des heiligen Petrus

«Und nun, Tante Jane, bist du an der Reihe», sagte Raymond West.

«Ja, Tante Jane, und wir erwarten etwas recht Pikantes», fiel Joyce Lemprière ein.

«Nun, ihr wollt mich wohl verulken, meine Lieben», sagte Miss Marple gelassen. «Ihr glaubt sicher alle, daß ich wahrscheinlich nichts Interessantes erlebt habe, weil ich mein ganzes Leben in diesem abgelegenen Fleckchen zubrachte.»

«Gott behüte, daß ich jemals wieder das Leben in einem Dorf als friedlich und ereignislos betrachte», erklärte Raymond leidenschaftlich. «Nicht nach all den schrecklichen Enthüllungen, die wir von dir gehört haben! Die ganze Welt erscheint mir milde und harmlos im Vergleich zu St. Mary Mead.»

«Nun, lieber Neffe», meinte Miss Marple, «die menschliche Natur ist überall ziemlich gleich, und natürlich hat man in einem Dorf bessere Gelegenheit, sie aus der Nähe zu studieren.»

«Sie stehen wirklich einzig da, Tante Jane», rief Joyce. «Hoffentlich haben Sie nichts dagegen, wenn ich Sie Tante Jane nenne», fügte sie hinzu. «Ich weiß eigentlich nicht, warum ich es tue.»

«Wirklich nicht, meine Liebe?» fragte Miss Marple.

Sie warf Joyce einen merkwürdigen Blick zu, der dem Mädchen die Röte in die Wangen trieb.

Raymond West wurde ganz nervös und räusperte sich verlegen.

Miss Marple sah sie beide an und lächelte wieder.

«Es ist natürlich richtig, daß ich ein ereignisloses Leben geführt habe, wie man so zu sagen pflegt, und doch habe ich beträchtliche Erfahrungen sammeln können. Manche Ereignisse waren wirklich ganz lehrreich, aber es hat keinen Zweck, davon zu erzählen, da es sich um unwesentliche Dinge handelt. Nein, das einzige Erlebnis, das Sie interessieren würde, bezieht sich auf den Mann meiner armen Nichte Mabel.

Es geschah vor zehn oder fünfzehn Jahren, und glücklicherweise ist jetzt alles vorbei und vergessen. Die Menschen haben ein kurzes Gedächtnis, und das ist meiner Ansicht nach sehr gut. Mabel ist, wie gesagt, meine Nichte. Ein nettes Mädchen, wirklich ein sehr nettes Mädchen, aber leider viel zu arglos. Sie liebte es melodramatisch, und wenn sie aufgeregt war, sagte sie oft ein Wörtchen zuviel. Mit zweiundzwanzig Jahren heiratete sie einen Mr. Denman, und ich fürchte, die Ehe war nicht sehr glücklich. Ich hatte gehofft, daß diese Zuneigung nicht bis zur Ehe führen würde, denn Mr. Denman schien ein recht jähzorniger Mann zu sein, der nicht viel Geduld für Mabels Schwächen aufbringen würde, und ich hatte außerdem erfahren, daß Geistesgestörtheit in seiner Familie lag. Aber die jungen Mädchen waren damals genauso eigensinnig wie heute, und das werden sie auch immer bleiben. Mabel heiratete ihn also.

Nach ihrer Heirat sah ich sie nur noch selten. Sie besuchte mich ein paarmal, und sie luden mich wiederholt zu sich ein. Da ich aber nicht gern dorthin wollte, habe ich die Einladungen immer unter irgendeinem Vorwand abgelehnt. Nach zehnjähriger Ehe starb Mr. Denman plötzlich. Es waren keine Kinder da, und er hinterließ Mabel sein ganzes Vermögen. Ich erbot mich natürlich, ihr zu helfen, falls sie mich brauchte. Aber sie schrieb mir einen sehr vernünftigen Brief, dem ich entnahm, daß sie nicht gerade vom Kummer überwältigt war. Das erschien mir auch ganz natürlich, denn ich wußte, daß die beiden sich schon seit einiger Zeit nicht mehr verstanden. Drei Monate später erhielt ich einen ganz hysterischen Brief von Mabel, in dem sie mich bat, so bald als möglich zu ihr zu kommen, da ihre Lage von Tag zu Tag schlimmer würde und sie es bald nicht mehr aushalten könne.

Natürlich habe ich meinem Mädchen Clara sofort das Kostgeld gezahlt und das Silber sowie den Deckelkrug von König Charles zur Bank bringen lassen. Dann setzte ich mich in den Zug. Bei meiner Ankunft fand ich Mabel in sehr nervöser Verfassung vor. Ihr Haus war ziemlich groß und behaglich eingerichtet. Eine Köchin und ein

Hausmädchen waren vorhanden, ferner eine Pflegerin für den alten Mr. Denman, Mabels Schwiegervater, der, wie man so sagt, ‹nicht ganz richtig im Oberstübchen› war. Ganz friedlich und gesittet, aber zu Zeiten entschieden merkwürdig. Wie ich schon sagte, lag Geisteskrankheit in der Familie.

Ich war wirklich entsetzt, als ich Mabel so verändert fand. Sie war das reinste Nervenbündel, furchtbar zappelig, und doch hatte ich die größten Schwierigkeiten, sie dazu zu bewegen, mir ihr Herz auszuschütten. Schließlich habe ich alles auf indirektem Wege erfahren. Ich erkundigte mich nach ihren Freunden, den Gallaghers, die sie immer in ihren Briefen erwähnte. Zu meiner Überraschung erfuhr ich, daß sie sich kaum noch sahen. Auf meine Fragen nach den anderen Freunden erhielt ich die gleiche Antwort. Ich redete auf sie ein und betonte, wie töricht es sei, zu grübeln und, vor allen Dingen, sich von seinen Freunden loszusagen. Dann rückte sie endlich mit der Wahrheit heraus.

‹Es liegt nicht an mir, sondern an den anderen. Keine Menschenseele will hier mit mir reden. Wenn ich die High Street hinuntergehe, verschwinden sie alle, nur um mir nicht zu begegnen oder nicht mit mir sprechen zu müssen. Ich komme mir vor wie eine Aussätzige. Es ist furchtbar, und ich kann das nicht länger ertragen. Ich fühle mich gezwungen, das Haus zu verkaufen und ins Ausland zu gehen. Jedoch sehe ich nicht ein, warum ich mich vertreiben lassen soll. Ich habe doch nichts getan.›

Ich war über alle Maßen beunruhigt.

‹Meine liebe Mabel›, erwiderte ich, ‹du setzt mich in Erstaunen. Was ist die Ursache für dieses merkwürdige Verhalten?›

Schon als Kind war Mabel ein schwieriges Persönchen gewesen, und ich hatte die größte Mühe, eine klare Antwort auf meine Frage zu bekommen. Sie sprach erst ganz allgemein von bösem Geschwätz und müßigen Leuten, die nichts anderes im Sinn hätten als Klatsch und Tratsch, und von Leuten, die anderen einen Floh ins Ohr setzten.

‹Das ist mir alles klar›, erwiderte ich. ‹Offenbar geht ein Gerücht über dich um. Aber was für ein Gerücht das ist, mußt du genausogut wissen wie die anderen. Und du solltest es mir jetzt sagen.›

‹Es ist so boshaft›, stöhnte Mabel.

‹Natürlich ist es boshaft›, erklärte ich. ‹Es gibt nichts in der menschlichen Gesinnung, das mich noch überraschen könnte. Mabel, willst du mir endlich in schlichten Worten erzählen, was die Leute über dich reden?›

Dann kam alles ans Licht.

Offenbar gab der plötzliche und unerwartete Tod von Geoffrey Denman Anlaß zu allen möglichen Gerüchten, die darauf hinausliefen, daß Mabel ihren Mann vergiftet habe.

Wie Sie alle wohl wissen, gibt es nichts Grausameres als Geschwätz, und nichts läßt sich so schwer bekämpfen. Wenn Leute hinter unserem Rücken reden, können wir nichts abstreiten, und das Gerücht schwillt zu ungeheuren Ausmaßen an. Von einer Sache war ich ganz überzeugt: Mabel war völlig unfähig, jemanden zu vergiften. Und ich sah nicht ein, warum ihr Leben ruiniert und ihr Heim für sie unerträglich gemacht werden sollte, nur weil sie aller Wahrscheinlichkeit nach irgendeine Torheit begangen hatte.

‹Von nichts kommt nichts›, bemerkte ich. ‹Nun, Mabel, du mußt mir sagen, was die Leute zu diesem Gewäsch veranlaßt hat. Es muß irgend etwas vorgefallen sein.›

Mabel begann zu faseln und erklärte, es sei nichts gewesen – aber auch gar nichts, nur sei Geoffreys Tod eben sehr plötzlich eingetreten. An dem betreffenden Abend habe er sich beim Abendessen anscheinend noch sehr wohl gefühlt und sei in der Nacht dann heftig erkrankt. Man habe den Doktor kommen lassen, aber der arme Geoffrey sei wenige Minuten nach Ankunft des Arztes verschieden. Der Tod sei dem Genuß giftiger Pilze zugeschrieben worden.

‹Nun›, meinte ich, ‹ein so plötzlicher Tod kann natürlich die Zungen in Bewegung setzen, aber nicht ohne zusätzliche Tatsachen. Hast du dich mit Geoffrey gestritten oder dergleichen?›

Sie gab zu, daß sie morgens beim Frühstück eine heftige Auseinandersetzung gehabt hatten.

‹Und das haben die Dienstboten wohl gehört?› fragte ich.

‹Sie waren nicht im Zimmer.›

‹Nein, liebes Kind, aber wahrscheinlich standen sie draußen ziemlich nahe an der Tür.›

Ich kannte die Tragweite von Mabels hoher, hysterischer Stimme nur zu gut, und Geoffrey Denman sprach auch nicht gerade leise, wenn er zornig war.

‹Worüber habt ihr denn gestritten?› fragte ich.

‹Oh, über die üblichen Dinge. Es war immer das gleiche. Eine Kleinigkeit gab den Anlaß. Dann wurde Geoffrey unmöglich, und ich sagte etwas Abscheuliches und gab ihm zu verstehen, was ich von ihm hielt.›

‹Demnach habt ihr euch ja häufig gestritten, nicht wahr?› fragte ich.

‹Es war nicht meine Schuld –›

‹Mein liebes Kind, wessen Schuld es war, spielt gar keine Rolle. Das steht nicht zur Debatte. An einem solchen Ort sind die Privatangelegenheiten eines jeden Menschen mehr oder weniger öffentliches Eigentum. Du und dein Mann, ihr habt euch dauernd gestritten. Eines Morgens hattet ihr einen besonders heftigen Krach, und am selben Abend starb dein Mann eines plötzlichen und geheimnisvollen Todes. Ist das alles, oder gibt es noch etwas anderes?›

‹Ich weiß nicht, was du unter etwas anderem verstehst›, antwortete sie verstockt.

‹Genau das, was ich sage, liebes Kind. Wenn du irgend etwas Törichtes getan hast, dann rede jetzt um Gottes willen darüber, denn ich möchte ja alles tun, was ich kann, um dir zu helfen!›

‹Nichts, niemand kann mir helfen›, rief Mabel verzweifelt, ‹außer dem Tod.›

‹Glaube etwas mehr an die Vorsehung, liebes Kind›, riet ich ihr. ‹Also, Mabel, ich weiß genau, daß du mir etwas verheimlichst.›

Ich wußte stets, selbst als sie noch ein Kind war, wenn sie mir nicht die volle Wahrheit sagte. Na, es dauerte ja eine ganze Weile, aber schließlich bekam ich es heraus. Sie war an jenem Morgen zur Apotheke gegangen und hatte Arsenik gekauft. Sie mußte natürlich ihren Namen eintragen, und der Apotheker hatte selbstverständlich nachher geschwatzt.

‹Wer ist euer Arzt?› fragte ich.

‹Dr. Rawlinson.›

Ich kannte ihn vom Sehen. Mabel hatte mich einmal auf ihn aufmerksam gemacht. Er war, wenn ich mich etwas derb ausdrücken darf, ein alter Trottel. Ich habe zuviel Lebenserfahrung, um an die Unfehlbarkeit der Ärzte zu glauben. Manche unter ihnen sind klug und andere wieder nicht. Und sehr oft wissen die besten nicht, was einem fehlt. Ich persönlich will mit Ärzten und ihren Mixturen nichts zu tun haben.

Ich ließ mir die Sache durch den Kopf gehen. Dann setzte ich meinen Hut auf und stattete Dr. Rawlinson einen Besuch ab. Der Eindruck, den ich von ihm hatte, wurde bestätigt. Er war ein netter alter Mann, freundlich vage, jammervoll kurzsichtig, etwas taub und dazu im höchsten Grade reizbar und empfindlich. Er war sofort in seinem Fahrwasser, als ich Geoffrey Denmans Tod erwähnte, und hielt mir einen langen Vortrag über eßbare und giftige Pilze. Er hatte die Köchin befragt, und sie hatte zugegeben, daß einige der Pilze ‹ein wenig merkwürdig› ausgesehen hätten, aber da sie aus einem Laden geschickt worden waren, hatte sie angenommen, daß sie in Ordnung seien. Je mehr sie seitdem darüber nachdachte, desto tiefer war sie davon überzeugt, daß das Aussehen der Pilze ungewöhnlich war.

‹Das kann ich mir lebhaft vorstellen›, sagte ich. ‹Zunächst waren es in ihren Augen wohl ganz normale Pilze, und zum Schluß wurden sie orangefarben mit lila Flecken. Es gibt wohl nichts, das diesen Dienstboten nicht einfällt, wenn sie sich lange genug mit einer Sache beschäftigen.›

Aus den Worten des Doktors schloß ich, daß Denman nicht mehr sprechen konnte, als der Arzt eintraf. Auch konnte er nicht schlucken und starb nach wenigen Minuten. Der Doktor schien völlig von der Richtigkeit des Totenscheins, den er ausgestellt hatte, überzeugt zu sein. Doch wieviel davon auf Starrköpfigkeit und wieviel auf echtem Glauben beruhte, vermochte ich nicht zu entscheiden.

Ich ging sofort wieder nach Hause und fragte Mabel, warum sie Arsenik gekauft habe, worauf Mabel in Tränen ausbrach.

‹Ich wollte mir das Leben nehmen›, stöhnte sie. ‹Ich war zu unglücklich und dachte, es sei am besten, allem ein Ende zu machen.›

‹Hast du das Arsenik noch?› fragte ich.

‹Nein, ich habe es fortgeworfen.›

Ich saß da und ließ mir die Dinge durch den Kopf gehen.

‹Was geschah, als dein Mann krank wurde? Hat er dich gerufen?›

‹Nein.› Sie schüttelte den Kopf. ‹Er klingelte heftig. Er muß mehrere Male geläutet haben. Schließlich hörte es Dorothy, das Hausmädchen. Sie weckte die Köchin auf, und sie kamen zusammen nach unten. Als Dorothy ihn sah, bekam sie Angst; denn er phantasierte im Fieberwahn. Sie ließ die Köchin bei ihm zurück und kam gleich zu mir. Ich stand auf und ging zu ihm. Natürlich sah ich sofort, daß er schwer krank war. Zum Unglück war Brewster, die den alten Mr. Denman betreut, in dieser Nacht nicht da, und wir anderen wußten nicht, was wir tun sollten. Ich schickte Dorothy zum Arzt und blieb mit der Köchin bei ihm. Doch nach einer kurzen Weile konnte ich es nicht mehr ertragen; es war zu schrecklich. Ich rannte in mein Zimmer zurück und schloß die Tür ab.›

‹Sehr selbstsüchtig und unfreundlich von dir›, bemerkte ich, ‹und du kannst dich darauf verlassen, daß dieses Benehmen dir sehr geschadet hat. Die Köchin wird überall davon erzählt haben. Das ist eine sehr dumme Geschichte.›

Dann sprach ich mit den Dienstboten. Die Köchin fing gleich von den Pilzen an, aber ich schnitt ihr das Wort ab. Von diesen Pilzen hatte ich allmählich genug. Statt dessen erkundigte ich mich genau nach der Verfassung ihres Herrn in jener Nacht. Alle beide stimmten darin überein, daß er große Qualen litt, nicht zu schlukken vermochte und nur mit erstickter Stimme sprechen konnte, und wenn er sprach, war es nur ein sinnloses Phantasieren.

‹Was sagte er denn, wenn er phantasierte?› fragte ich neugierig.

‹Irgend etwas von einem Fisch, nicht wahr?› wandte sich die Köchin an Dorothy.

Dorothy nickte.

‹Ja, Pillen und Fisch oder irgend sonst ein Unsinn. Ich habe sofort erkannt, daß er nicht richtig bei Verstand war, der arme Herr.›

Das ergab natürlich keinen Sinn. Zu guter Letzt ging ich nach oben und stattete Brewster einen Besuch ab. Sie war eine hagere Frau von etwa fünfzig Jahren.

‹Es ist ein Jammer, daß ich in jener Nacht nicht hier war›, meinte sie. ‹Niemand scheint sich seiner angenommen zu haben, bis der Arzt kam.

‹Ich glaube, er befand sich im Fieberwahn›, sagte ich zweifelnd.

‹Aber das ist doch kein Symptom von Pilzvergiftung, nicht wahr?›

‹Das kommt darauf an›, entgegnete Brewster.

Ich erkundigte mich nach ihrem Patienten. Sie schüttelte den Kopf. ‹Ihm geht es ziemlich schlecht.›

‹Schwach?›

‹O nein, körperlich ist er stark genug – abgesehen von seinen Augen, die sehr schlecht sind. Er mag uns alle überleben, aber mit seinem Verstand geht es rapide bergab. Ich habe Mr. und Mrs. Denman bereits gesagt, daß er eigentlich in eine Anstalt gehört, aber Mrs. Denman wollte gar nichts davon wissen.›

Eines muß ich Mabel zugestehen: Sie hat ein gutes Herz.

Nun, ich überlegte mir das Ganze noch einmal nach allen Richtungen hin und kam zu dem Schluß, daß uns nur noch ein Ausweg blieb. Angesichts der umherschwirrenden Gerüchte mußten wir die Exhumierung der Leiche beantragen und eine richtige Leichenschau vornehmen lassen, damit die verleumderischen Zungen für immer zum Schweigen gebracht wurden. Mabel machte natürlich ein großes Theater, hauptsächlich aus sentimentalen Gründen: Man solle den Toten nicht in seiner Ruhe stören und dergleichen. Aber ich blieb fest.

Ich will mich bei diesem Teil der Geschichte nicht lange aufhalten. Kurz und gut, wir erhielten die Erlaubnis für die Exhumierung, und es wurde eine Leichenschau veranstaltet, jedoch das Ergebnis war nicht so befriedigend, wie ich mir das gedacht hatte. Es war keine Spur von Arsenik vorhanden – und das war nur gut –, aber der Bericht lautete: *Es läßt sich nicht feststellen, wodurch der Verstorbene zu Tode gekommen ist.*

Damit war also die mißliche Lage noch nicht geklärt. Die Leute klatschten weiter – sprachen von seltenen Giften, die keine Spuren hinterließen, und ähnlichem Unsinn. Ich redete mit dem Pathologen, der die Leiche untersucht hatte, und stellte ihm mehrere Fragen. Obwohl er sich nach Kräften bemühte, sich vor dem Antworten zu drücken, bekam ich doch aus ihm heraus, daß er die giftigen Pilze für eine höchst unwahrscheinliche Todesursache hielt. Eine gewisse Idee spukte mir im Kopf herum, und ich fragte ihn, was für ein Gift in diesem Fall eventuell in Frage käme. Er hielt mir einen langatmigen Vortrag, von dem ich kaum etwas verstand, das will ich gern zugeben. Aber der Kernpunkt war dieser: Der Tod hätte durch ein starkes Pflanzenalkaloid hervorgerufen worden sein können.

Ich hatte nämlich folgende Idee: Angenommen, Geoffrey Denman hätte auch die Anlage zur Geistesgestörtheit geerbt, wäre es da nicht möglich gewesen, daß er sich das Leben genommen hätte? Er hatte früher einmal Medizin studiert und sicher gute Kenntnis von Giften und ihren Wirkungen gehabt.

Das klang zwar etwas dünn, aber es war die einzige Erklärung, die mir einfiel. Und ich war fast am Ende meines Lateins, das kann ich Ihnen versichern. Jetzt werden die modernen jungen Leute unter Ihnen wahrscheinlich lachen, aber wenn ich tief in der Klemme stecke, dann sage ich immer ein kleines Gebet vor mich hin, ganz gleich, wo ich mich aufhalte, ob auf der Straße oder in einem Laden. Und ich bekomme stets eine Antwort, manchmal in Form einer unwesentlichen Kleinigkeit, die anscheinend gar nichts mit der Sache zu tun hat. An dem Morgen, von dem hier die Rede ist, ging ich nun die High Street hinunter und betete inbrünstig. Ich schloß die Augen, und was meinen Sie wohl, worauf mein erster Blick fiel, als ich sie wieder öffnete?»

Fünf Gesichter richteten sich voller Spannung auf Miss Marple. Es läßt sich jedoch mit Sicherheit annehmen, daß keiner der Anwesenden die richtige Antwort auf diese Frage gefunden haben würde.

«Ich sah», versicherte ihnen Miss Marple mit großem Nachdruck, «*das Schaufenster eines Fischladens.* Es lag nur ein Gegenstand darin, und das war ein *frischer Schellfisch.*»

Sie blickte triumphierend um sich.

«Oh, mein Gott!» stöhnte Raymond West. «Als Antwort auf ein Gebet – ein frischer Schellfisch!»

«Ja, Raymond», tadelte Miss Marple, «und du brauchst gar nicht zu lästern. Gottes Hand ist überall. Das erste, was ich sah, waren die schwarzen Flecke – die Daumenabdrücke des heiligen Petrus, wie es in der Legende heißt. Und das gab mir eine klare Einsicht: Ich brauchte Glauben, den felsenfesten Glauben des heiligen Petrus. Ich brachte die beiden Dinge miteinander in Zusammenhang, Glaube – und Fisch.»

Sir Henry schneuzte sich eiligst die Nase. Joyce biß sich auf die Lippe.

«Da kam mir ein Gedanke. Die Köchin und das Hausmädchen hatten beide erwähnt, daß der sterbende Mann das Wort ‹Fisch› ausgesprochen habe. Ich war völlig davon überzeugt, daß die Lösung des Geheimnisses in den beiden Worten des sterbenden Mannes zu finden sei. Ich kehrte nach Hause zurück mit dem festen Entschluß, der Sache auf den Grund zu gehen.

Ich nahm mir die Köchin und das Hausmädchen getrennt vor und fragte die Köchin, ob sie ganz sicher sei, daß ihr Herr die Worte Pille und Fisch gebraucht habe. Sie versicherte es mir noch einmal.

‹Wie lauteten die Worte genau?› fragte ich. ‹Hat er etwa eine besondere Art von Fisch erwähnt?›

‹Ja, richtig›, erwiderte die Köchin, ‹es war eine besondere Art von Fisch. Aber was für eine Sorte, kann ich Ihnen im Augenblick nicht sagen. Was war es doch nur? Barsch – oder Hecht? Nein. Es fing nicht mit einem H an.›

Dorothy entsann sich ebenfalls, daß ihr Herr eine besondere Fischart erwähnt hatte. ‹Ein ungewöhnlicher Fisch war es›, meinte sie.

‹Und das Wort Pille hat er auch gebraucht?›

‹Ja, es klang jedenfalls so. Ich bin nicht mehr so ganz sicher – es ist schwer, sich an die eigentlichen Worte zu erinnern, nicht wahr, Miss, besonders, wenn sie keinen Sinn ergeben. Aber wenn ich es mir richtig überlege, ist mir doch klar, daß es das Wort Pille war, und der Fisch begann mit einem K, aber es war nicht Kabeljau oder Klippfisch.›

Bei dem, was nun folgt, bin ich richtig stolz auf mich», erklärte Miss Marple, «weil ich natürlich von Drogen nichts verstehe – ein ekliger, gefährlicher Kram in meinen Augen. Aber ich wußte, daß verschiedene medizinische Bücher im Hause existieren. Ich nahm sie mir vor und fand in einem Band ein alphabetisches Verzeichnis von Drogen.

Erst suchte ich unter K, fand aber nichts, das paßte; dann begann ich mit P, und sehr bald stieß ich auf – was meinen Sie wohl?»

Sie blickte sich im Kreise um und verlängerte den Augenblick ihres Triumphs.

«Pilokarpin. Man stelle sich vor: Ein Mann, der kaum sprechen konnte, versucht, dieses Wort herauszubringen. Wie würde es in den Ohren einer Köchin klingen, die das Wort nie gehört hatte? Würde sie nicht den Eindruck gehabt haben, er habe ‹Pille› und ‹Karpfen› gesagt?»

«Wahrhaftig!» rief Sir Henry erstaunt.

«Darauf wäre ich nie gekommen», gab Dr. Pender zu.

«Höchst interessant», meinte Mr. Petherick. «Wirklich höchst interessant.»

«Ich schlug rasch die im Verzeichnis angegebene Seite auf», fuhr Miss Marple fort, «und las, was da stand über Pilokarpin und seine Wirkung auf die Augen und vieles andere, das mit unserem Fall nichts zu tun zu haben schien, aber schließlich stieß ich auf eine höchst bedeutsame Stelle: *Ist mit Erfolg als Gegengift bei Atropinvergiftung angewandt worden.*

Da fiel es mir auf einmal wie Schuppen von den Augen, kann ich Ihnen sagen. Ich hatte ja nie richtig daran geglaubt, daß Geoffrey Denman Selbstmord begangen hatte. Diese neue Lösung war nicht nur möglich, sondern ich war fest überzeugt, daß sie die einzig richtige war; denn jede Tatsache ergab sich logisch aus der anderen.»

«Ich mache erst gar nicht den Versuch zu raten», erklärte Raymond. «Erzähl weiter von deiner auffallenden Entdeckung, Tante Jane.»

«Von Medizin habe ich natürlich keine Ahnung», fuhr Miss Marple fort, «aber eines wußte ich. Als meine Augen schlecht wurden, verordnete mir der Arzt Tropfen, die Atropinsulfat enthielten. Ich marschierte schnurstracks nach oben in das Zimmer des alten Mr. Denman.

‹Mr. Denman›, sagte ich, ‹ich weiß alles. Warum haben sie Ihren Sohn vergiftet?›

Er blickte mich eine Weile an – und ich muß sagen, er war ein ziemlich gutaussehender alter Herr – und brach dann in ein schallendes Gelächter aus. Es war das boshafteste Lachen, das ich je gehört hatte. Ich bekam eine richtige Gänsehaut.

‹Ja›, antwortete er, ‹nun bin ich quitt mit Geoffrey. Ich war zu klug für ihn. Er wollte mich in eine Anstalt stecken, nicht wahr? Ich habe wohl gehört, wie sie darüber gesprochen haben. Mabel ist ein gutes Mädchen – Mabel trat für mich ein, aber ich wußte, daß sie sich auf die Dauer nicht gegen Geoffrey behaupten konnte. Letzten Endes hätte er doch seinen Willen bekommen, wie immer. Aber ich habe mit ihm abgerechnet – habe mit meinem liebevollen Sohn abgerechnet! Ha, ha! In der Nacht habe ich mich hinuntergeschlichen. Es war ganz leicht. Brewster war ja fort. Mein teurer Sohn schlief bereits. Neben seinem Bett stand ein Glas Wasser, das er immer trank, wenn er mitten in der Nacht aufwachte. Ich goß es aus – ha, ha! – und füllte meine Augentropfen in das Glas. Wenn er aufwachte, würde er sie ahnungslos hinunterschütten. Es war nur ein Eßlöffel voll – aber genug, völlig genug. Und er hat sie dann auch getrunken! Am nächsten Morgen kamen sie alle zu mir und brachten es mir ganz schonend bei. Sie hatten Angst, es würde mich zu sehr aufregen. Ha! Ha! Ha! Ha! Ha!›

«Nun», schloß Miß Marple, «damit ist die Geschichte zu Ende. Der arme alte Mann wurde natürlich in eine Anstalt gebracht. Er war für seine Tat nicht verantwortlich. Sobald die Wahrheit bekannt wurde, brachte man Mabel wieder Sympathie und Freundschaft entgegen und man konnte nicht genug tun, um den angerichteten Schaden wiedergutzumachen. Aber wenn Geoffrey nicht gemerkt hätte, was für einen Stoff er geschluckt hatte, und nicht versucht hätte, das Gegengift zu nennen, das man ihm unverzüglich holen sollte, wäre die Wahrheit wahrscheinlich nie an den Tag gekommen. Ich glaube, bei einer Atropinvergiftung sind ganz bestimmte Symptome vorhanden – erweiterte Pupillen und dergleichen; aber der arme alte Dr. Rawlinson war, wie ich schon erwähnte, sehr kurzsichtig. Und in demselben medizinischen Werk, in dem ich weiterlas – manches war höchst interessant –, wurden die Symptome von Pilzvergiftung und Atropinvergiftung beschrieben, und sie waren sich in ihren Auswirkungen nicht unähnlich. Aber ich kann Ihnen versichern, daß ich niemals frischen Schellfisch gesehen habe, ohne an die Daumenabdrücke des heiligen Petrus zu denken.»

Es entstand eine lange Pause.

«Meine liebe Freundin», unterbrach Mr. Petherick das Schweigen, «meine sehr liebe Freundin, Sie sind geradezu erstaunlich.»

«Ich werde Scotland Yard empfehlen, sich bei Ihnen Rat zu holen», erklärte Sir Henry.

«Aber eins, liebe Tante Jane», sagte Raymond, «weißt du jedenfalls nicht.»

«Doch, mein lieber Neffe», erwiderte Miss Marple. «Es geschah gerade vor dem Essen, nicht wahr? Als du Joyce mit in den Garten nahmst, um den Sonnenuntergang zu bewundern. Die Stelle an der Jasminhecke ist sehr beliebt. Dort hat vor Jahren auch der Milchmann unsere Annie gefragt, ob er das Aufgebot bestellen dürfe.»

«Zum Kuckuck, Tante Jane», rief Raymond. «Verdirb nicht alle Romantik. Joyce und ich sind nicht wie der Milchmann und Annie.»

«Da bist du aber auf dem Holzweg, lieber Neffe», meinte Miss Marple. «Die Menschen sind sich alle sehr ähnlich. Aber es ist vielleicht ein Glück, daß sie es nicht merken.»

Die blaue Geranie

«Als ich letztes Jahr in dieser Gegend war –» Sir Henry Clithering brach ab, und seine Gastgeberin, Mrs. Bantry, schaute ihn neugierig an.

Der ehemalige Kommissar von Scotland Yard war bei seinen alten Freunden, Colonel Bantry und seiner Frau, zu Besuch, die in der Nähe von St. Mary Mead lebten.

Mrs. Bantry überlegte gerade, wen sie wohl für den Abend als sechsten Gast zum Essen einladen sollte, und bat Sir Henry um Rat.

«Wen könnten Sie vorschlagen?» ermunterte sie ihn.

«Sagen Sie, kennen Sie eine Miss Marple?» fragte Sir Henry.

Mrs. Bantry war überrascht. Das hatte sie am allerwenigsten erwartet.

«Miss Marple? Wer kennt sie wohl nicht! Die typische alte Jungfer. Ein sehr netter Mensch, aber hoffnungslos hinter dem Mond. Wollen Sie etwa, daß ich sie zum Essen einlade?»

«Überrascht Sie das?»

«Ein wenig, muß ich gestehen. Das hatte ich gar nicht erwartet... aber vielleicht haben Sie einen besonderen Grund?»

«Der besondere Grund ist ganz einfach. Als ich im vergangenen Jahr hier war, pflegten wir unaufgeklärte geheimnisvolle Begebenheiten zu erörtern – wir waren fünf oder sechs Personen –, Raymond West, der Schriftsteller, regte diesen Zeitvertreib an. Jeder von uns erzählte eine Geschichte, deren Ausgang nur dem Erzähler bekannt war. Das sollte unser Denkvermögen auf die Probe stellen – um zu sehen, wer der Wahrheit am nächsten kam.»

«Na, und?»

«Wir hatten nicht angenommen, daß Miss Marple mitmachen würde. Aber wir waren höflich – wollten ihre Gefühle nicht verletzen. Und nun kommt das Schönste vom Ganzen: Die alte Dame übertrumpfte uns mit ihrem Scharfsinn jedesmal!»

«Das ist doch nicht möglich!»

«Ich gebe Ihnen mein Wort – jedesmal traf sie den Nagel auf den Kopf.»

«Wie merkwürdig! Dabei hat die gute alte Miss Marple St. Mary Mead so gut wie nie verlassen.»

«Ah! Aber gerade das hat ihr, wie sie selbst sagt, unbegrenzte Gelegenheit gegeben, die menschliche Natur zu beobachten – unter dem Mikroskop sozusagen.»

«Daran mag schon etwas Wahres sein», räumte Mrs. Bantry ein. «Man kann zumindest die kleinlichen Seiten der Leute kennenlernen. Aber ich glaube nicht, daß wir wirklich interessante Fälle zu bieten haben. Wir werden ihr wohl Arthurs Geistergeschichte nach dem Essen vorsetzen müssen. Ich wäre dankbar, wenn sie dafür eine Lösung fände.»

«Ich wußte gar nicht, daß Arthur an Geister glaubt.»

«Das tut er auch nicht. Darum beunruhigt ihn die Sache ja so.- Und es ist seinem Freund, George Pritchard – einem ganz prosaischen Menschen –, passiert. Für den armen George ist es eigentlich ziemlich tragisch. Entweder ist diese ungewöhnliche Geschichte wahr oder –»

«Oder was?»

Mrs. Bantry antwortete nicht gleich. Nach einer Weile sagte sie, ohne auf seine Frage einzugehen:

«Wissen Sie, ich mag George gern – jeder mag ihn. Man kann einfach nicht glauben, daß er – aber die Menschen bringen die seltsamsten Dinge fertig.»

Sir Henry nickte. Davon konnte er ein Lied singen. Das wußte er besser als Mrs. Bantry.

So kam es, daß Mrs. Bantry abends, als ihre Augen prüfend um den Eßtisch wanderten (sie zitterte dabei ein wenig, denn das Eßzimmer war, wie die meisten englischen Eßzimmer, außerordentlich kalt), ihren Blick auf der sehr aufrechten Gestalt der alten Dame ruhen ließ, die zur Rechten ihres Mannes saß. Miss Marple trug schwarze fingerlose Spitzenhandschuhe; ein Spitzentuch war um ihre Schultern drapiert, und ein weiteres Stück Spitze thronte auf ihrem weißen Haar. Sie unterhielt sich lebhaft mit dem älteren Arzt, Dr. Lloyd, über das Armenhaus und die mutmaßlichen Fehler der Gemeindeschwester.

Mrs. Bantry wunderte sich von neuem. Sie fragte sich sogar, ob Sir Henry sich vielleicht einen Scherz mit ihr erlaubt habe – aber das schien unwahrscheinlich. Unglaublich, daß seine Behauptungen wahr sein sollten.

Ihr Blick wanderte weiter und ruhte liebevoll auf dem leicht geröteten Gesicht ihres breitschultrigen Mannes, der mit Jane Helier, der schönen und allgemein beliebten Schauspielerin, über Pferde redete. Jane, die in Wirklichkeit noch schöner war als auf der Bühne, schlug ihre ungeheuren blauen Augen auf und sagte von Zeit zu Zeit taktvoll: «Wirklich?» – «Was Sie nicht sagen!» – «Wie seltsam!» Sie verstand nichts von Pferden, und es war ihr auch völlig gleich.

«Arthur», rief Mrs. Bantry, «du treibst die arme Jane noch an den Rand der Verzweiflung. Laß die Pferde ruhen und erzähle ihr lieber deine Geistergeschichte. Du weißt doch ... George Pritchard.»

«Wie bitte, Dolly? Oh, aber ich weiß nicht recht –»

«Sir Henry möchte sie auch hören. Ich habe heute morgen mit ihm darüber gesprochen. Es wäre interessant zu erfahren, was die anderen dazu meinen.»

«O ja, bitte!» rief Jane. «Ich liebe Geistergeschichten.»

«Nun –» Colonel Bantry zögerte ein wenig, «ich habe nie an das Übernatürliche geglaubt. Aber diese Geschichte –

Ich denke nicht, daß jemand von Ihnen George Pritchard kennt. Er ist ein ganz famoser Kerl. Seine Frau – na, sie ist jetzt tot, die Ärmste. Ich möchte nur das eine sagen: Sie hat George das Leben recht schwer gemacht. Sie war eine dieser ewig kränkelnden Personen – ich glaube allerdings, daß sie wirklich ein Leiden hatte, aber was es auch gewesen sein mochte, sie verstand, diese Tatsache nach Strich und Faden auszunutzen. Sie war launenhaft, anspruchsvoll, unvernünftig und klagte von morgens bis abends. George mußte sie von vorn und hinten bedienen, und was er auch tat, es war immer verkehrt, und er wurde obendrein noch ausgescholten. Die meisten Männer – davon bin ich fest überzeugt – hätten ihr längst auf irgendeine ganz kaltblütige Art den Garaus gemacht. Stimmt's nicht, Dolly?»

«Ja, sie war eine abscheuliche Frau», erklärte Mrs. Bantry im Brustton tiefster Überzeugung. «Wenn George Pritchard sie mit einer Axt getötet hätte und eine Frau unter den Geschworenen gewesen wäre, hätte man ihn glatt freigesprochen.»

«Ich weiß nicht, wie die Geschichte eigentlich anfing. George hat sich nie klar darüber geäußert. Soviel ich weiß, besaß Mrs. Pritchard immer eine Schwäche für Wahrsagerinnen, Handdeuterinnen, Hellseherinnen und dergleichen. George hatte nichts dagegen. Wenn es ihr Spaß machte, schön und gut. Aber er selbst lehnte dergleichen ab, und er geriet darüber natürlich nicht in Verzükkung, was für sie ein neues Ärgernis war.

Eine Krankenschwester nach der anderen kam ins Haus; denn Mrs. Pritchard war immer schon nach wenigen Wochen mit ihnen unzufrieden. Eine junge Schwester hatte sich sehr für diesen Wahrsageunfug interessiert, und Mrs. Pritchard mochte sie daher eine ganze Weile recht gern. Es dauerte trotzdem nicht lange, bis Mrs. Pritchard ihrer überdrüssig wurde, und so mußte auch sie bald das Haus verlassen. Daraufhin nahm sie eine Schwester, die früher schon einmal bei ihr war – eine ältere Frau, erfahren und taktvoll im Umgang mit einer neurotischen Patientin. Nach Georges Ansicht war Schwester Copling ein prächtiger Mensch – eine Frau, mit der man vernünftig reden konnte. Sie ließ Mrs. Pritchards Launen und Zornesausbrüche mit völliger Gleichgültigkeit über sich ergehen.

Mrs. Pritchard nahm ihren Lunch gewöhnlich oben ein, und während dieser Zeit trafen George und die Schwester ihre Anordnungen für den Nachmittag. Strenggenommen hatte die Schwester von zwei bis vier Uhr frei. Aber wenn George gern einen freien Nachmittag haben wollte, tat sie ihm den Gefallen und nahm ihre Freizeit erst nach dem Tee. Eines Tages erwähnte Schwester Copling, daß sie vielleicht etwas später zurückkehren würde, da sie ihre Schwester in Golders Green besuchen wolle. George machte ein sehr betrübtes Gesicht, denn er hatte sich für ein Golfspiel verabredet. Schwester Copling beruhigte ihn jedoch.

‹Man wird uns beide nicht vermissen, Mr. Pritchard.› Sie zwinkerte lustig mit den Augen. ‹Mrs. Pritchard hat anregendere Gesellschaft als uns.›

‹Wer kommt denn?›

‹Einen Augenblick.› Schwester Coplings Augen zwinkerten belustigter denn je. ‹Ich möchte den Namen richtig hinkriegen. *Zarida, spiritistische Deuterin der Zukunft.*›

‹O Herr!› stöhnte George. ‹Das ist eine ganz neue Nummer, nicht wahr?›

‹Ganz neu. Ich glaube, meine Vorgängerin, Schwester Carstairs, hat sie geschickt. Mrs. Pritchard hat sie noch nicht gesehen. Sie bat mich, ihr zu schreiben und sie für heute nachmittag herzubitten.›

‹Na, auf jeden Fall komme ich zu meinem Golf›, meinte George und ging mit den freundlichsten Gefühlen für Zarida, die Deuterin der Zukunft, von dannen.

Bei seiner Rückkehr war Mrs. Pritchard in größter Aufregung. Sie lag, wie üblich, auf ihrer Krankencouch und hielt ein Riechfläschchen in der Hand, an dem sie häufig roch.

‹George›, rief sie ihm entgegen, ‹was habe ich immer von diesem Hause gesagt? In derselben Sekunde, als ich es betrat, spürte ich, daß etwas nicht in Ordnung war. Habe ich es dir damals nicht sofort gesagt?›

George unterdrückte sein heftiges Verlangen zu erwidern: ‹Du läßt nichts ungesagt›, und er antwortete statt dessen: ‹Nein, ich kann mich nicht daran erinnern.›

‹Du kannst dich nie an etwas erinnern, das mit mir zu tun hat. Männer sind ja im allgemeinen außerordentlich dickfellig. Aber ich glaube wirklich, daß du noch gefühlloser bist als alle anderen zusammen.›

‹Nanu, liebe Mary, das ist wohl nicht ganz fair.›

‹Also, wie ich dir bereits sagte, wußte diese Frau sofort Bescheid! Sie – sie schreckte tatsächlich zurück, als sie zur Tür hereintrat, und sprach: Böses steckt unter diesem Dache – Böses und Gefahr. Ich spüre es.›

George lachte, was nicht besonders klug von ihm war.

‹Da bist du ja heute nachmittag auf deine Kosten gekommen.›

Seine Frau schloß die Augen und schnupperte lange an ihrer Riechflasche.

‹Wie sehr du mich doch hassen mußt. Du würdest lachen und spotten, wenn ich im Sterben läge.›

George protestierte, doch sie fuhr unbeirrt fort:

‹Du kannst ruhig lachen, ich werde dir trotzdem die ganze Geschichte erzählen. Dieses Haus ist für mich entschieden gefährlich – das hat die Frau ganz deutlich gesagt.›

Die freundlichen Gefühle, die George vorher noch für Zarida gehegt hatte, erfuhren eine merkliche Veränderung. Er wußte genau, daß seine Frau ohne weiteres darauf bestehen würde, daß sie in ein neues Haus zögen, wenn sie diese Laune packte.

‹Was hat sie denn sonst noch gesagt?› fragte er.

‹Sehr viel konnte sie mir nicht sagen. Sie war noch so aufgeregt. Aber auf eines hat sie mich aufmerksam gemacht. Ich hatte ein paar Veilchen im Glase stehen. Sie zeigte mit dem Finger darauf und rief: ‹Stellen Sie die fort. Keine blauen Blumen – niemals blaue Blumen. Blaue Blumen sind für Sie verhängnisvoll – denken Sie daran!›

‹Und du weißt ja›, fügte Mrs. Pritchard hinzu, ‹ich habe dir schon immer gesagt, daß mir Blau widerlich ist. Mein natürlicher Instinkt warnte mich davor.›

Diese Ansicht hatte er zwar noch nie von ihr gehört, aber er war zu klug, um das zu erwähnen. Statt dessen erkundigte er sich nach dem Aussehen dieser mysteriösen Zarida, und Mrs. Pritchard ging mit Begeisterung darauf ein.

‹Schwarzes Haar in Schnecken über den Ohren – ihre Augen meistens halb geschlossen – große schwarze Ränder darum – über Mund und Kinn trug sie einen schwarzen Schleier – sie sprach mit einer singsangartigen Stimme und mit einem deutlichen ausländischen Akzent – spanisch, glaube ich –›

‹Mit anderen Worten also: der übliche Klimbim›, meinte George heiter.

Seine Frau schloß sofort die Augen.

‹Ich fühle mich außerordentlich schlecht›, hauchte sie. ‹Bitte klingle nach der Schwester. Du weißt sehr gut, daß Unfreundlichkeit mich immer furchtbar aufregt.›

Zwei Tage später trat Schwester Copling mit ernster Miene zu George ins Zimmer. ‹Wollen Sie, bitte, zu Mrs. Pritchard kommen. Sie hat einen Brief bekommen, der sie sehr erregt hat.›

Als er bei seiner Frau im Zimmer erschien, hielt sie ihm den Brief schon entgegen.

‹Lies das!› rief sie.

George las. Der Brief war auf stark parfümiertem Papier geschrieben, in großen schwarzen Buchstaben:

‹Ich habe in die Zukunft geblickt. Lassen Sie sich warnen, ehe es zu spät ist. Hüten Sie sich vor dem Vollmond. Die blaue Primel bedeutet Warnung; die blaue Stockrose bedeutet Gefahr; die blaue Geranie bedeutet Tod...›

George wollte gerade in schallendes Gelächter ausbrechen, als er die warnende Geste von Schwester Copling sah. Er sagte ein wenig ungeschickt:

‹Die Frau versucht wahrscheinlich, dir Angst einzujagen, Mary. Jedenfalls gibt es keine blauen Primeln und keine blauen Geranien.›

Doch Mrs. Pritchard begann zu weinen und klagte, daß ihre Tage gezählt seien.

Schwester Copling begleitete George bis zur Treppe.

‹So ein hirnverbrannter Unsinn!› platzte er heraus.

‹Vielleicht.›

Etwas in der Art, wie sie dies sagte, machte ihn stutzig, und er blickte sie höchst erstaunt an.

‹Aber Schwester, Sie glauben doch nicht allen Ernstes –›

‹Nein, nein, Mr. Pritchard. Ich glaube nicht an Zukunftsdeuterei – das ist Unsinn. Ich frage mich nur: Was bedeutet dies alles? Wahrsagerinnen sind meistens hinter dem Geld her. Aber diese Frau scheint Mrs. Pritchard ängstigen zu wollen, ohne dabei etwas für sich herauszuschlagen. Das will mir nicht in den Kopf. Und dann noch eins –›

‹Ja?›

‹Mrs. Pritchard behauptet, Zarida komme ihr irgendwie bekannt vor.›

‹Na, und?›

‹Kurz und gut, mir gefällt das Ganze nicht, Mr. Pritchard.›

‹Ich habe nicht gewußt, daß Sie so abergläubisch sind, Schwester.›

‹Ich bin nicht abergläubisch, aber ich fühle, wenn etwas faul ist.›

Ungefähr vier Tage danach ereignete sich der erste Zwischenfall.

Um den zu erklären, muß ich Ihnen zunächst Mrs. Pritchards Zimmer beschreiben –»

«Das kann ich wohl am besten», unterbrach Mrs. Bantry ihn. «Es war mit einer jener Tapeten ausgestattet, auf denen Gruppen von Blumen eine Art Rabatte bilden, so daß man sich fast einbilden kann, man sei in einem Garten – aber natürlich sind die Blumen alle verkehrt. Ich meine, sie können unmöglich alle zur selben Zeit blühen –»

«Laß dich nicht von deiner Leidenschaft für floristische Genauigkeit hinreißen, Dolly», mahnte ihr Mann. «Wir wissen alle, daß du eine begeisterte Gärtnerin bist.»

«Na, es ist schon lächerlich», protestierte Mrs. Bantry, «wenn man wilde Hyazinthen, Narzissen, Lupinen, Stockrosen und Herbstastern alle zur selben Zeit blühen läßt.»

«Höchst unwissenschaftlich», stimmte Sir Henry ihr zu. »Aber nun bitte weiter mit der Geschichte, wir sind alle gespannt.»

«Unter diesen Blumengruppen befanden sich auch Primeln, Büschel von gelben und roten Primeln und – aber erzähle weiter, Arthur, es ist deine Geschichte –»

Colonel Bantry fuhr mit der Erzählung fort.

«Eines Morgens läutete Mrs. Pritchard heftig. Der ganze Haushalt stürzte herbei – im Glauben, daß sie in den letzten Zügen liege. Aber nichts dergleichen. Sie zeigte nur ganz aufgebracht mit dem Finger auf die Tapete, wo tatsächlich eine blaue Primel unter den anderen zu sehen war ...»

«Oh», rief Miss Helier, «wie unheimlich!»

«Man warf die Frage auf: War die blaue Primel nicht schon immer vorhanden gewesen? Diese Möglichkeit wurde von George und der Schwester ins Auge gefaßt. Aber die aufgeregte Mrs. Pritchard wollte nichts davon wissen. Sie hatte die Primel erst an diesem Morgen bemerkt, und in der vergangenen Nacht war Vollmond gewesen.»

«Ich begegnete George Pritchard zufällig am selben Tag», warf Mrs. Bantry ein, «und er erzählte mir davon. Daraufhin besuchte ich seine Frau und tat mein Bestes, die ganze Sache abzuschwächen. Aber vergebens. Ich war besorgt, als ich fortging. Unterwegs traf ich Jean Instow und erzählte ihr von dieser Episode. Jean ist ein merkwürdiges Mädchen. Sie wollte wissen: ‹Sie regt sich also wirklich darüber auf?› Ich erwiderte, daß nach meinem Empfinden die Frau wohl vor Angst sterben könne – sie war wirklich übertrieben abergläubisch.

Ich erinnere mich noch, daß ihre Antwort mich geradezu erschreckte. Sie sagte nämlich: ‹Das wäre vielleicht am allerbesten.› Die Worte waren so kühl, so sachlich gesprochen, daß ich tatsächlich – einfach schockiert war. Ich weiß, es gehört heutzutage mit zum guten Ton, sich realistisch, ja manchmal sogar brutal auszudrücken, aber ich kann mich nicht daran gewöhnen. Jean lächelte mich ein wenig seltsam an und meinte: ‹Sie hören das nicht gern – aber es ist wahr. Was hat denn Mrs. Pritchard schon von ihrem Leben? Gar nichts. Und George Pritchard hat die Hölle auf Erden. Wenn seine Frau vor Schreck das Zeitliche segnete – das wäre das Beste, was ihm passieren könnte.› Ich sagte: ‹George ist stets äußerst gut zu ihr.› Und sie erwiderte: ‹Ja, er verdient eine Belohnung, der arme Kerl. Er ist eine anziehende Persönlichkeit, dieser George Pritchard. Dieser Meinung war auch die letzte Krankenschwester – die hübsche –, wie hieß sie doch noch? Carstairs. Er war auch die Ursache des Streits zwischen ihr und Mrs. P.›

Das hörte ich natürlich nicht gern. Man hatte sich allerdings im stillen gewundert –»

Mrs. Bantry machte eine bedeutungsvolle Pause.

«Ja, meine Liebe», ertönte Miss Marples ruhige Stimme. «Das tut man immer. Ist Miss Instow ein hübsches Mädchen? Spielt sie etwa Golf?»

«Ja, Sie ist eine hervorragende Sportlerin. Außerdem hübsch und attraktiv, sehr blond, mit gesundem Teint und schönen, ruhigen blauen Augen. Wir hatten natürlich immer das Gefühl, daß sie und George Pritchard – ich meine, wenn die Verhältnisse anders gewesen wären – sie passen so gut zueinander.»

«Und waren sie miteinander befreundet?» fragte Miss Marple.

«O ja. sie waren gute Freunde.»

«Wie wär's, Dolly», fragte Colonel Bantry etwas ungeduldig, «wenn ich endlich mit meiner Geschichte fortführe?»

«Arthur», sagte Mrs. Bantry resigniert, «möchte zu seinen Geistern zurückkehren.»

«Den Rest der Geschichte erzählte mir George selbst», fuhr der Colonel fort. «Es besteht kein Zweifel darüber, daß Mrs. Pritchard gegen Ende des folgenden Monats in großen Ängsten schwebte. Sie strich sich auf einem Kalender den Tag an, an dem der Mond voll sein würde, und ließ am Abend vorher die Schwester wie auch George in ihr Zimmer kommen. Beide mußten die Tapete sorgfältig prüfen. Es waren rosa und rote Stockrosen vorhanden, aber keine blauen. Sobald George das Zimmer verlassen hatte, schloß sie die Tür ab –»

«Und am nächsten Morgen war eine große blaue Stockrose zu sehen», sagte Miss Helier fidel.

«Ganz recht», pflichtete ihr Colonel Bantry bei. «Oder jedenfalls beinahe recht. Eine Blüte einer Stockrose gerade über ihrem Kopf war blau geworden. Dies machte George stutzig. Und natürlich, je mehr er stutzte, desto heftiger weigerte er sich, die Sache ernst zu nehmen. Er hielt daran fest, daß das Ganze ein dummer Streich sei, und ignorierte die Tatsache, daß die Tür verschlossen war und Mrs. Pritchard die Veränderung wahrnahm, bevor jemand anders – sogar Schwester Copling – ins Zimmer gelassen wurde.

Es machte George stutzig und zugleich unvernünftig. Seine Frau wollte das Haus verlassen, doch er gestattete das nicht. Zum ersten Mal in seinem Leben neigte er dazu, an das Übernatürliche zu glauben, aber er wollte es nicht zugeben. Gewöhnlich gab er den Wünschen seiner Frau nach. Diesmal weigerte er sich. Mary solle sich nicht lächerlich machen, erklärte er, das Ganze sei nur grober Unfug.

Und so eilte der nächste Monat dahin. Mrs. Pritchard erhob weniger Protest, als man gedacht hatte. Ich glaube, sie war abergläubisch genug, um anzunehmen, daß sie ihrem Schicksal nicht entrinnen könne. Sie wiederholte immer wieder: ‹Die blaue Primel – Warnung. Die blaue Stockrose – Gefahr. Die blaue Geranie – Tod.› Und sie pflegte auf das Büschel rosaroter Geranien zu starren, die ihrem Bett am nächsten waren.

Das war nun alles ziemlich nervenaufreibend. Selbst die Schwester wurde davon angesteckt. Zwei Tage vor Vollmond kam sie zu George und bat ihn, Mrs. Pritchard aus dem Hause zu bringen.

George wurde zornig.

‹Und wenn sich alle Blumen auf dieser verflixten Wand in blaue Teufel verwandeln würden, könnte das niemanden töten!› schrie er.

‹Doch, das wäre möglich. An einem Schock sind schon mehr Leute gestorben.›

‹Unsinn›, meinte George.

George ist stets ein wenig dickköpfig gewesen und ließ sich nicht umstimmen. Ich glaube, er nahm im stillen an, daß seine Frau selbst diese Änderungen verursache und daß alles auf einen krankhaften hysterischen Plan von ihr zurückzuführen sei. Nun, die verhängnisvolle Nacht brach an. Wie üblich, verschloß Mrs. Pritchard ihre Tür. Sie war sehr ruhig – in einer fast erhabenen Gemütsverfassung. Dieser Zustand beunruhigte die Schwester, die ihr zur Anregung eine Strychninspritze geben wollte. Doch Mrs. Pritchard lehnte das ab. Ich glaube, in gewissem Sinne bereitete ihr das alles Vergnügen. Das behauptete George jedenfalls auch.»

«Das ist durchaus möglich», bemerkte Mrs. Bantry. «Das Ganze muß von einem gewissen Zauber umsponnen gewesen sein.» «Am nächsten Morgen ertönte kein heftiges Geklingel. Mrs. Pritchard wachte gewöhnlich um acht Uhr auf. Als man um halb neun noch nichts von ihr hörte, klopfte die Schwester laut an die Tür. Es blieb alles still. Daraufhin holte sie George und bestand darauf, daß man die Tür aufbreche. Dies geschah mit Hilfe eines Meißels.

Ein Blick auf die stille Gestalt auf dem Bett genügte Schwester Copling. Sie schickte George ans Telefon, um den Arzt herbeizurufen, aber es war zu spät. Mrs. Pritchard, erklärte der Doktor, sei seit mindestens acht Stunden tot. Ihr Riechfläschchen lag neben ihrer Hand auf dem Bett, und auf der Wand neben ihr hatte sich das Rosarot einer Geranie in ein leuchtendes Dunkelblau verwandelt.»

«Gräßlich!» stieß Miss Helier schaudernd hervor.

Sir Henry runzelte die Stirn.

«Keine weiteren Einzelheiten?»

Colonel Bantry schüttelte den Kopf. Doch Mrs. Bantry sagte rasch: «Das Gas.»

«Was hat es mit dem Gas auf sich?» fragte Sir Henry.

«Als der Doktor kam, bemerkte er einen leichten Gasgeruch und entdeckte dann auch, daß der Gasring am Kamin etwas aufgedreht war, aber so wenig, daß es keine Rolle spielte.»

«Haben Mr. Pritchard und die Schwester nichts wahrgenommen, als sie das Zimmer zuerst betraten?»

«Die Schwester behauptete, sie habe etwas gerochen. George erklärte, er habe zwar keinen Gasgeruch gespürt, aber so etwas wie eine Ohnmachtsanwandlung bekommen. Er führte das auf den Schock zurück – und hatte wahrscheinlich recht. Auf jeden Fall war eine Gasvergiftung unwahrscheinlich. Der Geruch war kaum zu merken.»

«Und ist die Geschichte damit zu Ende?»

«Nein, es wurde viel geredet. Die Dienstboten hatten nämlich gelauscht und zum Beispiel gehört, wie Mrs. Pritchard zu ihrem Mann sagte, daß er sie hasse und sich über sie lustig machen werde, wenn sie sterbe. Und dann noch spätere Bemerkungen. So hatte sie eines Tages, als er sich weigerte, das Haus aufzugeben, zu ihm gesagt: ‹Na schön, wenn ich tot bin, wird sich hoffentlich jeder klarmachen, daß du mich umgebracht hast.› Und wie es das Unglück so wollte, hatte er gerade am Tag vor ihrem Tod etwas Unkrautgift angerührt, um die Gartenwege herzurichten. Eines der jüngeren Dienstmädchen hatte ihn dabei beobachtet und gesehen, wie er später seiner Frau ein Glas heiße Milch brachte.

Der Klatsch wurde immer größer. Der Arzt hatte einen Totenschein ausgestellt, aber ich weiß nicht, wie die Todesursache lautete – wahrscheinlich hatte er einen medizinischen Ausdruck gewählt, der nicht viel besagte. Die arme Frau ruhte jedenfalls noch nicht einen Monat in ihrem Grab, als die Exhumierung der Leiche angeordnet wurde.»

«Und die Autopsie ergab nichts, wie ich mich entsinne», sagte Sir Henry ernst.

«Das Ganze ist wirklich sehr merkwürdig», meinte Mrs. Bantry. «Diese Wahrsagerin Zarida, zum Beispiel. An der Adresse, die sie angegeben hatte, war eine solche Person gänzlich unbekannt!»

«Sie tauchte einmal auf – aus dem blauen Dunst heraus», bemerkte ihr Mann, «und verschwand dann wieder vollständig, im blauen Dunst – das ist gut!»

«Und außerdem», fuhr Mrs. Bantry fort, «hatte die kleine Schwester Carstairs, die sie ja empfohlen haben sollte, niemals etwas von dieser Zarida gehört.»

Sie blickten sich gegenseitig an.

«Eine geheimnisvolle Geschichte», meinte Dr. Lloyd. «Man könnte natürlich allerlei Vermutungen anstellen, aber –»

Er schüttelte den Kopf.

«Hat Mr. Pritchard dann Miss Instow geheiratet?» fragte Miss Marple mit ihrer sanften Stimme.

«Nun, warum wollen Sie gerade das wissen?» erkundigte sich Sir Henry.

Miss Marple schlug ihre gütigen blauen Augen weit auf.

«Es erscheint mir so wichtig», entgegnete sie. «Haben die beiden geheiratet?»

Colonel Bantry schüttelte den Kopf.

«Wir – nun, wir haben das eigentlich erwartet –, aber jetzt sind schon achtzehn Monate vergangen, und ich glaube, sie sehen sich kaum noch.»

«Das ist wichtig», sagte Miss Marple, «sehr wichtig.»

«Dann denken Sie sicher dasselbe wie ich», bemerkte Mrs. Bantry. «Sie nehmen an –»

«Nun, Dolly», unterbrach ihr Mann sie, «was du da sagen willst, ist unberechtigt. Du kannst nicht einfach jemanden anklagen, ohne den geringsten Beweis dafür zu haben.»

«Sei nicht so – so männerhaft, Arthur. Männer haben eine furchtbare Angst, auch nur das Geringste zu sagen. Dies bleibt ja ganz unter uns. Es ist nur eine wilde, phantastische Idee von mir, daß Jean Instow sich eventuell – ich möchte betonen – *eventuell* – als Wahrsagerin verkleidet hat. Wohlverstanden, nur im Scherz. Ich glaube ja nicht für eine Sekunde, daß sie böse Absichten dabei gehabt hat. Wenn sie es aber getan hat und Mrs. Pritchard dumm genug war, vor Angst zu sterben – nun, das ist doch der Gedanke, den Miss Marple ebenfalls hatte, nicht wahr?»

«Nein, meine Liebe, nicht ganz», entgegnete Miss Marple. «Sehen Sie, wenn ich jemanden töten wollte – was mir natürlich nicht einmal im Traum einfallen würde, da es etwas sehr Unnatürliches ist, und außerdem töte ich nicht einmal Wespen, obwohl das ja notwendig ist, und ich bin überzeugt, der Gärtner verfährt dabei stets so human wie eben möglich. Aber was wollte ich doch noch sagen?»

«Wenn Sie jemanden töten wollten», drängte Sir Henry.

«Ja. Dann würde ich mich nicht darauf verlassen, daß jemand vor Angst sterben könnte. Ich weiß, man liest von solchen Fällen, aber es scheint mir doch eine ungewisse Angelegenheit zu sein. Selbst die nervösesten Leute sind in Wirklichkeit weitaus tapferer, als man im allgemeinen annimmt. Nein, ich würde etwas Sicheres vorziehen und einen gründlichen Plan zu diesem Zweck machen.»

«Miss Marple», ließ Sir Henry sich hören, «Sie flößen mir geradezu Angst ein. Ich hoffe, Sie haben nie das Verlangen, mich von dieser Erde verschwinden zu lassen. Ihre Pläne könnten allzu gut sein.»

Miss Marple warf ihm einen vorwurfsvollen Blick zu.

«Ich dachte, ich hätte es deutlich genug zum Ausdruck gebracht, daß ich ein solches Verbrechen nie ins Auge fassen würde. Nein, ich habe nur versucht, mich in die Lage – einer gewissen Person hineinzuversetzen.»

«Denken Sie etwa an George Pritchard?» fragte der Colonel. «Das traue ich George niemals zu – obwohl die Schwester es annimmt. Ich suchte sie etwa einen Monat später auf, gerade zur Zeit der Exhumierung. Sie wußte nicht, wie es geschehen war, und wollte eigentlich gar nicht darüber reden. Aber ich hatte den deutlichen Eindruck, daß sie George für den Tod seiner Frau verantwortlich machte. Sie schien völlig überzeugt zu sein.»

«Nun», meinte Dr. Lloyd, «vielleicht war sie nicht so weit von der Wahrheit entfernt. Und bedenken Sie eines: Eine Krankenschwester weiß oft Bescheid. Sie kann es nicht sagen, da sie keinen Beweis hat – aber sie weiß es.»

Sir Henry beugte sich vor. «Miss Marple, Sie scheinen ganz in Gedanken versunken. Wollen Sie uns nicht etwas davon verraten?»

Miss Marple schreckte hoch.

«Ich bitte um Verzeihung», entgegnete sie. «Ich dachte gerade an unsere Gemeindeschwester. Ein höchst schwieriges Problem.»

«Schwieriger als das Problem der blauen Geranie?»

«Eigentlich hängt es mit den Primeln zusammen», lautete die überraschende Antwort. «Mrs. Bantry erwähnte gelbe und rötliche. Wenn es eine rötliche Primel war, die blau wurde, dann paßt es natürlich sehr gut. Aber wenn es eine gelbe gewesen ist –»

«Es war eine rötliche Primel», bestätigte Mrs. Bantry, während sie Miss Marple anschaute.

Alle starrten Miss Marple an.

«Das scheint die Sache zu erklären», sagte Miss Marple und schüttelte bedauernd den Kopf. «Und dann noch die Wespenzeit und alles. Und das Gas natürlich.»

«Es erinnert Sie wohl an zahllose Dorftragödien, nicht wahr?» fragte Sir Henry.

«Nicht gerade Tragödien», erwiderte Miss Marple. «Und gewiß nicht an verbrecherische Handlungen. Aber es erinnert mich tatsächlich an die Scherereien, die wir mit der Gemeindeschwester haben. Schließlich sind Krankenschwestern auch menschliche Wesen, und wenn man bedenkt, daß sie stets ein korrektes Benehmen an den Tag legen und diese unbequemen Kragen tragen und so eng mit der Familie zusammenleben müssen – nun, kann man sich da wundern, daß manchmal etwas passiert?»

Sir Henry ging ein schwaches Licht auf.

«Aha, Sie denken an Schwester Carstairs?»

«O nein. Nicht an Schwester Carstairs. An Schwester Copling. Sie war nämlich vorher schon einmal im Hause gewesen und sehr viel mit Mr. Pritchard zusammengekommen, der, wie Sie sagen, eine große Anziehungskraft besitzt. Sie hat wohl geglaubt, das arme Ding – na, darauf brauchen wir nicht weiter einzugehen. Vermutlich hat sie von Miss Instow nichts gewußt, und hinterher, als sie es erfuhr, wurde sie zu seiner Feindin und versuchte, ihm soviel Schaden zuzufügen wie nur möglich. Natürlich hat der Brief sie in erster Linie verraten, nicht wahr?»

«Was für ein Brief?»

«Nun, auf Mrs. Pritchards Bitte hin schrieb sie doch an die Wahrsagerin, und die Wahrsagerin kam doch anscheinend auf diesen Brief hin. Aber später stellte es sich heraus, daß eine solche Person niemals an dieser Adresse existiert hat. Das zeigt, daß Schwester Copling ihre Hand dabei im Spiel hatte. Sie tat nur so, als ob sie schrieb. Was ist also wahrscheinlicher, als anzunehmen, daß sie selbst die Wahrsagerin spielte?»

«Die Sache mit dem Brief ist mir entgangen», gab Sir Henry zu, «und das ist natürlich ein höchst wichtiger Punkt.»

«Ein ziemlich kühnes Unterfangen», meinte Miss Marple, «denn Mrs. Pritchard hätte sie trotz ihrer Verkleidung ja erkennen können. Aber in dem Falle konnte die Schwester ja so tun, als handle es sich um einen Scherz.»

«Sie erwähnten vorhin, daß Sie sich an der Stelle einer gewissen Person nicht auf das Angstmotiv verlassen hätten. Was wollten Sie damit sagen?» fragte Sir Henry.

«Man konnte nicht damit rechnen, erwiderte Miss Marple. «Nein, ich glaube, die Warnungen und die blauen Blumen waren – wenn ich mal einen militärischen Ausdruck verwenden darf» – sie lachte etwas verlegen –, «nur Camouflage.»

«Und was steckte dahinter?»

«Ich weiß», entschuldigte sich Miss Marple, «daß mir Wespen im Kopf herumspuken. Die armen Dinger, zu Tausenden vernichtet – und gewöhnlich an so schönen Sommertagen. Aber als ich einmal sah, wie der Gärtner das Zyankali in einer Flasche mit Wasser auflöste, habe ich mir gedacht, wie sehr es doch dem Riechsalz ähnelt. Und wenn man es in ein Riechfläschchen täte – nun, die arme Kranke gebrauchte ja immer so ein Fläschchen. Man fand es sogar neben ihrer Hand, als sie gestorben war. Als Mr. Pritchard den Arzt anrief, konnte die Schwester es gegen das richtige Fläschchen austauschen, und sie konnte ein ganz klein wenig das Gas aufdrehen, um den Mandelgeruch zu verdecken, und für den Fall, daß sich jemand nicht recht wohl fühlte. Ich habe immer gehört, daß Zyankali keine Spuren hinterläßt, wenn man lange genug wartet. Aber ich kann mich natürlich getäuscht haben, und es mag etwas ganz anderes in der Flasche gewesen sein; doch das spielt eigentlich keine Rolle, nicht wahr?»

Miss Marple hielt etwas erschöpft inne.

Jane Helier beugte sich vor und sagte: «Aber wie steht's mit der blauen Geranie und den anderen Blumen?»

«Schwestern haben immer Lackmuspapier, nicht wahr?» entgegnete Miss Marple. «Für – nun, für Untersuchungen. Kein sehr angenehmes Thema. Wir wollen nicht dabei verweilen. Ich habe auch etwas Krankenpflege ausgeübt. Blaues Lackmuspapier wird durch Säuren rot, und rotes Lackmuspapier wird durch Basen blau. Es ist so leicht, etwas rotes Lackmuspapier über eine rote Blume zu kleben – nahe am Bett natürlich. Und wenn dann die arme Dame ihr Riechsalz benutzte, färbten die starken Ammoniakdünste das Papier blau. Wirklich sehr spitzfindig. Die Geranie war natürlich noch nicht blau, als die Leute ins Zimmer kamen – das sah man erst später. Als die Schwester die Flaschen vertauschte, hat sie das Riechfläschchen einen Moment gegen die Tapete gehalten.»

«Man könnte meinen, Sie seien dabeigewesen, Miss Marple», sagte Sir Henry bewundernd.

«Worüber ich mir Sorgen mache», erwiderte Miss Marple, «das ist das Verhältnis zwischen dem armen Mr. Pritchard und dem netten jungen Mädchen, Miss Instow. Wahrscheinlich haben sie sich gegenseitig in Verdacht und gehen sich aus dem Wege. Dabei ist das Leben so kurz.»

Sie schüttelte betrübt den Kopf.

«Darüber brauchen Sie sich keine Sorgen zu machen», beruhigte sie Sir Henry. «Ich habe nämlich eine kleine Überraschung für Sie. Eine Krankenschwester ist gerade verhaftet worden, weil sie eine ältere Patientin ermordete, die ihr eine größere Summe vermacht hatte. Es geschah mit Zyankali, das anstelle von Riechsalz in ein Riechfläschchen abgefüllt worden war. Es handelt sich um Schwester Copling, die den gleichen Trick noch einmal versuchte. Miss Instow und Mr. Pritchard brauchen keine Zweifel an der Wahrheit zu hegen.»

Die Gesellschafterin

«Nun, Dr. Lloyd», wandte sich Miss Helier an den Arzt, «wissen Sie keine aufregenden Geschichten?»

Sie lächelte ihm zu – es war das Lächeln, das allabendlich das Theaterpublikum bezauberte. Jane Helier wurde manchmal die schönste Frau Englands genannt, und eifersüchtige Kolleginnen pflegten einander zuzuraunen: «Jane ist natürlich keine Künstlerin. Sie kann nicht spielen – wenn Sie mich richtig verstehen. Es sind einfach diese Augen!»

Und diese Augen waren in diesem Moment schmachtend auf den grauhaarigen älteren Junggesellen Dr. Lloyd gerichtet, der während der letzten fünf Jahre die Kranken im Dorf St. Mary Mead betreut hatte.

«Wissen Sie, Miss Helier», meinte Dr. Lloyd, «es passiert nicht viel Unheilvolles – und noch weniger Verbrecherisches – in St. Mary Mead.»

«Aber Doktor», beharrte Jane Helier, «Sie haben doch nicht immer hier gelebt. Sie sind gewiß in der ganzen Welt herumgekommen und an merkwürdigen Orten gewesen, wo etwas passiert sein muß!»

«Das stimmt natürlich», erwiderte Dr. Lloyd, der verzweifelt nachdachte. «Ja, sicher ... Ja ... Ah! Ich hab's!»

Mit einem Seufzer der Erleichterung sank er zurück.

«Es ist schon einige Jahre her – fast hätte ich es vergessen. Aber die Begebenheiten waren seltsam, wirklich sehr seltsam. Und die letzte Koinzidenz, die mir des Rätsels Lösung verschaffte, war ebenfalls sehr merkwürdig.»

Miss Helier zog eilig ihren Stuhl etwas näher zu ihm heran. Die anderen schauten ihm ebenfalls sehr interessiert entgegen.

«Ich weiß nicht, ob jemand von Ihnen die Kanarischen Inseln kennt», begann der Doktor.

«Die müssen wundervoll sein», warf Jane dazwischen. «Sie liegen in der Südsee, nicht wahr? Oder im Mittelmeer?»

«Ich habe sie auf meinem Weg nach Südafrika besucht», bemerkte der Colonel. «Die Landspitze von Teneriffa bietet bei Sonnenuntergang einen wunderschönen Anblick.»

«Der Zwischenfall, den ich beschreibe, ereignete sich auf der Insel Gran Canaria, nicht auf Teneriffa. Vor einer Reihe von Jahren war ich gesundheitlich nicht auf der Höhe. Infolgedessen mußte ich meine Praxis in England aufgeben und ins Ausland gehen. Ich praktizierte damals in Las Palmas, der Hauptstadt von Gran Canaria, und genoß das Leben dort sehr.

Schiffe aus allen Teilen der Welt kommen nach Las Palmas. Manchmal bleiben sie nur ein paar Stunden, manchmal ein paar Tage. Im ersten Hotel dort, im Metropole, sieht man Leute aller Rassen und Nationalitäten – Zugvögel. Selbst die Leute, die nach Teneriffa gehen, bleiben erst ein paar Tage hier, bevor sie zu der anderen Insel hinüberfahren.

Meine Geschichte beginnt im Metropole-Hotel an einem Donnerstagabend im Januar. Es wurde getanzt, und ein Freund und ich saßen an einem kleinen Tisch und sahen zu. Es waren mehrere Engländer und Angehörige anderer Nationen da, aber die meisten der Tänzer waren spanischer Herkunft. Als das Orchester einen Tango spielte, waren nur sechs Paare spanischer Nationalität auf dem Parkett. Sie tanzten alle sehr gut, und wir sahen bewundernd zu. Besonders eine Frau erregte unsere lebhafte Bewunderung. Groß, schön und geschmeidig, bewegte sie sich mit der Grazie einer halbgezähmten Leopardin. Sie hatte so etwas Verderbliches an sich. Ich sprach mit meinem Freund darüber, und er pflichtete mir bei.

‹Solche Frauen›, meinte er, ‹haben unbedingt eine Vergangenheit. Das Leben geht nicht an ihnen vorüber.›

‹Schönheit ist vielleicht ein gefährlicher Besitz›, sagte ich.

‹Es ist nicht nur Schönheit›, beharrte er. ‹Es ist noch etwas anderes. Sieh sie dir doch einmal an. Sicherlich passiert ihr vieles, oder es passiert ihretwegen. Wie ich schon sagte, das Leben wird nicht spurlos an ihr vorübergehen. Sie wird im Mittelpunkt seltsamer und aufregender Ereignisse stehen. Man braucht nur einen Blick auf sie zu werfen, und man weiß Bescheid.›

Er machte eine Pause und fügte dann lächelnd hinzu:

‹Ebenso wie du nur einen Blick auf die zwei Frauen da drüben zu werfen brauchst, um zu wissen, daß nichts Ungewöhnliches sich je in ihrem Leben ereignen wird. Sie sind wie geschaffen für eine sichere, eintönige Existenz.›

Ich folgte seinen Blicken. Die beiden Frauen, auf die er anspielte, waren Reisende, die eben erst angekommen waren – ein Dampfer vom Holländischen Lloyd hatte Las Palmas gerade angelaufen, und die ersten Passagiere waren bereits von Bord gegangen.

Auf den ersten Blick sah ich, was mein Freund meinte. Es handelte sich um zwei Engländerinnen – die richtig nette Sorte, die man so oft im Ausland antrifft. So um die Vierzig herum. Die eine war blond und vollschlank und die andere dunkel und ein wenig überschlank. Beide – noch gut erhalten, wie man so zu sagen pflegt – trugen schlichte, unauffällige und leichte Tweedkostüme und gebrauchten offensichtlich keinerlei Make-up. Und wie mein Freund schon bemerkte, würden sie nie etwas Aufregendes oder Besonderes erleben, wenn sie auch die halbe Welt durchreisten. Mein Blick wanderte zurück zu unserer geschmeidigen Spanierin mit ihren oft halbgeschlossenen glutvollen Augen, und ich mußte lächeln.»

«Die Ärmsten», seufzte Jane Helier. «Aber ich halte es wirklich für töricht, wenn jemand so gar nichts aus sich macht.»

«Fahren Sie fort, Doktor», bat Mrs. Bantry. «Ich höre gern Geschichten von geschmeidigen spanischen Tänzerinnen. Darüber vergesse ich ein wenig, wie alt ich inzwischen bin.»

«Leider muß ich Sie enttäuschen», entschuldigte sich Dr. Lloyd. «Die Geschichte dreht sich nämlich gar nicht um die Spanierin.»

«Nein?»

«Nein. Mein Freund und ich hatten uns sehr geirrt. Im Dasein der spanischen Schönheit ereignete sich nicht das geringste, das man als interessant oder aufregend hätte bezeichnen können. Sie heiratete später einen Angestellten in einem Schiffahrtsbüro, und zur Zeit, als ich die Insel verließ, hatte sie bereits fünf Kinder und war recht korpulent. Nein, meine Geschichte dreht sich um die beiden Engländerinnen.»

«Ist ihnen etwas zugestoßen?» hauchte Miss Helier.

«Ihnen ist etwas zugestoßen – und zwar gleich am nächsten Tag.»

«Wirklich?»

«Bevor ich an dem Abend ausging, warf ich aus Neugierde einen Blick in das Gästebuch und entdeckte die Namen sehr schnell. Miss Mary Barton und Miss Amy Durrant aus Little Paddocks, Caughton Weir, Bucks. In dem Augenblick hatte ich nicht die leiseste Ahnung, wie bald ich diesen beiden Namen wieder begegnen sollte – und unter was für tragischen Umständen. Am folgenden Tag hatte ich mich mit einigen Freunden für ein Picknick verabredet. Wir wollten mit dem Auto quer über die Insel zu einem Ort fahren, der, soweit ich mich nach so langer Zeit noch erinnern kann, Las Nieves hieß und in einer wohlgeschützten Bucht lag, wo wir unseren Lunch essen und später baden wollten, wenn wir noch Lust dazu hatten. Dieses Programm führten wir auch durch, nur brachen wir reichlich spät auf, so daß wir schon unterwegs picknickten und später nach Las Nieves weiterfuhren, um vor dem Tee noch etwas zu schwimmen.

Sobald wir uns dem Strand näherten, nahmen wir einen ungeheuren Tumult wahr. Die ganze Bevölkerung des kleinen Dorfes schien dort versammelt zu sein. Als man uns sah, stürzten einige der Inselbewohner sofort auf unseren Wagen zu und begannen, uns sehr erregt die Situation zu erklären. Da mein Spanisch nicht sehr gut war, dauerte es eine Weile, bis ich alles verstand, aber schließlich hatte ich begriffen.

Zwei verrückte Engländerinnen waren ins Wasser gegangen, und eine davon war zu weit hinausgeschwommen und dadurch in Schwierigkeiten geraten. Die andere war ihr nachgeschwommen und hatte versucht, sie an Land zurückzubringen. Doch auch ihre Kraft hatte versagt. Sie wäre ebenfalls ertrunken, wenn nicht ein Mann in einem Boot hinausgerudert wäre und beide zurückgebracht hätte – eine davon rettungslos verloren. Sobald ich die Sache erfaßt hatte, drängte ich mich durch die Menschenmenge und eilte ans Ufer. Zuerst erkannte ich die beiden Frauen nicht. Die rundliche Figur in dem schwarzen Badekostüm und der enganliegenden grünen Bademütze rief keine Erinnerung in mir wach, als sie ängstlich zu mir aufblickte. Sie kniete neben ihrer Freundin und machte etwas ungeschickte Wiederbelebungsversuche. Als ich ihr sagte, daß ich Arzt sei, stieß sie einen Seufzer der Erleichterung aus, und ich schickte sie sofort in eine nahe gelegene Hütte, damit sie sich abtrocknen und etwas anderes anziehen konnte. Eine der Damen aus meiner Gesellschaft begleitete sie. Ich selbst bemühte mich vergeblich um die ertrunkene Frau. Es steckte kein Funke Leben mehr in ihr, und schließlich mußte ich meine Wiederbelebungsversuche resigniert einstellen.

Ich gesellte mich dann zu den anderen in der kleinen Fischerhütte und versuchte der zweiten Dame die traurige Nachricht so schonend wie möglich beizubringen. Die Überlebende hatte jetzt Straßenkleider an, und ich erkannte in ihr sofort eine der beiden Engländerinnen, die am Abend vorher angekommen waren. Sie nahm die Trauerbotschaft ziemlich gelassen entgegen. Offenbar spielte die Aufregung über das ganze Geschehen eine größere Rolle als irgendwelche persönlichen Gefühle.

‹Arme Amy›, sagte sie. ‹Arme, arme Amy. Sie hatte sich so sehr auf das Schwimmen hier gefreut, und sie war auch eine gute Schwimmerin. Ich kann es einfach nicht verstehen. Was mag es nur gewesen sein, Herr Doktor?›

‹Vielleicht ein Krampf. Wollen Sie mir, bitte, den Vorgang genau beschreiben?›

‹Wir waren beide eine Zeitlang geschwommen – zwanzig Minuten, möchte ich sagen. Dann wollte ich das Wasser verlassen, aber Amy erklärte, sie würde noch einmal hinausschwimmen, was sie auch tat. Plötzlich hörte ich sie rufen, und ich merkte sehr bald, daß es ein Hilferuf war. Ich schwamm ihr nach, so schnell ich konnte. Sie war noch über Wasser, als ich sie erreichte, aber sie klammerte sich aufgeregt und sehr fest an mich, so daß wir beide untergingen. Wenn der Mann mit seinem Boot nicht gekommen wäre, hätte auch ich mein Leben eingebüßt.›

‹Das ist schon oft genug vorgekommen›, bestätigte ich. ‹Jemanden vor dem Ertrinken zu retten ist nicht so einfach.›

‹Es ist entsetzlich›, fuhr Miss Barton fort. ‹Wir sind nämlich erst gestern hier angekommen und waren so begeistert von dem Sonnenschein und unseren Ferien. Und nun muß diese schreckliche Tragödie passieren.›

Ich bat sie dann um Einzelheiten über die Tote und erklärte ihr, daß ich ihr in jeder Weise zur Seite stehen würde, daß aber die spanischen Behörden genaue Auskunft verlangten. Und sie erzählte mir bereitwillig alles, was ich wissen mußte.

Die Tote, Miss Amy Durrant, war ihre Gesellschafterin und hatte vor etwa fünf Monaten ihren Posten bei ihr angetreten. Sie waren recht gut miteinander ausgekommen, aber Miss Durrant hatte sehr wenig über ihre Angehörigen gesprochen. Sie war sehr früh verwaist und wuchs dann bei einem Onkel auf. Mit einundzwanzig Jahren verdiente sie sich schon ihren eigenen Lebensunterhalt.

Und nun war sie tot», fügte der Doktor hinzu. Nach einer kleinen Pause wiederholte er noch einmal – und es klang, als sei er am Ende seiner Erzählung angelangt –: «Und nun war sie tot.»

«Ich verstehe nicht ganz», meldete sich Jane Helier. «Ist das alles? Ich meine, es ist ja wohl sehr tragisch, aber nicht gerade sehr mysteriös.»

«Ich glaube, die Geschichte ist noch nicht zu Ende», meinte Sir Henry.

«Nein», antwortete Dr. Lloyd, «die Geschichte ist leider noch nicht zu Ende. Schon damals kam etwas Merkwürdiges zutage. Ich hatte natürlich auch bei den Fischern und den übrigen Augenzeugen Erkundigungen über den Vorgang eingezogen, und eine Frau hatte etwas Seltsames zu berichten. Damals gab ich nicht viel darauf, aber später erinnerte ich mich wieder daran. Sie behauptete nämlich steif und fest, Miss Durrant sei nicht am Ertrinken gewesen, als sie Miss Barton etwas zurief. Miss Barton sei hinausgeschwommen und habe Miss Durrants Kopf vorsätzlich unter Wasser gehalten. Wie ich schon sagte, gab ich nicht viel darauf. Die Geschichte klang so phantastisch, und oft bekommt man am Ufer einen ganz anderen Eindruck von diesen Dingen. Vielleicht wollte Miss Barton bewirken, daß ihre Freundin das Bewußtsein verlor, weil sie erkannte, daß durch die wilden Anklammerungsversuche sie alle beide ertrinken würden. Die Spanierin dagegen stellte es so dar, als habe Miss Barton versucht, ihre Gesellschafterin zu ertränken.

Ich wiederhole nochmals: Ich schenkte dieser Geschichte damals wenig Beachtung. Unsere große Schwierigkeit bestand darin, etwas über diese Amy Durrant ausfindig zu machen. Es schienen gar keine Verwandten zu existieren. Miss Barton und ich durchsuchten ihre Sachen. Wir fanden eine Adresse, an die wir sofort schrieben. Aber es stellte sich heraus, daß es sich nur um ein Zimmer handelte, das Miss Durrant gemietet hatte, um ihre Sachen unterzustellen. Die Wirtin wußte nichts und hatte sie nur beim Vermieten des Zimmers gesehen. Miss Durrant hatte damals die Bemerkung gemacht, daß sie gern einen Platz habe, den sie ihr eigen nennen und zu dem sie jederzeit zurückkehren könne. Es waren, schrieb die Wirtin, ein paar schöne alte Möbelstücke in dem Zimmer, ferner einige Bände mit Zeichnungen und ein Koffer mit im Ausland erstandenen Stoffresten, aber keine persönlichen Dinge. Der Wirtin gegenüber hatte sie erwähnt, daß ihre Eltern in Indien gestorben seien, als sie noch ein Kind war, und daß sie bei einem Onkel, einem Geistlichen, aufgewachsen sei. Sie hatte jedoch nicht gesagt, ob es ein Bruder ihres Vaters oder ihrer Mutter gewesen sei. Also konnte man mit dem Namen nicht viel anfangen.

Es war eigentlich nicht mysteriös, eher unbefriedigend. Es muß viele einsame, stolze und zurückhaltende Frauen geben, die sich in derselben Lage befinden. Unter ihren Habseligkeiten in Las Palmas entdeckten wir ein paar Fotografien – ziemlich alt und verblichen, und da sie außerdem für die Rahmen zurechtgeschnitten waren, stand der Name des Fotografen nicht mehr darauf.

Sie hatte Miss Barton zwei Referenzen gebracht. Eine hatte Miss Barton vergessen, und auf die andere besann sie sich nach langem Nachdenken. Aber es stellte sich heraus, daß es sich um eine Dame handelte, die gerade nach Australien gereist war. Man schrieb an sie, und es dauerte natürlich eine ganze Weile, bis die Antwort kam. Und als sie schließlich eintraf, konnte man nicht viel damit anfangen. Die Dame schrieb, daß Miss Durrant ihre Gesellschafterin und sehr tüchtig und charmant gewesen sei, daß sie aber nichts Näheres über ihre Privatangelegenheiten oder Verwandten wisse.

Es lag nichts Ungewöhnliches darin. Aber beides zusammen – einmal, daß niemand etwas über Amy Durrant wußte, und zum anderen der merkwürdige Bericht der Spanierin – erweckte eine gewisse Neugierde und Unruhe in mir. Ja, und ich möchte noch ein Drittes hinzufügen: Als ich mich zuerst über Miss Durrant beugte und Miss Barton auf die Hütte zuging, blickte sie sich um, und zwar mit einem Ausdruck auf ihrem Gesicht, den ich als äußerst bestürzt bezeichnen möchte – eine angstvolle Ungewißheit, die sich mir deutlich eingeprägt hat.

Damals sah ich nichts Ungewöhnliches darin. Ich schrieb es ihrer großen Sorge um ihre Freundin zu. Später aber wurde mir klar, daß die beiden sich gar nicht so freundschaftlich zugetan waren. Miss Barton mochte Amy Durrant gern und war betroffen über ihren Tod – aber sie empfand keinen tiefen Kummer.

Warum dann aber diese auffallende Besorgnis? Diese Frage tauchte immer wieder in mir auf. In dem Blick hatte ich mich nämlich nicht geirrt. Und fast gegen meinen Willen begann sich allmählich eine Antwort in meinem Gehirn zu formen. Wenn nun die Geschichte der Spanierin richtig wäre; wenn Mary Barton versucht hätte, Amy Durrant vorsätzlich und kaltblütig zu ertränken?

Es gelingt ihr, sie unter Wasser zu halten, während sie vorgibt, sie zu retten. Sie werden von dem Boot an Land geholt. Sie befinden sich an einer einsamen, weltabgelegenen Küste. Und dann erscheine ich – etwas, womit sie ganz und gar nicht gerechnet hatte. Ein Arzt! Und noch dazu ein englischer Arzt! Sie weiß ganz genau, daß Menschen, die bedeutend länger unter Wasser gewesen sind als Amy Durrant, durch künstliche Atmung wiederbelebt worden sind. Aber sie muß ihre Rolle spielen – muß fortgehen und mich mit ihrem Opfer allein lassen. Und als sie einen letzten Blick zurückwirft, zeigt sich eine schreckliche Angst in ihren Zügen. Wird Amy Durrant ins Leben zurückkehren und erzählen, was sie weiß?»

«Oh!» rief Jane Helier. «Jetzt bin ich aber gespannt!»

«Aus dieser Perspektive heraus nahm die ganze Geschichte einen unheimlichen Charakter an, und die Persönlichkeit der Amy Durrant wurde immer geheimnisvoller. Wer war Amy Durrant? Warum sollte sie, eine unbedeutende bezahlte Gesellschafterin, von ihrer Arbeitgeberin ermordet worden sein? Was für eine Geschichte lag der verhängnisvollen Badeexkursion zugrunde? Sie hatte erst vor wenigen Monaten ihren Posten angetreten. Mary Barton hatte sie mit ins Ausland genommen, und gleich am ersten Tag nach ihrer Ankunft war die Tragödie passiert. Und sie waren beide nette, durchschnittliche, gebildete Engländerinnen! Es war zu phantastisch, und das habe ich mir dann auch gesagt! Ich hatte meiner Phantasie die Zügel schießen lassen.»

«Sie haben also nichts weiter unternommen?» fragte Miss Helier.

«Meine liebe junge Dame, was konnte ich denn tun? Man hatte keinen Beweis. Die meisten Augenzeugen gaben denselben Bericht wie Miss Barton. Ich hatte meinen eigenen Verdacht auf einem flüchtigen Gesichtsausdruck aufgebaut, den ich mir auch sehr gut eingebildet haben mochte. Nur eins blieb mir übrig, und das tat ich auch. Ich stellte die ausgedehntesten Nachforschungen nach Amy Durrants Verwandten an. Als ich das nächste Mal in England war, suchte ich sogar ihre Wirtin auf, ohne jedoch mehr zu erfahren, als ich schon berichtet habe.»

«Aber Sie spürten, daß da etwas nicht stimmte», sagte Miss Marple.

Dr. Lloyd nickte.

«Meistens schämte ich mich dieses Gedankens. Wie konnte ich mir erlauben, diese nette, wohlerzogene Engländerin eines gemeinen, kaltblütigen Verbrechens zu verdächtigen? Ich gab mir die erdenklichste Mühe, ihr gegenüber so herzlich wie möglich zu sein während ihres kurzen Aufenthalts auf der Insel. Ich half ihr bei den spanischen Behörden und tat alles, was ein Engländer in einem fremden Lande für eine Landsmännin tun konnte. Und doch bin ich überzeugt, daß sie wußte, daß ich sie verdächtigte.»

«Wie lange blieb sie denn noch auf der Insel?» erkundigte sich Miss Marple.

«Ich glaube, etwa vierzehn Tage. Miss Durrant wurde dort begraben, und es muß ungefähr zehn Tage später gewesen sein, als Miss Barton mit einem Schiff nach England zurückfuhr. Das Ganze hatte sie so aufgeregt, daß sie den Winter nicht dort verbringen mochte, wie sie geplant hatte. Das sagte sie jedenfalls.»

«War es ihr anzumerken, daß sie aufgeregt war?» fragte Miss Marple.

Der Doktor zögerte.

«Nun, äußerlich konnte man ihr nichts ansehen», sagte er vorsichtig.

«Sie wurde zum Beispiel nicht dicker?» fragte Miss Marple.

«Wissen Sie – es ist sehr merkwürdig, daß Sie das sagen. Und ich glaube sogar, Sie haben recht. Jetzt, wo ich daran zurückdenke, scheint es mir tatsächlich so, als habe sie zugenommen.»

«Wie gräßlich», meinte Jane Helier schaudernd. «Es – es klingt ja beinahe so, als ob sie sich vom Blut ihres Opfers nährte.»

«Und doch mag ich ihr auf andere Weise Unrecht zufügen», fuhr Dr. Lloyd fort. «Bevor sie abreiste, sagte sie tatsächlich etwas, das auf etwas ganz anderes schließen ließ. Bei manchen Menschen arbeitet das Gewissen, glaube ich, sehr langsam; sie brauchen eine gewisse Zeit, bis sie sich der Ungeheuerlichkeit einer begangenen Tat bewußt werden.

Es war am Abend vor ihrer Abreise von den Kanarischen Inseln. Sie hatte um meinen Besuch gebeten und sich bei mir für alle meine Hilfe herzlich bedankt. Ich wehrte natürlich ab und stellte alles als ganz selbstverständlich hin. Nach einer kurzen Pause stellte sie mir plötzlich eine Frage: ‹Glauben Sie, daß man je dazu berechtigt ist, selbst Gerechtigkeit zu üben?›

Ich erwiderte, daß das eine ziemlich schwierige Frage sei, die ich aber im großen und ganzen verneinen müsse. Dazu sei das Gesetz da, und diesem Gesetz müßten wir uns fügen.

‹Selbst wenn das Gesetz machtlos ist?›

‹Das verstehe ich nicht ganz.›

‹Es ist sehr schwierig zu erklären. Aber man könnte einen sehr guten und triftigen Grund haben für eine Tat, die unbedingt als verkehrt, ja sogar als ein Verbrechen angesehen wird.›

Ich erwiderte ganz trocken, daß wahrscheinlich eine ganze Reihe von Verbrechern dieser Ansicht gewesen seien, und sie wich vor mir zurück.

‹Das ist aber schrecklich›, murmelte sie. ‹Schrecklich.›

Dann bat sie mich plötzlich in verändertem Ton um ein Schlafmittel. Sie habe seit – sie zauderte – seit dem furchtbaren Schock nicht mehr richtig schlafen können.

‹Sind Sie sicher, daß das der Grund ist?› fragte ich. ‹Sonst beunruhigt Sie nichts? Es lastet nichts auf Ihrer Seele?›

‹Auf meiner Seele? Was sollte wohl schon auf meiner Seele lasten?›

Sie stieß diese Worte heftig und mißtrauisch hervor.

‹Angst ist manchmal die Ursache von Schlaflosigkeit›, sagte ich leichthin.

Sie schien einen Augenblick nachzudenken.

‹Meinen Sie Angst vor der Zukunft oder Angst wegen der Vergangenheit, die nicht mehr zu ändern ist?›

‹Beides!›

‹Nur hätte es keinen Zweck, sich über die Vergangenheit zu beunruhigen. Sie ist unwiederbringlich – Oh! Was für einen Sinn hat es schon! Man darf nicht denken. Man darf nicht nachdenken.›

Ich verordnete ihr einen milden Schlaftrunk und verabschiedete mich. Beim Fortgehen dachte ich ziemlich lange über die Worte nach, die sie gesagt hatte. ‹Sie ist unwiederbringlich –› Was? Oder wer?

Ich glaube, diese letzte Unterredung bereitete mich gewissermaßen auf die folgenden Erlebnisse vor, die ich natürlich nicht erwartet hatte. Aber als sie eintraten, war ich nicht überrascht. Ich hatte nämlich von Anfang an den Eindruck, daß Mary Barton eine gewissenhafte Frau und keine leichtsinnige Person sei. Eine Frau mit Prinzipien, die nach diesen Prinzipien handeln und nicht nachgeben würde, solange sie daran glaubte. Ich hatte das Empfinden, daß sie während unserer letzten Unterhaltung begann, ihre eigenen Prinzipien anzuzweifeln. Ihre Worte deuteten darauf hin, daß sie die ersten schwachen Regungen jenes schrecklichen Seelenforschers spürte, den man das Gewissen nennt.

Es passierte dann in Cornwall, in einem kleinen, um diese Jahreszeit ziemlich verlassenen Badeort. Es muß Ende März gewesen sein. Ich las darüber in der Zeitung. Eine Dame hatte dort in einem kleinen Hotel gewohnt – eine Miss Barton. Sie hatte ein äußerst merkwürdiges Wesen zur Schau getragen. Das war allen aufgefallen. Nachts war sie in ihrem Zimmer auf und ab gegangen und hatte vor sich hin gemurmelt, so daß in den benachbarten Zimmern niemand schlafen konnte. Eines Tages hatte sie den Pfarrer aufgesucht und ihm versichert, sie habe ihm eine Mitteilung von äußerster Wichtigkeit zu machen. Sie habe, so sagte sie, ein

Verbrechen begangen. Anstatt fortzufahren, hatte sie sich unvermittelt erhoben und erklärt, sie wolle an einem anderen Tag wiederkommen. Der Pfarrer vermutete, daß sie nicht ganz richtig im Oberstübchen sei, und nahm ihre Selbstanklage gar nicht ernst.

Gleich am nächsten Morgen entdeckte man, daß sie nicht in ihrem Zimmer war. Statt dessen fand man einen an den Leichenbeschauer gerichteten Brief folgenden Wortlauts:

> Ich versuchte gestern, mit dem Pfarrer zu reden, ihm alles zu beichten, aber ich durfte es nicht. *Sie* ließ es nicht zu. Ich kann nur auf eine Weise sühnen – ein Leben für ein Leben; und mein Leben muß genauso enden wie das ihrige. Auch ich muß im tiefen Meer ertrinken. Ich glaubte, meine Tat sei gerechtfertigt gewesen. Nun sehe ich ein, daß es nicht richtig war. Um Amys Verzeihung zu erlangen, muß ich zu ihr gehen. Niemand ist an meinem Tode schuld. – Mary Barton.

Ihre Kleider fand man am Strand in einer abgeschiedenen Bucht. Offenbar hatte sie sich dort ausgezogen und war dann mutig in die See hinausgeschwommen, wo, wie allgemein bekannt, eine gefährliche Strömung war, die jeden Schwimmer die Küste hinabtrieb.

Die Leiche wurde nicht angetrieben, und nach einer Weile wurde Miss Barton für tot erklärt. Sie war eine reiche Frau; ihr Vermögen belief sich auf hunderttausend Pfund. Da sie ohne Testament starb, fiel das Geld an ihre nächsten Verwandten – eine Familie von Vettern in Australien. Die Zeitungen machten diskrete Anspielungen auf die Tragödie auf den Kanarischen Inseln und vertraten den Standpunkt, daß Miss Durrants Tod den Verstand ihrer Freundin zerrüttet habe. Bei der gerichtlichen Untersuchung der Angelegenheit wurde das übliche Urteil gesprochen: Selbstmord in vorübergehendem Wahnzustand.

Und so fällt der Vorhang nach der Tragödie von Amy Durrant und Miss Barton.»

Es entstand eine lange Pause, die von der schwer atmenden Jane Helier unterbrochen wurde:

«Oh, Sie dürfen hier aber nicht aufhören – gerade an der interessantesten Stelle. Bitte weiter.»

«Aber, Miss Helier, dies ist kein Fortsetzungsroman. Dies ist das wirkliche Leben, und das wirkliche Leben hört da auf, wo es ihm gefällt.»

«Aber das will ich nicht», jammerte Jane. «Ich möchte wissen, wie es weitergeht.»

«Hier müssen wir eben unseren Verstand gebrauchen, Miss Helier», erklärte Sir Henry. «Warum hat Mary Barton ihre Gesellschafterin getötet? Das ist das Problem, das Dr. Lloyd uns gestellt hat.»

«Nun», meinte Miss Helier, «da gibt es eine Reihe von Gründen. Ich meine – oh, ich weiß nicht recht. Sie mochte ihr auf die Nerven gefallen sein, oder Eifersucht mag eine Rolle gespielt haben. Dr. Lloyd erwähnte zwar keine Männer, aber immerhin mag auf dem Schiff etwas vorgefallen sein – Sie wissen ja, was man im allgemeinen von Schiffen und Seereisen sagt.»

Miss Helier hielt leicht erschöpft inne, und es dämmerte ihrer Zuhörerschaft, daß Janes reizender Kopf von außen besser ausgestattet war als von innen.

«Ich möchte eine ganze Reihe von Mutmaßungen zur Sprache bringen», erklärte Miss Bantry. «Aber ich muß mich wohl auf eine beschränken. Ich nehme an, daß Miss Bartons Vater all sein Geld auf Kosten von Amy Durrants Vater gemacht hat, den er dabei zugrunde richtete. Also beschloß Amy, sich zu rächen. Nein, das ist falsch. Die Verhältnisse liegen ja gerade umgekehrt. Wie ärgerlich! Warum tötet eine reiche Brotherrin die bescheidene Gesellschafterin? Ich hab's. Miss Barton hatte einen jüngeren Bruder, der sich aus Liebe zu Amy Durrant erschossen hat. Miss Barton wartet auf eine günstige Gelegenheit. Amy verarmt und wird von Miss Barton als Gesellschafterin engagiert. Diese nimmt sie mit auf die Kanarischen Inseln und führt ihren Racheakt aus. Wie hört sich das an?»

«Ausgezeichnet», lobte Sir Henry. «Nur wissen wir nicht, ob Miss Barton jemals einen Bruder hatte.»

«Das nehmen wir einfach an», entgegnete Mrs. Bantry. «Ohne Bruder hatte sie kein Motiv. Also muß sie einen Bruder gehabt haben. Sehen Sie das ein, Watson?»

«Das ist ja alles sehr schön, Dolly», bemerkte ihr Mann. «Aber es ist eben nur eine Mutmaßung.»

«Natürlich», entgegnete Mrs. Bantry. «Es bleibt uns ja nichts anderes übrig, als zu raten. Wir haben keine Indizien. Nur zu, lieber Arthur, rate auch einmal.»

«Wirklich und wahrhaftig, ich weiß nicht, was ich sagen soll. Aber ich glaube, Miss Heliers Vorschlag, daß sie sich eines Mannes wegen entzweit haben könnten, hat etwas für sich. Hör zu, Dolly, es war sicher ein Pfarrer der Hochkirche, und sie haben ihm beide vielleicht einen Chormantel oder dergleichen gestickt, und er hat den von der Durrant zuerst getragen. Verlaß dich drauf, so etwas wird's schon gewesen sein. Denke daran, wie sie zum Schluß wieder zu einem Pfarrer rannte. Diese Frauen verlieren alle den Kopf wegen eines gutaussehenden Geistlichen. Das hört man immer wieder.»

«Ich glaube, ich muß versuchen, meine Erklärung ein wenig zu präzisieren», meinte Sir Henry, «obgleich ich zugebe, daß es sich auch nur um eine Vermutung handelt. Meine Idee ist, daß Miss Barton immer ein wenig verwirrt oder, sagen wir, geistesgestört war. Es gibt mehr solche Fälle, als man denkt. Ihre Wahnvorstellungen wurden mit der Zeit stärker, und sie begann es für ihre Pflicht zu halten, die Welt von gewissen Personen zu befreien – vielleicht von den sogenannten ‹Frauen mit Vergangenheit›. Über Miss Durrants Vergangenheit ist nicht gerade viel bekannt, also hatte sie vielleicht eine. Miss Barton erfährt davon und beschließt, sie zu beseitigen. Später steigen Zweifel an der Richtigkeit ihrer Handlungsweise in ihr auf, und sie wird von Gewissensbissen geplagt. Ihr Ende zeigt, daß ihr Verstand völlig zerrüttet ist. Sind Sie auch dieser Ansicht, Miss Marple?»

«Leider nicht, Sir Henry», bedauerte Miss Marple lächelnd. «Meiner Meinung nach zeigt ihr Ende, daß sie eine kluge Frau war, die sich geschickt aus der Affäre zu ziehen verstand.»

Jane Helier unterbrach sie mit einem kleinen Aufschrei.

«Oh! Ich bin ja so dumm gewesen. Darf ich noch einmal raten? Erpressung! Das war's natürlich. Diese Gesellschafterin hat sie erpreßt. Allerdings kann ich nicht verstehen, warum Miss Marple sagt, es sei klug von ihr, sich das Leben zu nehmen. Das kann ich ganz und gar nicht einsehen.»

«Das glaube ich wohl», meinte Sir Henry. «Aber Miss Marple kannte wohl genau so einen Fall in St. Mary Mead.»

«Sie machen sich über mich lustig, Sir Henry», sagte Miss Marple vorwurfsvoll. «Aber ich muß bekennen, daß es mich ein ganz klein wenig an die alte Mrs. Trout erinnert. Sie ließ sich nämlich in verschiedenen Gemeinden die Rente für drei alte Frauen auszahlen, die schon tot waren.»

«Ein höchst kompliziertes und geistreiches Verbrechen», meinte Sir Henry. «Aber es scheint mir kein Licht auf unser gegenwärtiges Problem zu werfen.»

«Ich weiß», erwiderte Miss Marple, «für einen Außenseiter ist es schwer zu verstehen. Aber die Familien waren sehr arm, und die Rente war ein großer Segen für die Kinder. Aber was ich eigentlich damit sagen wollte, war, daß sich das Ganze um die Ähnlichkeit dreht, die eine alte Frau mit anderen alten Frauen hat.»

«Wie war das doch gleich?» fragte Sir Henry verwirrt.

«Ich erkläre alles immer so schlecht», entschuldigte sich Miss Marple. «Ich wollte damit sagen: Als Dr. Lloyd die beiden Damen zuerst beschrieb, wußte er sie nicht zu unterscheiden, und ich vermute, daß es den anderen Gästen im Hotel genauso erging. Nach ein paar Tagen wäre das natürlich anders geworden, aber gleich am nächsten Tag ertrank die eine der beiden, und wenn die Überlebende erklärte, sie sei Miss Barton, so kam wahrscheinlich niemandem der Gedanke, daß sie es nicht sein könnte.»

«Dann glauben Sie also – Oh! Ich verstehe», sagte Sir Henry langsam.

«Es ist die einzige natürliche Erklärung. Unsere liebe Mrs. Bantry begann soeben damit. Warum sollte auch eine reiche Brotgeberin die bescheidene Gesellschafterin ermorden. Umgekehrt ist die Sache viel wahrscheinlicher. Ich meine – so ist das in den meisten Fällen.»

«Wirklich?» fragte Sir Henry. «Sie schockieren mich.»

«Miss Durrant», fuhr Miss Marple fort, «mußte natürlich Miss Bartons Kleider tragen, und die waren selbstverständlich etwas zu eng für sie, so daß es aussah, als sei sie ein wenig dicker geworden. Deshalb stellte ich vorhin die Frage. Ein Mann würde natürlich nicht vermuten, daß es an den Kleidern liegt, sondern denken, die Dame sei dicker geworden.»

«Aber wenn Miss Durrant tatsächlich Miss Barton ermordete,

was erreichte sie dadurch?» fragte Mrs. Bantry. «Sie konnte diese Täuschung doch nicht für immer aufrechterhalten.»

«Sie hat sie nur für etwa einen Monat aufrechterhalten», gab Miss Marple zu bedenken. «Und während dieser Zeit ist sie wohl viel gereist und hat sich von allen ferngehalten, die sie kannten. Da, wie ich schon sagte, Damen in einem gewissen Alter sich sehr ähnlich sehen, ist niemandem das falsche Paßbild aufgefallen, ganz abgesehen davon, daß Paßbilder sowieso nicht viel taugen. Und im März fuhr sie dann in dieses cornische Dorf und zog durch ihr merkwürdiges Verhalten die Aufmerksamkeit auf sich, damit die Leute, wenn sie ihre Kleider am Strand sahen und ihren letzten Brief lasen, nicht mißtrauisch werden sollten, wenn –»

«Wenn was?» drängte Sir Henry.

«Wenn keine Leiche da war», sagte Miss Marple mit fester Stimme. «Diese Tatsache hätte wohl jeden stutzig gemacht, wenn nicht diese vielen Ablenkungsmanöver mit Gewissensbissen und dergleichen alle von der richtigen Spur entfernt hätten. Keine Leiche. Das war die wirklich bedeutsame Tatsache.»

«Wollen Sie etwa sagen», fragte Mrs. Bantry, «wollen Sie etwa sagen, daß sie keine Gewissensbisse hatte? Daß sie überhaupt nicht ins Wasser gegangen ist?»

«Genau das», bestätigte Miss Marple. «Mit Mrs. Trout war es dasselbe. Auch sie verstand sich gut auf Ablenkungsmanöver, aber ich kam ihr auf die Schliche. Und ich habe auch die von Gewissensbissen gequälte ‹Miss Barton› durchschaut. Die und sich ertränken? Wahrscheinlich ist sie nach Australien gefahren, wenn ich einigermaßen gut raten kann.»

«Das können Sie wirklich, Miss Marple», beteuerte Dr. Lloyd. «Ohne jeden Zweifel. Ich war ganz überrascht an jenem Tag in Melbourne.»

«War das die letzte Koinzidenz, von der Sie am Anfang sprachen?»

Dr. Lloyd nickte.

«Ja, das war eine Pechsträhne für Miss Barton oder Miss Amy Durrant, je nachdem, wie man sie bezeichnen will. Ich arbeitete eine Zeitlang als Schiffsarzt, und als ich in Melbourne ankam, fiel mein erster Blick auf die Dame, von der ich angenommen hatte, daß sie in Cornwall ertrunken sei. Sie erkannte, daß sie bei mir ausgespielt hatte, und handelte sehr kühn: Sie zog mich ins Vertrauen. Eine merkwürdige Frau, der ein moralisches Bewußtsein vollkommen abging, wie ich vermute. Sie war die Älteste von neun Kindern und ihre Familie jämmerlich arm. Sie hatten einmal ihre reiche Kusine in England, Miss Barton, um Hilfe angefleht; aber umsonst, da Miss Barton sich mit ihrem Vetter überworfen hatte. Sie brauchten unbedingt Geld, da die drei jüngsten Kinder zart waren und eine kostspielige ärztliche Behandlung nötig hatten. In jenem Augenblick scheint Amy Barton den Plan gefaßt zu haben, ihre Kusine kaltblütig zu ermorden. Sie machte sich auf nach England und verdiente sich ihre Überfahrt damit, daß sie einen Posten als Kindermädchen annahm. In England nannte sie sich Amy Durrant, und es gelang ihr, von Miss Barton als Gesellschafterin engagiert zu werden. Sie mietete sich ein Zimmer und stellte ein paar Möbel hinein, um sich einen gewissen Hintergrund zu schaffen. Der Plan mit dem Ertränken beruhte auf einer plötzlichen Inspiration. Sie hatte schon die ganze Zeit auf eine Gelegenheit gewartet. Dann inszenierte sie den Schlußakt ihres Dramas und kehrte nach Australien zurück. Nach einer gewissen Zeit erbten sie und ihre Geschwister Miss Bartons Geld als nächste Verwandte.»

«Ein sehr kühnes und perfektes Verbrechen», bemerkte Sir Henry. «Beinahe *das* perfekte Verbrechen. Wenn Miss Mary Barton auf den Kanarischen Inseln umgekommen wäre, hätte sich der Verdacht wahrscheinlich auf Amy Durrant gerichtet, und dann wäre ihre Verbindung mit der Familie Barton ans Licht gekommen. Doch der Wechsel der Persönlichkeit und das doppelte Verbrechen, wenn man es so nennen will, haben diese Gefahr gründlich beseitigt. Ja, fast das perfekte Verbrechen.»

«Was geschah mit ihr?» fragte Mrs. Bantry. «Was haben Sie in der Angelegenheit unternommen, Dr. Lloyd?»

«Ich befand mich in einer merkwürdigen Situation, Mrs. Bantry. Im Sinne des Gesetzes hatte ich immer noch keine Beweise. Auch erkannte ich als Arzt an gewissen Zeichen, daß die Dame, obwohl sie einen starken, kräftigen Eindruck machte, nicht mehr lange auf dieser Erde weilen würde. Ich begleitete sie nach Hause und lernte ihre Geschwister kennen – reizende Menschen, die ihre älteste

Schwester verehrten und nicht die leiseste Ahnung hatten, daß sie eine Verbrecherin war. Warum sollte ich Kummer und Sorgen über diese Familie bringen, wenn ich nichts beweisen konnte. Das Bekenntnis der Dame mir gegenüber hatte niemand anders gehört. Ich ließ dem Schicksal seinen Lauf. Miss Amy Barton starb sechs Monate nach unserer Begegnung. Ich habe mich oft gefragt, ob sie wohl bis zum letzten Augenblick heiter und ohne Reue war.»

«Sicherlich nicht», meinte Mrs. Bantry.

«Ich glaube doch», war Miss Marples Ansicht. «Mrs. Trout war es jedenfalls.»

Jane Helier schüttelte sich ein wenig.

«Nun», sagte sie. «Das ist ja alles sehr, sehr spannend. Aber eines verstehe ich nicht so ganz: Wer ertränkte wen? Und was hat Mrs. Trout auf einmal damit zu tun?»

«Nichts, meine Liebe», erwiderte Miss Marple. «Sie war nur eine Person – eine nicht sehr nette Person – in unserem Dorf.»

«Oh!» meinte Jane. «Im Dorf. Aber in einem Dorf passiert doch nie etwas, nicht wahr?» Sie seufzte. «Wenn ich in einem Dorfe lebte, würde ich sicher vollständig verdummen.»

Die vier Verdächtigen

Die Unterhaltung drehte sich weiter um unentdeckte und unbestrafte Verbrechen. Jeder der Anwesenden äußerte der Reihe nach seine Meinung: Colonel Bantry, seine rundliche, liebenswürdige Frau, Jane Helier, Dr. Lloyd und sogar die alte Miss Marple. Nur eine Person äußerte sich nicht dazu, und das war die Person, die sich nach Ansicht der meisten Leute am besten dazu eignete. Sir Henry Clithering, Ex-Kommissar von Scotland Yard, saß schweigend da und drehte an seinem Schnurrbart oder streichelte ihn vielmehr. Dabei schmunzelte er, als ob ein heimlicher Gedanke ihn köstlich amüsiere.

«Sir Henry», wandte sich Mrs. Bantry zu guter Letzt an ihn, «wenn Sie nicht bald Ihren Mund auftun, fange ich an zu schreien. gibt es nicht eine ganze Menge Verbrechen, bei denen der Täter unbestraft entkommt?»

«Sie denken an die Schlagzeilen in den Zeitungen, Mrs. Bantry. *Scotland Yard wieder auf falscher Fährte*, und dann folgt eine Aufzählung von ungesühnten Verbrechen.»

«Die vermutlich in Wirklichkeit nur einen kleinen Prozentsatz ausmachen, nicht wahr?» meinte Dr. Lloyd.

«Ja, das stimmt. Die Hunderte von Verbrechen, die aufgeklärt und deren Täter bestraft worden sind, werden selten besungen. Aber das ist nicht der strittige Punkt, nicht wahr? Unentdeckte Verbrechen und ungesühnte Verbrechen sind zwei verschiedene Dinge. Unter die erste Kategorie fallen alle Verbrechen, von denen Scotland Yard niemals etwas erfährt, Verbrechen, die begangen werden, ohne daß jemand etwas davon weiß.»

«Aber die Zahl solcher Verbrechen ist wohl nicht sehr groß», meinte Mrs. Bantry.

«Haben Sie 'ne Ahnung!»

«Sir Henry! Das ist doch nicht Ihr Ernst?!»

«Ich möchte sagen», bemerkte Miss Marple nachdenklich, «daß die Zahl sehr beträchtlich sein muß.»

Die charmante alte Dame mit ihrer ruhigen, altjüngferlichen Art machte diese Feststellung in äußerst gelassenem Ton.

«Aber meine liebe Miss Marple», rief der Colonel erstaunt.

«Natürlich», erklärte Miss Marple, «gibt es eine Reihe von dummen Leuten, und dumme Leute fallen meistens herein. Auf der anderen Seite gibt es sehr viele kluge Leute, und es überläuft einen ganz kalt, wenn man daran denkt, was sie alles fertigbringen können, falls sie nicht tief eingewurzelte Prinzipien haben.»

«Ja», stimmte Sir Henry zu, «es gibt sehr viele Leute, die nicht dumm sind. Wie oft kommt ein Verbrechen nur an den Tag, weil jemand unglaublich gestümpert hat, und jedesmal fragt man sich: Hätte man je etwas davon erfahren, wenn die Sache nicht verpfuscht worden wäre?»

«Das ist aber eine sehr ernste Angelegenheit, Clithering», bemerkte Colonel Bantry. «In der Tat, eine sehr ernste Angelegenheit.»

«Meinen Sie?»

«Was soll das heißen: Meinen Sie? Natürlich ist die Sache ernst.»

«Sie sagen: Der Verbrecher kommt ungestraft davon; ist das aber so? Vielleicht wird er nicht vom Gesetz bestraft; aber der Zusammenhang von Ursache und Wirkung gilt auch außerhalb des Gesetzes. Jedes Verbrechen birgt seine eigene Strafe in sich – das ist vielleicht ein Klischee, aber meiner Ansicht nach trifft es zu.»

«Möglich, möglich», erwiderte Colonel Bantry. »Aber das beeinträchtigt nicht den Ernst – den – hm – Ernst der Frage –» Er brach in einiger Verlegenheit ab.

Sir Henry Clithering lächelte.

«Neunundneunzig Prozent der Menschen sind zweifellos Ihrer Meinung», sagte er. «Aber wissen Sie, in diesen Fällen ist die Schuld nicht so wichtig wie die – Unschuld. Das macht sich niemand so richtig klar.»

«Das verstehe ich nicht», erklärte Jane Helier.

«Aber ich», sagte Miss Marple. «Als Mrs. Trent etdeckte, daß eine halbe Krone aus ihrer Handtasche verschwunden war, hatte Mrs. Arthur, die Putzfrau, am meisten darunter zu leiden. Die Trents hatten sie natürlich in Verdacht, aber da sie freundliche Menschen waren und wußten, daß sie eine große Familie und einen Trinker zum Mann hatte, wollten sie die Sache nicht aufbauschen. Aber ihre Einstellung ihr gegenüber änderte sich, und sie ließen das Haus nicht mehr in ihrer Obhut, wenn sie verreisten, wodurch sie natürlich einen ziemlichen Verdienstausfall hatte. Und andere Leute wurden dadurch ebenfalls in ihrem Verhalten ihr gegenüber beeinflußt. Und dann stellte es sich plötzlich heraus, daß es die Gouvernante war. Mrs. Trent sah durch eine Tür ihr Spiegelbild. Der reinste Zufall – obgleich ich es lieber Vorsehung nenne. Und das ist es, glaube ich, was Sir Henry im Sinn hat. Die meisten Menschen würden sich nur dafür interessieren, wer das Geld nahm, und es war gerade die unwahrscheinlichste Person – genau wie in Detektivgeschichten! Aber die Person, für die es die Hölle auf Erden bedeutete, war die arme Mrs. Arthur, die ganz unschuldig war. Das hatten Sie doch gemeint, nicht wahr, Sir Henry?»

«Ja, Miss Marple, Sie haben wieder einmal den Nagel auf den Kopf getroffen. Die Putzfrau in dem von Ihnen erwähnten Beispiel konnte noch von Glück reden. Ihre Unschuld wurde erwiesen. Aber andere müssen ihr ganzes Leben lang unter der Last eines Verdachtes leiden, der wirklich ungerechtfertigt ist.»

«Haben Sie etwa einen besonderen Fall dabei im Sinn, Sir Henry?» fragte Mrs. Bantry verschmitzt.

«Allerdings, Mrs. Bantry. Ein merkwürdiger Fall. Ein Fall, bei dem wir glauben, daß ein Mord begangen worden ist, und bei dem wir keinerlei Chancen haben, es je beweisen zu können.»

«Gift, wahrscheinlich», hauchte Jane. «Etwas, das keine Spuren hinterläßt.»

Sir Henry schüttelte den Kopf.

«Nein. Nicht das geheimnisvolle Pfeilgift der südamerikanischen Indianer! Ich wollte, es wäre etwas Derartiges. Wir haben es mit etwas zu tun, das weit prosaischer ist – in der Tat so prosaisch, daß keine Hoffnung besteht, den Täter zu überführen. Es handelt sich um einen alten Herrn, der die Treppe hinunterfiel und sich das Genick brach. Einer jener bedauerlichen Unfälle, die jeden Tag vorkommen können.»

«Aber was ist in Wirklichkeit geschehen?»

«Wer kann das sagen?» Sir Henry zuckte die Achseln. «Ein Stoß von hinten? Ein über die Treppe gespannter und nachher sorgfältig entfernter Bindfaden? Das werden wir niemals erfahren.»

«Aber Sie sind der Ansicht, daß es – kein Unfall war? Warum?» fragte Doktor Lloyd.

«Das ist eine reichlich lange Geschichte, aber – nun ja, wir sind unserer Sache ziemlich sicher. Wie gesagt, besteht leider keine Chance, den Täter zu überführen, das Beweismaterial ist zu fadenscheinig. Aber da ist die andere Seite des Falles zu berücksichtigen – die Seite, von der wir vorhin sprachen. Es handelt sich nämlich um vier Personen, die diese Tat begangen haben könnten. Eine davon ist schuldig; die anderen drei sind unschuldig! Und wenn die Wahrheit nicht an den Tag kommt, ruht auf den anderen drei der schreckliche Schatten des Verdachts.»

«Ich glaube», schlug Mrs. Bantry vor, «es ist besser, wenn Sie uns Ihre lange Geschichte erzählen.»

«Ich brauche sie ja nicht so ausführlich zu schildern», meinte Sir Henry. «Auf jeden Fall kann ich den Anfang abkürzen. Er handelt von einer deutschen Geheimgesellschaft – der Schwarzen Hand –, etwas Ähnliches wie die Camorra oder was die meisten sich unter Camorra vorstellen. Sie arbeitet mit Erpressung und Terror. Die Geschichte fing kurz nach dem Kriege an und verbreitete sich in erstaunlicher Weise. Zahllose Menschen fielen ihr zum Opfer. Den Behörden gelang es nicht, sie auszurotten, denn ihre Geheimnisse wurden ängstlich gehütet, und es war fast unmöglich, jemanden zu finden, der sich dazu bewegen ließ, sie zu verraten.

In England wußte man nicht viel darüber, aber in Deutschland übte die Gesellschaft eine höchst lähmende Wirkung aus. Letzten Endes wurde sie durch die Anstrengungen eines einzigen Mannes aufgespürt und zerstreut. Dieser Mann hieß Dr. Rosen, und er hatte einst eine prominente Rolle im Geheimdienst gespielt. Er wurde Mitglied der Gesellschaft, konnte auf diese Weise bis in ihre innersten Kreise vordringen und führte so ihren Untergang herbei.

Infolgedessen war er ein gezeichneter Mann, und man hielt es für ratsam, daß er Deutschland verließ – wenigstens eine Zeitlang. Er kam nach England, und wir erhielten von der Berliner Polizei den Bericht über ihn. Mit mir hatte er eine persönliche Unterredung. Er war sehr gelassen und gefaßt und hegte nicht den geringsten Zweifel darüber, was die Zukunft für ihn barg.

‹Sie werden mich schon kriegen, Sir Henry›, sagte er. ‹Darüber bin ich nicht im Zweifel.› Er war ein kräftiger Mann mit einem guten Kopf und einer tiefen Stimme. Ein leichter Akzent verriet seine eigentliche Nationalität. ‹Das steht fest. Aber es macht nichts, ich bin darauf gefaßt. Dieses Risiko bin ich eingegangen, als ich die Aufgabe übernahm. Ich habe mein Vorhaben ausgeführt. Die Organisation kann niemals wieder zusammengeschweißt werden. Aber viele ihrer Mitglieder sind auf freiem Fuß, und sie werden sich auf die einzige Art und Weise rächen, die ihnen zu Gebote steht – sie werden mir das Leben nehmen. Es ist nur eine Frage der Zeit. Aber ich möchte gern, daß die Spanne Zeit, die mir bleibt, recht lang sei. Ich sammle nämlich zwecks späterer Veröffentlichung sehr interessantes Material – das meine Lebensarbeit darstellt. Ich möchte, wenn irgend möglich, diese Aufgabe zu Ende führen.›

Er sprach sehr schlicht und mit einer gewissen Würde, die ich nur bewundern konnte. Ich sagte ihm, daß wir alle nötigen Vorsichtsmaßregeln treffen würden. Doch er winkte ab.

‹Früher oder später werden sie mich finden, und dann töten sie mich›, wiederholte er. ‹Wenn es passiert ist, machen Sie sich bitte keine Vorwürfe, denn Sie werden zu meinem Schutz sicherlich alles getan haben, was in Ihrer Macht steht.›

Dann schilderte er mir seine Pläne. Er hatte vor, ein kleines Haus auf dem Land zu kaufen, wo er in Ruhe seiner Arbeit nachgehen konnte. Schließlich wählte er ein Dorf in Somerset – King's Gnaton –, das zehn Kilometer von der nächsten Eisenbahnstation entfernt lag und von der Zivilisation kaum berührt war. Er kaufte ein reizendes Häuschen, in dem er allerlei Verbesserungen und Veränderungen vornehmen ließ, und richtete sich dort gemütlich ein. Zu seinem Haushalt gehörten seine Nichte Greta, sein Sekretär, eine ältere deutsche Haushälterin, die ihm beinahe vierzig Jahre lang treu gedient hatte, und ein nicht im Haus wohnender Gärtner, der aus King's Gnaton stammte.»

«Die vier Verdachtspersonen», murmelte Dr. Lloyd.

«Ganz richtig. Die vier Verdachtspersonen. Fünf Monate lang führten sie ein friedliches Leben in King's Gnaton, und dann geschah das Unglück. Dr. Rosen fiel eines Morgens die Treppe hinunter und wurde erst eine halbe Stunde später tot aufgefunden. Zu der Zeit, als der Unfall passiert sein mußte, war Gertrud in der Küche, und da die Tür geschlossen war, hörte sie nichts – so lautet ihre Aussage. Greta war im Garten und pflanzte einige Blumenzwiebeln – wiederum ihre Aussage. Dobbs, der Gärtner, war in dem kleinen Schuppen, in dem die Blumen umgepflanzt wurden, und nahm gerade einen kleinen Happen zu sich – seine Aussage. Und der Sekretär machte einen Spaziergang; auch hier müssen wir seinen eigenen Worten Glauben schenken. Keiner hat ein Alibi, keiner vermag die Aussage des anderen zu bestätigen. Aber eines steht fest: Niemand von außerhalb hätte es tun können, denn ein Fremder wäre in dem kleinen Dorf King's Gnaton mit tödlicher Sicherheit bemerkt worden. Die Vordertür und die Hintertür des Hauses waren beide abgeschlossen; jeder im Haus hatte einen eigenen Schlüssel. Wie Sie sehen, kommt also nur eine der genannten Personen in Betracht, und doch scheint jeder einen einwandfreien Charakter zu haben. Greta, die Tochter seines eigenen Bruders. Gertrud, die ihm vierzig Jahre lang treu gedient hatte. Dobbs, der niemals aus King's Gnaton herausgekommen war. Und Charles Templeton, der Sekretär –»

«Ja», unterbrach Colonel Bantry die Erzählung, «wie steht es mit ihm? Er scheint mir die verdächtigste Person zu sein. Was wissen Sie über ihn?»

«Gerade das, was ich über ihn wußte, stellte ihn außerhalb jeglichen Verdachts – wenigstens damals», erwiderte Sir Henry ernst. «Templeton war nämlich einer meiner eigenen Leute.»

«Oha!» Colonel Bantry war sichtlich betroffen.

«Ja. Ich wollte jemanden an Ort und Stelle haben. Ohne Aufsehen im Dorf zu erregen. Rosen brauchte wirklich einen Sekretär. Als übertrug ich Templeton diese Aufgabe. Er ist ein Gentleman, spricht fließend Deutsch und ist überhaupt ein fähiger Mann.»

«Welchen von ihnen verdächtigen Sie dann aber?» fragte Mrs. Bantry verwirrt. «Alle scheinen so – über jeden Verdacht erhaben.»

«Ja, es hat den Anschein. Aber man kann die Sache auch von einem anderen Gesichtspunkt aus betrachten. Greta war zwar seine Nichte und außerdem ein reizendes Mädchen, aber der Krieg hat uns immer wieder gezeigt, daß Bruder sich gegen Schwester oder Vater sich gegen Sohn wenden kann, und die reizendsten und sanftesten jungen Mädchen haben sich oft erstaunliche Dinge geleistet. Dasselbe läßt sich auf Gertrud anwenden, und wer weiß, was in ihrem Falle alles mitspielt. Vielleicht ein Streit mit ihrem Herrn, ein wachsender Groll, der um so tiefer saß, als sie ihm so viele Jahre treu gedient hatte. Ältere Frauen dieser Klasse können manchmal recht verbittert sein. Und Dobbs? Ist er unbedingt aus der Sache heraus, nur weil er mit der Familie nichts zu tun hatte? Mit Geld kann man viel erreichen. Es besteht durchaus die Möglichkeit, daß man sich an Dobbs herangemacht und ihn bestochen hat. Denn eines scheint sicher: Irgendeine Botschaft oder ein Befehl muß von außen hereingekommen sein. Warum hatte man Dr. Rosen sonst fünf Monate lang ungeschoren gelassen? Nein, die Agenten der Gesellschaft mußten am Werk gewesen sein. Vielleicht waren sie vorher noch nicht ganz sicher, daß es Rosen war, der sie verraten hatte, und haben gewartet, bis es einwandfrei erwiesen war. Und dann, als alle Zweifel beseitigt waren, mußten sie ihre Botschaft an ihren Verbündeten innerhalb der Tore geschickt haben – die Botschaft, die lautete: ‹Töte›.»

«Wie schrecklich!» rief Jane Helier schaudernd aus.

«Aber wie ist die Botschaft hineingelangt? Das war der Punkt, den ich zu klären suchte – darin lag meine einzige Hoffnung, das Problem zu lösen. Mit einer dieser vier Personen mußte man sich in Verbindung gesetzt haben. Darauf konnte kein Aufschub mehr eintreten – das wußte ich –, sobald der Befehl gekommen war, wurde er unverzüglich ausgeführt. Das war eine Eigentümlichkeit der Schwarzen Hand.

Ich beschäftigte mich mit dieser Frage, und zwar in einer Weise, die Sie wahrscheinlich für lächerlich pedantisch halten werden. Ich fragte mich: Wer war an jenem Morgen zu seinem Haus gekommen? Ich ließ niemanden aus. Hier ist die Liste.»

Er zog einen Umschlag aus der Tasche und entnahm ihm einen Bogen Papier.

«Der Metzger, der ein Stück Hammelbraten brachte. Geprüft und als korrekt befunden.

Der Bote vom Lebensmittelladen, der ein Paket Grieß, zwei Pfund Zucker, ein Pfund Butter und ein Pfund Kaffee ablieferte. Ebenfalls nachgeprüft und für richtig befunden.

Der Postbote, der folgende Post abgab: zwei Drucksachen für Greta Rosen, einen Brief aus dem Dorf für Gertrud, drei Briefe für Dr. Rosen, einer davon mit einer ausländischen Briefmarke, und zwei Briefe für Mr. Templeton, einer davon ebenfalls mit einer ausländischen Marke.»

Sir Henry hielt inne und nahm ein ganzes Bündel von Papieren aus dem Umschlag.

«Vielleicht haben Sie Interesse daran, sich diese Dokumente selbst anzusehen. Sie wurden mir von den verschiedenen Beteiligten gegeben oder aus dem Papierkorb gefischt. Ich brauche wohl nicht zu erwähnen, daß sie von Fachleuten auf unsichtbare Tinte hin untersucht worden sind. Derartige Tricks sind ausgeschlossen.»

Alle drängten sich um ihn herum, um einen Blick in die Papiere zu tun. Die Drucksachen kamen von einer Gärtnerei und von einem bekannten Londoner Pelzgeschäft. Zwei von den an Dr. Rosen gerichteten Briefen waren Rechnungen, eine aus dem Geschäft für Sämereien und die andere von einer Londoner Schreibwarenfirma. Der an ihn gerichtete Brief lautete wie folgt:

> Mein lieber Herr Rosen – Komme gerade zurück von Dr. Helmut Spath. Kürzlich habe ich Edgar Jackson gesehen. Er und Amos Perry sind soeben aus Tringtau zurückgekehrt, wo sie Honesty getroffen haben. Wie ich Ihnen schon vorher sagte: Hüten Sie sich vor einer gewissen Person. Sie wissen ja, wen ich meine, obgleich Sie anderer Ansicht sind.
>
> Ihre Georgina

«Mr. Templetons Post», fuhr Sir Henry fort, «bestand aus dieser Rechnung, die, wie Sie sehen, von seinem Schneider stammt, und einem Brief von einem Freund in Deutschland; diesen Brief hat er leider auf seinem Spaziergang zerrissen. Und zuletzt haben wir hier den an Gertrud adressierten Brief:

Liebe Frau Swartz – Wir hoffen, das Sie Freitag Abend zu unseren geselligen Abend von der Kirche kommen können, der Paster sagt, er hofft es auch – jeder herzlich willkommen. Das Rezept für den Schinken war sehr gut. Besten Dank. Hoffe, das dies Sie bei besten Wohlbefinden antrifft, hoffe, wir sehen Sie Freitag.

Mit besten Gruß
Emma Greene

Dr. Lloyd und Mrs. Bantry schmunzelten ein wenig über diese Epistel.

«Ich glaube, dieser Brief ist völlig harmlos», meinte Dr. Lloyd.

«Ganz meine Meinung», bestätigte Sir Henry. «Dennoch war ich vorsichtig und habe nachgeprüft, ob es eine Mrs. Greene und einen geselligen Kirchenabend gegeben hat. Man kann nie vorsichtig genug sein.»

«Das behauptet unsere Freundin, Miss Marple, ja auch immer», bemerkte Dr. Lloyd lächelnd. «Sie sind wieder einmal in Gedanken versunken, Miss Marple. Worüber grübeln Sie nun nach?»

Miss Marple fuhr zusammen.

«Oh, ich mußte nur an die etwas merkwürdigen Namen in Dr. Rosens Brief denken.»

Mrs. Bantry blickte sie aufmerksam an, und plötzlich huschte etwas wie eine Erleuchtung über ihre Züge.

«Oh, ja!» stieß sie hervor.

«Ja, meine Liebe», sagte Miss Marple, «ich dachte mir schon, daß es Ihnen auch auffallen würde.»

«Der Brief enthält eine ausgesprochene Warnung», bemerkte Colonel Bantry. «Das ist das erste, was meine Aufmerksamkeit erregte. Ich merke mehr, als man denkt. Ja, eine ausgesprochene Warnung – vor wem?»

«Mit diesem Brief hat es eine etwas merkwürdige Bewandtnis», erklärte Sir Henry. «Nach Templetons Aussage öffnete Dr. Rosen den Brief am Frühstückstisch und warf ihn zu ihm hinüber mit der Begründung, er habe keine Ahnung, wer der Bursche sei.»

«Aber es war kein Bursche», sagte Jane Helier. «Die Unterschrift lautet doch ‹Georgina›.»

«Es ist schwer zu entziffern», meinte Dr. Lloyd. «Man könnte auch ‹Georgey› daraus lesen. Aber es sieht doch wohl mehr wie ‹Georgina› aus. Allerdings habe ich den Eindruck, daß es eine Männerhandschrift ist.»

«Das ist ja interessant», ließ Colonel Bantry sich hören, «daß er den Brief über den Tisch geworfen und so getan hat, als wisse er von nichts. Wollte wohl jemanden beobachten. Wen – das Mädchen oder den Mann?»

«Oder gar die Köchin», warf Mrs. Bantry ein. «Sie war vielleicht auch im Zimmer und brachte gerade das Frühstück herein. Aber was ich nicht ganz verstehe … hm … höchst eigenartig.»

Sie blickte stirnrunzelnd auf den Brief. Miss Marple rückte näher an sie heran und deutete mit dem Finger auf einige Stellen des Briefes. Dann steckten beide die Köpfe zusammen. «Aber warum hat der Sekretär den anderen Brief zerrissen?» fragte Jane Helier plötzlich. «Das kommt – ich weiß nicht – das kommt mir sehr merkwürdig vor. Und warum erhält er überhaupt Briefe aus Deutschland? Aber wenn er, wie Sie sagen, über jeden Verdacht erhaben ist –»

«Das hat Sir Henry nicht gesagt», warf Miss Marple rasch dazwischen und unterbrach für eine Weile ihre gemurmelte Konferenz mit Mrs. Bantry. «Er hat von vier Verdachtspersonen geredet. Das deutet drauf hin, daß er Mr. Templeton einbezogen hat. Habe ich recht, Sir Henry?»

«Ja, Miss Marple. Aus bitterer Erfahrung habe ich eines gelernt: niemanden in solchen Fällen vom Verdacht auszuschließen. Ich habe Ihnen vorhin einige Gründe angeführt, warum drei von diesen Leuten doch schuldig sein könnten, so unwahrscheinlich es auch aussieht. Charles Templeton hatte ich zuerst vom Verdacht ausgenommen. Doch eingedenk meines soeben erwähnten Grundsatzes nahm ich auch ihn unter die Lupe. Ich hielt mir vor Augen, daß jede Armee, jede Marine, jede Polizeitruppe eine gewisse Zahl von Verrätern in ihren Reihen hat, wenn wir es auch höchst ungern zugeben. Also prüfte ich unbefangen alle gegen Charles Templeton gerichteten Verdachtsmomente.

Ich stellte mir dieselbe Frage wie Miss Helier. Warum war er als einziger im ganzen Haus nicht in der Lage, den von ihm erhaltenen Brief vorzuzeigen – einen Brief, der überdies eine deutsche Briefmarke trug? Warum bekam er überhaupt Briefe aus Deutschland?

Da die letzte Frage harmlos war, stellte ich sie ihm tatsächlich. Er hatte eine ganz einfache Erklärung. Die Schwester seiner Mutter sei mit einem Deutschen verheiratet, und der Brief stamme von einer deutschen Kusine. Auf diese Weise erfuhr ich etwas, das ich bis dahin noch nicht gewußt hatte – nämlich, daß Charles Templeton Beziehungen zu Leuten in Deutschland hatte. Und das brachte ihn entschieden auf die Liste der Verdächtigen. Er ist zwar einer von meinen Leuten – ein junger Mann, den ich immer gern mochte und dem ich volles Vertrauen schenkte, aber ich muß zugeben, daß er an der Spitze meiner Liste steht.

Aber wer der Schuldige ist, das weiß ich nicht; ich weiß es einfach nicht... und aller Wahrscheinlichkeit nach werde ich es niemals herausbekommen. Es handelt sich hier nicht in erster Linie darum, einen Mörder zu bestrafen. Es geht um etwas anderes, das mir hundertmal wichtiger erscheint: die Vernichtung der ganzen Karriere eines vielleicht ehrenwerten Mannes... durch einen Verdacht – einen Verdacht, den ich nicht ignorieren darf.»

Miss Marple räusperte sich und sagte sanft:

«Wenn ich Sie richtig verstehe, Sir Henry, ist es nur dieser junge Mr. Templeton, um den Sie sich soviel Sorgen machen?»

«In gewissem Sinne, ja. Theoretisch sollte es für alle dasselbe sein, aber in der Praxis verhält es sich anders. Denken wir zum Beispiel einmal an Dobbs. Ich mag gegen ihn Verdacht hegen, aber das hat weiter keinen Einfluß auf seinen Beruf. Niemand im Dorf hat je vermutet, daß der Tod des alten Mr. Rosen etwas anderes war als ein Unfall. Gertrud ist ein wenig mehr in Mitleidenschaft gezogen. Greta Rosen wird wahrscheinlich eine andere Einstellung zu ihr haben, aber vielleicht ist das nicht so wichtig für sie.

Und Greta Rosen selbst – na, hier kommen wir zu der eigentlichen Komplikation. Greta ist ein sehr hübsches junges Mädchen und Charles Templeton ein gutaussehender junger Mann. Fünf Monate lang waren sie ohne äußere Ablenkung aufeinander angewiesen. Das Unvermeidliche geschah. Sie verliebten sich ineinander – wenn sie es sich auch noch nicht in Worten eingestanden haben.

Dann kam die Katastrophe. Es ist inzwischen drei Monate her, und ein paar Tage nachdem ich in den Ruhestand getreten war suchte Greta Rosen mich auf. Sie hatte das Häuschen verkauft, die Angelegenheiten ihres Onkels in Ordnung gebracht und war im Begriff, nach Deutschland zurückzukehren. Sie kam zu mir, obwohl sie wußte, daß ich in den Ruhestand getreten war; denn sie wollte eine ganz persönliche Sache mit mir besprechen. Sie ging zunächst wie die Katze um den heißen Brei, aber schließlich packte sie aus. Was ich eigentlich von dem Brief halte – sie habe sich schon die schlimmsten Gedanken darüber gemacht –, sie meine diesen Brief mit der deutschen Marke, den Charles zerrissen habe. Ob das wohl in Ordnung sei? Natürlich mußte es nicht mysteriös sein. Selbstverständlich glaube sie seinen Worten, aber – wenn sie doch bloß wüßte! Wenn sie es doch mit Bestimmtheit wüßte!

Sehen Sie? Dasselbe Gefühl: der Wunsch, ihm Vertrauen zu schenken – aber gleichzeitig der unbestimmte, lauernde Verdacht, der, obwohl resolut zurückgedrängt, doch immer wieder zum Vorschein kommt. Ich sprach ganz offen mit ihr über die Angelegenheit und bat sie, dasselbe zu tun. Ich fragte sie, ob sie sich zueinander hingezogen gefühlt hätten.

‹Ich glaube wohl›, erwiderte sie. ‹O ja, ich weiß es ganz genau. Wir waren so glücklich. Jeder Tag verlief in Zufriedenheit. Wir wußten es – beide wußten wir es. Wir hatten keine Eile – das ganze Leben lag ja vor uns. Eines Tages würde er es mir schon sagen, daß er mich liebte, und ich würde ihm auch meine Liebe gestehen. Aber jetzt ist alles so anders. Eine schwarze Wolke hat sich zwischen uns gedrängt – wir sind befangen; wenn wir uns begegnen, wissen wir nicht, was wir sagen sollen. Vielleicht ergeht es ihm genauso wie mir – vielleicht sagt jeder von uns: «Wenn ich nur sicher wäre!» Deshalb möchte ich Sie, Sir Henry, bitten, mir zu sagen: «Wer Ihren Onkel auch getötet haben mag, es war nicht Charles Templeton!» Sagen Sie es mir bitte! Oh, sagen Sie es mir doch! Bitte!›

«Und verflixt noch mal», rief Sir Henry und schlug heftig mit der Faust auf den Tisch, «ich konnte es ihr nicht sagen. Sie werden sich einander immer mehr entfremden, diese beiden – während der Verdacht wie ein Geist zwischen ihnen schwebt, ein Geist, der nicht gebannt werden kann.»

Mit müdem, grauem Gesicht lehnte er sich in seinen Sessel zurück und schüttelte ein paarmal verzagt den Kopf.

«Und man kann nichts weiter tun, es sei denn» – er richtete sich wieder auf, und ein Schmunzeln huschte über sein Gesicht –, «es sei denn, Miss Marple kann uns helfen. Wie ist's, Miss Marple? Ich habe nämlich das Gefühl, als ob der Brief gerade das Gegebene für Sie sei. Der mit der kirchlichen Geselligkeit. Erinnert er Sie nicht an jemanden oder an etwas, das die ganze Angelegenheit mit einem Schlage aufklärt? Können Sie nicht zwei hilflosen jungen Menschen zu ihrem Glück verhelfen?»

Hinter seiner scherzenden Art verbarg sich ein gewisser Ernst. Er hatte nämlich eine ziemliche Hochachtung vor dem scharfen Verstand der zarten, ein wenig altmodisch wirkenden Miss Marple gewonnen. Mit hoffnungsvollem Ausdruck blickte er zu ihr hinüber.

Miss Marple räusperte sich und strich ihr Spitzenfichu glatt.

«Er erinnert mich tatsächlich ein wenig an Annie Poultney», gab sie zu. «Natürlich ist der Brief völlig klar – wenigstens für mich und Mrs. Bantry. Ich meine nicht den Brief von dem geselligen Abend, sondern den anderen. Sie, Sir Henry, der Sie so viel in London leben und kein Gärtner sind, haben es wahrscheinlich nicht bemerkt.»

«Wie?» fragte Sir Henry. «Was habe ich denn nicht bemerkt?»

Mrs. Bantry streckte ihre Hand nach einer der beiden Drucksachen aus, schlug den Katalog auf und las voller Eifer daraus vor:

«Dr. Helmut Spath. Reines Lila, eine wunderbar schöne Blüte, auf einem ungewöhnlich langen und steifen Stiel. Herrliche Schnittblume und sehr dekorativ im Garten. Eine neue Art von auffallender Schönheit.

Edgar Jackson. Schön geformte, chrysanthemenartige Blüte von ausgesprochen ziegelroter Farbe.

Amos Perry. Leuchtend rot, sehr dekorativ.

Tringtau. Ein leuchtendes Orangerot, auffallende Gartenpflanze und eine sich lange haltende Schnittblume.

Honesty. Rosa und weiße Schattierungen, seltene und vollendet geformte Blüte.»

Mrs. Bantry warf den Katalog hin und stieß mit gewaltigem Nachdruck hervor:

«Dahlien!»

«Und die Anfangsbuchstaben bilden das Wort ‹DEATH› – TOD», erklärte Miss Marple.

«Aber der Brief war doch an Dr. Rosen selbst gerichtet», wandte Sir Henry ein.

«Das war ja gerade das Schlaue daran», erwiderte Miss Marple. «Das und die Warnung darin. Was würde Dr. Rosen tun, wenn er einen Brief von einem Unbekannten bekam, der voller Namen steckte, die ihm ebenfalls fremd waren? Ihn natürlich an seinen Sekretär weiterreichen.»

«Dann war es also doch der –»

«O nein!» sagte Miss Marple. «Nicht der Sekretär. Wenn er es gewesen wäre, hätte er den Brief niemals in Ihre Hände geraten lassen. Ebensowenig hätte er einen an sich gerichteten Brief mit einer deutschen Marke zerstört. Nein, seine Unschuld – wenn ich mich einmal so ausdrücken darf – strahlt geradezu.»

«Wer ist es aber dann?»

«Nun, es ist ziemlich sicher – so sicher, wie überhaupt etwas in dieser Welt sein kann. Es saß noch eine andere Person am Frühstückstisch, die – was unter den Umständen ganz natürlich war – ihre Hand nach dem Brief ausstrecken und ihn lesen würde. Und damit war die Sache erledigt. Wie Sie sich vielleicht noch erinnern, bekam sie einen Gartenkatalog mit derselben Post –»

«Greta Rosen», sagte Sir Henry langsam vor sich hin. «Dann war ihr Besuch bei mir also –»

«Männer durchschauen so etwas nicht», erklärte Miss Marple. «Und ich fürchte, sie halten ältere Damen oft für gehässig und boshaft, weil wir einen Blick für diese Dinge haben. Aber so ist es nun einmal. Man weiß leider sehr viel über sein eigenes Geschlecht. Zweifellos hatte sich eine Schranke zwischen ihnen aufgerichtet. Der junge Mann empfand plötzlich eine unerklärliche Abneigung. Er schöpfte rein instinktiv Verdacht und konnte diesen Verdacht nicht verbergen. Und ich nehme wirklich an, daß das Mädchen seinen Besuch bei Ihnen aus reiner Bosheit machte. Sie war ja eigentlich frei von Verdacht, aber sie tat ein übriges, um Ihren

Verdacht mit Bestimmtheit auf den armen Mr. Templeton zu lenken. Vor ihrem Besuch war Ihr Verdacht gegen den jungen Mann noch gar nicht so ausgeprägt.»

«Sie hat aber gar nichts gesagt –», begann Sir Henry.

«Männer», unterbrach Miss Marple ihn seelenruhig, «durchschauen diese Dinge nicht.»

«Und dieses Mädchen –» Er hielt inne. «Sie begeht einen kaltblütigen Mod und kommt ungestraft davon!»

«O nein, Sir Henry», widersprach Miss Marple, «nicht ungestraft. Weder Sie noch ich glauben das. Denken Sie doch daran, was Sie vorhin gesagt haben. Nein. Greta Rosen wird ihrer Strafe nicht entgehen. Zunächst einmal muß sie sich mit sehr merkwürdigen Menschen eingelassen haben – Erpresser und Terroristen –, Gefährten, die nicht gut für sie sind und durch die sie wahrscheinlich zu einem schlechten Ende kommen wird. Aber, wie Sie schon sagten, man darf seine Gedanken nicht an den Schuldigen verschwenden – die Unschuldigen sind wichtiger. Mr. Templeton wird wohl die deutsche Kusine heiraten; das Zerreißen des Briefes sieht mir ein wenig – nun ja, verdächtig aus, aber in einem anderen Sinne, als wir das Wort den ganzen Abend gebraucht haben. Es ist, als fürchtete er, daß das andere Mädchen ihn zu sehen bekommen würde. Ja, ich glaube, es muß ein romantisches Verhältnis zwischen ihnen bestanden haben. Und dann ist da noch Dobbs. Wie Sie schon sagten, wird es für ihn nicht soviel ausmachen. Eine Wurst und ein Glas Wein spielen für ihn wohl eine größere Rolle. Aber Gertrud – das ist schon etwas anderes. Die arme alte Gertrud, die mich an Annie Poultney erinnerte. Arme Annie Poultney. Fünfzig Jahre treu gedient und dann verdächtigt, Miss Lambs Testament beiseite geschafft zu haben, obgleich nichts bewiesen werden konnte. Es brach dem treuen Geschöpf beinahe das Herz, und nach ihrem Tod kam dann das Testament zum Vorschein, und zwar in der Geheimschublade der Teebüchse, wohin die alte Miss Lamb es selbst der Sicherheit wegen gelegt hatte. Aber für die arme Annie kam die Entdeckung zu spät.

Das beunruhigt mich so sehr bei der armen alten deutschen Frau. Im Alter wird man sehr leicht verbittert. Sie tut mir weitaus mehr leid als Mr. Templeton, der noch jung ist, gut aussieht und bei den

Damen einen Stein im Brett zu haben scheint. Sie werden ihr doch schreiben, Sir Henry, nicht wahr, und ihr sagen, daß ihre Unschuld sich einwandfrei erwiesen hat? Ihr lieber alter Herr tot und sie wahrscheinlich am Grübeln und dazu noch unter der Last des Verdachts, ihn ... Oh, der Gedanke ist unerträglich!»

«Ich werde ihr schreiben, Miss Marple», versprach Sir Henry und sah sie fragend an. «Wissen Sie, ich werde Sie niemals ganz verstehen. Ihre Schlußfolgerungen entsprechen nie meinen Erwartungen.»

«Meine Schlußfolgerungen sind leider sehr begrenzt», sagte Miss Marple bescheiden. «Ich komme so selten aus St. Mary Mead heraus.»

«Und doch haben Sie ein – man möchte fast sagen – internationales Geheimnis aufgeklärt», entgegnete Sir Henry. «Denn Ihre Lösung ist richtig. Davon bin ich überzeugt.»

Miss Marple errötete. Dann warf sie den Kopf ein wenig in den Nacken. «Für die Verhältnisse der damaligen Zeit bin ich, nach meinem Dafürhalten, sehr gut erzogen worden. Meine Schwester und ich hatten eine deutsche Erzieherin – ein Fräulein. Ein sehr sentimentales Geschöpf. Sie brachte uns die Blumensprache bei – eine höchst charmante Wissenschaft, die aber heutzutage in Vergessenheit geraten ist. Eine gelbe Tulpe bedeutet, zum Beispiel, hoffnungslose Liebe, während eine chinesische Aster besagt: Ich sterbe zu deinen Füßen aus Eifersucht. Dieser Brief ist mit ‹Georgina› unterzeichnet, und das bedeutet im Deutschen soviel wie Dahlie. Dadurch wurde das Ganze völlig klar. Ich wollte, ich könnte mich an die Bedeutung der Dahlie erinnern, aber leider komme ich nicht darauf. Mein Gedächtnis läßt nach.»

«Auf jeden Fall bedeutete das Wort nicht Tod.»

«Allerdings nicht. Gräßlich, nicht wahr? Es gibt doch sehr viel Trauriges in der Welt.»

«Das stimmt», pflichtete Mrs. Bantry ihr seufzend bei. «Man kann von Glück sagen, daß man Blumen und Freunde hat.»

«Uns nennt sie an zweiter Stelle, wie Sie bemerken», warf Dr. Lloyd ein.

«Ein Mann schickte mir jeden Abend purpurfarbene Orchideen ins Theater», erwähnte Jane träumerisch.

«Ich erwarte Ihre Gunst – bedeutet das», erklärte Miss Marple lebhaft.

Sir Henry bekam einen merkwürdigen Hustenreiz und wandte den Kopf ab.

Plötzlich rief Miss Marple:

«Oh, es ist mir wieder eingefallen. Dahlie bedeutet ‹Verrat› und ‹falsche Angaben›.»

«Wunderbar», sagte Sir Henry. «Einfach wunderbar.»

Und er seufzte.

Eine Weihnachtstragödie

«Ich möchte eine Beschwerde vorbringen», erklärte Sir Henry Clithering.

Mit zwinkernden Augen blickte er sich im Kreise um. Colonel Bantry saß mit ausgestreckten Beinen im Sessel und starrte mit gerunzelter Stirn auf den Kaminsims. Seine Frau blätterte in einem Blumenkatalog. Dr. Lloyd blickte mit offener Bewunderung auf Jane Helier, und diese betrachtete nachdenklich ihre rosafarbenen polierten Fingernägel. Nur Miss Marple saß kerzengerade auf ihrem Stuhl und zwinkerte Sir Henry ebenfalls mit ihren blauen Augen zu.

«Eine Beschwerde?» murmelte sie.

«Eine sehr ernste Beschwerde. Wir sind hier heute abend sechs Personen; drei Vertreter jeden Geschlechts, und ich protestiere im Namen der unterdrückten männlichen Wesen. Wir haben drei Geschichten gehört, die alle von den Männern erzählt wurden! Ich erkläre hiermit feierlich, daß die Damen nicht ihren angemessenen Teil zur Unterhaltung beigetragen haben.»

«Oho!» erwiderte Mrs. Bantry empört. «Das möchte ich bestreiten. Wir haben mit größtem Verständnis zugehört. Außerdem haben wir ein geziemendes Wesen an den Tag gelegt, das sich davor scheut, die Blicke aller auf sich zu ziehen!»

«Eine ausgezeichnete Entschuldigung», bemerkte Sir Henry, «aber wir lassen sie nicht gelten. Ich bin überzeugt, daß eine der Damen ein besonders geschätztes Geheimnis in petto hat. Wie ist es, Miss Marple, mit der ‹Merkwürdigen Begebenheit mit der Putzfrau› oder der ‹Mysteriösen Angelegenheit bei der Mütterversammlung›? Sie und St. Mary Mead dürfen mich nicht enttäuschen.»

Kopfschüttelnd erwiderte Miss Marple:

«Ich habe nicht viel erlebt, Sir Henry. Natürlich haben wir unsere kleinen rätselhaften Angelegenheiten, aber die würden Sie nicht interessieren.»

«Und wie steht's mit Ihnen, Miss Helier?» fragte Colonel Bantry. «Sie müssen doch sicher interessante Erlebnisse gehabt haben.»

«Ja, wirklich», stimmte Dr. Lloyd zu.

«Ich?» fragte Jane. «Sie meinen, daß ich Ihnen jetzt etwas von mir erzähle?»

«Oder irgend etwas, das einem Ihrer Freunde passiert ist», ergänzte Sir Henry.

«Oh!» sagte Jane vage. «Ich glaube, ich habe gar nichts Besonderes erlebt – jedenfalls nicht so etwas. Blumen natürlich und seltsame Botschaften – aber das sind einfach Männergeschichten, nicht wahr? Ich glaube nicht –» Sie brach gedankenverloren ab.

«Ich sehe schon, wir müssen auf die kleinen Angelegenheiten zurückkommen», meinte Sir Henry. «Also beginnen Sie, Miss Marple.»

«Sie belieben wohl zu scherzen, Sir Henry. Aber wenn ich so darüber nachdenke, fällt mir tatsächlich eine Begebenheit ein – Begebenheit ist allerdings nicht der richtige Ausdruck, es handelt sich um etwas viel Ernsteres: um eine Tragödie. Und ich war gewissermaßen darin verwickelt. Aber was ich getan habe, hat mich nie gereut – niemals. Doch ist es nicht in St. Mary Mead geschehen.»

«Da bin ich aber enttäuscht», meinte Sir Henry. «Aber ich werde versuchen, mich damit abzufinden. Ich wußte ja, daß wir uns auf Sie verlassen können.»

Er setzte sich voller Erwartung in seinem Sessel zurecht.

«Ich hoffe, daß ich es Ihnen richtig schildern kann», sagte sie ein wenig vorsichtig. «Ich neige etwas zur Weitschweifigkeit. Ohne es zu wissen, verliert man oft den Faden, und es ist so schwer, sich an die richtige Reihenfolge zu erinnern. Sie müssen Geduld mit mir haben, wenn ich mich als eine schlechte Erzählerin entpuppe. Außerdem ist es schon so lange her.

Wie gesagt, die Geschichte spielte sich nicht in St. Mary Mead, sondern in einem Thermalbadeort ab.»

«Unfreundliche Plätze», schob Colonel Bantry ein, «absolut scheußlich! Man muß früh aus den Federn und dieses widerliche Wasser trinken. Alte Frauen sitzen massenweise herum, mit ihren tausend kleinen Gebrechen und ihrem endlosen Geschwätz. Mein Gott, wenn ich bloß daran denke –»

«Das ist leider wahr», stimmte Miss Marple ihm zu. «Ich selbst –»

«Meine liebe Miss Marple», rief der Colonel entsetzt. «Ich habe natürlich nicht für eine Sekunde –»

Rosa angehaucht brachte sie ihn mit einer kleinen Geste zum Schweigen.

«Aber es ist wahr Colonel. Nur möchte ich noch etwas hinzufügen. Was war es doch gleich? Ach so, ja. Es wird, wie Sie sagen, viel gelästert. Und die Menschen urteilen sehr hart darüber – besonders junge Menschen. Mein Neffe, der Bücher schreibt – und, wie ich glaube, sehr gescheite –, hat äußerst sarkastische Bemerkungen gemacht über Leute, die ohne jeglichen Beweis den guten Ruf anderer vernichten.

Hierzu möchte ich bemerken, daß die jungen Leute oft nicht nachdenken oder die Tatsachen prüfen. An dem Getratsche ist nämlich meistens sehr viel Wahres dran! Und wenn die jungen Leute der Sache einmal auf den Grund gingen, würden sie die Entdeckung machen, daß es in neun von zehn Fällen stimmt. Und darum regen sich die Leute auch so darüber auf.»

«Die göttliche Eingebung, wie?» sagte Sir Henry ironisch.

«O nein, durchaus nicht. Es handelt sich in Wirklichkeit um praktische Erfahrungen. Wenn Sie einem Ägyptologen einen dieser merkwürdigen kleinen Käfer zeigen, kann er Ihnen, wie ich gehört habe, aus dem Gefühl heraus sagen, welcher Periode er angehört oder ob es eine Imitation aus Birmingham ist. Aber er kann nicht immer bestimmte Gründe dafür angeben. Er weiß es eben. Er hat sich ein Leben lang mit solchen Dingen beschäftigt.

Ebenso haben die von meinem Neffen als ‹nutzlos› bezeichneten Frauen sehr viel freie Zeit, und sie interessieren sich in der Hauptsache für Menschen. Und auf diese Weise werden sie sozusagen Sachverständige auf diesem Gebiet. Nun, diese jungen Leute heutzutage – sie reden sehr frei über Dinge, die in meiner Jugend nicht erwähnt wurden; auf der anderen Seite aber sind sie sehr naiv.

Sie glauben an alles und jeden. Und wenn man sie noch so sanft zu warnen versucht, wird einem gesagt, man sei viktorianisch – und damit ist die Sache erledigt.

Nun muß ich bekennen, daß ich auch etwas empfindlich bin, und gedankenlose Bemerkungen haben mich schon oft aufs tiefste verletzt. Ich weiß, Männer interessieren sich nicht für häusliche Angelegenheiten, aber ich muß doch kurz mein Hausmädchen Ethel erwähnen – ein sehr hübsches Mädchen und in jeder Weise gefällig. Nun, sobald ich sie sah, wußte ich, daß sie der gleiche Typ wie Annie Webb war. Wenn sich die Gelegenheit ergab, würde sie mein und dein nicht unterscheiden können. Daher ließ ich sie am Ende des Monats gehen und schrieb ihr ins Zeugnis, daß sie ehrlich und bescheiden sei. Aber unter vier Augen warnte ich die alte Mrs. Edwards davor, sie zu nehmen. Mein Neffe Raymond war entsetzt und erklärte mir, er habe noch nie so etwas Schändliches – ja, Schändliches – gehört. Na, sie ging dann zu Lady Ashton, die zu warnen ich mich nicht verpflichtet fühlte. Und was geschah? Alle Spitzen wurden von ihrer Unterwäsche abgeschnitten und zwei Diamantbroschen gestohlen – und das Mädchen schlich sich mitten in der Nacht davon, und seitdem hat man nichts mehr von ihr gehört!»

Miss Marple hielt inne, holte tief Atem und fuhr dann fort.

«Sie werden sicher denken, dies alles hat nichts zu tun mit dem, was sich in dem Kurort ereignete – aber indirekt ist es doch so. Denn es ist eine Erklärung dafür, warum ich nicht den geringsten Zweifel daran in meinem Herzen hatte – gleich als ich die beiden Sanders' zusammen sah –, daß er beabsichtigte, sie umzubringen.»

«Was sagen Sie da?» fragte Sir Henry erstaunt.

«Ich sage, Sir Henry, daß ich durchaus nicht im Zweifel war. Mr. Sanders war ein stattlicher, gutaussehender Mann von sehr herzlichem Wesen und bei allen recht beliebt. Und niemand hätte netter zu seiner Frau sein können als er. Aber ich wußte Bescheid! Er hatte die Absicht, sie aus dem Weg zu räumen.»

«Aber meine liebe Miss Marple –»

«Ja, ich weiß. Mein Neffe Raymond West würde mir dasselbe sagen, nämlich, daß ich nicht den geringsten Beweis hätte. Aber ich muß dabei an Walter Hones denken, den Wirt des ‹Grünen

Mannes›. Als er eines Abends mit seiner Frau nach Hause ging, fiel sie in den Fluß – und er ließ sich das Versicherungsgeld auszahlen! Ich könnte noch ein paar Leute anführen, die bis heute ungestraft herumlaufen – sogar einen aus unseren Kreisen. Verbrachte die Sommerferien in der Schweiz, um mit seiner Frau Kletterpartien zu machen. Ich bat sie vorher, nicht mitzufahren; das arme Geschöpf wurde nicht einmal zornig mit mir, wie man es hätte erwarten können – sie lachte nur. Es erschien ihr komisch, daß eine merkwürdige Alte wie ich so etwas über ihren Harry sagen sollte. Na, und dann gab es eben einen Unfall – und Harry ist jetzt mit einer anderen Frau verheiratet. Aber was konnte ich tun? Ich wußte es zwar, hatte aber keine Beweise.»

«Oh! Miss Marple», rief Mrs. Bantry. «Das ist doch wohl nicht möglich!»

«Meine Liebe, solche Dingen passieren alle Tage. Und Männer sind dieser Versuchung besonders ausgesetzt, da sie so viel stärker sind. Es ist ja so leicht, wenn es wie ein Unfall aussieht. Wie gesagt, bei den Sanders' hatte ich denselben Eindruck. Wir fuhren mit der Straßenbahn. Da unten alles voll war, mußten wir nach oben klettern. Dann standen wir alle drei auf, um auszusteigen, und Mr. Sanders verlor das Gleichgewicht und fiel heftig gegen seine Frau, die kopfüber nach unten stürzte. Glücklicherweise war der Schaffner ein starker junger Mann und fing sie geschickt auf.»

«Das war aber doch bestimmt ein Zufall.»

«Natürlich war es ein Zufall – nichts hätte zufälliger aussehen können. Aber Mr. Sanders war, wie er mir erzählt hatte, in der Handelsmarine gewesen, und wenn jemand auf einem schwankenden Schiff das Gleichgewicht bewahren kann, verliert er es nicht gleich in einer Elektrischen, zumal wenn eine alte Frau wie ich fest auf den Füßen steht. Das kann mir keiner weismachen.»

«Jedenfalls dürfen wir annehmen, daß Ihnen die Sache auf der Stelle sonnenklar war, nicht wahr, Miss Marple?» meinte Sir Henry.

Die alte Dame nickte.

«Ich war ziemlich sicher, und ein anderer Zwischenfall, als wir später die Straße überquerten, bestätigte meinen Eindruck. Nun frage ich Sie, Sir Henry, was konnte ich machen? Hier war eine nette, zufriedene, glückliche kleine Frau, die in Kürze ermordet werden sollte.»

«Meine liebe gnädige Frau, ich bin einfach sprachlos.»

«Seien Sie nicht so ironisch. Wie die meisten Leute heutzutage neigen Sie zu der Ansicht, daß so etwas nicht möglich ist. Aber es verhielt sich so, und ich wußte es. Leider ist man in seiner Handlungsweise so sehr behindert. Ich konnte zum Beispiel nicht zur Polizei gehen. Und die junge Frau zu warnen wäre völlig nutzlos gewesen; denn ich konnte sehen, daß sie diesen Mann liebte. Also bemühte ich mich darum, soviel wie möglich über sie in Erfahrung zu bringen. Man hat reichlich Gelegenheit dazu, wenn man am Feuer sitzt und Handarbeiten macht. Mrs. Sanders, Gladys hieß sie mit Vornamen, redete nur zu gern. Allem Anschein nach waren sie noch nicht lange verheiratet. Ihr Mann hatte Aussicht, bald in den Besitz eines Vermögens zu kommen. Aber im Augenblick waren sie ziemlich schlecht dran. Ja, sie lebten von ihrem kleinen Einkommen. Diese Geschichte ist nicht neu. Sie bedauerte es sehr, daß sie ihr Kapital nicht anrühren konnte. Anscheinend hatte irgend jemand irgendwo etwas Verstand gehabt! Aber ich bekam heraus, daß sie das Geld testamentarisch einer anderen Person vermachen konnte. Und sie und ihr Mann hatten gleich nach der Hochzeit jeder ein Testament zugunsten des anderen gemacht. Sehr rührend. Natürlich, wenn Jacks Angelegenheit in Ordnung kam – das war der Refrain, den man den ganzen Tag hörte, und inzwischen waren sie so arm wie Kirchenmäuse, hatten sogar ein Zimmer im oberen Stockwerk, wo die Dienstboten alle schliefen – wie gefährlich, falls ein Feuer ausbrach! Obgleich zufälligerweise gerade hinter ihrem Fenster eine Feuertreppe hinabführte. Ich erkundigte mich vorsichtig danach, ob auch ein Balkon vorhanden sei – sehr gefährlich, so ein Balkon. Ein Stoß genügt!

Ich nahm ihr das Versprechen ab, nicht auf den Balkon zu treten, unter dem Vorwand, daß ich einen Traum gehabt hätte. Das machte einen tiefen Eindruck auf sie – manchmal kann man durch Aberglauben sehr viel erreichen. Sie war ein blonder Typ mit käsiger Gesichtsfarbe und einer unordentlichen Haarrolle im Nacken. Sehr leichtgläubig. Sie erzählte, was ich ihr gesagt hatte, ihrem Mann, und es fiel mir auf, daß er mich ein paarmal recht merkwürdig anschaute. Er war nicht leichtgläubig, und er wußte, daß ich auch in der Straßenbahn gewesen war.

Aber ich war in Sorge – in schrecklicher Sorge –, weil ich nicht wußte, wie ich ihn an der Ausführung seines Planes hindern konnte. Für den Augenblick wäre es mir natürlich möglich gewesen. Ich hätte ihm nur mit ein paar Worten anzudeuten brauchen, daß ich Verdacht gegen ihn schöpfte. Aber dann hätte er seinen Plan einfach auf später verschoben. Nein, ich gelangte allmählich zu der Überzeugung, daß nur ein kühner Schritt sie retten konnte – man mußte ihm eine Falle stellen. Wenn man ihn dazu bringen konnte, einen Anschlag auf ihr Leben zu machen nach einem von mir entworfenen Plan – nun, dann vermochte man ihn zu entlarven, und sie war gezwungen, der Wahrheit ins Auge zu sehen, wie schwer der Schock für sie auch sein mochte.»

«Ich bin sprachlos», erklärte Dr. Lloyd. «Was für einen Plan hätten Sie da bloß in Anwendung gebracht?»

«Keine Angst, ich hätte schon einen gefunden», erwiderte Miss Marple. «Aber der Mann war zu schlau für mich. Er wartete nicht. Wahrscheinlich ahnte er, daß ich mißtrauisch war. Also schlug er zu, bevor ich sicher sein konnte. Er wußte, daß ich bei einem Unfall Verdacht schöpfen würde. So machte er gleich einen Mord daraus.»

Alle im Kreise schnappten nach Luft. Miss Marple nickte und fuhr mit grimmiger Miene fort:

«Ich befürchte, ich bin ein wenig unvermittelt damit herausgeplatzt, und ich will versuchen, Ihnen der Reihe nach alles zu erzählen. Stets verspüre ich eine gewisse Bitterkeit – es will mir scheinen, als hätte ich es irgendwie verhindern sollen. Aber das Schicksal hat es vielleicht nicht anders gewollt. Auf jeden Fall habe ich getan, was in meinen Kräften stand.

Es lag ein seltsam unheimliches Gefühl in der Luft. Etwas schien auf uns allen zu lasten. Eine Ahnung von nahem Unheil. Zunächst war da einmal die Geschichte mit George, dem Portier. Er war jahrelang dort gewesen und kannte jeden. Dann bekam er Bronchitis und eine Lungenentzündung und starb am vierten Tag. Schrecklich traurig. Ein wirklicher Schlag für alle. Noch dazu vier Tage vor Weihnachten! Dann bekam eines der Hausmädchen – ein so nettes Geschöpf – eine Blutvergiftung am Finger und starb tatsächlich innerhalb von vierundzwanzig Stunden.

Ich war gerade mit Miss Trollope und der alten Mrs. Carpenter im Salon, und Mrs. Carpenter war geradezu dämonisch – sie schien sich regelrecht daran zu weiden.

‹Hören Sie auf mich›, sagte sie. ‹Dies ist noch nicht das Ende. Sie kennen doch das Sprichwort? Aller guten Dinge sind drei. Das habe ich immer wieder erlebt. Wir werden noch einen Todesfall haben. Ganz ohne Zweifel. Und wir brauchen nicht lange zu warten. Aller guten Dinge sind drei.›

Bei diesen Worten, die sie, mit dem Kopf nickend, beim Geklapper ihrer Stricknadeln hervorbrachte, blickte ich zufällig auf, und da stand Mr. Sanders im Türrahmen. Einen Augenblick lang war er nicht auf der Hut, und ich sah die nackte Wahrheit in seinen Augen. Bis zu meiner letzten Stunde glaube ich, daß es die Worte dieser gräßlichen Mrs. Carpenter waren, die den Plan bei ihm auslösten. Ich konnte ganz deutlich sehen, welche Gedanken sich hinter seiner Stirn verbargen.

In seiner jovialen Art lächelnd, trat er ins Zimmer.

‹Kann ich für die Damen irgendwelche Weihnachtseinkäufe erledigen?› fragte er. ‹Ich gehe nämlich gleich in den Ort.›

Lachend und schwatzend blieb er noch eine Weile und ging dann hinaus. Voller Unruhe fragte ich sofort:

‹Wo ist Mrs. Sanders eigentlich? Weiß es jemand?›

Miss Trollope erwiderte, sie sei zu ihren Freunden, den Mortimers, gegangen, um Bridge zu spielen, und das beruhigte mich im Augenblick ein wenig. Aber ich war immer noch sehr besorgt und unschlüssig, ob ich etwas unternehmen sollte. Eine halbe Stunde später ging ich auf mein Zimmer. Auf der Treppe begegnete ich meinem Arzt, Dr. Coles, und da ich ihn sowieso wegen meines Rheumatismus um Rat fragen wollte, nahm ich ihn mit in mein Zimmer. Dort erwähnte er mir gegenüber (im Vertrauen, sagte er) den Tod des armen Hausmädchens Mary. Der Geschäftsführer wünsche nicht, daß es sich herumspräche, sagte er, und ich solle es daher für mich behalten. Natürlich erwähnte ich nicht, daß wir alle während der letzten Stunde – von dem Augenblick an, als das arme Mädchen seinen letzten Atemzug getan hatte – von nichts anderem mehr geredet hatten. So etwas ist doch immer gleich bekannt, und ein Mann von seiner Erfahrung hätte das wissen müssen. Aber Dr. Coles war von jeher ein schlichter, naiver Mann, der glaubte, was er glauben wollte, und gerade das beunruhigte mich eine Sekunde später. Als er sich verabschiedete, erwähnte er, daß Sanders ihn gebeten habe, sich seine Frau mal anzusehen, sie fühle sich schlecht; irgend etwas stimme nicht mit ihr.

Und am selben Tage hatte mir Gladys Sanders selber erzählt, daß sie in allerbester Verfassung wäre, wofür sie sehr dankbar sei.

Sehen Sie? Mein ganzer Verdacht gegen diesen Mann kehrte hundertfach zurück. Er traf Vorbereitungen – aber wofür? Dr. Coles war gegangen, ehe ich mich entschließen konnte, ob ich mit ihm reden sollte oder nicht. Und ich hätte auch nicht recht gewußt, wie ich mich ausdrücken sollte. Als ich aus meinem Zimmer trat, kam Sanders selbst die Treppe vom nächsten Stockwerk herunter. Er trug Straßenkleidung und fragte mich abermals, ob er mir in der Stadt etwas besorgen könne. Ich mußte mich sehr beherrschen, um nicht unhöflich zu ihm zu sein! Dann ging ich in die Diele und bestellte mir Tee. Es ging schon auf halb sechs zu, wie ich mich entsinne.

Um Viertel vor sieben, als Mr. Sanders hereinkam, war ich immer noch in der Diele. Er hatte zwei Herren bei sich, und alle drei waren in ziemlich gehobener Stimmung. Mr. Sanders ließ seine beiden Freunde stehen und kam sofort zu dem Tisch, an dem ich mit Miss Trollope saß. Er bat uns um Rat wegen eines Weihnachtsgeschenks für seine Frau. Es war eine Abendhandtasche.

‹Meine Damen›, erklärte er, ‹ich bin nur ein rauher Seemann. Was weiß ich schon von diesen Dingen? Ich habe mir drei zur Auswahl schicken lassen und wäre Ihnen für Ihren sachkundigen Rat sehr dankbar.›

Wir versicherten ihm natürlich, daß es uns ein Vergnügen sein werde, und er fragte uns, ob es uns etwas ausmache, mit ihm nach oben zu gehen, da seine Frau jede Minute kommen könne und sonst die Taschen sehen würde. Also gingen wir mit ihm hinauf. Niemals werde ich die nächsten Minuten vergessen – mich überläuft jetzt noch eine Gänsehaut.

Mr. Sanders öffnete die Tür zum Schlafzimmer und drehte das Licht an. Ich weiß nicht, wer von uns sie zuerst sah …

Mrs. Sanders lag mit dem Gesicht nach unten auf dem Boden – tot. Ich war zuerst bei ihr, kniete nieder, nahm ihre Hand und fühlte nach dem Puls, aber es war sinnlos, denn der Arm war schon kalt und steif. Unmittelbar neben ihrem Kopf lag ein mit Sand gefüllter Strumpf – offensichtlich die Waffe, mit der sie niedergeschlagen worden war. Miss Trollope, dieses törichte Geschöpf, stand an der Tür und jammerte zum Steinerweichen. Mit dem Schrei ‹Meine Frau, meine Frau!› stürzte Mr. Sanders an ihre Seite. Ich hinderte ihn daran, sie zu berühren; denn ich war überzeugt, daß er der Täter war, und glaubte, er wolle vielleicht etwas fortnehmen und verstecken.

‹Es darf nichts angerührt werden›, erklärte ich. ‹Reißen Sie sich zusammen, Mr. Sanders. Miss Trollope, bitte gehen Sie nach unten und holen Sie den Geschäftsführer.›

Ich selbst verharrte kniend bei der Leiche, da ich nicht die Absicht hatte, Sanders mit ihr allein zu lassen. Allerdings muß ich zugeben, daß der Mann ein wunderbarer Schauspieler war. Er schien bestürzt, verwirrt und über alle Maßen verängstigt.

Sehr bald erschien der Geschäftsführer. Er inspizierte in aller Eile den ganzen Raum, dann drängte er uns alle hinaus, schloß die Tür ab und nahm den Schlüssel mit, als er ging, um die Polizei anzurufen. Es schien eine Ewigkeit zu dauern, bis sie kam (später erfuhren wir, daß die Leitung nicht in Ordnung gewesen war). Der Geschäftsführer mußte jemanden zur Post schicken, und das Kurhotel liegt ziemlich weit von der Stadt entfernt, fast am Rande des Moores. Inzwischen fiel Mrs. Carpenter uns allen sehr auf die Nerven. Sie war so zufrieden, daß ihre Prophezeiung sich so schnell erfüllt hatte. Sanders lief stöhnend und händeringend in den Garten hinaus, und in seinen Zügen malte sich tiefster Kummer ab.

Endlich kam die Polizei. Mit dem Geschäftsführer und Mr. Sanders gingen sie nach oben, und später ließen sie mich holen. Als ich kam, saß der Inspektor an einem Tisch und schrieb. Er sah intelligent aus und war mir sehr sympathisch.

‹Miss Jane Marple?› fragte er.

‹Ja.›

‹Wie ich höre, gnädige Frau, waren Sie zugegen, als die Leiche gefunden wurde.›

Ich bestätigte das und schilderte genau, was vorgefallen war. Ich glaube, der arme Mann war sichtlich erleichtert, daß er jemanden gefunden hatte, der seine Fragen zusammenhängend beantworten konnte, nachdem er sich vorher mit Sanders und Emily Trollope abgequält hatte. Wie ich hörte, war Emily Trollope ja vollständig aus der Fassung geraten – was auch nicht anders zu erwarten war von diesem törichten Geschöpf! Meine liebe Mutter hat mir immer eingeschärft, daß eine Dame sich in der Öffentlichkeit stets zusammennehmen müsse, wie sehr sie sich auch in ihren eigenen vier Wänden gehenlassen mochte.»

«Ein bewundernswerter Grundsatz», bemerkte Sir Henry mit ernster Miene.

«Als ich mit meiner Schilderung zu Ende war, sagte der Inspektor zu mir: ‹Vielen Dank, gnädige Frau. Nun muß ich Sie leider bemühen, sich die Leiche noch einmal anzusehen. Hat sie genauso gelegen, als Sie das Zimmer betraten? Ist sie von niemandem berührt worden?›

Ich erklärte ihm, daß ich Mr. Sanders daran gehindert hätte, und der Inspektor nickte beifällig.

‹Der Herr scheint furchtbar erregt zu sein›, bemerkte er.

‹Das scheint er wohl – ja›, erwiderte ich.

Ich glaube nicht, daß ich das Wort ‹scheint› besonders betont habe. Dennoch warf der Inspektor mir einen ziemlich scharfen Blick zu.

‹Wir können also annehmen, daß die Leiche sich in genau derselben Stellung befindet wie am Anfang, wie?› fragte er.

‹Ja, abgesehen von dem Hut›, entgegnete ich.

Der Inspektor blickte mich erstaunt an.

‹Was ist mit dem Hut?›

Ich setzte ihm auseinander, daß die arme Gladys den Hut zuerst auf dem Kopf gehabt habe, während er jetzt neben ihr liege, und ich sprach die Vermutung aus, daß die Polizei ihn wohl entfernt habe. Doch der Inspektor verneinte diese Tatsache ganz entschieden. Nichts sei bisher angerührt oder bewegt worden. Mit gerunzelter Stirn blickte er auf die arme hingestreckte Gestalt hinab. Gladys trug Straßenkleidung – einen weiten dunkelroten Tweedmantel mit grauem Pelzkragen. Der Hut, ein billiges Stück aus rotem Filz, lag gerade neben ihrem Kopf. Eine Weile stand der Inspektor grübelnd da. Dann kam ihm plötzlich ein Gedanke.

‹Können Sie sich ganz zufällig daran erinnern, gnädige Frau, ob die Verstorbene gewöhnlich Ohrringe trug?›

Nun habe ich, Gott sei Dank, eine recht gute Beobachtungsgabe, und ich entsann mich sofort, daß ich gerade unter dem Hutrand einen Schimmer von Perlen gesehen hatte, obgleich ich in dem Augenblick keine besondere Notiz davon genommen hatte. Seine Frage konnte ich also bejahen.

‹Dann ist die Sache ja klar›, meinte er. ‹Der Schmuckkasten der Dame ist geplündert worden – nicht, daß sie etwas Wertvolles besaß, soweit ich unterrichtet bin –, und die Ringe hat man ihr von den Fingern gezogen. Der Mörder muß also die Ohrringe vergessen und sie geholt haben, nachdem der Mord entdeckt war. Ein hartgesottener Bursche! Oder vielleicht› – bei diesen Worten starrte er im Zimmer umher und sagte langsam: ‹Vielleicht hatte er sich im Zimmer versteckt und war die ganze Zeit über hier.›

Doch ich verwarf die Idee. Ich selbst, erklärte ich ihm, hätte unter das Bett geschaut, und der Geschäftsführer habe die Türen des Kleiderschranks geöffnet. Und sonst gebe es keine Versteckplätze im Zimmer, wo ein Mann sich verbergen könne. Allerdings sei das Hutfach mitten im Kleiderschrank verschlossen gewesen, aber da es nicht sehr tief und außerdem mit Regalen versehen sei, habe sich kein Mann darin verstecken können.

Der Inspektor nickte langsam, während ich dies alles erklärte.

‹Ich glaube Ihnen, gnädige Frau. Dann muß er eben, wie ich schon sagte, noch einmal zurückgekommen sein. Ein wirklich abgebrühter Geselle.›

‹Aber der Geschäftsführer hat doch die Tür abgeschlossen und den Schlüssel mitgenommen!›

‹Das hat nichts zu bedeuten. Der Dieb hat den Balkon und die Feuertreppe benutzt. Wahrscheinlich haben Sie ihn sogar bei der Arbeit gestört. Da ist er einfach zum Fenster hinausgeschlüpft und, als Sie alle fort waren, wieder zurückgekehrt, um mit seiner Arbeit fortzufahren.›

‹Sind Sie sicher›, fragte ich, ‹daß es ein Dieb war?›

Er erwiderte ziemlich trocken:

‹Na, es sieht doch ganz danach aus, nicht wahr?›

Aber etwas in seinem Ton gab mir eine gewisse Befriedigung. Ich hatte das Gefühl, daß er Mr. Sanders in seiner Rolle als trauernder Witwer nicht allzu ernst nehmen würde.

Ich gebe unumwunden zu, daß ich von dieser fixen Idee ganz besessen war. Daß dieser Sanders seine Frau umbringen wollte, stand für mich durchaus fest. Was ich jedoch nicht mit einkalkuliert hatte, war dieses seltsame und phantastische Etwas, das man als Koinzidenz bezeichnet. Meine Ansichten über Mr. Sanders – davon war ich überzeugt – waren absolut richtig. Der Mann war ein Schurke. Aber obgleich sein geheuchelter Kummer mich nicht für eine Sekunde täuschte, so hatte ich doch empfunden, als wir zuerst ins Zimmer traten, daß seine Überraschung und Verwirrung außerordentlich echt schienen – absolut natürlich. Ich muß gestehen, daß mich nach meiner Unterhaltung mit dem Inspektor ein seltsamer Zweifel beschlich. Denn wenn Sanders diese furchtbare Tat begangen hatte, konnte ich mir keinen stichhaltigen Grund vorstellen, warum er sich über die Feuertreppe zurückschleichen sollte, um seiner Frau die Ohrringe fortzunehmen. Das wäre durchaus nicht klug gewesen, und Sanders war ein sehr kluger Mann – darum hielt ich ihn ja für so gefährlich.»

Miss Marple blickte sich im Kreise ihrer Zuhörer um.

«Sie wissen vielleicht schon, worauf ich hinauswill. In dieser Welt geschieht oft genug das, was man am wenigsten erwartet. Ich war eben sicher, und das hatte mich wohl so blind gemacht. Das Resultat war für mich ein großer Schock. Denn es wurde einwandfrei bewiesen, daß Mr. Sanders unter keinen Umständen das Verbrechen begangen haben konnte...»

Ein Laut der Überraschung kam von Mrs. Bantrys Lippen. Miss Marple wandte sich ihr zu.

«Ich weiß, meine Liebe, das haben Sie nach dem Anfang meiner Geschichte nicht erwartet. Auch ich hatte es nicht erwartet. Aber an den Tatsachen läßt sich nicht rütteln, und wenn die Beweise ergeben, daß man unrecht hat, muß man sich bescheiden und wieder von vorn anfangen. Daß Mr. Sanders im Grunde genommen ein Mörder war, wußte ich – von dieser festen Überzeugung ließ ich mich durch nichts abbringen.

Und nun möchten Sie wohl gern hören, wie sich alles zugetragen hat. Wie Sie bereits wissen, verbrachte Mrs. Sanders den Nachmittag bei ihren Freunden, den Mortimers, wo sie Bridge spielte. Um Viertel nach sechs etwa ging sie von dort weg. Von dem Haus ihrer Freunde bis zum Kurhotel brauchte man ungefähr eine Viertelstunde – oder noch weniger, wenn man sich beeilte. Sie mußte also um halb sieben zurückgekehrt sein. Da niemand sie hereinkommen sah, ist anzunehmen, daß sie die Seitentür benutzt hat und geradewegs auf ihr Zimmer gegangen ist. Sie hat sich dann wohl umgezogen (die Sachen, die sie nachmittags getragen hatte – der rehfarbene Mantel und der Rock – hingen im Schrank) und war offenbar auf dem Sprung, wieder auszugehen, als das Unglück sich ereignete. Wahrscheinlich, so sagt man, hat sie gar nicht gemerkt, wer sie niedergeschlagen hat. Der Sandsack soll ja eine sehr wirksame Waffe sein. Demnach muß der Angreifer im Zimmer verborgen gewesen sein, möglicherweise in dem anderen Schrank, den sie nicht geöffnet hatte.

Nun zu Mr. Sanders. Er ging, wie gesagt, gegen halb sechs aus – oder ein wenig später. Dann besuchte er verschiedene Läden und betrat gegen sechs Uhr das Grand Spa Hotel, wo er zwei Freunde traf – dieselben, mit denen er später zum Kurhotel zurückkehrte. Sie spielten zusammen Billard und tranken mehrere Glas Whisky dabei. Diese beiden Männer waren tatsächlich die ganze Zeit von sechs Uhr an mit ihm zusammen. Sie begleiteten ihn zum Hotel, und er verließ sie erst, als er zu mir und Miss Trollope an den Tisch kam. Das war etwa um Viertel vor sieben; wie ich bereits erwähnte, muß seine Frau um diese Zeit schon tot gewesen sein.

Ich gestehe, daß ich selbst mit diesen beiden Freunden gesprochen habe. Ich mochte sie nicht leiden. Sie waren weder angenehm noch gebildet. Doch über eines war ich mir klar: Sie sprachen die volle Wahrheit, als sie sagten, Mr. Sanders sei während der ganzen Zeit in ihrer Gesellschaft gewesen. Eine Kleinigkeit ist vielleicht noch zu erwähnen. Während des Bridgespiels wurde Mrs. Sanders offenbar ans Telefon gerufen. Ein Mr. Littleworth wollte sie sprechen. Hinterher schien sie freudig erregt zu sein und machte, nebenbei bemerkt, ein paar schlimme Spielfehler. Sie brach bedeutend früher auf, als ihre Freunde erwartet hatten.

Mr. Sanders wurde gefragt, ob ihm der Name Littleworth bekannt sei und ob dieser Mann zu den Freunden seiner Frau zähle, aber er erklärte, er habe den Namen noch nie gehört. Und das schien mir durch das Verhalten seiner Frau bestätigt – ihr bedeutete der Name Littleworth anscheinend zuerst auch nichts. Dennoch kam sie lächelnd, aber doch etwas verwirrt vom Telefon zurück. Daraus muß man schließen, daß der Betreffende nicht seinen richtigen Namen genannt hat, und das erweckt an sich schon ein gewisses Mißtrauen, nicht wahr?

Jedenfalls war dies das Problem, das sich uns präsentierte: die Einbrechergeschichte, die ziemlich unwahrscheinlich war – oder aber die Theorie, daß Mrs. Sanders im Begriff stand, auszugehen und sich mit jemandem zu treffen. Ist dieser Jemand über die Feuertreppe in ihr Zimmer gekommen? Hat es einen Streit gegeben? Oder hat er sie aus dem Hinterhalt überfallen?»

Miss Marple hielt inne.

«Nun?» meinte Sir Henry. «Wie lautet die Antwort?»

«Ob einer unter Ihnen sie wohl erraten kann?»

«Ich kann nicht gut raten», erklärte Mrs. Bantry. «Es ist schade, daß Sanders ein so tadelloses Alibi hatte. Aber wenn es Ihnen genügte, muß es schon in Ordnung gewesen sein.»

Jane Helier bewegte ihr schönes Haupt und wollte wissen: «Warum war das Hutfach verschlossen?»

«Eine sehr kluge Frage, meine Liebe», antwortete Miss Marple strahlend. «Darüber habe ich mich im stillen auch gewundert. Allerdings war die Erklärung ganz einfach. Es enthielt ein paar handgearbeitete Pantoffeln und einige Taschentücher, die die junge Frau für ihren Mann zu Weihnachten bestickt hatte. Darum hatte sie das Fach abgeschlossen. Den Schlüssel fand man in ihrer Handtasche.»

«Oh!» meinte Jane. «Dann ist es doch nicht so interessant.»

«O ja, aber sehr», erwiderte Miss Marple. «Es ist das einzig wirklich Interessante an der Sache – das einzige, was die Pläne des Mörders vereitelte.»

Jeder starrte die alte Dame an.

«Ich selbst habe es zwei Tage lang nicht erkannt», sagte Miss Marple. «Ich zerbrach mir immer und immer wieder den Kopf, und dann auf einmal kam die Erleuchtung über mich. Ich ging sofort zum Inspektor und bat ihn, etwas auszuprobieren, was er dann auch tat.»

«Um was haben Sie ihn gebeten?»

«Ich bat ihn, der armen Frau den Hut aufzusetzen – und das ging nicht. Der Hut paßte nicht. Es war nämlich nicht ihr Hut.»

Mrs. Bantry rief ganz erstaunt:

«Aber er saß doch zuerst auf ihrem Kopf.»

«Nicht auf ihrem Kopf –»

Miss Marple wartete einen Augenblick, um ihren Worten Gewicht zu verleihen, und fuhr dann fort:

«Wir nahmen als selbstverständlich an, daß es sich um die Leiche der armen Gladys handelte. Aber wir haben uns nie das Gesicht angesehen. Wie Sie sich erinnern, lag sie mit dem Gesicht nach unten, und der Hut verdeckte alles.»

«Aber sie wurde doch getötet?«

»Ja, später. In dem Augenblick, als wir die Polizei anriefen, war Gladys noch quicklebendig.»

«Meinen Sie etwa, es war jemand anders, die vorgab, Gladys zu sein? Aber als Sie sie anfaßten –»

«Es war eine Leiche. Darüber besteht nicht der geringste Zweifel», sagte Miss Marple ernst.

«Aber zum Kuckuck noch mal», mischte sich Colonel Bantry ein, «Leichen fallen einem doch nicht einfach so in den Schoß. Was hat man denn nachher mit der ersten Leiche gemacht?»

«Mr. Sanders hat sie zurückgetragen», erwiderte Miss Marple. «Es war ein böser, aber sehr kluger Plan. Unsere Unterhaltung im Salon hat ihn darauf gebracht. Die Leiche des armen Hausmädchens Mary – warum sollte er sie nicht gebrauchen? Sie müssen bedenken, daß das Zimmer der Sanders' oben im Dienstbotenflügel lag. Marys Zimmer befand sich nur zwei Türen weiter, und der Leichenbestatter würde erst später am Abend kommen – damit rechnete Mr. Sanders. Er trug also die Leiche über den Balkon (um fünf Uhr war es schon dunkel), zog ihr ein Kleid seiner Frau und ihren weiten roten Mantel an. Und dann entdeckte er, daß das Hutfach abgeschlossen war! Was tun? Es blieb ihm nichts anderes übrig, als einen Hut des Mädchens zu holen. Das würde niemandem auffallen. Er legte den Sandsack neben sie auf den Boden und ging dann fort, um sich ein Alibi zu beschaffen.

Unter dem Namen Littleworth rief er seine Frau an. Ich weiß nicht, was er ihr erzählt hat. Aber sie war eine leichtgläubige Frau, wie ich vorhin schon sagte. Auf alle Fälle veranlaßte er sie, das Bridgespiel früher abzubrechen und nicht ins Kurhotel zurückzukehren. Er verabredete sich mit ihr im Park des Hotels, nahe der Feuertreppe, um sieben Uhr. Wahrscheinlich hat er ihr eine Überraschung in Aussicht gestellt.

Er selbst kehrte mit seinen Freunden ins Hotel zurück und richtete es so ein, daß Miss Trollope und ich gemeinsam mit ihm die Leiche entdeckten. Er tat sogar so, als wolle er sie umdrehen – und ausgerechnet ich hielt ihn davon zurück! Dann schickte man nach der Polizei, und er taumelte in den Park hinaus.

Es hatte ihn natürlich niemand gefragt, wo er sich nach dem Verbrechen aufgehalten habe. Er traf sich mit seiner Frau, ging mit ihr die Feuertreppe hinauf, und sie betraten das Zimmer. Vielleicht hatte er ihr gegenüber schon etwas von der Leiche erwähnt. Sie beugte sich über die am Boden liegende Gestalt, und er nahm den Sandsack und schlug zu... mein Gott, es macht mich jetzt noch ganz krank, wenn ich nur daran denke! Dann zog er ihr rasch den Mantel und den Rock aus, hängte die Sachen in den Schrank und zog ihr die Sachen der anderen Leiche an.

Doch der Hut wollte nicht passen. Mary hatte kurzgeschnittenes Haar und Gladys Sanders eine dicke Haarrolle. Er war gezwungen, ihn neben die Leiche zu legen, und hoffte, daß niemand es bemerken würde. Dann trug er die Leiche der armen Mary in ihr Zimmer zurück und legte sie wieder schicklich auf das Bett.»

»Es erscheint unglaublich«, bemerkte Dr. Lloyd. «Dieses Risiko, das er auf sich nahm. Die Polizei hätte ja bloß zu früh einzutreffen brauchen.»

«Sie müssen bedenken, daß die Telefonleitung nicht in Ordnung war», erinnerte ihn Miss Marple. «Dafür war natürlich er verantwortlich. Er konnte es sich nicht leisten, daß die Polizei zu früh erschien. Als sie dann endlich kam, brachte sie noch eine Weile im Büro des Geschäftsführers zu. Die größte Gefahr bestand darin, daß jemand merken würde, daß Gladys erst vor einer halben Stunde das Zeitliche gesegnet hatte. Aber er verließ sich darauf, daß die Leute, die das Verbrechen zuerst entdeckten, keine Fachkenntnisse auf diesem Gebiet besaßen.»

Dr. Lloyd nickte.

«Man nahm wahrscheinlich an, daß das Verbrechen gegen Viertel vor sieben begangen worden sei», meinte er. «In Wirklichkeit geschah es um sieben oder ein paar Minuten nach sieben. Frühestens um halb acht hat dann der Polizeiarzt die Leiche untersucht. Da konnte er es unmöglich merken.»

«Aber ich bin diejenige, die es hätte merken sollen», erwiderte Miss Marple. «Ich habe die Hand der armen Frau angefaßt, und sie war eiskalt. Und kurz darauf sprach der Inspektor davon, daß der Mord gerade vor unserer Ankunft begangen worden sein müsse – und ich habe nichts bemerkt!»

«Meiner Ansicht nach haben Sie sehr viel bemerkt, Miss Marple», sagte Sir Henry. «Es muß vor meiner Zeit passiert sein. Ich kann mich überhaupt nicht entsinnen, daß ich je davon gehört habe. Was geschah dann?»

«Sanders wurde gehängt», entgegnete Miss Marple lebhaft. «Und das geschah ihm recht. Ich habe es niemals bereut, daß ich dazu beigetragen habe, diesen Mann vor den Richter zu bringen.»

Ihre strengen Züge wurden weicher.

«Aber ich habe mir oft bittere Vorwürfe gemacht, daß ich es versäumte, dieser armen Frau das Leben zu retten. Würde sie aber auf mich gehört haben? Wahrscheinlich hätte sie meine Warnungen für Hirngespinste einer alten Frau gehalten. Wer weiß? Auf jeden Fall liebte sie diesen Schurken und vertraute ihm. Sie hat ihn nie durchschaut.»

«Nun», meinte Jane Helier, «dann war ja soweit alles in Ordnung. In bester Ordnung. Ich wollte –» Sie brach ab.

Miss Marple blickte auf die berühmte, die schöne, die erfolgreiche Jane Helier und nickte sanft mit dem Kopf.

«Ich verstehe, liebes Kind», sagte sie sehr leise. «Ich verstehe.»

Das Todeskraut

«Jetzt ist die Reihe an Ihnen, Mrs. B.», sagte Sir Henry Clithering aufmunternd.

Mrs. Bantry, seine Gastgeberin, maß ihn mit einem kühlen, tadelnden Blick.

«Ich habe Ihnen bereits gesagt, daß ich *nicht* Mrs. B. genannt werden möchte. Es gehört sich nicht.»

«Dann Scheherezade.»

«Noch weniger bin ich Sche – wie heißt sie noch? Ich kann nie eine Geschichte richtig erzählen. Fragen Sie Arthur, wenn Sie mir nicht glauben wollen.»

«Tatsachen kannst du ganz gut schildern, Dolly», meinte Colonel Bantry, «aber es hapert etwas mit der Ausschmückung.»

«Das ist es ja gerade», meinte Mrs. Bantry. «Ich habe Ihnen allen zugehört und weiß nicht, wie Sie es fertigbringen. Ich kann's einfach nicht. Und außerdem habe ich auch gar keinen Stoff für eine Erzählung.»

«Das können wir Ihnen nicht so ohne weiteres glauben, Mrs. Bantry», erklärte Dr. Lloyd und schüttelte sein graues Haupt in scherzhaftem Zweifel.

Mit sanfter Stimme mischte sich nun auch Miss Marple ein.

«Sie werden doch sicherlich irgend etwas erlebt haben, meine Liebe.»

Mrs. Bantry blieb hartnäckig.

«Sie haben keine Vorstellung, wie banal mein Leben ist. Alles dreht sich um Dienstboten und um die Schwierigkeit, ein Küchenmädchen zu bekommen. Man fährt höchstens einmal nach London zum Zahnarzt, oder um Kleider zu kaufen, und auch nach Ascot, das Arthur nicht ausstehen kann. Und dann habe ich natürlich meinen Garten –»

«Aha!» bemerkte Dr. Lloyd. «Der Garten. Wir alle wissen, woran Ihr Herz hängt, Mrs. Bantry.»

«Es muß wunderbar sein, einen Garten zu haben», meinte Jane Helier, die schöne junge Schauspielerin. «Das heißt, wenn man nicht zu graben oder sich die Hände schmutzig zu machen braucht. Ich schätze Blumen ja so sehr.»

«Der Garten!» rief Sir Henry. «Könnten wir den nicht als Ausgangspunkt nehmen? Raffen Sie sich auf, Mrs. B., und erzählen Sie uns von den giftigen Blumenknollen, den verderbenbringenden Narzissen, dem Todeskraut!»

«Merkwürdig, daß Sie gerade das erwähnen», sagte Mrs. Bantry. «Dadurch haben Sie mich auf etwas gebracht. Arthur, erinnerst du dich noch an Clodderham Court? An den alten Sir Ambrose Bercy, den wir für einen so höflichen, charmanten alten Herrn hielten?»

«Aber natürlich! Ja, das war eine merkwürdige Geschichte. Nun, da hast du ja etwas zu erzählen, Dolly.»

«Mir wäre es lieber, du würdest es tun.»

«Unsinn! Selbst ist der Mann. Und heutzutage auch die Frau. Fang nur an. Ich habe bereits meine Pflicht getan.»

Mrs. Bantry holte tief Atem, faltete die Hände und blickte etwas verängstigt in die Runde. Dann begann sie rasch und recht flüssig zu sprechen.

«Nun, es gibt eigentlich nicht viel zu erzählen. Das Wort ‹Todeskraut› hat mir die Sache wieder ins Gedächtnis zurückgerufen, obgleich es bei mir den Namen ‹Salbei und Zwiebeln› führt.»

«Salbei und Zwiebeln?» fragte Dr. Lloyd erstaunt.

Mrs. Bantry nickte.

«Ich will Ihnen das näher erklären. Arthur und ich waren einmal bei Sir Ambrose Bercy auf Clodderham Court zu Besuch, und eines Tages wurden aus Versehen – ich fand diese Dummheit unerklärlich – Fingerhutblätter zusammen mit Salbeiblättern gepflückt. Die Enten, die wir zum Essen hatten, wurden damit gefüllt, und nachher waren wir alle sehr krank. Eines der Mädchen – Sir Ambroses Mündel – starb sogar.»

Sie hielt inne.

«Herrje», sagte Miss Marple, «wie tragisch.»

«Nicht wahr?»

«Nun», meinte Sir Henry, «was geschah dann?»

«Nichts», erwiderte Mrs. Bantry. «Das ist alles.»

Alle waren enttäuscht. Obgleich sie im voraus gewarnt gewesen waren, hatten sie sich doch nicht auf eine derart kurze Geschichte gefaßt gemacht.

«Aber, meine liebe gnädige Frau», protestierte Sir Henry, «das kann doch nicht alles sein. Was Sie uns da erzählt haben, ist wohl ein tragisches Ereignis, aber in keinem Sinne des Wortes ein Problem.»

«Natürlich folgt noch etwas», entgegnete Mrs. Bantry. «Aber wenn ich Ihnen das sagte, würden Sie sofort Bescheid wissen.»

Sie sah ihre Zuhörer herausfordernd an.

«Ich habe Ihnen ja gleich gesagt, daß ich nicht verstehe, etwas so auszumalen, daß es sich wie eine richtige Geschichte anhört.»

«Aha!» Sir Henry richtete sich in seinem Sessel auf und schob sein Monokel zurecht. «Wissen Sie, Scheherezade, das ist höchst erfrischend. Ein Appell an unsere Spitzfindigkeit. Ich möchte fast annehmen, daß Sie es mit Absicht so gemacht haben, um unsere Neugier anzuregen. Ich glaube, ein paar lebhafte Quiz-Runden sind angezeigt. Miss Marple, wollen Sie anfangen?»

«Ich möchte etwas über die Köchin erfahren», sagte Miss Marple. «Sie muß entweder eine sehr dumme oder eine äußerst unerfahrene Person gewesen sein.»

«Sie war einfach nur dumm», erwiderte Mrs. Bantry. «Nachher weinte sie heftig und erklärte, die Blätter seien ihr als Salbei gebracht worden und wie hätte sie es wissen sollen.»

«Sie hätte sich selbst überzeugen können», bemerkte Miss Marple. «Aber wahrscheinlich war es eine ältere Frau und eine sehr gute Köchin.»

«Oh, ausgezeichnet!» bestätigte Mrs. Bantry.

«Sie sind an der Reihe, Miss Helier!» rief Sir Henry.

«Ach... Sie meinen, ich soll eine Frage stellen?» Es trat eine Pause ein, während Jane sich den Kopf zerbrach. Schließlich sagte sie ganz hilflos: «Ich weiß wirklich nicht, was ich fragen soll.»

Ihre schönen Augen richteten sich flehend auf Sir Henry.

»Warum versuchen Sie es nicht mit den *dramatis personae*?» schlug er lächelnd vor.

Jane wirkte immer noch ganz unschlüssig.

«Die handelnden Personen des Dramas», erklärte er sanft.

«O ja», meinte Jane. «Das ist eine gute Idee.»

Mrs. Bantry begann lebhaft, die Leute an den Fingern aufzuzählen.

«Sir Ambrose – Sylvia Keene (das ist das Mädchen, das gestorben ist) – eine Freundin von ihr, Maud Wye, eines jener dunklen, häßlichen Mädchen, die irgendwie doch großen Eindruck machen; wie, das mag der Himmel wissen. Ferner ein Mr. Curle, der gekommen war, um mit Sir Ambrose über Bücher zu reden – seltene Ausgaben, wissen Sie, merkwürdige alte Schmöker in lateinischer Sprache, muffige alte Pergamente. Ein Nachbar war auch noch da, Jerry Lorimer. Sein Besitz, Fairlies, grenzt an Sir Ambroses Gut. Schließlich wäre noch Mrs. Carpenter zu erwähnen, eine von diesen alten Spinatwachteln, die es stets fertigbringen, sich irgendwo behaglich einzunisten. Sie war so eine Art Gesellschafterin für Sylvia, denke ich mir.»

«Nun bin ich wohl dran», meinte Sir Henry, «da ich neben Miss Helier sitze. Ich verlange ziemlich viel: Ich möchte nämlich um eine kurze Beschreibung aller dieser Personen bitten, Mrs. Bantry.»

«Oh!» Mrs. Bantry zögerte ein wenig.

«Beginnen Sie nur mit Ambrose», ermunterte Sir Henry sie. «Was für ein Typ war er?»

«Er war ein sehr vornehmer älterer Herr – eigentlich nicht so sehr alt – vermutlich nicht mehr als sechzig. Aber er hatte ein schwaches Herz; konnte keine Treppen steigen und mußte sich einen Fahrstuhl einbauen lassen. Das alles ließ ihn vielleicht älter erscheinen, als er war. Er hatte bezaubernde Manieren – war ein richtiger Gentleman. Man sah ihn niemals aufgebracht. Er hatte schönes weißes Haar und eine wohltuende Stimme.»

«Gut», lobte Sir Henry. «Ich sehe Sir Ambrose direkt vor mir. Nun zu diesem Mädchen Sylvia – wie hieß sie doch noch?»

«Sylvia Keene. Sie war hübsch – wirklich sehr hübsch. Blond und mit einer wunderbaren Haut gesegnet. Allerdings nicht gerade klug. Alles, was sie von sich gab, war recht seicht.»

«Das graziöseste Geschöpf, das ich je gesehen habe», sagte Colonel Bantry voller Wärme. «Ich sehe sie noch Tennis spielen – charmant, einfach charmant! Und dazu so lustig. Ein höchst amüsantes kleines Ding. Und ihr reizendes Wesen. Ich wette, die jungen Burschen waren alle ganz begeistert von ihr.»

«Da bist du aber auf dem Holzwege», erwiderte seine Frau. «Jugend an sich hat heutzutage keinen Reiz für junge Männer. Nur so alte Käuze wie du, Arthur, faseln so ein Zeug zusammen über junge Mädchen.»

«Und die Gesellschafterin, die Sie so schön als Spinatwachtel titulierten?» bemerkte Sir Henry.

«Oh, Adelaide Carpenter war ein rundliches, zuckersüßes Persönchen.»

«In welchem Alter?»

«So um die Vierzig herum. Sie war schon ziemlich lange dort – ich glaube, seit Sylvias elftem Lebensjahr. Eine sehr taktvolle Person. Eine jener unglücklich situierten Witwen, die viele aristokratische Verwandte, aber keinen Pfennig in der Tasche haben. Ich persönlich konnte sie nicht leiden. Aber ich habe Leute mit sehr langen weißen Händen noch nie gemocht. Und Spinatwachteln schon gar nicht!»

«Und was für ein Typ war Mr. Curle?»

«Ein älterer Mann mit gebückter Haltung. Er wurde erst lebhaft, wenn er von seinen muffigen Büchern redete; sonst war er sterbenslangweilig. Ich glaube nicht, daß Sir Ambrose ihn sehr gut kannte.»

«Und Jerry von nebenan?»

«Ein wirklich reizender junger Mann. Er war mit Sylvia verlobt. Das machte die Sache besonders traurig.»

«Ich möchte gern wissen –», begann Miss Marple und brach ab.

«Was?»

«Ach, nichts, meine Liebe.»

Sir Henry warf der alten Dame einen merkwürdigen Blick zu. Dann sagte er nachdenklich:

«Dieses junge Paar war also verlobt! Wie lange wohl schon?»

«Ungefähr ein Jahr. Sir Ambrose hatte sich der Verbindung widersetzt unter dem Vorwand, daß Sylvia zu jung sei. Aber nach einjähriger Verlobungszeit hatte er nachgegeben, und die Hochzeit hätte in Kürze stattfinden sollen.»

«Aha! War die junge Dame vermögend?»

«Durchaus nicht – ein Einkommen von ein- oder zweihundert Pfund im Jahr.»

«Nun kann der Doktor einmal eine Frage stellen», schlug Sir Henry vor. «Ich habe genug geredet.»

«Meine Neugierde ist in erster Linie professionell», erklärte Dr. Lloyd. «Ich möchte gern wissen, wie der medizinische Befund bei der Leichenschau lautete... falls unsere Gastgeberin es überhaupt wissen oder sich noch daran erinnern sollte.»

«Ja, ich weiß es so ungefähr», erwiderte Mrs. Bantry. «Vergiftung durch Digitalin – ist das richtig?»

Dr. Lloyd nickte.

«Der Hauptbestandteil des Fingerhuts – Digitalis – wirkt auf das Herz. Bei manchen Herzbeschwerden ist es sogar ein wertvolles Heilmittel. Im großen und ganzen ein recht merkwürdiger Fall. Ich hätte es nie für möglich gehalten, daß sich das Verspeisen zubereiteter Fingerhutblätter tödlich auswirken könnte. Die Vorstellungen, die die Menschen vom Essen giftiger Blätter und Beeren haben, sind sehr übertrieben. Die wenigsten sind sich darüber klar, daß das Gift, um seine volle Wirkung zu erlangen, durch einen sorgfältigen Prozeß extrahiert werden muß.»

«Jetzt müssen wir aber mit der Untersuchung des Verbrechens fortfahren», drängte Sir Henry.

«Verbrechen?» fragte Jane betroffen. «Ich dachte, es handle sich um einen Unglücksfall.»

«Wenn es so wäre», sagte Sir Henry sanft, «hätte Mrs. Bantry uns die Geschichte wohl nicht erzählt. Nein, wie ich sie deute, war es nur ein scheinbarer Unglücksfall, hinter dem etwas Unheimlicheres steckt. Irgend jemand hatte diese Fingerhutblätter absichtlich unter die Salbeiblätter gemischt. Da wir die Köchin freisprechen – und das tun wir doch, nicht wahr? –, erhebt sich die Frage: Wer hat die Blätter gepflückt und in der Küche abgeliefert?»

«Die Frage ist leicht zu beantworten», erwiderte Mrs. Bantry. «Wenigstens der zweite Teil. Sylvia selbst hat die Blätter in die Küche gebracht. Es gehörte mit zu ihren täglichen Pflichten, Salate, Kräuter, junge Karotten und dergleichen aus dem Garten zu holen, weil die Gärtner das nie richtig besorgten. Und in einer Ecke des

Gartens wuchs roter Fingerhut tatsächlich mitten unter den Salbeipflanzen. Also handelte es sich um ein ganz natürliches Versehen.»

«Hat aber Sylvia die Blätter tatsächlich selbst gepflückt?»

«Das hat niemand gewußt. Man nahm es nur an.»

«Annahmen», sagte Sir Henry, «sind etwas sehr Gefährliches.»

«Aber ich weiß ganz sicher, daß Mrs. Carpenter sie nicht gepflückt hat; denn sie ging zufällig an jenem Morgen mit mir auf der Terrasse auf und ab. Sylvia ging allein in den Garten, aber später sah ich sie Arm in Arm mit Maud Wye.»

«Sie waren also eng befreundet?» fragte Miss Marple.

«Ja», erwiderte Mrs. Bantry. Sie schien noch etwas hinzufügen zu wollen, überlegte es sich dann aber anders.

«War sie schon lange dort zu Besuch?» erkundigte Miss Marple sich.

«Ungefähr vierzehn Tage», lautete die Antwort.

Mrs. Bantrys Stimme klang ein wenig bekümmert.

«Mochten Sie Miss Wye nicht leiden?» fragte Sir Henry.

«Doch, sehr sogar. Das ist es ja gerade.»

In ihrer Stimme schwang jetzt ein schmerzlicher Ton mit.

«Sie verheimlichen uns etwas, Mrs. Bantry», beschuldigte Sir Henry sie.

«Ich habe mich vorhin im stillen gewundert», sagte Miss Marple, «aber ich wollte es nicht sagen.»

«Wann war das?»

«Als Sie erwähnten, daß die jungen Leute verlobt gewesen seien und daß es daher besonders traurig sei. Aber Ihre Stimme klang dabei nicht sehr überzeugend.»

«Es ist ganz schrecklich mit Ihnen», sagte Mrs. Bantry. «Sie durchschauen uns doch immer. Ja, ich habe allerdings an etwas gedacht, aber ich weiß wirklich nicht, ob ich es erwähnen soll oder nicht.»

«Sie müssen sogar», mahnte Sir Henry. «Was für Skrupel Sie auch haben mögen, Sie dürfen es nicht für sich behalten.»

«Nun, es handelt sich um folgendes», erklärte Mrs. Bantry. «Am Abend vor der Tragödie ging ich zufällig vor dem Abendessen auf die Terrasse hinaus. Das Fenster des Salons stand offen, und ich sah Maud Wye und Jerry Lorimer im Zimmer. Er – nun – er küßte sie gerade. Natürlich wußte ich nicht, ob das eine zufällige Angelegenheit war oder ob mehr dahintersteckte. Mir war bekannt, daß Sir Ambrose stets eine Abneigung gegen Jerry Lorimer gehabt hatte – vielleicht wußte er, was von diesem jungen Mann zu halten war. Einer Sache bin ich jedenfalls sicher: Maud Wye mochte ihn wirklich gern. Man brauchte nur zu sehen, wie sie ihn anhimmelte, wenn sie sich unbeobachtet fühlte. Und meiner Ansicht nach paßten sie auch besser zusammen als Sylvia und Jerry.»

«Ich werde rasch eine Frage stellen, ehe Miss Marple mir zuvorkommt», meldete sich Sir Henry. «Ich möchte wissen, ob Jerry Lorimer nach dem tragischen Ereignis Maud Wye geheiratet hat.»

«Ja», antwortete Mrs. Bantry. «Sechs Monate später haben sie geheiratet.»

«Zwei Frauen und ein Mann», betonte Sir Henry. «Das uralte Dreieck. Liegt das unserem Problem hier zugrunde? Ich glaube beinahe.»

Dr. Lloyd räusperte sich.

«Ich habe mir die Sache durch den Kopf gehen lassen», sagte er ein wenig schüchtern. «Waren Sie selbst nicht auch krank, Mrs. Bantry?»

«Und wie! Arthur ebenfalls! Und alle andern auch!»

«Das ist es ja gerade – jeder war krank», sagte der Doktor.

«Ich verstehe nicht?» fragte Jane.

«Ich wollte damit sagen», fuhr der Doktor fort, «wer diesen Plan ausgeheckt hat, glaubte entweder blindlings an den Zufall oder besaß nicht die geringste Achtung vor dem menschlichen Leben. Man sollte es kaum für möglich halten, daß es einen Mann gibt, der vorsätzlich acht Personen vergiftet, um eine unter ihnen zu beseitigen.»

«Ich verstehe, worauf Sie hinauswollen», bemerkte Sir Henry nachdenklich. «Ich muß gestehen, das hätte mir auch einfallen müssen.»

«Und hätte er sich nicht auch selbst vergiften können?» fragte Jane.

«Fehlte an jenem Abend jemand an der Tafel?» erkundigte Miss Marple sich.

Mrs. Bantry schüttelte den Kopf.

«Alle waren anwesend.»

«Außer Mr. Lorimer wahrscheinlich, meine Liebe. Er war doch kein Logiergast, nicht wahr?»

«Nein, aber er war an dem Abend zum Essen eingeladen.»

«Oh!» sagte Miss Marple in verändertem Ton. «Dann liegt die Sache ja ganz anders.»

Sie runzelte die Stirn und schien ärgerlich mit sich selbst.

«Der Punkt, den Sie da vorgebracht haben, Lloyd», gestand Sir Henry, «macht mir einiges Kopfzerbrechen. Wie sollte der Mörder sich vergewissern, daß das Mädchen allein die verhängnisvolle Dosis bekam?»

«Unmöglich», erklärte der Doktor. «Das bringt mich zu der Frage, die mich beschäftigt hat: War das Mädchen vielleicht gar nicht das beabsichtigte Opfer?»

«Was sagen Sie da?»

«In allen Fällen von Vergiftungen durch Nahrungsmittel ist das Resultat sehr ungewiß. Mehrere Leute essen das gleiche Gericht. Was geschieht? Einige erkranken leicht, andere sind schwer krank, einer stirbt. Aber es können noch andere Faktoren hinzukommen. Digitalin ist eine Droge, die unmittelbar auf das Herz wirkt. Wie ich Ihnen bereits sagte, wird es in gewissen Fällen verordnet. Nun gab es eine Person im Hause, die an Herzbeschwerden litt. War diese das auserwählte Opfer? Der Mörder sagte sich vielleicht: Was den andern nicht schadet, wird dieser Person zum Verhängnis werden. Daß es anders kam, ist nur ein Beweis für meine soeben aufgestellte Behauptung von der Ungewißheit und Unzuverlässigkeit der Wirkung von Giften auf menschliche Wesen.»

«Sir Ambrose!» rief Sir Henry. «Glauben Sie etwa, daß man es auf ihn abgesehen hatte? Ja, ja – und der Tod des Mädchens war nur ein Versehen.»

«Wer hätte sein Geld nach seinem Tod geerbt?» fragte Jane.

«Eine sehr vernünftige Frage, Miss Helier. Eine der ersten, die wir in meinem früheren Beruf immer stellten», bemerkte Sir Henry.

«Sir Ambrose hatte einen Sohn», erwiderte Mrs. Bantry, «mit dem er sich vor vielen Jahren überworfen hatte. Der junge Mann war wohl etwas wild. Immerhin konnte Sir Ambrose ihn nicht enterben – Clodderham Court war ein unveräußerliches Erblehen. Martin Bercy erbte den Titel und den Grundbesitz. Sir Ambrose hatte aber außerdem noch sehr viel anderes Vermögen, das er hinterlassen konnte, wem er wollte; und dafür setzte er sein Mündel Sylvia als Erbin ein. Ich weiß dies alles, weil Sir Ambrose noch vor Ablauf eines Jahres nach den von mir erwähnten Ereignissen starb und sich nicht die Mühe gemacht hatte, nach Sylvias Tod ein neues Testament aufzusetzen. Ich glaube, das Geld fiel an die Krone oder auch an seinen Sohn als den nächsten Verwandten – daran kann ich mich nicht so genau erinnern.»

«Dann lag es also nur im Interesse seines Sohnes, der nicht zugegen war, und des Mädchens, das selber starb, Sir Ambrose zu töten», sagte Sir Henry nachdenklich. «Das ist nicht sehr vielversprechend.»

«Wurde der anderen Frau nichts vermacht?» fragte Jane. «Ich meine die Frau, die Mrs. Bantry als ‹Spinatwachtel› bezeichnet hat.»

«Sie ist im Testament überhaupt nicht erwähnt worden», erwiderte Mrs. Bantry.

«Miss Marple, Sie hören gar nicht zu», sagte Sir Henry. «Sie scheinen mit Ihren Gedanken ganz woanders zu sein.»

«Ich dachte gerade an den alten Mr. Badger, den Apotheker», entgegnete Miss Marple. «Er hatte eine sehr junge Haushälterin – jung genug, um nicht nur seine Tochter, sondern sogar seine Enkelin sein zu können. Und da waren seine vielen Neffen und Nichten, die ihn zu beerben hofften. Und was meinen Sie, als er starb, da stellte sich doch heraus, daß er seit zwei Jahren heimlich mit ihr verheiratet war. Mr. Badger war natürlich nur ein Apotheker und außerdem ein ungeschliffener alter Mann, während Sir Ambrose, wie Mrs. Bantry ihn uns schilderte, höchst kultiviert war. Dennoch ist die menschliche Natur überall die gleiche.»

Es trat eine Stille ein. Sir Henry schaute Miss Marple prüfend in die sanften blauen Augen, in denen ein sonderbarer Ausdruck lag.

Jane Helier brach das Schweigen.

«Sah diese Mrs. Carpenter eigentlich gut aus?» fragte sie.

«Ja, wenn sie auch nicht gerade eine auffallende Schönheit war.»

«Sie hatte eine sehr sympathische Stimme», fügte der Colonel hinzu.

«Ich möchte eher sagen: Sie schnurrte wie ein Kätzchen», sagte Mrs. Bantry.

«Nimm dich in acht, Dolly, daß man dich nicht eines Tages auch eine Katze nennt.»

«Ich habe im allgemeinen nicht viel für Frauen übrig, das weißt du doch. Ich ziehe Männer und Blumen vor.»

«Ein ausgezeichneter Geschmack», meinte Sir Henry. «Besonders, da Sie die Männer zuerst nennen.»

«Das geschah aus Takt», parierte Mrs. Bantry. «Doch nun zu meinem kleinen Problem. Bitte, äußern Sie sich dazu. Sie sind zuerst an der Reihe, Sir Henry.»

«Ich werde wohl etwas langatmig sein», begann Sir Henry, «denn ich bin noch nicht zu einer festen Ansicht gelangt. Sehen wir uns zunächst einmal Sir Ambrose an. Nun, er würde bestimmt nicht eine so originelle Methode wählen, um Selbstmord zu begehen. Andererseits brachte ihm der Tod seines Mündels keinerlei Vorteil. Also, ab durch die Mitte, Sir Ambrose. Nun kommt Mr. Curle. Kein Motiv für den Tod des Mädchens. Falls Sir Ambrose das beabsichtigte Opfer war, hätte er höchstens mit ein paar seltenen Manuskripten davonziehen können, denen niemand nachtrauerte. Sehr unwahrscheinlich. Wir können Mr. Curle also mit ruhigem Gewissen freisprechen. Miss Wye. Motiv für den Mord an Sir Ambrose – keines. Motiv für den Mord an Sylvia – ziemlich stark. Sie wollte Sylvias Verlobten und war – nach Mrs. Bantrys Schilderung zu urteilen – einigermaßen versessen auf ihn. Sie war an dem Morgen mit Sylvia im Garten, hatte also Gelegenheit, die Blätter zu pflücken. Nein, wir dürfen Miss Wye nicht so rasch aus den Augen verlieren. Der junge Lorimer. Er hat in jedem Fall ein Motiv. Wenn er seine Verlobte los wird, kann er die andere heiraten, obwohl es ja etwas drastisch erscheint, sie deswegen zu töten – was bedeutet heutzutage schon eine aufgelöste Verlobung? Wenn Sir Ambrose stirbt, heiratet er ein reiches und kein armes Mädchen. Das kann unter Umständen wichtig sein – hängt von seiner finanziellen Lage ab. Wenn es sich herausstellen sollte, daß auf seinem Besitz schwere Hypotheken lasten und Mrs. Bantry uns diese Tatsache absichtlich verheimlicht hat, werde ich mich wegen unfairen Spiels beklagen. Und nun Mrs. Carpenter. Wissen Sie, ich habe einen starken Verdacht gegen Mrs. Carpenter. Einmal ihre weißen Hände, zum anderen ihr ausgezeichnetes Alibi zur Zeit, als die Kräuter gesammelt wurden. Gegen Alibis bin ich immer mißtrauisch. Außerdem habe ich noch einen andern Verdachtsgrund, den ich für mich behalten möchte. Aber wenn ich mich nun einmal für jemanden entscheiden muß, dann entscheide ich mich für Miss Maud Wye, weil gegen sie mehr Beweismaterial vorliegt als gegen alle anderen.»

«Nun kommen Sie, Dr. Lloyd», sagte Mrs. Bantry.

«Ich glaube, Sie machen einen Fehler, Clithering, wenn Sie sich an die Theorie klammern, daß der Tod des Mädchens beabsichtigt war. Ich bin der Überzeugung, daß der Mörder Sir Ambrose um die Ecke bringen wollte. Meiner Ansicht nach hatte der junge Lorimer nicht die nötigen Kenntnisse. Ich neige eher zu der Annahme, daß Mrs. Carpenter die schuldige Person ist. Sie war lange in der Familie gewesen und kannte sich mit Sir Ambroses Gesundheitszustand genau aus; mit Leichtigkeit konnte sie es so einrichten, daß Sylvia – die ja, wie Sie sagten, reichlich arglos war – die gewünschten Blätter pflückte. Allerdings sehe ich kein Motiv, das muß ich zugeben. Aber ich möchte annehmen, daß Sir Ambrose irgendwann einmal ein Testament gemacht hatte, in dem auch sie bedacht wurde. Etwas Besseres fällt mir nicht ein.»

Mrs. Bantrys Zeigefinger richtete sich nun auf Jane Helier.

«Ich weiß nicht, was ich sagen soll», meinte Jane. «Aber warum könnte das junge Mädchen es nicht selbst getan haben? Sie hat schließlich die Blätter in die Küche gebracht. Und Sie erwähnten doch, daß Sir Ambrose sich gegen die Heirat gesträubt habe. Wenn er also starb, bekam sie das Geld und konnte sofort heiraten. Sie war ebenso vertraut mit Sir Ambroses Gesundheitszustand wie Mrs. Carpenter.»

Mrs. Bantrys Finger bewegte sich langsam auf Miss Marple zu. «Nun legen Sie los, Frau Schulmeisterin!»

«Sir Henry hat uns ja alles so klar auseinandergesetzt – so überaus klar», begann Miss Marple. «Und Dr. Lloyd hat ebenfalls seinen Standpunkt deutlich zum Ausdruck gebracht. Nur hat er eines außer acht gelassen, glaube ich. Da er ja nicht Sir Ambroses ärztlicher Ratgeber war, konnte er natürlich nicht wissen, was für ein Herzleiden Sir Ambrose hatte, nicht wahr?»

«Ich verstehe nicht ganz, worauf Sie hinauswollen, Miss Marple», erklärte Dr. Lloyd.

«Nun, Sie nehmen doch an, daß Sir Ambrose ein Herzleiden hatte, das durch Digitalin ungünstig beeinflußt wurde. Dafür haben wir aber keine Beweise. Es könnte genausogut das Gegenteil der Fall gewesen sein.»

«Das Gegenteil?»

«Ja, Sie sagten doch selbst, daß Digitalin oft auch als Medizin verschrieben wird.»

«Selbst in diesem Fall verstehe ich nicht, was Sie damit bezwekken, Miss Marple.»

«Nun, es würde bedeuten, daß er Digitalin auf ganz natürliche Weise in seinem Besitz hatte – ohne Verdacht zu erregen. Was ich Ihnen zu erklären versuche (ich drücke mich immer so schlecht aus), ist folgendes: Nehmen wir einmal an, Sie wollten jemanden mit einer tödlichen Dosis Digitalin vergiften. Wäre es da nicht am einfachsten, wenn Sie die Sache so arrangierten, daß alle infolge des Genusses von Fingerhutblättern Vergiftungserscheinungen zeigten? Es würde natürlich für keinen der anderen tödlich ausgehen, aber niemand würde überrascht sein, wenn doch eine Person dabei stürbe; denn Dr. Lloyd wies ja darauf hin, daß die Wirkung so verschieden sei. Niemand würde fragen, ob das Mädchen eine tödliche Dosis von seinem Digitalisextrakt bekommen habe. Er konnte es ihr in einen Cocktail oder in den Kaffee getan oder einfach als Stärkungsmittel verabreicht haben.»

«Sie behaupten also, Sir Ambrose habe sein Mündel, das reizende Mädchen, das er so liebte, vergiftet?»

«Das ist ja gerade der Grund», erwiderte Miss Marple. «Genau wie bei Mr. Badger und seiner jungen Haushälterin. Nun erzählen Sie mir nicht, daß es für einen sechzigjährigen Mann absurd sei, sich in ein zwanzigjähriges Mädchen zu verlieben. Das passiert alle Tage. Und wenn es sich dabei um einen so alten Autokraten wie Sir Ambrose handelte, mochte es sich seltsam auswirken. So etwas wird manchmal zu einer Besessenheit. Er konnte den Gedanken an ihre Heirat mit Lorimer nicht ertragen. Er tat alles, was in seiner

Macht stand, um die Heirat zu verhindern; aber es gelang ihm auf die Dauer nicht. Sein Eifersuchtswahn nahm solche Ausmaße an, daß er es vorzog, sie zu töten, statt ihre Hand dem jungen Lorimer zu geben. Er muß sich schon eine ganze Weile mit dem Gedanken getragen haben; denn der Fingerhutsamen mußte ja erst unter die Salbeipflanzen gesät werden! Als es soweit war, pflückte er die Blätter selbst und schickte Sylvia damit in die Küche. Der Gedanke daran ist entsetzlich, aber wir müssen wohl so nachsichtig sein wie eben möglich. Männer in dem Alter sind manchmal sehr sonderbar, wenn es sich um junge Mädchen handelt.»

«Mrs. Bantry», fragte Sir Henry, «verhält sich die Sache so?»

Mrs. Bantry nickte.

«Ja, allerdings. Ich hatte nicht die geringste Ahnung – dachte nicht im Traum daran, daß es etwas anderes sein könnte als ein Unglücksfall. Nach Sir Ambroses Tod bekam ich dann einen Brief, der mir auf seine Anweisung hin durch seinen Rechtsanwalt zugestellt wurde. Darin erzählte er mir den wahren Sachverhalt. Ich weiß nicht, weshalb – aber er und ich kamen immer recht gut miteinander aus.»

In dem momentanen Schweigen spürte sie anscheinend eine unausgesprochene Kritik und fuhr hastig fort:

«Sie denken sicher, ich hätte einen Vertrauensbruch begangen – aber das ist nicht der Fall. Ich habe alle Namen geändert. Er hieß nicht Sir Ambrose Bercy. Haben Sie denn nicht gesehen, wie Arthur dumm in die Gegend starrte, als ich den Namen zum ersten Mal erwähnte? Er hat es zuerst gar nicht begriffen. Ich habe alles geändert. Wie in den Büchern, wo es zu Beginn heißt: ‹Alle Personen in diesem Buch sind reine Phantasiegestalten.› Sie werden nie erfahren, um wen es sich in meinem Fall handelte.»

Die seltsame Angelegenheit mit dem Bungalow

«Mir ist auch etwas eingefallen!» rief Jane Helier.

Ihr schönes Gesicht wurde erhellt durch das vertrauensvolle Lächeln eines Kindes, das Beifall erwartet. Es war dasselbe Lächeln, welches das Londoner Publikum Abend für Abend in Ekstase versetzte und den Fotografen ein Vermögen einbrachte.

«Es ist...» fuhr sie etwas zögernd fort, «einer Freundin von mir passiert.»

Von allen Seiten ertönten aufmunternde, wenn auch etwas geheuchelte Zurufe. Colonel Bantry, Mrs. Bantry, Sir Henry Clithering, Dr. Lloyd und Miss Marple waren alle davon überzeugt, daß Janes «Freundin» Jane selber war. Sie war gar nicht dazu imstande, sich an etwas zu erinnern oder sich für etwas zu interessieren, das jemand anders betraf.

«Meine Freundin», fuhr Jane fort, «– ich will ihren Namen nicht erwähnen – war eine sehr bekannte Schauspielerin.»

Keiner war von dieser Enthüllung überrascht.

Sir Henry Clithering dachte im stillen: Beim wievielten Satz wird sie sich wohl verraten und statt «sie» auf einmal «ich» sagen?

«Meine Freundin befand sich auf einer Tournee durch die Provinzen – das war vor ein paar Jahren. Den Namen des Ortes will ich lieber nicht verraten. Es war eine an der Themse gelegene Stadt, nicht weit von London. Nennen wir sie mal –»

Sie brach ab und dachte mit tief gerunzelter Stirn nach. Selbst die Erfindung eines einfachen Namens schien über ihre Kräfte zu gehen.

Sir Henry kam ihr zu Hilfe.

«Sollen wir sie Riverbury nennen?» schlug er mit todernster Miene vor.

«Ach ja, das geht großartig. Riverbury – das werde ich behalten. Also, wie ich schon sagte, meine Freundin war mit ihrer Theatertruppe in Riverbury, und da passierte etwas sehr Merkwürdiges.»

Wieder zog sie die Stirn in krause Falten.

«Es ist sehr schwierig», klagte sie, «gerade das zu sagen, was man gern möchte. Man bringt so leicht alles durcheinander und fängt womöglich falsch an.»

«Sie machen Ihre Sache sehr gut», ermunterte Dr. Lloyd sie. «Erzählen Sie nur weiter.»

«Nun, diese merkwürdige Sache ereignete sich, und man ließ meine Freundin zur Polizeiwache kommen. Sie ging auch hin. Offenbar hatte man in einem am Fluß gelegenen Bungalow einen Einbruch verübt, und ein junger Mann wurde verhaftet. Da dieser eine seltsame Geschichte erzählte, schickte man nach meiner Freundin. Sie war noch nie auf einer Polizeiwache gewesen, aber alle waren dort sehr nett zu ihr – wirklich, sehr nett.»

«Das glaube ich gern», meinte Sir Henry.

«Der Sergeant – ich glaube wenigstens, es war ein Sergeant, es mag aber auch ein Inspektor gewesen sein – rückte ihr einen Stuhl zurecht und erklärte die Situation, und natürlich sah ich sofort, daß es sich um einen Irrtum handelte.»

Aha! dachte Sir Henry. Da wären wir ja soweit. Ich! Hab's ja gleich geahnt!

«Meine Freundin sagte das auch sofort», fuhr Jane gelassen fort, ohne sich bewußt zu sein, daß sie sich verraten hatte. «Sie erklärte ihnen, daß sie im Hotel mit ihrem Double geprobt und niemals etwas von diesem Mr. Faulkener gehört habe. Und der Sergeant sagte: ‹Miss Hel-›» Sie brach errötend mitten im Wort ab.

«Miss Helman», schlug Sir Henry mit lustig zwinkernden Augen vor.

«Ja – ja, das geht. Vielen Dank. Er sagte also: ‹Nun, Miss Helman, ich habe mir gleich gedacht, daß es ein Versehen war, da ich ja wußte, daß Sie im Bridge Hotel wohnen.› Dann fragte er mich, ob ich etwas dagegen hätte, wenn ich konferiert – oder hieß es: konfrontiert – würde? Ich kann mich nicht mehr entsinnen.»

«Es tut wirklich nichts zur Sache», beruhigte Sir Henry sie.

«Jedenfalls mit dem jungen Mann. Daraufhin sagte ich: ‹Natürlich nicht.› Und sie brachten ihn herein und sagten: ‹Dies ist Miss Helier›, und – Oh!»

Jane blieb vor Schreck der Mund offenstehen.

«Macht nichts, meine Liebe», tröstete Miss Marple sie. «Wir hätten es doch erraten. Und Sie haben uns nicht den Namen des Ortes oder andere wichtige Einzelheiten preisgegeben.»

«Nun», meinte Jane, «ich wollte es ja so erzählen, als ob es einer anderen Person zugestoßen sei. Aber es ist so schwierig. Ich meine, man vergißt es immer wieder.»

Alle versicherten ihr, daß es wirklich sehr schwierig sei, und sie fuhr beruhigt mit ihrer etwas verwickelten Erzählung fort.

«Er war ein schöner Mann – sah wirklich sehr gut aus. Jung, mit rötlichem Haar. Er starrte mich mit offenem Mund an, und der Sergeant fragte: ‹Ist dies die Dame?› Und er antwortete: ‹Nein, das ist nicht die Dame, Was für ein Esel bin ich gewesen!› Ich lächelte ihn an und sagte, es sei nicht von Bedeutung.»

«Ich kann mir die Szene gut vorstellen», meinte Sir Henry.

Jane Helier legte die Stirn in Falten.

«Einen Augenblick – wie soll ich wohl am besten fortfahren?»

«Vielleicht erzählen Sie uns erst einmal, worum es sich überhaupt handelte, meine Liebe.» Miss Marples Stimme klang so milde, daß keiner sie der Ironie verdächtigte. «Ich meine, was für einen Fehler der junge Mann begangen hatte und wie die Geschichte mit dem Einbruch war.»

«O ja», stimmte Jane ihr zu. «Sehen Sie, dieser junge Mann – Leslie Faulkener hieß er – hatte ein Bühnenstück geschrieben. Mehrere sogar; obwohl keines davon aufgeführt worden war. Dieses eine aber hatte er mir zum Lesen geschickt. Ich wußte nichts weiter davon, denn ich bekomme natürlich Hunderte von Dramen und lese selbst sehr wenige davon – nur die, von denen ich etwas Näheres weiß. So war's jedenfalls, und offenbar hatte Mr. Faulkener einen Brief von mir erhalten – nur stellte es sich heraus, daß er eigentlich nicht von mir stammte – verstehen Sie –»

Sie hielt ängstlich inne, und alle versicherten ihr eilig, daß sie die Situation erfaßt hätten.

«In diesem Brief stand, daß ich das Stück gelesen hätte und es mir sehr gut gefalle und ob er wohl kommen und die Sache mit mir besprechen könnte. Als Adresse war angegeben: Bungalow, Riverbury. Mr. Faulkener war natürlich hoch erfreut und fuhr gleich hin. Als er am Bungalow ankam, öffnete ein Hausmädchen ihm die Tür und er erkundigte sich nach Miss Helier. Sie sagte, Miss Helier sei zu Hause und erwarte ihn. Dann führte sie ihn in einen Salon, wo ihm eine Frau entgegenkam. Und er nahm ohne weiteres an, daß ich es sei – was ich sehr merkwürdig fand; schließlich hatte er mich auf der Bühne gesehen, und meine Fotografien sind doch überall verbreitet, nicht wahr?»

«Weit über England hinaus», erklärte Mrs. Bantry prompt. «Aber Fotografien unterscheiden sich oft sehr vom Original, meine liebe Jane. Und im Rampenlicht sehen die meisten anders aus als im täglichen Leben. Sie müssen bedenken, daß nicht jede Schauspielerin diese Gefahr so spielend besteht wie Sie.»

«Nun», meinte Jane etwas besänftigt, «das mag ja sein. Jedenfalls beschrieb er diese Frau als hochgewachsen und blond. Mit großen blauen Augen und sehr gut aussehend. Also mußte sie mir wohl ziemlich ähnlich gesehen haben. Er schöpfte jedenfalls keinen Verdacht. Sie setzten sich dann hin und redeten über sein Stück, und sie erklärte, daß sie sehr gern die Hauptrolle darin übernehmen würde. Während sie sich unterhielten, wurden Cocktails hereingebracht, und Mr. Faulkener trank natürlich auch einen. Nun, dieser Cocktail war das einzige, woran er sich erinnern konnte. Als er aufwachte oder zu sich kam – wie man es nennen will –, lag er draußen auf der Straße; an der Hecke natürlich, damit er nicht in Gefahr geriet, überfahren zu werden. Er fühlte sich merkwürdig schwach. Schließlich stand er auf und taumelte die Straße entlang, ohne zu wissen, wohin er ging. Er behauptete, wenn er alle seine Sinne beieinander gehabt hätte, wäre er zum Bungalow zurückgekehrt und der Sache auf den Grund gegangen. Aber er war so benommen und verdattert, daß er einfach weiterging, ohne recht zu wissen, was er tat. Er kam gerade wieder etwas zu Verstand, als die Polizei erschien und ihn verhaftete.»

«Warum hat die Polizei ihn denn verhaftet?» fragte Dr. Lloyd.

«Oh, habe ich Ihnen das denn nicht erzählt?» fragte Jane mit weitgeöffneten Augen. «Ich Dummkopf! Wegen des Einbruchs, natürlich.»

«Sie haben wohl einen Einbruch erwähnt – aber nichts von dem näheren Drum und Dran», bemerkte Mrs. Bantry.

«Nun, dieser Bungalow gehörte natürlich nicht mir, sondern einem Mann namens –»

Wieder zog sich ihre Stirn in angestrengtem Nachdenken zusammen.

«Soll ich wieder Pate spielen?» fragte Sir Henry. »Pseudonyme frei Haus. Beschreiben Sie den Pächter, und ich gebe ihm einen Namen.»

«Das Haus war von einem reichen Mann aus der City gemietet – einem Adeligen.»

«Sir Herman Cohen», schlug Sir Henry vor.

«Wunderbar! Er hatte es für eine Dame gemietet – sie war die Frau eines Schauspielers und selbst auch Schauspielerin.»

«Den Schauspieler wollen wir Claud Leason nennen», meinte Sir Henry. «Und die Dame war sicher unter ihrem Bühnennamen bekannt. Sagen wir also Miss Mary Kerr.»

«Sie müssen schrecklich klug sein», meinte Jane. «Ich verstehe nicht, wie Ihnen das alles so zufällt. Also, dies war nämlich eine Art Wochenendhaus Sir Hermans – sagten Sie Herman? – und dieser Dame. Seine Frau wußte natürlich nichts davon.»

«Was ja so häufig der Fall sein soll», entfuhr es Sir Henry.

«Und er hatte dieser Schauspielerin einen Haufen Juwelen geschenkt, darunter einige sehr schöne Smaragde.»

«Aha!» rief Dr. Lloyd. «Nun kommen wir der Sache schon näher.»

«Diese Juwelen befanden sich im Bungalow, einfach in einem Schmuckkasten eingeschlossen. Die Polizei sagte, es sei sehr nachlässig gewesen, jeder hätte sie mitnehmen können.»

«Siehst du, Dolly», warf Colonel Bantry dazwischen. «Was habe ich dir immer gesagt?»

«Nach meiner Erfahrung», erwiderte Mrs. Bantry, «sind es gerade die überaus vorsichtigen Leute, die alles verlieren. Ich schließe meinen Schmuck nicht ein, sondern bewahre ihn lose in einer Schublade auf – unter den Strümpfen. Und wenn – wie heißt sie doch? – Mary Kerr es genauso gemacht hätte, wäre ihr der Schmuck wahrscheinlich nicht abhanden gekommen.»

«Doch», erklärte Jane. «Denn alle Schubladen waren aufgerissen, und der ganze Inhalt lag am Boden verstreut.»

«Dann waren sie nicht hinter den Juwelen her», erwiderte Mrs. Bantry, «sondern auf der Suche nach Geheimpapieren, wie es ja immer in den Büchern steht.»

«Von Geheimpapieren ist mir nichts bekannt», meinte Jane. «Ich habe nie davon gehört.»

«Lassen Sie sich nicht beirren, Miss Helier», warnte Colonel Bantry. «Dollys Ablenkungsmanöver sind nicht ernst zu nehmen.»

«Sie wollten uns von dem Einbruch erzählen!» mahnte Sir Henry.

«Ach ja. Nun, die Polizei wurde von einer Frau angerufen, die behauptete, sie sei Miss Mary Kerr. Sie meldete, daß bei ihr im Bungalow eingebrochen worden sei, und beschrieb einen Mann mit rötlichem Haar, der am Vormittag bei ihr vorgesprochen habe. Ihr Hausmädchen sei mißtrauisch gewesen und habe ihn nicht hineingelassen. Später hätten sie ihn dann aus einem Fenster steigen sehen. Sie beschrieb den Mann so haargenau, daß die Polizei ihn schon nach einer Stunde verhaftete. Dann erzählte er ihnen seine Geschichte und zeigte ihnen meinen Brief. Daraufhin holten Sie mich, wie ich vorhin schon erwähnte, und als er mich sah, sagte er, was ich Ihnen vorhin schon erzählt habe – daß ich es gar nicht gewesen sei.»

«Eine äußerst merkwürdige Begebenheit», meinte Dr. Lloyd.

«Kannte Mr. Faulkener diese Miss Kerr?»

«Nein, jedenfalls behauptete er das. Aber das Merkwürdigste habe ich Ihnen noch gar nicht erzählt. Die Polizei ging natürlich zu dem Bungalow und fand dort alles vor wie beschrieben – Schubladen herausgezogen, Juwelen verschwunden –, aber das ganze Haus war leer. Erst einige Stunden später kehrte Mary Kerr zurück und erklärte der Polizei, daß sie überhaupt nicht bei ihnen angerufen habe, sondern jetzt erst von der Geschichte höre. Es stellte sich heraus, daß sie morgens ein Telegramm bekommen hatte von einem Manager, der ihr eine höchst interessante Rolle anbot und sie zu einer Unterredung zu sich bat. Daraufhin war sie natürlich nach London gestürzt, mußte aber bei ihrer Ankunft entdecken, daß es sich um einen dummen Streich handelte und man ihr von dort überhaupt kein Telegramm geschickt hatte.»

«Ein ganz gewöhnlicher Trick, um jemanden fortzulocken», bemerkte Sir Henry. «Wo waren denn die Dienstboten?»

«Hier geschah dasselbe. Es war nur ein Hausmädchen vorhanden, und das wurde ans Telefon gerufen – anscheinend von Mary Kerr, die ihm sagte, sie habe etwas äußerst Wichtiges vergessen, und ihm Anweisung gab, eine bestimmte Handtasche, die im Schlafzimmer in einer Schublade lag, zu ihr nach London zu bringen, und zwar mit dem nächsten Zug. Das Mädchen befolgte diese Instruktion und schloß natürlich das Haus ab. Aber als sie Miss Kerrs Klub erreichte, wo sie ihre Herrin treffen sollte, wartete sie vergeblich.»

«Hm», meinte Sir Henry. «Es wird allmählich klarer. Das Haus stand leer, und ich könnte mir denken, daß es nicht allzu schwierig gewesen ist, durch ein Fenster hineinzugelangen. Aber ich verstehe nicht recht, was für eine Rolle Mr. Faulkener dabei spielt. Wer hat überhaupt bei der Polizei angerufen, wenn es nicht Miss Kerr war?»

«Das ist nie herausgekommen.»

«Seltsam», bemerkte Sir Henry. «War denn der junge Mann tatsächlich die Person, für die er sich ausgab?»

«O ja, das war alles in Ordnung. Er hatte sogar den angeblich von mir geschriebenen Brief. Die Handschrift war meiner ganz und gar nicht ähnlich – aber das konnte er natürlich nicht wissen.»

«Nun, wir wollen uns die Situation noch einmal ganz klar vorstellen», schlug Sir Henry vor. «Verbessern Sie mich, wenn ich einen Fehler mache. Die Dame und das Mädchen werden vom Haus fortgelockt. Dieser junge Mann wird mit Hilfe eines gefälschten Briefes herbeigelockt – eines Briefes, der dadurch glaubhaft erscheint, daß Sie tatsächlich diese Woche in Riverbury auftreten. Der junge Mann wird bewußtlos gemacht. Dann wird die Polizei angerufen und der Verdacht auf ihn gelenkt. Ein Einbruch ist tatsächlich verübt worden. Ich nehme an, daß die Juwelen wirklich gestohlen wurden.»

«O ja.»

«Hat man sie jemals wiederbekommen?»

«Nein, nie. Ich glaube, Sir Herman hat sogar versucht, die Sache nach Möglichkeit zu vertuschen. Es gelang ihm aber nicht, und ich könnte mir denken, daß seine Frau daraufhin die Scheidung eingereicht hat. Aber darüber weiß ich nichts.»

«Was ist aus Mr. Leslie Faulkener geworden?»

«Er wurde zu guter Letzt entlassen. Die Polizei sagte, sie habe nicht genug Beweismaterial gegen ihn. Aber finden Sie das Ganze nicht auch reichlich seltsam?»

«Ganz entschieden. Zunächst müssen wir uns fragen, wem man überhaupt Glauben schenken soll. Während Ihrer Schilderung habe ich bemerkt, Miss Helier, daß Sie geneigt sind, Mr. Faulkener zu glauben. Ist es Ihr Instinkt, der Sie dazu treibt – oder haben Sie einen bestimmten Grund dafür?»

«N-ein», erwiderte Jane zögernd. «Einen bestimmten Grund habe ich nicht, aber er war so sehr nett und voller Bedauern, daß er jemand anders mit mir verwechselt hatte. Daher hatte ich einfach das Gefühl, er müsse die Wahrheit gesprochen haben.»

«Ich verstehe», lächelte Sir Henry. «Aber Sie müssen doch zugeben, daß er die Geschichte sehr leicht hätte erfinden können. Den angeblich von Ihnen stammenden Brief konnte er selbst schreiben. Auch konnte er sich nach erfolgtem Einbruch sehr gut selbst betäuben – allerdings verstehe ich nicht ganz, was für ein Sinn darin läge. Es wäre viel einfacher gewesen, in das Haus einzudringen, sich zu nehmen, was er brauchte, und dann ruhig zu verschwinden – es sei denn, er habe gespürt, daß er von jemandem in der Nachbarschaft beobachtet worden war. In diesem Fall mag er hastig diesen Plan ausgeheckt haben, um den Verdacht von sich abzulenken und eine Erklärung für seine Anwesenheit in der Gegend zu haben.»

«War er wohlsituiert?» fragte Miss Marple.

«Das nehme ich nicht an», erwiderte Jane. «Nein, ich glaube sogar, es ging ihm ziemlich schlecht.»

«Mir kommt das Ganze etwas schleierhaft vor», erklärte Dr. Lloyd. «Ich muß gestehen, der Fall wird noch komplizierter, wenn wir die Geschichte des jungen Mannes für bare Münze nehmen. Warum sollte die Unbekannte, die sich als Miss Helier ausgab, diesen unbekannten Mann in die Affäre ziehen? Warum sollte sie eine so verwickelte Komödie inszenieren?»

«Sagen Sie mal, Jane», erkundigte sich Mrs. Bantry, «ist der junge Faulkener irgendwann im Verlauf dieser Angelegenheit Mary Kerr persönlich begegnet?»

«Das kann ich nicht genau sagen», erwiderte Jane nach einigem Nachdenken.

«Wenn das nämlich nicht der Fall wäre, ist das Rätsel gelöst!» triumphierte Mrs. Bantry. «Ich bin überzeugt, daß ich recht habe. Was ist leichter, als vorzutäuschen, daß man nach London bestellt sei? Dann telefoniert man dem Mädchen vom Ankunftsbahnhof aus, und sobald sie ankommt, fährt man wieder nach Hause. Der junge Mann erscheint wie verabredet; er wird bewußtlos gemacht, und man inszeniert den Einbruch in recht übertriebener Weise. Daraufhin ruft man die Polizei an, liefert eine ziemlich genaue Beschreibung des Sündenbocks und begibt sich wieder nach London. Mit einem späteren Zug kehrt man dann zurück und spielt die erstaunte Unschuld vom Lande.»

«Aber warum sollte sie ihre eigenen Juwelen stehlen, Dolly?»

«Das tun sie immer», entgegnete Mrs. Bantry. «Außerdem könnte ich hundert Gründe angeben. Sie mag, zum Beispiel, sofort Geld nötig gehabt haben – vielleicht wollte der alte Sir Herman nicht damit herausrücken. Also tut sie so, als seien die Juwelen gestohlen, und verkauft sie heimlich. Oder sie ist von jemandem erpreßt worden, der ihr angedroht hat, ihren Mann oder Sir Hermans Frau über die Sachlage aufzuklären. Vielleicht hatte sie die Juwelen auch bereits verkauft, und Sir Herman verlangte ungeduldig danach, sie zu sehen. Also mußte sie einen Einbruch fingieren. Das kommt in Büchern sehr häufig vor. Oder vielleicht wollte er sie neu fassen lassen, und dabei wären die falschen Glassteine entdeckt worden. Ha! Hier habe ich noch eine Idee, die nicht so oft in Büchern benutzt wird: Sie täuscht Diebstahl vor, regt sich furchtbar auf und bekommt eine neue Garnitur von ihm. Auf diese Weise macht sie ein ganz schönes Geschäft. Diese Sorte Frauen ist ziemlich gerissen, davon bin ich überzeugt.»

«Sind Sie aber klug, Dolly!» sagte Jane bewundernd. «An so etwas hätte ich nie gedacht.»

«Du magst ja klug sein, Dolly. Aber Jane sagte nicht, daß du recht hast», wandte Bantry ein. «Ich bin eher geneigt, den Herrn aus der City zu verdächtigen. Er würde es gewußt haben, mit was für einem Telegramm man die Dame aus dem Haus locken konnte, und das übrige hätte er sehr leicht mit Hilfe einer neuen Freundin inszenieren können.»

«Was halten Sie davon, Miss Marple?» Jane wandte sich der alten Dame zu, die schweigsam und nachdenklich in ihrem Sessel saß.

«Meine Liebe, ich weiß wirklich nicht, was ich dazu sagen soll. Sir Henry wird lachen, aber mir fällt im Augenblick keine Dorfparallele hierzu ein, die mir helfen könnte. Natürlich tauchen mehrere Fragen auf. Zum Beispiel die Dienstbotenfrage. In einem – hm – irregulären Haushalt, wie Sie ihn beschreiben, würde das Dienstmädchen zweifellos über den Stand der Dinge orientiert sein – und ein wirklich anständiges Mädchen würde einen solchen Posten gar nicht annehmen, das würde ihre Mutter schon keinesfalls gestatten. Daher können wir wohl vermuten, daß das Mädchen keine wirklich zuverlässige Person war. Vielleicht steckte sie mit den Dieben unter einer Decke. In dem Fall hätte sie dann das Haus offengelassen und wäre tatsächlich nach London gefahren, um den Verdacht von sich abzulenken. Ich muß gestehen, daß mir diese Lösung am meisten einleuchtet. Nur, wenn es sich um ganz gewöhnliche Diebe handelt, scheint alles sehr seltsam, da es mehr Wissen voraussetzt, als ein Dienstmädchen wahrscheinlich besitzt.»

Miss Marple hielt einen Augenblick inne und fuhr dann gedankenverloren fort:

«Ich habe unbedingt den Eindruck, daß irgendwie persönliche Gefühle mitspielen. Vielleicht hegt jemand einen Groll gegen Faulkener. Eine junge Schauspielerin etwa, die er nicht anständig behandelt hatte. Meinen Sie nicht auch, daß man mit einer solchen Erklärung weiterkommen würde? Ein vorsätzlicher Versuch, ihm Unannehmlichkeiten zu bereiten. So kommt's mir beinahe vor. Und doch ist diese Lösung auch nicht ganz befriedigend.»

«Doktor Lloyd, Sie haben sich ja noch gar nicht geäußert», sagte Jane. «Ich hatte Sie ganz übersehen.»

«Ich werde immer übersehen», erwiderte der grauhaarige Doktor traurig. «Ich muß eine sehr unauffällige Persönlichkeit sein.»

«O nein, durchaus nicht! Aber sagen Sie uns doch Ihre Meinung.»

«Ich befinde mich in der merkwürdigen Lage, daß ich die Lösungen alle plausibel finde, aber mit keiner übereinstimme. Selbst habe ich die abwegige und wahrscheinlich gänzlich falsche Theorie, daß die Frau etwas damit zu tun hat. Ich denke dabei an Sir Hermans Frau. Ich habe keine besonderen Gründe dafür – aber Sie würden überrascht sein, wenn Sie wüßten, was eine gekränkte Frau alles zuwege bringt.»

«Oh, Dr. Lloyd!» rief Miss Marple aufgeregt. «Wie klug von Ihnen! Und ich habe gar nicht an Mrs. Pebmarsh gedacht.»

Jane starrte sie an.

«Mrs. Pebmarsh? Wer ist denn nur Mrs. Pebmarsh?»

«Nun –» Miss Marple zauderte. «Eigentlich hat sie wohl doch nichts mit diesem Fall zu tun. Sie ist eine Waschfrau, die einer Frau eine Opalnadel aus der Bluse stahl und sie in die Bluse einer andern Frau steckte.»

Jane blickte noch verwirrter drein denn je.

«Und dadurch ist für Sie unser Problem sonnenklar, ja, Miss Marple?» Sir Henry zwinkerte ihr belustigt zu.

«Nein, leider nicht. Ich muß bekennen, daß ich völlig ratlos dastehe. Doch eines ist mir klargeworden: Frauen müssen zusammenstehen – in einer schwierigen Lage sollte man zu seinem eigenen Geschlecht halten. Das ist für mich die Moral der Geschichte, die Miss Helier uns erzählt hat.»

«Ich muß gestehen, daß mir diese besondere ethische Bedeutung des Geheimnisses entgangen ist», bemerkte Sir Henry mit ernster Miene. «Aber vielleicht erkenne ich den Sinn Ihrer Behauptung deutlicher, wenn Miss Helier uns die Lösung verraten hat.»

«Wie bitte?» fragte Jane, die ein wenig verdutzt aussah.

«Ich bemerkte nur, daß wir ‹es aufgeben›, wie wir als Kinder zu sagen pflegten. Sie ganz allein, Miss Helier, haben die hohe Ehre gehabt, uns ein so gänzlich verblüffendes Problem zu präsentieren, daß selbst Miss Marple die Waffen strecken muß.»

«Sie geben alle auf?» fragte Jane.

«Ja.» Nach einem kurzen Schweigen, während dessen er darauf gewartet hatte, daß die andern etwas sagen würden, machte sich Sir Henry wieder zum Sprecher.

«Das soll heißen, daß wir über die skizzenhaften Lösungen, die wir experimentell vorgebracht haben, nicht hinauskommen. Es waren je eine von uns Männern, zwei von Miss Marple und ein rundes Dutzend von Mrs. B.»

«Es war kein Dutzend», protestierte Mrs. Bantry. «Es waren nur Variationen eines Hauptthemas. Und wie oft muß ich Ihnen noch sagen, daß ich nicht Mrs. B. genannt zu werden wünsche.»

«Sie geben also alle auf», wiederholte Jane nachdenklich.

«Das ist sehr interessant.»

Sie lehnte sich im Sessel zurück und begann etwas zerstreut ihre Nägel zu polieren.

«Nun», sagte Mrs. Bantry. «Heraus damit, Jane. Wie lautet die Lösung?»

«Die Lösung?»

«Ja. Was ist in Wirklichkeit vor sich gegangen?»

Jane starrte sie an.

«Ich habe nicht die geringste Ahnung.»

«Was sagen Sie da?»

«Ich habe mir immer Gedanken darüber gemacht. Und da Sie alle so klug sind, dachte ich, einer von Ihnen würde es mir wohl verraten können.»

Alle waren etwas verärgert. Jane mochte ja sehr schön sein – aber in diesem Augenblick hatte jeder das Gefühl, daß Dummheit auch etwas übertrieben werden könne. Selbst die vortrefflichste Schönheit war keine Entschuldigung dafür.

«Wollen Sie etwa sagen, daß die Wahrheit nie ans Licht gekommen ist?» fragte Sir Henry.

«Nein, man hat sie nie entdeckt. Deshalb hatte ich, wie gesagt, gehofft, daß Sie mir eine Erklärung geben würden.»

Jane schien ein wenig beleidigt zu sein. Man merkte ganz deutlich, daß sie verstimmt war.

«Na, da bin ich doch –» Colonel Bantry fehlten einfach die Worte.

«Sie können einen schon auf die Palme bringen, Jane», entrüstete sich seine Frau. «Jedenfalls bin ich felsenfest davon überzeugt, daß meine Lösung die richtige ist. Wenn Sie uns nun noch die wirklichen Namen aller Beteiligten nennen, wird es sich ja herausstellen.»

«Das kann ich schlecht machen», antwortete Jane langsam.

«Nein, meine Liebe», erklärte Miss Marple. «Das kann Miss Helier wirklich nicht.»

«Natürlich», protestierte Mrs. Bantry. «Setzen Sie sich nicht aufs hohe Roß! Wir älteren Leute brauchen etwas Skandal, Jane. Auf jeden Fall verraten Sie uns doch, wer der City-Magnat war.»

Aber Jane schüttelte den Kopf, und Miss Marple unterstützte sie auf ihre altmodische Art.

«Es muß wohl alles sehr peinlich gewesen sein», meinte sie.

«Nein», erwiderte Jane wahrheitsgetreu. «Es hat mir eigentlich eher Spaß gemacht.»

«Nun, das mag sein», meinte Miss Marple. «Vielleicht war es eine kleine Abwechslung in dem ewigen Einerlei. In welchem Stück traten Sie damals auf?»

«In *Smith*.»

«O ja. Von Somerset Maugham, nicht wahr? Alle seine Dramen sind so geistreich. Ich habe sie fast alle gesehen.»

«Im Herbst wollen Sie mit *Smith* wieder auf Tournee gehen, nicht wahr?» fragte Mrs. Bantry.

Jane nickte.

«Nun», sagte Miss Marple und erhob sich. «Jetzt muß ich aber nach Hause gehen. Es ist schon spät. Aber wir hatten einen sehr unterhaltsamen Abend. Außergewöhnlich interessant. Ich glaube, Miss Heliers Erzählung trägt den ersten Preis davon. Meinen Sie nicht auch?»

«Es tut mir leid», sagte Jane, «daß Sie mir zürnen, weil ich den Ausgang nicht wußte. Ich hätte das vielleicht gleich erwähnen sollen.»

Ihre Stimme klang so zerknirscht, daß Dr. Lloyd galant in die Bresche sprang.

«Mein liebes gnädiges Fräulein, warum denn nur? Sie haben uns doch ein sehr nettes Problem vorgelegt, an dem wir unsern Verstand schärfen konnten. Es tut mir nur leid, daß keiner von uns das Rätsel überzeugend lösen konnte.»

«Reden Sie bitte nicht für die Allgemeinheit», wehrte Mrs. Bantry sich. «*Ich* habe es gelöst. Davon bin ich fest überzeugt.»

«Wissen Sie, das glaube ich fast auch», bestätigte Jane. «Was Sie sagte, hatte Hand und Fuß.»

«Welche ihrer sieben Lösungen haben Sie dabei im Sinn?» neckte Sir Henry sie.

Dr. Lloyd half Miss Marple ritterlich in ihre Überschuhe. «Für den Fall, daß …» meinte die alte Dame. Der Doktor erbot sich, sie nach Hause zu begleiten. In mehrere wollene Schals gehüllt, wünschte Miss Marple allen eine gute Nacht. Als sie sich zuletzt von Jane Helier verabschiedete, beugte sie sich vor und flüsterte der Schauspielerin etwas ins Ohr. Ein bestürztes «Oh!» entrang sich Janes Lippen – so laut, daß sich die andern alle umdrehten.

Lächelnd und nickend ging Miss Marple zur Tür hinaus, und Jane Helier starrte ihr nach.

«Gehen Sie auch schon zu Bett, Jane?» fragte Mrs. Bantry.

«Was ist denn mit Ihnen? Sie starren ja so, als hätten Sie einen Geist gesehen.»

Mit einem tiefen Seufzer kam Jane wieder zu sich, schenkte den beiden Männern ein betörendes Lächeln und folgte ihrer Gastgeberin nach oben. Mrs. Bantry trat noch für einen Augenblick zu Jane ins Zimmer.

«Ihr Feuer ist ja beinahe aus», sagte Mrs. Bantry und stocherte heftig, aber wirkungslos darin herum. «Es muß nicht richtig angelegt worden sein. Wie dumm diese Hausmädchen doch sind! Allerdings ist es auch schon ziemlich spät. Du meine Güte, es ist ja nach eins!»

«Gibt es wohl viele Leute wie sie?» fragte Jane, die, anscheinend tief in Gedanken versunken, auf der Bettkante saß.

«Wie das Hausmädchen?»

«Nein, wie die komische alte Frau – wie heißt sie doch? – Miss Marple.»

«Ach, ich weiß nicht, nehme aber an, daß sie in einem kleinen Dorf so der Durchschnittstyp ist.»

«Du meine Güte! Ich weiß nicht, was ich tun soll.» Jane seufzte tief.

«Was ist mit Ihnen?»

«Ich habe Angst.»

«Wovor?»

«Dolly», sagte Jane mit unheilverkündender Stimme, «wissen Sie, was diese merkwürdige alte Dame mir zugeflüstert hat?»

«Keine Ahnung.»

«Sie sagte zu mir: ‹An Ihrer Stelle würde ich es nicht tun, meine Liebe. Man soll sich nie zu sehr in die Gewalt einer andern Frau begeben, selbst wenn man sie im Augenblick für eine gute Freundin hält.› – Wissen Sie, Dolly, das ist eigentlich sehr wahr.«

«Der Grundsatz? Ja, vielleicht. Aber ich sehe im Augenblick keine Nutzanwendung.»

«Ich glaube, man kann einer Frau nie richtig trauen, und ich würde tatsächlich in ihrer Gewalt sein. Daran habe ich nie gedacht.»

«Von welcher Frau reden Sie denn eigentlich?»

«Von Netta Greene, meinem Double.»

«Was weiß denn Miss Marple um Himmels willen von Ihrem Double?»

«Sie hat es wohl erraten – aber wie, das kann ich einfach nicht fassen.»

«Jane, wollen Sie mir nun bitte endlich sagen, wovon Sie eigentlich reden?»

«Von der Geschichte, die ich Ihnen soeben erzählt habe. Oh, Dolly, Sie wissen doch, die Frau – die mir Claude weggenommen hat...»

Mrs. Bantry nickte, und vor ihrem geistigen Auge zog blitzschnell die erste von Janes unglücklichen Ehen vorüber – die Ehe mit dem Schauspieler Claude Averbury.

«Er hat sie geheiratet. Und ich hätte ihm prophezeien können, wie es kommen würde. Claude weiß es nicht, aber sie hat ein Verhältnis mir Sir Joseph Salmon – verbringt das Wochenende immer mit ihm in dem Bungalow, von dem ich Ihnen erzählt habe. Ich möchte sie an den Pranger stellen, möchte, daß alle Leute wissen, was für ein Weibsstück das ist! Und durch einen Einbruch würde doch alles ans Licht kommen.»

«Jane!» Mrs. Bantry schnappte nach Luft. «Haben Sie sich das alles ausgedacht, was Sie uns da erzählt haben?»

Jane nickte.

«Deshalb habe ich das Stück *Smith* gewählt. Darin trage ich nämlich die Uniform eines Zimmermädchens. Und wenn dann die Polizei nach mir schickte, könnte ich sagen, ich hätte die Rolle mit einem Double im Hotel geprobt. Ich hatte mir alles so ausgetüftelt:

Ich spiele das Zimmermädchen, öffne die Tür und bringe nachher die Cocktails herein. Und Netta stellt mich dar. Er wird sie natürlich nie wiedersehen; also besteht keine Gefahr, daß er sie wiedererkennt. Und ich kann mich als Zimmermädchen unkenntlich machen. Außerdem gehört ein Zimmermädchen zu einer ganz andern Kategorie von Menschen. Ja, und dann den jungen Mann auf die Straße geschleppt, den Schmuckkasten entwendet, die Polizei angerufen und zurück ins Hotel. Und dann würde ihr Name in den Zeitungen erscheinen – und Claude würde sich ein Bild davon machen können, wen er geheiratet hat.»

Mrs. Bantry ließ sich stöhnend in einen Sessel fallen.

«Oh, mein armer Kopf! Und die ganze Zeit – Jane Helier, Sie haben es faustdick hinter den Ohren! Wie Sie uns nur die Geschichte erzählt haben – so naiv.»

«Ich bin tatsächlich eine gute Schauspielerin», erklärte Jane selbstbewußt. «Bin es immer gewesen, was auch die Leute schwatzen mögen. Ich habe mich nicht ein einziges Mal verraten, nicht wahr?»

«Miss Marple hatte recht», murmelte Mrs. Bantry. «Das persönliche Element. O ja, das persönliche Element. Jane, mein gutes Kind, machen Sie sich eigentlich klar, daß Diebstahl nun einmal Diebstahl ist und daß man Sie hätte ins Gefängnis stecken können?»

«Na, von Ihnen hat es niemand erraten», meinte Jane. «Außer Miss Marple.» Ihr Gesicht nahm wieder einen verängstigten Ausdruck an. «Dolly, glauben Sie wirklich, daß es viele solcher Frauen gibt wie sie?»

«Offen gestanden, nein», erwiderte Mrs. Bantry.

Wieder stieß Jane einen Seufzer aus.

«Immerhin ist es vielleicht besser, wenn ich es nicht riskiere. Und natürlich würde ich in Nettas Gewalt sein. Das stimmt schon. Wir könnten uns zanken, oder sie mag mich erpressen oder dergleichen. Sie hat die Einzelheiten mit mir ausgearbeitet und mir Verschwiegenheit gelobt, aber bei Frauen kann man wirklich nie wissen. Ich sollte es wohl lieber nicht drauf ankommen lassen.»

«Aber, meine Liebe, Sie haben es doch bereits drauf ankommen lassen!»

«O nein!» Jane riß die blauen Augen weit auf. «Haben Sie es denn nicht verstanden? Bis jetzt ist doch noch nichts davon wirklich passiert! Ich habe – ich habe, wie man so sagt, es erst mal den Hunden vorgesetzt.»

«Ich maße mir nicht an, Ihren Theaterslang zu verstehen», meinte Mrs. Bantry würdevoll. «Wollen Sie damit sagen, daß dies ein Projekt der Zukunft ist – und nicht ein in der Vergangenheit liegendes tatsächliches Geschehen?»

«Ich hatte es mir für diesen Herbst vorgenommen – September. Nun weiß ich nicht recht, was ich tun soll.»

«Und Miss Marple hat tatsächlich die Wahrheit erraten und uns nichts davon gesagt? Ein starkes Stück!» erklärte Mrs. Bantry voller Zorn.

«Ich glaube, darum sprach sie davon, daß Frauen zusammenhalten müßten. Sie wollte mein Geheimnis den Männern wohl nicht preisgeben. Das ist sehr nett von ihr. Aber ich habe nichts dagegen, wenn Sie es wissen, Dolly.»

«Nun, schlagen Sie sich die Idee aus dem Kopf, Jane, ich bitte Sie inständig darum.»

«Ich glaube auch», murmelte Jane. «Vielleicht gibt es doch noch andere alte Damen wie Miss Marple.»

Der Fall von St. Mary Mead

Sir Henry Clithering, Ex-Kommissar von Scotland Yard, war wieder einmal bei seinen Freunden, den Bantrys, in der Nähe des kleinen Dorfes St. Mary Mead zu Gast.

Am Sonnabend morgen, als er um zehn Uhr fünfzehn – eine angenehme, gastliche Stunde – zum Frühstück nach unten kam, wäre er beinahe mit seiner Gastgeberin, Mrs. Bantry, im Türrahmen des Frühstückszimmers zusammengestoßen; denn sie stürzte gerade ziemlich aufgeregt in den Korridor.

Colonel Bantry saß mit puterrotem Gesicht am Tisch.

«Morgen, Clithering», begrüßte er seinen Gast. «Schöner Tag. Bedienen Sie sich.»

Sir Henry tat, wie ihm geheißen. Als er sich mit seinem Teller voll Nieren und Speck niederließ, meinte sein Gastgeber:

«Dolly ist heute morgen ein wenig aufgeregt.»

«Ja – hm – den Eindruck hatte ich auch», erwiderte Sir Henry in sanftem Ton.

Er wunderte sich eigentlich im stillen darüber. Seine Gastgeberin hatte nämlich ein ruhiges Temperament und ließ sich nicht leicht aus der Fassung bringen. Soweit Sir Henry wußte, besaß sie nur eine Leidenschaft – Blumenzucht.

«Ja», fuhr Colonel Bantry fort. «Eine Nachricht, die wir heute morgen erhalten haben, hat sie etwas aus der Fassung gebracht. Ein Mädchen aus dem Dorf – Emmotts Tochter – Emmott, der Wirt vom ‹Blauen Eber› ...»

«O ja, natürlich.»

«Ja», meinte der Colonel sinnend. «Hübsches Mädchen. Hat sich mit einem Mann eingelassen. Übliche Geschichte. Ich hatte mit Dolly ein kleines Wortgefecht deswegen. Töricht von mir. Frauen nehmen keine Vernunft an. Dolly legte sich mächtig für das Mädchen ins Zeug – Sie wissen ja, wie Frauen nun mal sind –, Männer sind alle Scheusale, und so weiter. Aber so einfach ist die Sache nun auch wieder nicht. Heutzutage jedenfalls nicht. Die Mädchen wissen, was sie tun. Ein Bursche, der ein Mädchen verführt, ist nicht unbedingt ein Schurke. In den meisten Fällen hat das Mädchen ebensoviel Schuld. Ich persönlich mochte den jungen Sandford ganz gern. Eher ein junger Esel als ein Don Juan in meinen Augen.»

«Hat dieser Sandford das Mädchen ins Unglück gebracht?»

«Es scheint so. Natürlich weiß ich persönlich nichts Genaues», setzte der Colonel vorsichtig hinzu. «Alles Geschwätz und Getratsche! Sie wissen ja, wie das hier zugeht. Wie gesagt, ich weiß nichts Positives, und ich bin nicht wie Dolly, die voreilige Schlüsse zieht und mit den Anklagen schnell bei der Hand ist. Zum Kuckuck, man sollte mit seinen Worten sehr vorsichtig umgehen! Sie wissen ja – Leichenschau, und so weiter.»

«Leichenschau?»

Colonel Bantry starrte vor sich hin.

«Ja. Habe ich das nicht erwähnt? Das Mädchen ist ins Wasser gegangen. Darum dreht sich ja das ganze Theater.»

«Das ist eine üble Angelegenheit», meinte Sir Henry.

«Natürlich. Mag selbst nicht daran denken. Arme, hübsche kleine Range. Ihr Vater ist ein ziemlich harter Mann, wie man so hört. Sie wagte es wohl nicht, ihm gegenüberzutreten.»

Er hielt inne.

«Das hat Dolly so aufgebracht.»

«Wo hat sie sich ertränkt?»

«Im Fluß. Gerade unterhalb der Mühle ist er ziemlich reißend. Dort ist ein Fußpfad, und es führt eine Brücke über den Fluß. Man nimmt an, daß sie sich von dieser Brücke ins Wasser gestürzt hat. Herrje, man darf gar nicht daran denken!»

Mit gewichtigem Rascheln schlug Colonel Bantry seine Zeitung auf und machte sich daran, seine Gedanken von dieser schmerzlichen Angelegenheit abzulenken, indem er sich in die neuesten Ungerechtigkeiten der Regierung vertiefte.

Sir Henry war nur oberflächlich an der Dorftragödie interessiert. Nach dem Frühstück streckte er sich behaglich in einem bequemen Stuhl auf dem Rasen aus, schob sich den Hut über die Augen und betrachtete das Leben von einem geruhsamen Standpunkt.

Es war ungefähr halb zwölf, als ein adrettes Zimmermädchen über den Rasen trippelte.

«Entschuldigen Sie bitte, Sir, Miss Marple ist hier und möchte Sie gern einmal sprechen.»

«Miss Marple?»

Sir Henry richtete sich auf und schob seinen Hut zurück. Er war überrascht. Er konnte sich noch sehr gut an Miss Marple erinnern – an ihr sanftes, ruhiges, altjüngferliches Wesen, an ihren erstaunlichen Scharfsinn. Es fielen ihm mindestens ein Dutzend «ungeklärter Fälle» ein – und wie diese typische alte Dorfjungfer jedesmal unfehlbar die richtige Lösung des Rätsels gefunden hatte. Sir Henry empfand eine große Achtung vor Miss Marple, und er war neugierig zu erfahren, was sie jetzt wohl zu ihm führen mochte.

Miss Marple saß im Salon, kerzengerade wie immer, einen lustig bunten Marktkorb ausländischer Herkunft neben sich. Ihre Wangen waren ziemlich gerötet, und sie schien in großer Aufregung zu sein.

«Sir Henry – ich bin so froh! So ein Glück, Sie anzutreffen. Ich hörte ganz zufällig von Ihrer Anwesenheit hier ... ich hoffe, Sie werden mir verzeihen ...»

«Es ist mir ein großes Vergnügen», sagte Sir Henry und schüttelte ihr die Hand. «Ich fürchte aber, Mrs. Bantry ist nicht zu Hause.»

«Ja», erwiderte Miss Marple. «Ich sah sie im Gespräch mit Footit, dem Metzger, als ich vorbeikam. Henry Footit ist gestern überfahren worden – das war sein Hund. Einer von diesen glatthaarigen Foxterriern, ziemlich korpulent und zanksüchtig, die die Metzger zu bevorzugen scheinen.»

«Ja», stimmte Sir Henry ihr zu.

«Ich bin ganz froh, daß Mrs. Bantry gerade nicht zu Hause ist», fuhr Miss Marple fort. «Denn ich wollte in erster Linie mit Ihnen sprechen. Über diese traurige Angelegenheit.»

«Henry Footit?» fragte Sir Henry leicht verwirrt.

«Nein, nein. Rose Emmott, natürlich. Sie haben doch davon gehört?»

Sir Henry nickte.

«Bantry hat es mir erzählt. Sehr traurig.»

Er war ein wenig verdutzt und konnte sich nicht recht denken, warum Miss Marple gerade mit ihm über Rose Emmott sprechen wollte.

Miss Marple setzte sich wieder, und Sir Henry nahm auch Platz. Als die alte Dame von neuem zu sprechen begann, hatte ihr Wesen sich verändert. Sie war jetzt ernst und legte eine gewisse Würde an den Tag. «Sie erinnern sich vielleicht noch, Sir Henry, daß wir bei verschiedenen Gelegenheiten einem angenehmen Zeitvertreib huldigten. Wir berichteten von geheimnisvollen Ereignissen und versuchten, die richtige Erklärung zu finden. Sie waren damals so freundlich und sagten, daß ich – daß ich nicht zu schlecht dabei abgeschnitten hätte.»

«Sie haben uns alle geschlagen», erklärte Sir Henry mit Wärme. «Sie entfalteten ein ausgesprochenes Talent, die Wahrheit zu ergründen, und Sie führten immer, wie ich mich entsinne, eine Parallele aus Ihrem Dorf an, die Ihnen den erforderlichen Anhaltspunkt geliefert hatte.»

Er lächelte bei diesen Worten, aber Miss Marple lächelte nicht. Sie blieb sehr ernst.

«Ihre Worte haben mir den Mut gegeben, Sie jetzt aufzusuchen. Ich habe das Gefühl, daß Sie nicht über mich lachen werden, wenn Sie hören, was ich Ihnen zu sagen habe.»

Er merkte plötzlich, daß sie von einem tödlichen Ernst beseelt war.

«Ich werde bestimmt nicht lachen», sagte er sanft.

«Sir Henry – dieses Mädchen – diese Rose Emmott. Sie hat sich nicht ertränkt – sie ist ermordet worden! – Und ich weiß, wer es getan hat.»

Sir Henry war so erstaunt, daß er volle zehn Sekunden schwieg. Miss Marple hatte ganz ruhig und sachlich gesprochen, als handle es sich um die alltäglichste Bemerkung der Welt.

«Das ist eine sehr ernste Behauptung, Miss Marple», erklärte Sir Henry, sobald er sich von seiner Verblüffung erholt hatte.

Sie nickte mehrere Male sanft mit dem Kopf.

«Ich weiß – ich weiß – deshalb bin ich auch zu Ihnen gekommen.»

«Aber, liebe gnädige Frau, ich bin nicht die richtige Anlaufstelle für Sie. Heutzutage bin ich nur noch Privatmann. Wenn Sie diesbezügliche Kenntnisse haben, müssen Sie zur Polizei gehen.»

«Das kann ich wohl nicht», erwiderte Miss Marple.

«Aber warum nicht?»

«Weil ich nämlich keine diesbezüglichen Kenntnisse habe, wie Sie sich ausdrücken.»

«Wollen Sie damit sagen, daß es nur Vermutungen Ihrerseits sind?»

«Sie können es so nennen, wenn Sie wollen, aber es ist in Wirklichkeit ganz anders. *Ich weiß es.* Ich bin in der Lage, es zu wissen. Aber wenn ich Inspektor Drewitt meine Gründe dafür angäbe, würde er einfach lachen. Und ich könnte es ihm nicht einmal übelnehmen. Es ist sehr schwierig, eine besondere Art von Wissen zu verstehen.»

«Zum Beispiel?» erkundigte sich Sir Henry.

Miss Marple lächelte ein wenig.

«Wenn ich Ihnen nun sagte: Ich weiß es, weil ein Gemüsehändler namens Peasegood vor Jahren einmal bei meiner Nichte Steckrüben anstatt Karotten ablieferte –»

Es folgte ein beredtes Schweigen.

«Mit andern Worten», meinte Sir Henry, «Sie urteilen also einfach nach den Tatsachen eines Parallelfalls.»

«Ich kenne die menschliche Natur», betonte Miss Marple. «Wenn man so viele Jahre in einem Dorf gelebt hat, lernt man sie von Grund auf kennen. Das läßt sich gar nicht vermeiden. Die Hauptsache ist: Glauben Sie mir oder nicht?»

Sie blickte ihm direkt und unverwandt in die Augen, während sich das Rot in ihren Wangen vertiefte.

Sir Henry verfügte über eine umfassende Lebenserfahrung. Er traf seine Entscheidung rasch und ohne Umschweife. So unwahrscheinlich und phantastisch Miss Marples Behauptung auch klingen mochte, er stellte fest, daß er sie ohne weiteres akzeptierte.

«Ich glaube Ihnen wirklich, Miss Marple. Aber ich verstehe nicht ganz, was ich in der Angelegenheit tun soll oder weshalb Sie zu mir kommen.»

«Ich habe mir auch schon den Kopf zerbrochen», erwiderte Miss Marple. «Wie ich bereits sagte, wäre es zwecklos, bei der Polizei ohne Beweise anzutreten, und greifbare Beweise habe ich nicht. Ich möchte Sie daher bitten, Interesse an der Sache zu zeigen. Inspektor Drewitt würde sich bestimmt geschmeichelt fühlen. Und wenn die Sache weitergehen sollte, würde Colonel Melchett, der Polizeipräsident, selbstverständlich wie Wachs in Ihren Händen sein.»

Sie sah ihn flehend an.

«Und was für Anhaltspunkte könnten Sie mir geben?»

«Ich hatte die Absicht, einen Namen – *den* Namen – auf ein Stück Papier zu schreiben und Ihnen dieses zu geben. Wenn Sie dann bei der Untersuchung zu dem Schluß kommen, daß diese Person nichts damit zu tun hat – nun, so habe ich mich eben geirrt.»

Sie hielt inne und fügte dann mit leichtem Schaudern hinzu:

«Es wäre furchtbar – ganz furchtbar, wenn eine unschuldige Person an den Galgen käme.»

«Was veranlaßt Sie zu dieser Annahme?» fragte Sir Henry.

Ein gequälter Ausdruck lag in ihren Augen.

«Ich kann mich ja irren – aber ich glaube es nicht. Inspektor Drewitt ist wirklich ein intelligenter Mann. Doch eine durchschnittliche Intelligenz ist manchmal höchst gefährlich. Sie führt einen nicht weit genug.»

Sir Henry warf ihr einen merkwürdigen Blick zu.

Etwas ungeschickt öffnete Miss Marple einen zierlichen Pompadour, nahm ein kleines Notizbuch hervor und riß ein Blatt heraus. Darauf schrieb sie sorgfältig einen Namen, faltete das Blatt und reichte es Sir Henry.

Er öffnete es und las den Namen, der keinerlei Bedeutung für ihn hatte. Ein wenig verdutzt blickte er zu Miss Marple hinüber und steckte dann das Stück Papier in seine Tasche.

«Nun», meinte er, «eine ziemlich ungewöhnliche Sache. So etwas ist mir in meiner ganzen Praxis noch nicht vorgekommen. Aber ich setze alles auf die hohe Meinung, die ich von Ihnen habe, Miss Marple.»

Sir Henry saß mit Colonel Melchett, dem Polizeipräsidenten der Grafschaft, und Inspektor Drewitt zusammen in einem Zimmer.

Der Polizeipräsident war ein kleiner Mann, der ein etwas aggressives, militärisches Benehmen zur Schau trug. Der Inspektor war breit und stattlich und überaus vernünftig.

«Ich habe wirklich das Gefühl, daß ich meine Nase in Dinge stecke, die mich nichts angehen», erklärte Sir Henry mit gewinnendem Lächeln. «Ich kann Ihnen nicht einmal sagen, warum ich es tue.»

«Aber mein lieber Herr Kollege, wir sind hocherfreut und betrachten es als ein Kompliment.»

«Es ist uns eine Ehre, Sir Henry», sagte der Inspektor.

Im stillen dachte der Polizeipräsident: Der arme Kerl langweilt sich bestimmt zu Tode bei den Bantrys, wo der Alte dauernd auf die Regierung schimpft und die Frau ständig von ihren Blumenzwiebeln schwatzt.

Der Inspektor dachte: Schade, daß wir es nicht mit einem richtig komplizierten Fall zu tun haben. Einer der besten Köpfe Englands, wie ich gehört habe. Ein Jammer, daß es sich um eine so einfache, klare Sache handelt.

Laut sagte der Polizeipräsident:

«Ich glaube, es ist ein ziemlich gewöhnlicher und unkomplizierter Fall. Zuerst glaubte man, das Mädchen habe sich selbst ins Wasser gestürzt. Es war nämlich schwanger. Unser Dr. Haydock ist jedoch ein sorgfältiger Bursche. Er hat die blauen Flecke an beiden Oberarmen bemerkt, die vor dem Tod verursacht worden sind. Gerade an den Stellen, wo ein Kerl sie am Arm hätte packen müssen, um sie hineinzuwerfen.»

«Hätte das viel Kraft erfordert?»

«Ich glaube nicht. Das Mädchen hat sich ja vermutlich nicht gewehrt, da der Angriff unvermutet erfolgt sein muß. Es ist dort ein Fußsteg aus schlüpfrigem Holz. Geradezu ein Kinderspiel, sie hineinzustoßen. Auf der einen Seite ist nicht einmal ein Geländer.»

«Wissen Sie ganz genau, daß die tragische Begebenheit sich dort ereignet hat?»

«Ja, wir haben da einen Jungen zu fassen gekriegt – Jimmy Brown –, zwölf Jahre alt. Er war auf der andern Seite im Wald, als er einen Schrei von der Brücke her und dann ein Aufklatschen hörte. Es war schon dämmrig – schwierig, etwas zu erkennen. Bald darauf sah er etwas Weißes unten im Wasser treiben und ist davongerannt, um Hilfe zu holen. Man hat sie dann herausgefischt, aber es war zu spät, um sie zu retten.»

Sir Henry nickte.

«Und der Junge hat niemanden auf der Brücke gesehen?»

«Nein. Aber wie gesagt, es war schon dämmrig, und es ist dort immer etwas neblig. Ich werde ihn noch mal fragen, ob er kurz nachher oder kurz vorher überhaupt jemanden in der Gegend gesehen hat. Er hat nämlich einfach angenommen, daß das Mädchen sich ins Wasser gestürzt habe. Das glaubten ja alle andern zunächst auch.»

«Immerhin haben wir den Brief», sagte Inspektor Drewitt und wandte sich Sir Henry zu.

«Einen Brief aus der Tasche des toten Mädchens, Sir, mit einer Art Zeichenstift geschrieben. Obwohl das Papier ziemlich aufgeweicht war, konnten wir ihn noch lesen.»

«Und was stand darin?»

«Er war von dem jungen Sandford. ‹*Also gut*›, so lautete er, ‹*ich treffe Dich um halb neun an der Brücke. R. S.*› Nun, es war so um halb neun herum, vielleicht ein paar Minuten später, daß Jimmy Brown den Schrei und das Platschen hörte.»

«Ich weiß nicht, ob Sie Sandford schon begegnet sind», fuhr Colonel Melchett fort. «Er ist seit etwa einem Monat hier. Einer dieser modernen jungen Architekten, die seltsame Häuser bauen. Er baut gerade jetzt eins für Allington. Mag der Himmel wissen, was daraus wird – steckt sicher voll von hypermodernem Kram. Eßzimmertische aus Glas und Operationstische aus Stahl mit Gurtbändern! Na, das spielt hier keine Rolle; ich wollte Ihnen nur zeigen, was für ein Bursche dieser Sandford ist. Ein Bolschewist, wissen Sie – ohne jegliche Moral.»

«Verführung», meinte Sir Henry, «ist ein ziemlich altes Vergehen, wenn es natürlich auch nicht so weit zurückdatiert wie Mord.»

Colonel Melchett starrte ihn an.

«O ja», sagte er dann, «ganz recht – ganz recht.»

«Nun, Sir Henry», bemerkte Drewitt, «das wär's. Eine häßliche

Geschichte, aber völlig unkompliziert. Dieser junge Sandford macht das Mädchen unglücklich, und dann will er schleunigst verduften. Zurück nach London, wo er auch ein Mädchen hat – eine nette junge Dame, mit der er verlobt ist. Wenn die von dieser Geschichte erfährt, ist er natürlich bei ihr erledigt. Also trifft er sich mit Rose auf der Brücke – es ist ein nebliger Abend –, weit und breit kein Mensch zu sehen. Er packt sie bei den Schultern und wirft sie einfach ins Wasser. Ein richtiger Schweinehund, der den Strick verdient hat. Das ist meine Ansicht.»

Sir Henry schwieg eine Zeitlang. Aus den Reden der beiden Männer sprach ein starkes, örtlich bedingtes Vorurteil. Ein moderner Architekt würde sich zweifellos in dem konservativen Dorf St. Mary Mead nicht sehr großer Beliebtheit erfreuen.

«Und es besteht wohl kein Zweifel, daß dieser Sandford wirklich der Vater des Kindes war?»

«Nein. Er ist schon der Vater. Rose Emmott hat es ihrem Vater gestanden. Sie glaubte, er würde sie heiraten. Der sie heiraten! Das hätte er nie und nimmer getan.»

Herrje! dachte Sir Henry bei sich. Da bin ich ja in ein regelrechtes Melodrama aus der guten alten Zeit hineingeraten: das ahnungslose Mädchen, der Schurke aus London, der strenge Vater, der Verrat – und nun fehlt uns nur noch der treue Liebhaber aus dem Dorf. Ja, es ist wohl an der Zeit, daß ich mich nach ihm erkundige.

Laut fragte er:

«Hatte das Mädchen denn nicht einen jungen Mann hier im Dorf?»

«Meinen Sie etwa Joe Ellis?» erwiderte der Inspektor. «Ein guter Kerl, dieser Joe. Tischler von Beruf. Ah! Wenn sie Joe nur treu geblieben wäre!»

Colonel Melchett nickte beifällig. «Jeder zu seinesgleichen!» schnauzte er.

«Wie hat sich Joe Ellis denn zu der Sache gestellt?» erkundigte Sir Henry sich.

«Das weiß niemand», entgegnete der Inspektor. «Ein ruhiger Bursche, dieser Joe. Verschwiegen. Alles, was Rose tat, war in seinen Augen richtig. Er tanzte völlig nach ihrer Pfeife. Ich glaube, er hoffte wohl, daß sie eines Tages zu ihm zurückkehren würde.»

«Ich möchte gern einmal mit ihm sprechen», sagte Sir Henry.

«Oh, wir werden ihn schon aufsuchen», versprach Colonel Melchett. «Wir übersehen keine Möglichkeit. Persönlich habe ich es mir so gedacht: Zuerst gehen wir zu Emmott, dann zu Sandford, und zum Schluß können wir noch Ellis besuchen. Ist Ihnen das recht, Clithering?»

«Das paßt mir ausgezeichnet», entgegnete Sir Henry.

Im «Blauen Eber» trafen sie Tom Emmott an, einen großen, kräftig gebauten Mann in mittleren Jahren mit unbeständigem Blick und grausamem Mund.

«Freut mich, Sie zu sehen, meine Herren – guten Morgen. Colonel. Treten Sie bitte hier ein, dann sind wir unter uns. Darf ich Ihnen etwas anbieten, meine Herren? Nein? Wie Sie wünschen. Sie kommen also wegen meiner armen Tochter. Ach! Sie war ein so gutes Mädchen, meine Rose. Stets so rechtschaffen, bis dieser Gauner ins Dorf kam. Versprach ihr die Ehe, dieser Kerl! Aber ich werde ihn verklagen. Er hat sie in den Tod getrieben! Das hat er, dieser mörderische Halunke, und Schande über uns alle gebracht. Mein armes Kind!»

«Hat Ihre Tochter Ihnen ausdrücklich gesagt, daß Mr. Sandford für ihren Zustand verantwortlich sei?» fragte Melchett in energischem Ton.

«Jawohl. Hier in diesem Zimmer sogar.»

«Und was haben Sie zu ihr gesagt?» erkundigte Sir Henry sich.

«Zu ihr gesagt?»

Der Mann schien im Augenblick ganz verblüfft.

«Ja. Haben Sie ihr vielleicht gedroht, sie aus dem Haus zu werfen?»

«Ich war etwas erregt – aber das ist doch ganz natürlich. Das werden Sie sicher zugeben. Aber ich habe sie selbstverständlich nicht aus dem Haus geworfen. So etwas würde ich doch nicht tun.» Er spielte den beleidigten Tugendbold. «Nein, wofür haben wir denn das Gesetz, sage ich immer. Wofür haben wir das Gesetz? Er mußte sie heiraten. Und wenn er das nicht tat, dann, bei Gott, mußte er eben zahlen.»

Er schlug heftig mit der Faust auf den Tisch. «Wann haben Sie Ihre Tochter zum letzten Mal gesehen?» fragte Melchett.

«Gestern – beim Tee.»

«Wie war sie da?»

«Nun – wie immer –, ich habe ihr nichts angemerkt. Wenn ich gewußt hätte –»

«Aber Sie haben es nicht gewußt», sagte der Inspektor trocken.

Sie brachen auf.

«Emmott hinterläßt nicht gerade einen günstigen Eindruck», bemerkte Sir Henry nachdenklich.

«Ein kleiner Schurke», gab Melchett zu. «Er würde Sandford schon das Fell über die Ohren gezogen haben, wenn er die Chance gehabt hätte.»

Ihr nächster Besuch galt dem Architekten. Rex Sandford entsprach keineswegs dem Bild, das Sir Henry sich unbewußt von ihm gemacht hatte. Er war ein großer junger Mann, sehr blond und sehr dünn. Er hatte blaue, träumerische Augen, und sein Haar war unordentlich und etwas zu lang. Seine Sprechweise war reichlich geziert.

Colonel Melchett stellte sich und seine Begleiter vor. Dann steuerte er ohne Umschweife auf den Zweck seines Besuches los. Er forderte den Architekten auf, ihnen genau zu sagen, wo er sich am vergangenen Abend zu den verschiedenen Zeiten aufgehalten hatte.

«Sie verstehen ja wohl», warnte er. «Ich habe keine Befugnis, eine Aussage von Ihnen zu erzwingen. Und jede Aussage, die Sie machen, kann als Beweis gegen Sie verwendet werden. Ich möchte, daß Sie sich darüber ganz klar sind.»

«Ich – ich verstehe nicht recht», stotterte Sandford.

«Es ist Ihnen wohl bekannt, daß Rose Emmott gestern abend ertrunken ist, nicht wahr?»

«Ich weiß. Oh! Es ist zu schrecklich. Wirklich, ich habe kein Auge zugetan. Und heute konnte ich einfach nicht arbeiten. Ich fühle mich verantwortlich – furchtbar verantwortlich!»

Er fuhr sich mit den Händen durchs Haar und machte es noch unordentlicher. «Ich habe nichts Böses im Schilde geführt», fuhr er kläglich fort. «Ich war gedankenlos und habe es mir nicht träumen lassen, daß sie es sich so zu Herzen nehmen würde.»

Er ließ sich am Tisch nieder und vergrub das Gesicht in den Händen.

«Mr. Sandford, weigern Sie sich, eine Aussage darüber zu machen, wo Sie gestern abend um halb neun waren?»

«Nein, nein – gewiß nicht. Ich war draußen – habe einen Spaziergang gemacht.»

«Sie gingen zu einer Verabredung mit Miss Emmott, nicht wahr?»

«Nein. Ich war allein. Bin durch den Wald gegangen. Ziemlich weit.»

«Was für eine Erklärung haben Sie dann für diesen Brief, der in der Tasche des ertrunkenen Mädchens gefunden wurde?»

Inspektor Drewitt las den Brief kalt und sachlich laut vor.

«Nun, mein Herr», fragte er schließlich, «leugnen Sie, daß Sie dies geschrieben haben?»

«Nein, nein, Sie haben recht, ich habe diesen Brief tatsächlich geschrieben. Rose bat mich um eine Zusammenkunft. Sie bestand darauf. Ich wußte nicht, was ich machen sollte. Daher schrieb ich den Brief.»

«Aha, das ist schon besser», meinte der Inspektor.

«Aber ich bin nicht hingegangen!» Sandfords Stimme wurde schrill und aufgeregt. «Ich bin nicht hingegangen! Nach meinem Gefühl war es viel besser, wenn ich nicht hinging. Morgen wollte ich nach London zurückkehren. Ich hielt es für ratsamer, mich nicht mit ihr zu treffen. Ich hatte die Absicht, von London aus zu schreiben und – gewisse Anordnungen zu treffen.»

«Sie wissen doch, mein Herr, daß dieses Mädchen ein Kind erwartete und Sie als den Vater angegeben hat, ja?»

Sandford stöhnte, antwortete aber nicht.

«War diese Behauptung richtig, mein Herr?»

Sandford vergrub sein Gesicht noch tiefer.

«Ich glaube wohl», erwiderte er mit erstickter Stimme.

«Aha!» Inspektor Drewitt konnte seine Befriedigung nicht verbergen. «Um auf diesen ‹Spaziergang› zurückzukommen: Sind Sie dabei jemandem begegnet?»

«Ich weiß es nicht, glaube es aber nicht. Soweit ich mich entsinne, habe ich niemanden getroffen.»

«Das ist sehr schade.»

«Wie meinen Sie das?» Sandford starrte ihn aufgeregt an. «Was hat es auf sich, ob ich einen Spaziergang gemacht habe oder nicht? Was ändert es schon daran, daß Rose sich ertränkt hat?»

«Ah!» entgegnete der Inspektor. «Aber sie hat sich nicht ertränkt! Sie ist vorsätzlich in den Fluß geworfen worden, Mr. Sandford.»

«Was sagen Sie da?» Es dauerte eine Weile, bis er die Schreckensnachricht erfaßt hatte. «Mein Gott! Dann –»

Er sank in einen Sessel.

Colonel Melchett schickte sich zum Gehen an.

«Sie verstehen, Sandford», sagte er. «Unter keinen Umständen dürfen Sie dieses Haus verlassen.»

Die drei Männer gingen fort. Der Inspektor und der Polizeipräsident tauschten Blicke miteinander aus.

«Das genügt wohl, Sir», meinte der Inspektor.

«Ja, lassen Sie einen Haftbefehl ausstellen und verhaften Sie ihn.»

«Entschuldigen Sie bitte», sagte Sir Henry. «Ich habe meine Handschuhe vergessen.»

Er trat schnell wieder ins Haus. Sandford saß noch in derselben Stellung, wie sie ihn verlassen hatten, und starrte benommen vor sich hin.

«Ich bin zurückgekehrt», erklärte Sir Henry, «um Ihnen zu sagen, daß ich persönlich alles tun werde, um Ihnen zu helfen. Den Grund hierfür kann ich Ihnen leider nicht verraten. Aber ich möchte Sie bitten, mir so kurz wie möglich zu schildern, was eigentlich zwischen Ihnen und dem Mädchen vorgefallen ist.»

«Sie war sehr hübsch», erwiderte Sandford. «Sehr hübsch und sehr verführerisch. Und – und sie hatte es sofort auf mich abgesehen. Bei Gott, das ist wahr. Sie ließ mir keine Ruhe. Außerdem war es hier sehr einsam für mich; die andern mochten mich nicht besonders, und, wie gesagt, sie war erstaunlich hübsch und mit allen Wassern gewaschen –» Seine Stimme sank zu einem Flüstern herab. Er blickte auf. «Und dann ist es eben passiert. Sie wollte, daß ich sie heirate. Ich wußte nicht, was ich tun sollte, da ich mit einem Mädchen in London verlobt bin. Wenn sie je davon erfährt – und das wird sie wohl –, na, dann ist alles aus. Sie wird kein Verständnis dafür haben. Natürlich nicht. Und ich bin ja auch ein Taugenichts. Wie gesagt, ich wußte nicht aus noch ein. Ich vermied es, Rose wiederzusehen. Ich dachte, es sei am besten, wenn ich nach London zurückführe – meinen Rechtsanwalt aufsuchte – und finanzielle Anordnungen für sie träfe. Gott, was für ein Idiot war ich doch! Und alles deutet auf mich als Täter hin. Aber sie haben sich geirrt. Sie *muß* es selbst getan haben.»

«Hat sie jemals gedroht, sich das Leben zu nehmen?»

Sandford schüttelte den Kopf.

«Nie! Ich hätte es ihr auch nicht geglaubt.»

«Wie steht es denn mit einem Manne namens Joe Ellis?»

«Dieser Tischler? Stammt aus einer guten alten Dorffamilie. Langweiliger Bursche – aber ganz versessen auf Rose.»

«Vielleicht war er eifersüchtig?» deutete Sir Henry an.

«Das war er wohl etwas – aber er ist ein sturer Typ. Der leidet, ohne zu klagen.»

«Nun», meinte Sir Henry, «ich muß jetzt gehen.»

Sobald er die andern eingeholt hatte, wandte er sich an Melchett:

«Wissen Sie, Melchett, ich bin dafür, daß wir uns erst noch diesen anderen Burschen – Ellis – ansehen, bevor wir etwas Drastisches unternehmen. Es wäre schade, wenn Sie den falschen Mann verhaften. Schließlich ist Eifersucht ein ziemlich gutes – und auch ein ziemlich alltägliches Mordmotiv.»

«Das ist schon richtig», erwiderte der Inspektor. «Aber Joe Ellis ist nicht der Typ für so etwas. Der täte keiner Fliege etwas zuleide. Ihn hat noch nie jemand in gereizter Stimmung gesehen. Immerhin kann es nichts schaden, wenn wir ihn eben mal fragen, wo er gestern abend war. Um diese Zeit wird er zu Hause sein. Er wohnt bei Mrs. Bartlett. Eine herzensgute Seele, eine Witwe, die sich ihr Brot mit Waschen verdient.»

Das kleine Häuschen, auf das sie zugingen, war von peinlicher Sauberkeit. Eine große, stämmige Frau in mittleren Jahren öffnete ihnen die Tür. Sie hatte ein angenehmes Gesicht und blaue Augen.

«Guten Morgen, Mrs. Bartlett», begrüßte der Inspektor sie.

«Ist Joe Ellis da?»

«Vor kaum zehn Minuten ist er nach Hause gekommen», antwortete Mrs. Bartlett. «Treten Sie doch bitte ein, meine Herren.»

Während sie sich die Hände an ihrer Schürze abwischte, führte sie die Besucher in die kleine Vorderstube, die mit ausgestopften

Vögeln, Porzellanhunden, einem Sofa und mehreren nutzlosen Möbelstücken vollgestellt war.

Sie zog eilig ein paar Stühle zurecht, schob eigenhändig einen Ziertisch beiseite, um mehr Platz zu schaffen, und rief zur Tür hinaus:

«Joe, hier sind drei Herren, die Sie gern sprechen möchten.»

Aus der Hinterküche ertönte eine Stimme:

«Ich komme, sobald ich mich gewaschen habe.»

Mrs. Bartlett lächelte.

«Kommen Sie doch herein, Mrs. Bartlett», sagte Colonel Melchett. «Nehmen Sie Platz.»

«O nein, Sir, das fiele mir im Traum nicht ein.»

Mrs. Bartlett war ganz entsetzt über diese Idee.

«Haben Sie in Joe Ellis einen guten Mieter?» erkundigte Melchett sich in ganz beiläufigem Ton.

«Könnte keinen besseren finden, Sir. Ein wirklich zuverlässiger junger Mann. Rührt keinen Tropfen an. Ist stolz auf seine Arbeit. Und immer freundlich und hilfsbereit im Haus. Er hat dieses Regal für mich gemacht und auch eine neue Küchenanrichte. Und wenn etwas im Haus zu reparieren ist, tut Joe es mit der größten Selbstverständlichkeit und will nicht einmal Dank dafür. Ah! Es gibt nicht viele junge Männer wie Joe, Sir.»

«Das Mädchen, das ihn mal bekommt, ist glücklich dran», bemerkte Melchett wie nebenbei. «Er war wohl sehr verliebt in die arme Rose Emmott, nicht wahr?»

Mrs. Bartlett seufzte.

«Es hat mich geradezu geärgert. Er verehrte den Saum ihres Gewandes, und sie machte sich auch nicht *so* viel aus ihm.»

Dabei schnipste sie mit den Fingern.

«Wo verbringt Joe seine Abende, Mrs. Bartlett?»

«Gewöhnlich hier, Sir. Manchmal hat er abends noch etwas zu tun, und außerdem nimmt er an einem schriftlichen Kursus teil, um die Buchhaltung zu erlernen.»

«Wirklich? War er gestern abend zu Hause?»

«Ja, Sir.»

«Sind Sie sicher, Mrs. Bartlett?» fragte Sir Henry mit einiger Schärfe.

Sie wandte sich ihm zu.

«Ganz sicher, Sir.»

«Er ist zum Beispiel nicht irgendwann zwischen acht und halb neun ausgegangen?»

«O nein», erwiderte sie lachend. «Er hat fast den ganzen Abend an meiner Küchenanrichte gearbeitet, und ich habe ihm dabei geholfen.»

Sir Henry blickte in ihre lächelnden, zuversichtlichen Augen, und der erste Zweifel begann an ihm zu nagen.

Einen Augenblick später trat Ellis selbst ins Zimmer. Er war ein großer, breitschultriger junger Mann, der in seiner bäurischen Art sehr gut aussah. In seinen blauen Augen lag eine gewisse Schüchternheit, und um seinen Mund spielte ein gutmütiges Lächeln. Im ganzen machte er den Eindruck eines liebenswürdigen jungen Riesen.

Melchett eröffnete die Unterhaltung, während Mrs. Bartlett sich in die Küche zurückzog.

«Wir stellen Nachforschungen an über den Tod der Rose Emmott. Sie kannten sie doch, Ellis.»

«Ja.» Er zögerte ein wenig und murmelte dann: «Hoffte, sie eines Tages zu heiraten. Das arme Mädchen!»

«Hatten Sie von ihrem Zustand gehört?»

«Ja.» In seinen Augen blitzte es zornig auf. «Hat sie sitzenlassen, dieser Kerl. Aber es wäre zu ihrem Besten gewesen. Sie wäre niemals glücklich geworden, wenn er sie geheiratet hätte. Ich hatte damit gerechnet, daß sie zu mir kommen würde. Ich hätte für sie gesorgt.»

«Trotz allem?»

«Es war nicht ihre Schuld. Er hat sie mit schönen Versprechungen verführt. O ja, das hat sie mir erzählt. Sie hatte es nicht nötig, ins Wasser zu gehen. Er war es nicht wert!»

«Wo waren Sie gestern abend um halb neun, Ellis?»

Bildete Sir Henry es sich ein, oder lag wirklich eine gewisse Verlegenheit in der prompten – fast allzu prompten – Antwort?

«Ich war hier. Habe für Mrs. Bartlett an der Küchenanrichte gearbeitet. Sie können sie fragen. Sie wird es Ihnen bestätigen.»

Das kam wie aus der Pistole geschossen, dachte Sir Henry. Er ist ein langsam denkender Mann, doch dies klappte wie am Schnürchen. Er muß es sich vorher zurechtgelegt haben.

Dann sagte er sich aber, es sei wohl Einbildung. Er bildet sich so manches ein – ja, er glaubte sogar einen Schimmer von Furcht in diesen blauen Augen zu entdecken.

Noch ein paar Fragen und Antworten, und dann erhoben sich die drei Männer. Sir Henry ging unter einem Vorwand in die Küche, wo Mrs. Bartlett am Herd beschäftigt war. Sie blickte mit freundlichem Lächeln zu ihm auf. An der Wand stand die neue Küchenanrichte, die noch nicht ganz fertig war. Werkzeuge und ein paar Holzstücke lagen am Boden verstreut.

«Daran hat Ellis also gestern abend gearbeitet?» fragte Sir Henry.

«Ja, Sir, ein schönes Stück, nicht wahr? Joe ist ein sehr geschickter Tischler.»

Kein Schimmer von Furcht in ihren Augen – keine Verlegenheit.

Aber Ellis – hatte er es sich eingebildet? Nein, er hatte tatsächlich etwas gesehen.

Ich muß ihn mir noch einmal vornehmen, dachte Sir Henry.

Beim Verlassen der Küche stieß er gegen einen Kinderwagen.

«Ich habe doch wohl nicht das Baby aufgeweckt?» sagte er.

Mrs. Bartlett brach in schallendes Gelächter aus.

«Nein, Sir. Ich habe keine Kinder – leider. Den Wagen benutze ich, um die Wäsche zu holen und wegzubringen.»

«Ach so –»

Nach einer kleinen Pause folgte er einer plötzlichen Eingebung und sagte:

«Mrs. Bartlett, Sie kannten Rose Emmott. Sagen Sie mir, was Sie wirklich von ihr hielten.»

Sie sah ihn merkwürdig an und erwiderte:

«Nun, Sir, nach meinem Gefühl war sie oberflächlich. Aber sie ist nun tot – und über die Toten möchte ich nichts Schlechtes sagen.»

«Aber ich habe einen besonderen Grund – einen sehr guten Grund für meine Frage.»

Er sprach mit sanfter Überredung.

Sie schien zu überlegen, während sie ihn aufmerksam betrachtete. Endlich war ihr Entschluß gefaßt.

«Sie war ein schlechtes Frauenzimmer», sagte sie in aller Ruhe. «Das würde ich natürlich nie in Joes Gegenwart sagen. Sie hat ihn so richtig an der Nase herumgeführt. Diese Sorte versteht's – leider Gottes. Sie wissen ja, wie es ist, Sir.»

Ja, Sir Henry wußte Bescheid. Leute wie Joe Ellis waren besonders leicht verletzbar. Sie vertrauten blindlings. Aber darum war der Schock der Entdeckung vielleicht um so größer.

Als er das Haus verließ, wußte er nicht, was er von der Geschichte halten sollte. Er befand sich in einer Sackgasse. Joe Ellis hatte gestern den ganzen Abend im Haus gearbeitet, und Mrs. Bartlett hatte ihm tatsächlich dabei zugeschaut. Das ließ sich wohl nicht bestreiten. Man konnte nichts dagegen vorbringen – höchstens vielleicht die verdächtige Schnelligkeit, mit der Joe geantwortet hatte, den Argwohn, daß es sich um eine zurechtgelegte Geschichte handelte.

«Nun», meinte Melchett, «das scheint die Angelegenheit endgültig geklärt zu haben, wie?»

«Ganz gewiß, Sir», pflichtete der Inspektor ihm bei. «Sandford ist unser Mann. Er steckt in der Klemme. Es ist alles sonnenklar. Meiner Ansicht nach gingen Vater und Tochter darauf aus, ihn zu erpressen. Er hat nicht viel Geld – außerdem wünschte er nicht, daß es seiner Braut zu Ohren kam. In seiner Verzweiflung hat er dann einfach gehandelt. Was meinen Sie dazu, Sir?»

Mit diesen Worten wandte er sich ehrerbietig an Sir Henry.

«Es sieht ja wohl so aus», gab Sir Henry zu. «Und doch kann ich mir Sandford kaum als einen gewalttätigen Menschen vorstellen.»

Aber schon während er das sagte, kam es ihm zum Bewußtsein, daß dies kein triftiger Einwand war. Selbst das schwächste Tier vermochte, in die Enge getrieben, Erstaunliches zu vollbringen.

«Aber ich möchte gern noch den Jungen sehen», sagte er plötzlich. «Den Jungen, der den Schrei gehört hat.»

Jimmy Brown entpuppte sich als ein intelligenter Bursche, etwas klein für sein Alter und mit einem scharfen, ziemlich listigen Ausdruck im Gesicht. Mit größter Bereitwilligkeit ließ er sich vernehmen und war ein wenig enttäuscht, als er in seiner dramatischen Schilderung der Vorgänge des verhängnisvollen Abends unterbrochen wurde.

«Du warst also auf der andern Seite der Brücke, wie ich höre», sagte Sir Henry. «Jenseits des Flusses, vom Dorf aus gesehen. Hast du dort jemanden gesehen, als du über die Brücke gingst?»

«Da war jemand, der im Wald spazierenging. Mr. Sandford war es, glaube ich, der Architektenherr, der das verrückte Haus baut.»

Die drei Männer blickten einander an. «War das etwa zehn Minuten, bevor du den Schrei hörtest?» Der Junge nickte.

«Hast du sonst noch jemanden gesehen, vielleicht auf der Dorfseite des Flusses?»

«Auf der Seite kam ein Mann den Pfad entlang. Er ging ganz langsam und pfiff vor sich hin. Es hätte Joe Ellis sein können.»

«Du konntest ihn doch unmöglich erkennen», sagte der Inspektor mit scharfer Stimme. «Es war ja fast dunkel und so neblig.»

«Es ist wegen des Pfeifens», erwiderte der Junge. «Joe Ellis pfeift immer dieselbe Melodie – die einzige, die er kennt.»

«Jeder kann schließlich eine Melodie pfeifen», meinte Melchett. «Ging er auf die Brücke zu?»

«Nein, in entgegengesetzter Richtung – nach dem Dorf zu.»

«Ich glaube nicht, daß wir uns mit diesem Unbekannten zu befassen brauchen», erklärte Melchett. «Du hörtest also den Schrei und das Aufklatschen und sahst wenige Minuten später die Leiche flußabwärts treiben. Dann bist du, um Hilfe zu holen, zur Brücke gerannt, hast sie überquert und den direkten Weg zum Dorf eingeschlagen. Hast du dabei irgend jemanden in der Nähe der Brücke gesehen?»

«Ich glaube, es waren zwei Männer mit einer Schiebkarre auf dem Flußpfad; aber sie waren etwas weiter weg, und ich könnte nicht sagen, ob sie gingen oder kamen, und Mrs. Giles' Haus lag am nächsten. Also bin ich dorthin gelaufen.»

«Hast deine Sache gut gemacht, mein Junge», lobte Melchett. «Du hast sehr lobenswert und mit großer Geistesgegenwart gehandelt. Du bist wohl ein Pfadfinder, wie?»

«Ja, Sir.»

«Sehr gut. Wirklich sehr gut.»

Sir Henry war schweigsam – in Gedanken versunken. Er zog einen Zettel aus der Tasche, warf einen Blick darauf und schüttelte den Kopf. Es schien nicht möglich – und doch...

Er hielt es für angebracht, Miss Marple einen Besuch abzustatten. Sie empfing ihn in ihrem hübschen, etwas vollgepfropften altmodischen Salon.

«Ich bin gekommen, um Bericht zu erstatten», begrüßte er sie. «Leider stehen die Dinge von unserm Standpunkt aus nicht allzu rosig. Sie sind im Begriff, Sandford zu verhaften, und ich muß sagen, ihre Handlungsweise erscheint mir richtig.»

«Sie haben dann also nichts entdeckt, das – wie soll ich sagen – meine Theorie stützt?» Sie blickte ganz perplex drein, auch etwas besorgt. «Vielleicht habe ich mich geirrt, sehr geirrt. Sie haben eine so große Erfahrung. Sie würden es bestimmt herausgefunden haben, wenn es sich so verhielte.»

«Einmal kann ich es kaum glauben», sagte Sir Henry. «Und zum andern stehen wir einem unantastbaren Alibi gegenüber. Joe Ellis hat den ganzen Abend an einem Schrank in der Küche gearbeitet, und Mrs. Bartlett hat dabeigestanden und ihm zugesehen.»

Miss Marple beugte sich schnell atmend vor.

«Aber das kann ja nicht sein», erklärte sie. «Es war doch Freitag abend.»

«Wieso Freitag abend?»

«Freitag abend liefert Mrs. Bartlett doch die fertige Wäsche bei den verschiedenen Kunden ab.»

Sir Henry lehnte sich im Sessel zurück. Er dachte daran, was Jimmy erzählt hatte von dem pfeifenden Mann und – ja, es schien alles zu passen.

Er erhob sich und drückte Miss Marple warm die Hand.

«Ich glaube, ich weiß jetzt, wie ich vorgehen muß. Wenigstens kann ich mein Heil versuchen ...»

Fünf Minuten später war er wieder bei Mrs. Bartlett im Haus und saß Joe Ellis gegenüber in der kleinen Stube mit den vielen Porzellanhunden.

«Sie haben uns belogen, Ellis, wegen gestern abend», sagte er in bestimmtem Ton. «Zwischen acht und halb neun haben Sie nicht in der Küche an der Anrichte gearbeitet. Man hat sie auf dem Flußpfad gesehen, und zwar wenige Minuten, bevor Rose Emmott ermordet wurde.»

Der Mann rang nach Luft.

«Sie ist nicht ermordet worden – bestimmt nicht. Ich habe nichts damit zu tun. Sie hat sich selbst ins Wasser gestürzt. Aus Verzweiflung. Ich hätte ihr kein Haar gekrümmt – bestimmt nicht!»

«Warum haben Sie uns dann belogen?» fragte Sir Henry scharf.

Dem Mann wurde es unbehaglich zumute, und er senkte den Blick.

«Ich hatte Angst. Mrs. Bartlett sah mich dort in der Gegend, und als wir hinterher hörten, was geschehen war – nun, da glaubte sie, es sähe vielleicht schlecht aus für mich. Da habe ich mir denn so gedacht, ich wollte sagen, ich hätte hier gearbeitet, und sie hat sich bereit erklärt, mir den Rücken zu decken. So eine wie sie gibt es nicht alle Tage. Sie ist immer gut zu mir gewesen.»

Ohne ein Wort zu verlieren, verließ Sir Henry das Zimmer und marschierte in die Küche. Mrs. Bartlett stand gerade am Spülbecken und wusch ab.

«Mrs. Bartlett», sagte er unvermittelt, «ich weiß alles. Ich glaube, Sie legen am besten ein Geständnis ab – oder Joe Ellis wird gehängt für eine Tat, die er nicht begangen hat ... Ah! Ich sehe, daß Sie das nicht wünschen. Ich will Ihnen genau sagen, was geschehen ist. Sie hatten die Wäsche fortgebracht und waren auf dem Heimweg. An der Brücke trafen Sie Rose Emmott. Sie glaubten, sie habe Joe betrogen mit diesem Fremden. Aber nun war sie schwanger, und Joe war bereit, ihr zu helfen – sie nötigenfalls zu heiraten, wenn sie ihn haben wollte. Er hat vier Jahre in Ihrem Haus gewohnt, und Sie haben sich in ihn verliebt. Sie wollten ihn für sich haben. Daher haßten Sie dieses Mädchen – konnten es nicht ertragen, daß dieses wertlose Frauenzimmer Ihnen den Mann fortnahm. Sie sind eine starke Frau, Mrs. Bartlett. Sie faßten das Mädchen bei der Schulter und warfen es in den Fluß. Kurz darauf trafen Sie Joe Ellis. Der Junge Jimmy hat Sie von weitem zusammen gesehen – doch in der Dunkelheit und dem Nebel hat er den Kinderwagen für eine Schiebkarre gehalten und angenommen, sie werde von zwei Männern geschoben. Sie haben Joe eingeredet, daß der Verdacht auf ihn fallen könnte, und ein Alibi für ihn ausgeklügelt. In Wirklichkeit war es aber ein Alibi für Sie! Das stimmt doch, nicht wahr?»

Er hielt den Atem an und wartete. Alles hatte er auf diesen einen Wurf gesetzt.

Sie stand vor ihm und rieb sich die Hände an der Schürze, während langsam ein Entschluß in ihr reifte.

«Es verhält sich so, wie Sie es geschildert haben, Sir», sagte sie schließlich mit ihrer ruhigen, beherrschten Stimme (eine gefährliche Stimme, dachte Sir Henry plötzlich). «Ich versteh nicht, was auf einmal über mich kam. Sie war so schamlos. Da konnte ich einfach nicht anders – sie sollte mir Joe nicht nehmen. Ich habe kein glückliches Leben gehabt. Mein Mann war immer krank und verdrießlich. Ich habe ihn gepflegt und treu für ihn gesorgt. Und dann kam Joe zu mir als Mieter. Ich bin noch nicht so sehr alt, Sir, trotz meiner grauen Haare. Bin gerade vierzig geworden. Joe ist ein Mann, wie es unter tausend nur einen gibt. Ich hätte alles für ihn getan – aber auch alles! Er war wie ein kleines Kind, so sanft und so vertrauensvoll. Er gehörte mir, Sir, ich wollte für ihn sorgen. Und diese – diese –»

Sie schluckte und versuchte sich zu beherrschen. Selbst in diesem Augenblick war sie eine starke Frau. Sie richtete sich kerzengerade auf und blickte Sir Henry mit einer gewissen Neugierde an.

«Ich bin bereit, Sir. Ich hätte nie gedacht, daß es herauskommen würde. Es ist mir schleierhaft, wie Sie es entdeckt haben.»

Sir Henry schüttelte sanft den Kopf.

«Nicht ich habe es entdeckt», sagte er – und er dachte an das Stück Papier, das noch in seiner Tasche ruhte und auf dem in sauberer, altmodischer Handschrift die Worte standen: *Mrs. Bartlett, bei der Joe Ellis wohnt. Mill Cottages Nr. 2.*

Miss Marple hatte wieder einmal recht gehabt.

Greenshaws Monstrum

Die beiden Männer bogen um eine Gruppe dichter Gebüsche.

«So, da wären wir», erklärte Raymond West. «Hier ist es.»

Horace Bindler holte tief Atem und rief voller Anerkennung:

«Aber, mein lieber Junge, wie wundervoll!»

Seine Stimme endete in einem hellen Schrei ästhetischer Verzükkung und sank dann wieder zu einem Ton tiefer Ehrerbietung herab.

«Das ist ja unglaublich! Geradezu unwahrscheinlich! Ein antikes Stück erster Güte.»

«Ich habe mir gleich gedacht, daß es dir gefallen würde», sagte Raymond West voller Selbstzufriedenheit.

«Gefallen? Du meine Güte!» Horace fand keine Worte mehr.

Er schnallte seine Kamera ab und machte sich ans Werk.

«Dies wird zu den Juwelen meiner Sammlung gehören», erklärte er selig. «Ich finde es wirklich ganz amüsant, eine Sammlung von Monstrositäten zu besitzen. Auf diese Idee bin ich vor sieben Jahren verfallen, als ich eines Abends in der Badewanne saß. Das letzte richtige Juwel ergatterte ich auf dem Campo Santo in Genua. Aber ich glaube, es kann an dieses nicht heranreichen. Wie heißt es eigentlich?»

«Ich habe keine Ahnung», erwiderte Raymond.

«Wahrscheinlich hat es doch einen Namen.»

«Das nehme ich stark an. Aber hier in der Gegend spricht man nur von Greenshaws Monstrum.»

«Ist Greenshaw der Erbauer des Hauses?»

«Ja. Er hat es um achtzehnhundertsechzig herum gebaut – als Krönung einer lokalen Karriere jener Zeit: barfüßiger Junge, der zu ungeheurem Wohlstand gelangt war. Warum er es errichtet hat, darüber gehen die Meinungen der Einheimischen auseinander. Manche behaupten, aus schierem Überfluß, andere dagegen, um seine Gläubiger zu beeindrucken. Wenn das letztere zutrifft, so haben sie sich nicht davon blenden lassen; denn er machte praktisch Bankrott.»

Horaces Kamera klickte.

«Fertig», sagte er mit großer Befriedigung. «Erinnere mich daran, daß ich dir Nr. 310 in meiner Sammlung zeige. Ein wirklich unglaublicher marmorner Kaminsims im italienischen Stil.»

Mit einem Blick auf das Haus fügte er hinzu: «Ich kann mir nicht vorstellen, wie Mr. Greenshaw sich das alles selbst ausgeknobelt hat.»

«Es springt eigentlich in die Augen», meinte Raymond. «Er hatte wohl die Loire-Schlösser besucht. Meinst du nicht auch? Die Türmchen sprechen dafür. Dann scheint er unglücklicherweise im Orient herumgereist zu sein. Der Einfluß des Tadsch Mahal ist unverkennbar. Der maurische Flügel gefällt mir eigentlich. Ebenso die Spuren eines venezianischen Palastes.»

«Man wunderte sich im stillen, daß er jemals einen Architekten dazu bewegen konnte, diese Pläne auszuführen.»

Raymond zuckte die Achseln.

«Da ist er wohl nicht auf Schwierigkeiten gestoßen», meinte er. «Der Architekt hat sich wahrscheinlich mit einem guten finanziellen Polster zur Ruhe gesetzt, während der arme alte Greenshaw bankrott ging.»

«Könnten wir es uns wohl von der anderen Seite ansehen?» fragte Horace. «Oder wandeln wir hier auf verbotenen Pfaden?»

«Gewiß wandeln wir hier auf verbotenen Pfaden», bestätigte Raymond. «Aber es wird wohl nicht so schlimm sein.»

Er ging auf die Ecke des Hauses zu, und Horace hüpfte hinter ihm her.

«Wer wohnt hier eigentlich, sag mal? Waisenkinder oder Feriengäste? Eine Schule kann es doch nicht sein. Man sieht keine Spielplätze und spürt nichts von munterem Treiben.»

«Oh, eine Greenshaw lebt hier noch», erwiderte Raymond. «Das Haus selbst blieb bei der Pleite verschont. Der Sohn des alten Greenshaw erbte es. Er war ein ziemlicher Geizhals und hauste in einem Winkel des Hauses. Gab nie einen roten Heller aus. Hatte auch wohl keinen roten Heller zum Ausgeben. Jetzt wohnt seine Tochter hier. Eine alte Dame – sehr exzentrisch.»

Während er dies alles erzählte, gratulierte Raymond sich, daß er zwecks Unterhaltung seines Gastes an Greenshaws Monstrum gedacht hatte. Diese Literaturkritiker beteuerten immer ihre Sehnsucht nach einem Wochenende auf dem Lande, und wenn sie ihr Ziel erreicht hatten, fanden sie es gewöhnlich äußerst langweilig. Morgen würden ja die sensationellen Sonntagszeitungen für Abwechslung sorgen, aber heute war es eben eine glückliche Idee gewesen, diesen Besuch von Greenshaws Monstrum vorzuschlagen, um Horace Bindlers wohlbekannte Sammlung von Monstrositäten zu bereichern.

Sie bogen um die Ecke des Hauses und kamen zu einem vernachlässigten Rasen. In einer Ecke befand sich ein großer Steingarten, und darin stand eine gebeugte Gestalt, bei deren Anblick Horace begeistert Raymonds Arm umklammerte.

«Mein lieber Junge», rief er aus, «siehst du, was sie anhat? Ein geblümtes Kattunkleid. Wie ein Hausmädchen – als es noch Hausmädchen gab. Zu meinen kostbarsten Kindheitserinnerungen zählt der Aufenthalt in einem Landhaus, wo man des Morgens von einem richtigen Hausmädchen mit Häubchen und gestärktem Kattunkleid geweckt wurde. Ja, mein Lieber, ein regelrechtes Häubchen. Aus Musselin mit flatternden Bändern. Nein, vielleicht war es auch das Zimmermädchen, das die flatternden Bänder hatte. Jedenfalls war es aber ein richtiges Hausmädchen, und es brachte eine riesige Messingkanne mit heißem Wasser. Was für einen interessanten Tag erleben wir doch heute!»

Die Gestalt im Kattunkleid hatte sich inzwischen aufgerichtet und wandte sich mit einem Pflanzenheber in der Hand ihnen zu. Sie war eine ziemlich auffallende Persönlichkeit. Wirre graue Locken fielen ihr in dünnen Strähnen auf die Schultern, und auf ihrem Kopf war ein Strohhut befestigt, wie ihn die Pferde in Italien tragen. Das bunte Kattunkleid, das sie trug, reichte ihr fast bis zu den Knöcheln. Aus einem wettergebräunten, nicht allzu sauberen Gesicht blickten scharfe Augen sie prüfend an.

«Ich muß Sie vielmals um Entschuldigung bitten, Miss Greenshaw», sagte Raymond West, als er auf sie zuging, «weil wir so ohne weiteres hier eingedrungen sind. Aber Mr. Horace Bindler, der bei mir zu Gast weilt...»

Horace verbeugte sich und nahm seinen Hut ab.

«... interessiert sich mächtig für – hm – alte Geschichte und – hm – schöne Bauten.»

Raymond West sprach mit der Ungezwungenheit eines bekannten Schriftstellers, der weiß, daß er eine Berühmtheit ist und sich manches herausnehmen kann, was anderen Leuten nicht gestattet ist.

Miss Greenshaw blickte zu dem steinernen Ungetüm empor, das sich hinter ihr in seiner ganzen Überschwenglichkeit ausdehnte.

«Es ist auch ein schönes Haus», sagte sie. «Mein Großvater hat es gebaut – natürlich vor meiner Zeit. Er soll gesagt haben, daß er die Einheimischen in Erstaunen setzen wolle.»

«Und das ist ihm bestimmt gelungen, Madam», versicherte ihr Horace Bindler.

«Mr. Bindler ist der bekannte Literaturkritiker, warf Raymond West ein.

Miss Greenshaw hegte offensichtlich keine besondere Ehrfurcht vor Literaturkritikern. Sie blieb unbeeindruckt.

«Ich betrachte das Haus», fuhr sie fort, «als ein Denkmal für das Genie meines Großvaters. Törichte Menschen kommen hierher und fragen mich, warum ich es nicht verkaufe und in einer Etagenwohnung lebe. Was sollte ich da wohl anfangen? Dies ist mein Heim, und darin wohne ich. Habe immer hier gewohnt.»

Sie schien über die Vergangenheit nachzugrübeln.

«Wir waren zu dritt. Laura heiratete den Pfarrer, und Papa wollte ihr kein Geld geben mit der Begründung, daß Geistliche nicht an irdischen Gütern hängen sollten. Sie starb bei der Geburt eines Kindes, und das Kind starb auch. Nettie ist mit dem Reitlehrer davongelaufen, und Papa hat sie natürlich enterbt. Glaube nicht, daß Nettie mit ihm glücklich war. Jedenfalls hat sie nicht lange gelebt. Sie hatten einen Sohn. Er schreibt mir manchmal, ist aber natürlich kein Greenshaw. Ich bin die letzte der Greenshaws.»

Sie richtete die gebeugten Schultern mit einem gewissen Stolz auf und schob den verwegen auf ihrem Kopf thronenden Strohhut zurecht. Dann drehte sie sich um und sagte in scharfem Ton:

«Ja, Mrs. Cresswell, was gibt's denn?»

Vom Hause her näherte sich eine Gestalt, die einen geradezu lächerlichen Gegensatz zu Miss Greenshaw darstellte. Mrs. Cresswell hatte ein wunderbar frisiertes Haupt. Ihr blaugetöntes Haar türmte sich in sorgfältig arrangierten Locken und Rollen zu einer beträchtlichen Höhe. Man hatte den Eindruck, als wolle sie als französische Marquise auf einen Maskenball gehen. Im übrigen war ihre ältliche Gestalt nicht, wie man hätte erwarten sollen, in rauschende schwarze Seide, sondern in eine der glänzenderen Abarten schwarzer Kunstseide gehüllt. Obwohl sie nicht gerade dick war, hatte sie einen gutentwickelten, üppigen Busen. Ihre Stimme war wider Erwarten tief, und sie sprach mit ausgezeichneter Diktion. Nur ein leichtes Zögern bei Wörtern, die mit einem H begannen, und die schließlich übertriebene Aussprache der Aspiraten erweckten den Verdacht, daß sie in ferner Jugendzeit vielleicht die Gewohnheit hatte, selbige unter den Tisch fallen zu lassen.

«Der Fisch, Madam», sagte Mrs. Cresswell. «Das Kabeljaufilet ist nicht geschickt worden. Ich habe Alfred gebeten, es zu holen. Aber er weigert sich.»

Miss Greenshaw brach in unerwartetes Gelächter aus.

«Weigert sich, ja?»

«Alfred ist höchst ungefällig gewesen, Madam.»

Miss Greenshaw hob zwei erdbeschmutzte Finger an die Lippen, stieß einen ohrenzerreißenden Pfiff aus und rief:

«Alfred! Alfred, komm mal her!»

Auf diese Aufforderung hin erschien an der Ecke des Hauses ein junger Mann mit einem Spaten in der Hand. Er hatte ein verwegenes, hübsches Gesicht, und als er näher kam, warf er Mrs. Cresswell einen unverkennbar bösartigen Blick zu.

«Sie haben mich gerufen, Miss?»

«Ja, Alfred. Ich höre, du hast dich geweigert, den Fisch zu holen. Wie steht es damit?»

Alfred antwortete in mürrischem Ton.

«Wenn *Sie* es wünschen, Miss, will ich ihn holen. Sie brauchen es nur zu sagen.»

«Ich wünsche es. Ich möchte den Fisch für mein Abendessen haben.»

«In Ordnung, Miss. Ich gehe sofort.»

Er warf Mrs. Cresswell einen unverschämten Blick zu. Sie errötete und murmelte vor sich hin:

«Unerhört! Es ist unerträglich.»

«Da fällt mir gerade ein», sagte Miss Greenshaw, «daß wir ein paar fremde Besucher eigentlich sehr gut gebrauchen können, nicht wahr, Mrs. Cresswell?»

Mrs. Cresswell blickte verdutzt drein.

«Ich verstehe nicht, Madam.»

«Sie wissen doch, wofür», sagte Miss Greenshaw, heftig mit dem Kopf nickend. «Der Erbe darf das Testament nicht als Zeuge unterschreiben. Das stimmt doch, nicht wahr?»

Sie wandte sich an Raymond West.

«Ganz richtig», bestätigte Raymond.

«So viel weiß ich nämlich auch von der Rechtswissenschaft», erklärte Miss Greenshaw. «Und Sie sind beide Männer von Rang.» Sie warf ihren Pflanzenheber in den Unkrautkorb.

«Würden Sie vielleicht so gut sein und mit in die Bibliothek kommen?»

«Mit Vergnügen», erklärte Horace eifrig.

Miss Greenshaw führte sie durch eine Glastür in einen riesigen in Gelb und Gold gehaltenen Salon mit verschossenem Brokat an den Wänden und Schutzhüllen über den Möbeln und dann durch eine große, dämmrige Halle die Treppe hinauf und in ein Zimmer im ersten Stock.

«Die Bibliothek meines Großvaters», verkündete sie stolz.

Horace blickte sich mit ausgesprochenem Vergnügen im Raum um. Von seinem Standpunkt aus gesehen, steckte er voller Monstrositäten. Die Köpfe von Sphinxen tauchten an den unwahrscheinlichsten Möbelstücken auf. Es existierte eine kolossale Bronze, die Paul und Virginia darstellte, ferner eine riesige Kaminuhr mit klassischen Motiven, die er brennend gern fotografiert hätte.

«Viele schöne Bücher», bemerkte Miss Greenshaw.

Raymond stand bereits vor den Bücherreihen. Schon ein flüchtiger Blick verriet ihm, daß kein Buch von wirklichem Interesse dabei war, ja überhaupt kein Buch, das gelesen zu sein schien. Es waren alles prächtig gebundene Sammlungen von Klassikern, wie sie vor neunzig Jahren für die Ausstattung der Bibliothek eines Gentleman geliefert wurden. Es waren auch einige Romane einer vergangenen Zeit darunter. Aber auch sie erweckten den Eindruck, als ob sie nie gelesen worden seien.

Miss Greenshaw fummelte in den Schubladen eines ungeheuren Schreibtisches herum und holte schließlich eine Pergamenturkunde hervor.

«Mein Testament», erläuterte sie. «Man muß ja sein Geld irgend jemandem vermachen – so heißt es wenigstens. Wenn ich ohne Testament stürbe, fiele es an den Sohn eines Pferdehändlers. Hübscher Bursche, dieser Harry Fletcher, aber ein ausgekochter Schurke. Ich sehe nicht ein, warum *sein* Sohn diesen Besitz erben soll. Nein», fuhr sie fort, gleichsam in Erwiderung auf einen unausgesprochenen Einwand, «ich habe es mir überlegt und hinterlasse alles Cresswell.»

«Ihrer Haushälterin?»

«Ja. Ich habe ihr alles auseinandergesetzt. Ich vermache ihr alles, was ich besitze, dann brauche ich ihr keinen Lohn mehr zu zahlen. Dadurch spare ich eine Menge laufender Ausgaben, und es spornt sie etwas an. Vor allen Dingen kann sie mir nicht kündigen und jeden Augenblick einfach davonlaufen. Sie ist sehr großspurig, nicht wahr? Dabei war ihr Vater nur ein kleiner Klempner. Sie hat also gar keine Veranlassung, sich etwas einzubilden.»

Mittlerweile hatte sie das Dokument auseinandergefaltet. Jetzt nahm sie einen Federhalter, tauchte ihn ins Tintenfaß und schrieb ihren Namen: Katherine Dorothy Greenshaw.

«So ist's richtig», sagte sie. «Sie haben gesehen, daß ich es unterzeichnet habe. Jetzt unterzeichnen Sie, und damit wird es rechtskräftig.»

Sie reichte Raymond West den Federhalter. Raymond zögerte einen Augenblick, da er eine unerwartete Abneigung empfand, dieser Bitte zu entsprechen. Dann kritzelte er rasch den wohlbekannten Namenszug, wofür ihm der Postbote gewöhnlich mindestens ein halbes Dutzend Bittbriefe am Tag brachte.

Horace nahm den Federhalter und fügte seine winzige Unterschrift hinzu.

«Das wäre erledigt», sagte Miss Greenshaw.

Dann ging sie zu den Bücherschränken und stand unschlüssig davor. Schließlich öffnete sie eine der Glastüren, nahm ein Buch heraus und schob das zusammengefaltete Dokument hinein.

«Ich habe meine besonderen Verstecke«, sagte sie.

«Lady Audleys Geheimnis», bemerkte Raymond West, der den Titel sah, als sie das Buch wieder an seinen Platz stellte.

Miss Greenshaw brach erneut in Gelächter aus.

«Damals ein Bestseller», sagte sie. «Im Gegensatz zu Ihren Büchern, wie?»

Sie gab Raymond plötzlich einen freundlichen Stups in die Rippen. Raymond war ziemlich überrascht, daß sie überhaupt wußte, daß er Bücher schrieb.

«Dürfte ich vielleicht», fragte Horace aufgeregt, «eine Aufnahme von der Uhr machen?»

«Selbstverständlich», sagte Miss Greenshaw. «Sie stammt, glaube ich, von der Pariser Ausstellung.»

«Sehr wahrscheinlich», meinte Horace und knipste.

«Dieser Raum ist seit meines Großvaters Lebzeiten nicht viel benutzt worden», sagte Miss Greenshaw. «Dieser Schreibtisch ist angefüllt mit seinen alten Tagebüchern. Sicherlich sehr interessant. Meine Augen sind leider so schlecht, daß ich sie nicht selbst lesen kann. Ich möchte sie gern veröffentlichen lassen, aber das erfordert gewiß einige Arbeit.»

«Dafür könnten Sie jemanden engagieren», schlug Raymond West vor.

«Wirklich? Das wäre überhaupt eine Idee. Ich werde es mir überlegen.»

Raymond West blickte auf seine Uhr. «Wir dürfen Ihre Zeit nicht länger in Anspruch nehmen», sagte er.

«Ich habe mich sehr über Ihren Besuch gefreut», sagte Miss Greenshaw huldvollst. «Zuerst hatte ich angenommen, Sie seien der Polizist, als Sie um die Ecke des Hauses kamen.»

«Weshalb gerade ein Polizist?» fragte Horace, der gern Fragen stellte.

Miss Greenshaw ging anders darauf ein, als sie erwartet hatten.

«Wenn Sie wissen wollen, was die Uhr geschlagen hat, fragen Sie einen Polizisten», zwitscherte sie. Mit dieser Kostprobe viktorianischen Witzes stieß sie Horace in die Rippen und brach einmal mehr in schallendes Gelächter aus.

«Ein wunderbarer Nachmittag», seufzte Horace auf dem Heimweg. «Das Haus besitzt wirklich alles. Das einzige, was in der Bibliothek noch fehlt, ist eine Leiche. Ich bin überzeugt, daß den Verfassern dieser uralten Detektivgeschichten, wo der Mord immer in der Bibliothek stattfand, gerade eine solche Bibliothek vor Augen stand.»

«Wenn du dich gern über Mord unterhalten willst», sagte Raymond, «mußt du dich an meine Tante Jane wenden.»

«Deine Tante Jane? Meinst du etwa Miss Marple?» Horace war ein wenig verdutzt.

Die bezaubernde, ehrwürdige Dame, der er gestern abend vorgestellt worden war, schien die letzte Person zu sein, die man irgendwie mit Mord in Verbindung brachte.

«O ja», erwiderte Raymond. «Mord ist ihre Spezialität.»

«Aber, mein lieber Junge, wie interessant! Doch was willst du eigentlich damit sagen?»

«Genau das», entgegnete Raymond und fügte erläuternd hinzu: «Manche begehen einen Mord, manche werden in eine Mordangelegenheit verwickelt, und anderen werden Morde aufgedrängt. Meine Tante Jane gehört zur dritten Kategorie.»

«Das soll wohl ein Scherz sein.»

«Durchaus nicht. Ich kann dich an einen früheren Kommissar von Scotland Yard, mehrere hohe Polizeibeamte des Bezirks und einige vielbeschäftigte Inspektoren des C. I. D. verweisen.»

Horace erklärte glückstrahlend, daß man aus dem Staunen überhaupt nicht mehr herauskomme. Am Teetisch erstatteten sie Raymonds Frau, Joan, ihrer Nichte Lou Oxley und der alten Miss Marple Bericht über die Erlebnisse des Nachmittags, wobei sie alle von Miss Greenshaw gemachten Äußerungen bis ins einzelne wiederholten.

«Aber ich muß sagen», gestand Horace, «daß das ganze Etablissement einen etwas unheimlichen Eindruck auf mich gemacht hat.

Diese fürstliche Kreatur, die Haushälterin – vielleicht etwas Arsen in die Teekanne, jetzt, wo sie weiß, daß ihre Herrin ein Testament zu ihren Gunsten gemacht hat?»

«Nun, verrate es uns mal, Tante Jane», scherzte Raymond. «Wird es einen Mord geben oder nicht? Was ist deine Ansicht?»

«Meine Ansicht ist», erwiderte Miss Marple, während sie mit ziemlich strenger Miene ihr Wollknäuel wickelte, «daß du nicht dauernd über solche Dinge spötteln solltest, Raymond. Arsen ist natürlich durchaus möglich. So leicht zu erlangen. Wahrscheinlich schon in Form eines Unkrautvertilgungsmittels im Geräteschuppen vorhanden.»

«Aber liebste Tante», sagte Joan zärtlich, «würde man nicht etwas zu leicht dahinterkommen?»

«Es ist ja ganz schön, wenn man ein Testament macht», warf Raymond ein, «aber ich glaube nicht, daß das arme alte Geschöpf irgend etwas zu hinterlassen hat außer dem großen Kasten. Und wer hätte schon für dieses mehr kostspielige als einträgliche Haus Verwendung?»

«Womöglich eine Filmgesellschaft», meinte Horace. «Vielleicht könnte auch ein Hotel oder ein Heim daraus gemacht werden.»

«Solche Interessenten wollen es für ein Butterbrot haben», behauptete Raymond.

Doch Miss Marple schüttelte den Kopf.

«Weißt du, lieber Raymond, ich kann deine Ansicht nicht teilen. Hinsichtlich des Geldes, meine ich. Der Großvater war offenbar einer jener Verschwender, die rasch zu Geld kommen, es aber nicht zusammenhalten können. Der Sohn war aber nun, wie es so oft der Fall ist, ganz anders veranlagt als sein Vater. Er war ein Geizhals. Ein Mann, der jeden Pfennig zehnmal umdrehte, ehe er ihn ausgab. Ich möchte wohl annehmen, daß er im Laufe seines Lebens eine ganz beträchtliche Summe beiseite gelegt hat. Diese Miss Greenshaw ist offenbar genauso geartet wie ihr Vater. Auch sie gibt nicht gern etwas aus. Ich halte es daher für sehr wahrscheinlich, daß sie eine ziemliche Summe auf die hohe Kante gelegt hat.»

«Wenn die Sache so liegt», sagte Joan, «wie wär's dann mit Lou?»

Sie blickten alle zu Lou hinüber, die schweigsam am Feuer saß.

Lou war Joans Nichte. Ihre Ehe war kürzlich, wie sie sich selbst ausdrückte, in die Brüche gegangen, und sie saß daher mit zwei kleinen Kindern und sehr wenig Geld für ihren Unterhalt da.

«Ich meine», fuhr Joan fort, «wenn diese Miss Greenshaw wirklich jemanden sucht, der sich dieser Tagebücher annimmt und sie zur Veröffentlichung vorbereitet...»

«Keine schlechte Idee», meinte Raymond.

Lou sagte mit leiser Stimme:

«Das ist eine Arbeit, die ich übernehmen könnte, und ich hätte Spaß daran.»

«Ich werde ihr schreiben», erbot sich Raymond.

«Ich möchte ganz gern wissen», äußerte Miss Marple sich nachdenklich, «was die alte Dame wohl mit der Bemerkung von dem Polizisten meinte.»

«Oh, das war sicher nur ein Scherz.»

«Diese Äußerung», erklärte Miss Marple, während sie nachdrücklich mit dem Kopf nickte, «erinnert mich lebhaft an Mr. Naysmith.»

«Und wer war Mr. Naysmith?» erkundigte sich Raymond neugierig.

«Ein Bienenzüchter», antwortete Miss Marple. «Auch verstand er sich sehr gut auf die Akrostichen in den Sonntagsblättern und hatte großen Spaß daran, seinen Mitmenschen aus Ulk falsche Eindrücke zu hinterlassen. Aber das führte manchmal zu Unannehmlichkeiten.»

Alle schwiegen eine Weile und dachten über Mr. Naysmith nach. Da jedoch zwischen ihm und Miss Greenshaw kein Zusammenhang zu bestehen schien, kam man zu dem Schluß, daß die liebe Tante Jane in ihrem Alter vielleicht ein ganz klein wenig faselig wurde.

Horace Bindler kehrte nach London zurück, ohne weitere Monstrositäten gesammelt zu haben, und Raymond West schrieb einen Brief an Miss Greenshaw, in dem er ihr mitteilte, daß er eine Mrs. Louisa Oxley kenne, die in der Lage sei, die Arbeit an den Tagebüchern zu übernehmen. Nach Ablauf einiger Tage kam ein Brief in zittriger, altmodischer Handschrift, in dem Miss Greenshaw sich bereit erklärte, Mrs. Oxleys Dienste in Anspruch zu nehmen, und einen Tag festsetzte, an dem Mrs. Oxley sich vorstellen sollte.

Lou präsentierte sich pflichtschuldigst zur angegebenen Zeit. Es wurde ein großzügiges Honorar vereinbart, und sie begann gleich am nächsten Tag mit ihrer Arbeit.

«Ich bin dir äußerst dankbar», sagte sie zu Raymond. «Es paßt alles wunderschön. Ich kann die Kinder erst zur Schule bringen, anschließend zu Greenshaws Monstrum gehen und sie auf dem Heimweg wieder abholen. Wie phantastisch das ganze Etablissement doch ist! Die alte Dame spottet jeder Beschreibung.»

Am Abend ihres ersten Arbeitstages berichtete Lou von ihren Erlebnissen.

«Die Haushälterin habe ich kaum gesehen. Sie erschien um halb zwölf mit verächtlich gespitztem Mund und brachte mir Kaffee und Kekse, wobei sie kaum ein Wort mit mir wechselte. Ich glaube, es paßt ihr ganz und gar nicht, daß ich engagiert worden bin. Zwischen ihr und Alfred, dem Gärtner, scheint eine große Fehde zu bestehen. Er stammt aus dem Dorf und ist offenbar ziemlich faul. Die beiden reden nicht miteinander. Miss Greenshaw bemerkte in ihrer etwas erhabenen Art: ‹Solange ich mich entsinnen kann, bestand immer eine Fehde zwischen dem Garten- und dem Hauspersonal. Schon zu meines Großvaters Zeiten. Damals hatten wir drei Gärtner und einen Burschen im Garten und acht Mädchen im Haus, und es gab immer Reibereien.›»

Am folgenden Tage kehrte Lou mit einer anderen Neuigkeit zurück. «Stellt euch bloß vor», sagte sie. «Heute morgen wurde ich gebeten, den Neffen anzurufen.»

«Miss Greenshaws Neffen?»

«Ja. Er ist anscheinend Schauspieler und wirkt bei einer Theatergesellschaft mit, die Sommervorstellungen in Boreham on Sea gibt. Ich rief das Theater an und ließ ihm bestellen, daß er morgen zum Lunch kommen möchte. Es war ziemlich spaßig. Die Alte wollte nicht, daß die Haushälterin etwas davon erfuhr. Ich glaube, Mrs. Cresswell hat etwas getan, worüber sie sich geärgert hat.»

«Morgen die nächste Fortsetzung dieses spannenden Romans», murmelte Raymond.

«Ja, es ist genau wie in einem Zeitungsroman, nicht wahr? Versöhnung mit dem Neffen – Blut ist dicker als Wasser – ein neues Testament – das alte zerstört.»

«Tante Jane, du siehst ja so ernst aus.»

«Meinst du, liebes Kind! Hast du noch etwas von dem Polizisten gehört?»

«Von einem Polizisten weiß ich nichts.»

«Jene Äußerung, die Miss Greenshaw machte, liebes Kind, muß irgendeine Bedeutung gehabt haben.»

Lou kam am nächsten Tag in heiterer Verfassung an ihrer Arbeitsstätte an. Sie schritt durch die offene Haustür – die Türen und Fenster des Hauses standen immer offen. Angst vor Einbrechern schien Miss Greenshaw nicht zu haben, und da die meisten Sachen im Hause mehrere Tonnen wogen und unverkäuflich waren, schien diese Einstellung durchaus berechtigt zu sein.

In der Einfahrt war Lou dem jungen Alfred begegnet. Als sie ihn zuerst erblickte, lehnte er an einem Baum und rauchte eine Zigarette. Doch sobald er sie sah, hatte er einen Besen ergriffen und eifrig Blätter zusammengekehrt. Ein fauler junger Mann, dachte sie, aber gutaussehend. Seine Züge erinnerten sie an jemanden. Als sie auf dem Weg nach oben zur Bibliothek durch die Halle ging, fiel ihr Blick auf das große Bild von Nathaniel Greenshaw, das über dem Kaminsims hing und ihn auf dem Gipfel viktorianischen Wohlstandes darstellte: zurückgelehnt in einem tiefen Sessel, die Hände auf der goldenen Uhrkette ruhend, die sich quer über seinen geräumigen Magen erstreckte. Als ihr Blick hinauf zum Gesicht mit seinen feisten Wangen, den buschigen Augenbrauen und dem schwungvollen Schnurrbart wanderte, kam ihr der Gedanke, daß Nathaniel Greenshaw früher einmal ein hübscher junger Mann gewesen sein mußte. Vielleicht hatte er ein wenig wie Alfred ausgesehen...

Sie ging in die Bibliothek und schloß die Tür hinter sich. Dann nahm sie die Hülle von der Schreibmaschine und holte die Tagebücher aus einer der Seitenschubladen des Schreibtisches. Durch das geöffnete Fenster sah sie Miss Greenshaw, die sich in einem gelb und braun geblümten Kattunkleid über das Steinbeet beugte und eifrig Unkraut zupfte. Während der letzten beiden Tage hatte es viel geregnet, und da war das Unkraut tüchtig in die Höhe geschossen.

Lou, die in der Stadt aufgewachsen war, beschloß, daß ihr Garten – falls sie je einen haben sollte – niemals ein Steinbeet enthalten würde, das mit der Hand gejätet werden mußte. Dann machte sie sich an ihre Arbeit.

Als Mrs. Cresswell um halb zwölf mit dem Kaffee in die Bibliothek kam, war sie offenbar sehr schlechter Laune. Sie knallte das Tablett auf den Tisch und bemerkte zu der Welt im allgemeinen:

«Gäste zum Lunch – und nichts im Haus! Ich möchte bloß wissen, wie ich das schaffen soll. Und Alfred nirgends zu sehen!»

«Er fegte Laub in der Einfahrt, als ich ankam», wagte Lou zu bemerken.

«Das kann ich mir denken. Eine schöne, bequeme Arbeit.»

Mrs. Cresswell rauschte aus dem Zimmer und schlug die Tür hinter sich zu.

Lou schmunzelte vor sich hin und fragte sich im stillen, wie der «Neffe» wohl sein mochte.

Sie trank ihren Kaffee aus und stürzte sich wieder in ihre Arbeit, die sie so fesselte, daß die Zeit rasch verging. Als Nathaniel Greenshaw ein Tagebuch zu führen begann, hatte er sich durchaus keine Zurückhaltung auferlegt. Während Lou eine Stelle tippte, die sich auf die persönlichen Reize einer Bardame in der benachbarten Stadt bezog, kam sie zu der Ansicht, daß noch sehr viel Redaktionsarbeit geleistet werden müsse.

Aus diesen Gedankengängen wurde sie plötzlich durch einen Schrei vom Garten her aufgeschreckt. Sie sprang auf und rannte ans offene Fenster. Miss Greenshaw kam gerade schwankend vom Steinbeet auf das Haus zu. Sie hatte die Hände an die Brust gepreßt, und zwischen ihnen ragte ein gefiederter Schaft hervor, den Lou voller Bestürzung als den Schaft eines Pfeiles erkannte.

Miss Greenshaws Kopf, auf dem der mitgenommene Strohhut thronte, sank auf die Brust herab. Mit versagender Stimme rief sie zu Lous Fenster empor:

«... getroffen ... er hat auf mich geschossen ... mit einem Pfeil ... holen Sie Hilfe ...»

Lou stürzte zur Tür. Sie drehte den Knopf, aber die Tür ließ sich nicht öffnen. Nach einigen vergeblichen Bemühungen merkte sie, daß sie eingeschlossen war. Sie lief wieder ans Fenster zurück.

«Ich bin eingeschlossen!»

Miss Greenshaw, die Lou den Rücken zugewandt hatte, stand ein wenig schwankend auf den Füßen und rief zu dem etwas weiter gelegenen Fenster der Haushälterin hinauf:

«Rufen Sie die Polizei... telefonieren Sie...»

Wie eine Trunkene von Seite zu Seite torkelnd, verschwand sie dann aus Lous Gesichtskreis durch die Glastür, die in den Salon führte. Einen Augenblick später vernahm Lou das Krachen von Geschirr, einen schweren Fall, dann war es still. In ihrer Phantasie malte sie sich die Szene aus. Miss Greenshaw mußte blindlings gegen einen kleinen Tisch mit einem Teeservice aus Sèvresporzellan getaumelt und dann gefallen sein.

Verzweifelt hämmerte Lou an die Tür und rief aus Leibeskräften. Außen am Fenster gab es weder Ranken noch Abflußrohre, an denen sie hätte hinunterklettern können. Nachdem sie lange vergeblich an die Tür gehämmert hatte, kehrte sie zum Fenster zurück und sah, wie der Kopf der Haushälterin am Fenster ihres Wohnzimmers erschien.

«Kommen Sie doch bitte, Mrs. Oxley, und lassen Sie mich heraus. Ich bin eingeschlossen.»

«Ich auch.»

«Du liebe Güte, ist das nicht schrecklich? Ich habe die Polizei angerufen. In diesem Zimmer ist nämlich ein Telefonanschluß. Aber ich kann ganz und gar nicht verstehen, Mrs. Oxley, warum wir eingeschlossen sind. Ich habe überhaupt nicht gehört, wie der Schlüssel umgedreht wurde. Sie etwa?»

«Nein. Ich habe auch nichts gehört. Lieber Himmel, was sollen wir bloß machen? Vielleicht kann Alfred uns hören.»

Lou rief aus voller Kehle: «Alfred, Alfred!»

«Ist wahrscheinlich zum Essen gegangen. Wie spät ist es eigentlich?»

Lou blickte auf ihre Uhr.

«Fünfundzwanzig nach zwölf.»

«Er soll eigentlich erst um halb eins gehen. Aber sobald er kann, schleicht er sich früher davon.»

«Glauben Sie – glauben Sie...»

Lou wollte fragen: Glauben Sie, daß sie tot ist? aber die Worte blieben ihr im Hals stecken.

Es blieb nichts anderes übrig, als zu warten, und sie setzte sich auf die Fensterbank. Es schien eine Ewigkeit zu dauern, bis die behelmte Gestalt eines Polizisten um die Ecke des Hauses bog. Lou lehnte sich aus dem Fenster, und er blickte zu ihr hoch, wobei er die Augen mit der Hand beschattete. Als er sprach, klang seine Stimme sehr vorwurfsvoll.

«Was geht denn hier vor sich?» fragte er.

Von ihren verschiedenen Fenstern aus überschütteten Lou und Mrs. Cresswell ihn mit einer Flut aufgeregter Informationen. Der Polizist holte ein Notizbuch und einen Bleistift hervor.

«Und Sie, meine Damen, rannten also nach oben und schlossen sich ein? Wollen Sie mir bitte Ihre Namen nenne?»

«Nein. Jemand anders hat uns eingeschlossen. Kommen Sie endlich, und lassen Sie uns raus.»

Tadelnd entgegnete der Polizist:

«Alles zu seiner Zeit.» Damit verschwand er durch die Glastür.

Wieder schien eine Ewigkeit zu vergehen. Dann hörte Lou das Geräusch eines nahenden Wagens, und nach einer gewissen Zeit, die Lou wie eine Stunde vorkam, in Wirklichkeit aber nur drei Minuten umfaßte, wurden zuerst Mrs. Cresswell und dann Lou von einem Sergeanten befreit, der etwas besser auf dem Posten zu sein schien als sein Kollege.

«Miss Greenshaw?» Lous Stimme stockte. «Was – was ist eigentlich gesschehen?»

Der Sergeant räusperte sich.

«Es tut mir leid», sagte er, «Ihnen mitteilen zu müssen, Madam, was ich Mrs. Cresswell hier bereits gesagt habe. Miss Greenshaw ist tot.»

«Ermordet», fügte Mrs. Cresswell hinzu. «Ein regelrechter Mord.»

Der Sergeant bemerkte zweifelnd:

«Könnte auch ein Unglücksfall sein – vielleicht haben ein paar Buben mit Pfeil und Bogen geschossen.»

Wieder hörte man, wie ein Wagen ankam.

«Das wird der Polizeiarzt sein», meinte der Sergeant und begab sich nach unten.

Aber es war nicht der Polizeiarzt. Als Lou und Mrs. Cresswell die Treppe hinunterstiegen, trat ein junger Mann zögernd durch die

Haustür und blieb, mit etwas verwirrter Miene Umschau haltend, stehen.

Dann fragte er mit angenehmer Stimme, die Lou irgendwie bekannt vorkam – vielleicht ähnelte sie Miss Greenshaws Stimme –:

«Entschuldigen Sie bitte, wohnt hier – hm – Miss Greenshaw?»

«Dürfte ich um Ihren Namen bitten», sagte der Sergeant, der auf ihn zutrat.

«Fletcher», erwiderte der junge Mann. «Nat Fletcher. Ich bin Miss Greenshaws Neffe.»

«Tja, Sir, es tut mir sehr leid –»

«Ist etwas passiert?» fragte Nat Fletcher.

«Es hat sich ein – Unglücksfall ereignet. Ihre Tante wurde von einem Pfeil getroffen – er hat die Schlagader durchdrungen...»

Mrs. Cresswell sprach hysterisch und ohne ihre übliche Affektiertheit: «Ihre Tante ist ermordet worden. Das ist es, was passiert ist. Ihre Tante ist ermordet worden.»

Inspektor Welch zog seinen Stuhl etwas näher an den Tisch und ließ seinen Blick der Reihe nach über die vier Anwesenden im Zimmer wandern. Es war der Abend desselben Tages. Er hatte bei den Wests vorgesprochen, um sich noch einmal Lou Oxleys Aussage wiederholen zu lassen.

«Sie sind ganz sicher, daß sie rief: *‹Getroffen – er hat auf mich geschossen – mit einem Pfeil – holen Sie Hilfe›*?»

Lou nickte.

«Und die Zeit?»

«Ich sah ein paar Minuten später auf meine Uhr, da war es zwölf Uhr fünfundzwanzig.»

«Geht Ihre Uhr genau?»

«Ich habe auch auf die Kaminuhr gesehen.»

Der Inspektor wandte sich an Raymond West.

«Ungefähr vor einer Woche haben Sie, Sir, und ein gewisser Mr. Horace Bindler offenbar Miss Greenshaws Testament als Zeugen unterschrieben. Stimmt das?»

In kurzen Sätzen schilderte Raymond die Ereignisse jenes Nachmittags, an dem er und Horace Bindler Greenshaws Monstrum einen Besuch abgestattet hatten.

«Diese Aussage mag von großer Wichtigkeit sein«, sagte Welch. «Miss Greenshaw hat Ihnen also deutlich gesagt, daß sie ein Testament zugunsten der Haushälterin, Mrs. Cresswell, gemacht habe und Mrs. Cresswell keinen Lohn zahle im Hinblick auf das Erbe, das sie bei ihrem Tod zu erwarten habe?»

«Ja, das hat sie gesagt.»

«Sind Sie der Ansicht, daß Mrs. Cresswell definitiv darüber Bescheid wußte?»

«Das möchte ich ohne weiteres behaupten. Miss Greenshaw machte in Gegenwart von Mrs. Cresswell eine Anspielung darauf, daß Erben das Testament nicht als Zeugen unterschreiben könnten, und Mrs. Cresswell verstand offensichtlich, was damit gemeint war. Außerdem erwähnte Miss Greenshaw mir gegenüber, daß sie die Sache so mit Mrs. Cresswell arrangiert habe.»

«Mrs. Cresswell hatte also allen Grund zu der Annahme, daß sie durch Miss Greenshaws Tod profitieren würde. Das Motiv in ihrem Fall ist deutlich genug, und sie würde wohl unsere Hauptverdachtsperson sein, wenn sie nicht, ebenso wie Mrs. Oxley, fest in ihrem Zimmer eingeschlossen gewesen wäre und Miss Greenshaw nicht definitiv gesagt hätte, ein *Mann* habe auf sie geschossen.»

«War sie bestimmt in ihrem Zimmer eingeschlossen?»

«Ja. Sergeant Cayley hat sie herausgelassen. Es ist ein großes, altmodisches Schloß mit einem großen, altmodischen Schlüssel. Der Schlüssel steckte im Schloß, und es ist ganz unmöglich, daß er von innen hätte umgedreht werden können oder ähnliche Mätzchen. Nein, Sie dürfen sich darauf verlassen, daß Mrs. Cresswell in dem Zimmer eingeschlossen war und nicht herauskonnte. Auch waren weder Bogen noch Pfeile im Zimmer vorhanden, ganz abgesehen davon, daß Miss Greenshaw überhaupt nicht von einem Fenster aus getroffen werden konnte. Der Winkel stimmt nicht. Nein, Mrs. Cresswell kommt nicht in Betracht.»

Nach einer kleinen Pause fuhr er fort:

«War Miss Greenshaw Ihrer Meinung nach zu Schabernack aufgelegt?»

Miss Marple in ihrer Ecke wurde hellhörig.

«Dann war das Testament doch nicht zu Mrs. Cresswells Gunsten, wie?» fragte sie.

Inspektor Welch warf ihr einen höchst erstaunten Blick zu.

«Das haben Sie sehr klug erraten, Madam», sagte er. «Nein. Mrs. Cresswell ist nicht zur Erbin ernannt.»

«Genau wie Mr. Naysmith», meinte Miss Marple und nickte vor sich hin. «Miss Greenshaw vertraute Mrs. Cresswell an, daß sie ihr alles hinterlassen würde, und drückte sich auf diese Weise davor, ihr den Lohn auszuzahlen. Und dann vermachte sie ihr Geld einem anderen. Zweifellos war sie sehr mit sich zufrieden. Kein Wunder, daß sie sich eins ins Fäustchen lachte, als sie das Testament in *Lady Audleys Geheimnis* versteckte.»

«Ein Glück, daß Mrs. Oxley uns darüber Auskunft geben konnte», meinte der Inspektor. «Sonst hätten wir recht lange danach suchen müssen.»

«Ein viktorianischer Sinn für Humor», murmelte Raymond West. «Dann hat sie also letzten Endes doch ihrem Neffen alles vermacht.»

Der Inspektor schüttelte den Kopf.

«Nein», erwiderte er. «Nat Fletcher ist nicht der Erbe. Es geht das Gerücht um – ich bin natürlich fremd hier und bekomme allen Tratsch aus zweiter Hand –, wie gesagt, es heißt, daß in den alten Tagen Miss Greenshaw ebenfalls in den hübschen jungen Reitlehrer verliebt war. Aber die Schwester zog mit dem Preis von dannen. Nein, sie hat ihrem Neffen nichts hinterlassen.» Er hielt inne und rieb sich das Kinn. «Alfred ist der lachende Erbe», schloß er.

«Alfred – der Gärtner?» kam es überrascht von Joans Lippen.

«Ja, Mrs. West. Alfred Pollock.»

«Aber warum nur?» rief Lou.

Miss Marple räusperte sich und murmelte:

«Vielleicht irre ich mich, aber ich könnte mir vorstellen, daß da sogenannte Familiengründe mitgespielt haben.»

«So könnte man es bezeichnen», pflichtete der Inspektor ihr bei. «Es ist anscheinend im ganzen Dorf bekannt, daß Thomas Pollock, Alfreds Großvater, ein außereheliches Produkt des alten Mr. Greenshaw war.»

«Aber natürlich», rief Lou, «die Ähnlichkeit! Die habe ich heute morgen festgestellt.»

Sie erinnerte sich daran, wie sie nach der Begegnung mit Alfred ins Haus gekommen war und das Porträt des alten Greenshaw betrachtet hatte.

«Wahrscheinlich nahm sie an», ließ Miss Marple sich hören, «daß Alfred Pollock stolz auf das Haus sein würde und vielleicht sogar darin wohnen möchte, während ihr Neffe fast mit Sicherkeit kein Interesse daran haben und es so rasch wie möglich verkaufen würde. Er ist Schauspieler, nicht wahr? In was für einem Stück tritt er eigentlich im Augenblick auf?»

Immer müssen sie vom Thema abschweifen, diese alten Damen, dachte Inspektor Welch, aber er beantwortete höflich ihre Frage.

«Ich glaube, Madam, sie führen in dieser Saison James Barries Stücke auf.»

«Barrie», wiederholte Miss Marple nachdenklich.

«*Was jede Frau weiß*», sagte Inspektor Welch und errötete dann. «Name eines Stückes», fügte er rasch hinzu. «Ich selbst gehe nicht viel ins Theater, aber meine Frau hat es sich in der letzten Woche angesehen. Gut gespielt, meinte sie.»

«Barrie hat reizende Stücke geschrieben», bemerkte Miss Marple. «Ich muß allerdings gestehen, als ich mir zuerst mit einem alten Freund, General Easterly, Barries *Little Mary* ansah, wußten wir alle beide vor Verlegenheit nicht, was wir anfangen sollten.»

Der Inspektor, der das Stück *Little Mary* nicht kannte, war völlig verdutzt, und Miss Marple erklärte:

«Als ich ein junges Mädchen war, Inspektor, hat niemand das Wort ‹Leib› in den Mund genommen.»

Der Inspektor schien noch ratloser als zuvor, während Miss Marple einige Titel vor sich hin murmelte.

«*The Admirable Crichton.* Sehr geistreich. *Mary Rose* – ein reizendes Stück. Ich habe dabei geweint, das weiß ich noch. *Quality Street* – davon war ich nicht sehr erbaut. Dann gab es noch *A Kiss for Cinderella.* Oh, *natürlich*.»

Inspektor Welch war nicht geneigt, seine Zeit mit Theaterdiskussionen zu verschwenden, und kehrte zur Sache zurück.

«Eine Frage müssen wir uns stellen», meinte er. «Wußte Alfred Pollock, daß die alte Dame ein Testament zu seinen Gunsten gemacht hatte? Hatte sie es ihm wohl gesagt?» Dann fügte er hinzu: «Drüben in Boreham Lovell gibt es nämlich einen Bogenschützenklub, und Alfred Pollock ist Mitglied. Er ist sogar ein sehr guter Bogenschütze.»

«Ist dann nicht alles ganz klar?» fragte Raymond West. «Es würde auch mit den verschlossenen Türen übereinstimmen; denn er wußte ja, wo die Damen sich im Hause aufhielten.»

Der Inspektor blickte ihn an und sagte mit tiefer Melancholie:

«Er hat ein Alibi.»

«Ich meine immer, Alibis sind entschieden verdächtig.»

«Vielleicht, Sir», sagte Inspektor Welch. «Aber Sie sprechen als Schriftsteller.»

«Ich schreibe keine Detektivromane», erklärte Raymond West, ganz entsetzt über den bloßen Gedanken.

«Man kann leicht sagen, daß Alibis verdächtig seien», meinte Inspektor Welch. «Aber unglücklicherweise müssen wir uns an die Tatsachen halten.» Seufzend fuhr er fort:

«Wir haben drei gute Verdächtige. Drei Menschen, die zufällig um die Zeit nicht weit vom Tatort entfernt waren. Doch seltsamerweise hat es den Anschein, als ob niemand von diesen dreien der Täter sein könnte. Über die Haushälterin habe ich schon gesprochen. Der Neffe, Nat Fletcher, war zu der Zeit, als Miss Greenshaw von dem Pfeil getroffen wurde, ein paar Kilometer entfernt bei einer Garage, wo er tankte und sich nach dem Weg erkundigte. Und was Alfred Pollock angeht, so wollen sechs Personen beschwören, daß er um zwanzig Minuten nach zwölf das Gasthaus ‹Hund und Ente› betreten und sich dort eine Stunde bei seinem üblichen, aus Käse, Brot und Bier bestehenden Lunch aufgehalten hat.»

«Das hat er wohl absichtlich getan, um sich ein Alibi zu beschaffen», sagte Raymond West hoffnungsvoll.

«Vielleicht», meinte Inspektor Welch. «Aber wie dem auch sei, er hat es sich jedenfalls beschafft.»

Es folgte ein längeres Schweigen. Dann wandte Raymond sich an Miss Marple, die kerzengerade und nachdenklich in ihrer Ecke saß.

«Nun liegt's an dir, Tante Jane», meinte er. «Der Inspektor, der Sergeant, Joan, Lou und ich – wir stehen alle vor einem Rätsel. Aber in deinen Augen, Tante Jane, ist doch alles kristallklar. Habe ich nicht recht?»

«Das möchte ich nicht behaupten», erwiderte Miss Marple,

«nicht gerade *kristallklar*, und ein Mord, lieber Raymond, ist kein Zeitvertreib. Ich glaube nicht, daß die arme Miss Greenshaw gern sterben wollte, und es war ein äußerst brutaler Mord. Sehr gut geplant und durchaus kaltblütig. So etwas zieht man nicht ins Lächerliche.»

«Ich bitte vielmals um Verzeihung», sagte Raymond beschämt. «Man behandelt oft manches nicht mit dem nötigen Ernst, um das – das Grauen zu mildern.»

«Das ist, glaube ich, die moderne Tendenz», sagte Miss Marple. «Alle diese Kriege und die Witze bei Beerdigungen. Ja, es war vielleicht gedankenlos von mir zu sagen, du seist gefühllos.»

«Es ist ja auch nicht so», warf Joan ein, «als hätten wir Miss Greenshaw gut gekannt.»

«Das ist sehr richtig», gab Miss Marple zu. «Du, liebe Joan, hast sie überhaupt nicht gekannt. Ich ebenfalls nicht. Raymond hat aus einer kurzen Unterhaltung einen flüchtigen Eindruck von ihr gewonnen, und Lou hat sie zwei Tage gekannt.»

«Komm, Tante Jane, verrate uns nun endlich deine Ansichten. Sie haben doch hoffentlich nichts dagegen, Inspektor?»

«Nicht das geringste», entgegnete der Inspektor höflich.

«Nun, lieber Raymond, es sieht ja so aus, als hätten wir drei Personen, die ein Motiv für den Mord an der alten Dame hatten oder zu haben glaubten. Und drei einfache Gründe, warum niemand von ihnen es getan haben konnte. Die Haushälterin scheidet aus, weil sie in ihrem Zimmer eingeschlossen war und Miss Greenshaw deutlich erklärt hatte, daß ein Mann auf sie geschossen habe. Der Gärtner, weil er sich zur Zeit des Mordes im Gasthaus ‹Hund und Ente› aufhielt. Und der Neffe, weil er um diese Zeit mit seinem Wagen noch etwas weiter vom Tatort entfernt war.»

«Sehr klar ausgedrückt, Madam», lobte der Inspektor.

«Und da es sehr unwahrscheinlich ist, daß ein Außenstehender die Tat begangen hat, wo stehen wir da eigentlich?»

«Das möchte der Inspektor auch gern wissen», bemerkte Raymond West.

«Man betrachtet eine Sache oft von der falschen Seite. Wenn sich nun am Alibi dieser Personen nichts ändern läßt, könnten wir dann nicht vielleicht die Zeit des Mordes verlegen?»

«Du meinst, daß weder die Kaminuhr noch meine Armbanduhr richtig gingen?» fragte Lou.

«Nein, liebes Kind, das habe ich ganz und gar nicht gemeint. Ich wollte damit sagen, daß der Mord nicht um die Zeit erfolgte, als du es annahmst.»

«Aber ich habe es doch mit eigenen Augen gesehen», rief Lou.

«Nun, liebes Kind, ich habe mir schon überlegt, ob es nicht beabsichtigt war, daß du es sehen solltest. Ich habe mich gefragt, ob das nicht der eigentliche Grund war, warum du für diese Arbeit engagiert worden bist.»

«Was soll das heißen, Tante Jane? Ich verstehe dich nicht.»

«Das Ganze erscheint etwas merkwürdig. Miss Greenshaw gab bekanntlich nicht gern Geld aus, und doch engagierte sie dich und ging bereitwillig auf deine Gehaltsforderungen ein. Es kommt mir so vor, als habe man beabsichtigt, daß du dich da oben im ersten Stock in der Bibliothek aufhalten und aus dem Fenster sehen solltest, damit du – eine Außenstehende von untadeliger Zuverlässigkeit – bezeugen konntest, daß der Mord zu einer bestimmten Zeit und an einem bestimmten Platz verübt wurde.»

«Aber du willst doch wohl nicht behaupten», meinte Lou ungläubig, «daß Miss Greenshaw die Absicht hatte, sich ermorden zu lassen?»

«Ich will damit nur sagen, liebes Kind, daß du Miss Greenshaw eigentlich gar nicht gekannt hast. Es besteht durchaus kein Grund, warum die Miss Greenshaw, die du gesehen hast, als du dich vorstelltest, dieselbe Miss Greenshaw sein sollte, mit der Raymond sich ein paar Tage vorher unterhalten hat, nicht wahr? Jaja, ich weiß», fuhr sie rasch fort, um Lous Einwand zuvorzukommen, «sie trug das altmodische Kattunkleid und den seltsamen Strohhut und hatte wirres Haar. Sie entsprach genau der Beschreibung, die Raymond uns am letzten Wochenende gab. Aber diese beiden Frauen waren sich in Alter, Größe und Figur ziemlich ähnlich. Ich meine die Haushälterin und Miss Greenshaw.»

«Aber die Haushälterin ist dick!» protestierte Lou. «Sie hat einen gewaltigen Busen.»

Miss Marple räusperte sich.

«Aber mein liebes Kind, heutzutage kann man doch sicherlich... Ich meine, ich habe – hm – sie schon selbst schamlos in Schaufenstern ausgestellt gesehen. Es ist für jede Frau sehr leicht, einen – eine Büste in jeder Größe und Ausdehnung zu haben.»

«Worauf willst du eigentlich hinaus?» erkundigte sich Raymond.

«Nun, in den zwei oder drei Tagen, als Lou dort arbeitete, hätte meines Erachtens eine Frau gut beide Rollen spielen können. Du hast ja selbst gesagt, Lou, daß du die Haushälterin kaum gesehen hast, abgesehen von dem kurzen Augenblick, wenn sie dir vormittags das Tablett mit dem Kaffee brachte. Auf der Bühne sieht man ja auch diese geschickten Verwandlungskünstler, die nach wenigen Minuten immer wieder in einer anderen Rolle auftreten. Ich bin überzeugt, daß der Wechsel sich sehr rasch bewerkstelligen ließ. Diese Pompadourfrisur war sicher eine Perücke, die man schnell abnehmen und aufstülpen konnte.»

«Tante Jane! Willst du etwa sagen, daß Miss Greenshaw schon tot war, bevor ich mit meiner Arbeit dort begann?»

«Nicht tot. Aber unter der Einwirkung von Betäubungsmitteln, möchte ich behaupten. Für eine gewissenlose Frau wie die Haushälterin eine Kleinigkeit. Dann engagierte sie dich und trug dir auf, den Neffen anzuläuten und ihn für eine bestimmte Zeit zum Lunch einzuladen. Die einzige Person, die gewußt hätte, daß diese Miss Greenshaw *nicht* Miss Greenshaw war, wäre Alfred gewesen. Und wie du dich vielleicht noch entsinnen kannst, waren die ersten beiden Tage, an denen du dort gearbeitet hast, regnerisch, und Miss Greenshaw blieb im Hause. Wegen seiner Fehde mit der Haushälterin ließ Alfred sich nie im Hause blicken. Und am letzten Morgen war Alfred in der Einfahrt, während Miss Greenshaw im Steingarten arbeitete – diesen Steingarten möchte ich mir eigentlich gern ansehen.»

«Willst du damit sagen, daß Mrs. Cresswell die Täterin war?»

«Ich glaube, die Sache verhält sich folgendermaßen. Nachdem Mrs. Cresswell dir den Kaffee gebracht hatte, schloß sie dich beim Verlassen des Zimmers ein und trug die bewußtlose Miss Greenshaw nach unten in den Salon. Dann verkleidete sie sich wieder als Miss Greenshaw und ging nach draußen, um im Steingarten zu arbeiten, wo du sie vom Fenster aus sehen konntest. Nach einer gewissen Zeit stieß sie einen Schrei aus und kam wankend auf das Haus zu, während sie mit den Händen einen Pfeil umklammerte und so tat, als habe er ihre Brust durchdrungen. Sie rief um Hilfe, wobei sie sorgsam darauf achtete, zu sagen: ‹*Er* hat auf mich geschossen›, um jeden Verdacht von der Haushälterin abzulenken. Sie rief auch einige Worte zum Fenster der Haushälterin hinauf, als habe sie sie dort gesehen. Sobald sie dann im Salon war, stieß sie einen Tisch mit Porzellan um und rannte flink nach oben, wo sie ihre Pompadourperücke aufsetzte und wenige Augenblicke später den Kopf zum Fenster hinausstreckte, um dir zu sagen, daß sie auch eingeschlossen sei.»

«Aber sie war tatsächlich eingeschlossen», erinnerte Lou.

«Ich weiß. Aber da springt eben der Polizist ein.»

«Was für ein Polizist?»

«Ganz richtig – was für ein Polizist? Inspektor, dürfte ich Sie vielleicht bitten, mir zu sagen, wie und wann Sie am Tatort eingetroffen sind?»

Der Inspektor blickte ein wenig verdutzt drein.

«Um zwölf Uhr neunundzwanzig erhielten wir einen telefonischen Anruf von Mrs. Cresswell, Haushälterin bei Miss Greenshaw, mit der Meldung, daß ihre Herrin erschossen worden sei. Sergeant Cayley und ich fuhren sofort im Wagen dorthin und kamen um zwölf Uhr fünfundreißig beim Haus an. Wir fanden Miss Greenshaw tot auf, und die beiden Damen waren in ihren Zimmern eingeschlossen.»

«Da siehst du es also, liebes Kind», wandte sich Miss Marple an Lou. «Der Polizist, den du sahst, war gar kein richtiger Polizist. Du hast auch gar nicht mehr an ihn gedacht. Das ist ganz natürlich; auf eine Uniform mehr oder weniger kommt es in solchen Fällen nicht an.»

«Aber wer? Warum?»

«Wer? Nun, wenn sie in Boreham on Sea jetzt gerade das Stück *A Kiss for Cinderalla* geben, spielt ein Polizist die Hauptrolle. Nat Fletcher brauchte sich nur die Uniform anzueignen, die er auf der Bühne trägt. Dann konnte er sich bei der Garage nach dem Weg erkundigen und dabei die Aufmerksamkeit auf die Zeit – zwölf Uhr fünfundzwanzig – lenken, rasch weiterfahren, den Wagen an der

Ecke stehen lassen, sich seine Polizistenuniform überziehen und seine ‹Rolle› spielen.»

«Aber warum – warum?»

«Na, irgend jemand mußte doch die Tür der Haushälterin von außen zuschließen, und irgend jemand mußte den Pfeil Miss Greenshaw in die Brust stoßen. Man kann einen Menschen mit einem Pfeil ebensogut erstechen wie erschießen – dazu gehört aber Kraft.»

«Sie waren also beide daran beteiligt?»

«Oh, das ist anzunehmen. Mutter und Sohn, höchstwahrscheinlich.»

«Aber Miss Greenshwas Schwester ist doch schon vor langer Zeit gestorben.»

«Ja, aber Mr. Fletcher hat zweifellos wieder geheiratet. Nach den Schilderungen läßt sich das wohl annehmen. Ich halte es für durchaus möglich, daß das Kind ebenfalls starb und dieser sogenannte Neffe das Kind der zweiten Frau und somit überhaupt kein Verwandter von Miss Greenshaw ist. Die Frau bewarb sich um den Posten als Haushälterin und spionierte aus, wie die Dinge lagen. Dann schrieb der Sohn an Miss Greenshaw als ihr Neffe und schlug vor, ihr einen Besuch abzustatten – vielleicht hat er im Scherz erwähnt, daß er in seiner Polizistenuniform erscheinen würde, oder er lud sie ein, sich das Stück anzusehen. Aber ich glaube, sie hat wohl den wahren Sachverhalt erraten und sich geweigert, ihn zu sehen. Er wäre ihr Erbe gewesen, wenn sie ohne Testament gestorben wäre. Aber sobald sie natürlich ein Tesament zugunsten der Haushälterin – wie sie annahmen – gemacht hatte, lag der Weg klar vor ihnen.»

«Aber warum haben sie dann einen Pfeil verwendet?» warf Joan ein. «Das erscheint mir so gesucht.»

«Durchaus nicht, liebes Kind. Alfred gehörte zu einem Bogenschützenklub – und Alfred sollte die Schuld aufgehalst werden. Daß er schon um zwölf Uhr zwanzig das Gasthaus erreicht hatte, war vom Standpunkt dieser beiden höchst unglückselig. Er ging ja immer ein wenig vor seiner eigentlichen Zeit fort, und das wäre gerade richtig für sie gewesen.» Kopfschüttelnd fügte sie hinzu: «Es erscheint wirklich ungerecht – im moralischen Sinne, meine ich natürlich –, daß Alfreds Faulheit ihm das Leben gerettet hat.»

Der Inspektor räusperte sich.

«Nun, Madam, diese Ideen, die Sie da geäußert haben, sind ja hochinteressant. Ich werde sie natürlich nachprüfen müssen...»

Miss Marple und Raymond West standen neben dem Steingarten und blickten auf einen Gartenkorb mit welkender Vegetation hinab.

Miss Marple murmelte:

«Alyssum, Steinbrech, Geißklee, Wegerich, Glockenblumen... Ja, das beweist *mir* genug. Wer gestern morgen hier gejätet hat, verstand von Gärtnerei überhaupt nichts. Sie hat Blumen und Unkraut ohne Unterschied herausgerissen. Nun weiß ich also, daß ich recht habe. Ich danke dir, lieber Raymond, daß du mich hierhergebracht hast. Ich wollte gern alles mit eigenen Augen sehen.»

Sie und Raymond betrachteten beide das überspannte Bauwerk, das im Volksmund Greenshaws Monstrum hieß.

Hinter ihnen hustete jemand, und als sie sich umdrehten, entdeckten sie, daß ein hübscher junger Mann ebenfalls in den Anblick des Hauses versunken war.

«Verteufelt großer Kasten», meinte er. «Zu groß für heutige Verhältnisse – so sagt man wenigstens. Aber ich weiß nicht recht. Wenn ich das große Los gewönne, würde ich mir auch ein Haus in dieser Art bauen.»

Er lächelte sie verschämt an.

«Ich glaube, ich kann es jetzt wohl sagen: Das Haus da ist von meinem Urgroßvater gebaut worden», erklärte Alfred Pollock. «Und es ist ein schönes Haus, trotz seines Spottnamens – Greenshaws Monstrum!»

Ein Mord wird angekündigt

I

An jedem Wochentag zwischen 7 Uhr 30 und 8 Uhr 30 macht Johnnie Butt auf seinem Rad die Runde durch das Dorf Chipping Cleghorn und steckt die verschiedenen Zeitungen in die Briefkästen der Häuser, so wie sie bei Mr. Totman, seines Zeichens Schreibwaren- und Buchhändler, bestellt worden waren.

Colonel Easterbrook erhält die *Times* und den *Daily Graphic*, Mrs. Swettenham die *Times* und den *Daily Worker*, bei Miss Hinchliffe und Miss Murgatroyd gibt er den *Daily Telegraph* und den *New Chronicle* ab und bei Miss Blacklockden *Telegraph*, die *Times* und die *Daily Mail*.

Am Freitag erhält jedes Haus im Dorf außerdem ein Exemplar der *North Benham and Chipping Cleghorn Gazette*, allgemein die *Gazette* genannt – und die meisten Einwohner von Chipping Cleghorn greifen nach einem flüchtigen Blick auf die Schlagzeilen der Tageszeitungen voll Neugierde nach der *Gazette* und vertiefen sich in die Lokalnachrichten. Oberflächlich werden die «Briefe an die Redaktion» gestreift, in denen die Zänkereien und Fehden der ländlichen Gegend ihren Niederschlag finden, und dann wenden sich neun von zehn Abonnenten dem Inseratenteil zu.

Auch am Freitag, dem 29. Oktober, gab es keine Ausnahme von dieser Regel.

Mrs. Swettenham strich sich ihre hübschen grauen Löckchen aus der Stirn, öffnete die *Times*, überflog sie und fand, daß es dem Blatt wie gewöhnlich gelungen war, etwa aufregende Nachrichten geschickt zu verbergen.

Nachdem sie ihre Pflicht erfüllt hatte, legte sie das Intelligenzblatt beiseite und griff neugierig nach der *Chipping Cleghorn Gazette.*

Als ihr Sohn Edmund kurz danach ins Zimmer trat, war sie schon in die Inserate vertieft.

«Guten Morgen, mein Kind», sagte sie. «Die Smedleys wollen ihren Daimler verkaufen – Modell 1935 ... reichlich alt.»

Ihr Sohn grunzte etwas vor sich hin, goß sich eine Tasse Kaffee ein, nahm zwei Brötchen, setzte sich an den Tisch, öffnete den *Daily Worker,* sein Leib- und Magenblatt, und lehnte es an den Toastständer.

«‹Junge Bulldoggen›», las Mrs. Swettenham vor. «Ich weiß wirklich nicht, wie Leute es heute noch fertigbringen, große Hunde zu füttern. Hm, Selina Lawrence sucht schon wieder eine Köchin; ich könnte ihr sagen, daß solche Anzeigen in dieser Zeit reine Verschwendung sind ... Sie hat noch nicht mal ihre Adresse angegeben, nur eine Chiffrenummer – das ist *ganz* schlecht –, ich hätte ihr sagen können, daß Dienstboten immer zuerst wissen wollen, wo sie arbeiten sollen. Sie legen Wert auf eine gute Adresse ... *Falsche Zähne* – ich verstehe wirklich nicht, warum falsche Zähne so beliebt sind ... *Herrliche Blumenzwiebeln,* unsere Spezialauswahl, äußerst preisgünstig – scheinen wirklich nicht teuer zu sein ... Hier möchte ein Mädchen *‹Interessante Stellung – Reisen erwünscht›.* Na, wer wünscht sich das nicht? *Dachshunde* – ich habe Dachshunde nie besonders gemocht ... Ja, Mrs. Finch?»

Die Tür hatte sich geöffnet und gab den Blick frei auf Kopf und Oberkörper einer grimmig blickenden Frau mit einem abgeschabten Samtbarett. «Guten Morgen, Ma'm», sagte Mrs. Finch. «Kann ich abräumen?»

«Noch nicht. Wir sind noch nicht ganz fertig», erwiderte Mrs. Swettenham freundlich, aber mit Nachdruck.

Mrs. Finch streifte Edmund und seine Morgenlektüre mit einem seltsamen Blick und zog sich schniefend zurück.

«Was heißt ‹noch nicht ganz fertig›», protestierte Edmund, «ich habe doch gerade erst angefangen.»

«Ich wünschte, Edmund, du würdest nicht dieses gräßliche Blatt da lesen, Mrs. Finch kann es *überhaupt nicht* leiden», klagte Mrs. Swettenham.

«Ich verstehe nicht, was meine politischen Ansichten mit Mrs. Finch zu tun haben, Mutter.»

«Außerdem», fuhr Mrs. Swettenham unbeirrt fort, «wenn du wenigstens ein Arbeiter wärst. Aber du tust doch keinen Handschlag.»

«Das ist einfach nicht wahr», antwortete Edmund empört. «Ich schreibe ein Buch.»

«Ich meine *richtige* Arbeit», beharrte Mrs. Swettenham ungerührt. «Und was machen wir, wenn Mrs. Finch nicht mehr zu uns kommen will?»

«In der *Gazette* annoncieren», schlug Edmund grinsend vor.

«Ich hab dir gerade erzählt, daß das sinnlos ist. Oh, mein Lieber, wenn man heutzutage nicht eine alte Kinderfrau in der Familie hat, die auch kocht und alles mögliche andere tut, ist man *aufgeschmissen*.»

«Na gut – und warum haben wir keine alte Kinderfrau? Warum hast du mich nicht rechtzeitig mit einer versorgt? Was hast du dir dabei gedacht?» fragte Edmund mit gespielter Entrüstung.

Doch Mrs. Swettenham war schon wieder in die Kleinanzeigen vertieft.

«*Schreib deinem verzweifelten Nasenbären* –Mein Gott, was für alberne Kosenamen die Leute doch haben ... Schon wieder Dachshunde ... und *Cockerspaniels* ... Erinnerst du dich an die süße Susi, Edmund? Sie war wirklich wie ein *Mensch*. Verstand jedes Wort, das man zu ihr sagte .. *Louis-seize-Sekretär* zu verkaufen. Altes Familienerbstück. Mrs. Lucas, Dayas Hall ... Die Frau lügt doch wie gedruckt! Mrs. Lucas und Louis-seize, also wirklich ...!»

Mrs. Swettenham schniefte kurz und fuhr dann mit der Lektüre fort:

«‹Es war alles meine Schuld, Darling. Liebe dich unsterblich. Freitag, wie üblich – J.› Ein Streit unter Liebesleuten vermutlich – oder glaubst du, es handelt sich um einen Code von Einbrechern? ... Schon wieder *Dachshunde*. Also wirklich, offensichtlich ist überall Nachwuchs eingetroffen ...

‹Wegen Auslandsreise marineblaues Jackenkleid zu verkaufen› ... weder Maße noch Preis sind angegeben ... eine Hochzeitsanzeige ... nein, ein Mord ... was? ... aber da hört sich doch alles auf! ... Edmund, Edmund, hör dir das doch mal an: ‹Ein Mord wird hiermit angekündigt. Er wird Freitag, den 29. Oktober, um 6 Uhr 30 abends in Little Paddocks verübt. Freunde und Bekannte sind herzlichst eingeladen, daran teilzunehmen. Eine zweite Aufforderung erfolgt nicht› ... Das ist doch irrsinnig! Edmund!»

«Was ist denn?»

Edmund blickte mißmutig von seiner Zeitung auf.

«Freitag, den 29. Oktober ... das ist ja heute!»

«Zeig her!»

Ihr Sohn ergriff die Zeitung.

«Aber was soll das nur heißen?»

Mrs. Swettenham platzte fast vor Aufregung.

Edmund rieb sich nachdenklich die Nase.

«Wahrscheinlich eine Cocktail-Gesellschaft mit einer Mörder-Scharade oder dem ‹Mörderspiel›.»

«Meinst du?» fragte seine Mutter zweifelnd. «Aber eine merkwürdige Art der Einladung, einfach so eine Anzeige aufzugeben, und es gleicht Letitia Blacklock gar nicht; sie macht doch einen so vernünftigen Eindruck.»

«Sicher hat sich das der Bengel ausgedacht, ihr Neffe, der bei ihr wohnt.»

«Und die Einladung erfolgt erst heute. Meinst du, sie gilt auch für uns?»

«Es heißt doch: ‹Freunde und Bekannte sind herzlichst eingeladen, daran teilzunehmen›», erklärte Edmund.

«Also mir paßt diese Art Einladung gar nicht», meinte Mrs. Swettenham ärgerlich.

«Du mußt ja nicht hingehen, Mutter.»

«Natürlich nicht.»

Nachdenkliches Schweigen. Dann:

«Edmund, wie geht eigentlich das ‹Mörderspiel› vor sich?»

«So genau weiß ich das auch nicht ... ich glaube, man zieht Lose aus einem Hut. Einer ist das Opfer, ein anderer der Detektiv, dann wird das Licht ausgelöscht, jemand tippt einem auf die Schulter, dann schreit man, legt sich auf die Erde und stellt sich tot.»

«Das hört sich ja sehr aufregend an.»

«Wahrscheinlich ist es ziemlich langweililg. Ich gehe jedenfalls nicht hin.»

«Unsinn, Edmund», erklärte Mrs. Swettenham energisch. «Ich gehe hin, und du kommst mit... dabei bleibt es!»

«Archie», sagte Mrs. Easterbrook zu ihrem Mann, «was sagst du dazu!»

Colonel Easterbrook hörte nicht zu, weil er sich gerade über einen Artikel in der *Times* ärgerte.

«Das Schlimme ist, daß die Leute keine Ahnung von Indien haben», erklärte er.

«Du hast recht, Archie, aber hör dir dies an: ‹Ein Mord wird hiermit angekündigt. Er wird Freitag, den 29. Oktober, um 6 Uhr 30 abends in Little Paddocks verübt. Freunde und Bekannte sind herzlichst eingeladen, daran teilzunehmen. Eine zweite Aufforderung erfolgt nicht›.»

Triumphierend hielt sie inne. Der Colonel blickte sie nachsichtig an, ohne großes Interesse zu zeigen.

«Das Mörderspiel», sagte er kurz.

«Oh!»

«Es kann ganz amüsant sein, wenn es richtig gemacht wird.» Er hatte sich etwas erwärmt. «Ja, das kann ein nettes Spiel sein, wenn der, der den Detektiv spielt, etwas von Kriminalistik versteht.»

«So wie du, Archie. Miss Blacklock hätte dich auffordern müssen, ihr bei den Vorbereitungen zu helfen.»

Der Colonel schnaubte.

«Ja, sie hat doch ihren jungen Neffen bei sich, der wird ihr das in den Kopf gesetzt haben. Aber komisch, so etwas in der Zeitung zu veröffentlichen.»

«Es ist im Inseratenteil. Man hätte es glatt übersehen können. Das soll doch eine Einladung sein, Archie?»

«Eine merkwürdige Art von Einladung. Ich gehe jedenfalls nicht hin.»

«Oh, Archie!» stieß Mrs. Easterbrook jammernd hervor.

«Die Einladung kommt zu spät; ich könnte ja etwas anderes vorhaben.»

«Aber du hast doch nichts anderes vor, Liebling.»

Schmeichelnd dämpfte sie nun die Stimme.

«Und ich finde, Archie, du müßtest wirklich hingehen, einfach um der armen Miss Blacklock zu helfen. Ich bin sicher, daß sie auf dich zählt, damit die Sache richtig gemacht wird.»

Sie legte den Kopf mit der blondgefärbten Lockenpracht zur Seite und riß ihre blauen Augen weit auf.

«Wenn du es so siehst, Laura...» Der Colonel zwirbelte wichtig seinen grauen Schnurrbart und blickte nachsichtig in das puppenhafte Gesicht seiner Frau – Mrs. Easterbrook war mindestens dreißig Jahre jünger als ihr Mann.

«Wenn du es so siehst, Laura», wiederholte er.

«Ich halte es wirklich für deine Pflicht, Archie», erklärte sie feierlich.

Auch im Hause Boulders bei den Damen Miss Martha Hinchliffe und Miss Amy Murgatroyd war die *Chipping Cleghorn Gazette* abgegeben worden.

«Martha... Martha!»

«Was ist los, Amy?»

«Wo bist du?»

«Im Hühnerstall.»

Vorsichtig trippelte Miss Murgatroyd, eine rundliche, freundliche alte Jungfer, durch das nasse hohe Gras zu ihrer Freundin, die die Hühner fütterte.

Amys graue Lockenfrisur war zerzaust, und sie war völlig außer Atem.

«In der *Gazette*», keuchte sie, «hör dir das an... Was kann das bedeuten? ‹Ein Mord wird angekündigt. Er wird Freitag, den 29. Oktober, um 6 Uhr 30 abends in Little Paddocks verübt. Freunde und Bekannte sind herzlichst eingeladen, daran teilzunehmen. Eine zweite Aufforderung erfolgt nicht›...»

«Quatsch!» erklärte Martha.

«Ja, aber was soll das heißen?»

«Auf jeden Fall etwas zu trinken», sagte Martha.

«Hältst du es für eine Einladung?»

«Das werden wir feststellen, wenn wir dort sind. Wahrscheinlich wird es schlechten Sherry geben.»

«Großer Gott!» rief Mrs. Harmond am Frühstückstisch ihrem Gatten, Reverend Julian Harmond, zu. «Bei Miss Blacklock gibt es einen Mord!»

«Einen Mord?» fragte ihr Mann, leicht überrascht. «Wann?»

«Heute nachmittag ... um halb sieben. Oh, wie schade, Liebling, da mußt du gerade Konfirmandenunterricht geben. Das ist wirklich eine Schande, wo du doch Morde so gern hast.»

«Ich weiß überhaupt nicht, wovon du sprichst, Bunch.»

Mrs. Harmond, deren rundliche Formen und pausbäckiges Gesicht ihr schon frühzeitig den Spitznamen «Bunch» – Kügelchen – an Stelle ihres Taufnamens Diana eingebracht hatten, reichte ihrem Mann die *Gazette* über den Tisch.

«Da steht's, zwischen den Verkaufsanzeigen von Klavieren und gebrauchten Gebissen.»

«Eine höchst ungewöhnliche Anzeige!»

«Nicht wahr?» stieß sie vergnügt hervor. «Man kann sich aber gar nicht vorstellen, daß Miss Blacklock Interesse für einen Mord und für solche Spiele hat. Ich gehe jedenfalls hin und erzähle dir dann alles. Zu schade, daß du nicht dabei sein kannst, denn ich mag eigentlich keine Spiele, die im Dunkeln vor sich gehen; ich habe Angst, wenn mir plötzlich jemand die Hand auf die Schulter legt und mir zuflüstert: ‹Sie sind tot!› Ich weiß, ich würde mich so aufregen, daß ich vielleicht wirklich einen Herzschlag bekäme. Hältst du das für möglich?»

«Nein, Bunch, du wirst uralt – mit mir zusammen.»

«Wir werden am selben Tag sterben und im selben Grab begraben, das wäre herrlich!»

Bunch strahlte über ihr ganzes rundes Gesicht ob dieses schönen Zukunftsbildes.

«Du bist wohl sehr glücklich, Bunch?» fragte ihr Mann lächelnd.

«Wer an meiner Stelle wäre nicht glücklich?» erwiderte sie. «Mit dir und Suzanne und Edward, ihr habt mich alle lieb, und es macht euch nichts aus, daß ich dumm bin ... und dazu scheint noch die herrliche Sonne!»

2

Auch in Little Paddocks war man beim Frühstück. Miss Letitia Blacklock, eine Dame Anfang Sechzig, die Besitzerin des Hauses, saß am Kopfende des Tisches; sie trug ein schlichtes Tweedkostüm und ein dreireihiges breites Halsband aus großen unechten Perlen, das weder zu dem Kostüm noch zu ihrer Erscheinung paßte. Sie las die *Daily Mail*, während Julia Simmons gelangweilt im *Telegraph* blätterte und Patrick Simmons das Kreuzworträtsel in der *Times* löste. Miss Dora Bunner widmete ihre ganze Aufmerksamkeit dem lokalen Wochenblatt.

Plötzlich ertönte aus Miss Bunners Mund ein glucksender Laut wie von einem erschreckten Huhn.

«Letty ... Letty, hast du das gesehen? Was soll das heißen?»

«Was ist denn, Dora?»

«Eine höchst merkwürdige Annonce. Aber da steht ganz deutlich ‹Little Paddocks› ... Was kann das nur heißen.»

«Wenn du es mir vielleicht zeigst, liebe Dora ...», sagte Miss Blacklock und streckte die Hand aus.

Gehorsam reichte Miss Bunner ihr die Zeitung und deutete mit zitterndem Zeigefinger auf eine Anzeige.

«Sieh dir das an, Letty!»

Miss Blacklock blickte mich hochgezogenen Brauen auf das Blatt. Dann warf sie einen kurzen, prüfenden Blick über den Tisch und las schließlich die Anzeige laut vor: «‹Ein Mord wird angekündigt. Er wird Freitag, den 29. Oktober, um 6 Uhr 30 abends in Little Paddocks verübt. Freunde und Bekannte sind herzlichst eingeladen, daran teilzunehmen. Eine zweite Aufforderung erfolgt nicht› ... Patrick, ist das deine Idee?» fragte sie scharf. Ihre Blicke hefteten sich auf das hübsche, unbekümmerte Gesicht des jungen Mannes am anderen Ende des Tisches.

Patricks Dementi erfolgte prompt: «Wirklich nicht, Tante Letty. Wie kommst du nur auf den Gedanken? Wieso soll ich etwas damit zu tun haben?»

«Weil es dir ähnlich sähe», entgegnete sie grimmig. «Du wärst zu einem solchen Scherz fähig.»

«Ein Scherz? Ich habe keine Ahnung davon.»
«Und du, Julia?»
Gelangweilt antwortete Julia: «Ich natürlich auch nicht!»
«Glaubst du, daß Mrs. Haymes ...», murmelte Miss Bunner und blickte auf einen leeren Platz, an dem schon jemand gesessen und gefrühstückt hatte.
«Ich kann mir nicht vorstellen, daß unsere Phillipa versuchen sollte, komisch zu sein», meinte Patrick. «Sie ist doch so ernst.»
«Aber was soll es bedeuten?» fragte Julia gähnend.
«Ich vermute, es soll ein Witz sein», sagte Miss Blacklock.
«Aber wieso?» fragte Dora. «Wo ist da ein Witz? Ich finde es höchst geschmacklos!» Ihre schlaffen Wangen zitterten vor Empörung, ihre kurzsichtigen Augen funkelten.
Miss Blacklock lächelte ihr zu.
«Reg dich nicht auf, Dora», sagte sie beschwichtigend. «Irgend jemand scheint es für einen Witz zu halten, aber ich möchte wissen, wer?»
«Es heißt ‹Freitag›, also heute», erklärte Miss Bunner. «Heute um halb sieben. Was, glaubst du, wird passieren?»
«Tod!» rief Patrick mit Grabesstimme. «Köstlicher Tod!»
«Halt den Mund, Patrick!» fuhr Miss Blacklock ihn an, da Miss Bunner einen leisen Schrei ausgestoßen hatte.
«Ich meine ja nur Mizzis berühmte Torte», entgegnete er entschuldigend. «Wir nennen sie doch ‹Köstlicher Tod›.»
Miss Blacklock lächelte zerstreut.
«Aber, Letty, was glaubst du wirklich?» jammerte Miss Bunner.
Ihre Freundin schnitt ihr das Wort ab.
«Ich glaube bestimmt, daß um halb sieben etwas passieren wird; wir werden das halbe Dorf hier haben, und jedermann wird vor Neugierde platzen. Wir müssen für genügend Sherry sorgen.»

«Du bist beunruhigt, Letty?»
Miss Blacklock, die an ihrem Schreibtisch saß und zerstreut Fischchen auf ein Löschpapier malte, zuckte zusammen und blickte in das ängstliche Gesicht ihrer alten Freundin. Sie wußte nicht, was sie antworten sollte, denn Dora durfte sich nicht aufregen. Nachdenklich schwieg sie einen Augenblick.

Sie und Dora hatten gemeinsam die Schule besucht; dann hatten die beiden Freundinnen lange nichts mehr voneinander gehört, bis Miss Blacklock vor einem halben Jahr einen rührenden, konfusen Brief erhielt: Dora war krank, sie wohnte in einem möblierten Zimmer und wollte, da sie von ihrer Altersrente nicht leben konnte, Näharbeiten übernehmen; aber ihre Finger waren steif von Rheumatismus. Sie erinnerte an die gemeinsam verbrachte Schulzeit und fragte, ob es ihrer alten Freundin möglich sei, ihr zu helfen.

Miss Blacklock hatte impulsiv reagiert. Die arme Dora, die arme, hübsche, dumme, konfuse Dora! Sie war zu ihr gefahren und hatte sie nach Little Paddocks mitgenommen, unter dem freundlichen Vorwand: «Ich brauche Hilfe für den Haushalt, die Arbeit wächst mir über den Kopf.» Es würde nicht mehr lange dauern, hatte ihr der Arzt gesagt, aber zuweilen ging ihr die arme Dora doch sehr auf die Nerven. Dora brachte alles in Unordnung, regte die temperamentvolle ausländische Köchin auf, irrte sich beim Wäschezählen, verlegte Rechnungen und Briefe und erbitterte die tüchtige Freundin häufig aufs höchste.

«Beunruhigt? Nein, das könnte ich nicht sagen», antwortete sie. «Du meinst wegen dieser lächerlichen Anzeige in der *Gazette*?»

«Auch wenn es sich nur um einen Scherz handelt, so ist es doch ein abscheulicher Scherz.»

«Das stimmt, Dora», entgegnete Miss Blacklock, «ein abscheulicher Scherz.»

«Es gefällt mir gar nicht», erklärte Dora mit ungewohnter Energie. «Ich fürchte mich.»

Plötzlich fügte sie hinzu: «Und du fürchtest dich auch, Letitia.»

«Unsinn!»

Sie hielt inne, denn ein junges Mädchen in einem grellfarbenen Dirndlkleid kam ins Zimmer gestürmt. Das Mädchen trug sein schwarzes Haar in schweren Flechten um den Kopf geschlungen, die dunklen Augen blitzten.

«Kann ich sprechen zu Ihnen ... ja, bitte?» fragte es heftig.

«Natürlich, Mizzi, was haben Sie denn auf dem Herzen?» antwortete Miss Blacklock.

Zuweilen dachte sie, es wäre besser, die ganze Hausarbeit und auch das Kochen allein zu tun, als fortwährend von den Ausbrüchen ihrer Haushaltshilfe belästigt zu werden.

«Ich kann nicht bleiben! Ich kündige! Ich geh weg, sofort!»

«Aber warum denn? Hat Sie jemand aufgeregt?»

«Jawohl, ich bin aufgeregt», erklärte Mizzi leidenschaftlich. «Ich will nicht sterben! In Europa bin ich Tod entflohen. Aber ich, ich davongelaufen, ich gekommen nach England, ich arbeiten, ich tu Arbeit, die nie – nie ich in meinem eigenen Land tun würde... Ich...»

«Ich weiß das alles», entgegnete Miss Blacklock müde abwehrend – diese Rede kannte sie auswendig. «Aber warum wollen Sie gerade jetzt fortgehen?»

«Weil wieder sie kommen, mich morden!»

«Ach, Sie meinen die *Gazette*?»

«Jawohl, hier steht geschrieben!»

Mizzi hielt Miss Blacklock die Zeitung unter die Nase.

«Sehen Sie... hier steht: Ein Mord! In Little Paddocks! Das sein doch hier! Heute abend um halb sieben. Ah! Ich nicht warten, bis ich gemordet bin... ooh nein!»

«Aber warum soll sich das auf Sie beziehen? Wir halten es für einen Witz.»

«Ein Witz? Das ist kein Witz, jemand morden!»

«Natürlich nicht. Aber mein liebes Kind, wenn jemand Sie ermorden wollte, würde er das doch nicht vorher in der Zeitung ankündigen.»

«Sie das nicht glauben?» Mizzi wurde unsicher. «Sie glauben, vielleicht, die wollen niemand ermorden? Aber vielleicht wollen die Sie morden, Miss Blacklock.»

«Ich bin sicher, daß niemand mich ermorden will», entgegnete Miss Blacklock, «und ich bin auch fest davon überzeugt, Mizzi, daß niemand Sie ermorden will. Aber wenn Sie ohne vorherige Kündigung tatsächlich auf der Stelle fortgehen wollen, kann ich Sie nicht halten; es wäre allerdings dumm von Ihnen.»

Da Mizzi unschlüssig dreinblickte, fügte sie energisch hinzu: «Wir müssen das Rindfleisch, das uns der Metzger geliefert hat, lange kochen; es scheint sehr zäh zu sein.»

«Ich werd Ihnen machen ein Gulasch, ein wunderbares Gulasch!»

«Und machen Sie aus dem harten Käse einige kleine Käsekuchen, ich glaube, daß wir heute abend Besuch erhalten.»

«Heute abend?»

«Um halb sieben.»

«Aber das steht ja in der Zeitung! Wer soll kommen denn? Warum sollen die kommen ...?»

«Zum Begräbnis», antwortete Miss Blacklock ironisch zwinkernd. «Aber jetzt Schluß, Mizzi, ich habe zu tun. Machen Sie die Tür hinter sich zu!»

3

«So, nun wäre alles bereit!» erklärte Miss Blacklock und blickte sich noch einmal prüfend im Wohnzimmer um. Es war ein großer Raum; das ursprünglich lange, schmale Zimmer war durch Entfernung der Doppeltüren, die in ein kleineres Zimmer mit einem Erker führten, erweitert worden; daher gab es auch zwei Kamine. Zwei Bronzeschalen waren mit Chrysanthemen gefüllt, auf einem kleinen Tisch an der Wand stand eine Vase mit Veilchen sowie eine silberne Zigarettendose und auf dem großen Mitteltisch ein Tablett mit Gläsern. Obwohl in beiden Kaminen kein Feuer brannte, war es angenehm warm.

«Ah, du hast die Zentralheizung angeworfen», stellte Patrick fest.

Miss Blacklock nickte.

«Es ist so neblig und ungemütlich, das ganze Haus ist feucht.»

Die Tür öffnete sich, und Phillipa Haymes, eine große, blonde junge Frau trat ein. Überrascht sah sie sich im Zimmer um.

«Guten Abend!» rief sie. «Gebt ihr eine Gesellschaft? Niemand hat mir etwas gesagt.»

«Ach, unsere Phillipa weiß ja von nichts», sagte Patrick. «Sie ist wohl das einzige weibliche Wesen in Chipping Cleghorn, das noch nichts davon weiß.»

Phillipa sah ihn fragend an.

«Dieses Zimmer wird der Schauplatz eines Mordes sein!» erklärte Patrick mit weit ausholender Handbewegung.

Phillipa sah ihn verständnislos an.

«Das da», Patrick deutete auf die zwei großen Schalen mit Chrysanthemen, «sind die Kränze.»

Nun wandte sich Phillipa an Miss Blacklock.

«Soll das ein Witz sein? In der Beziehung bin ich schwer von Begriff.»

«Es ist ein abscheulicher Witz!» erklärte Dora energisch.

«Zeig ihr die Annonce», sagte Miss Blacklock. «Ich muß jetzt gehen und die Enten einschließen, es wird schon dunkel.»

«Laß mich das tun, liebe Letty!» rief Miss Bunner. «Ich mache das sehr gern. Ich schlüpfe einfach in meine Galoschen ... aber wo habe ich nur meinen Regenmantel?»

Inzwischen verließ Miss Blacklock lächelnd das Zimmer.

«Es hat ja keinen Zweck, Bunny», sagte Patrick. «Tante Letty ist so tüchtig, daß ihr niemand etwas recht machen kann, daher tut sie lieber alles gleich selber.»

«Wollt ihr mir jetzt nicht endlich sagen, was eigentlich los ist?» rief Phillipa klagend.

Nun versuchten alle auf einmal, es ihr zu erklären – die *Gazette* war nicht zu finden, da Mizzi sie in die Küche mitgenommen hatte.

Nach einer kleinen Weile kehrte Miss Blacklock zurück.

«So, das wäre erledigt», erklärte sie zufrieden und schaute auf die Uhr auf dem Kaminsims. «Zwanzig nach sechs. Bald werden sich die Besucher einstellen, oder ich müßte meine lieben Nachbarn nicht kennen.»

«Ich begreife noch immer nicht, warum irgend jemand kommen sollte», sagte Phillipa.

«Du wirst es bald sehen. Die meisten Leute sind eben neugieriger als du», erwiderte Miss Blacklock und blickte sich noch einmal prüfend im Zimmer um. Mizzi hatte eine Flasche Sherry und drei Platten mit Oliven, Käsekuchen und Gebäck auf den großen Tisch gestellt.

«Patrick, stell doch bitte das Tablett oder besser den ganzen

Tisch in den Erker. Schließlich habe ich ja niemanden eingeladen, und ich möchte es nicht zu offen zeigen, daß ich Leute erwarte.»

Dann nahm sie die Sherryflasche in die Hand und betrachtete sie.

«Die ist noch halb voll», erklärte Patrick. «Das sollte genügen.»

«Eigentlich ja...» Sie zögerte und sagte dann leicht errötend: «Patrick... im Schrank in der Speisekammer steht noch eine volle Flasche... hol sie bitte, und bring einen Korkenzieher mit. Die hier steht schon so lange angebrochen da.»

Patrick kam bald mit der neuen Flasche zurück und öffnete sie. Neugierig blickte er dabei Miss Blacklock an.

«Du nimmst die Sache ziemlich ernst?» fragte er freundlich.

«Oh!» rief Dora entsetzt. «Letty, du glaubst doch nicht...»

«Still!» unterbrach Miss Blacklock sie. «Es hat geläutet.»

Mizzi öffnete die Tür des Wohnzimmers und ließ Colonel Easterbrook und seine Frau eintreten. Sie hatte ihre eigene Art, Besucher anzumelden.

«Hier Colonel Easterbrook und Frau, die wollen Ihnen besuchen», verkündete sie.

«Entschuldigen Sie bitte, daß wir Ihnen so ins Haus fallen», erklärte der Colonel – Julia unterdrückte mühsam ein Kichern. «Wir sind zufällig hier vorbeigekommen. Es ist ein so milder Abend. Ah, Sie haben die Zentralheizung schon in Betrieb, wir warten noch damit.»

«Gott, was für entzückende Chrysanthemen!» flötete Mrs. Easterbrook. «Wie bezaubernd!»

Mizzi öffnete wieder die Tür und trompetete:

«Hier die Damen von Boulders.»

«Guten Abend!» rief Miss Hinchliffe und schüttelte Miss Blacklock kräftig die Hand. «Ich habe vorhin zu Amy gesagt: ‹Wir gehen auf 'nen Sprung zu Miss Blacklock!› Ich wollte gern wissen, ob Ihre Enten gut legen.»

«Es wird jetzt schon so früh dunkel», sagte Miss Murgatroyd zu Patrick. «Oh, was für entzückende Chrysanthemen!»

«Ah, Sie heizen schon?» stellte Miss Hinchliffe fest und fügte vorwurfsvoll hinzu: «Sehr früh.»

«Das Haus ist so feucht», meinte Miss Blacklock entschuldigend.

Wieder öffnete sich die Tür, und Mrs. Swettenham segelte herein, gefolgt von ihrem mißvergnügt dreinblickenden Sohn.

«Da sind wir!» verkündete sie fröhlich und blickte sich neugierig im Zimmer um.

Dann wurde ihr auf einmal unbehaglich zumute, und sie sagte: «Ich bin nur vorbeigekommen, um Sie zu fragen, ob Sie vielleicht ein junges Kätzchen haben wollen, Miss Blacklock? Die Mutter ist eine ausgezeichnete Mäusefängerin.»

Schließlich rief sie: «Was für entzückende Chrysanthemen!»

«Ah, Sie heizen schon?» bemerkte Edmund erstaunt.

«Wie eine Grammophonplatte», murmelte Julia.

«Die Nachrichten gefallen mir gar nicht», sagte der Colonel zu Patrick, ihn am Knopfloch haltend. «Ich kann Ihnen nur sagen, diese Russen ...»

«Ich interessiere mich nicht für Politik», erwiderte Patrick abweisend.

Wieder öffnete sich die Tür, und Mrs. Harmond kam herein. Ihren vom Wetter etwas mitgenommenen Hut hatte sie, in einem Versuch, mit der Mode zu gehen, nach hinten geschoben, und an Stelle ihres üblichen Pullovers trug sie eine zerknitterte Spitzenbluse.

«Guten Abend, Miss Blacklock!» rief sie, über das ganze Gesicht strahlend. «Ich bin doch nicht zu spät?»

Alle schnappten nach Luft. Julia kicherte vergnügt, Patrick verzog grinsend das Gesicht, und Miss Blacklock begrüßte freundlich lächelnd den neuen Gast.

«Julian ist außer sich, daß er nicht kommen kann», erklärte die Pfarrersgattin. «Er liebt doch Mordfälle. Drum war letzten Sonntag auch seine Predigt so gut – eigentlich sollte ich das ja von meinem eigenen Mann nicht sagen –, aber die Predigt war wirklich gut, viel besser als sonst, fanden Sie nicht auch? Und das kam daher, weil der das Buch ‹Der todbringende Hut› gelesen hatte. Kennen Sie es? Es ist fabelhaft. Man glaubt die ganze Zeit, Bescheid zu wissen, und dann kommt alles ganz anders, und es gibt so viele reizende Morde, vier oder fünf. Also ich hatte das Buch im Studierzimmer liegenlassen, als sich Julian dort einschloß, um seine Predigt vorzubereiten.

Und da fing er an, darin zu lesen, und dann konnte er einfach nicht mehr aufhören! Daher mußte er die Predigt in rasender Eile aufsetzen und das, was er sagen wollte, einfach ausdrücken – ohne seine üblichen gelehrten Zitate und Hinweise –, und natürlich ist sie auf diese Weise viel besser geworden. Mein Gott, ich rede viel zuviel. Aber sagen Sie mir, wann findet der Mord statt?»

Miss Blacklock blickte auf die Uhr auf dem Kaminsims.

«Wenn er stattfindet, dann sofort», antwortete sie lächelnd. «Es ist eine Minute vor halb. Aber nehmen Sie doch vorher ein Glas Sherry.»

Patrick ging bereitwillig durch den Türbogen zum Erker, während Miss Blacklock zu dem kleinen Tisch trat, auf dem die Zigarettendose stand.

«Ja, bitte ein Gläschen Sherry!» sagte Mrs. Harmond. «Aber was meinen Sie mit ‹wenn›?»

«Ich weiß davon genausowenig wie Sie!» entgegnete Miss Blacklock. «Ich weiß nur, was ...»

Sie unterbrach sich und wandte den Kopf, da die Uhr mit feinem silbernem Ton zu schlagen begann.

Alle verstummten, niemand rührte sich, jeder starrte wie hypnotisiert auf die Uhr.

Als der letzte Ton verklang, erlosch das Licht. In der Finsternis ertönten begeisterte Ausrufe.

«Es fängt an!» rief Mrs. Harmond in Ekstase.

Dora Bunner jammerte laut: «Oh, ich mag das nicht!»

Andere riefen: «Gott, wie ist das aufregend!» ... «Ich hab schon Gänsehaut!»

... «Archie, wo bist du?» ... «Was muß ich eigentlich tun?» ... «Verzeihung, bin ich Ihnen auf den Fuß getreten?»

Die Tür zur Halle wurde mit einem Ruck aufgerissen. Eine starke Blendlaterne leuchtete im Kreis umher, und eine heisere Männerstimme, die an vergnügliche Kinovorführungen erinnerte, schnauzte:

«Hände hoch! ... Hände hoch, sage ich!»

Begeistert wurden die Hände hochgestreckt.

«Ist das nicht wunderbar?» keuchte eine weibliche Stimme. «Ich bin ja so aufgeregt!»

Und dann, überraschend, donnerten zwei Revolverschüsse... zwei Kugeln pfiffen. Auf einmal war das Spiel kein Spiel mehr. Jemand schrie...

Die Gestalt im Türrahmen drehte sich plötzlich um, schien zu zögern, ein dritter Schuß ertönte, die Gestalt schwankte, stürzte zu Boden, die Blendlaterne fiel hin und erlosch. Wieder herrschte Finsternis... mit einem leisen, klagenden Laut ging die Tür langsam zu.

Nun schien die Hölle los zu sein, und alle riefen wirr durcheinander:

«Licht!»... «Wo ist der Schalter?»... «Wer hat ein Feuerzeug?»... «Oh, ich mag das nicht!»... «Aber die Schüsse waren ja echt!»... «Er hatte einen richtigen Revolver!»... «War es ein Einbrecher?»... «Oh, Archie, ich möchte heim!»

Fast gleichzeitig flammten nun zwei Feuerzeuge auf. Blinzelnd schauten alle einander an, verblüffte Gesichter starrten in verblüffte Gesichter. An der Wand im Türbogen stand Miss Blacklock; sie hielt die Hand am Gesicht. In dem trüben Licht war zu sehen, daß etwas Dunkles über ihre Finger rann.

Colonel Easterbrook räusperte sich und befahl:

«Probieren Sie den Schalter, Swettenham!»

Edmund drehte gehorsam am Schalter.

«Es muß ein Kurzschluß sein!» rief der Colonel.

Von jenseits der Tür ertönte unaufhörlich eine schrille weibliche Stimme. Die Schreie wurden immer lauter, und dazu hörte man wütendes Hämmern gegen eine Tür.

Dora Bunner, die still vor sich hin schluchzte, rief nun:

«Das ist Mizzi. Jemand ermordet Mizzi...»

«Soviel Glück haben wir nicht», brummte Patrick.

«Wir brauchen Kerzen! Patrick, hol Kerzen...», sagte Miss Blacklock.

Der Colonel hatte bereits die Tür geöffnet, er und Edmund traten, jeder ein flackerndes Feuerzeug in der Hand, in die Halle, wo sie über eine ausgestreckt liegende Gestalt stolperten.

«Der scheint getroffen zu sein», Colonel. «Aber wo vollführt eigentlich dieses Frauenzimmer den Höllenlärm?»

«Im Eßzimmer», antwortete Edmund.

Das Eßzimmer lag auf der anderen Seite der Halle. Noch immer hämmerte Mizzi heulend gegen die Tür.

«Sie ist eingeschlossen», erklärte Edmund und drehte den Schlüssel um. Die Tür wurde aufgerissen, und wie ein wütender Tiger stürzte Mizzi in die Halle.

Im Eßzimmer brannte das Licht, und in dessen Schein bot Mizzi, die noch immer schrie, ein groteskes Bild: In der einen Hand hielt sie einen Lederlappen – sie war gerade beim Silberputzen gewesen – und in der anderen ein großes Tranchiermesser.

«Hören Sie doch auf, Mizzi!» rief Miss Blacklock.

«Halten Sie den Mund!« herrschte Edmund sie an, und da Mizzi dieser Aufforderung keineswegs Folge leistete, beugte er sich vor und schlug ihr ins Gesicht.

Mizzi keuchte, ihr Schreien ging in Schluchzen über, bis sie schließlich ganz verstummte.

«Holen Sie Kerzen!» befahl ihr Miss Blacklock. «Aus dem Küchenschrank. Patrick, weißt du, wo die Sicherungen sind?»

«Im Gang hinter der Küche. Ich schaue gleich nach.»

Als Miss Blacklock in den Lichtschein des Eßzimmers trat, gab Dora Bunner ein lautes Stöhnen von sich und Mizzi stieß wieder einen spitzen Schrei aus.

«Blut!» keuchte sie. «Blut. Sie sind geschossen... Miss Blacklock, Sie zu Tod bluten!»

«Seien Sie doch nicht albern!» entgegnete Miss Blacklock kühl. «Ich bin kaum getroffen, die Kugel hat nur mein Ohr gestreift.»

«Aber, Tante Letty, du blutest ja wirklich!» rief nun auch Julia.

Wirklich boten Miss Blacklocks weiße Bluse, das Perlenhalsband und ihre Hand einen schauerlichen Anblick.

«Meine Ohren bluten leicht», erklärte sie. «Ich erinnere mich noch, daß ich einmal als Kind beim Coiffeur in Ohnmacht fiel. Der Mann hatte mit der Schere mein Ohr nur geritzt, und schon schoß das Blut hervor. Aber wir brauchen Licht!»

«Ich hole die Kerzen!» rief Mizzi.

Julia ging mit ihr, und bald kehrten sie mit einigen auf Untertassen festgeklebten Kerzen zurück.

«So, nun wollen wir uns den Übeltäter mal näher ansehen», sagte der Colonel. «Leuchten Sie, Swettenham!»

Der ausgestreckt daliegende Mann war in einen schwarzen Umhang und eine Kapuze gehüllt und trug schwarze Stoffhandschuhe, eine schwarze Maske bedeckte sein Gesicht; unter der verrutschten Kapuze wurde zerzaustes blondes Haar sichtbar. Der Colonel kniete nieder, fühlte den Puls und das Herz... dann zog er mit einem Ausruf des Ekels die Hand zurück, sie war voll Blut.

«Er hat sich erschossen», erklärte er.

«Ist er schwer verletzt?»» fragte Miss Blacklock.

«Hm. Ich fürchte, er ist tot... entweder hat er Selbstmord begangen, oder er ist über seinen Umhang gestolpert, und der Revolver ist beim Sturz losgegangen. Wenn ich nur besser sehen könnte...»

Wie durch ein Wunder ging in diesem Augenblick das Licht wieder an.

Angesichts des tot daliegenden Mannes hatten die Anwesenden ein Gefühl von Unwirklichkeit. Die Hand des Colonel war blutbefleckt, und Blut rieselte noch immer über Miss Blacklocks Hals und auf ihre Bluse.

Der Colonel zog der Leiche die Maske vom Gesicht.

«Wir wollen mal sehen, wer es ist», sagte er. «Wahrscheinlich wird ihn aber niemand von uns kennen.»

«Das ist ja ein ganz junger Mensch», verkündete Mrs. Harmond mit bedauerndem Unterton.

Plötzlich rief Dora Bunner aufgeregt:

«Letty! Letty, das ist ja der junge Mann aus dem Spa Hotel in Medenham Wells. Er kam neulich zu dir und wollte von dir das Reisegeld nach der Schweiz haben, und du hast es ihm nicht gegeben... Mein Gott, er hätte dich leicht umbringen können...»

Miss Blacklock, völlig Herrin der Situation, sagte schneidend:

«Phillipa, führe Bunny ins Eßzimmer und gib ihr ein halbes Glas Kognak! Julia, hol mir rasch aus dem Badezimmer Heftpflaster... es ist so unangenehm, wie ein Schwein zu bluten. Patrick, ruf bitte sofort die Polizei an!»

4

George Rydesdale, der Polizeichef der Grafschaft Middleshire, war ein ruhiger, mittelgroßer Mann; unter buschigen Brauen blitzten kluge Augen. Er hatte die Gewohnheit, mehr zuzuhören, als zu reden, und wenn er sprach, erteilte er mit gleichmütiger Stimme kurze Befehle, die aufs peinlichste befolgt wurden.

Er ließ sich von Inspektor Dermot Craddock, dem die Untersuchung des Falles übertragen worden war, Bericht erstatten.

«Constable Legg nahm die erste Meldung entgegen, Sir», berichtete Craddock. «Er scheint sich richtig verhalten zu haben und hat Geistesgegenwart bewiesen. Der Fall ist nicht einfach.»

«Ist der Tote identifiziert worden?»

«Jawohl, Sir. Rudi Schwarz, Schweizer, arbeitete im Royal Spa Hotel in Medenham Wells im Empfangsbüro. Wenn es Ihnen recht ist, gehe ich zunächst ins Spa Hotel und dann nach Chipping Cleghorn. Sergeant Fletcher ist schon dort. Er befragt die Buschauffeure, dann geht er zu dem Haus.»

Rydesdale nickte zustimmend und wandte sich zur Tür, die gerade geöffnet wurde.

Sir Henry Clithering, ehemaliger Kommissar von Scotland Yard, ein distinguiert aussehender, großer, älterer Herr, trat näher und hob die Brauen.

«Das Allerneueste ist», erklärte Rydesdale, «einen Mord in der Zeitung anzukündigen. Zeigen Sie, bitte, Sir Henry die Annonce, Craddock!»

Sir Henry las die Anzeige.

«Hm, das ist wirklich höchst merkwürdig», murmelte er.

«Weiß man, wer die Annonce aufgegeben hat?« fragte Rydesdale.

«Anscheinend Rudi Schwarz selbst.»

«Aber wozu wohl?» fragte Sir Henry.

«Um eine Anzahl neugieriger Dorfbewohner zu einer bestimmten Zeit in einem bestimmten Haus zu versammeln», antwortete Rydesdale, «sie dann zu überfallen und ihnen ihr Bargeld und die Wertsachen abzunehmen. Als Idee ist das gar nicht so dumm.»

«Was für ein Nest ist dieses Chipping Cleghorn?» fragte Sir Henry.

«Ein großes, malerisches Dorf; unter anderem gibt es dort einen guten Antiquitätenladen und zwei Tea-Rooms. Es ist ein beliebter Ausflugsort, wo viele Offiziere und Beamte im Ruhestand leben.»

«Ah, ich verstehe», sagte Sir Henry, «nette alte Jungfern und pensionierte Colonels. Natürlich kamen alle, nachdem sie die Annonce gelesen hatten, um halb sieben dorthin, um zu sehen, was los sei. Mein Gott, wie schade, daß ich nicht meine alte Jungfer hier habe.»

«Ihre alte Jungfer, Henry? Eine Tante?»

«Nein, keine Verwandte von mir...»

Er machte eine kleine Pause und erklärte dann fast ehrfürchtig:

«Sie ist der beste Detektiv, den es je gegeben hat. Ein geborenes Talent!»

Dann wandte er sich an Craddock.

«Unterschätzen Sie die alten Jungfern in Ihrem Dorf nicht, mein Lieber. Falls sich diese Geschichte als kompliziert herausstellen sollte, was ich freilich nicht glaube, so denken Sie daran, daß eine alte Jungfer, die strickt und ihren Garten betreut, jedem Sergeant weit überlegen ist.»

«Ich werde es mir merken, Sir», erwiderte Craddock.

Rydesdale gab Sir Henry einen kurzen Überblick über die Geschehnisse.

«Daß alle um halb sieben hinkommen würden, können wir uns denken», erklärte er. «Aber konnte dieser Schweizer das auch wissen? Und konnte er annehmen, die Anwesenden hätten so viel Geld und Wertsachen bei sich, daß ein Raub überhaupt lohnte?»

«Höchstens ein paar altmodische Broschen, Japanperlen, etwas Kleingeld, vielleicht ein, zwei Banknoten... kaum mehr», meinte Sir Henry nachdenklich. «Hatte diese Miss Blacklock viel Geld im Haus?»

«Sie sagt, nein, Sir, etwa fünf Pfund.»

«Sie meinen», murmelte Sir Henry, «daß dieser Bursche eine Komödie aufführen wollte, daß er nicht auf Raub aus war, sondern sich einfach einen Spaß machen wollte, eine Art Gangsterfilm? Das wäre möglich. Aber wieso hat er sich dann selbst erschossen?»

Rydesdale reichte ihm einen Bericht.

«Das ist der ärztliche Befund. Der Schuß wurde aus nächster Nähe abgegeben ... die Kleider waren versengt ... Hm ... daraus läßt sich nicht ersehen, ob es sich um einen Unfall oder um Selbstmord handelt. Er kann gestolpert und gestürzt sein, und dabei ist der Revolver, den er dicht an sich hielt, losgegangen ... Wahrscheinlich war es so.»

Er blickte Craddock an.

«Sie müssen die Zeugen gründlich befragen und sie dazu bringen, genau auszusagen, was sie gesehen haben.»

Betrübt erwiderte Craddock:

«Jeder hat etwas anderes gesehen!»

«Ja, das ist bei solchen Gelegenheiten leider meist der Fall», meinte Sir Henry. «Und woher stammt der Revolver?»

«Ein ausländisches Fabrikat, das auf dem Kontinent viel gebraucht wird. Schwarz besitzt keinen Waffenschein und hat bei seiner Einreise in England die Waffe nicht deklariert ...»

Im Royal Spa Hotel wurde Inspektor Craddock sofort ins Büro des Direktors geführt. Mr. Rowlandson, ein großer, freundlicher Herr, begrüßte Craddock aufs herzlichste.

«Ich stehe Ihnen in jeder Hinsicht zur Verfügung, Herr Inspektor», sagte er. «Es ist wirklich eine merkwürdige Sache. Ich hätte das nie von diesem Schwarz erwartet. Er war ein netter junger Mann, ganz durchschnittlich, und machte gar nicht den Eindruck eines Gangsters.»

«Seit wann war er bei Ihnen, Mr. Rowlandson?»

«Seit etwa drei Monaten. Er hatte gute Zeugnisse, die übliche Arbeitserlaubnis und so weiter.»

«Sie waren zufrieden mit ihm?»

Craddock bemerkte, daß Rowlandson einen Augenblick zögerte, ehe er antwortete:

«Ganz zufrieden.»

Nun benutzte Craddock eine Taktik, die er schon oft mit Erfolg angewandt hatte.

«Nein, nein, Mr. Rowlandson», sagte er kopfschüttelnd, «das stimmt doch nicht ganz?»

«Also...» Der Direktor schien leicht verlegen zu sein.
«Sagen Sie es schon. Irgend etwas war doch los... Was denn?»
«Das ist es ja gerade, ich weiß nicht, was.»
«Aber Sie dachten, daß irgend etwas nicht stimmte?»
«Ja... das schon.. aber ich kann wirklich nichts Konkretes sagen. Ich möchte nicht, daß meine Aussage zu Protokoll genommen wird.»
Craddock lächelte freundlich.
«Ich verstehe; machen Sie sich keine Sorgen.»
Widerstrebend erklärte Rowlandson nun:
«Also ein paarmal stimmten die Abrechnungen nicht. Es waren da einige Posten belastet worden, die nicht in Ordnung waren.»
«Sie hatten ihn im Verdacht, daß er gewisse Posten zu Unrecht belaste und daß er die Differenz einsteckte, wenn die Rechnung bezahlt war?»
«So etwas Ähnliches. Zu seinen Gunsten könnte man annehmen, daß es grobe Fahrlässigkeit war. Ein paarmal handelte es sich um recht erhebliche Beträge. Ich ließ daher seine Bücher durch unsern Revisor kontrollieren. Er fand auch mehrere Unregelmäßigkeiten, aber die Kasse stimmte genau. Ich nahm also an, daß es sich um Irrtümer handeln müßte.»
«Nehmen wir an, Schwarz hätte sich zuweilen nebenbei etwas Geld verschafft und damit die Kasse wieder in Ordnung gebracht.»
«Ja, wenn er das Geld dazu verwendet hätte. Aber Menschen, die sich ‹etwas Geld verschaffen›, wie Sie es nennen, geben es meist leichtsinnig wieder aus.»
«Wenn er also die fehlenden Beträge ersetzen wollte, mußte er sich das Geld durch Einbruch oder Überfall beschaffen.»
«Ja, und ich frage mich, ob das sein erster Versuch war...»
«Möglich; jedenfalls hat er es höchst ungeschickt angestellt. Woher hätte er sich sonst Geld beschaffen können? Hatte er Beziehungen zu Frauen?»
«Er war mit einer der Kellnerinnen vom Restaurant befreundet, mit einer gewissen Myrna Harris.»
«Ich möchte mit ihr sprechen.»
Myrna Harris war ein hübsches Mädchen mit roten Locken und einem kecken Stupsnäschen. Sie war aufgeregt und beunruhigt und

hielt es offensichtlich für entwürdigend, von der Polizei vernommen zu werden.

«Ich weiß von nichts, Sir», erklärte sie. «Wenn ich eine Ahnung gehabt hätte, was für ein Mensch Rudi war, wäre ich nie mit ihm ausgegangen. Aber ich glaubte, er sei anständig; man weiß doch nie, woran man mit einem Menschen ist. Er wird wohl zu einer der Verbrecherbanden gehört haben, von denen man soviel liest?»

«Wir glauben, daß er allein arbeitete», erwiderte Craddock. «Sie kannten ihn doch ziemlich gut?»

«Was meinen Sie mit ‹gut›?»

«Sie waren mit ihm befreundet?»

«Ja, wir standen uns freundschaftlich nahe. Es gab nichts Ernstes zwischen uns. Ich bin immer vorsichtig mit Ausländern. Daß sie schon verheiratet sind, kommt meist erst heraus, wenn es zu spät ist. Rudi spuckte dauernd große Töne. Ich war mißtrauisch.»

Hier hakte Craddock ein:

«Große Töne! Das ist interessant, Miss Harris. Ich sehe, daß Sie uns sehr behilflich sein werden. Was hat er denn erzählt?»

«Vom Reichtum seiner Eltern in der Schweiz, was für tolle Leute das seien. Dazu paßte aber gar nicht, daß er immer knapp bei Kasse war. Er behauptete, das käme durch die Devisenbestimmungen, er könnte kein Geld aus der Schweiz kriegen. Das wäre ja möglich, aber er war auch recht bescheiden gekleidet, er trug keine Maßanzüge, und dann die Geschichte, die er erzählte ... Er sei ein großer Bergsteiger gewesen, hätte Leute aus Gletschern gerettet ... dabei wurde ihm schon schwindlig, als wir nur am Rand der Boulters-Schlucht entlangspazierten!»

«Sind Sie oft mit ihm ausgegangen?»

«Ja ... also ... ja. Er hatte sehr gute Manieren, und er wußte, wie man sich einer Dame gegenüber benimmt. Immer die besten Plätze im Kino, und manchmal hat er mir sogar Blumen geschenkt, und er war ein wunderbarer Tänzer ... himmlisch!»

«Hat er Ihnen gegenüber je von Miss Blacklock gesprochen?»

«Ach, die Dame, die hier ab und zu zu Mittag ißt? Und einmal hat sie auch hier gewohnt. Nein, ich kann mich nicht erinnern, daß Rudi je von ihr gesprochen hat. Ich wußte gar nicht, daß er sie kennt.»

«Hat er je Chipping Cleghorn erwähnt?»

Craddock glaubte einen ängstlichen Ausdruck in Myrnas Augen festzustellen, aber er war seiner Sache nicht sicher.

«Nicht daß ich wüßte ... Einmal hat er mich nach dem Autobusfahrplan gefragt, aber ich kann mich nicht erinnern, ob er nach Chipping Cleghorn fahren wollte oder sonst wohin. Es ist schon längere Zeit her.»

Mehr konnte Craddock nicht aus ihr herauskriegen. Rudi Schwarz sei ihr ganz normal vorgekommen, gestern abend habe sie ihn nicht gesehen. Sie habe keine Ahnung gehabt, das betonte sie, daß Rudi Schwarz ein Gauner gewesen sei.

Und das glaubte Craddock ihr.

5

Little Paddocks war genauso, wie Craddock es sich vorgestellt hatte. Enten und Hühner liefen im Garten umher, der einen vernachlässigten Eindruck machte. Er sagte sich: Wahrscheinlich kann sie nicht viel Geld für den Gärtner ausgeben ... das Haus müßte frisch gestrichen werden, aber das müßten heutzutage die meisten Häuser. Ein hübsches kleines Anwesen.

Als Craddocks Wagen vorfuhr, kam Sergeant Fletcher hinter dem Haus hervor.

«Aha, da sind Sie ja, Fletcher! Was haben Sie zu melden?»

«Wir haben gerade das Haus durchsucht, Sir. Offensichtlich hat Schwarz keine Fingerabdrücke hinterlassen, er trug Handschuhe. Weder Türen noch Fenster zeigen Spuren eines Einbruchs. Er scheint um sechs Uhr mit dem Autobus von Medenham gekommen zu sein. Die Hintertür des Hauses wurde um halb sechs geschlossen. Es sieht so aus, als sei er durch die Vordertür hereingekommen. Die elektrische Lichtleitung ist überall in Ordnung. Wir haben noch nicht herausgefunden, wie er den Kurzschluß bewerkstelligen konnte. Nur die Sicherung vom Wohnzimmer und der Halle war durchgebrannt, und ich weiß nicht, wie er es fertigbrachte, an dieser Sicherung herumzumanipulieren.»

Craddock klingelte nun an der Haustür.

Nach ziemlich langem Warten wurde die Tür von einem hübschen jungen Mädchen mit kastanienbraunem Haar geöffnet.

«Inspektor Craddock», stellte er sich vor.

Das Mädchen musterte ihn kühl aus ihren hübschen haselnußbraunen Augen und forderte ihn auf:

«Bitte, treten Sie näher, Miss Blacklock erwartet Sie.»

Die Wände der schmalen, langen Halle schienen nur aus Türen zu bestehen.

Das junge Mädchen öffnete eine der Türen zur Linken und sagte:

«Inspektor Craddock ist da, Tante Letty. Mizzi wollte nicht aufmachen, sie hat sich in der Küche eingeschlossen und vollführt ein Heulkonzert. Ich fürchte, wir werden heute kein Mittagessen bekommen.»

Dann, zu Inspektor Craddock gewandt: «Sie mag die Polizei nicht.»

Craddock trat auf die Besitzerin von Little Paddocks zu. Er sah eine stattliche Frau von etwa sechzig Jahren in einem gutgeschnittenen Jackenkleid und einem Pullover vor sich, deren graues Haar natürlich gewellt war und einen ansprechenden Rahmen für ihr gescheites, resolutes Gesicht bildete. Sie hatte strenge graue Augen, ein energisches Kinn und war nicht geschminkt; an ihrem linken Ohrläppchen klebte ein Heftpflaster. Um den Hals trug sie erstaunlicherweise ein breites Band aus altmodischen Kameen, was ihr eine sentimentale Note verlieh, die gar nicht zu ihrem sonstigen Äußeren paßte.

Neben ihr saß eine etwa gleichaltrige Frau mit einem runden Gesicht und unordentlich frisiertem Haar, das in einzelnen Strähnen aus dem Haarnetz hing. Auf Grund des Berichts von Constable Legg wußte Craddock, daß es sich um Miss Dora Bunner, die Gesellschafterin, handeln mußte.

Miss Blacklock sagte mit einer angenehmen, kultivierten Stimme:

«Guten Morgen, Herr Inspektor. Das ist meine Freundin, Miss Brunner, die mir im Haushalt hilft. Wollen Sie, bitte, Platz nehmen.»

Mit geübtem Blick überflog Craddock den Raum: ein typisches viktorianisches Wohnzimmer, ursprünglich aus zwei Räumen bestehend. Der kleinere Raum hatte ein Erkerfenster ... im größeren befanden sich zwei hohe Fenster, einige Sessel ... ein Sofa ... ein großer Tisch mit einer Schale voll Chrysanthemen, eine zweite stand auf einer Fensterbank; die konventionell angeordneten Blumen sahen frisch aus, während die Veilchen, die in einer Silbervase auf einem kleinen Tisch beim Türbogen standen, verwelkt waren.

«Ich nehme an, Miss Blacklock», begann Craddock, «daß in diesem Zimmer der ... eh ... der Überfall stattgefunden hat.»

«Ja.»

«Aber Sie hätten das Zimmer gestern abend sehen sollen», rief Miss Bunner. «Alles drunter und drüber! Zwei kleine Tische waren umgeworfen, von einem ist ein Bein abgebrochen ... und die Leute haben in der Finsternis wie toll geschrien ... Jemand hatte eine brennende Zigarette auf dem Tischchen liegenlassen und es angebrannt; eines unserer schönsten Möbelstücke. Die Leute, besonders die jungen Leute, sind heutzutage so nachlässig in diesen Dingen ... zum Glück ist kein Porzellan zerbrochen ...»

Miss Blacklock unterbrach sie freundlich, aber energisch:

«Dora, all das, so ärgerlich es auch sein mag, ist ja unwichtig. Ich glaube, es wird am besten sein, wenn wir die Fragen des Inspektors beantworten.»

«Danke sehr, Miss Blacklock. Über den gestrigen Abend wollen wir nachher sprechen. Zunächst möchte ich wissen, wann Sie zum ersten Mal den Toten, diesen Rudi Schwarz, gesehen haben.»

«Rudi Schwarz?»

Sie blicke leicht überrascht drein.

«Heißt er so? Ich glaubte ... Aber das ist ja unwichtig. Zum ersten Mal sah ich ihn, als ich in Medenham Einkäufe machte ... das wird drei Wochen her sein. Wir, Miss Bunner und ich, saßen im Royal Spa Hotel. Als wir fortgingen, rief mich jemand beim Namen. Es war dieser junge Mann. Er sagte: ‹Entschuldigen Sie, bitte, Sie sind doch Miss Blacklock?› Er stellte sich vor als Sohn des Besitzers des Hôtel des Alpes in Montreux; meine Schwester und ich hatten während des Krieges lange dort gewohnt.»

«Hôtel des Alpes, Montreux?» wiederholte Craddock. «Konnten Sie sich an ihn erinnern, Miss Blacklock?»

«Nein. Aber wir hatten recht gern dort gewohnt, der Besitzer war sehr aufmerksam zu uns gewesen, und so wollte ich höflich sein und sagte zu dem jungen Mann, ich hoffte, es gefalle ihm in England, und er erwiderte, jawohl, sein Vater habe ihn für ein halbes Jahr zur weiteren Ausbildung hergeschickt. Das hörte sich ganz plausibel an.»

«Und dann sahen Sie ihn wieder?»

«Kürzlich, es werden etwa zehn Tage her sein, kam er plötzlich zu mir. Ich war sehr überrascht. Er entschuldigte sich wegen der Störung, ich sei aber die einzige ihm bekannte Seele in England. Er brauche dringend Geld, um in die Schweiz zu fahren, da seine Muttr schwer erkrankt sei. Das kam mir merkwürdig vor. Daß er das Geld zur Rückreise in die Schweiz benötigte, war natürlich Unsinn; sein Vater hätte ihm leicht auf Grund seiner Beziehungen telegrafisch Geld überweisen lassen können. Diese Hoteliers kennen einander doch. Ich vermutete, daß er Unterschlagungen begangen hatte oder so etwas Ähnliches.»

Sie machte eine kleine Pause und fügte dann trocken hinzu:

«Falls Sie mich für hartherzig halten sollten, muß ich Ihnen sagen, daß ich jahrelang Sekretärin eines großen Finanzmannes war und daher Bittstellern gegenüber ausgesprochen mißtrauisch bin. Ich kenne alle Geschichten, die einem in solchen Fällen aufgetischt werden.»

«Wenn Sie jetzt an diese Unterredung zurückdenken, glauben Sie, daß er herkam, um das Haus auszuspionieren?»

Miss Blacklock nickte energisch.

«Jawohl, davon bin ich überzeugt. Als ich ihn verabschiedete, machte er einige Bemerkungen über die Zimmer. Er sagte: ‹Sie haben ein sehr hübsches Eßzimmer› – ich finde es scheußlich –, es war ein Vorwand, um hineinzuschauen. Und dann beeilte er sich, selbst die Haustür aufzumachen. Ich bin mir jetzt sicher, daß er sehen wollte, wie das Schloß funktioniert. Wie die meisten Leute hier lassen wir ja tagsüber die Haustür offen ... jedermann kann hereinspazieren.»

«Und was ist mit der Hintertür?»

«Die habe ich gestern abend, kurz bevor die Gäste kamen, zugesperrt, ich ließ die Enten in den Stall.»

«War sie nicht schon abgeschlossen?»

Miss Blacklock runzelte die Stirn.

«Ich weiß es nicht mehr genau, aber ich glaube. Jedenfalls habe ich sie abgeschlossen, als ich ins Haus zurückging.»

«Das wäre gegen Viertel nach sechs gewesen?»

«Ja, so ungefähr.»

«Und die Haustür?»

«Die schließen wir gewöhnlich später.»

«Schwarz hätte also leicht durch diese Tür kommen können, oder er hätte sich auch durch die Hintertür reinschleichen können, während Sie die Enten in den Stall trieben? Er hatte ja wahrscheinlich das Haus ausspioniert und verschiedene Verstecke, Schränke und so weiter, ausfindig gemacht. Das scheint alles ganz klar zu sein.»

«Entschuldigen Sie, es ist gar nicht klar», widersprach Miss Blacklock. «Warum soll sich ein Mensch die Mühe machen, hier einzubrechen und diese lächerliche Komödie eines Überfalls zu inszenieren?»

«Haben Sie viel Geld im Haus, Miss Blacklock?»

«Ungefähr fünf Pfund im Schreibtisch und ein bis zwei Pfund im Geldbeutel.»

«Schmuck?»

«Zwei Ringe, einige Broschen und die Kameen, die ich trage. Sie werden doch zugeben, Herr Inspektor, daß es absurd wäre, dafür einen Einbruch zu unternehmen?»

«Es war kein Einbruch!» rief Miss Bunner. «Ich habe es dir gleich gesagt, Letty. Es war Rache! Weil du ihm das Geld nicht gegeben hast. Er hat zweimal auf dich geschossen!»

«Also, kommen wir jetzt zum gestrigen Abend. Wie ging das Ganze nun vor sich, Miss Blacklock?»

Sie überlegte einen Augenblick und sagte dann:

«Die Uhr schlug... die Uhr auf dem Kaminsims. Ich erinnere mich noch, daß ich gerade gesagt hatte: ‹Wenn er› – der Mord, meinte ich – ‹stattfindet, dann sofort.› Und daraufhin schlug die Uhr. Wir hörten alle schweigend zu. Sie schlug zweimal, und plötzlich ging das Licht aus.»

«Sprühten Funken, oder hörten Sie ein Knistern?»

«Ich glaube nicht.»

«*Ich* hörte ein Knistern!» rief Dora Bunner.

«Und dann, Miss Blacklock?»

«Die Tür ging auf...»

«Welche Tür? Das Zimmer hat zwei Türen.»

«Diese hier. Und da stand ein maskierter Mann mit einem Revolver. Heute kommt einem das Ganze völlig phantastisch vor, aber gestern glaubte ich zunächst, es sei ein alberner Scherz. Er sagte etwas, ich habe vergessen, was.»

«Hände hoch oder ich schieße!» ergänzte Miss Bunner pathetisch.

«So etwas Ähnliches», meinte Miss Blacklock zweifelnd.

«Und haben Sie alle die Hände hochgehalten?»

«O ja», bestätigte Miss Bunner. «Das gehörte doch zum Spiel.»

«Ich nicht», erklärte Miss Blacklock. «Es kam mir so dumm vor.»

«Und dann?»

«Die Laterne leuchtete mir direkt in die Augen, ich war völlig geblendet. Und dann hörte ich eine Kugel an meinem Kopf vorbeipfeifen und direkt hinter mir in die Wand einschlagen. Jemand schrie, ich spürte einen brennenden Schmerz an meinem Ohr und hörte den zweiten Schuß.»

«Es war entsetzlich!» rief Miss Bunner.

«Und was geschah dann, Miss Blacklock?»

«Das kann ich schwer sagen... ich war so benommen. Die Gestalt drehte sich um, schien zu stolpern, dann erfolgte noch ein Schuß, die Blendlaterne erlosch, und alle schrien und riefen durcheinander und rannten im Zimmer umher, einer fiel sozusagen über den andern.»

«Wo standen Sie, Miss Blacklock?»

«Dort neben dem kleinen Tisch», sagte Miss Bunner atemlos. «Sie hatte die Vase mit den Veilchen in der Hand.»

«Ich stand dort», Miss Blacklock ging zu dem kleinen Tisch neben dem Türbogen, «und ich hatte die Zigarettendose in der Hand.»

Der Inspektor untersuchte die Wand. Zwei Kugeleinschläge waren sichtbar. Die Kugeln selbst waren entfernt worden, um untersucht zu werden.

«Er hat auf sie geschossen!» erklärte Miss Bunner emphatisch.

«Ganz bestimmt! Ich habe ihn gesehen. Er hat mit der Blendlaterne alle angeleuchtet, bis er sie fand, und dann hat er auf sie geschossen. Er wollte dich ermorden, Letty!»

«Liebe Dora, das hast du dir eingeredet, da du dauernd daran denkst.»

«Er hat auf dich geschossen!» wiederholte Dora hartnäckig. «Er wollte dich erschießen, und als er dich nicht traf, hat er sich selbst erschossen. Ich bin ganz sicher, daß es so war!»

«Ich glaube nicht einen Moment, daß er sich erschießen wollte», widersprach Miss Blacklock. «Er war nicht der Mensch, der Selbstmord begeht.»

«Sagen Sie mir, bitte, Miss Blacklock: Glaubten Sie, bis die Schüsse fielen, die ganze Sache sei ein Spaß?»

«Natürlich. Was konnte ich sonst annehmen?»

«Wer, glauben Sie, hat die ganze Sache inszeniert?»

«Du glaubtest erst, Patrick hätte es getan», murmelte Dora Bunner.

«Patrick?» fragte der Inspektor scharf.

«Mein junger Neffe, Patrick Simmons.»

Dann fuhr Miss Blacklock, offensichtlich ärgerlich über ihre Freundin, fort:

«Als ich die Anzeige in der Zeitung las, dachte ich zunächst, es sei ein dummer Scherz von ihm, aber er bestritt es sofort.»

«Und dann warst du beunruhigt, Letty», sagte Miss Bunner aufgeregt. «Du warst beunruhigt, obwohl du vorgabst, es nicht zu sein. Und wenn der Kerl dich nicht verfehlt hätte, wärst du ermordet worden. Und was wäre dann aus uns geworden?»

Sie zitterte am ganzen Leib.

Miss Blacklock klopfte ihr beruhigend auf die Schulter.

«Ist schon gut, liebe Dora, reg dich nicht auf, das ist schlecht für dich. Ist ja alles in Ordnung. Wir hatten ein gräßliches Erlebnis, doch es ist vorbei.»

Dann fügte sie hinzu: «Nimm doch, bitte, diese Veilchen fort! Ich hasse nichts mehr als verwelkte Blumen.»

«Ich habe sie gestern erst gepflückt. Komisch, daß sie schon verwelkt sind ... ach Gott, ich muß vergessen haben, ihnen Wasser zu geben. Nein, so etwas!»

Sie trippelte zur Tür hinaus, nun anscheinend ganz zufrieden.

«Sie ist kränklich, und Aufregungen sind Gift für sie», erklärte Miss Blacklock. «Wollen Sie noch etwas wissen, Herr Inspektor?»

«Ja, ich möchte über alle Personen, die im Hause wohnen, Auskunft haben.»

«Außer mir und Dora Bunner wohnen hier augenblicklich ein Neffe und eine Nichte von mir, Patrick und Julia Simmons. Ihre Mutter ist eine Großkusine von mir.»

«Haben die beiden immer bei Ihnen gelebt...?»

«Nein, sie sind erst seit zwei Monaten hier. Vor dem Krieg lebten sie in Südfrankreich. Dann trat Patrick in die Marine ein, und Julia arbeitete, soviel ich weiß, in einem Ministerium. Vor einiger Zeit fragte ihre Mutter an, ob ich die beiden als ‹paying guests› zu mir nehmen würde – Julia macht einen Laborantinnenkurs im Krankenhaus in Milchester, und Patrick studiert dort an der Technischen Hochschule. Wie Sie wohl wissen, dauert die Fahrt mit dem Bus nur fünfzig Minuten. Ich bin sehr froh, die beiden hier zu haben, denn das Haus ist zu groß für mich allein. Sie zahlen eine Kleinigkeit für Kost und Logis, und es läuft alles sehr gut.»

Lächelnd fügte sie hinzu: «Und ich habe gern junge Menschen um mich.»

«Und dann wohnt noch eine Mrs. Haymes bei Ihnen, nicht wahr?»

«Ja. sie arbeitet als Hilfsgärtnerin in Dayas Hall, dem Besitz von Mrs. Lucas. Im Haus des alten Gärtners ist kein Platz, und so hat Mrs. Lucas mich gebeten, sie bei mir unterzubringen. Eine nette junge Frau. Ihr Mann ist in Italien gefallen, sie hat einen achtjährigen Jungen, der in der Nähe in einem Internat ist und der in den Ferien auch hierherkommen kann.»

«Und Dienstboten?»

«Zweimal in der Woche kommt ein Gärtner, und fünfmal kommt morgens eine Reinemachefrau. Außerdem habe ich ein Flüchtlingsmädchen als eine Art von Köchin. Ich fürchte, Sie werden Mizzi ein wenig schwierig finden. Sie leidet an Verfolgungswahn, und sie lügt.»

Craddock nickte verständnisvoll.

Als habe sie seine Gedanken gelesen, erklärte Miss Blacklock:

«Bitte, seien Sie nicht zu streng mit der armen Mizzi. Sie bringt uns oft in Wut, sie ist mißtrauisch, mürrisch und empfindlich und fühlt sich dauernd beleidigt. Aber trotzdem tut sie mir leid.» Sie lächelte. «Und wenn sie will, kocht sie wunderbar.»

«Ich will versuchen, sie möglichst wenig in Wut zu bringen», sagte Craddock. «War das Miss Julia Simmons, die mir die Tür öffnete?»

«Ja. Möchten Sie sie sprechen? Patrick ist ausgegangen, und Phillipa Haymes ist bei ihrer Arbeit in Dayas Hall.»

«Gut, Miss Blacklock, dann möchte ich jetzt Miss Simmons sprechen.»

6

Als Julia ins Zimmer kam, setzte sie sich mit einem so überlegenen Ausdruck in den Sessel ihrer Tante – die taktvollerweise den Raum verlassen hatte –, daß Craddock sich ärgerte. Gelassen blickte sie ihn an und wartete auf seine Fragen.

«Erzählen Sie mir, bitte, was gestern abend hier im Zimmer geschehen ist, Miss Simmons.»

«Eine Menge langweiliger Leute kamen ... Colonel Easterbrook und Frau, Miss Hinchliffe und Miss Murgatroyd, Mrs. Swettenham mit ihrem Sohn Edmund und Mrs. Harmond, die Frau des Pfarrers. In dieser Reihenfolge trudelten sie ein. Und alle sagten wie eine Grammophonplatte genau das gleiche: ‹Ah, Sie heizen schon› und ‹Was für entzückende Chrysanthemen!›»

Craddock biß sich auf die Lippen.

«Nur Mrs. Harmond machte eine Ausnahme. Sie ist wirklich ein Schatz. Sie fragte unumwunden, wann denn der Mord verübt würde. Das brachte die andern ziemlich in Verlegenheit, weil alle so getan hatten, als seien sie zufällig vorbeigekommen. Und dann schlug die Uhr, und nach dem letzten Glockenschlag gingen die Lichter aus, die Tür wurde aufgerissen, und eine maskierte Gestalt rief: ‹Hände hoch!› oder so was Ähnliches. Es war genau wie in einem schlechten Film, höchst lächerlich. Und dann gab er zwei Schüsse auf Tante Letty ab, und es war gar nicht mehr lächerlich.»

«Wo befanden sich die einzelnen Leute in diesem Augenblick?»

«Als die Lichter ausgingen? Die standen alle herum. Nur Mrs. Harmond saß auf dem Sofa, Hinch – das ist Miss Hinchliffe – stand vor dem Kamin.»

«Waren sie alle hier in diesem Raum, oder war auch jemand im Hinterzimmer?»

«Ich glaube, die meisten waren hier. Patrick war zum Erker gegangen, um den Sherry zu holen, und wenn ich mich recht erinnere, folgte Colonel Easterbrook ihm, aber das weiß ich nicht genau. Wie ich schon sagte, standen wir alle herum.»

«Wo standen Sie?»

«Ich glaube, am Fenster. Tante Letty holte gerade Zigaretten.»

«Von dem Tisch beim Türbogen,»

«Ja... und dann gingen die Lichter aus, und der schlechte Film begann.»

«Meine nächste Frage ist sehr wichtig. Bitte, versuchen Sie, sie genau zu beantworten, Miss Simmons: Hielt der Mann die Blendlaterne ruhig, oder ließ er sie wandern?»

Julia dachte nach. Sie blickte nun weniger überlegen drein.

«Er ließ sie wandern», sagte sie langsam, «wie einen Scheinwerfer bei einer Tanzvorführung. Einen Augenblick blendete er direkt in meine Augen, dann wanderte das Licht durch das Zimmer, und schließlich fielen die Schüsse... zwei Schüsse.»

«Und dann?»

«Mit einem Satz drehte er sich um... und Mizzi fing irgendwo an zu schreien wie eine Fabriksirene, die Blendlaterne ging aus, und es krachte noch ein Schuß. Und dann ging die Tür zu – langsam, mit einem klagenden Laut, es war unheimlich –, und eine ägyptische Finsternis herrschte. Niemand wußte, was los war, die arme Bunny quietschte wie ein Kaninchen, und Mizzi schrie weiter.»

«Glauben Sie, daß der Mann auf Ihre Tante gezielt hat... auf sie im speziellen, meine ich?»

Julia schien offensichtlich überrascht.

«Sie meinen, daß er es auf Tante Letty abgesehen hatte? Das glaube ich nicht. Wenn er Tante Letty hätte umbringen wollen, hätte er viel günstigere Gelegenheiten gehabt. Zu dem Zweck hätte er doch nicht das halbe Dorf zusammentrommeln müssen, das machte es doch nur schwieriger. Er hätte sie an jedem Tag in der Woche auf alte irische Art von irgendeiner Hecke aus erschießen können, ohne dabei gefaßt zu werden.»

Mit einem Seufzer sagte der Inspektor:

«Danke sehr, Miss Simmons. Jetzt möchte ich Mizzi sprechen.»

«Hüten Sie sich vor ihren Fingernägeln!» warnte Julia ihn. «Sie ist eine Wilde!»

Von Fletcher begleitet ging Craddock in die Küche zu Mizzi. Sie rollte gerade einen Kuchenteig und blickte mißtrauisch auf, als die beiden eintraten.

Ihr schwarzes Haar hing ihr in die Augen. Sie sah mürrisch aus, und der knallrote Jumper und der grellgrüne Rock paßten nicht zu ihrem fahlen Teint.

Sie legte das Nudelholz auf den Tisch, wischte sich die Hände an einem Handtuch ab und setzte sich auf den Küchenstuhl.

«Was wollen Sie wissen von mir?» fragte sie trotzig.

«Sie sollen mir erzählen, was gestern abend hier geschehen ist.»

«Ich habe weggehen wollen. Hat sie Ihnen das gesagt? Als ich in Zeitung gelesen habe etwas über Mord, habe ich weggehen wollen. Ich habe bleiben müssen. Aber ich habe gewußt... ich habe gewußt, was wird passieren. Ich habe gewußt, ich sollte werden gemordet.»

«Aber Sie wurden nicht ermordet, nicht wahr?»

«Nein!» gab Mizzi widerwillig zu.

«Also los! Erzählen Sie endlich, was geschehen ist.»

«Ich war nervös. Oh, ich war nervös! Den ganzen Nachmittag, den Abend. Ich höre Dinge. Leute gehen herum. Einmal glaube ich, einer schleicht in der Halle... aber es war nur Mrs. Haymes.»

Der Gedanke an Mrs. Haymes schien Mizzi aufzuregen. Sie kam von Thema ab.

«Wer ist sie schon? Hat sie teure Universitätsstudium gemacht wie ich. Hat sie viel Examen gemacht? Nein, sie ist einfache Arbeiterin. Wer ist sie schon, daß sie sich eine Dame nennt?»

«Mrs. Haymes interessiert uns im Moment nicht. Also weiter!»

«Ich bringe den Sherry und die Gläser und das Gebäck in Wohnzimmer. Dann klingelt es, und ich gehe zur Haustür. Wieder und wieder muß ich zur Haustür. Es ist eine Schande für mich... aber ich tue es. Und dann gehe ich zurück in Anrichteraum und fange an Silber putzen, und ich denke, es wird sehr gut sein das, weil wenn jemand mir will morden, ich großes Tranchiermesser bei mir habe, das ganz scharf ist. Und dann, plötzlich... ich höre Schüsse! Ich glaube: ‹Das ist er... jetzt ist es soweit!› Ich renne in Eßzimmer... die andere Tür geht nicht auf... ich stehe ein Moment und lausche, und dann kommt wieder Schuß und lauter Plumps draußen in Halle, ich will aufmachen die Tür, aber sie ist geschlossen von außen. Ich sitze da, bin wie Ratte in Falle. Ich werde wahnsinnig vor Angst. Ich brülle, und ich brülle, und ich trommle auf Tür. Und dann, endlich... wird Schlüssel umgedreht, und ich kann raus. Und dann bringe ich Kerzen, viel, viel Kerzen... und elektrisches Licht geht wieder an... und ich sehe Blut... Blut...»

«Ja... danke sehr», sagte der Inspektor.

«Und jetzt», rief Mizzi dramatisch, «können Sie mich verhaften und ins Gefängnis bringen!»

«Heute nicht!» erwiderte der Inspektor.

Als Craddock und Fletcher durch die Halle gingen, wurde die Haustür aufgerissen, und ein gutaussehender, großer junger Mann stieß beinahe mit ihnen zusammen.

«Ah, die hohe Polizei!» rief er.

«Mr. Patrick Simmons?»

«Erraten, Herr Inspektor. Sie sind doch der Inspektor, und der andere der Sergeant?»

«Jawohl, Mr. Simmons. Ich möchte Sie sprechen.»

«Ich bin unschuldig, Herr Inspektor, ich schwöre Ihnen, ich bin unschuldig!»

«Mr. Simmons, lassen Sie die Witze! Ich muß noch mit vielen Leuten sprechen, und ich möchte keine Zeit verlieren. Können wir in dieses Zimmer hier gehen?»

«Das ist das sogenannte Studierzimmer, aber niemand studiert hier.»

«Ich dachte, Sie seien jetzt im Kolleg», sagte Craddock.

«Ich fand, daß ich mich heute nicht auf Mathematik konzentrieren kann, und so bin ich nach Hause gegangen.»

Sachlich ließ sich nun der Inspektor Patricks Personalien und Auskunft über seine Kriegsdienste geben. «Und jetzt, Mr. Simmons, schildern Sie mir, bitte, die Vorgänge von gestern abend.»

«Wir schlachteten ein fettes Kalb, Herr Inspektor, das heißt, Mizzi machte ausgezeichnetes Gebäck, Tante Letty ließ eine neue Flasche Sherry öffnen ...»

Craddock unterbrach ihn. «Eine neue Flasche? Was war mit der andern?»

«Die war nur noch halb voll, und das gefiel Tante Letty nicht.»

«Sie war wohl nervös?»

«Nein, das kann man nicht sagen, sie ist höchst vernünftig. Die alte Bunny hatte den ganzen Tag über Unheil prophezeit.»

«Miss Bunner war also ausgesprochen ängstlich?»

«O ja, sie kam auf ihre Kosten.»

«Sie nahm die Anzeige ernst?»

«Sie wurde fast wahnsinnig.»

«Als Miss Blacklock die Anzeige las, glaubte sie zunächst, Sie hätten etwas damit zu tun. Wieso glaubte sie das?»

«Ach, ich bin hier der Sündenbock für alles!»

«Sie hatten nichts damit zu tun, Mr. Simmons?»

«Ich? Kein Gedanke!»

«Also beschreiben Sie mir, was gestern abend geschah.»

«Ich war gerade im Erkerzimmer, als die Lichter ausgingen. Ich drehe mich um, und da steht ein Kerl in der Tür und brüllt: ‹Hände hoch!› Und alle keuchen und quietschen und schreien, und er fängt an zu schießen. Dann fällt er hin, die Blendlaterne geht aus, wir sind wieder im Finstern, und Colonel Easterbrook brüllt in seinem Kasernenhofton. Ich will mein Feuerzeug anzünden, aber das Ding funktioniert nicht.»

«Hatten Sie den Eindruck, daß der Mann auf Miss Blacklock gezielt hat?»

«Wie könnte ich das sagen? Mir kam eher vor, daß er seinen Revolver aus Spaß abfeuerte ... und dann fand er vielleicht, er sei zu weit gegangen.»

«Und hat sich erschossen?»

«Möglich. Als ich sein Gesicht sah, kam er mir vor wie ein kleiner, kümmerlicher Dieb, den der Mut verlassen hatte.»

«Sie sind ganz sicher, daß Sie ihn nie zuvor gesehen haben?»

«Ja, ganz sicher!»

«Danke sehr, Mr. Simmons. Jetzt muß ich noch die andern befragen, die gestern abend dabei waren.»

7

Der Inspektor fand Phillipa Haymes im Garten von Dayas Hall. Zunächst sah er von ihr nur ein Paar hübsche Beine in Shorts, der Rest ihrer Figur war von Büschen verdeckt. Als sie seine Schritte hörte, steckte sie den Kopf zwischen den Zweigen hervor; ihr Haar war zerzaust, ihr Gesicht gerötet.

Craddock wies auf einen gefällten Baumstamm.

«Setzen wir uns dahin», schlug er freundlich vor. «Ich möchte Sie nicht lange aufhalten. Also: Um welche Zeit kamen Sie gestern abend von Ihrer Arbeit nach Haus?»

«Gegen halb sechs. Ich war zwanzig Minuten über meine Arbeitszeit hinaus hiergeblieben, da ich noch im Treibhaus Pflanzen gießen mußte.»

«Durch welche Tür gingen Sie ins Haus?»

«Durch die Hintertür. Wenn ich direkt am Hühnerstall vorbeigehe, spare ich den Weg ums Haus herum, außerdem habe ich manchmal schmutzige Schuhe von der Arbeit.»

«War die Tür verschlossen?»

«Nein. Im Sommer steht sie gewöhnlich weit offen, um diese Jahreszeit wird sie zugemacht, aber nicht verschlossen. Wir alle benutzen sie sehr häufig. Ich sperrte zu, als ich im Haus war.»

«Machen Sie das immer, wenn Sie nach Hause kommen?»

«Erst seit voriger Woche, denn jetzt wird es schon gegen sechs Uhr dunkel. Miss Blacklock treibt zwar abends die Hühner und die Enten in den Stall, geht aber oft durch die Küchentür hinaus.»

«Und Sie sind ganz sicher, daß Sie gestern abend die Hintertür abgeschlossen haben?»

«Ganz sicher.»

«Gut. Und was machten Sie, als Sie im Haus waren?»

«Ich zog meine schmutzigen Schuhe aus, ging hinauf in mein Zimmer, nahm ein Bad und zog mich um. Dann ging ich hinunter ins Wohnzimmer und stellte fest, daß eine Art Gesellschaft stattfand. Von der sonderbaren Anzeige hatte ich bis dahin keine Ahnung gehabt.»

«Erzählen Sie mir jetzt bitte, wie sich dieser Überfall abspielte.»

«Also, das Licht ging plötzlich aus.»

«Wo standen Sie in dem Augenblick?»

«Am Kamin. Ich suchte mein Feuerzeug, das ich, wie ich glaubte, auf den Kaminsims gelegt hatte. Das Licht ging aus... und alle kicherten und schrien. Dann wurde die Tür aufgerissen, ein Mann leuchtete uns mit einer Blendlaterne in die Augen, fuchtelte mit einem Revolver herum und forderte uns auf, die Hände hochzuheben.»

«Hat die Laterne stark geblendet?»

«Nein, nicht besonders, aber sie war ziemlich grell.»

«Der Mann ließ die Laterne wandern?»

«Ja, er leuchtete das Zimmer ab.»

«Als ob er jemand Bestimmtes suche?»

«Den Eindruck hatte ich nicht.»

«Und was geschah dann, Mrs. Haymes?»

Phillipa runzelte die Stirn.

«Dann? Dann herrschte ein furchtbares Durcheinander.»

«Sie sahen die Leiche des Mannes?»

«Ja.»

«Kannten Sie ihn? Haben Sie ihn je vorher gesehen?»

«Nie.»

«Glauben Sie, daß er sich versehentlich erschossen oder daß er Selbstmord begangen hat?»

«Das kann ich nicht sagen.»

«Sie hatten ihn nicht gesehen, als er vor einigen Tagen Miss Blacklock aufsuchte?»

«Nein. Soviel ich weiß, war das am Vormittag, und da bin ich nie im Haus. Ich bin ja tagsüber fort.»

«Danke sehr, Mrs. Haymes. Ach, noch etwas: Haben Sie wertvollen Schmuck? Ringe, Armbänder und dergleichen?»

Sie schüttelte den Kopf.

«Nur meinen Ehering und zwei Broschen.»

«Wissen Sie, ob sich etwas besonders Wertvolles im Haus befindet?»

«Nicht daß ich wüßte. Es gibt ganz hübsches Silberbesteck, aber das ist ja nichts Außergewöhnliches.»

«Danke sehr, Mrs. Haymes.»

«Es war entsetzlich», erklärte Mrs. Swettenham strahlend. «Ja, wirklich entsetzlich, und meiner Ansicht nach sollte die Redaktion der *Gazette* die Annoncen genau prüfen, bevor sie sie bringt. Als ich die Annonce las, kam sie mir gleich höchst verdächtig vor. Ich sagte das sofort, nicht wahr, Edmund?»

«Erinnern Sie sich, was Sie taten, nachdem das Licht ausgegangen war, Mrs. Swettenham?» fragte der Inspektor. «Wo saßen oder standen Sie in dem Augenblick?»

«Also, da muß ich genau überlegen... mit wem sprach ich gerade, Edmund?»

«Ich habe keine blasse Ahnung, Mutter.»

«Fragte ich nicht gerade Miss Hinchliffe, ob man den Hühnern bei dem kalten Wetter Lebertran geben sollte? Oder sprach ich mit Mrs. Harmond... Nein, die war ja eben erst gekommen. Ich glaube, ich sagte gerade zu Colonel Easterbrook, ich hielte es für sehr gefährlich, daß wir in England ein Atomforschungsinstitut haben.»

«Können Sie nicht sagen, ob Sie saßen oder standen?»

«Ist das eigentlich wichtig, Herr Inspektor? Also, jedenfalls, ich muß am Fenster oder am Kamin gewesen sein, denn ich weiß, daß ich ganz dicht bei der Uhr stand, als sie schlug. Ach, das war ungeheuer aufregend. Man war so neugierig, ob irgend etwas geschehen würde.»

«Hat Ihnen die Laterne direkt in die Augen geleuchtet?»

«Ja, ich war völlig geblendet, ich konnte nichts sehen.»

«Und wo waren Sie, Mr. Swettenham?»

«Ich sprach mit Julia Simmons. Wir standen mitten im Zimmer... im größeren Raum.»

«Befanden sich alle Anwesenden in diesem Raum oder waren welche im Nebenzimmer?»

«Ich glaube, daß Mrs. Haymes dorthin gegangen war; soweit ich mich erinnere, stand sie da am Kamin und suchte etwas.»

«Glauben Sie, daß der dritte Schuß versehentlich oder in selbstmörderischer Absicht abgegeben wurde?»

«Ich habe keine Ahnung.»

«Mir wurde gesagt, daß Sie die Tür des Eßzimmers aufgeschlossen und die Köchin herausgelassen haben.»

«Ja.»

«Und Sie sind ganz sicher, daß die Tür von außen verschlossen war?»

Edmund blickte den Inspektor erstaunt an.

«Aber ja, ganz sicher ... Sie glauben doch nicht etwa ...»

«Ich will nur die Tatsachen klarstellen. Danke sehr, Mr. Swettenham.»

Bei Colonel Easterbrook und Frau verweilte der Inspektor länger, da er einen ganzen Vortrag über sich ergehen lassen mußte.

«Heutzutage kann man solch einen Fall nur vom psychologischen Gesichtspunkt aus betrachten», erklärte ihm der Colonel. «Man muß die Psyche des Verbrechers begreifen. Also dieser Fall hier ist für einen Menschen mit meiner Erfahrung sonnenklar. Warum hat der Kerl die Anzeige aufgegeben? Psychologie! Er will die Aufmerksamkeit auf sich lenken. Er war vielleicht als Ausländer von den andern Angestellten im Hotel von oben herab behandelt worden. Ein Mädchen hat ihn vielleicht abgewiesen. Er will nun ihre Aufmerksamkeit erwecken. Wer ist heutzutage der ideale Kinoheld? Der Gangster, der tolle Kerl! Also gut, er will ein toller Kerl sein. Er macht einen Raubüberfall, mit Maske, mit Revolver. Aber er will auch Publikum haben ... er braucht Publikum. Und so verschafft er sich dieses Publikum durch eine Zeitungsannonce. Aber dann, auf dem Höhepunkt, vergißt er sich ... er ist nicht nur ein Einbrecher, er wird zum Mörder! Er schießt blindlings drauflos ...»

Froh ob dieses Stichworts unterbrach ihn der Inspektor:

«Sie sagten ‹blindlings›, Colonel Easterbrook. Sie glauben nicht, daß er auf jemand Bestimmten schoß ... sagen wir auf Miss Blacklock?»

«Kein Gedanke! Wie ich sagte: ‹blindlings›! Und dann kam er wieder zu sich. Die Kugel hatte getroffen ... daß es nur ein Kratzer war, wußte er ja nicht. Urplötzlich kommt er wieder zu sich. All das, was er sich selbst vorgemacht hatte ... das ist auf einmal Wirklichkeit! Er hat auf einen Menschen geschossen ... hat vielleicht einen Menschen getötet ... Nun verliert er völlig den Kopf und richtet in Panik den Revolver gegen sich selbst.»

«Es ist wirklich wunderbar», flötete Mrs. Easterbrook voll Bewunderung, «wie genau du weißt, was geschehen ist, Archie.»

«Wo waren Sie, als die Schüsse fielen, Colonel?»

«Ich stand mit meiner Frau mitten im Zimmmer neben einem Tisch, auf dem Blumen standen.»

«Und ich habe dich am Arm gepackt, Archie, als die Schießerei losging. Ich war ja zu Tode erschrocken, ich mußte mich an dir festhalten.»

«Armes Häschen!» sagte der Colonel zärtlich und gönnerhaft.

Der Inspektor stöberte Miss Hinchliffe beim Schweinestall auf.

«Was wollen Sie denn noch von mir wissen?» fragte sie und kraulte dabei den rosigen Rücken eines Ferkels. «Ich habe doch Ihren Leuten schon gestern abend erklärt, daß ich keine Ahnung habe, wer der Kerl war.»

«Wo waren Sie, als der Überfall stattfand?»

«Ich lehnte am Kamin und hoffte zu Gott, daß man mir bald etwas zu trinken anbieten würde», antwortete sie prompt.

«Glauben Sie, daß die Schüsse blindlings abgegeben wurden oder daß auf eine bestimmte Person gezielt wurde?»

«Sie meinen auf Letty Blacklock? Woher soll ich das wissen? Ich weiß nur, daß das Licht ausging, daß uns eine Laterne blendete, dann wurden Schüsse abgegeben, und ich dachte: ‹Wenn dieser Lausejunge Patrick Simmons seine Witze mit einem geladenen Revoler macht, wird noch jemand etwas abbekommen.›»

«Sie glaubten, es sei Patrick Simmons?»

«Patrick hat nichts als Unsinn im Kopf. Aber diesmal hab ich ihm unrecht getan.»

«Glaubte auch Ihre Freundin, daß es Patrick gewesen sei?»

«Amy? Da fragen Sie sie am besten selbst.»

Miss Hinchliffe ließ ihre Stentorstimme erschallen: «Amy ... wo bist du?»

«Ich komme», ertönte eine piepsige Stimme.

«Eil dich, die Polizei!» rief Miss Hinchliffe.

Atemlos kam Miss Murgatroyd herangetrippelt. Der Saum ihres Kleides hing herunter, und einzelne Haarsträhnen waren aus dem schlecht sitzenden Netz gerutscht. Ihr gutmütiges rundes Gesicht strahlte den Inspektor erwartungsvoll an.

«Wo warst du, als der Überfall stattfand? Das will er von dir wissen, Amy», sagte Miss Hinchliffe und zwinkerte.

«Oh, mein Gott!» keuchte Miss Murgatroyd. «Natürlich, das hätte ich mir überlegen müssen. Es handelt sich natürlich ums Alibi, also, ich stand neben jemandem.»

«Nicht neben mir», sagte Miss Hinchliffe.

«Oh, mein Gott, nicht neben dir? ... Ja, natürlich, ich bewunderte gerade die Chrysanthemen ... übrigens gar keine besonders schönen Exemplare, und da passierte es ... das heißt, ich wußte gar nicht, daß etwas passiert war ... Ich meine, ich wußte nicht, daß so etwas geschah. Ich hörte nur eine Stimme, die rief: ‹Bitte, alle die Hände hoch!›»

«‹Hände hoch!›» verbesserte Miss Hinchliffe. «Von ‹bitte› war keine Rede.»

«Ich schäme mich direkt, wenn ich daran denke, daß ich die Sache amüsant fand, bis dieses Mädchen anfing zu schreien. Aber dann bekam ich auf einmal einen Schlag gegen meine Hühneraugen, das tat entsetzlich weh ... Wollen Sie noch mehr wissen, Herr Inspektor?»

«Danke, nein», antwortete der Inspektor und betrachtete sie forschend. «Ich glaube nicht.»

Dem Inspektor gefiel das schäbige große Zimmer, es erinnerte ihn an sein Elternhaus in Cumberland: Verblaßter Chintz, abgenutzte Klubsessel, der Tisch voll mit Blumen und Büchern, in einem Korb ein schlafender Spaniel. Auch Mrs. Harmond fand er sehr sympathisch, obwohl sie ihm sofort offen erklärte:

«Ich werde Ihnen kaum helfen können. Ich hatte meine Augen fest zugekniffen, ich kann es nicht ertragen, geblendet zu werden.

Und dann knallten die Schüsse, und da kniff ich die Augen noch fester zu, und ich wünschte so sehr, daß es ein ruhiger Mord wäre. Schießen kann ich nun einmal nicht vertragen!»

«Sie haben also nichts gesehen?» fragte der Inspektor. «Gehört haben Sie doch etwas?»

«Oh, großer Gott, jawohl, es gab viel zu hören. Türen wurden aufgerissen und wieder zugemacht, blöde Sachen wurden gesagt, die Leute keuchten und schrien, und Mizzi brüllte, als ob sie am Spieß steckte... und die arme Bunny quietschte wie ein zu Tode erschrockenes Kaninchen. Und einer stolperte über den andern. Und dann ging auf einmal das Licht wieder an, und alles war wie vorher... ich meine, nicht wirklich wie vorher, aber wir waren wieder wir selbst, nicht einfach Menschen in einer ägyptischen Finsternis. Im Dunkeln wirken Menschen doch ganz anders, finden Sie nicht auch?... Und dann lag er da. Ein... ein kümmerlich aussehender Ausländer... mit einem jungen, rosigen Gesicht, die Augen waren wie erstaunt aufgerissen... da lag er und war mausetot... neben ihm ein Revolver. All das war mir völlig unerklärlich.»

8

Craddock unterbreitet seinem Vorgesetzten, der gerade ein Telegramm der Schweizer Polizei las, den sauber getippten Bericht über die Vernehmungen.

«Er war also vorbestraft», sagte Rydesdale. «Hm... das konnte man sich denken... Diebstahl von Schmucksachen... Unterschlagungen... ja... Scheckfälschung... also ein ausgesprochener Gauner.»

«Jawohl, Sir... aber ein kleiner Gauner.»

«Richtig. Doch Kleinigkeiten führen oft zu größeren Dingen.»

«Ich verstehe die ganze Sache nicht, Sir.»

«Wieso nicht? Das ist doch eine ganz klare Geschichte... oder nicht? Aber wir wollen sehen, was Ihnen die Leute erzählt haben.»

Er nahm den Bericht und überflog ihn rasch.

«Das Übliche … ein Haufen Widersprüche und zweifelhafte Angaben. Es ist immer das gleiche. Aber die Hauptsache scheint doch klar zu sein.»

«Ich weiß, Sir … trotzdem halten wir mal die Tatsachen fest.»

«Also, um 5 Uhr 20 nahm Rudi Schwarz in Medenham den Autobus nach Chipping Cleghorn; um sechs kam er dort an – laut Aussage des Chauffeurs und zweier Mitfahrender. Von der Bushaltestelle aus ging er in Richtung Little Paddocks. Ohne Schwierigkeiten konnte er ins Haus gelangen – wahrscheinlich durch die Vordertür. Im Zimmer bedrohte er die ganze Gesellschaft, gab zwei Schüsse ab, der eine streifte Miss Blacklock, dann erschoß er sich, ob versehentlich oder mit Absicht, kann nicht festgestellt werden. Ich gebe zu, daß seine Beweggründe unerklärlich sind, aber die müssen wir ja auch gar nicht klären. Bei der amtlichen Leichenschau wird wohl festgestellt werden, ob es sich um Selbstmord oder einen Unglücksfall handelt. Doch das ist für uns unwichtig. Ich glaube, wir können einen Strich unter die ganze Sache machen.»

«Sie meinen, daß wir uns an Colonel Easterbrooks ‹Psychologie› halten sollen?» fragte Craddock stirnrunzelnd.

«Haben Sie Grund zur Annahme, daß einige der bei dem Überfall Anwesenden Sie angelogen haben?»

Zögernd antwortete Craddock: «Ich glaube, diese Ausländerin, die Köchin, weiß mehr, als sie zugibt. Aber das kann auf einem Vorurteil von mir beruhen.»

«Sie halten es für möglich, daß sie mit dem Burschen unter einer Decke steckte? Ihn ins Haus ließ? Ihm Informationen gab …?»

«So etwas Ähnliches, ich traue ihr das zu. Aber das würde heißen, daß etwas Wertvolles im Spiel war, daß sich im Haus ein größerer Geldbetrag oder kostbarer Schmuck befunden hätte, und das scheint nicht der Fall gewesen zu sein. Miss Blacklock verneint das aufs entschiedenste, ebenso die übrigen Hausbewohner. Es bliebe also nur die Vermutung, daß sich im Haus ein Wertgegenstand befunden hätte, von dem niemand etwas wußte …»

«Das hört sich an wie ein schlechter Kriminalroman.»

«Ich gebe zu, daß es lächerlich ist, Sir. Aber wir haben die bestimmte Behauptung von Miss Bunner, daß Schwarz einen Mordversuch auf Miss Blacklock verübt hat.»

«Also nach dem, was Sie über sie sagen ... und nach der Art ihrer Aussagen scheint doch diese Miss Bunner ...»

«Jawohl, Sir», unterbrach Craddock ihn, «sie ist eine völlig unzuverlässige Zeugin.»

«Und warum wollte dieser Schwarz Miss Blacklock ermorden?»

«Da haben wir's, Sir. Ich weiß es nicht, und Miss Blacklock weiß es nicht – es sei denn, sie ist eine bessere Lügnerin, als ich ihr zutraue. Niemand weiß es, und so stimmt es vermutlich nicht.»

Er stieß einen tiefen Seufzer aus.

«Nehmen Sie es nicht so tragisch, Craddock. Sie werden mit Sir Henry und mir zu Mittag essen, und zwar im Royal Spa Hotel in Medenham Wells – man wird uns das Beste vorsetzen.»

«Danke sehr, Sir.» Craddock blickte leicht überrascht drein.

«Wir haben nämlich einen Brief erhalten.» Rydesdale unterbrach sich, da Sir Henry Clithering eintrat. «Ah, guten Morgen, da sind Sie ja, Henry ... Ich habe etwas für Sie.»

«Was denn?»

«Einen Brief von einer alten Jungfer. Sie wohnt im Royal Spa Hotel, und sie glaubt, sie könnte uns etwas Interessantes über diesen Fall in Chipping Cleghorn mitteilen.»

«Ah, die alten Jungfern!» stieß Sir Henry triumphierend hervor. «Was habe ich Ihnen gesagt? Die hören alles, die sehen alles, und im Gegensatz zu dem berühmten Sprichwort, sind sie nicht stille Wasser, sondern sagen auch alles – und zwar das Böse. Und was hat sie uns zu erzählen?»

Rydesdale betrachtete den Brief.

«Sie schreibt wie meine Großmutter», klagte er. «Wie heißt sie? Jane ... irgend etwas wie ... Murpel ... nein, Marple, Jane Marple.»

«Großer Gott!» rief Sir Henry. «George, das ist ja meine, meine prächtige alte Jungfer! Die fabelhafteste aller alten Jungfern! Und sie hat es wirklich fertiggebracht, statt friedlich zu Hause in St. Mary Mead zu sitzen, in Medenham Wells zu sein, gerade nachdem hier ein Mord passiert ist.»

«Schön, Henry», sagte Rydesdale spöttisch. «Ich freue mich darauf, Ihren ‹Star› kennenzulernen. Also los! Wir essen im Royal Spa zu Mittag und werden dort die Dame in Augenschein nehmen.»

Miss Jane Marple entsprach fast genau Craddocks Vorstellungen, nur wirkte sie noch gütiger und noch älter, als er erwartet hatte. Sie hatte schneeweißes Haar, sanfte, unschuldig dreinblickende veilchenblaue Augen, ein rosiges Gesicht voller Runzeln und war ganz und gar in weiche Wolle gehüllt. Außerdem strickte sie noch an einem Wollgegenstand, der sich als ein Babyjäckchen entpuppte.

Hochentzückt begrüßte sie Sir Henry und war ganz aufgeregt, als man ihr den Polizeichef und den Inspektor vorstellte.

«Wirklich, Sir Henry, ich freue mich sehr... ich habe Sie ja schon so lange nicht mehr gesehen... Ach ja, mein Rheumatismus, der ist in der letzten Zeit noch schlimmer geworden... Aber ich rede zuviel... Unser Polizeichef persönlich, das hätte ich nie erwartet, doch ich fürchte, ich werde ihm seine Zeit rauben.»

Völlig senil! dachte Craddock.

«Wir wollen in das Privatbüro des Direktors gehen», schlug Rydesdale vor. «Dort können wir ungestört reden.»

Nachdem sie Platz genommen hatten, sagte Rydesdale: «Also, Miss Marple, dann erzählen Sie doch mal bitte.»

Überraschend prägnant kam sie nun gleich zur Sache.

«Es war ein Scheck», erklärte sie. «Er hat ihn gefälscht.»

«Er?»

«Der junge Mann im Empfangsbüro, von dem man glaubt, er habe diesen Überfall inszeniert und sich dann erschossen.»

«Er hat einen Scheck gefälscht, sagen Sie?»

Miss Marple nickte. «Ja, ich habe ihn bei mir.»

Sie zog einen Scheck aus ihrer Handtasche und legte ihn auf den Tisch.

«Heute morgen schickte ihn mir meine Bank. Wenn Sie genau hinsehen, können Sie sehen, daß er ursprünglich auf sieben Pfund ausgestellt war und dann in siebzehn Pfund abgeändert wurde. Es ist sehr geschickt gemacht, er scheint Übung gehabt zu haben. Er konnte die gleiche Tinte benutzen, weil ich den Scheck in seinem Büro ausstellte. Ich glaube, so etwas hat er schon häufig gemacht, meinen Sie nicht auch?»

«Diesmal ist er allerdings an die Falsche geraten», bemerkte Sir Henry.

Miss Marple nickte zustimmend.

«Ja. Ich fürchte, mit seinen kriminellen Erfahrungen war es nicht weit her. Ich war jedenfalls genau die falsche Person. Eine geschäftige, junge verheiratete Frau oder ein verliebtes Mädchen – die schreiben alle möglichen Schecks über alle möglichen Summen aus und wissen oft nicht mehr, wann sie wofür wieviel bezahlt haben. Aber eine alte Frau, die mit jedem Penny rechnen muß und die vor allem ganz bestimmte feste Gewohnheiten hat – die ist genau das falsche Opfer. Siebzehn Pfund! Über eine solche Summe würde ich *nie* einen Scheck ausschreiben. Zwanzig Pfund, eine runde Summe, für monatliche Löhne oder sonstige fixe Ausgaben. Und für meine persönlichen Dinge hebe ich immer sieben Pfund ab – früher waren es fünf, aber es ist alles so teuer geworden.»

«Und ganz bestimmt hat er Sie an irgend jemanden erinnert?» ahnte Sir Henry, sie mißtrauisch und amüsiert zugleich musternd.

Miss Marple lächelte und schüttelte leise den Kopf.

«Sie sind sehr ungezogen, Sir Henry. Aber es stimmt. Er *hat* mich an jemanden erinnert – an Fred Tyler aus dem Fischladen. Immer wieder tauchte mal ein Shilling extra auf in den monatlichen Abrechnungen. Da die Leute heutzutage so viel Fisch essen, sind die Rechnungen immer ziemlich lang – und so mancher prüft nicht alles einzeln nach. Jedesmal zehn Shilling in die eigene Tasche – nicht viel, aber immerhin genug, um sich mal eine besonders schöne Krawatte zu kaufen und Jessie Spragge (das Mädchen aus dem Textilwarenladen) ins Kino einzuladen. Ihren Schnitt machen – das ist es, was diese jungen Burschen wollen.

Nun, gleich in der ersten Woche, die ich hier war, wies meine Rechnung einen Fehler auf. Ich machte den jungen Mann darauf aufmerksam, er entschuldigte sich aufs höflichste und schaute ganz betrübt drein. Doch ich dachte bei mir: ‹Du hast einen falschen Blick, junger Mann.›

Damit meine ich, daß jemand einem besonders ‹aufrichtig› und ‹gerade› in die Augen schaut, nicht wegsieht oder blinzelt.»

«Rudi Schwarz war ein ausgesprochener Gauner», erklärte Rydesdale. «In der Schweiz hat er ein langes Vorstrafenregister.»

«Dort wird ihm der Boden zu heiß geworden sein, nehme ich an, und so kam er, vermutlich mit gefälschten Papieren, hierher», meinte Miss Marple.

«So ist es», bestätigte Rydesdale.

«Er ist mit der kleinen rothaarigen Kellnerin vom Restaurant herumgezogen», erklärte Miss Marple. «Aber ich glaube nicht, daß ihr sein Tod sehr nahegeht. Sie wollte nur mal ein bißchen Abwechslung haben, und er brachte ihr oft Blumen und Schokolade mit, was englische Männer ja nicht zu tun pflegen. Hat sie ihnen alles erzählt, was sie weiß?» wandte sie sich plötzlich an Craddock. «Oder doch nicht alles?»

«Ich bin nicht sicher», antwortete Craddock vorsichtig.

«Ich glaube, man kann noch etwas aus ihr herausbekommen», fuhr Miss Marple fort. «Sie macht sich offensichtlich Sorgen. Heute morgen brachte sie mir Bücklinge statt Heringe, und sie hatte die Milch vergessen. Bisher war sie eine ausgezeichnete Kellnerin ... jawohl, sie ist beunruhigt. Ich glaube, daß sie noch etwas auszusagen hätte. Aber Sie, Herr Inspektor, werden sie ja leicht dazu bringen, daß sie Ihnen alles erzählt, was sie weiß.»

Der Inspektor errötete, und Sir Henry lachte leise.

«Es könnte sehr wichtig sein», meinte Miss Marple. «Vielleicht hat er ihr gesagt, wer es gewesen ist.»

Rydesdale schaute sie verblüfft an.

«Was meinen Sie damit?»

«Ach, Verzeihung, ich drücke mich so ungeschickt aus. Ich meine, wer ihn dazu angestiftet hat.»

«Sie glauben, daß ihn jemand angestiftet hat ...?»

Sie riß erstaunt die Augen auf. «Aber selbstverständlich ... ich meine ... im Grunde genommen war er doch ein harmloser junger Mann, er hat ab und zu kleine Betrügereien gemacht, Schecks abgeändert, ein Schmuckstück entwendet, einen Griff in die Portokasse gemacht und dergleichen. Er hat sich zusätzliches Taschengeld verschafft, um sich gut anzuziehen und mit einem Mädchen ausgehen zu können ... lauter solche Dinge. Und plötzlich nimmt er einen Revolver, macht einen Überfall, bedroht einen Haufen Leute in einem Zimmer, schießt auf jemanden ... das sieht ihm doch gar nicht ähnlich ... das ist doch unmöglich! Da stimmt etwas nicht!»

«Vielleicht können Sie uns sagen, Miss Marple», murrte Craddock, und seine Stimme klang plötzlich aggressiv, «was wirklich geschehen ist?»

Überrascht wandte sie sich ihm zu.

«Aber woher soll ich das wissen? Ich habe nur den Zeitungsbericht gelesen, und da steht nicht allzuviel drin. Man kann sich natürlich seine Gedanken machen, aber ich habe ja keine Unterlagen.»

«George», fragte Sir Henry den Polizeichef, «würde es die Vorschriften verletzen, wenn wir Miss Marple den Bericht über die Vernehmungen der Leute in Chipping Cleghorn lesen ließen?»

«Es mag die Vorschriften verletzen», antwortete Rydesdale, «aber bisher sind wir mit der Einhaltung der Vorschriften nicht weit gekommen. Ich bin sehr neugierig auf das, was Miss Marple sagen wird.»

Miss Marple schien ganz verwirrt zu sein, als Rydesdale ihr den Bericht reichte. Eine Weile herrschte Schweigen, während sie las.

Schließlich legte sie den Bogen auf den Tisch.

«Das ist höchst interessant», erklärte sie mit einem leichten Seufzer. «Es geht alles so durcheinander, es scheint alles so unwichtig zu sein, und das, was nicht unwichtig ist, kann man nur schwer ausfindig machen... es ist so, als sollte man in einem Heuhaufen eine Stecknadel suchen.»

Craddock war enttäuscht, er ärgerte sich über sie und knurrte schroff:

«Die Tatsachen sind ja klar. Obwohl die Leute einander widersprechen, haben sie doch alle eines gesehen: einen Mann mit einer Maske vor dem Gesicht, einem Revolver und einer Blendlaterne in der Hand, der die Tür öffnet und ruft: ‹Hände hoch!›»

«Entschuldigen Sie, bitte», widersprach Miss Marple sanft, «die Leute konnten doch gar nichts gesehen haben... wenn ich richtig verstehe» – ihre Wangen hatten sich nun leicht gerötet, ihre Augen glänzten wie die eines Kindes – «war doch das Licht ausgegangen, und die Halle war finster. Wenn also ein Mann in der Tür stand und mit einer starken Blendlaterne in das Zimmer leuchtete, konnten die Leute doch nur die Laterne sehen, nicht wahr?»

«Das stimmt, ich habe es ausprobiert.»

«Wenn also jemand behauptet, einen Mann mit einer Maske und weiterem Räuberzubehör gesehen zu haben, so schildert er lediglich das, was er erst wahrnahm, als das Licht wieder funktionierte.

All diese Aussagen widersprechen also nicht der Annahme, daß Schwarz nur ein Strohmann gewesen ist.»

Nachsichtig lächelnd fragte Rydesdale:

«Wollen Sie etwa sagen, daß jemand anders ihn dazu überredet hätte, blindlings in ein Zimmer voller Menschen zu schießen? Das wäre doch ein tolles Stück.»

«Ich glaube, daß ihm jemand gesagt hat, es handle sich um einen Scherz», entgegnete Miss Marple. «Er wurde natürlich dafür bezahlt. Er mußte eine Anzeige in die Zeitung setzen, das Haus ausspionieren und am betreffenden Abend mit einer Maske vor dem Gesicht und in einer schwarzen Pelerine dorthin gehen, eine Tür aufreißen, mit einer Blendlaterne die Leute anleuchten und: ‹Hände hoch!› rufen.»

«Und schießen?»

«Nein, nein!» widersprach sie. «Er hatte keinen Reovlver!»

«Aber alle sagen doch ...», begann Rydesdale.

Miss Marple ließ ihn nicht aussprechen.

«Das ist es ja. Niemand kann einen Revolver gesehen haben, selbst wenn er einen gehabt hätte, und ich glaube nicht, daß es der Fall war. Ich glaube, daß sich jemand in der Finsternis hinter ihn geschlichen und über seine Schulter hinweg die zwei Schüsse abgefeuert hat. Darauf war Schwarz zu Tode erschrocken; er drehte sich um, die hinter ihm stehende Person erschoß ihn und ließ den Revolver zu Boden fallen.»

Die drei Männer blickten sich groß an.

Sir Henry flüsterte leise: «Das wäre möglich.»

«Aber wer ist dieser Mr. X., der da in der Finsternis auftauchte?» fragte Rydesdale.

Miss Marple hüstelte. «Sie müssen von Miss Blacklock herausbekommen, wer ein Interesse daran haben könnte, sie zu ermorden.»

Dora Bunners fixe Idee, dachte Craddock. Instinkt gegen Vernunft.

«Sie glauben also, daß es sich um einen Mordversuch an Miss Blacklock handelte?» fragte Rydesdale.

«So sieht es aus», antwortete Miss Marple. «Allerdings gibt es da noch einige Widersprüche. Aber vielleicht kann man doch zunächst mal irgend etwas ausfindig machen, das uns weiterhilft. Ich bin sicher, daß Schwarz von seinem Auftraggeber strikte Anweisung erhalten hatte, kein Sterbenswörtchen von der Geschichte verlauten zu lassen. Vielleicht hat er aber doch nicht geschwiegen, sondern diesem Mädchen, dieser Myrna Harris, etwas erzählt.»

«Ich werde sie mir sofort vornehmen», sagte Craddock und stand auf.

Miss Marple nickte.

«Ich bin Ihnen ja so dankbar, daß Sie mir keine Vorwürfe machen», flüsterte Myrna Harris. «Ich werde Ihnen alles sagen. Aber wenn es Ihnen irgendwie möglich ist, lassen Sie mich aus dem Spiel, wegen meiner Mutter. Es fing alles damit an, daß Rudi ein Rendezvous mit mir rückgängig machte. Wir hatten vor, am Abend ins Kino zu gehen, und auf einmal sagte er mir, daß er nicht könne, er habe keine Zeit. Und da war ich natürlich ärgerlich und habe ihm meine Meinung gesagt... schließlich hatte *er* es ja vorgeschlagen, und es paßt mir nicht, für dumm verkauft zu werden. Er behauptete, er könne nichts dafür, und ich schimpfte, das sei mir eine faule Ausrede. Da verriet er mir, er würde ein großes Ding drehen, und ich bekäme danach eine schöne Uhr. Ich fragte ihn, um was für ein ‹Ding› es sich denn handle. Und er erkärte, ich dürfte mit keinem Menschen darüber sprechen, aber irgendwo würde eine Gesellschaft stattfinden, und dort sollte er aus Spaß einen Überfall inszenieren. Er zeigte mir die Anzeige, die er aufgegeben hatte, und ich mußte natürlich lachen. Er machte sich lustig darüber, sagte, die Sache wäre kindisch, aber das sehe den Engländern ähnlich, die würden ja nie erwachsen. Es hat sich wirklich alles wie ein ausgelassener Ulk angehört, als er es mir erzählte. Ich habe auch nicht die geringste Ahnung davon gehabt, daß er einen Revolver hatte, er hat kein Wort davon gesagt, daß er einen mitnehmen würde.»

Craddock beruhigte sie und stellte dann die wichtigste Frage:

«Und wer hat ihm den Auftrag gegeben?»

Aber gerade das wußte das Mädchen nicht.

«Hat er keinen Namen erwähnt? Sprach er von einem ‹Er›... oder von einer ‹Sie›?»

«Er hat nur gesagt, das würde ein Geschrei geben. ‹Ich werde mich totlachen, wenn ich die erschrockenen Gesichter sehe›, hat er gesagt.»

Er hatte nicht mehr viel zu lachen, dachte Craddock.

«Nur eine Theorie!» sagte Rydesdale zu Craddock, als sie nach Medenham fuhren. «Wollen wir es als Hirngespinst einer alten Jungfer ansehen und es dabei bewenden lassen?»

«Ich denke nicht, Sir.»

«Es klingt doch alles höchst phantastisch: Ein geheimnisvoller X. taucht plötzlich in der Finsternis hinter unserem Schweizer auf. Woher kam er? Wer war er?»

«Er hätte durch die Hintertür kommen können, genau wie Schwarz», meinte Craddock. «Oder», fügte er gedehnt und mit aller Ironie hinzu, «er hätte aus der Küche kommen können.»

«‹Sie› hätte aus der Küche kommen können, meinen Sie doch ...?»

«Jawohl, Sir, das wäre eine Möglichkeit. Ich traue dieser Katze, der Köchin, einfach nicht. Dieses ganze Geschrei und diese hysterischen Ausbrüche, all das kann Theater sein. Sie könnte dem Burschen etwas eingeredet, ihn zu geeigneter Zeit ins Haus gelassen und ihn dann erschossen haben. Danach stürzte sie zurück ins Eßzimmer und führte ihre Schreiszene auf.»

«Dagegen spricht die Aussage von diesem ... wie heißt er nur gleich ... ach ja, Edmund Swettenham, der ausdrücklich erklärt hat, die Tür sei von außen zugeschlossen gewesen und er habe die Köchin herausgelassen. Gibt es in diesem Teil des Hauses noch eine Tür?»

«Ja, es gibt noch eine Tür zur Küche, aber die Klinke ist vor drei Wochen abgebrochen und noch nicht wieder eingesetzt worden. Also kann die Tür nicht geöffnet werden. Und das scheint zu stimmen, die beiden Griffe liegen auf einem Regal neben der Tür in der Halle und sind ganz mit Staub bedeckt.»

«Stellen Sie vorsichtshalber mal fest, ob die Papiere des Mädchens in Ordnung sind. Mir kommt die Sache nach wie vor höchst suspekt vor.»

«Und da ist noch die Geschichte mit dem Revolver», sagte Craddock. «Wenn Miss Marple recht hat, besaß Schwarz überhaupt keinen Revolver.»

«Es ist ein deutsches Fabrikat.»

«Ich weiß, Sir. Aber es gibt hier eine Menge Revolver vom Festland. Die Amerikaner und auch unsere Leute haben sie mitgebracht. Das will also nichts heißen.»

«Stimmt. Aber könnte man nicht noch irgendwo anders ansetzen?»

«Da wäre das Motiv», antwortete Craddock. «Wenn Miss Marples Theorie stimmt, so wäre dieser Überfall nicht nur ein Scherz oder ein gewöhnlicher Raubüberfall, sondern ein kaltblütiger Mordversuch gewesen. Jemand versuchte, Miss Blacklock zu ermorden. Aber warum? Meines Erachtens kann nur Miss Blacklock selbst diese Frage beantworten.»

«Aber sie hat doch diese Idee weit von sich gewiesen.»

«Sie glaubt nicht daran, daß Schwarz sie ermorden wollte. Und damit hat sie ja recht. Aber nun kommt noch etwas, Sir.»

«Nämlich?»

«Der Versuch könnte wiederholt werden.»

«Das würde die Theorie bestätigen», meinte Rydesdale trocken. «Übrigens, passen Sie auf Miss Marple auf.»

«Auf Miss Marple? Warum?»

«Wie ich hörte, wird sie nach Chipping Cleghorn ins Pfarrhaus ziehen und nur zweimal in der Woche nach Medenham Wells zur Behandlung fahren. Die Frau des Pfarrers ist die Tochter einer alten Freundin von Miss Marple. Die alte Jungfer hat übrigens einen guten Instinkt.»

«Ich wünschte, sie würde nicht nach Chipping Cleghorn ziehen», murmelte Craddock besorgt. «Sie ist eine nette Person. Ich möchte nicht, daß ihr etwas zustößt... ich meine, vorausgesetzt, daß ihre Theorie stimmt.»

9

«Entschuldigen Sie, bitte, daß ich Sie schon wieder störe, Miss Blacklock», begann der Inspektor, «aber ich muß Ihnen zunächst mitteilen, daß Schwarz gar nicht der Sohn des Besitzers vom Hôtel des Alpes in Montreux war. Er scheint zuerst Angestellter in einer

Klinik in Bern gewesen zu sein – viele Patienten vermißten Wertgegenstände. Dann war er unter anderem Namen Kellner in einem kleinen Winterkurort; dort war es seine Spezialität, im Restaurant in den Rechnungsduplikaten andere Beträge einzusetzen, die Differenz steckte er natürlich in die eigene Tasche. Dann war er Angestellter in einem Warenhaus in Zürich; während er dort arbeitete, wurden mehr Ladendiebstähle als früher festgestellt, und es sah so aus, als hätten nicht nur Kunden diese Diebstähle begangen.»

«Kurz gesagt, ein kleiner Gauner», bemerkte Miss Blacklock trocken. «Ich hatte also recht, als ich glaubte, ihn vorher nie gesehen zu haben.»

«So ist es. Wahrscheinlich hat ihn jemand im Hotel auf Sie aufmerksam gemacht, und daraufhin tat er so, als kenne er Sie von früher her. In der Schweiz war ihm der Boden zu heiß geworden, und so kam er mit gefälschten Papieren hierher und verschaffte sich die Stellung im Hotel. Übrigens, Sie bleiben dabei, daß sich hier im Hause nichts Wertvolles befindet?»

«Natürlich nicht. Ich kann Ihnen versichern, Herr Inspektor, daß wir keinen unbekannten Rembrandt oder so etwas haben.»

«Dann sieht es doch so aus, als hätte Miss Bunner recht – er hatte es auf Sie abgesehen.»

Miss Blacklock blickte ihn durchdringend an.

«Also, wir wollen das mal klarstellen: Sie glauben wirklich, dieser junge Mann wäre hierhergekommen, nachdem er durch eine Annonce das halbe Dorf zu einer bestimmten Zeit hergelotst hatte?»

«Aber vielleicht hat er gar nicht damit gerechnet», unterbrach Miss Bunner sie aufgeregt. «Vielleicht ist es nur eine Art von grauenhafter Warnung gewesen ... für dich, Letty ... so habe ich es empfunden, als ich die Annonce las. ‹Ein Mord wird angekündigt› ... Mir lief es eiskalt über den Rücken, ich fühlte, daß es etwas Entsetzliches ist ... wenn alles so gekommen wäre, wie er es sich gedacht hatte, hätte er dich erschossen und wäre davongekommen ... und niemand hätte je herausgefunden, wer es gewesen ist.»

«Das stimmt schon», sagte Miss Blacklock. «Aber ...»

«Ich wußte, daß diese Annonce kein Scherz war, Letty. Ich habe es gleich gesagt, und denk an Mizzi, sie hatte auch Angst!»

«Ach ja», sagte Craddock, «diese Mizzi! Die interessiert mich besonders.»

«Ihr Paß und ihre Arbeitserlaubnis sind in Ordnung.»

«Das bezweifle ich nicht», meinte Craddock trocken. «Auch die Papiere von Schwarz schienen in Ordnung zu sein.»

«Aber was für einen Grund sollte dieser Schwarz gehabt haben, mich ermorden zu wollen? Das haben Sie mir noch immer nicht erklären können, Herr Inspektor.»

«Es könnte jemand hinter ihm gesteckt haben», mutmaßte Craddock. «Haben Sie daran noch nicht gedacht?»

«Das ändert nichts an der Tatsache», erwiderte Miss Blacklock. «Wer sollte ein Interesse haben, mich zu ermorden?»

«Die Antwort auf diese Frage wollte ich eigentlich von Ihnen hören, Miss Blacklock.»

«Die Antwort kann ich Ihnen nicht geben, ein für allemal! Ich habe keine Feinde. Soviel ich weiß, stand ich mit meinen Nachbarn stets auf bestem Fuß. Ich weiß von niemandem etwas Schlimmes; also die ganze Idee ist absurd! Und wenn Sie vermuten, daß Mizzi etwas damit zu tun haben könnte, so ist auch das abwegig. Wie Miss Bunner gerade sagte, war Mizzi zu Tode erschrocken, als sie diese Anzeige in der *Gazette* sah. Sie wollte sogar sofort ihre Siebensachen packen und sich auf und davon machen.»

«Das könnte ein geschickter Schachzug von ihr gewesen sein; sie konnte sich ja denken, daß Sie sie zum Bleiben drängen würden.»

«Wenn Sie so wollen, können Sie bei allen etwas finden. Aber ich kann Ihnen versichern, daß Mizzi, wenn sie mich unverständlicherweise haßte, mir vielleicht Gift ins Essen getan hätte, aber ich bin sicher, daß sie nicht dieses ganze Theater aufgeführt hätte; das ist, wie gesagt, absurd. Ich glaube, daß die Polizei den Komplex hat, in jedem Ausländer einen Verbrecher zu sehen. Mizzi mag eine Lügnerin sein, aber sie ist keine kaltblütige Mörderin. Wenn Sie es jedoch für richtig halten, sie zu schikanieren, so tun Sie es in Gottes Namen, aber ich warne Sie – wenn sie mir deswegen davonläuft, müssen Sie mein Essen kochen.»

Craddock ging in die Küche und richtete an Mizzi dieselben Fragen, die er schon einmal an sie gestellt hatte, und erhielt die gleichen Antworten:

Jawohl, sie habe kurz nach vier die Haustür geschlossen... Nein, sie habe das nicht immer getan, sondern nur an dem bewußten Nachmittag, weil sie wegen der «grauenvollen Anzeige» Angst gehabt habe. Es habe keinen Zweck gehabt, die Hintertür zu verschließen, weil Miss Blacklock und Miss Bunner diese stets benutzten, wenn sie die Hühner fütterten und sie abends in den Stall trieben, und auch Mrs. Haymes benutze gewöhnlich diese Tür, wenn sie von der Arbeit nach Hause käme.

«Mrs. Haymes sagt, sie habe die Tür verschlossen, als sie um halb sechs Uhr nach Hause kam.»

«Ah, und Sie ihr glauben... oh, natürlich, Sie ihr glauben...»

«Meinen Sie, wir sollten ihr nicht glauben?»

«Es ist doch egal, was ich meine! Sie mir doch nicht glauben.»

«Angenommen, wir gäben Ihnen Gelegenheit dazu? Sie glauben, daß Mrs. Haymes die Tür nicht abgeschlossen hat?»

«Ich glaube, daß Sie sich gehütet hat, es zu tun.»

«Was wollen Sie damit sagen?» fragte Craddock.

«Der junge Mann, er nicht hat gemacht allein... nein, er weiß, Tür wird sein offen für ihn... oh, ja, sehr bequem offen!»

«Was wollen Sie damit sagen?» wiederholte Craddock.

«Was hat Zweck das, was ich sagen? Sie werden nicht hören. Sie sagen, ich sei arme Flüchtlingsmädchen, das lügt. Sie sagen, daß blonde englische Dame, o nein, sie nicht lügen... sie ist gute Engländerin, sie so ehrlich. So Sie glauben ihr und nicht mir. Aber ich könnte sagen Ihnen, o ja, ich könnte sagen Ihnen!»

Zur Bekräftigung schlug sie mit einer Pfanne auf den Herd.

Craddock schwankte, ob er von ihrem Gerede, das lediglich auf Haß beruhen mochte, überhaupt Notiz nehmen sollte.

«Wir gehen allem nach, was uns gesagt wird», erklärte er schließlich.

«Ich werde Ihnen sagen überhaupt nichts. Warum soll ich? Ihr sein alle gleich, ihr verfolgen und verachten arme Flüchtling. Wenn ich sage Ihnen, daß wenn vor einer Woche der junge Mann gekommen ist, um Miss Blacklock um Geld zu bitten und sie ihn fortgeschickt hat... wenn ich sage, daß ich nachher ihn habe gehört sprechen mit Mrs. Haymes... ja, draußen in Gartenhäuschen... Sie nur sagen, ich habe erfunden.»

Das wird wahrscheinlich auch der Fall sein, dachte Craddock, sagte aber laut:

«Sie konnten ja gar nicht hören, was im Gartenhäuschen gesprochen wurde.»

«Da Sie sich irren!» rief Mizzi triumphierend. «Ich war gewesen in Garten, um zu holen Brennessel... man kann machen schöne Gemüse aus Brennessel, die andern das nicht glauben, aber ich koche Brennessel und sage nicht. Und ich höre beide sprechen in Häuschen. Er sagen ihr: ‹Aber wo kann ich mir verstecken?› Und sie sagt: ‹Ich dir werde zeigen›... und dann sie sagt: ‹Um Viertel nach sechs›, und ich denke: Aha! So eine bist du, du feine Dame! Nachdem du kommst zurück von Arbeit, du dir treffen mit eine Mann. Du ihn bringen in Haus. Ich werde aufpassen, denke ich, und hören, und dann ich werde sagen Miss Blacklock. Aber jetzt weiß ich, daß ich mich habe geirrt. Sie hat nicht vorgehabt Liebe mit ihm, es war Raub und Mord! Aber Sie werden sagen, ich all das habe erfunden. Böse Mizzi, Sie werden sagen, ich stecke sie in Gefängnis.»

Craddock überlegte – sie konnte das erfunden haben, es konnte aber auch wahr sein. Vorsichtig fragte er:

«Sind Sie sicher, daß es Rudi Schwarz war, mit dem sie sprach?»

«Aber natürlich! Ich habe gesehen, wie er zu Gartenhäuschen gegangen ist. Und Sie können sehen jetzt», fügte sie trotzig hinzu, «daß ich jetzt gehe in Garten und gucke, ob dort nicht sind hübsche junge grüne Brennessel.»

«Sie haben nur das, was Sie mir eben sagten, gehört?»

Mizzi nickte bekümmert.

«Die Miss Bunner, die mit die lange Nase, sie ruft mir und ruft mir. Mizzi! Mizzi! So habe ich in Haus gehen müssen. Oh, sie kann einen machen wütend, sie mischt sich immer in alles ein.»

«Warum sagten Sie mir das alles nicht schon neulich?» fragte Craddock streng.

«Weil ich mich nicht habe erinnert... ich nicht habe dran gedacht. Erst später habe ich gesagt zu mir, das war geplant damals... geplant mit ihr.»

«Sie sind ganz sicher, daß es Mrs. Haymes war?»

«O ja. Ich bin sicher, o ja, ich ganz sicher. Sie ist ein Dieb, die Mrs. Haymes, ein Dieb und Genossin von Diebe. Was sie kriegt für Arbeit in Garten ist nicht genug für so feine Dame, o nein!»

Tief in Gedanken versunken ging Craddock durch die Halle und wollte eine Tür öffnen, die aber verschlossen war.

Miss Bunner, die gerade die Treppe herunterkam, erklärte: «Diese Tür geht nicht auf, die nächste links ist die richtige. Man kann sich wirklich leicht irren mit diesen vielen Türen.»

«Ja, hier ist ja eine Tür neben der anderen», meinte Craddock und blickte sich um.

Liebenswürdig erklärte ihm nun Miss Bunner:

«Man kann sie leicht verwechseln, da sie direkt nebeneinander liegen. Ich habe auch schon einige Male die falsche zu öffnen versucht. Bis vor kurzem stand ein Tisch davor, aber den haben wir an die andere Wand geschoben.»

Craddock sah an der Tür die Spuren der Tischkante. Fast unbewußt fragte er:

«Wann ist der Tisch fortgestellt worden?»

«Da muß ich überlegen», antwortete sie. «Warten Sie ... das war so vor zehn, vierzehn Tagen.»

«Warum wurde er denn fortgestellt?»

«Ich weiß es gar nicht mehr ... wegen der Blumen glaube ich. Phillipa hatte dort eine große Vase hingestellt – sie arrangiert so wunderschön Blumen –, Herbstblumen in prächtigen Farben und dazwischen Zweige, und wenn man dort vorbeiging, blieb man oft daran hängen. Und da sagte Phillipa: ‹Am besten stellt man den Tisch an die Wand gegenüber, das ist für die Blumen auch ein besserer Hintergrund als die Tür.›»

«Wohin führt denn die Tür, und warum ist sie immer verschlossen?» fragte Craddock, die Tür betrachtend.

«Es ist die Tür des kleinen Wohnzimmers; als aus den beiden Zimmern eins gemacht wurde, hat man diese hier verriegelt, da man ja nicht zwei Türen für ein Zimmer braucht.»

«Verriegelt?»

Craddock versuchte die Klinke.

«Ist sie nur zugeschlossen oder auch vernagelt?»

«Ich glaube, sie ist zugeschlossen und oben verriegelt.»

Er versuchte, den Riegel zu öffnen ... er glitt ganz leicht zur Seite – zu leicht.

«Wann wurde die Tür zum letzten Mal benutzt?» fragte er.

«Ach, ich denke, vor Jahren. Jedenfalls ist sie, seitdem ich hier bin, nicht benutzt worden, das weiß ich bestimmt.»

«Wissen Sie, wo der Schlüssel ist?»

«In der Tischschublade; dort liegen viele Schlüssel, wahrscheinlich ist er dabei.»

Craddock öffnete die Schublade und sah in einer Ecke einen Haufen verrosteter Schlüssel liegen. Er entdeckte einen, der anders aussah als die andern, ging zur Tür und versuchte ihn ... er paßte und drehte sich überraschend leicht. Er drückte die Klinke nieder ... geräuschlos öffnete sich die Tür.

«Oh, geben Sie acht», rief Miss Bunner. «Auf der anderen Seite könnte etwas stehen, wir benutzen die Tür doch nie.»

«Meinen Sie?» sagte der Inspektor. Sein Gesicht war finster geworden, und nachdrücklich fügte er hinzu:

«Die Tür ist erst kürzlich benutzt worden, Miss Bunner, das Schloß und die Angeln sind frisch geölt!»

Offenen Mundes starrte sie ihn an, ihre törichten Augen waren weit aufgerissen.

«Aber wer kann das getan haben?» fragte sie.

«Genau das werde ich herausfinden!» antwortete Craddock.

10

Diesmal hörte Miss Blacklock ihm aufmerksamer zu. Sie war intelligent, und sie begriff sofort die Bedeutung seiner Entdeckung.

«Ja», meinte sie ruhig, «das ändert allerdings die Angelegenheit ... Niemand hatte an der Tür etwas zu suchen.»

«Sie sehen doch ein, was das bedeutet», sagte der Inspektor eindringlich. «Als das Licht ausging, konnte an jenem Abend jeder der im Wohnzimmer Versammelten durch diese Tür hinausschlüpfen, sich hinter Schwarz schleichen und – schießen.»

Langsam entgegnete Miss Blacklock: «Und Sie glauben, daß einer meiner netten, harmlosen Nachbarn versucht hat, mich zu ermorden? Mich? Aber warum?»

«Meiner Ansicht nach müßten Sie die Antwort auf diese Frage selbst wissen, Miss Blacklock.»

«Aber ich weiß sie nicht, Herr Inspektor. Ich versichere Ihnen, ich weiß sie nicht!»

«Also, wollen wir versuchen, die Antwort zu finden. Wer wird Sie beerben?»

Widerstrebend antwortete sie: «Patrick und Julia. Die Hauseinrichtung habe ich Bunny vermacht und ihr außerdem eine kleine Jahresrente ausgesetzt. Ich werde ja nicht viel hinterlassen. Ich hatte Kapitalanlagen in Deutschland und Italien, die keinen Wert mehr haben, und von meinem Vermögen hier bleibt nach Abzug der Steuern nur noch wenig übrig. Es würde sich bestimmt nicht lohnen, mich zu ermorden.»

«Aber immerhin haben Sie doch ein Einkommen, Miss Blacklock? Und Ihr Neffe und Ihre Nichte würden das erben.»

«Also Patrick und Julia sollten versucht haben, mich zu ermorden? Das ist unmöglich! Außerdem haben sie selber genug.»

«Wissen Sie das bestimmt?»

«Nein. Ich weiß nur, was die beiden mir erzählt haben. Aber trotzdem habe ich natürlich nicht den leisesten Verdacht gegen sie... Eines Tages könnte es sich allerdings lohnen, mich zu ermorden.»

«Was meinen Sie damit, daß es sich eines Tages lohnen könnte, Sie zu ermorden, Miss Blacklock?» hakte der Inspektor nach.

«Eines Tages, vielleicht bald, kann ich sehr reich werden.»

«Das klingt ja interessant. Wollen Sie mir das nicht näher erklären?»

«Aber gern. Ich war über zehn Jahre lang Sekretärin von Randall Goedler und war auch mit ihm befreundet.»

Das interessierte Craddock sehr. Randall Goedler war ein berühmter Finanzmann gewesen. Seine gewagten Spekulationen in großem Stil und seine theatralische Publizität hatten ihn zu einer Persönlichkeit gemacht, die man schwerlich vergaß. Er war 1937 oder 1938 gestorben, soweit Craddock sich erinnerte.

«Wahrscheinlich haben Sie von ihm gehört», sagte sie.

«O ja. Er war doch Millionär?»

«Mehrfacher... allerdings ging es bei ihm immer auf und ab. Oft setzte er in einem einzigen Coup mehr aufs Spiel, als er überhaupt besaß.»

Sie erklärte das mit einer gewissen Begeisterung, ihre Augen leuchteten.

«Jedenfalls war er bei seinem Tod sehr reich. Er hatte keine Kinder und hat die Nutznießung seines Vermögens seiner Frau vermacht... nach ihrem Tod werde ich das ganze Vermögen erben... In den letzten zwölf Jahren», fügte sie leicht zwinkernd hinzu, «hätte ich also ein ausgesprochenes Interesse daran gehabt, Mrs. Goedler zu ermorden... doch diese Kenntnis nutzt Ihnen nicht viel, nicht wahr?»

«Entschuldigen Sie, bitte, die Frage, aber... war Mrs. Goedler nicht böse über das Testament ihres Mannes?»

Miss Blacklock blickte nun ausgesprochen amüsiert drein.

«Sie brauchen gar nicht so diskret zu sein. Sie möchten doch wissen, ob ich Randall Goedlers Geliebte war? Nein, das war ich nicht. Ich glaube nicht, daß Randall je nur der Gedanke gekommen wäre, und von mir kann ich Ihnen bestimmt sagen, daß ich nie auch nur im Traum daran gedacht habe. Er liebte nur Belle – seine Frau –, und er liebte sie bis zu seinem Tode. Wahrscheinlich wollte er mir auf diese Art seine Dankbarkeit bezeugen. Wissen Sie, Herr Inspektor, zu Beginn seiner Laufbahn stand er nämlich einmal dicht vor dem Ruin, obwohl es sich nur um ein paar tausend Pfund Bargeld handelte. Es war ein großer Coup, es war höchst aufregend, es war tollkühn wie all seine Spekulationen, aber gerade dies bißchen Bargeld fehlte ihm, um ihn über Wasser zu halten. Ich hatte etwas Vermögen und stellte ihm das Geld zur Verfügung... eine Woche später war er ein enorm reicher Mann. Von da an behandelte er mich mehr oder weniger als seine Partnerin. Ja, das waren aufregende Zeiten!»

Sie seufzte und schien eine Zeitlang in Gedanken an verflossene Tage versunken.

«Ich habe das genossen. Dann starb mein Vater, und meine einzige Schwester blieb hoffnungslos krank zurück. Ich mußte alles aufgeben und sie pflegen. Zwei Jahre später starb Randall. Ich hatte während unserer Zusammenarbeit ein ganz schönes Vermögen gemacht und hatte gar nicht erwartet, daß er mir etwas hinterließe, aber ich war zutiefst gerührt und sehr stolz, als ich erfuhr, daß ich, wenn Belle vor mir stürbe, sein ganzes Vermögen erben würde. Ich glaube, der arme Mann wußte einfach nicht, wem er es vermachen sollte. Belle ist eine entzückende Frau, und sie war richtig froh über sein Testament. Sie ist so lieb. Sie lebt in Schottland, ich habe sie seit Jahren nicht mehr gesehen, wir schreiben uns nur zu Weihnachten. Gerade vor dem Krieg ging ich mit meiner Schwester in ein Sanatorium in die Schweiz... sie ist dort an einer Lungenentzündung gestorben.»

Sie schwieg einen Augenblick, dann fügte sie hinzu:

«Erst vor einem Jahr bin ich nach England zurückgekehrt.»

«Sie sagten, Sie könnten sehr bald eine reiche Frau werden... wie bald?»

«Ich hörte von Belles Krankenschwester, daß sich ihr Zustand rapide verschlechtere. Es kann also schon in ein paar Wochen der Fall sein.»

Wieder seufzte sie, diesmal weniger erinnerungsselig denn traurig.

«Das Geld wird mir jetzt nicht mehr viel bedeuten. Ich habe genug für meine bescheidenen Bedürfnisse. Früher wäre es ein Vergnügen für mich gewesen, große Transaktionen durchzuführen, aber jetzt... man wird alt. Aber Sie sehen doch ein, Herr Inspektor, daß, wenn Patrick und Julia mich aus finanziellen Gründen ermorden wollten, die beiden wahnsinnig wären, damit nicht noch einige Wochen zu warten?»

«Das schon, Miss Blacklock, aber was würde geschehen, wenn Sie vor Mrs. Goedler stürben? Wer würde dann das Geld erben?»

«Das habe ich mir eigentlich nie überlegt... Pip und Emma, nehme ich an...»

Craddock starrte sie verblüfft an, und sie lächelte.

«Das klingt wohl verrückt? Ich glaube, wenn ich vor Belle stürbe, würden die legalen Nachkommen – oder wie der juristische Ausdruck lautet – von Sonja, Randalls einziger Schwester, das Vermögen erben. Randall hatte sich mit seiner Schwester entzweit, weil sie einen Mann geheiratet hatte, den er für einen Gauner, für einen Lumpen hielt.»

«War er ein Gauner?»

«O ja, das kann man wohl sagen. Aber die Frauen waren vernarrt in ihn. Er war ein Grieche oder ein Rumäne oder so etwas Ähnliches... wie hieß er nur... Stamfordis, Dimitri Stamfordis.»

«Hat Goedler seine Schwester enterbt, als sie den Mann heiratete?»

«Sonja besaß selbst ein beträchtliches Vermögen. Aber ich glaube, daß er, als der Notar ihn drängte, einen Nacherben einzusetzen, falls ich vor Belle stürbe, widerstrebend Sonjas Nachkommen als Erben bestimmte, weil er einfach nicht wußte, wem er das Vermögen hinterlassen sollte. Es lag ihm nicht, Wohltätigkeitsinstitutionen etwas zu vermachen.»

«Und die Schwester hatte Kinder aus ihrer Ehe?»

«Ja, Pip und Emma.»

Sie lachte.

«Das klingt komisch. Ich weiß nur, daß Sonja ein einziges Mal nach ihrer Hochzeit an Belle schrieb und sie bat, Randall auszurichten, daß sie überglücklich sei und gerade Zwillinge bekommen habe, die sie Pip und Emma nenne. Soviel ich weiß, hat sie nie wieder geschrieben. Aber sicher wird Belle mehr wissen.»

Miss Blacklock war von ihrem Bericht offensichtlich amüsiert, aber der Inspektor blickte gar nicht amüsiert drein.

«Also es ist so», sagte er, «daß es, wenn Sie neulich ermordet worden wären, vermutlich wenigstens zwei Menschen auf der Welt gäbe, die ein Riesenvermögen geerbt hätten. Sie irren sich, Miss Blacklock, wenn Sie sagen, niemand sei an Ihrem Tod interessiert. Mindestens zwei Menschen gibt es, die ein ungemeines Interesse daran haben... Wie alt müßten diese Zwillinge jetzt sein?»

Sie runzelte die Stirn.

«Ich muß überlegen... 1922... nein, ich kann mich nicht mehr recht erinnern... ich denke, so fünfundzwanzig bis sechsundzwanzig Jahre.»

Ihr Gesicht hatte sich verdüstert. «Aber Sie glauben doch nicht...»

«Ich glaube, daß jemand mit der festen Absicht, Sie zu töten, auf

Sie geschossen hat, und ich halte es für möglich, daß derselbe Mensch oder dieselben Menschen den Versuch wiederholen werden. Ich möchte Sie bitten, Miss Blacklock, sehr vorsichtig zu sein. Ein Mordversuch wurde unternommen und ist mißlungen. Ich halte es für möglich, daß dieser Mordversuch sehr bald wiederholt wird.»

Phillipa Haymes richtete sich auf und strich eine Haarsträhne aus ihrer feuchten Stirn. Sie war gerade dabei, ein Blumenbeet zu jäten.

«Ja, was ist, Herr Inspektor?»

Fragend blickte sie ihn an.

Er betrachtete sie genauer als bisher. Sie sah gut aus, fand er, sehr englisch mit ihrem schmalen Gesicht, den klaren blauen Augen, dem energischen Kinn und Mund und dem aschblonden Haar. Offensichtlich war sie ein Mensch, der sehr wohl ein Geheimnis hüten konnte.

«Es tut mir leid, daß ich Sie immer bei Ihrer Arbeit stören muß, Mrs. Haymes», entschuldigte er sich, «aber ich dachte, es sei besser, hier und nicht in Little Paddocks mit Ihnen zu sprechen.»

«Ja, bitte, Herr Inspektor?»

Ihre Stimme klang gleichmütig; trotzdem glaubte er, einen müden Unterton zu hören, war aber nicht sicher, ob das nicht nur Einbildung von ihm war.

«Heute morgen wurde mir etwas mitgeteilt, was Sie betrifft.»

Phillipa zog ein wenig die Brauen hoch.

«Sie sagten mir, Mrs. Haymes, daß Ihnen dieser Rudi Schwarz völlig unbekannt gewesen sei.»

«Ja.»

«Daß Sie ihn zum ersten Mal in Ihrem Leben gesehen haben, als er tot in der Halle lag. Ist das nicht so?»

«Ja, ich habe ihn nie vorher gesehen.»

«Sie hatten also nie eine Unterredung mit ihm im Gartenhäuschen von Little Paddocks?»

«Im Gartenhäuschen!»

Ihre Stimme kam ihm ängstlich vor.

«Jawohl, Mrs. Haymes.»

Einen Augenblick herrschte Schweigen, dann stieß Phillipa ein kurzes, verächtliches Lachen aus und blickte spöttisch drein.

«Ich weiß nicht, wer Ihnen diesen Bären aufgebunden hat», erwiderte sie. «Ich kann es mir allerdings denken. Es ist eine plumpe, blöde Lüge, ziemlich gehässig. Aus irgendeinem Grund verabscheut Mizzi mich noch mehr als die andern.»

«Sie bestreiten es also?»

«Natürlich stimmt es nicht... ich habe diesen Schwarz nie in meinem Leben gesehen, und an dem Morgen war ich überhaupt nicht im Haus, sondern habe hier gearbeitet.»

«An welchem Morgen?» fragte Craddock sanft...

Ihre Augenlider zuckten, und erst nach einem Augenblick antwortete sie:

«An jedem Morgen. Ich bin ja jeden Morgen hier und gehe erst um ein Uhr fort.» Verächtlich fügte sie hinzu: «Sie müssen von Mizzis Erzählungen keine Notiz nehmen, ihr täte die Zunge weh, wenn sie ein wahres Wort sagte.»

Im Garten des Pfarrhauses saß Miss Marple strickend neben dem Inspektor. Es war ein milder Herbsttag, und der Sonnenschein, der Friede, das stete Klicken der Stricknadeln übten eine fast einschläfernde Wirkung auf Craddock aus. Doch gleichzeitig fühlte er sich wie von einem Alptraum bedrückt.

Plötzlich sagte er: «Sie sollten nicht hierbleiben.»

Das Klicken der Stricknadeln hörte für einen Augenblick auf. Miss Marple blickte ihn aus ihren ruhigen blauen Augen nachdenklich an und entgegnete schließlich:

«Ich verstehe Sie. Sie sind ein sehr gewissenhafter Mann. Aber es ist gar nicht auffallend, daß ich hier bin. Bunchs Eltern sind gute alte Freunde von mir. Also ist es das Natürlichste von der Welt, daß ich, wenn ich in Medenham bin, zu Bunch auf Besuch komme.»

«Das schon», sagte er. «Aber... zeigen Sie nicht zuviel Interesse... ich habe so ein dumpfes Gefühl. Nein, mehr als das, ich glaube, Sie sind hier im Dorf nicht sicher.»

Da die frisch geölte Tür ein Beweis für ihn war, daß mindestens einer der Gäste Letitia Blacklocks an jenem Abend keineswegs ein harmloser, freundlich gesinnter Nachbar war, hegte er wirklich Befürchtungen für Miss Marple, die alt war, so zerbrechlich wirkte und eine so scharfe Beobachtungsgabe besaß.

Voll Sorge erzählte er nun Miss Marple von Goedler und von Pip und Emma.

«Es sind nur zwei Namen», sagte er, «dazu noch Spitznamen! Es ist möglich, daß die beiden überhaupt nicht mehr leben oder als respektable Bürger irgendwo in Europa sitzen; es kann aber auch sein, daß einer oder beide hier in Chipping Cleghorn sind.»

Ungefähr fünfundzwanzig Jahre alt... auf wen träfe das zu?

Laut denkend sagte er:

«Ihr Neffe und ihre Nichte... wie lange hatte sie die beiden nicht gesehen?»

«Soll ich das für Sie herausfinden?» fragte Miss Marple freundlich.

«Bitte, Miss Marple, ich möchte nicht...»

«Das ist ganz einfach für mich, Herr Inspektor, deswegen brauchen Sie sich keine Sorgen zu machen. Und es wird auch nicht auffallen, wenn ich diese Erkundigungen einziehe, denn das ist nicht amtlich. Wenn nämlich irgend etwas nicht stimmen sollte, dürfte man die beiden nicht warnen.»

Pip und Emma, dachte Craddock, Pip und Emma? Er war schon ganz besessen von diesen beiden Namen. Dieser verwegene, gutaussehende junge Mann, dieses hübsche Mädchen mit den kühlen Augen...

Er sagte: «Ich werde vermutlich in den nächsten achtundvierzig Stunden einiges über Pip und Emma herauskriegen. Ich fahre nach Schottland. Wenn Mrs. Goedler überhaupt noch imstande ist zu sprechen, wird sie mir etwas über die beiden sagen können.»

«Ich finde das sehr vernünftig, daß Sie zu ihr fahren.»

Sie stockte einen Augenblick, dann murmelte sie: «Sie haben doch Miss Blacklock ermahnt, vorsichtig zu sein?»

«Ja, das habe ich getan. Und ich werde sie von einem meiner Leute unauffällig bewachen lassen.»

Dann blickte er sie durchdringend an und fügte hinzu: «Und denken Sie daran, ich habe auch Sie gewarnt.»

«Ich kann Ihnen versichern, Herr Inspektor, daß ich sehr gut selbst auf mich aufpassen kann.»

11

Mrs. Harmond kam zu Letitia Blacklock zum Tee und brachte eine alte Dame mit, die für einige Zeit bei ihr zu Besuch weilte.

Miss Marple war sehr charmant in ihrer freundlichen, leicht geschwätzigen Art, und es zeigte sich bald, daß sie zu jenen alten Damen gehörte, die in ständiger Furcht vor Einbrechern leben.

«Dieser Überfall bei Ihnen muß doch entsetzlich gewesen sein», sagte sie. «Bunch hat mir alles erzählt.»

«Ich war zu Tode erschrocken», erklärte Bunch.

«Es scheint wirklich ein Akt der Vorsehung gewesen zu sein», fuhr Miss Marple fort, «daß der Kerl über seinen Mantel stolperte und sich dabei selbst erschoß. Diese Einbrecher sind heutzutage so gewalttätig. Wie ist er eigentlich ins Haus gekommen?»

«Bei uns ist die Tür meist offen», erwiderte Miss Blacklock.

«O Letty!» rief nun Miss Bunner aufgeregt. «Ich habe ganz vergessen, dir zu erzählen, daß der Inspektor heute morgen höchst merkwürdig war. Er bestand darauf, die zweite Tür zu öffnen – die zum Nebenraum, die seit Jahren verschlossen war. Er suchte den Schlüssel, fand ihn auch und sagte dann, die Türangel und das Schloß seien frisch geölt. Aber ich verstehe gar nicht, wieso...»

Zu spät merkte sie, daß Miss Blacklock ihr durch Zeichen Schweigen bedeutete, und einen Augenblick saß sie mit weitaufgerissenem Mund da.

Dann stieß sie hervor: «Oh, Lotty... ach, entschuldige, bitte, Letty... oh, mein Gott, wie dumm bin ich doch!»

«Es macht gar nichts», sagte Miss Blacklock, doch offensichtlich war sie ärgerlich. «Ich glaube aber, daß Inspektor Craddock nicht haben will, daß man darüber spricht.»

Miss Bunner fuchtelte nervös mit den Händen, blickte unglücklich drein und rief schließlich:

«Immer sage ich das Falsche... mein Gott, ich bin ja nur eine Last für dich, Letty.»

«Im Gegenteil, Dora, du bist ein großer Trost für mich», widersprach Miss Blacklock rasch. «Und in einem kleinen Nest wie Chipping Cleghorn kann ja sowieso nichts verborgen bleiben.»

«Hat der Überfall in diesem Zimmer hier stattgefunden?» fragte nun Miss Marple und fügte dann entschuldigend hinzu: «Sie werden mich bestimmt für schrecklich neugierig halten, Miss Blacklock, aber es ist so aufregend ... so etwas liest man doch sonst nur in der Zeitung ... und jetzt kann ich es an Ort und Stelle erfahren ... Sie verstehen wohl, was ich meine ...»

Mitten in diese Unterhaltung platzte Patrick herein, und gutmütig beteiligte er sich an der Berichterstattung; er ging sogar so weit, die Rolle von Rudi Schwarz zu spielen.

«Und Tante Letty stand dort», erklärte er, «in der Ecke neben dem Türbogen ... stell dich doch dorthin, Tante Letty.»

Miss Blacklock gehorchte, und dann wurden Miss Marple die zwei Kugeleinschläge in der Wand gezeigt. «Ich wollte gerade meinen Gästen Zigaretten anbieten ...», sagte Miss Blacklock und deutete auf die silberne Zigarettendose auf dem Tisch.

«Die Leute sind so nachlässig beim Rauchen», bemerkte Dora Bunner mißbilligend. «Schauen Sie sich doch diesen furchtbaren Brandfleck an! Jemand hat seine brennende Zigarette hier auf diesen schönen Tisch gelegt ... es ist doch eine Schande!»

Miss Blacklock sagte: «Ich finde, daß man zu oft zu sehr an seinen Besitz denkt.»

«Aber es ist doch ein so entzückender Tisch, Letty!»

Miss Bunner liebte die Besitztümer ihrer Freundin, als seien sie ihr Eigentum.

«Ja, es ist wirklich ein entzückender Tisch», meinte Miss Marple höflich. «Und wie hübsch ist diese Porzellanlampe!»

Dora Bunner nahm das Kompliment entgegen, als sei sie und nicht Letitia Blacklock die Besitzerin.

«Ist sie nicht reizend? Echt Meißen. Wir haben zwei, die andere ist im Abstellraum, glaube ich.»

«Du weißt wirklich, wo alles hier im Haus ist, Dora, oder glaubst es wenigstens zu wissen», sagte Miss Blacklock gutmütig. «Du hängst mehr an meinen Sachen als ich.»

«Ich muß gestehen», sagte nun Miss Marple, «daß auch ich an meinen wenigen Besitztümern sehr hänge ... es sind so viele Erinnerungen damit verknüpft, verstehen Sie. Und ich liebe vor allem mein Fotografie-Album. Ich habe Bilder von meinen Neffen und Nichten als Babys, dann als Kinder und so weiter.»

Jetzt wandte sie sich an Patrick.

«Ihre Tante wird wohl viele Fotografien von Ihnen haben?»

«Wir sind ja nur weitläufig miteinander verwandt», erklärte Patrick.

«Ich glaube, deine Mutter schickte mir einmal ein Bild von dir als Säugling, Pat», sagte Miss Blacklock. «Aber leider habe ich es nicht aufbewahrt. Ich hatte überhaupt vergessen, wie viele Kinder es waren; sogar eure Namen. Das alles erfuhr ich erst wieder, als sie mir schrieb, daß ihr beide hier in der Gegend seid.» Und erklärend fügte sie hinzu: «Pats und Julias Mutter sah ich zum letztenmal bei ihrer Hochzeit, das war vor dreißig Jahren. Sie war ein bildhübsches Mädchen.»

«Darum hat sie auch so bildhübsche Kinder», sagte Patrick lachend.

«Du hast ein schönes altes Fotoalbum», bemerkte Julia. «Neulich haben wir es doch noch zusammen angesehen, Tante Letty. Diese komischen Hüte!»

«Und wie elegant kamen wir uns damals vor», sagte Miss Blacklock.

«Hast du das mit Fleiß getan?» fragte Bunch, als sie und Miss Marple nach Hause gingen. «Ich meine, daß du von den Fotos angefangen hast?»

«Weißt du, mein Kind, es war interessant zu erfahren, daß Miss Blacklock weder ihren Neffen noch ihre Nichte je vorher gesehen hatte... jawohl, ich glaube das wird Inspektor Craddock sehr interessieren.»

12

Edmund Swettenham setzte sich vorsichtig auf eine Rasenmähmaschine und sagte: «Guten Morgen, Phillipa!»

«Guten Morgen.»

«Haben Sie viel zu tun?»

«Warum? Was wollen Sie denn?» lautete Phillipas kühle Gegenfrage.

«Ich wollte Sie sehen.»

Philippa warf ihm einen flüchtigen Blick zu.

«Es wäre mir lieber, Sie kämen nicht hierher, Mrs. Lucas wird nicht begeistert davon sein.»

«Gestattet sie nicht, daß Sie Verehrer haben?»

«Seien Sie nicht albern! Und gehen Sie jetzt bitte fort, Edmund, Sie haben hier nichts zu suchen.»

«Verdammt noch mal, Phillipa, warum sind Sie denn so? Was geht hinter Ihrer wunderschönen Stirn vor? Was denken Sie? Was empfinden Sie? Sind Sie glücklich oder unglücklich? Haben Sie Angst, oder was ist los? Es muß doch irgend etwas sein!»

«Was ich empfinde, ist meine Privatangelegenheit», entgegnete sie ruhig.

«Nein, das geht auch mich etwas an. Ich will Sie zum Sprechen bringen. Ich will wissen, was in Ihrem ruhigen Kopf vorgeht. Ich habe ein Recht darauf, es zu wissen ... ja, wirklich. Ich wollte mich nicht in Sie verlieben, ich wollte ruhig zu Hause sitzen und mein Buch schreiben. Es ist ein schönes Buch, es soll zeigen, wie jämmerlich die Welt ist. Aber jetzt kann ich nur noch an Sie denken.»

«Also, was wollen Sie?»

«Sie sollen reden! Sie sollen mir Ihr Herz ausschütten! Sie sind jung, Sie sind entzückend, und ich liebe Sie bis zum Wahnsinn. Reden Sie in Gottes Namen von Ihrem Mann, erzählen Sie mir von ihm.»

«Da gibt es nichts zu erzählen. Wir haben uns kennengelernt, und wir haben geheiratet.»

«Waren Sie nicht glücklich mit ihm? Erzählen Sie doch, Phillipa!»

«Es gibt nichts zu erzählen, ich sagte es Ihnen schon. Wir waren verheiratet, wir waren glücklich, so wie die meisten Eheleute es sind, nehme ich an. Harry, unser Kind, kam auf die Welt. Ronald ging an die Front ... er ist in Italien gefallen.»

«Ich habe Harry gern, er ist ein reizender Junge», erklärte Edmund, «und er hat auch mich gern. Und Sie und ich, wir verstehen uns doch. Wie wär's, Phillipa, wollen wir nicht heiraten? Sie könnten weiterhin Gärtnerin spielen, und ich könnte mein Buch weiterschreiben, und sonn- und feiertags lassen wir die Arbeit und genießen gemeinsam das Dasein. Mit List und Tücke und Takt werden wir es schaffen, daß wir nicht bei meiner Mutter wohnen müssen. Sie wird ein bißchen bluten müssen, um ihren geliebten Sohn zu unterstützen. Ich weiß, ich bin ein Schmarotzer, ich schreibe schlechte Bücher, ich bin kurzsichtig, und ich rede zuviel... das ist das Schlimmste. Wollen Sie es nicht mit mir versuchen?»

Phillipa betrachtete ihn. Da stand er, ein großer junger Mann mit zerzaustem flachsfarbenem Haar und einer großen Brille, und blickte sie feierlich, flehend an.

«Nein!» entgegnete sie.

«Endgültig nein?»

«Endgültig nein!»

«Warum?»

«Sie wissen ja gar nichts von mir.»

«Ist das der einzige Grund?»

«Nein. Sie wissen ja überhaupt nichts.»

Edmund überlegte.

«Vielleicht haben Sie recht», stimmte er schließlich zu. «Aber wer weiß überhaupt etwas? Phillipa, Liebling...»

Er hielt inne, denn eilig sich nähernde Schritte wurden vernehmbar.

«Mrs. Lucas kommt...», flüsterte Phillipa hastig.

«Verdammt!» zischte Edmund. «Geben Sie mir so einen blöden Kürbis!»

Sergeant Fletcher war allein im Hause Little Paddocks. Er wollte einmal in Ruhe das Haus durchsuchen und ging von Zimmer zu Zimmer.

Da wurde er durch ein Geräusch von unten gestört.

Rasch schlich er zum Treppengeländer und blickte hinunter.

Mrs. Swettenham ging mit einem Korb in der Hand gemütlich durch die Halle. Erst sah sie ins Wohnzimmer, dann trat sie ins Eßzimmer. Einige Augenblicke später kam sie ohne den Korb wieder heraus.

Eine Diele knarrte unter Fletchers Füßen, woraufhin sie den Kopf wandte und rief:

«Sind Sie es, Miss Blacklock?»

«Nein, Mrs. Swettenham, ich bin's», antwortete Fletcher.

Sie stieß einen schwachen Schrei aus.

«Mein Gott, wie haben Sie mich erschreckt. Ich dachte, es sei wieder ein Einbrecher.»

Fletcher ging die Treppe hinunter.

«Das Haus scheint aber nicht gegen Einbrecher geschützt zu sein», sagte er. «Kann jedermann so wie Sie hier ein und aus gehen?»

«Ich habe Quitten gebracht», erklärte sie. «Miss Blacklock will Quittenconfitüre machen. Ich habe den Korb ins Eßzimmer gestellt.»

Plötzlich lächelte sie.

«Ah, Sie möchten wissen, wie ich ins Haus gekommen bin? Einfach durch die Hintertür. Wir alle gehen in allen Häusern ein und aus, niemand denkt daran, vor Einbruch der Dunkelheit sein Haus abzuschließen.»

Nun ging sie zur Haustür.

«Ich will Sie nicht aufhalten, Sie haben sicher viel zu tun, Sergeant.»

Mrs. Swettenham verließ das Haus, und Fletcher war zumute, als hätte er einen Schlag auf den Kopf erhalten. Bisher hatte er angenommen, daß nur die Hausbewohner Gelegenheit gehabt hätten, die Tür zu ölen. Er sah nun ein, daß er sich geirrt hatte. Ein Fremder brauchte nur darauf zu warten, bis Mizzi mit dem Bus davongefahren war und die Damen Blacklock und Bunner das Haus verlassen hatten. Das hieß also, daß jeder der beim Überfall Anwesenden die Tür geölt haben konnte.

«Amy!»

«Ja, Martha?»

«Ich habe nachgedacht.»

«Ja, Martha?»

«Jawohl, mein fabelhaftes Gehirn hat gearbeitet. Weißt du, Amy, dieser ganze Überfall kommt mir höchst verdächtig vor.»

«Verdächtig?»

«Jawohl. Streich dir dein Haar aus der Stirn, Amy, und nimm diese Kelle in die Hand. Tu so, als sei sie ein Revolver.»

«Oh!» stieß Miss Murgatroyd entsetzt hervor.

«Keine Angst, die Kelle beißt dich nicht. Also, jetzt komm mit mir zur Küchentür. Du bist der Einbrecher... du stehst hier... jetzt machst du die Tür auf und hältst einen Haufen Idioten in Schach... nimm die Taschenlampe... knipse sie an!»

«Aber es ist doch heller Tag!»

«Laß deine Phantasie spielen, Amy... knipse die Taschenlampe an!»

Amy tat es, sehr ungeschickt, und während sie es tat, klemmte sie die Kelle unter den Arm.

«Schön», sagte Martha. «Also, jetzt fang an!»

Gehorsam hob Amy ihre linke Hand mit der Taschenlampe, fuchtelte mit der Kelle, die sie in der rechten Hand hielt, in der Luft herum und ging zur Küchentür. Dann nahm sie die Lampe in die rechte Hand, öffnete die Tür, trat auf die Schwelle und nahm die Lampe wieder in die linke.

«Hände hoch!» rief sie mit zittriger Stimme und fügte dann ärgerlich hinzu: «Mein Gott, das ist aber schwierig, Martha.»

«Wieso?»

«Ich kann doch die Tür nicht aufhalten, wenn ich beide Hände voll habe.»

«Da liegt der Hund begraben!» rief Martha dröhnend. «Die Wohnzimmertür in Little Paddocks fällt auch wieder ins Schloß, wenn man sie nicht aufhält.»

«Vielleicht hat der Einbrecher etwas zwischen die Tür gesteckt, um sie offenzuhalten», mutmaßte Amy stirnrunzelnd.

«Streng dein Hirn an, Amy! Meinst du, er reißt die Tür auf, sagt: ‹Entschuldigen Sie bitte einen Moment!›, bückt sich, klemmt etwas zwischen die Tür, richtet sich wieder auf und ruft schließlich: ‹Hände hoch!›... Versuch doch, die Tür mit deiner Schulter aufzuhalten.»

«Das geht auch nur sehr schwer», klagte Amy.

«Da liegt der Hase im Pfeffer!» Martha war ganz begeistert. «Ein Revolver, eine Lampe und eine Tür halten, das ist ein bißchen viel auf einmal, nicht wahr? Aber wir wissen, daß er einen Revolver hatte, er hat ja geschossen, und wir wissen, daß er eine Lampe hatte, denn wir haben sie ja alle gesehen... es erhebt sich also die Frage, ob jemand die Tür für ihn aufgehalten hat?»

«Aber wer könnte das getan haben?»

«Du zum Beispiel, Amy. Soweit ich mich erinnere, hast du direkt neben der Tür gestanden, als das Licht ausging.»

Miss Hinchliffe lachte vergnügt über Amys verdutztes Gesicht.

«Das ist höchst merkwürdig!» knurrte Colonel Easterbrook.

«Höchst merkwürdig... Laura!»

«Ja, Liebling?»

«Komm bitte her!»

«Ja, was ist, Liebling?» flötete Mrs. Easterbrook, ins eheliche Schlafgemach tretend.

«Du erinnerst dich doch noch, daß ich dir meinen Revolver gezeigt habe?»

«O ja, Archie, so ein gräßliches schwarzes Instrument.»

«Jawohl, ein Andenken an die Deutschen. Er lag doch hier in der Schublade, nicht wahr?»

«Ja.»

«Aber er ist nicht mehr da.»

«Archie, wie *merkwürdig*!»

«Du hast ihn doch nicht irgendwo anders hingelegt?»

«Um Gottes willen, nein! Ich würde doch nie dieses gräßliche Ding anrühren!»

«Aber wo ist er?»

«Woher soll ich das wissen?» fragte sie kläglich.

«Großer Gott! Dieser Kerl hat ihn gestohlen!»

«Aber wieso konnte er denn wissen, daß du einen Revolver hast?»

«Diese Gangsterbanden haben einen ausgezeichneten Nachrichtendienst. Sie schnüffeln überall herum, sie kennen jedes Haus.»

«Was du nicht alles weißt, Archie!»

13

Miss Marple kam aus dem Garten des Pfarrhauses und ging den schmalen Weg entlang, der zur Hauptstraße führte, wo sie gerade Dora Bunner in das Café «Zum Blauen Vogel» eintreten sah. Miss Marple fand, daß sie gegen die herrschende Kälte dringend eine Tasse Kaffee benötigte.

Vier, fünf Damen saßen bereits im Café und erholten sich von der Anstrengung des morgendlichen Einkaufs.

Miss Marple blinzelte ein bißchen, als sie den düsteren Raum betrat, und blieb scheinbar unschlüssig stehen, bis Dora Bunners Stimme neben ihr ertönte.

«Guten Morgen, Miss Marple. Wollen Sie sich nicht zu mir setzen? Ich bin allein.»

«Gern. Es weht ein so kalter Wind, und ich kann nur ganz langsam gehen, weil ich Rheumatismus in den Beinen habe.»

«Oh, ich kann Ihnen nachfühlen, wie schlimm das ist. Ich hatte ein Jahr lang Ischias. Es war eine Qual.»

Die beiden Damen sprachen nun eine Weile eifrig über Rheumatismus, Ischias und ähnliche Gebrechen.

Ein etwas mißmutig aussehendes Mädchen in einem rosa Kleid und einer blaugeblümten Schürze nahm ihre Bestellung von Kaffee und Kuchen mit gelangweilter Miene entgegen.

«Die Kuchen», vertraute Miss Bunner mit konspirativem Flüstern Miss Marple an, «sind hier wirklich *außerordentlich* gut.»

«Ich war sehr angetan von dem hübschen jungen Mädchen, das ich neulich traf, nachdem ich bei Miss Blacklock war», sagte Miss Marple. «Ich glaube, sie sagte, sie arbeite im Garten. Hynes – ist so ihr Name?»

«Oh, ja, Phillipa Haymes. Unsere ‹Untermieterin›, wie wir immer sagen.»

Miss Bunner lachte über ihren eigenen Scherz.

«Wirklich ein ganz reizendes Mädchen. Eine *Dame*, wenn Sie verstehen, was ich meine.»

«Das wundert mich nicht. Ich kannte einen Colonel Haymes – indische Kavallerie. Ihr Vater vielleicht?»

«Sie ist eine *Mrs.* Haymes. Witwe. Ihr Mann ist auf Sizilien oder sonst irgendwo in Italien gefallen. Aber vielleicht war es ja *sein* Vater.»

«Na, da spinnt sich vielleicht eine kleine Romanze an?» vermutete Miss Marple errötend. «Mit diesem großen jungen Mann?»

«Mit Patrick, meinen sie? Oh, ich weiß nicht –»

«Nein, ich meinte einen jungen Mann mit Brille. Ich sah ihn neulich.»

«Oh, natürlich, Edmund Swettenham! Tja – seine Mutter, Mrs. Swettenham, sitzt übrigens dort drüben in der Ecke. Tja, also, ich weiß nicht. Sie glauben, er verehrt sie? Er ist ein so seltsamer junger Mann – sagt manchmal die verwirrendsten Dinge. Aber er gilt als sehr klug, verstehen Sie», sagte Miss Bunner mit leichtem Zweifel in der Stimme.

«Klugheit ist nicht alles», erwiderte Miss Marple, nachdenklich den Kopf schüttelnd. «Ah, da ist ja unser Kaffee.»

Das mürrische Mädchen servierte ihn mit heftigem Geklirr.

Dann sagte Miss Marple: «Ich hatte gar nicht gewußt, daß Sie eine Schulfreundin von Miss Blacklock sind. Das ist eine wunderbare Sache, Freundschaften aus der Kindheit.»

«Jawohl.» Dora Bunner seufzte. «Es gibt nur wenige Menschen, die so treu zu alten Freunden halten wie meine liebe Letitia. Mein Gott, wie lange liegt das schon zurück! Sie war ein so hübsches Mädchen und genoß das Leben so sehr. Und dann wurde alles so traurig.»

Obwohl Miss Marple keine Ahnung hatte, was so traurig gewesen war, nickte sie seufzend und murmelte:

«Ja, das Leben ist manchmal schwer!»

«Schweres Leiden tapfer ertragen», murmelte nun Dora mit Tränen in den Augen, «an diesen Vers muß ich immer denken. So viel Ergebenheit und Geduld muß belohnt werden, das sage ich immer. Nichts ist zu gut für die liebe Letitia, und was immer ihr noch Gutes beschieden wird, das verdient sie.»

«Ja, Geld kann einem das Leben sehr erleichtern», sagte daraufhin Miss Marple – sie nahm an, daß sich Doras Bemerkung auf die Miss Blacklock bevorstehende Erbschaft bezog.

Diese Worte riefen bei Dora jedoch eine unerwartet heftige Reaktion hervor.

«Geld!» stieß sie bitter hervor. «Was Geld wirklich bedeutet, weiß man nur, wenn man unter Geldmangel gelitten hat.»

«O ja, das verstehe ich», sagte Miss Marple freundlich und betrachtete mitfühlend Doras zuckendes Gesicht.

«Ich schrieb an Letty», erzählte nun Dora, «weil ich zufällig ihren Namen in der Zeitung las; sie hatte an einem Wohltätigkeitsbasar zugunsten des Krankenhauses Milchester teilgenommen. Das brachte mir die Vergangenheit in Erinnerung. Ich hatte viele, viele Jahre nichts mehr von ihr gehört. Wissen Sie, sie war Sekretärin dieses immens reichen Mannes Goedler gewesen. Ich sagte mir, vielleicht erinnert sie sich an mich... und sie ist bestimmt ein Mensch, den ich um eine kleine Unterstützung angehen könnte.»

Wieder stiegen Dora Tränen in die Augen.

«Und dann kam Lotty und nahm mich mit. Sie sagte, sie brauche eine Hilfe zur Führung ihres Haushalts. Natürlich war ich sehr überrascht... sehr überrascht. Und wie lieb war sie, wie mitfühlend. Und sie erinnerte sich noch so gut an die alten Zeiten... Ach, ich würde alles für sie tun, alles! Und ich bemühe mich so sehr, ihr zu helfen, aber ich fürchte, daß ich zuweilen ein großes Durcheinander anrichte... mein Kopf ist nicht mehr der gleiche wie früher. Ich mache Fehler, und ich bin vergeßlich, und ich sage törichte Dinge. Aber sie hat soviel Geduld mit mir.»

Sie schniefte – offensichtlich untröstlich über ihre Unzulänglichkeit. «Wissen Sie», fuhr Dora Bunner schließlich fort, «ich machte mir große Sorgen, auch als ich schon in Little Paddocks war, was aus mir werden würde, wenn Letty etwas zustieße. Schließlich gibt es doch so viele Unglücksfälle; diese herumrasenden Autos, man weiß doch nie, was passieren kann. Natürlich habe ich nie so etwas gesagt, aber sie muß es erraten haben. Eines Tages teilte sie mir ganz überraschend mit, daß sie mich in ihrem Testament mit einer kleinen Jahresrente bedacht habe und daß ich ihre schönen Möbel erben würde, was ich noch viel höher schätze. Ich war ganz überwältigt... Ich bin eigentlich gar nicht so dumm, wie ich aussehe», fuhr sie schlicht fort. «Ich merke sehr wohl, wenn man Letty ausnutzen will. Einige Leute – ich werde keine Namen nennen – nutzen sie aus. Die liebe Letty ist vielleicht ein bißchen zu vertrauensselig.»

«Das ist ein Fehler», stimmte Miss Marple zu.

«Jawohl. Sie, Miss Marple, und ich, wir kennen die Welt, aber die liebe Letty...»

Sie schüttelte den Kopf.

Miss Marple dachte, daß Letitia Blacklock als Sekretärin eines großen Finanzmannes wahrscheinlich auch die Welt kennengelernt habe.

«Dieser Patrick!» sagte Dora plötzlich mit einer Bitterkeit, die Miss Marple erstaunte. «Soviel ich weiß, hat er mindestens zweimal Geld aus ihr herausgepreßt.»

Mit Verschwörermiene beugte sie sich vor.

«Sie werden es niemandem sagen, nicht wahr, liebe Miss Marple? Aber ich werde das Gefühl nicht los, daß er irgend etwas mit dieser grauenhaften Sache zu tun hat. Ich glaube, daß er diesen jungen Mann kannte... oder Julia kannte ihn. Ich wage nicht, der lieben Letitia eine Andeutung zu machen... das heißt, letzthin tat ich es, aber sie fuhr mich heftig an... Alle reden jetzt soviel über diese zweite Wohnzimmertür. Auch das macht mir viel Sorge. Der Detektiv sagt, sie sei frisch geölt worden. Wissen Sie, ich sah...»

Plötzlich stockte sie.

«Ja, das ist alles sehr schwer für Sie», meinte Miss Marple mitfühlend. «Natürlich möchten Sie nicht, daß die Polizei etwas davon erfährt.»

«Das ist es ja», klagte Dora. «Nachts kann ich nicht schlafen und zerbreche mir den Kopf... Wissen Sie, neulich kam ich in den Geräteschuppen, und da war Patrick. Ich suchte frisch gelegte Eier – ein Huhn legt die Eier immer dorthin –, und da stand er mit einer Hühnerfeder und einer Tasse mit Öl in der Hand. Als er mich sah, zuckte er erschrocken zusammen.

Und dann hörte ich an einem anderen Tag zufällig eine merkwürdige Unterhaltung zwischen ihm und Julia. Die beiden schienen sich zu zanken, und er sagte: ‹Wenn ich glaubte, du hättest mit der Sache etwas zu tun!› Und Julia – Sie wissen ja, sie ist immer so ruhig – erwiderte: ‹Na, Brüderchen, was würdest du dann machen?› Und in dem Moment trat ich leider gerade auf die Diele, die immer knarrt, und da sahen mich die beiden. Ich sagte scheinbar harmlos: ‹Zankt ihr euch?› und Patrick erwiderte: ‹Ich warne Julia vor

Schwarzmarktgeschäften.› Oh, das war sehr geschickt, aber ich glaube keinen Moment, daß die beiden von so etwas gesprochen haben!

Und ich muß Ihnen sagen, ich glaube auch, daß Patrick mit dieser Lampe im Wohnzimmer herumhantiert hat, damit das Licht ausgeht, denn ich erinnere mich noch ganz genau, daß die Schäferin auf dem Tisch gestanden hatte... nicht der Schäfer. Und am nächsten Tag...»

Sie unterbrach sich und wurde puterrot.

Miss Marple wandte den Kopf und sah Miss Blacklock hinter sich stehen – sie mußte gerade hereingekommen sein.

«Kaffee mit Klatsch, Bunny?» fragte Miss Blacklock mit einem leichten Vorwurf in der Stimme. «Guten Morgen, Miss Marple. Was für eine Kälte!»

«Wir haben uns eben über die vielen Rationierungsvorschriften unterhalten», erklärte Dora hastig, «man weiß wirklich nicht mehr, woran man ist.»

Jetzt ging mit lautem Krach die Tür wieder auf, und Bunch Harmond erschien.

«Guten Morgen!» trompete sie. «Habe ich noch Zeit, einen Kaffee zu trinken?»

«Natürlich, mein Kind», antworterte Miss Marple. «Setz dich und trink eine Tasse.»

«Wir müssen nach Hause», sagte Miss Blacklock. «Hast du alle Einkäufe gemacht, Bunny?»

«Ja... Ja, Lotty. Ich muß nur noch rasch im Vorbeigehen in die Apotheke und mir dort etwas Aspirin und Hühneraugenpflaster holen.»

Als sich die Tür hinter den beiden Damen geschlossen hatte, schwieg Miss Marple einige Augenblicke.

Dann fragte Bunch:

«Woran denkst du, Tante Jane?»

«Es gibt so viele merkwürdige Menschen, mein Kind», antwortete Miss Marple vage.

«In St. Mary Mead?»

«Ich dachte gerade an Schwester Ellerton, sie war wirklich eine ausgezeichnete, brave, freundliche Krankenschwester. Eine alte

Dame, die von ihr gepflegt wurde, schien sie ins Herz geschlossen zu haben. Dann starb die alte Dame. Danach pflegte sie eine andere, und auch diese starb. Es war Morphium, alles kam heraus. Sie hat diese Morde auf die schmerzloseste Weise verübt, und das Entsetzliche war: Die Frau wollte wirklich nicht einsehen, daß sie Verbrechen verübt hatte. In jedem Fall wären die beiden bald gestorben, hatte sie erklärt, und die eine hätte Krebs gehabt und fürchterliche Schmerzen gelitten.»

«Meinst du, daß sie aus Mitleid gemordet hatte?»

«O nein. Beide hatten sie als Erbin eingesetzt. Sie liebte das Geld, weißt du...»

«Hast du eigentlich Offiziere von der anglo-indischen Armee gekannt, Tante?» fragte Bunch unvermittelt.

«Ja, mein Kind. Major Vaughan und Colonel Wright, die wohnten in meiner Nähe. Beide waren sehr korrekte Herren. Aber ich erinnere mich noch, daß ein anderer Nachbar, Mr. Hodgson, ein Bankdirektor, auf einer Überseefahrt eine Frau kennenlernte und heiratete, die seine Tochter hätte sein können. Er hatte keine Ahnung, woher sie kam, er wußte nur das, was sie ihm erzählt hatte.»

«Und das stimmte nicht?»

«Keineswegs, mein Kind.»

«Wie interessant», sagte Bunch nickend und begann an den Fingern abzuzählen. «Da haben wir die treue Dora und den schönen Patrick und Julia und Mrs. Swettenham und Edmund und Phillipa Haymes und Colonel Easterbrook und Mrs. Easterbrook... ich glaube, bei ihr stimmt auch nicht alles, aber was sollte sie für ein Interesse daran haben, Letty Blacklock zu ermorden?»

«Letty Blacklock könnte vielleicht etwas von ihr wissen, was ihr, Mrs. Easterbrook, peinlich ist.»

Plötzlich blickte Miss Marple entsetzt drein.

«Tante Jane!» rief Bunch ängstlich. «Wie schaust du denn aus? Was hast du denn?»

«Aber das kann ja nicht sein!» murmelte Miss Marple. «Da ist doch kein Grund...»

«Tante Jane!»

Miss Marple seufzte und sagte dann lächelnd:

«Es ist nichts, mein Kind.»

«Ist dir gerade jemand eingefallen, der den Mord verübt haben könnte?» fragte Bunch. «Wer denn?»

«Ich weiß gar nichts», erwiderte Miss Marple. «Ich hatte nur einen Augenblick lang so eine Idee... aber das ist schon wieder vorbei. Ich wünschte, ich wüßte es. Die Zeit ist so kurz, so entsetzlich kurz.»

«Was meinst du damit?»

«Die alte Dame oben in Schottland kann jeden Augenblick ihre Augen für immer schließen.»

«Also du glaubst wirklich an Pip und Emma?» fragte Bunch, sie anstarrend. «Du glaubst, die beiden seien es gewesen und sie würden es wieder versuchen?»

«Natürlich», antwortete Miss Marple wie geistesabwesend. «Wenn sie es einmal versucht haben, werden sie es wieder versuchen. Wenn sich ein Mensch dazu entschlossen hat, jemanden zu ermorden, wird er von seinem Vorhaben nicht ablassen, weil es ihm das erste Mal nicht gelungen ist, namentlich dann nicht, wenn er glaubt, ganz außer Verdacht zu sein.»

«Aber wenn es Pip und Emma wären», sagte Bunch, «kämen hier doch nur zwei Menschen in Frage... Patrick und Julia. Sie sind Geschwister, und sie sind im richtigen Alter.»

«Mein Kind, so einfach ist das nicht. Es gibt da alle möglichen Verwicklungen und Kombinationen. Da wäre Pips Frau, wenn er verheiratet ist, oder Emmas Mann. Und dann wäre da noch ihre Mutter, auch sie wäre interessiert, obwohl sie nicht direkt erben würde. Wenn Letty Blacklock sie dreißig Jahre lang nicht gesehen hat, würde sie sie wahrscheinlich kaum wiedererkennen. Und dann wäre da noch der Vater, der doch offensichtlich ein übler Kerl war.»

«Das schon, aber er ist doch Ausländer.»

«Von Geburt. Das ist jedoch kein Grund zu der Annahme, daß er gebrochen Englisch spricht und mit Händen und Füßen redet. Ich könnte mir vorstellen, daß er sehr gut die Rolle eines anglo-indischen Colonel spielen könnte.»

«Also, das denkst du?»

«Nein, wirklich nicht, Kind. Ich denke nur, daß sehr viel Geld auf dem Spiel steht, ein Riesenvermögen. Und ich weiß leider nur zu gut, zu was für entsetzlichen Dingen Menschen fähig sind, um an viel Geld zu kommen.»

14

Inspektor Craddock wurde auf dem kleinen Bahnhof im schottischen Hochland von einem grauhaarigen Chauffeur abgeholt, der ihn zu einem altmodischen großen Daimler geleitete. Es war ein herrlicher, sonniger Tag, Craddock genoß die drei Kilometer lange Fahrt durch die Berglandschaft sehr, und als die grauen Mauern der alten Villa vor ihm auftauchten, hatte er das Gefühl, die Zeit habe sich wohltuend zurückgedreht.

Nachdem er sich gewaschen und rasiert und ein reichliches Frühstück zu sich genommen hatte, erschien eine ältere Frau in Schwesterntracht, die ihn freundlich begrüßte und sich als Schwester McClelland vorstellte.

«Mrs. Goedler erwartet Sie, Mr. Craddock. Sie freut sich sehr auf Ihren Besuch.»

«Ich werde mich bemühen, sie nicht aufzuregen», versprach er.

«Ich möchte Sie gleich auf das vorbereiten, was geschehen wird», erklärte die Schwester. «Sie werden Mrs. Goedler ganz normal finden, sie wird lebhaft reden und dann – ganz plötzlich – zusammenfallen. Dann müssen Sie sofort das Zimmer verlassen und mich rufen. Sie steht fast dauernd unter Morphium und befindet sich meist in einer Art Dämmerzustand. Ich habe ihr vorhin ein starkes Anregungsmittel gegeben, aber sowie die Wirkung nachläßt, wird sie in ihren Dämmerzustand zurücksinken.»

«Ja, ich verstehe, Schwester. Könnten Sie mir nun bitte genau sagen, wie es um Mrs. Goedler steht?»

«Sie wird es nicht mehr lange machen, es kann höchstens noch ein paar Wochen dauern. Wenn ich Ihnen sage, daß sie eigentlich schon seit Jahren tot sein müßte, wird Ihnen das merkwürdig vorkommen, aber es stimmt. Daß Mrs. Goedler überhaupt noch lebt, ist nur ihrer ungeheuren Vitalität und ihrer Lebensfreude zuzuschreiben. Obwohl sie seit fünfzehn Jahren das Haus nicht mehr verlassen kann, hat sie sich einen erstaunlichen Lebenswillen bewahrt.»

Und lächelnd fügte sie hinzu:

«Sie ist eine reizende Dame, das werden Sie sofort sehen.»

Craddock wurde in ein Schlafzimmer geführt, in dem ein helles Kaminfeuer loderte. In einem großen Himmelbett lag eine alte Dame, die, obwohl sie nur etwa sieben oder acht Jahre älter war als Letitia Blacklock, durch ihre Gebrechlichkeit wesentlich älter erschien.

Ihr weißes Haar war sorgfältig frisiert, eine flockige, hellblaue Bettjacke lag um ihre Schultern, und ihr Gesicht hatte trotz der Schmerzenslinien, die es durchzogen, seinen Reiz nicht völlig eingebüßt.

«Also, das ist ja interessant», sagte sie, vergnügt lächelnd, «Besuch von der Polizei habe ich nicht oft erhalten. Wie ich höre, wurde Letitia bei dem Anschlag gottlob nur leicht verletzt. Wie geht es ihr jetzt?»

«Sehr gut, Mrs. Goedler, sie läßt Sie herzlich grüßen.»

«Danke schön. Gott, wie lange habe ich sie nicht mehr gesehen... seit Jahren schon bekomme ich von ihr nur noch Weihnachtskarten. Als sie nach Charlottes Tod nach England zurückkehrte, hatte ich sie eingeladen, mich zu besuchen, aber sie lehnte es ab, da sie das Wiedersehen als zu schmerzlich empfand; vielleicht hat sie recht...»

Craddock ließ sie gern eine Weile reden, bevor er seine Fragen stellte. Er wollte ja soviel wie möglich von der Vergangenheit erfahren, einen Eindruck von Goedlers Kreis gewinnen.

«Ich vermute», sagte Belle, «daß Sie mich wegen des Testamentes befragen wollen. Randall hat verfügt, daß nach meinem Tod Blackie sein ganzes Vermögen erben soll. Er hat natürlich nie im Traum daran gedacht, daß ich ihn überleben würde. Er war so ein kräftiger, großer Mann, war nie einen Tag in seinem Leben krank gewesen, während ich immer ein Häufchen Elend war, voller Klagen und Schmerzen und Leiden; dauernd kamen Ärzte, die bei meinem Anblick lange Gesichter zogen.»

«Warum hat wohl Mr. Goedler das Testament in dieser Form abgefaßt?»

«Sie meinen, warum er Blackie das Geld vermacht hat? Nicht aus dem Grund, den Sie wahrscheinlich vermuten.»

Verschmitzt zwinkerte sie ihm zu.

«Was für eine Phantasie ihr Polizisten habt. Randall hätte nie daran gedacht, sich in sie zu verlieben, und sie auch nicht in ihn. Wissen Sie, Letitia hat den Verstand eines Mannes. Sie hat keinerlei frauliche Schwächen und Gefühle. Ich glaube, sie war nicht ein einziges Mal in ihrem Leben verliebt. Sie war nicht hübsch, und sie machte sich nichts aus Kleidern.»

Mit einem mitleidigen Unterton fügte sie hinzu:

«Sie hat nie erfaßt, was für ein Vergnügen es ist, eine Frau zu sein.»

Craddock betrachtete die zarte kleine Gestalt in dem großen Bett und dachte, daß sie, Belle Goedler, es bestimmt genossen hatte – es auch jetzt noch immer genoß –, eine Frau zu sein.

«Ich habe stets gefunden, daß es entsetzlich fade sein muß, ein Mannsbild zu sein», erklärte sie, wieder vergnügt zwinkernd, und fuhr dann nachdenklich fort: «Ich glaube, Randall betrachtete Blackie als eine Art ältere Schwester. Er verließ sich auf ihr Urteil und hatte recht damit. Wissen Sie, sie hat ihn mehr als einmal von zweifelhaften Sachen abgehalten und damit vor großen Schwierigkeiten bewahrt.»

«Sie erzählte mir, daß sie ihm einmal mit einer größeren Summe ausgeholfen habe.»

«Ja, das stimmt, sie ist grundanständig und so vernünftig, ich habe sie immer bewundert. Die zwei Schwestern hatten eine schreckliche Kindheit. Der Vater war ein alter Landarzt, furchtbar eigensinnig und engstirnig, verbohrt, der typische Haustyrann. Letitia brach schon früh aus, sie ging nach London und lernte Buchhaltung. Ihre Schwester war krank, sie verließ nie das Haus und verkehrte mit keinem Menschen. Als der Alte starb, gab Letitia der Schwester wegen ihre Stellung auf und ging nach Haus, um sich um sie zu kümmern.»

«War das lange vor dem Tod Ihres Mannes?»

«Etwa zwei Jahre. Randall hatte sein Testament gemacht, bevor sie die Firma verließ, und er änderte es auch nicht mehr. Er sagte zu mir: ‹Wir haben sonst niemanden, der uns nahesteht› – unser Sohn ist im Alter von zwei Jahren gestorben –, ‹wenn wir, du und ich, tot sind, soll Blackie das Geld haben. Sie wird damit die ganze Börse auf den Kopf stellen.›»

«Sie sagten, Mrs. Goedler, daß Ihr Mann sein Vermögen Miss Blacklock vermachte, weil er sonst keine Angehörigen hatte. Aber das stimmt doch nicht ganz? Er hatte doch eine Schwester.»

«Ja, Sonja. Aber sie hatten sich schon vor Jahren verkracht und waren völlig auseinander.»

«Er war mit ihrer Heirat nicht einverstanden...?»

«Ja, sie heiratete einen Mann namens... wie heißt er nur wieder?»

«Stamfordis.»

«Ja, richtig, Stamfordis.»

«Mr. Goedler und seine Schwester haben sich nie ausgesöhnt?»

«Nein. Randall und Sonja hatten sich nie gut verstanden, und sie hat es ihm sehr übelgenommen, daß er die Heirat hintertreiben wollte. Sie sagte zu ihm: ‹Du bist ein unmöglicher Mensch, du wirst nie mehr etwas von mir hören!›»

«Aber Sie hörten noch von ihr?»

Belle lächelte.

«Nur noch ein einziges Mal. Ungefähr anderthalb Jahre nach ihrer Hochzeit bekam ich einen Brief von ihr, aus Budapest, wie ich mich erinnere, sie gab aber keine Adresse an. Sie schrieb mir, ich solle Randall sagen, daß sie überglücklich sei und gerade Zwillinge bekommen habe.»

«Und teilte sie die Namen mit?»

Wieder lächelte Belle.

«Sie schrieb, sie seien Punkt zwölf Uhr mittags auf die Welt gekommen, sie wolle sie Pip und Emma taufen. Das kann ein Witz von ihr gewesen sein.»

«Haben Sie dann noch mal etwas von ihr gehört?»

«Nein. Sie schrieb nur, daß sie mit ihrem Mann und den Kindern für kurze Zeit nach Amerika ginge. Und dann habe ich nie wieder etwas von ihr gehört. Sie verschwand völlig aus unserem Leben...»

«Aber trotzdem vermachte Mr. Goedler sein Vermögen ihren Kindern für den Fall, daß Miss Blacklock vor Ihnen stürbe.»

«Das habe ich fertiggebracht. Als er mir vom Testament erzählte, sagte ich ihm: ‹Und angenommen, Blackie würde vor mir sterben?› Ganz überrascht sagte er: ‹Ja, dann haben wir wirklich keinen anderen Menschen.› Ich sagte: ‹Da ist doch Sonja›, worauf er wütend erwiderte: ‹Und dieser Kerl soll mein Geld kriegen? Ausgeschlossen!› Da sagte ich: ‹Also dann hinterlasse es doch ihren Kindern, Pip und Emma, und vielleicht sind inzwischen noch einige hinzugekommen› ... Er brummte und knurrte zwar, änderte das Testament dann aber doch entsprechend ab.»

«Aber Sie haben nie mehr etwas von Ihrer Schwägerin oder deren Kindern gehört?» fragte Craddock langsam.

«Nichts ... sie können tot sein ... sie können irgendwo am Ende der Welt leben.»

Sie können in Chipping Cleghorn sein, dachte Craddock.

Als habe sie seine Gedanken gelesen, blickte Belle ihn plötzlich unruhig an und sagte:

«Sorgen Sie dafür, daß sie Blackie nichts antun! Blackie ist gut .. wirklich gut... Sie dürfen nicht zulassen, daß ihr etwas zustößt...»

Ihre Stimme verebbte plötzlich, Craddock sah auf einmal graue Schatten um ihre Augen und ihren Mund.

«Sie sind müde», sagte er, «ich werde gehen.»

Sie nickte.

«Mac soll kommen», flüsterte sie. «Ja, müde...»

Sie machte eine schwache Bewegung mit der Hand.

«Passen Sie auf Blackie auf... es darf Blackie nichts passieren... Passen Sie auf sie auf...!»

«Ich werde alles menschenmögliche tun, Mrs. Goedler.»

Er erhob sich und ging zur Tür...

Wie ein Hauch tönte ihre Stimme hinter ihm her:

«Es wird nicht mehr lange dauern... bald bin ich tot... es ist gefährlich für sie... passen Sie gut auf sie auf!»

Später sagte er zur Schwester: «Leider hatte ich keine Gelegenheit, Mrs. Goedler zu fragen, ob sie alte Familienfotos hat. Das würde mich sehr interessieren...»

Die Schwester unterbrach ihn: «Ich fürchte, es sind keine da. Ihre ganzen persönlichen Dinge, auch Papiere und so weiter, sowie die

Möbel des Londoner Hauses waren in London in einem Speditionshaus untergestellt. Das Lager wurde ausgebombt.»

Da ist also nichts zu machen, dachte Craddock. Aber er hatte diese Reise doch nicht umsonst unternommen, er wußte nun, daß Pip und Emma, die Zwillinge, keine Phantasiegestalten waren.

Da gibt es einen Bruder und eine Schwester, die irgendwo auf dem Kontinent aufgewachsen sind, grübelte er. Als Sonja heiratete, war sie eine reiche Frau, aber das Geld kann sich im Laufe der Jahre verflüchtigt haben. Unzählige Riesenvermögen sind in diesen Zwischenkriegs- und Kriegsjahren in die Binsen gegangen. Da sind diese zwei jungen Leute, der Sohn und die Tochter eines vorbestraften Mannes. Angenommen, die beiden wären mehr oder weniger abgebrannt nach England gekommen. Was würden sie tun? Sich nach reichen Verwandten umsehen. Ihr Onkel, ein Mann mit einem Riesenvermögen, ist tot. Wahrscheinlich würden sie sich als erstes nach seinem Testament erkundigen. Sie nehmen Einsicht in das Testament, erfahren von der Existenz Letitia Blacklocks und machen Randall Goedlers Witwe ausfindig – sie erfahren, daß sie todkrank in Schottland liegt... wenn diese Letitia Blacklock vor ihr stirbt, werden sie, Pip und Emma, das Riesenvermögen erben. Sie kriegen heraus, wo Letitia Blacklock lebt. Sie gehen dorthin, aber unter anderem Namen... werden sie gemeinsam gehen – oder getrennt? Emma...? Pip und Emma? Ich möchte meinen Kopf wetten, daß Pip oder Emma oder beide jetzt in Chipping Cleghorn sind...

15

In der Küche von Little Paddocks erteilte Miss Blacklock ihrer etwas hysterischen Köchin die letzten Anweisungen:

«Machen Sie Sandwiches mit Sardinen und Tomaten und das Gebäck, das Ihnen immer so ausgezeichnet gelingt, und Ihre Spezialtorte.»

«Ah, Leute kommen, drum Sie wollen haben all die Sachen.»

«Miss Bunner hat Geburtstag, und es werden einige Bekannte zum Tee kommen.»

«In ihrem Alter hat man nicht Geburtstag, besser vergessen.»

«Aber sie will das gar nicht vergessen. Bekannte werden ihr Geschenke bringen, und so wird es nett sein, eine kleine Feier zu veranstalten.»

«Genau das haben Sie gesagt letzte Mal... und schauen Sie, was ist passiert!»

Miss Blacklock unterdrückte ihren Ärger.

«Also diesmal wird nichts passieren.»

«Was wissen Sie, was kann passieren in diese Haus? Ganze Tag lang zittere ich, und in Nacht verschließe ich meine Tür und guck in Schrank und unter Bett, um zu sehen, ob dort niemand ist versteckt.»

«Das wird Sie jung und hübsch erhalten», entgegnete Miss Blacklock trocken.

«Die Torte, die ich soll machen, ist die...»

«Jawohl, diese schöne.»

«Ja, sehr schön. Aber ich brauchen Schokolade und viel Butter und Zucker und Rosinen.»

«Sie können alles nehmen, was Sie brauchen.»

Nun strahlte Mizzi über das ganze Gesicht.

«Ah, ich mache sie schön für Sie... gut!» rief sie wie in Ekstase. «Oh, sie wird schön! Und drauf mache ich Schokoladeneis... das kann ich so gut... und drauf schreibe ich: ‹Herzliche Glückwunsch›. Die Engländer mit ihre Torten, die schmecken wie Sand, werden nie, nie so eine Torte gegessen haben. Köstlich, sie werden sagen... köstlich...»

Nun verdüsterte sich ihre Miene.

«Mr. Patrick hat sie genannt ‹Köstliche Tod›... mein Torte! Ich erlaube nicht, daß er mein Torte nennt so!»

«Das ist doch ein Kompliment», erklärte Miss Blacklock. «Er meint, es lohne sich zu sterben, wenn man so eine Torte gegessen hat...»

Mizzi blickte sie zweifelnd an.

«Also, ich nicht liebe diese Wort – Tod! Die werden nicht sterben, weil sie essen mein Torte, nein, sie werden sich fühlen alle viel, viel besser...»

«Bestimmt.»

Miss Blacklock drehte sich um und verließ mit einem Seufzer der Erleichterung die Küche.

In der Halle kam ihr Dora entgegen.

«Edmund Swettenham hat gerade angerufen», sagte sie. «Er hat mir gratuliert und gesagt, er würde mir einen Topf Honig schenken. Ist das nicht reizend von ihm? Aber woher weiß er, daß ich Geburtstag habe?»

«Alle scheinen es zu wissen, du wirst es ihnen gesagt haben, Dora.»

«Ach, ich habe neulich zufällig erwähnt, daß ich heute neunundfünfzig Jahre alt werde.»

«Du wirst vierundsechzig», widersprach Miss Blacklock ironisch zwinkernd.

«Ha!» rief Patrick pathetisch, als die Gesellschaft im Eßzimmer am Tisch Platz nahm. «Was sehe ich vor mir? Köstlicher Tod!»

«Sei still!» sagte Miss Blacklock. «Laß das nur nicht Mizzi hören, sie beklagt sich sehr, daß du ihre Torte so nennst.»

«Trotzdem ist es ‹Köstlicher Tod›! Ist es nicht Bunnys Geburtstagstorte?»

«Ja», antwortete Dora Bunner. «Ich habe wirklich den schönsten Geburtstag, den man sich vorstellen kann.»

Ihre Wangen waren vor Aufregung gerötet; Colonel Easterbrook hatte ihr mit einer Verbeugung eine Schachtel Pralinen überreicht und dabei gesagt: «Etwas Süßes für die Süße!»

Den guten Dingen auf dem Teetisch wurde volle Gerechtigkeit zuteil, und alle waren sehr vergnügt.

«Mir ist ein wenig übel», erklärte Julia nach einer Weile. «Das kommt von der Torte. Als wir sie letzthin aßen, ist mir auch übel geworden.»

«Aber es lohnt sich», meinte Patrick.

«Haben Sie einen neuen Gärtner?» wandte sich Miss Hinchliffe an Miss Blacklock, nachdem sie ins Wohnzimmer gegangen waren.

«Nein, warum?»

«Ich habe einen Mann ums Hühnerhaus streichen sehen; er sieht recht ordentlich aus, wie ein ehemaliger Armeeangehöriger.»

«Ach der», sagte Julia, «das ist unser Detektiv.»

Mrs. Easterbrook ließ vor Erstaunen ihre Tasche fallen.

«Ein Detektiv!» rief sie. «Aber... aber warum?»

«Ich weiß nicht», antwortete Julia. «Er lungert hier herum und bewacht das Haus. Ich nehme an, er soll Tante Letty beschützen.»

«Aber jetzt ist doch bestimmt alles vorbei!» rief Mrs. Easterbrook. «Allerdings wollte ich Sie schon fragen, warum eigentlich die amtliche Leichenschau verschoben wurde.»

«Das bedeutet, daß die Polizei mit den Untersuchungsergebnissen noch nicht zufrieden ist», erklärte der Colonel.

«Aber wieso sind sie noch nicht zufrieden?»

Der Colonel schüttelte den Kopf und gab sich den Anschein, als könnte er sehr viel sagen, wenn er nur wollte.

Edmund Swettenham, der den Colonel nicht ausstehen konnte, sagte:

«Wir alle stehen unter Verdacht.»

«Unter was für einem Verdacht?» fragte Mrs. Easterbrook.

«Daß jemand von uns die Absicht hat, bei der erstbesten Gelegenheit einen Mord zu begehen.»

«Aber bitte, Mr. Swettenham, sagen Sie doch so etwas nicht!» rief Dora Bunner weinerlich. «Bestimmt wird niemand die liebe Letty ermorden wollen.»

Einen Augenblick herrschte betretenes Schweigen.

Edmund, der puterrot geworden war, murmelte: «Es war ja nur ein Witz», und Phillipa schlug mit klarer Stimme vor, sich die Sechs-Uhr-Nachrichten anzuhören, ein Vorschlag, der mit Begeisterung aufgenommen wurde.

Patrick flüsterte Julia ins Ohr:

«Schade, daß Mrs. Harmond nicht hier ist, sie würde bestimmt unverblümt trompeten: ‹Aber sicher wartet jemand auf eine gute Gelegenheit, Sie zu ermorden, Miss Blacklock.›»

«Ich bin froh, daß sie und die alte Miss Marple nicht kommen konnten», sagte Julia. «Diese alte Jungfer steckt ihre Nase überall hinein.»

Nach einer Weile verabschiedeten sich die Gäste unter vielen Danksagungen.

«Bist du zufrieden, Bunny?» fragte Miss Blacklock, nachdem der letzte Besucher gegangen war.

«O ja. Aber ich habe entsetzliche Kopfschmerzen, das kommt sicher von der Aufregung.»

«Das ist die Torte», erklärte Patrick, «auch mir ist es ein bißchen komisch im Magen, und du hast außerdem noch den ganzen Morgen über Schokolade gegessen.»

«Ich werde mich hinlegen», sagte Dora, «zwei Aspirin nehmen und versuchen, bald einzuschlafen.»

«Da hast du recht», stimmte Miss Blacklock zu, und Dora ging hinauf.

«Trink doch einen Sherry, Tante Letty», schlug Julia vor.

«Das ist eine gute Idee. Man ist wirklich nicht mehr an solche Schlemmereien gewöhnt... Gott, Bunny, hast du mich erschreckt. Was ist denn?»

«Ich kann mein Aspirin nicht finden», erklärte Dora kläglich, die plötzlich wieder aufgetaucht war.

«Dann nimm doch von meinen. Sie stehen auf dem Nachttisch.»

«Danke schön... danke vielmals. Aber meine müssen doch irgendwo sein. Ein neues Fläschchen... wo habe ich es nur hingetan?»

«Phillipa, mein Kind, ich möchte mit dir sprechen.»

«Ja, Tante Letty?»

Phillipa blickte erstaunt auf.

«Machst du dir über irgend etwas Sorgen?»

«Nein, Tante Letty. Wieso?»

«Also... ich habe gedacht, daß vielleicht du und Patrick...?»

«Patrick!»

Jetzt war Phillipa wirklich überrascht.

«Also nicht? Entschuldige, bitte, daß ich gefragt habe, aber ihr seid so oft zusammen.»

Phillipas Gesicht war nun wie versteinert.

«Ich werde nie wieder heiraten!» stieß sie hervor.

«O doch, eines Tages wirst du schon wieder heiraten, mein Kind. Du bist ja noch jung. Aber darüber brauchen wir jetzt nicht zu reden. Es gibt ja noch andere Sorgen, machst du dir vielleicht Sorgen wegen... Geld?»

«Nein, ich komme ganz gut zurecht.»

«Ich dachte, vielleicht machst du dir Sorgen wegen der Erziehung deines Jungen. Darüber wollte ich mit dir sprechen. Heute nachmittag war ich in Milchester bei Mr. Beddingfield, meinem Notar, und habe ein neues Testament gemacht... Man kann ja nie wissen, was geschieht. Außer der Rente, die ich Bunny ausgesetzt habe, wirst alles du erben, Phillipa.»

«Was?»

Phillipa blickte entsetzt drein.

«Aber das will ich nicht... Wirklich nicht... Und wieso eigentlich? Wieso ich?»

«Vielleicht weil niemand anderer da ist», antwortete Miss Blacklock mit besonderer Betonung.

«Aber da sind doch Patrick und Julia, dein Neffe und deine Nichte.»

«Wir sind nur sehr weitläufig verwandt, beiden gegenüber habe ich keinerlei Verpflichtungen.»

«Aber mir... mir gegenüber doch auch nicht... ich weiß gar nicht, wieso du... oh, ich will es nicht haben!»

Es schien fast, als fürchte sie sich.

«Ich weiß sehr gut, was ich tue, Phillipa. Ich habe dich liebgewonnen, und dann ist da dein Junge... Ihr würdet nicht viel erben, wenn ich jetzt stürbe, aber in ein paar Wochen könnte das anders sein», erklärte sie und blickte Phillipa durchdringend an.

«Aber du wirst nicht sterben», widersprach Phillipa.

«So bald nicht, wenn ich die nötigen Vorsichtsmaßnahmen ergreife.»

«Vorsichtsmaßnahmen?»

«Ja... aber mach dir keine Sorgen.»

Mit diesen Worten verließ sie das Zimmer, und Phillipa hörte sie in der Halle mit Julia sprechen.

Einige Augenblicke später trat Julia ins Zimmer, ihre Augen funkelten.

«Das hast du schön eingefädelt, Phillipa. Du bist ein stilles Wasser...»

«Ah, du hast gelauscht...»

«Ja, ich habe alles gehört, und ich glaube, Tante Letty wollte, daß ich es höre.»

«Was soll das heißen?»

«Unsere alte Letty ist nicht dumm ... aber jedenfalls bist du jetzt fein raus, Phillipa.»

«Aber, Julia ... ich wollte es nicht, ich habe nie daran gedacht ...»

«Was du nicht sagst! Natürlich warst du darauf aus. Du sitzt doch in der Klemme. Aber denk dran: Wenn Tante Letty jetzt etwas zustößt, fällt der Verdacht zuerst auf dich ...»

«Was für ein Unsinn! Es wäre doch Wahnsinn von mir, wenn ich sie jetzt ermordete ... ich brauche ja nur zu warten ...»

«Ach so, du weißt also, daß die alte Dame – wie heißt sie nur gleich? – da oben in Schottland im Sterben liegt ... Phillipa, ich glaube immer mehr, daß du ein sehr stilles Wasser bist.»

«Ich will weder dich noch Patrick um etwas bringen.»

«Wirklich nicht, meine Liebe? Entschuldige bitte, aber das glaube ich dir nicht.»

16

Inspektor Craddock hatte im Zug eine schlechte Nacht verbracht und war froh, als er endlich in Milchester ankam. Sofort ging er zu Rydesdale und erstattete ihm ausführlich Bericht.

«Das bringt uns zwar nicht viel weiter», sagte Rydesdale, «aber es bestätigt wenigstens das, was Miss Blacklock Ihnen erzählt hat. Pip und Emma, hm.»

«Patrick und Julia Simmons sind genau in dem Alter, Sir. Wenn wir feststellen könnten, daß Miss Blacklock die beiden seit ihrer Kindheit nicht mehr gesehen hat ...»

Leicht lächelnd unterbrach Rydesdale ihn.

«Unsere Verbündete, Miss Marple, hat das bereits festgestellt: Miss Blacklock hatte die beiden nie gesehen.»

«Also dann, Sir ...»

«So einfach ist das nicht, Craddock. Wir haben das Vorleben der beiden geprüft, und sie scheinen unverdächtig zu sein. Patrick war in der Marine, wo er sich gut geführt hat, bis auf eine leichte

Neigung zu ‹Insubordination›, dann haben wir in Cannes angefragt, und Mrs. Simmons hat uns empört geantwortet, daß ihr Sohn und ihre Tochter in Chipping Cleghorn bei ihrer Kusine seien.»

«Und Mrs. Simmons ist tatsächlich Mrs. Simmons?»

«Wenigstens ist sie es schon sehr lange», antwortete Rydesdale trocken.

«Da scheint also alles klar zu sein, nur trifft sonst alles so gut auf die beiden zu, das richtige Alter, Miss Blacklock kennt sie nicht persönlich ... zu schade.»

Rydesdale nickte nachdenklich, dann reichte er Craddock ein Schreiben.

«Da ist etwas, was wir über Mrs. Easterbrook ausfindig gemacht haben.»

Mit hochgezogenen Brauen las der Inspektor den Bericht.

«Sehr interessant», bemerkte er. «Sie hat also den alten Esel richtiggehend eingefangen, doch soweit ich sehen kann, nützt uns das auch nichts.»

«Anscheinend nicht. Aber hier ist ein Bericht, der Mrs. Haymes betrifft.»

Wieder zog Craddock beim Lesen die Brauen hoch.

«Hm, diese Dame werde ich mir also noch vorknöpfen,» sagte er.

Eine Weile schwiegen beide, dann fragte Craddock:

«Gibt es Neues von Fletcher, Sir?»

«Er war sehr emsig. Im Einverständnis mit Miss Blacklock hat er das Haus gründlich durchsucht, konnte aber nichts von Interesse finden. Dann wollte er feststellen, wer Gelegenheit gehabt haben könnte, die Tür zu ölen. Das hat er an dem Tag gemacht, an dem die Köchin Ausgang hatte; auch Miss Blacklock und Miss Bunner waren ins Dorf gegangen – wie meist am Nachmittag –, so hatte er das Feld für sich.»

«Die Haustür ist wohl stets unverschlossen ...»

«Früher schon, ich glaube aber, jetzt nicht mehr.»

«Und was hat Fletcher festgestellt? Hat jemand von den Nachbarn die Abwesenheit der Hausbewohner genutzt?»

«Praktisch das ganze Dorf scheint hinzugehen, wenn das Haus leer steht.»

Rydesdale schaute auf einen Bericht, der vor ihm lag.

«Da haben wir zum Beispiel Miss Hinchliffe. Sie behauptet zwar, sie sei seit längerem nicht dortgewesen, was aber nicht stimmt, denn Mizzi hatte sie aus der Haustür herauskommen sehen. Miss Hinchliffe gab dann zu, dortgewesen zu sein, sie habe es aber vergessen; sie könne sich nicht erinnern, was sie dort gewollt habe, wahrscheinlich nur einen Besuch abstatten.»

«Das klingt merkwürdig.»

«Und anscheinend war auch ihr Verhalten merkwürdig.»

Er lächelte nun leicht.

«Miss Marple war auch sehr aktiv. Fletcher berichtet, daß sie am Morgen im Café ‹Zum Blauen Vogel› gewesen war, dann hat sie bei Miss Hinchliffe einen Sherry getrunken, nachher war sie zum Tee in Little Paddocks, dann hat sie Mrs. Swettenhams Garten bewundert und schließlich Colonel Easterbrook besucht und sich seine indischen Andenken angeschaut.»

«Sie wird uns sagen können, ob Colonel Easterbrook tatsächlich Colonel in Indien gewesen ist.»

«Sie glaubt, daß es stimmt; aber wir müssen bei den Behörden in Indien Rückfrage halten. Bis die Antwort eintrifft, wird jedoch eine Weile vergehen.»

«Es ist schrecklich, wir haben doch solche Eile. Ich halte die Gefahr für wirklich groß, Sir. Es steht ja ein Riesenvermögen auf dem Spiel, und wenn Belle Goedler stirbt ...»

Das Läuten des Telefons unterbrach ihn.

Rydesdale nahm den Hörer ab, und Craddock sah, wie sich sein Gesicht verdüsterte.

«Inspektor Craddock wird sofort kommen», donnerte Rydesdale und legte den Hörer auf.

«Ist sie ...», begann Craddock, aber Rydesdale schnitt ihm kopfschüttelnd das Wort ab.

«Nein, es ist Dora Bunner. Sie hatte Kopfschmerzen, und da sie ihr Aspirinfläschchen nicht fand, hat sie das von Letitia Blacklocks Nachttisch genommen. Es waren nur drei Tabletten drin, von denen sie zwei nahm. Der Arzt hat die übriggebliebene zur Analyse fortgeschickt, sagte aber jetzt schon, daß es bestimmt kein Aspirin sei.»

«Ist sie tot?»

«Ja. Man hat sie heute morgen tot im Bett aufgefunden. Der Arzt sagt, sie sei im Schlaf gestorben, aber er glaubt nicht an einen natürlichen Tod, obwohl ihre Gesundheit sehr angegriffen war. Er glaubt, daß sie an Gift gestorben ist. Heute abend findet die Autopsie statt.»

«Aspirintabletten von Letitia Blacklocks Nachttisch! Was für ein heimtückischer Satan!... Wer war nur in den letzten zwei Tagen im Haus? Diese vergifteten Tabletten können ja nicht lange dort gelegen haben.»

«Die ganze Gesellschaft war gestern dort», sagte Rydesdale gedehnt. «Es war eine Geburtstagsfeier für Dora Bunner. Jeder der Anwesenden konnte sich während der Feier hinaufgeschlichen und die Tabletten ausgetauscht haben, und die Hausbewohner natürlich zu jeder Zeit.»

17

Vor der Tür des Pfarrhauses sagte Mrs. Harmond zu Miss Marple:

«Richte, bitte, Miss Blacklock aus, daß Julian leider jetzt nicht kommen kann, er muß einen sterbenden Mann im Nachbardorf besuchen. Aber er wird sich nach dem Mittagessen bei ihr melden, hier sind einstweilen die Notizen für die Beerdigung. Hoffentlich erkältest du dich nicht bei diesem Wetter. Ich würde den Brief ja selbst hinbringen, aber ich muß ein krankes Kind im Spital besuchen.»

Als Miss Marple in Little Paddocks im Wohnzimmer auf Miss Blacklock wartete, blickte sie sich um und überlegte, was Dora Bunner an dem Morgen im Café gemeint haben könnte, als sie sagte, sie glaube, Patrick habe ‹mit der Lampe herumhantiert, damit das Licht ausgeht›. Welche Lampe? Und wie hatte er an ihr ‹herumhantiert›?

Wahrscheinlich hatte Dora die kleine Stehlampe auf dem Tisch neben dem Türbogen gemeint. Sie hatte etwas von einem Schäfer und einer Schäferin gesagt... der Fuß dieser Lampe war ein Schäfer aus Meißner Porzellan. Und Dora Bunner hatte gesagt: ‹Ich erinnere mich noch ganz genau, daß auf dem Tisch die Schäferin gestanden hatte› und am nächsten Tag ... Also jedenfalls stand jetzt dort ein Schäfer.

Auch hatte Dora an dem Nachmittag, als sie, Miss Marple, mit Bunch in Little Paddocks zum Tee gewesen war, gesagt, daß es ein Pendant zu der Lampe gegeben habe, natürlich eine Schäferin. Am Tag des Überfalls habe die Schäferin dort gestanden ... nicht der Schäfer, und am nächsten Morgen die Lampe mit dem Schäfer. Also waren die Lampen während der Nacht offensichtlich ausgetauscht worden. Und Dora Bunner hatte den Verdacht, daß Patrick es getan habe.

Warum ...? Wenn die ursprünglich dort gewesene Lampe untersucht worden wäre, hätte sich herausgestellt, wie Patrick es fertiggebracht hatte, das Licht ausgehen zu lassen. Aber wie hatte er es fertiggebracht?

Miss Marple betrachtete prüfend die Lampe, die vor ihr stand. Die Schnur verlief über den Tisch zur Wand, der Schalter war in der Mitte der Schnur angebracht. Miss Marple überlegte weiter: Miss Blacklock hatte als erstes geglaubt, ihr Neffe Patrick habe etwas mit der Anzeige zu tun. Solch instinktive Annahmen sind häufig berechtigt, denn wenn man einen Menschen gut kennt, weiß man auch, was er im Kopf hat.

Patrick Simmons ... ein charmanter, gutaussehender junger Mann, der Frauen gefällt, jungen und alten. Er war ein Typ Mann, wie ihn vielleicht Randall Goedlers Schwester geheiratet hätte. Könnte Patrick Simmons «Pip» sein? Aber er war während des Krieges in der Marine. Das ließ sich leicht überprüfen.

Zuweilen geschahen die merkwürdigsten Identitätsauswechslungen. Mit genügend Kühnheit kann man viel machen ...

Miss Blacklock trat ins Zimmer. Sie schien um Jahre gealtert zu sein und ihre ganze Vitalität eingebüßt zu haben.

«Entschuldigen Sie, bitte, daß ich Sie störe», sagte Miss Marple, «aber der Pfarrer muß einen Sterbenden besuchen, und Bunch mußte zu einem kranken Kind ins Spital gehen, so hat sie mich gebeten, Ihnen diesen Brief zu übergeben.»

Miss Blacklock öffnete ihn und sagte:

«Nehmen Sie doch bitte Platz, Miss Marple.»

«Danke sehr. Ich möchte Ihnen auch mein herzlichstes Beileid aussprechen.»

Nun brach Letitia plötzlich in Tränen aus, und Miss Marple ließ sie schweigend gewähren.

Nach einer Weile blickte Letitia auf und sagte:

«Entschuldigen Sie, bitte, aber es überkam mich auf einmal. Es ist so entsetzlich für mich. Dora war der einzige Mensch, den ich noch von Kindheit her kannte ... jetzt bin ich ganz allein.»

Dann schwiegen beide, bis Letitia zum Schreibtisch ging und sagte:

«Ich muß dem Pfarrer ein paar Zeilen schreiben.»

Sie hielt den Federhalter ungeschickt und erklärte:

«Ich habe Arthritis in den Fingern. Zuweilen kann ich überhaupt nicht schreiben. Wollen Sie so freundlich sein und meine Antwort mitnehmen?»

Von draußen erklang eine männliche Stimme, und düster blikkend trat Inspektor Craddock ein.

Diskret verabschiedete sich Miss Marple.

«Ich will keine Zeit mit Beileidsbezeugungen verlieren, Miss Blacklock», sagte er. «Miss Bunners Tod geht mir aber vor allem deshalb besonders nahe, weil wir diesen Mord hätten verhindern müssen.»

«Ich wüßte nicht, wie Ihnen das möglich gewesen wäre.»

«Leicht wäre es nicht gewesen, aber nun dürfen wir auch nicht mehr eine Minute Zeit verlieren. Wir müssen rasch vorgehen. Wer hat es getan, Miss Blacklock? Wer hat zwei Schüsse auf Sie abgegeben? Wer ist es gewesen? Denn der Betreffende wird wahrscheinlich den Mordversuch wiederholen.»

Letitia zitterte ...

«Ich weiß es nicht, Herr Inspektor. Ich weiß es nicht!»

«Ich habe mit Mrs. Goedler gesprochen, sie hat mir alles gesagt, was sie wußte; leider ist es nicht viel. Es gibt einige Leute, für die Ihr Tod ausgesprochen günstig wäre. In erster Linie für Pip und Emma. Patrick und Julia Simmons sind zwar im entsprechenden Alter, aber sie scheinen es nicht zu sein. Jedenfalls können wir uns nicht auf diese beiden konzentrieren. Sagen Sie, Miss Blacklock, würden Sie Sonja Goedler wiedererkennen?»

«Sonja wiederentdecken? Aber natürlich.»

Sie stockte.

«Nein», fuhr sie langsam fort, «ich glaube doch nicht. Es ist so lange her, dreißig Jahre: Sie ist ja jetzt eine ältere Frau.»

«Wie sah sie damals aus?»

«Sonja?»

Letitia überlegte einige Augenblicke.

«Sie war ziemlich klein, dunkel...»

«Hatte sie irgendwelche besonderen Mmerkmale... Gewohnheiten?»

«Nicht daß ich wüßte. Sie war fröhlich, sehr fröhlich.»

«Vielleicht ist sie jetzt nicht mehr so fröhlich», sagte Craddock. «Haben Sie ein Foto von ihr?»

«Von Sonja? Warten Sie mal... in einem Album müßte ich einige alte Schnappschüsse von ihr haben.»

«Könnte ich die sehen?»

«Natürlich... aber wo habe ich nur dieses Album?»

«Sagen Sie mir, bitte, Miss Blacklock, halten Sie es für möglich, daß Mrs. Swettenham Sonja Goedler sein könnte?»

«Mrs. Swettenham!»

Miss Blacklock blickte ihn verdutzt an.

«Ihr Mann war Kolonialbeamter, soviel ich weiß, zuerst in Indien und dann in Hongkong.»

«Das hat sie Ihnen erzählt. Sie wissen das nicht, wie man vor Gericht sagt, aus erster Hand?»

«Nein, das natürlich nicht», antwortete sie langsam. «Aber Mrs. Swettenham! Das ist zu absurd!»

«Hat Sonja Goedler je Theater gespielt, ich meine, bei Liebhaberaufführungen?»

«O ja, und sie war sogar sehr gut.»

«Da haben wir's! Noch etwas, Mrs. Swettenham trägt eine Perücke. Wenigstens behauptet das Mrs. Harmond», verbesserte sich der Inspektor.

«Ja, das ist gut möglich, all diese kleinen grauen Löckchen. Aber ich halte es noch immer für absurd, wenn sie auch manchmal sehr komisch ist.»

«Und dann haben wir Miss Hinchliffe und Miss Murgatroyd. Könnte eine von ihnen Sonja Goedler sein?»

«Miss Hinchliffe ist zu groß, sie ist ja so groß wie ein Mann.»

«Miss Murgatroyd?»

«Nein, bestimmt nicht.»

«Sie sehen doch nicht gut, Miss Blacklock.»

«Ich bin kurzsichtig.»

«Ich möchte zu gern eine Aufnahme von Sonja Goedler sehen, selbst wenn es eine alte, schlechte ist. Wir haben Übung darin, Ähnlichkeiten festzustellen.»

«Ich werde die Bilder suchen.»

«Würden Sie das, bitte, gleich tun?»

«Gern. Aber ich muß erst überlegen ... ich habe das Album zum letzten Mal gesehen, als wir den Schrank in der Halle ausräumten. Julia hat mir dabei geholfen. Ich erinnere mich noch, daß sie über die Kleider, die wir damals trugen, lachte ... Die Bücher stellten wir auf das Regal hier im Wohnzimmer. Wo haben wir nur das Album hingelegt? Gott, was habe ich für ein schlechtes Gedächtnis! Vielleicht weiß Julia es.»

«Ich werde sie suchen.»

Der Inspektor fand Julia in keinem der Parterrezimmer und rief dann nach oben:

«Miss Simmons!»

Als er keine Antwort erhielt, ging er in den ersten Stock, wo Julia gerade aus einer Tür trat, hinter der eine Wendeltreppe zu sehen war.

«Ich war auf dem Speicher», erklärte sie. «Was ist denn?»

Der Inspektor sagte es ihr.

«Ach, diese alten Fotoalben. Ja, ich erinnere mich sehr gut. Soviel ich weiß, haben wir sie in den Bücherschrank im Studierzimmer gestellt. Ich werde sie holen.»

Sie ging mit dem Inspektor ins Studierzimmer und holte aus dem großen Bücherschrank zwei Fotoalben.

Craddock blätterte die Alben durch ... Frauen mit riesigen Hüten, Frauen mit langen Röcken. Unter den Fotos standen kurze Bezeichnungen, die Tinte war verblaßt.

«Die Aufnahmen müßten in diesem hier sein», erklärte Miss Blacklock. «Auf der zweiten oder dritten Seite, glaube ich. In dem andern sind Aufnahmen nach Sonjas Hochzeit.»

Sie drehte ein Blatt um.

«Hier müssen sie sein...» Sie stockte.

Auf dieser Seite waren mehrere leere Stellen. Craddock entzifferte die verblaßte Schrift:

«Sonja... ich... Randall.» Unter der nächsten stand: «Sonja und Belle am Strand». Auf der andern Seite: «Picknick in Sheyne». Er schlug die nächste Seite auf. Wieder eine leere Stelle und darunter die Worte: «Charlotte, ich, Sonja, Randall».

Craddock stand auf. Seine Lippen waren zusammengepreßt.

«Jemand hat diese Fotos entfernt», stieß er hervor. «Und zwar erst kürzlich.»

«Julia, als wir neulich die Alben anschauten, waren doch keine leeren Stellen da?» fragte Letitia.

«Ich kann mich nicht erinnern, ich interessierte mich ja nur für die Kleider... aber warte... ja, du hast recht, Tante Letty, es gab keine leeren Stellen.»

Craddock blickte noch finsterer drein.

18

«Entschuldigen Sie bitte, daß ich Sie schon wieder störe, Mrs. Haymes.»

«Bitte sehr, Herr Inspektor», erwiderte Phillipa kühl.

«Mrs. Haymes, Sie hatten mir doch gesagt, Ihr Mann sei in Italien gefallen?»

«Ja... und?»

«Warum haben Sie mir nicht die Wahrheit gesagt? Warum haben Sie mir nicht gesagt, daß Ihr Mann desertiert ist?»

Er sah, wie sie leichenblaß wurde.

Bitter entgegnete sie:

«Müssen Sie alles ausgraben?»

«Wir verlangen, daß uns die Wahrheit gesagt wird», erwiderte Craddock trocken.

Sie schwieg und sagte erst nach einer Weile:

«Was wollen Sie nun tun? Es aller Welt sagen? Ist das notwendig? Ist das richtig von Ihnen?»

«Weiß das hier niemand?» fragte Craddock.

«Niemand. Harry» – ihre Stimme änderte sich nun – «mein Sohn weiß es nicht, und er soll es nie erfahren.»

«Das halte ich nicht für richtig. Wenn der Junge groß genug ist, sollten Sie ihm die Wahrheit sagen. Falls er eines Tages selbst die Wahrheit entdeckt, wird das schlimm für ihn sein. Wenn Sie ihm Geschichten erzählen, sein Vater sei als Held gestorben...»

«Das tue ich nicht. Ich spreche einfach nicht darüber.»

«Ihr Mann lebt noch?»

«Vielleicht. Woher soll ich das wissen?»

«Wann haben Sie ihn zum letzten Mal gesehen, Mrs. Haymes?»

«Seit Jahren nicht mehr», antwortete sie rasch.

«Sind Sie ganz sicher? Haben Sie ihn nicht vor ungefähr vierzehn Tagen gesehen und gesprochen?»

«Was wollen Sie damit sagen?»

«Ich habe es nie für sehr wahrscheinlich gehalten, daß Sie sich mit Schwarz im Gartenhäuschen getroffen haben. Aber Mizzi behauptet es steif und fest. Ich glaube, Mrs. Haymes, daß der Mann, den Sie damals am Morgen getroffen haben, Ihr Gatte gewesen ist...»

«Ich habe niemanden im Gartenhäuschen getroffen.»

«Vielleicht hatte er kein Geld, und Sie haben ihm welches gegeben?»

«Ich habe ihn nicht gesehen, sage ich Ihnen. Ich habe niemanden im Gartenhäuschen getroffen!»

«Deserteure sind häufig in einer verzweifelten Lage. Oft beteiligen sie sich an Raubüberfällen und Einbrüchen. Und viele von ihnen haben ausländische Waffen, die sie von der Front mitgebracht haben.»

«Ich weiß nicht, wo mein Mann ist, ich habe ihn seit Jahren nicht mehr gesehen.»

«Ist das Ihr letztes Wort, Mrs. Haymes?»

«Ich kann Ihnen nichts anderes sagen.»

Nachdem Craddock Phillipa verlassen hatte, murmelte er wütend vor sich hin:

«Störrisch wie ein Maulesel!»

Er war ziemlich sicher, daß Phillipa log, aber er konnte es ihr nicht nachweisen. Er wünschte, er wüßte etwas mehr über diesen Captain Haymes. Die Informationen, die er vom Militärdepartement erhalten hatte, waren recht dürftig, vor allem gab es keine Anhaltspunkte, daß Haymes ein Verbrecher geworden sei.

Auch schien es unwahrscheinlich, daß Haymes die Tür geölt hatte. Das mußte ein Hausbewohner getan haben oder jemand, der leicht Zutritt zum Haus hatte.

Sinnend schaute er die Treppe an, und plötzlich fiel ihm ein, daß Julia auf dem Speicher gewesen war.

Was hatte Julia dort zu suchen?

Rasch ging Craddock in den ersten Stock. Niemand war dort.

Er öffnete die Tür, aus der Julia getreten war, und ging die Wendeltreppe hinauf zum Speicher.

Dort standen Kisten, alte Koffer, einige zerbrochene Möbelstücke, eine beschädigte Porzellanlampe, einiges Geschirr.

Er öffnete einen der Koffer. Kleider... altmodische Damenkleider. Die gehörten wahrscheinlich Miss Blacklock oder ihrer verstorbenen Schwester.

Er öffnete einen anderen Koffer: Vorhänge.

Dann öffnete er ein Handköfferchen: Papiere und Briefe, vergilbte Briefe mit verblaßter Schrift.

Auf dem Deckel des Köfferchens standen die Initialen: «C. L. B.» Daraus schloß er, daß es Letitias Schwester Charlotte gehört hatte.

Er begann einen der Briefe zu lesen: «Liebste Charlotte! Gestern ging es Belle viel besser, und sie konnte mit Randall, der sich einen Tag freigemacht hatte, zu einem Picknick fahren. Die Arizona-Vorzugsaktien steigen dauernd, Randall verdient ein Vermögen daran...»

Den Rest überflog Craddock und schaute auf die Unterschrift: «Viele Küsse, Deine Letitia.»

Er nahm einen anderen Brief: «Liebste Charlotte! Ich wünschte, Du würdest dich nicht so vergraben und mal ab und zu einige Leute sehen. Du übertreibst. Deine Entstellung ist nicht halb so schlimm, wie Du es Dir vorstellst. Die Leute achten gar nicht darauf...»

Craddock nickte. Er erinnerte sich daran, daß Belle Goedler gesagt hatte, Charlotte Blacklock habe eine entstellende Krankheit gehabt. Aus all diesen Briefen sprach Letitias liebevolle Sorge um ihre schwerkranke Schwester. Anscheinend hatte sie ständig über ihr Leben und Treiben ausführliche Berichte geschrieben, von denen sie glaubte, sie könnten das kranke Mädchen interessieren. Und Charlotte hatte diese Briefe aufbewahrt; einigen waren auch Schnappschüsse beigefügt.

Craddock war ganz aufgeregt. Hier könnte er auf einen Hinweis stoßen; in diesen Briefen könnten Tatsachen erwähnt sein, die Letitia Blacklock längst vergessen hatte. Hier könnte er ein treues Abbild der Vergangenheit finden, es könnte ihm helfen, die – oder den – Unbekannten zu identifizieren.

Sorgfältig packte er die Briefe zusammen und ging hinunter.

Auf dem Flur im ersten Stock begegnete ihm Letitia, die ihn erstaunt fragte:

«Ach... Sie waren auf dem Speicher? Ich hörte Schritte und konnte mir gar nicht vorstellen, wer...»

«Miss Blacklock, ich habe einige Briefe gefunden, die Sie vor vielen Jahren Ihrer Schwester Charlotte geschrieben haben. Gestatten Sie mir, daß ich sie mitnehme und lese?»

Sie wurde rot vor Ärger.

«Ist das denn nötig?» entgegnete sie scharf. «Warum? Was für ein Interesse haben Sie an den Briefen?»

«Es könnte darin einiges über Sonja Goedler stehen, es mögen Hinweise darin sein, die mir meine Nachforschungen erleichtern.»

«Es sind Privatbriefe, Herr Inspektor!»

«Ich weiß.»

«Ich nehme an, daß Sie diese Briefe auf jeden Fall mitnehmen werden. Sie haben die Vollmacht, es zu tun, oder werden diese Vollmacht leicht erhalten. Nehmen Sie sie in Gottes Namen! Aber Sie werden darin sehr wenig über Sonja finden. Sie heiratete und ging fort, ein, zwei Jahre, nachdem ich zu Goedler kam.»

Hartnäckig erwiderte Craddock:

«Es könnte etwas darin stehen. Wir müssen alles versuchen, ich versichere Ihnen, die Gefahr ist wirklich groß!»

Sie biß sich auf die Lippen und meinte:

«Ich weiß, Bunny ist tot. Und zwar wurde sie mit einer Aspirintablette vergiftet, die für mich bestimmt war. Das nächste

Mal kann es statt meiner Patrick oder Julia und Phillipa oder Mizzi treffen, junge Menschen, die meinetwegen ihr Leben verlieren würden. Jemand trinkt ein Glas Wein, das für mich eingeschenkt wurde, oder ißt ein Stück Schokolade, das mir zugedacht war. Also nehmen Sie die Briefe. Aber verbrennen Sie sie nachher. Es ist alles vorbei, vergangen, versunken. Niemand erinnert sich jetzt...»

Sie faßte an ihr Halsband aus falschen Perlen. Und wieder dachte Craddock, wie wenig dieser unechte Schmuck zu dem schlichten Jackenkleid paßte.

Am nächsten Tag, es war trüb und stürmisch, ging der Inspektor ins Pfarrhaus.

Miss Marple saß dicht am Kamin und strickte, während Bunch auf allen vieren auf dem Boden umherkroch und ein Schnittmuster anfertigte.

«Es ist zwar ein Vertrauensbruch», sagte Craddock zu Miss Marple, «aber ich bitte Sie trotzdem, diesen Brief zu lesen.»

Er erzählte, wie er die Briefe auf dem Speicher entdeckt hatte.

«Sie sind wirklich rührend, diese Briefe», erklärte er. «Man sieht den alten Vater direkt vor sich, diesen Doktor Blacklock. Ein richtiger Tyrann.»

Miss Marple nahm den Brief, entfaltete ihn und begann zu lesen:

Liebste Charlotte!

Ich habe Dir zwei Tage lang nicht geschrieben, weil hier ein fürchterlicher Familienstreit im Gange ist. Du erinnerst Dich doch noch an Randalls Schwester Sonja. Sie hat Dich einmal mit dem Auto abgeholt und mit Dir einen Ausflug gemacht. Ich wünschte so sehr, daß Du das des öfteren tun könntest. Also Sonja hat Randall erklärt, sie wolle einen gewissen Dimitri Stamfordis heiraten. Ich habe den Mann erst einmal gesehen. Er sieht sehr gut aus, man kann ihm aber meines Erachtens nicht über den Weg trauen. Randall ist außer sich vor Wut und sagt, er wäre ein Gauner und Betrüger. Belle, lieb wie sie ist, liegt auf dem Sofa und lächelt nur. Und Sonja, die scheinbar ruhig ist, hat eine fürchterliche Wut auf Randall.

Ich habe alles mögliche versucht. Ich habe mit Sonja gesprochen und mit Randall und habe sie etwas zur Vernunft gebracht, aber sowie die beiden wieder miteinander sprechen, beginnt der Streit von neuem.

Inzwischen vernachlässigt er das Geschäft. Ich bin jetzt meist allein im Büro, was mir Freude macht, denn Randall läßt mir freie Hand. Gestern sagte er mir: «Gott sei Dank, daß es wenigstens noch einen vernünftigen Menschen auf der Welt gibt. Sie werden sich doch nie in einen Gauner verlieben, Blackie?» Ich antwortete ihm, daß das höchst unwahrscheinlich sei.

Belle lacht nur über alles. Sie hält diesen ganzen Streit für einen Unsinn. Gestern sagte sie zu mir: «Ich glaube, Sonja möchte sich mit Randall vertragen wegen des Geldes. Sie hängt sehr am Geld.»

Wie geht es Vater? Kommst du mit andern Menschen zusammen? Du darfst Dich nicht zu sehr verkriechen, Liebling.

Sonja läßt Dich grüßen. Soeben kam sie zu mir und öffnete und schloß die Hände wie eine wütende Katze, die ihre Krallen schärft. Ich nehme an, daß sie wieder mit Randall Streit gehabt hat.

Verliere nicht den Mut, Liebling. Diese Jodkur kann Dich vielleicht völlig heilen. Ich habe mich erkundigt und habe gehört, daß schon fabelhafte Erfolge damit erzielt wurden. Viele Küsse von Deiner Dich liebenden

Letitia.

Miss Marple faltete nachdenklich den Brief zusammen und gab ihn Craddock zurück.

«Was sagen Sie dazu?» fragte er erwartungsvoll. «Was für einen Eindruck haben Sie bekommen?»

«Von Sonja? Es ist sehr schwer, sich aus der Schilderung einer Dritten ein Bild zu machen … Sie scheint ihren eigenen Kopf zu haben, das geht klar daraus hervor.»

«Öffnet und schließt die Hände wie eine wütende Katze», murmelte Craddock. «Das erinnert mich an jemanden …»

Er runzelte die Stirn, dann fuhr er fort:

«Wir haben noch nicht herausbekommen, woher der Revolver

stammt. Jedenfalls gehörte er nicht Schwarz. Wenn ich nur wüßte, wer in Chipping Cleghorn einen Revolver besaß.»

«Colonel Easterbrook hat einen», sagte Bunch. «Er bewahrt ihn in der Schublade seiner Schlafzimmerkommode auf.»

«Woher wissen Sie das, Mrs. Harmond?»

«Von Mrs. Butt, meiner Putzfrau, die zweimal in der Woche zu mir kommt. Sie hat mir erzählt, daß er als ehemaliger Offizier natürlich einen Revolver hätte, und das sei sehr gut, wenn ein Einbrecher käme.»

«Wann hat sie Ihnen das erzählt?»

«Vor einer Ewigkeit, ich glaube, so vor einem halben Jahr.»

«Colonel Easterbrook?» murmelte Craddock. «Einige Tage vor dem Überfall war er in Little Paddocks, er hat ein Buch hingebracht. Er könnte dabei die Tür geölt haben. Aber er hat seinen Besuch sofort eingestanden, im Gegensatz zu Miss Hinchliffe.»

Miss Marple hüstelte.

«Sie müssen an die Zeiten denken, in denen wir leben, Herr Inspektor», sagte sie.

Craddock blickte sie verständnislos an.

«Schließlich gehören Sie doch zur Polizei», erklärte sie. «Die Leute können doch der Polizei nicht alles sagen.»

«Ich sehe nicht ein, warum nicht», widersprach Craddock, «es sei denn, sie hätten etwas Verbrecherisches zu verbergen.»

«Sie meint Butter», erklärte nun Bunch, «Butter und Kornfutter für die Hühner und manchmal Rahm … und manchmal eine Speckseite.»

«Zeig ihm den Zettel von Miss Blacklock», sagte Miss Marple. «Er ist schon vor einiger Zeit geschrieben, aber man könnte meinen, er sei aus einem Kriminalroman.»

Bunch gab dem Inspektor den Zettel.

«Ich habe mich erkundigt. Es ist am Donnerstag», hatte Miss Blacklock geschrieben. «Irgendwann nach drei Uhr. Wenn Sie etwas für mich bekommen haben, lassen Sie es, bitte, an der üblichen Stelle.»

Bunch spuckte lachend die Nadeln aus dem Mund, und Miss Marple betrachtete amüsiert das erstaunte Gesicht des Inspektors.

Schließlich gab die Pfarrersfrau die Erklärung:

«Donnerstag buttern unsere Bauern und geben Butter schwarz ab. Gewöhnlich holt Miss Hinchliffe sie ab. Sie steht mit allen Bauern auf bestem Fuß, ich nehme an, wegen ihrer Schweine. Und ganz heimlich geht im Ort ein Tauschhandel vor sich. Der eine schickt gegen Butter Gurken oder so was Ähnliches, oder ein Stück Fleisch, wenn ein Schwein geschlachtet wird – ab und zu erleidet ein Tier einen Unfall und muß notgeschlachtet werden. Also, Sie können es sich ja denken. Aber das kann man doch nicht gut der Polizei erklären. Ich glaube, daß dieser Tauschhandel meist illegal ist, doch niemand erfährt etwas davon, weil alles so kompliziert ist. Ich denke mir, daß Hinch ein Pfund Butter oder irgend so etwas nach Little Paddocks gebracht und es an die übliche Stelle gelegt hat.»

Seufzend sagte Craddock:

«Ich bin froh, daß ich zu Ihnen gekommen bin, meine Damen, aber es ist besser, Sie erzählen mir nichts mehr davon. Es ist natürlich höchst ungesetzlich.»

«Es sollte keine so albernen Gesetze geben», entgegnete Bunch, die gerade wieder Nadeln in den Mund nahm. «Ich mache es nicht, weil Julian es mir strikt verboten hat, aber ich weiß natürlich auch, was gespielt wird.»

Den Inspektor packte eine Art Verzweiflung.

«Jetzt sind bereits ein Mann und eine Frau ermordet worden, und eine andere Frau kann das Opfer sein, bevor ich imstande bin, etwas dagegen zu tun. Augenblicklich konzentriere ich meinen Gedankengang auf Sonja. Wenn ich nur wüßte, wie sie aussah. Bei den vorgefundenen Briefen befinden sich ein paar Schnappschüsse, aber auf keiner ist sie mit drauf.»

«Woher wissen Sie das denn? Sie wissen ja nicht, wie sie aussah.»

«Sie war klein und dunkel, sagte Miss Blacklock.»

«Ach, das ist aber höchst interessant!» meinte Miss Marple.

«Auf einer Aufnahme war ein Mädchen, das mich an jemanden erinnert, ein großes, blondes Mädchen, das Haar hochfrisiert. Ich weiß nicht, wer es sein könnte, jedenfalls nichts Sonja. Meinen Sie, daß Mrs. Swettenham in ihrer Jugend dunkles Haar gehabt haben könnte?»

«Nicht sehr dunkel», antwortete Bunch. «Sie hat blaue Augen.»

Das Telefon läutete.
Bunch stand auf und ging in die Halle.
Nach einem Augenblick kam sie zurück und sagte zu Craddock: «Es ist für Sie.»
Überrascht ging er an den Apparat.
«Craddock? Hier Rydesdale.»
«Jawohl, Sir.»
«Ich habe Ihren Bericht gelesen. Phillipa Haymes hat also geleugnet, ihren Mann seit seiner Desertion gesehen zu haben?»
«Meiner Ansicht nach hat sie gelogen.»
«Das glaube ich auch. Aber erinnern Sie sich an einen Unfall vor etwa zehn Tagen: Ein Mann wurde von einem Lastwagen überfahren und mit einem schweren Schädelbruch ins Krankenhaus in Milchester eingeliefert?»
«Ist das der Mann, der ein Kind vor den Rädern des Lastwagens wegriß und dabei selbst überfahren wurde?»
«Genau der. Er hatte keinerlei Papiere bei sich, und niemand konnte ihn identifizieren. Letzte Nacht ist er gestorben, ohne das Bewußtsein wiedererlangt zu haben. Aber er ist jetzt identifiziert worden: Es war Ronald Haymes. Ex-Captain und Deserteur.»
«Phillipa Haymes' Mann?»
«Ja. Übrigens hatte er ein altes Autobusbillett nach Chipping Cleghorn in der Tasche und ziemlich viel Geld.»
«So hat er also Geld von seiner Frau bekommen. Ich vermutete schon seit einiger Zeit, daß er der Mann war, den Mizzi mit ihr im Gartenhäuschen sprechen hörte. Sie leugnete es natürlich. Aber, Sir, dieser Unfall war doch vor ...»
Rydesdale nahm ihm das Wort aus dem Mund:
«So ist es, Haymes wurde am 28. ins Spital eingeliefert, und der Überfall fand am 29. statt. Er kann also nichts damit zu tun haben. Aber seine Frau weiß natürlich nichts von dem Unfall, und sie mag die ganze Zeit geglaubt haben, er sei an dem Mord beteiligt gewesen. Und so hat sie natürlich den Mund gehalten; immerhin war er ja ihr Mann.»

19

«Ich stelle die Lampe hier neben dich auf den Tisch», sagte Bunch. «Es ist so dunkel, jeden Moment kann ein Unwetter losbrechen, aber ich muß fort.»

Sie stellte die kleine Leselampe auf den Tisch neben Miss Marple, die strickend in einem großen Sessel saß.

Als Bunch die Schnur über den Tisch legte, sprang Tiglatpileser, der Kater, darauf, krallte sich in der Schnur fest und biß hinein.

«Aber, Tiglatpileser, das darfst du nicht tun… du böses Tier! Schau mal, Tante Jane, er hat die Schnur fast ganz durchgebissen… Siehst du denn nicht ein, du dummer Kater, daß du einen bösen elektrischen Schlag kriegen kannst, wenn du das tust?»

«Danke schön, mein Kind», sagte Miss Marple und streckte die Hand aus, um die Lampe anzuknipsen.

«Nein, da nicht. Der Schalter ist mitten in der Schnur. Einen Moment, ich stelle die Vase beiseite.»

Sie hob eine Vase mit Herbstrosen hoch. Tiglatpileser sprang auf sie zu und krallte sich an ihrem Arm fest.

Vor Schreck verschüttete Bunch etwas Wasser, das auf die Stelle spritzte, an der die zerbissene Schnur lag, und auf den Kater, der empört fauchend zu Boden sprang.

Miss Marple drückte auf den Schalter, und sofort sprühten an der feuchten Stelle knisternde Funken hoch.

«Mein Gott!» rief Bunch. «Jetzt haben wir sicher einen Kurzschluß, im ganzen Haus wird das Licht nicht funktionieren.»

Sie knipste den Zimmerschalter an, aber die Deckenbeleuchtung funktionierte nicht.

«Da haben wir die Bescherung. Zu dumm, daß alles an einer Sicherung hängt. Und da ist auch ein Loch in den Tisch gebrannt. Böser Tiglatpileser, das ist deine Schuld… Tante Jane, was hast du denn? Hat dich das so erschreckt?»

«Es ist nichts, mein Kind, mir ist nur plötzlich etwas eingefallen, das mir schon längst hätte in den Sinn kommen müssen.»

«Ich schraube eine neue Sicherung ein und bringe dir Julians Schreibtischlampe.»

«Danke, nein, mein Kind, bemühe dich nicht, du versäumst noch deinen Bus. Ich brauche kein Licht, ich will einfach ruhig dasitzen und über etwas nachdenken. Aber eil dich, sonst kriegst du den Bus nicht mehr.»

Nachdem Bunch fortgegangen war, saß Miss Marple eine Weile ganz still da.

Dann nahm sie ein Stück Papier und schrieb das eine Wort «Lampe?» und unterstrich es doppelt.

Nach einigen Sekunden schrieb sie wieder ein Wort, und dann kritzelte sie noch mehrere geheimnisvolle Bemerkungen ...

In dem ziemlich dunklen Wohnzimmer von Boulders hatten Miss Hinchliffe und Miss Murgatroyd eine kleine Auseinandersetzung.

«Das Schlimme mit dir, Amy, ist», schimpfte Miss Hinchliffe, «daß du dir nicht einmal Mühe gibst.»

«Aber ich sage dir doch, Martha, daß ich mich an nichts mehr erinnern kann.»

«Also hör zu, Amy, wir müssen ein bißchen konstruktiv denken. Bisher haben wir ja noch keine detektivischen Glanzstücke vollbracht. Mit der Tür habe ich mich völlig geirrt. Du hast gar nicht dem Mörder die Tür aufgehalten! Es ist unser Pech, daß wir die einzige schweigsame Putzfrau von ganz Chipping Cleghorn haben. Meist bin ich ja froh darüber, aber diesmal stört es mich. Das ganze Dorf weiß schon seit einer Ewigkeit, daß die zweite Wohnzimmertür benützt worden ist, und wir haben es erst gestern erfahren ...»

«Ich verstehe noch immer nicht, wieso ...»

«Aber das ist doch höchst einfach! Mit unserer ursprünglichen Annahme hatten wir vollkommen recht. Ein Mensch allein kann nicht gleichzeitig eine Tür aufhalten, mit einer Blendlaterne herumfuchteln und mit einem Revolver schießen. Wir nahmen an, er hätte nur mit dem Revolver und der Laterne hantiert, aber das war unser Fehler, wir hätten den Revolver ausnehmen müssen.»

«Aber er hatte doch einen Revolver», widersprach Amy. «Ich habe ihn doch gesehen, er lag auf dem Boden neben ihm.»

«Ja, nachdem der Kerl tot war. Es ist ganz klar, er hat nicht geschossen ...»

«Aber wer denn sonst?»

«Das müssen wir eben herausfinden. Und wer es getan hat, hat auch die vergifteten Aspirintabletten auf Letty Blacklocks Nachttisch gestellt und so die arme Dora Bunner umgebracht. Und das kann dieser Schwarz nicht getan haben, denn er war ja schon tot. Es muß also jemand gewesen sein, der beim Überfall im Wohnzimmer war, und wahrscheinlich jemand, der an der Geburtstagsfeier teilnahm. Die einzige Person, die dadurch ausscheidet, ist Mrs. Harmond.»

«Du glaubst, daß jemand während der Geburtstagsfeier diese vergifteten Tabletten in das Fläschchen getan hat?»

«Natürlich! Aber frag nicht so dumm, Amy. Ich will mich jetzt zunächst mit dem Überfall beschäftigen. Streng ein bißchen dein Hirn an, denn alles hängt von dir ab.»

«Von mir!» stieß Amy ängstlich hervor. «Aber ich weiß doch nichts, wirklich nicht, Martha!»

«Benutze ein bißchen diese Strohmasse, die du dein Hirn nennst! Also zunächst: Wo waren die einzelnen Leute, als das Licht ausging...?»

«Ich weiß nicht.»

«Doch, du weißt es! Du gehst einem wirklich auf die Nerven, Amy. Du weißt doch, wo du warst, oder nicht? Du hast neben der Tür gestanden!»

«Ja. Sie ist gegen meine Hühneraugen gestoßen, als der Mann sie aufriß.»

«Warum gehst du nicht zu einem richtigen Hühneraugenoperateur, statt selbst an deinem Fuß herumzuschneiden! Eines Tages wirst du dir noch eine Blutvergiftung holen. Also: Du hast neben der Tür gestanden. Ich stand beim Kamin, und die Zunge hing mir zum Hals heraus, weil ich nichts zu trinken bekam. Letty Blacklock stand am Tisch neben dem Türbogen und holte Zigaretten. Patrick Simmons war in den Nebenraum gegangen, um die Getränke zu holen... richtig?»

«Ja, ich erinnere mich.»

«Gut. Irgend jemand ging hinter Patrick in den Nebenraum, einer der Männer. Das Dumme ist, daß ich nicht mehr weiß, ob es Easterbrook oder Edmund Swettenham war. Erinnerst du dich noch?»

«Nein.»

«Natürlich nicht! Und dann ging noch jemand in den Nebenraum – Phillipa Haymes. Daran erinnere ich mich noch genau, denn ich dachte, was für einen schönen Rücken die Frau hat und wie gut sie auf einem Pferd aussehen würde. Sie ging zum Kamin im Nebenraum. Ich weiß nicht, was sie dort suchte, denn in dem Moment ging das Licht aus. Also da hätten wir folgende Situation: Im Nebenraum sind Patrick Simmons, Phillipa Haymes und entweder Colonel Easterbrook oder Edmund Swettenham. Nun paß gut auf, Amy! Wahrscheinlich hat jemand von den dreien es getan, denn wenn jemand zu der zweiten Tür hinausgehen wollte, trachtete der Betreffende natürlich, im Nebenraum zu sein, wenn das Licht ausging. Wenn das der Fall ist, Amy, kannst du nichts zur Klärung des Falles beitragen.»

Amys Miene hellte sich auf.

«Aber es besteht die Möglichkeit», fuhr Martha fort, «daß es keiner von den dreien war; dann brauchen wir dich wieder, Amy.»

«Aber wie soll ich denn das wissen?» fragte Amy wieder.

«Ich sagte dir schon vorhin, daß du der einzige Mensch bist, der es wissen kann, denn du warst der einzige Mensch im Zimmer, der etwas sehen konnte. Du hast neben der Tür gestanden, dich hat die Laterne nicht geblendet, denn zwischen dem Mann und dir war die Tür. Du hast mit dem Schein der Laterne ins Zimmer gesehen, wir andern wurden ja von ihr geblendet, du aber nicht», erklärte ihr Martha.

«Aber ich habe nichts gesehen, der Schein der Laterne ist doch gewandert ...»

«Und was hast du da gesehen? Das Licht hat Gesichter erhellt, nicht wahr? Und Tische? Und Stühle?»

«Ja ... das schon ... Miss Bunner stand da, den Mund weit aufgerissen, die Augen fielen ihr fast aus dem Kopf, und sie blinzelte ... aber mehr habe ich wirklich nicht gesehen.»

«Du meinst, du hast ein leeres Zimmer gesehen? Niemand stand dort? Niemand hat dagesessen?»

«Natürlich nicht. Miss Bunner hatte den Mund weit aufgerissen, und Mrs. Harmond saß auf der Lehne eines Sessels; sie hatte die Augen fest zugekniffen und die Fäuste darauf gepreßt, wie ein kleines Kind.»

«Schön, da hätten wir also Mrs. Harmond und Dora Bunner. Verstehst du jetzt, worauf ich hinauswill? Wenn wir die ausgeschaltet haben, die du gesehen hast, kommen wir zu dem wichtigen Punkt, nämlich: Wen du nicht gesehen hast! Kapiert? Außer den Tischen und Sesseln und den Chrysanthemen und all dem Zeug waren doch noch einige Leute da: Julia Simmons, Mrs. Swettenham, Mrs. Easterbrook, entweder Colonel Easterbrook oder Edmund Swettenham. Dora Bunner und Bunch Harmond. Also das hast du schon gesagt, daß du Bunch Harmond und Dora Bunner gesehen hast. Die können wir beiseite lassen. Nun denke scharf nach, Amy, streng dein Hirn an: Als der Kerl mit der Blendlaterne herumleuchtete, war einer der Genannten nicht im großen Zimmer?»

In diesem Augenblick zuckte Amy zusammen, da der Wind einen Ast gegen das offene Fenster geweht hatte. Sie schloß die Augen und murmelte:

«Die Blumen ... auf dem Tisch ... der große Sessel ... der Strahl der Laterne kam nicht bis zu dir, Martha ... Mrs. Harmond, ja ...»

Das Telefon läutete schrill, und Martha nahm den Hörer ab:

«Hallo ... Wer? ... Der Bahnhof?»

Inzwischen ließ Amy gehorsam mit geschlossenen Augen die Ereignisse jenes Abends Revue passieren:

Der Strahl der Blendlaterne, der durchs Zimmer wanderte ... einige Menschen ... die Fenster ... das Sofa ... Dora Bunner ... die Wand ... der Tisch ... mit der Lampe ... der Türbogen ... der Feuerschein des Revolvers ...

«Aber das ist ja merkwürdig!» stieß sie auf einmal hervor ...

«Was?» schnauzte Martha empört ins Telefon. «Seit heute morgen ist er dort ...? Seit wann ...? Ja, sind Sie denn wahnsinnig, mich jetzt erst anzurufen ...? Ich werde Ihnen den Tierschutzverein auf den Hals hetzen ... Ein Versehen ...? Ist das Ihre einzige Entschuldigung ...?»

Wütend schmiß sie den Hörer auf die Gabel.

«Der Hund ist da», erklärte sie. «Der rote Setter. Seit heute morgen acht Uhr ist er auf dem Bahnhof! Ohne einen Tropfen Wasser! Und diese Idioten rufen erst jetzt an. Ich fahre sofort hin!»

Sie stürmte aus dem Zimmer, aufgeregt lief Amy hinter ihr her.

«Hör doch, Martha, etwas ganz Merkwürdiges... ich verstehe es nicht...»

Martha war inzwischen zum Schuppen gerannt, der als Garage diente.

«Wenn ich zurückkomme, reden wir weiter darüber», rief sie. «Ich kann nicht auf dich warten, bis du fertig bist. Du hast ja wie üblich Pantoffeln an.»

Sie drückte auf den Anlasser und fuhr mit einem Ruck aus der Garage hinaus.

Amy sprang zur Seite.

«Hör doch, Martha!» rief sie. «Ich muß dir sagen...»

«Wenn ich zurückkomme...»

Der Wagen schoß davon, Amy rief hinterher:

«Martha, sie war nicht dort...»

Der Himmel hatte sich mit tief hängenden schwarzen Wolken überzogen, und während Amy dastand und dem davonrasenden Wagen nachstarrte, fielen die ersten schweren Tropfen.

Aufgeregt lief sie zu einer Wäscheleine, auf der sie vor einigen Stunden zwei Jumper und eine wollene Kombination zum Trocknen aufgehängt hatte. Atemlos murmelte sie vor sich hin:

«Das ist wirklich sehr merkwürdig... Mein Gott, ich werde die Sachen nicht mehr rechtzeitig ins Haus bringen können... Und sie waren schon fast trocken...»

Während sie an einer Wäscheklammer zog, hörte sie Schritte, die sich näherten; sie wandte den Kopf. Dann lächelte sie freundlich und rief: «Guten Abend... Gehen Sie doch gleich ins Haus, Sie werden sonst naß.»

«Darf ich Ihnen helfen?»

«Oh, sehr liebenswürdig... Es wäre so ärgerlich, wenn die Sachen wieder naß würden. Das beste wäre, wenn ich die Leine einfach herunterließe, aber ich reiche nicht so weit hinauf.»

«Hier ist Ihr Schal. Soll ich ihn Ihnen umlegen?»

«Oh, vielen Dank... ja, bitte... Wenn ich doch nur an diese Klammer käme...»

Der wollene Schal wurde um ihren Hals geschlungen, und dann, plötzlich, fest zugezogen.

Amy öffnete den Mund... nur ein schwaches Gurgeln ertönte. Immer fester wurde der Schal gezogen...

Auf der Rückfahrt vom Bahnhof hielt Miss Hinschliffe in der Hauptstraße an, da sie Miss Marple im Regen einhereilen sah, und rief:

«Guten Abend! Sie werden ja ganz naß. Steigen Sie ein, und trinken Sie eine Tasse Tee bei uns. Ich habe Bunch auf den Autobus warten sehen, kein Mensch ist im Pfarrhaus. Kommen Sie mit! Amy und ich machen gerade eine Rekonstruktion des Überfalls, und ich glaube, wir haben etwas herausgefunden... Passen Sie auf den Hund auf, er ist ziemlich aufgeregt.»

«Ein wunderschönes Tier!»

«Nicht wahr? Diese Idioten haben ihn seit heute morgen am Bahnhof gelassen, ohne mich zu benachrichtigen.»

Der kleine Wagen fuhr in den Hinterhof des Hauses. Eine Schar hungriger Enten und Hühner umdrängte die beiden Damen, als sie ausstiegen.

«Diese faule Amy!» rief Martha. «Sie hat ihnen nicht ein einziges Körnchen gegeben.»

Die Hühner fortscheuchend, führte sie Miss Marple ins Haus.

«Hallo... Amy... wo bist du?» rief sie. «Wo steckt sie nur...? Amy...? Wo ist denn der Hund? Der ist jetzt auch verschwunden.»

Ein tiefes, klägliches Heulen ertönte aus dem Garten.

«Zum Teufel!»

Sie stapfte hinaus. Der rote Setter schnüffelte an einer Gestalt, die auf dem Boden unter der Leine lag, an der Wäschestücke im Winde flatterten.

«Amy hatte nicht einmal soviel Verstand, die Wäsche ins Haus zu holen», knurrte Martha. «Wo steckt sie nur?»

Der Hund reckte den Kopf und stieß wieder ein klägliches Heulen aus.

«Was ist denn mit dem Hund los?»

Sie ging über den Rasen.

Besorgt lief Miss Marple hinter ihr drein.

Beide standen nebeneinander, der Regen klatschte ihnen ins Gesicht, die Ältere legte den Arm um die Schultern der andern.

Sie spürte, wie Martha sich versteifte, während sie auf die Gestalt hinabblickte, die mit verzerrtem Gesicht und heraushängender Zunge dalag.

«Ich werde sie umbringen, wer auch immer es war!» zischte Martha, «wenn sie mir in die Hände gerät...»

«Sie?» fragte Miss Marple.

Martha wandte ihr das schmerzverzerrte Gesicht zu.

«Jawohl. Ich bin ihr fast auf der Spur... das heißt, es gibt drei Möglichkeiten.»

Sie blieb noch einen Augenblick stehen und blickte auf ihre tote Freundin, dann ging sie zum Haus. Ihre Stimme klang trocken und hart.

«Wir müssen die Polizei anrufen», sagte sie. «Inzwischen werde ich es Ihnen erklären. Es ist meine Schuld, daß Amy dort liegt. Ich hatte ein Spiel daraus gemacht... und ein Mord ist kein Spiel...»

«Nein», sagte Miss Marple, «weiß Gott nicht.»

Martha erstattete am Telefon einen kurzen Bericht und schilderte, nachdem sie den Hörer aufgelegt hatte, Miss Marple ihr Gespräch mit Amy.

«Sie rief noch etwas hinter mir her, als ich davonfuhr... Daher weiß ich, daß es eine Frau und kein Mann ist... Wenn ich doch nur gewartet, wenn ich ihr doch nur zugehört hätte! Verdammt noch mal, der Hund hätte auch noch eine Viertelstunde länger auf dem Bahnhof bleiben können... Während Amy sprach, war ein Geräusch am Fenster, ich erinnere mich jetzt. Vielleicht stand sie vor dem Fenster... Natürlich, so muß es gewesen sein... sie wollte uns gerade besuchen... und Amy und ich sprachen laut miteinander... da hörte sie alles...»

«Sie haben mir noch nicht gesagt, was Ihre Freundin gerufen hat.»

«Nur einen Satz: ‹Sie war nicht dort!›»

Martha schwieg eine Weile.

«Verstehen Sie, wir hatten drei Frauen noch nicht ausgeschaltet: Mrs. Swettenham, Mrs. Easterbrook, Julia Simmons. Eine von den dreien war nicht dort. Sie war nicht im Wohnzimmer, weil sie sich durch die andere Tür in die Halle geschlichen hatte.»

«Ja, ich verstehe», sagte Miss Marple.

«Eine von den dreien ist es, ich weiß nicht, welche, aber, bei Gott, ich werde es herausfinden!»

20

Am Nachmittag, zehn Minuten vor fünf, hatte der Briefträger drei Briefe nach Little Paddocks gebracht.

Der eine, dessen Adresse eine Kinderhandschrift aufwies, war für Phillipa Haymes, die zwei anderen waren für Miss Blacklock.

Beide Damen setzten sich an den Teetisch und öffneten die Briefe.

Der erste Brief für Miss Blacklock enthielt eine Rechnung für eine Boiler-Reparatur, der zweite lautete folgendermaßen:

Liebe Tante Letty!
Ich hoffe, daß es Dir recht ist, wenn ich Dienstag zu Dir komme! Ich schrieb Patrick vor zwei Tagen, aber er hat mir nicht geantwortet, daher nehme ich an, daß Du mit meinem Besuch einverstanden bist. Mutter kommt nächsten Monat nach England und freut sich schon darauf, Dich wiederzusehen.
Mein Zug ist um 6 Uhr 15 in Chipping Cleghorn. Herzliche Grüße von Deiner Nichte

Julia Simmons

Verblüfft las Miss Blacklock den Brief ein zweites Mal, und ihr Gesicht nahm einen grimmigen Ausdruck an. Sie sah zu Phillipa hinüber, die lächelnd in das Schreiben ihres Sohnes vertieft war.

«Sind Julia und Patrick schon zurückgekommen?» fragte Miss Blacklock.

Phillipa blickte auf.

«Ja, sie kamen gleich nach mir. Sie ziehen sich um, weil sie klatschnaß sind.»

«Ruf sie doch, bitte ... einen Moment, lies das erst!»

Sie gab Phillipa den Brief, den diese stirnrunzelnd las.

«Ich verstehe nicht ...»

«Ich auch nicht... aber ich werde es wahrscheinlich schnell klären. Ruf bitte Patrick und Julia!»

Phillipa ging in die Halle und rief:

«Patrick! Julia! Tante Letty möchte euch sprechen.»

Patrick kam die Treppe heruntergerannt und trat ins Zimmer.

«Bleib hier, Phillipa!» sagte Miss Blacklock.

«Guten Abend, Tante Letty», rief Patrick vergnügt. «Was ist?»

«Würdest du mir das, bitte, erklären!»

Sie reichte ihm den Brief, und Patricks Gesicht verzog sich zu einem kläglichen Grinsen, während er las.

«Ich wollte ihr telegrafieren! Ich Idiot!»

«Ich nehme an, daß der Brief von deiner Schwester Julia ist, nicht wahr?»

«Ja...»

Nun sagte Miss Blacklock grimmig:

«Darf ich dich fragen, wer das Mädchen ist, das du als Julia Simmons, als deine Schwester und meine Nichte, ins Haus gebracht hast?»

«Also... siehst du... Tante Letty... also es ist so: Ich kann dir alles erklären... ich weiß, es war nicht recht von mir... es schien so ein wunderbarer Spaß zu sein... also darf ich dir erklären...»

«Ich warte darauf. Wer ist das Mädchen?»

«Also kurz nach meiner Entlassung habe ich sie auf einer Party kennengelernt. Während der Unterhaltung erzählte ich ihr, daß ich zu dir ginge... ja, und dann fanden wir, daß das doch eigentlich ganz lustig wäre, wenn ich sie mitnähme... weißt du, Julia, die richtige Julia, wollte zur Bühne gehen, und Mutter hatte deswegen fast einen Tobsuchtsanfall bekommen... Julia hatte nun gerade eine Chance, sich einer Theatertruppe anzuschließen... und da täuschte sie Mama vor, sie sei mir mir zusammen hier und absolviere brav einen Laborantinnenkurs im Krankenhaus.»

«Du hast mir noch immer nicht gesagt, wer dieses Mädchen ist.»

Zu Patricks sichtlicher Erleichterung trat gerade Julia, kühl und überlegen, ins Zimmer.

«Der Bart ist ab!» verkündete er.

Julia hob die Brauen und trat, immer noch kühl, zu einem Sessel und setzte sich.

«So», sagte sie. «So weit sind wir also. Ich nehme an, du bist sehr wütend... ich darf doch weiter du sagen?»

Sie betrachtete forschend Miss Blacklocks Gesicht.

«Ich wäre an deiner Stelle auch wütend.»

«Wer bist du?»

Julia stieß einen tiefen Seufzer aus. «Ich glaube, ich muß nun mit allem rausrücken. Also ich bin die eine Hälfte des Zwillingspaares Pip und Emma, genauer gesagt, mein richtiger Name ist Emma Jocelyn Stamfordis – den Namen Stamfordis hat Vater allerdings bald abgelegt –, ich glaube, er nannte sich dann de Courcy.

Ungefähr drei Jahre nach meiner Geburt gingen meine Eltern auseinander, und wir Zwillinge wurden getrennt. Ich wurde Vater zugeteilt. Im großen und ganzen war er ein schlechter Vater, aber ein höchst charmanter. Ab und zu wurde ich in eine Klosterschule gesteckt, wenn Vater kein Geld hatte oder wenn er etwas besonders Schlimmes landen wollte. Die erste Rate des Schulgeldes pflegte er zu zahlen, dann überließ er mich für ein, zwei Jahre den Nonnen. Dann gab es wieder Zeiten, da ich mit ihm in der großen Welt herumreiste, und es war recht amüsant.

Durch den Krieg kamen wir völlig auseinander, ich habe keine Ahnung, was aus ihm geworden ist. Mein Leben war ziemlich abenteuerlich. Eine Zeitlang arbeitete ich für die Résistance, was sehr aufregend war. Aber, um die Geschichte kurz zu machen: Nach dem Krieg landete ich in London und fing an, über meine Zukunft nachzudenken.

Ich wußte, daß Mutters Bruder, mit dem sie sich verkracht hatte, als schwerreicher Mann gestorben war. Ich sah mir sein Testament an, um festzustellen, ob er mir etwas vermacht habe. Das war nicht der Fall, oder richtiger gesagt, nicht direkt. Dann zog ich Erkundigungen über seine Witwe ein und hörte, daß sie es nicht mehr lange machen würde.

Also, offen gestanden, es sah so aus, als ob du mir die besten Aussichten bieten könntest. Du würdest einen Haufen Geld kriegen, und soweit ich feststellen konnte, schienst du keinen Menschen zu haben, für den du es ausgeben könntest. Ich will ganz offen sein. Ich dachte mir, dich auf freundschaftliche Art kennenzulernen, und wenn ich dir gefiele...

Alles Geld, das wir je gehabt hatten, ist natürlich im Krieg zum Teufel gegangen. Ich dachte mir, du würdest vielleicht Mitleid mit einem armen Waisenkind haben, das allein in der Welt steht, und mir einen kleinen Zuschuß gewähren.»

«Was du nicht sagst!» schnaubte Miss Blacklock grimmig.

«So ist es. Ich hatte ja keine Ahnung von dir ... Ich hatte geplant, auf deine Mitleidsdrüse zu wirken ... Und dann, durch einen glücklichen Zufall, lernte ich Patrick kennen, und es stellte sich heraus, daß er dein Neffe ist. Ich fand das eine fabelhafte Chance, machte mich also an Patrick heran, und er fiel erfreulicherweise sofort auf mich herein.

Du darfst es Patrick nicht allzu übelnehmen. Er hatte Mitlied mit mir, da ich ganz allein in der Welt stand, und er fand, es wäre wirklich gut für mich, hier als seine Schwester aufzutreten und mich bei dir beliebt zu machen.»

«Und er war auch damit einverstanden, daß du der Polizei eine Lüge nach der andern aufgetischt hast?»

«Sei doch nicht so hart, Letty! Du kannst dir doch denken, daß ich mich nach diesem lächerlichen Überfall gar nicht mehr wohl fühlte in meiner Haut. Offensichtlich hatte ich doch ein Interesse daran, dich aus der Welt zu schaffen – ich kann dir allerdings mein Wort darauf geben, daß ich es nicht versucht habe. Aber du kannst doch nicht von mir erwarten, daß ich mich freiwillig bei der Polizei in Verdacht bringe. Selbst Patrick äußerte von Zeit zu Zeit böse Gedanken gegen mich, und wenn sogar er so etwas denken konnte, was sollte da erst die Polizei denken? Dieser Inspektor kam mir besonders skeptisch vor. Also ich fand, daß mir nichts anderes übrigbliebe, als weiterhin Julia zu spielen und mich bei der erstbesten Gelegenheit aus dem Staub zu machen.

Ich konnte ja nicht wissen, daß die verrückte Julia, die richtige Julia, Krach mit ihrem Direktor bekommen und die Truppe verlassen würde. Sie schreibt Patrick und fragt, ob sie herkommen könnte, und statt daß er ihr antwortet ‹Um Gottes willen, bleib fort!›, vergißt er es.»

Sie warf Patrick einen wütenden Blick zu.

«Dieser Idiot!»

Wieder stieß sie einen tiefen Seufzer aus.

«Du weißt gar nicht, was ich alles in Milchester angestellt habe, um die Zeit totzuschlagen. Natürlich bin ich nie im Krankenhaus gewesen, aber irgendwo mußte ich schließlich bleiben. Und so habe ich Stunden im Kino gesessen und mir wieder und wieder die blödesten Filme angeschaut.»

«Pip und Emma!» murmelte Miss Blacklock. «Trotz allem, was der Inspektor sagte, habe ich nie geglaubt, daß sie wirklich existieren...»

Prüfend betrachtete sie Julia.

«Du bist also Emma. Wo ist Pip?»

Julia hielt ihrem Blick stand und anwortete:

«Ich weiß es nicht. Ich habe keine Ahnung.»

«Ich glaube, du lügst, Julia. Wann hast du ihn zum letzten Mal gesehen?»

Julia schien einen Augenblick zu zögern, sagte dann aber klar und bestimmt:

«Als ich drei Jahre alt war, ging meine Mutter mit ihm fort, und seitdem habe ich weder ihn noch sie gesehen, ich weiß nicht, wo sie sind.»

«Ist das alles, was du zu sagen hast?»

Julia stieß einen Seufzer aus.

«Ich könnte sagen, es täte mir leid, daß ich auf diese Art bei dir eingedrungen bin, aber das wäre nicht wahr. Ich würde es wieder tun, allerdings natürlich nicht, wenn ich wüßte, daß ein Mord passiert.»

«Hör mal, Julia», sagte Miss Blacklock. »Ich nenne dich weiter so, weil ich an den Namen gewöhnt bin – du warst bei der Résistance, hast du gesagt.»

«Ja, anderthalb Jahre.»

«Dann kannst du wohl schießen?»

Wieder blickten die kühlen Augen sie starr an.

«O ja, ich bin eine erstklassige Schützin. Aber ich habe nicht auf dich geschossen; das kann ich allerdings jetzt nicht beweisen. Doch ich kann dir das eine sagen, daß ich, wenn ich auf dich geschossen hätte, dich wohl kaum verfehlt haben würde.»

Die Spannung, die im Zimmer herrschte, wurde durch das Poltern eines vorfahrenden Wagens unterbrochen.

«Wer kann denn das sein?» fragte Miss Blacklock.

Schon streckte Mizzi ihren zerzausten Kopf zur Tür herein und rief:

«Wieder ist gekommen Polizei! Das ist Verfolgung! Warum lassen sie uns nicht in Ruhe? Ich nicht länger ertragen das... ich werde schreiben zu Premierminister, ich werde schreiben zu Ihre König!»

Craddock schob sie nicht allzu freundlich zur Seite und trat ins Zimmer. Er blickte grimmig drein und sagte streng:

«Miss Murgatroyd ist ermordet worden, vor etwa einer Stunde wurde sie erwürgt.»

Seine Augen richteten sich auf Julia.

«Miss Simmons, wo sind Sie den Tag über gewesen?»

«In Milchester», antwortete Julia müde. «Ich bin gerade nach Hause gekommen.»

Nun wandte Craddock sich an Patrick:

«Und Sie? Sind Sie mit ihr zusammen hergekommen?»

«Ja... jawohl», antwortete Patrick.

«Nein!» widersprach Julia. «Es hat doch keinen Zweck, Patrick, das ist doch eine der Lügen, die sofort herauskommen. Die Autobuschauffeure kennen uns zu gut. Also, ich bin mit einem früheren Bus zurückgekommen, Herr Inspektor, mit dem Vier-Uhr-Bus.»

«Und was haben Sie dann getan?»

«Ich bin spazierengegangen.»

«In Richtung Boulders?»

«Nein, ich ging querfeldein.»

Er starrte sie durchdringend an.

Julia, die blaß geworden war und die Lippen zusammengepreßt hatte, hielt seinem Blick stand.

Bevor noch jemand etwas sagen konnte, läutete das Telefon. Mit einem fragenden Blick auf Craddock nahm Miss Blacklock den Hörer ab.

«Ja... Wer...? Oh, Bunch... Was? Nein... Sie ist nicht hiergewesen. Ich habe keine Ahnung... Ja, er ist hier.»

Sie ließ den Hörer sinken und sagte zu Craddock:

«Mrs. Harmond möchte Sie sprechen, Herr Inspektor.»

Mit zwei langen Schritten war Craddock neben ihr und packte den Hörer: «Hier Craddock.»

«Ich bin unruhig, Herr Inspektor.»

In Bunchs Stimme war ein kindliches Zittern.

«Tante Jane ist ausgegangen, und ich weiß nicht, wo sie ist. Und ich habe gehört, daß Miss Murgatroyd ermordet worden sei. Stimmt das?»

«Ja, es stimmt, Mrs. Harmond. Miss Marple war bei Miss Hinchliffe, als die Leiche gefunden wurde.»

«Ah, also dort ist sie.»

Bunchs Stimme klang erleichtert.

«Ich fürchte, nein. Sie ist vor... warten Sie... vor ungefähr einer halben Stunde von dort fortgegangen. Und sie ist noch nicht bei Ihnen?»

«Nein... es ist doch nur ein Weg von zehn Minuten. Wo kann sie nur sein?»

«Vielleicht hat sie irgendwelche Bekannten besucht.»

«Ich habe schon überall angerufen, sie ist nirgends. Ich habe Angst, Herr Inspektor.»

Ich auch, dachte er und sagte: «Ich komme sofort zu Ihnen.»

«Ja, bitte. Sie hat etwas aufgeschrieben, bevor sie ausging. Ich weiß aber nicht, was es bedeutet; es kommt mir verworren vor.»

Craddock legte den Hörer auf.

Miss Blacklock fragte besorgt:

«Ist Miss Marple etwas zugestoßen? Ich hoffe, nicht.»

«Das hoffe ich auch.»

Er hatte die Lippen grimmig verzogen.

Miss Blacklock zerrte an ihrem Perlenhalsband und sagte erregt:

«Es wird immer schlimmer. Wer das auch ist, er muß irrsinnig sein, Herr Inspektor, völlig wahnsinnig...»

«Das bezweifle ich.»

Durch das nervöse Zerren riß auf einmal das Perlenhalsband... die glänzenden weißen Kugeln rollten im Zimmer umher.

Voller Angst und Wut rief Letitia:

«Meine Perlen... meine Perlen...!»

Das klang so qualvoll, daß alle sie erstaunt anblickten. Mit einer Hand den Hals bedeckend, stürzte sie schluchzend aus dem Zimmer.

Phillipa begann die Perlen aufzulesen.

«Ich habe sie noch nie so aufgeregt gesehen», sagte sie. «Sie trägt dieses Halsband immer. Glauben Sie, daß es einen besonderen Erinnerungswert für sie haben könnte? Vielleicht ist es ein Geschenk von Randall Goedler?»

«Das wäre möglich», antwortete langsam der Inspektor.

«Es sind doch keine echten Perlen ... das kann doch nicht sein», sagte Phillipa; sie kniete noch immer und suchte die verstreuten Kugeln zusammen.

Craddock nahm eine in die Hand und wollte gerade verächtlich erwidern: «Echt? Natürlich nicht», unterdrückte aber diese Worte. Vielleicht waren sie doch echt? Sie waren zwar so groß, so gleichmäßig, so weiß, daß man sie für unecht halten mußte, aber ihm fiel ein Fall ein, da ein kostbares echtes Perlenkollier bei einem Pfandleiher für ein paar Pfund gekauft worden war.

Letitia Blacklock hatte ihm versichert, daß sich im Hause keine Kostbarkeiten befänden. Doch wenn diese Perlen echt wären, stellten sie ein Vermögen dar, und wenn sie ein Geschenk von Goedler wären, würden sie echt sein. Sie sahen unecht aus, sie mußten unecht sein, aber ... wenn sie dennoch echt wären? Was wären sie dann wert? Eine Summe, die einen Mord lohnte.

Mit einem Ruck riß sich der Inspektor von seinen Überlegungen los. Miss Marple war verschwunden, er mußte ins Pfarrhaus gehen.

Er fand Bunch und ihren Mann mit ängstlichen, müden Gesichtern.

«Sie ist noch immer nicht zurückgekommen», erklärte Bunch hastig.

«Hat sie, als sie von Boulders fortging, gesagt, sie ginge direkt hierher?» fragte der Pfarrer.

«Das hat sie nicht gesagt», antwortete Craddock langsam und überlegte, wie Miss Marple gewesen war, als er sie in Boulders verlassen hatte: Die Lippen waren fest aufeinandergepreßt gewesen, und die sonst so freundlichen blauen Augen hatten finster geblickt.

Was hatte sie vorgehabt?

«Zuletzt sah ich sie mit Sergeant Fletcher sprechen, am Gartentor von Boulders», sagte er. «Dann ging sie auf die Straße, und ich nahm an, sie ginge direkt zu Ihnen. Vielleicht weiß Fletcher etwas. Wo steckt Fletcher?»

Craddock läutete Boulders an, aber dort wußte man nicht, wo er war, und er hatte auch nichts hinterlassen.

Dann rief Craddock die Polizei in Milchester an, aber auch dort wußte man nichts von dem Sergeant.

Auf einmal fiel ihm ein, was ihm Bunch am Telefon gesagt hatte.

«Wo ist der Zettel, den Sie vorhin erwähnt haben, Mrs. Harmond?»

Bunch brachte ihn.

Während er las, blickte sie ihm über die Schulter. Die Schrift war zittrig, und nur mit Mühe entzifferte er:

‹Lampe›, dann: ‹Veilchen›, nach einem größeren Zwischenraum: ‹Wo ist das Aspirinfläschchen?› Das nächste war noch schwerer zu entziffern: ‹Köstlicher Tod.›

Bunch erklärte: «Das ist Mizzis Torte.»

«‹Schweres Leiden tapfer ertragen›... Was soll das wohl heißen...?» murmelte der Inspektor und las weiter: «‹Jod›... ‹Perlen›... Ach ja», sagte er, «das Perlenhalsband.»

«Und dann ‹Lotty, nicht Letty›, las Bunch. «Ihre ‹e› sehen wie ‹o› aus. Und dann ‹Bern›.»

Beide blickten einander erstaunt an.

Schließlich fragte Bunch:

«Hat das für Sie einen Sinn? Ich begreife nichts.»

«Mir dämmert etwas», erwiderte Craddock gedehnt. «Aber ich verstehe es noch nicht ganz. Jedenfalls ist es merkwürdig, daß sie die Perlen erwähnt.»

«Was ist mit den Perlen? Was bedeutet es?»

«Trägt Miss Blacklock dieses dreireihige Perlenhalsband immer?»

»Ja, fast immer. Oft machen wir uns darüber lustig, man sieht doch auf den ersten Blick, daß sie nicht echt sind. Aber sie glaubt wohl, es sei höchst elegant.»

«Es könnte einen anderen Grund haben», entgegnete Craddock langsam.

«Sie meinen doch nicht, daß sie echt sind... das ist doch unmöglich.»

Craddock verließ das Pfarrhaus und ging zu seinem Wagen. Suchen! Es blieb ihm nichts anderes übrig, als zu suchen.

Auf einmal ertönte hinter einem tropfenden Busch eine Stimme: «Sir!» rief Sergeant Fletcher eindringlich. «Sir ...»

21

Das Abendessen war in Little Paddocks in unbehaglichem Schweigen eingenommen worden.

Patrick, der peinlich empfand, daß er in Ungnade gefallen war, machte nur wenige krampfhafte Versuche, eine Unterhaltung in Gang zu bringen, stieß aber auf keine Resonanz.

Phillipa war tief in Gedanken versunken, und Miss Blacklock hatte nicht einmal den Versuch unternommen, ihre übliche unbefangene Art zu zeigen. Sie hatte sich zum Abendessen umgezogen und trug das Kameenhalsband. Zum ersten Mal sprach aus ihren dunklen, umränderten Augen Furcht, und ihre Hände zitterten.

Nur Julia hatte den ganzen Abend über zynische Unbekümmertheit zur Schau getragen.

«Es tut mir leid, Letty», erklärte sie, «daß ich nicht meine Siebensachen packen und das Feld räumen kann. Aber ich nehme an, die Polizei würde das nicht erlauben, doch jedenfalls werde ich ja nicht mehr lange dein Haus verunzieren – oder wie man es nennen will. Inspektor Craddock wird wohl jeden Augenblick mit einem Haftbefehl und den Handschellen auftauchen; ich wundere mich nur, daß es noch nicht geschehen ist.»

«Er sucht Miss Marple», sagte Letitia.

«Glaubst du, daß sie auch ermordet worden ist?» fragte Patrick mit beinahe wissenschaftlicher Neugierde. «Aber warum? Was könnte sie wissen?»

«Ich habe keine Ahnung», antwortete Letitia dumpf. «Vielleicht hat ihr Amy Murgatroyd ein Geheimnis anvertraut.»

«Aber wenn sie auch ermordet worden ist ...», begann Patrick, konnte jedoch nicht weitersprechen, da zu aller Schrecken Letitia plötzlich schrie:

«Mord... Mord...! Könnt ihr denn von nichts anderem reden? Ich habe Angst... Versteht ihr denn nicht? Ich habe Angst, bis jetzt habe ich keine Angst gehabt. Ich hatte geglaubt, ich könnte auf mich selbst aufpassen... aber was kann man gegen einen Mörder tun, der lauert und beobachtet und seine Zeit abwartet? O Gott!»

Sie bedeckte ihr Gesicht mit den Händen.

Nach einem Augenblick sah sie wieder auf und sagte:

«Verzeihung, ich habe die Beherrschung verloren.»

«Das macht nichts, Tante Letty», redete ihr Patrick liebevoll zu. «Ich werde auf dich aufpassen.»

«Du...?»

Das war alles, was Letitia darauf erwiderte, aber dieses Wort klang fast wie eine Beschuldigung.

Diese Unterhaltung hatte kurz vor dem Abendessen stattgefunden und wurde durch Mizzi unterbrochen, die plötzlich ins Zimmer stürmte und erklärte, sie denke nicht daran, ein Abendessen zu kochen.

«Ich nichts mehr mache hier in diese Haus. Ich gehe in meine Zimmer, ich mir schließe ein, ich dort bleibe, bis es wird hell. Ich habe Angst, Leute werden gemordet... Miss Murgatroyd mit ihre dumme englische Gesicht, warum ist sie gemordet worden? Hat nur ein Verrückter getan! Also ein Verrückter läuft rum! Und ein Verrückter, ihm ist egal, wen er mordet. Aber ich, ich will nicht werden gemordet! Da sein Schatten in die Küche... Und ich hören Geräusche. So ich jetzt in meine Zimmer gehe und verschließen Tür und vielleicht stellen Kommode davor, Und am Morgen sage ich dem grausame Polizist, ich gehen fort von hier. Und wenn er mir nicht läßt fortgehen, ich ihm sagen: ‹Ich brüllen und brüllen und brüllen, bis Sie mir lassen gehen!›»

Da alle nur zu gut Mizzis Fähigkeiten auf diesem Gebiet kannten, schauderten sie bei dem Gedanken.

«So ich gehen in mein Zimmer», erklärte Mizzi. «Gute Nacht, Miss Blacklock. Vielleicht morgen leben Sie nicht mehr. Für den Fall sage ich Ihnen, leben Sie wohl.»

Sie ging hinaus, und wie üblich schloß sich die Tür langsam, wie leise klagend.

Julia stand auf und sagte sachlich:

«Ich werde das Essen machen. Das ist in jedem Fall gut, denn dann müßt ihr mich nicht bei euch am Tisch ertragen. Patrick soll zunächst alles kosten, bevor ihr eßt, denn ich möchte nicht zu allem übrigen noch des Giftmordes bezichtigt werden.»

So hatte also Julia gekocht, und das Essen war ausgezeichnet gewesen.

Phillipa war in die Küche gegangen und hatte ihre Hilfe angeboten, die Julia aber entschieden ablehnte.

«Julia, ich möchte dir etwas sagen ...», begann Phillipa.

«Es ist jetzt nicht die Zeit für backfischhafte Vertraulichkeiten», unterbrach Julia sie energisch. «Geh zurück ins Eßzimmer, Phillipa ...»

Nach dem Essen saßen alle im Wohnzimmer an dem kleinen Tisch neben dem Kamin und tranken Kaffee. Niemand schien etwas zu sagen zu haben, es war, als warteten alle auf etwas ...

Um halb neun rief Inspektor Craddock an und verkündete Miss Blacklock:

«In einer Viertelstunde komme ich mit Colonel Easterbrook und Frau sowie Mrs. Swettenham und Sohn zu Ihnen.»

«Aber, Herr Inspektor, ich kann heute abend keinen Besuch vertragen ...»

Ihre Stimme klang, als sei sie am Ende ihrer Kräfte.

«Ich kann Ihre Gefühle nur zu gut verstehen, Miss Blacklock, aber es tut mir leid, wir müssen kommen.»

«Haben Sie Miss Marple gefunden?»

«Nein», antwortete der Inspektor und legte auf.

Julia trug das Kaffeegeschirr in die Küche und fand dort zu ihrer Überraschung Mizzi vor, die das im Ausguß aufgehäufte Geschirr betrachtete. Bei Julias Anblick fuhr sie los:

«So, das machen Sie in meine schöne Küche? Die Bratpfanne ... nur, nur für Omelette brauche ich sie! Und Sie, wozu haben Sie benutzt sie?»

«Zum Zwiebeln braten.»

«Kaputt ... sie ist kaputt!»

«Ich weiß nicht, wozu Sie die einzelnen Pfannen benutzen», entgegnete Julia ärgerlich. «Sie gehen zu Bett, und wozu Sie wieder aufgestanden sind, kann ich mir nicht vorstellen. Scheren Sie sich nur wieder fort, und lassen Sie mich in Frieden das Geschirr abwaschen.»

«Nein, ich Sie nicht lasse hier in meine Küche!»

«Mizzi, Sie sind unmöglich!»

Mit diesen Worten verließ Julia wütend die Küche.

In diesem Augenblick läutete es an der Haustür.

«Ich machen nicht auf die Tür!» rief Mizzi aus der Küche.

Julia ging zur Haustür.

Es war Miss Hinchliffe.

«'n Abend», sagte sie barsch. «Entschuldigen Sie die Störung, aber der Inspektor wird ja angerufen haben.»

«Er sagte nicht, daß Sie kämen», erwiderte Julia und ging ihr zum Wohnzimmer voran.

«Er sagte, ich brauchte nur zu kommen, wenn ich wollte», erklärte Miss Hinchliffe, «und ich wollte.»

«Zündet alle Lichter an», befahl Miss Blacklock, «und legt mehr Holz auf! Mir ist kalt, entsetzlich kalt. Kommen Sie, setzen Sie sich hier an den Kamin zu uns, Miss Hinchliffe.»

«Mizzi ist wieder in die Küche gekommen», berichtete Julia.

«So! Manchmal glaube ich, daß das Mädchen wahnsinnig ist, völlig wahnsinnig... aber vielleicht sind wir alle wahnsinnig.»

Nun hörte man einen Wagen vorfahren, und gleich danach traten Craddock, Colonel Easterbrook und Frau sowie Mrs. Swettenham und Sohn ein.

Mrs. Easterbrook, die ihren Pelzmantel nicht ablegen wollte, setzte sich dicht neben ihren Mann. Ihr hübsches, puppenhaftes Gesicht machte den Eindruck eines bekümmerten Wiesels.

Edmund, der offensichtlich schlecht gelaunt war, blickte alle wütend an, und Mrs. Swettenham begann sofort wie ein Wasserfall zu reden.

«Mutter!» unterbrach Edmund sie nach einer Weile. «Hör doch endlich auf!»

«Ich werde kein Wort mehr sagen!» erklärte Mrs. Swettenham gekränkt und setzte sich neben Julia aufs Sofa.

Der Inspektor stand bei der Tür, ihm gegenüber saßen, wie Hühner auf der Stange, die drei Frauen: Julia und Mrs. Swettenham auf dem Sofa und Mrs. Easterbrook auf der Lehne des Sessels, in dem ihr Mann saß.

Der Inspektor hatte diese Sitzordnung nicht vorgeschlagen, aber sie paßte ihm gut.

Miss Blacklock und Miss Hinchliffe kauerten am Kamin, Edmund stand neben ihnen, Phillipa hielt sich in der Ecke des Zimmers auf.

Ohne weitere Einleitung begann Craddock nun:

«Sie alle wissen, daß Miss Murgatroyd ermordet wurde. Wir haben Grund zu der Annahme, daß eine Frau den Mord begangen hat. Ich möchte nun die anwesenden Damen fragen, was sie heute nachmittag zwischen vier und vier Uhr zwanzig getan haben. Auf diese Frage hat mir bereits die Dame, die sich Miss Simmons nannte, geantwortet. Ich bitte Sie, Miss Simmons, trotzdem Ihre Antwort zu wiederholen. Ich mache Sie aber darauf aufmerksam, daß Sie die Antwort verweigern können, wenn Sie glauben, daß Sie sich dadurch beschuldigen, und ferner mache ich Sie darauf aufmerksam, daß Ihre Aussage von Constable Edwards zu Protokoll genommen wird und vor Gericht gegen Sie verwendet werden kann.»

«Das müssen Sie wohl sagen», entgegnete Julia, die blaß, aber noch immer sehr gefaßt war. «Ich wiederhole, daß ich zwischen vier und halb fünf einen Feldweg, der zu dem Bach bei der Compton-Farm führt, entlangging. Auf dem Rückweg ging ich auf einem Weg längs des Feldes, auf dem drei Pappeln stehen. Soweit ich mich erinnere, bin ich keinem Menschen begegnet, und ich kam nicht in die Nähe von Boulders.»

«Mrs. Swettenham?»

«Warnen Sie uns alle?» fragte Edmund.

Der Inspektor wandte sich ihm zu.

«Nein, einstweilen nur Miss Simmons. Ich habe keinen Grund zu der Annahme, daß die andern Herrschaften sich durch ihre Aussagen beschuldigen würden, aber natürlich haben alle das Recht, die Anwesenheit eines Anwalts zu verlangen, und brauchen erst dann meine Fragen zu beantworten, wenn er zugegen ist.»

«Aber das wäre doch töricht und reine Zeitverschwendung!» rief Mrs. Swettenham. «Ich kann Ihnen sofort sagen, was ich getan habe. Das wollen Sie doch wissen? Soll ich gleich beginnen?»

«Ja, bitte, Mrs. Swettenham.»

«Also ... einen Augenblick!»

Sie schloß einige Sekunden lang die Augen.

«Natürlich habe ich mit dem Mord an Miss Murgatroyd nichts zu tun. Das wissen bestimmt alle hier. Aber es ist schwer zu sagen, was ich getan habe, denn ich habe ein schlechtes Zeitgefühl. Ich glaube, um vier Uhr stopfte ich gerade Socken ... nein, das stimmt nicht, ich war im Garten und schnitt die verwelkten Chrysanthemen ... ach nein, das war ja früher, das war ja noch, bevor es zu regnen anfing.»

«Der Regen», sagte der Inspektor, «begann genau um vier Uhr zehn.»

«Ach wirklich! Gut, daß Sie mir das sagen. Also dann war ich im obersten Stock und stellte eine Waschschüssel in den Gang, dort, wo es immer durchregnet. Und es regnete dann so rasch durch, daß ich sofort vermutete, die Dachrinne sei wieder verstopft. Ich ging also hinunter und zog meinen Regenmantel und meine Gummischuhe an. Und dann machte ich mich an die Arbeit, wissen Sie, den Besen band ich an die lange Stange, mit der man das Oberlicht an den Fenstern öffnet.»

«Sie wollen damit sagen, daß Sie die Dachrinne säuberten, nicht wahr?» fragte Craddock.

«Ja, sie war ganz verstopft mit Blättern. Es dauerte ziemlich lange, und ich wurde pitschnaß, aber schließlich war sie sauber. Dann ging ich hinunter und wusch mich – verfaulte Blätter riechen so schlecht, und dann stellte ich in der Küche Wasser auf. Auf der Küchenuhr war es genau zwanzig vor fünf ... oder so ungefähr.»

«Hat Sie jemand gesehen, als Sie die Dachrinne reinigten?»

«Niemand», antwortete Mrs. Swettenham. «Leider nicht, sonst hätte ich ja Hilfe gehabt. Es ist sehr schwierig, das allein zu tun.»

«Sie waren also, während es regnete, im Regenmantel und mit Gummistiefeln auf dem Dach und reinigten die Dachrinne, aber das hat niemand gesehen. Sie haben dafür also keine Zeugen!»

«Sie können sich ja die Dachrinne ansehen», erwiderte Mrs. Swettenham, »sie ist sauber!»

Nun wandte sich der Inspektor zu Mrs. Easterbrook.

«Und Sie, Mrs. Easterbrook?»

«Ich saß bei Archie im Studierzimmer», erklärte sie und sah ihn aus weitaufgerissenen Augen unschuldig an. «Wir hörten zusammen Radio, nicht wahr, Archie?»

Der Colonel, der puterrot geworden war, antwortete zunächst nicht, sondern griff nach der Hand seiner Frau.

«Du verstehst diese Dinge nicht, Häschen», sagte er schließlich. «Also, ich muß sagen, Inspektor, Sie haben uns mit dieser Sache überrascht. Meine Frau, müssen Sie wissen, regt sich über all das fürchterlich auf. Sie ist sehr nervös und weiß nicht, wie wichtig es ist, daß man ... daß man sich alles richtig überlegen muß, bevor man eine Aussage macht.»

«Archie!» rief Mrs. Easterbrook vorwurfsvoll. «Du willst doch nicht sagen, daß du nicht mit mir zusammen warst?»

«Also, ich war um die bewußte Zeit nicht mit dir zusammen, Liebling. Man muß sich an die Tatsachen halten, das ist bei solchen Vernehmungen sehr wichtig. Ich sprach mit Lampson – das ist ein Bauer aus der Nachbarschaft – über Hühner. Das war ungefähr um Viertel vor vier. Ich bin erst nach dem Regen nach Hause gekommen, gerade rechtzeitig zum Tee, so um Viertel vor fünf, Laura röstete gerade das Brot.»

«Und Sie waren auch ausgegangen, Mrs. Easterbrook?»

Das hübsche Gesicht glich nun noch mehr einem Wiesel, die Augen hatten einen gehetzten Ausdruck.

«Nein ... nein, ich habe Radio gehört. Ich war nicht ausgegangen, nicht um diese Zeit, es war früher, gegen ... gegen halb vier. Ich habe nur einen kleinen Spaziergang gemacht, nicht weit.»

Sie blickte ängstlich drein, als erwarte sie weitere Fragen, aber der Inspektor sagte ruhig:

«Das genügt, danke schön, Mrs. Easterbrook.»

Dann fuhr er fort: «Diese Erklärungen werden nun zu Protokoll genommen. Ich bitte die Herrschaften, alles durchzulesen und zu unterschreiben, wenn sie damit einverstanden sind.»

Nun erfolgte einer von Mizzis dramatischen Auftritten. Sie riß die Tür so heftig auf, daß sie beinahe Craddock umgeworfen hätte. Wütend stieß sie hervor:

«Ach, Sie nicht bitten Mizzi herkommen mit die andern, Sie steife Polizist! Ich sein nur Mizzi! Mizzi von der Küche! Sie soll bleiben in Küche, wo sie hingehört! Aber ich sage Ihnen, daß Mizzi so gut wie alle andere ist, und vielleicht besser, ja besser, kann Dinge sehen. Ja, ich Dinge sehen. Ich habe die Abend vom Überfall gesehen. Ich habe was gesehen, aber ich nicht richtig geglaubt, und drum habe ich Mund gehalten bis jetzt. Ich mir gesagt, ich werde nichts sagen, was ich habe gesehen, noch nichts, ich warten!»

«Und dann wollten Sie, wenn sich alles beruhigt hätte, von einer gewissen Person ein bißchen Geld verlangen, nicht wahr?» bemerkte Craddock.

Mizzi fuhr wie eine wütende Katze auf Craddock los.

«Und warum nicht? Warum soll ich mich nicht lassen bezahlen, wenn ich gewesen bin so nobel, Mund zu halten? Besonders, wenn eine Tag viel Geld kommen wird, viel, viel mehr Geld. Oh, ich habe Dinge gehört, ich weiß, was passiert. Ja, ich würde gewartet haben und verlangt haben Geld... aber jetzt habe ich Angst. Ich will lieber sein sicher, denn vielleicht wird sonst jemand mir morden. So ich werde sagen, was ich weiß.»

«Also gut», sagte der Inspektor skeptisch. «Was wissen Sie?»

«Ich sage Ihnen», erklärte Mizzi feierlich, «an dem Abend hab ich nicht Silber geputzt in die Küche, wie ich gesagt habe... ich war schon in Eßzimmer, als ich höre schießen. Ich gucke durch Schlüsselloch. Die Halle ist finster, aber der Revolver geht los und los, und Laterne fällt, Laterne dreht sich rum beim Fallen... ich sehe sie. Ich sehe sie direkt bei ihm, sie hat Revolver in Hand... ich sehe Miss Blacklock!»

«Mich?» Miss Blacklock richtete sich verblüfft auf. «Sie sind ja wahnsinnig!»

«Aber das ist unmöglich», rief Edmund. «Mizzi kann Miss Blacklock nicht gesehen haben...»

Nun unterbrach Craddock ihn schneidend:

«Warum wohl nicht, Mr. Swettenham? Ich will es Ihnen sagen: Nicht Miss Blacklock, sondern Sie standen mit dem Revolver in der Hand da. Das stimmt doch?»

«Ich...? Natürlich nicht... ja, zum Teufel...!»

«Sie haben Colonel Easterbrooks Revolver gestohlen. Sie haben die ganze Geschichte mit Rudi Schwarz verabredet. Sie sind hinter Patrick Simmons in den Nebenraum gegangen, und als das Licht ausging, schlichen Sie durch die sorgfältig geölte Tür in die Halle.

Sie schossen auf Miss Blacklock, und dann erschossen Sie Schwarz. Gleich danach waren Sie wieder im Wohnzimmer und hantierten mit Ihrem Feuerzeug.»

Einen Augenblick schien Edmund die Sprache verloren zu haben, dann sprudelte er hervor:

«Das ist doch Wahnsinn! Warum ich! Was für einen Grund sollte ich haben?»

«Wenn Miss Blacklock vor Mrs. Goedler stirbt, werden zwei Menschen die Erbschaft antreten, das wissen Sie. Diese zwei Menschen sind Pip und Emma. Es hat sich nun herausgestellt, daß Julia Simmons tatsächlich Emma ist...»

«Und Sie glauben, ich sei Pip?»

Edmund lachte schallend.

«Phantastisch! Ich habe das gleiche Alter, das stimmt, aber sonst nichts. Und ich kann Ihnen beweisen, Sie Narr, daß ich Edmund Swettenham bin, ich habe meinen Geburtsschein, Schulzeugnisse, Immatrikulationsbescheinigung, was Sie wollen.»

«Er ist nicht Pip!» ertönte es aus der dunklen Ecke.

Phillipa trat vor, mit leichenblassem Gesicht.

«Ich bin Pip, Herr Inspektor.»

«Sie, Mrs. Haymes?!»

«Ja. Alle nahmen an, daß Pip ein Knabe wäre – Julia wußte natürlich, daß der andere Zwilling ebenfalls ein Mädchen war, ich verstehe nicht, warum sie das heute nachmittag nicht gesagt hat...»

«Aus Familiensinn!» erklärte Julia. «Mir wurde plötzlich klar, wer du bist; bis dahin hatte ich keine Ahnung.»

«Ich hatte die gleiche Idee gehabt wie Julia», sagte Phillipa mit leicht zitternder Stimme. «Nachdem ich meinen Mann... verloren hatte und der Krieg vorbei war, überlegte ich, was ich anfangen sollte. Meine Mutter ist schon vor vielen Jahren gestorben. Ich erkundigte mich nach ihrer Verwandtschaft und erfuhr, daß Mrs. Goedler im Sterben liege und daß nach ihrem Tod eine gewisse Miss Blacklock das ganze Vermögen erben würde. Ich machte Miss Blacklock ausfindig, kam hierher und nahm die Stellung bei Mrs. Lucas an. Ich hoffte, daß Miss Blacklock als ältere Dame ohne Angehörige vielleicht gewillt sein würde, mir zu helfen... das heißt, nicht mir, denn ich kann ja arbeiten, sondern ich hoffte auf einen Zuschuß zu Harrys Erziehungskosten. Schließlich handelte es sich ja um Goedlersches Geld. Dann geschah dieser Überfall, und ich bekam Angst.»

Nun sprach Phillipa rascher, als habe sie alle Zurückhaltung verloren und könne nicht schnell genug das herausbringen, was sie auf dem Herzen hatte.

«Ich hatte Angst, weil ich glaubte, der einzige Mensch, der ein Interesse am Tod Miss Blacklocks haben könnte, sei ich. Ich hatte keine Ahnung, wer Julia war. Obwohl wir Zwillinge sind, sehen wir uns nicht ähnlich. Also nahm ich an, daß ich der einzige Mensch sei, auf den der Verdacht fallen müsse.»

Sie hielt nun inne und strich sich das Haar aus der Stirn.

Craddock wurde plötzlich klar, daß jener verblaßte Schnappschuß in einem der Briefe Letitias eine Fotografie von Phillipas Mutter gewesen sein mußte. Die Ähnlichkeit war unverkennbar, und nun wußte er auch, warum ihn die Erwähnung des Auf- und Zumachens der Hände an jemanden erinnert hatte – Phillipa tat es soeben.

«Miss Blacklock war gut zu mir, sehr, sehr gut, ich habe keinen Mordanschlag auf sie verübt, ich habe nie daran gedacht, sie zu ermorden. Aber trotzdem bin ich Pip.»

Dann fügte sie hinzu: «Sie brauchen also Edmund nicht mehr zu verdächtigen.»

«Meinen Sie?» fragte Craddock; seine Stimme war wieder schneidend wie zuvor. «Edmund Swettenham ist ein junger Mann, der Geld liebt, ein junger Mann, der vielleicht gerne eine reiche Frau heiraten würde. Aber sie wäre erst dann eine reiche Frau, wenn Miss Blacklock vor Mrs. Goedler stürbe. Und da es fast sicher war, daß Mrs. Goedler vor Miss Blacklock sterben würde... ja, da mußte er etwas dagegen tun... Und das haben Sie doch getan, Mr. Swettenham, nicht wahr?»

Plötzlich ertönte ein gräßlicher Laut; er kam aus der Küche, ein unheimlicher, entsetzlicher Schreckensschrei.

«Das ist nicht Mizzi!» rief Julia.

«Nein», sagte Craddock, «das ist ein Mensch, der drei Morde auf dem Gewissen hat.»

22

Als sich der Inspektor Edmund Swettenham zuwandte, war Mizzi leise aus dem Wohnzimmer in die Küche geschlichen. Sie ließ gerade Wasser in den Ausguß laufen, als Miss Blacklock eintrat.

Mizzi warf ihr einen beschämten Blick zu.

«Was sind Sie für eine Lügnerin, Mizzi», sagte Miss Blacklock freundlich. «Aber so können Sie doch nicht richtig Geschirr abwaschen. Zuerst müssen Sie sich das Silberbesteck vornehmen, und Sie müssen den Ausguß mit Wasser vollaufen lassen. Mit so wenig Wasser können Sie doch nicht abwaschen.»

Gehorsam drehte Mizzi den Hahn auf.

«Sie sind nicht bös wegen das, was ich habe gesagt, Miss Blacklock?» fragte sie.

«Wenn ich wegen all Ihrer Lügen böse sein wollte, wäre ich schon längst vor Wut gestorben», entgegnete Miss Blacklock.

«Ich werde gehen und Inspektor sagen, daß ich habe gelogen. Soll ich?» fragte Mizzi.

«Das weiß er schon», erwiderte Miss Blacklock, immer noch freundlich.

Nun drehte Mizzi den Hahn zu, und während sie das tut, wurde plötzlich ihr Kopf von zwei Händen gepackt und in den gefüllten Ausguß gedrückt.

«Nur ich werde wissen, daß du *einmal* die Wahrheit gesagt hast!» zischte Miss Blacklock.

Mizzi wand und wehrte sich verzweifelt, aber Miss Blacklock war stark und preßte den Kopf des Mädchens immer tiefer ins Wasser.

Doch plötzlich ertönte hinter ihr kläglich Dora Bunners Stimme:

«Oh, Lotty... Lotty... tu es nicht... Lotty!»

Miss Blacklock schrie. Mit einem Ruck ließ sie Mizzi los, die prustend den Kopf hob, streckte die Arme hoch und schrie und schrie, denn außer ihr und Mizzi war niemand in der Küche. Sie schrie:

«Dora... Dora, verzeih mir! Ich mußte es tun! Ich mußte...»

Außer sich vor Verzweiflung rannte sie versehentlich zur Tür der Abstellkammer, aber Sergeant Fletcher tauchte plötzlich auf und versperrte ihr den Weg; hinter seinem Rücken kam hochrot und triumphierend Miss Marple hervor.

«Ich konnte von jeher gut Stimmen nachahmen», erklärte sie.

«Sie kommen mit mir», sagte der Sergeant zu Miss Blacklock. «Ich bin Zeuge, daß Sie versuchten, dieses Mädchen zu töten. Und es werden noch weitere Beschuldigungen gegen Sie erhoben. Ich mache Sie darauf aufmerksam, Miss Letitia Blacklock...»

«Charlotte Blacklock», verbesserte Miss Marple ihn. «Sie ist Charlotte Blacklock. Unter dem Perlenhalsband, das sie stets trägt, können sie die Operationsnarbe erkennen.»

«Operation?»

«Ja, eine Kropfoperation.»

Miss Blacklock, die ganz ruhig geworden war, blickte Miss Marple durchdringend an und sagte:

«Sie wissen das also?»

«Ja, schon seit einiger Zeit.»

Jetzt verlor Charlotte Blacklock wieder die Fassung und begann zu weinen.

«Doras Stimme hätten Sie nicht nachahmen dürfen», schluchzte sie. «Das hätten Sie nicht tun dürfen. Ich habe Dora liebgehabt, ich habe Dora wirklich liebgehabt!»

Inzwischen drängten sich Craddock und die anderen an der Küchentür.

Constable Edwards, der Sanitäterkenntnisse besaß, bemühte sich um Mizzi. Sowie sie die Sprache wiedergewonnen hatte, verkündete sie laut ihr Lob:

«Ich haben das gut gemacht, habe ich! Oh, ich sein intelligent! Ich sein tapfer! Oh, ich sein so tapfer! Fast hat sie auch mir gemordet. Aber ich sein so tapfer, ich riskiere alles.»

Plötzlich schob Miss Hinchliffe mit einem Ruck die anderen beiseite und stürzte sich auf die weinende Charlotte.

Sergeant Fletcher mußte seine ganze Kraft aufwenden, um sie zurückzuhalten.

«Nein...», rief er. «Nein, Miss Hinchliffe, das dürfen Sie nicht!»

Zwischen zusammengebissenen Zähnen stieß sie hervor:

«Lassen Sie mich los! Ich muß sie packen, sie hat Amy ermordet.»

Charlotte Blacklock blickte auf und erklärte, noch immer schluchzend:

«Ich habe sie nicht töten wollen, ich habe niemanden töten wollen ... ich mußte es tun ... aber Doras Tod ist entsetzlich ... nachdem Dora tot war, war ich ganz allein ... ganz allein seit ihrem Tod ... Dora, Dora ...»

Und wieder vergrub sie den Kopf in den Händen und weinte bitterlich.

23

Miss Marple saß in dem großen Sessel, Bunch kauerte auf dem Boden vor dem Kamin, die Arme um die Knie geschlungen. Reverend Julian Harmond thronte, neugierig vorgebeugt, auf seinem Stuhl, Inspektor Craddock rauchte seine Pfeife und trank einen Whisky-Soda – offensichtlich fühlte er sich außer Dienst. Den äußeren Kreis bildeten Julia, Patrick, Edmund und Phillipa.

«Sie müssen erzählen, Miss Marple, es ist ja alles Ihr Verdienst», sagte Craddock.

«O nein, mein Lieber. Ich habe nur hier und dort ein bißchen geholfen. Sie hatten den ganzen Fall in Händen und haben alles fabelhaft gemacht, Sie verstehen doch viel mehr von diesen Dingen als ich.»

«Erzählt es uns doch gemeinsam!» schlug Bunch ungeduldig vor. «Abwechselnd, jeder ein Stückchen. Wann ist dir zum ersten Mal der Gedanke gekommen, daß der Überfall von Miss Blacklock inszeniert war?»

«Das ist schwer zu sagen, liebe Bunch. Von Anfang an hielt ich es für das Natürlichste, daß sie selbst den Überfall inszeniert habe. Nach allem, was man erfuhr, war sie der einzige Mensch, der Verbindung zu dem Schweizer Rudi Schwarz hatte, und außerdem konnte sie es in ihrem eigenen Haus am leichtesten in Szene setzen. Zum Beispiel das mit der Zentralheizung ... im Kamin brannte kein Feuer, denn dann wäre der Raum erleuchtet gewesen, und der einzige Mensch, der anordnen konnte, daß der Kamin nicht angemacht wird, war die Herrin des Hauses.

Ich bin nicht sofort darauf gekommen, sondern glaubte zunächst wie alle übrigen, daß tatsächlich jemand Letitia Blacklock ermorden wollte.»

«Glaubst du, daß dieser Schweizer sie erkannt hatte?» fragte Bunch.

Miss Marple zögerte mit der Antwort und blickte fragend zu Craddock hinüber.

«In Bern gibt es einen weltberühmten Spezialisten für Kropfoperationen», erklärte nun Craddock. «Charlotte Blacklock ging in seine Klinik, um sich ihren Kropf operieren zu lassen. Schwarz war damals dort Krankenpfleger. Als er nun nach England kam, erkannte er sie im Hotel und sprach sie an. Das hat er wohl in der ersten Freude getan, denn bei richtiger Überlegung hätte er sich davor gehütet, da es ja gar nicht günstig für ihn war, jemanden zu sprechen, der ihn aus seiner Schweizer Vergangenheit kannte.»

«Er behauptete ihr gegenüber also nicht, daß sein Vater Hotelbesitzer in Montreux sei?»

«Kein Gedanke. Das hatte sie sich ausgedacht, damit sie erklären konnte, woher er sie kennt.»

«Es muß ein schwerer Schlag für sie gewesen sein, als dieser junge Mann auftauchte», meinte Miss Marple nachdenklich. «Sie hatte sich verhältnismäßig sicher gefühlt, und nun erschien da ein Mensch, der sie nicht als eine der beiden Schwestern Blacklock kannte – darauf war sie stets gefaßt –, sondern ausgesprochen als Charlotte Blacklock, eine Patientin, die eine Kropfoperation hinter sich hatte.

Aber ihr wollt ja alles von Anfang an wissen.

Es begann, glaube ich, damit, daß Charlotte Blacklock, ein hübsches, unbekümmertes, nettes Mädchen, plötzlich an einer Vergrößerung der Schilddrüse litt, also einen Kropf bekam. Ihr ganzes Leben kam ihr nun verpfuscht, zerstört vor, denn sie war ein sehr sensibles Mädchen und legte großen Wert auf ihr Aussehen. Wenn ihre Mutter noch gelebt hätte oder ihr Vater vernünftiger gewesen wäre, hätte man sie vielleicht schon lange vorher operieren lassen. Aber Doktor Blacklock war ein rückständiger, störrischer, engstirniger Mann. Er hielt nichts von diesen Operationen. Charlotte mußte ihm glauben, daß nichts anderes zu machen sei, als mit Jod zu pinseln und bestimmte Medikamente einzunehmen. Sie glaubte ihm, und ich nehme an, daß auch ihre Schwester mehr Vertrauen in seine ärztliche Kunst setzte, als er verdiente.

Charlotte war also überzeugt, daß ihr Vater sie richtig behandle. Sie verkroch sich mehr und mehr und weigerte sich schließlich, da der Kropf ständig wuchs, überhaupt noch Menschen zu sehen. Sie war dabei aber ein wirklich gütiger, liebevoller Mensch.»

«Das ist eine merkwürdige Beschreibung für eine Mörderin», warf Edmund ein.

«Das weiß ich nicht», entgegnete Miss Marple. «Schwache und zugleich gütige Menschen sind oft heimtückisch. Und wenn sie mit ihrem Dasein unzufrieden sind, wird die geringe moralische Kraft, die sie besitzen, völlig untergraben.

Letitia Blacklock war eine ganz andere Persönlichkeit. Inspektor Craddock hat mir gesagt, daß Belle Goedler sie als wirklich guten Menschen bezeichnete, und ich glaube, daß sie das auch war. Sie liebte ihre Schwester, sie schrieb ihr regelmäßig lange Briefe, in denen sie ausführlich ihr Leben schilderte, damit ihre Schwester nicht völlig den Kontakt zur Welt verliere. Sie war sehr unglücklich über den morbiden Zustand, in den Charlotte mehr und mehr geriet.

Als Doktor Blacklock starb, gab Letitia ohne zu zögern ihre Stellung bei Goedler auf und widmete sich ganz ihrer Schwester. Sie ging mit ihr in die Schweiz, um dort medizinische Kapazitäten zu konsultieren; der Kropf war zwar schon in einem fortgeschrittenen Stadium, aber wie wir wissen, gelang die Operation dennoch. Die Entstellung war verschwunden, die Narbe leicht durch ein Perlenhalsband zu verbergen.

Als der Krieg ausbrach, blieben die beiden Schwestern, da die Rückkehr nach England schwierig war, in der Schweiz und betätigten sich beim Roten Kreuz und anderen Wohltätigkeitsorganisationen.

Gelegentlich erhielten sie Nachrichten aus England, unter anderem werden sie gehört haben, daß Belle Goedlers Zustand bedenklich geworden war. Bestimmt hatten sie Pläne gemacht für die Zeit, da das Riesenvermögen Letitia zufiele – das ist nur zu menschlich ...

Aber ich glaube, daß diese Aussicht Charlotte viel mehr bedeutete als Letitia. Zum ersten Mal in ihrem Leben konnte sich Charlotte in dem Bewußtsein bewegen, ein normaler Mensch zu sein, eine Frau, die nicht mit Abscheu oder Mitleid betrachtet wird. Endlich würde sie das Leben genießen, ein jahrzehntelanges, trostloses Dasein vergessen können. Sie würde reisen, ein prächtiges Haus haben, einen herrlichen Park, Kleider und Juwelen, würde Theater und Konzerte besuchen, jeder Laune frönen, es schien ihr, als würde für sie ein Märchen Wirklichkeit.

Und dann bekam Letitia, die kräftige, kerngesunde Letitia, eine Lungenentzündung und starb innerhalb einer Woche! Charlotte hatte nicht nur ihre Schwester verloren, sondern der ganze wunderbare Traum für ihre Zukunft war vernichtet. Ich glaube, daß sie deswegen Letitia beinahe böse war. Warum mußte Letitia sterben, gerade als sie die briefliche Nachricht erhalten hatte, daß Belle Goedler nicht mehr lange zu leben hätte? Vielleicht nur noch einen Monat, und das Geld hätte Letitia gehört, und dann, nach Letitias Tod, ihr ...

Nun wirkte sich meiner Ansicht nach der Unterschied in den Charakteren der beiden Schwestern aus. Charlotte empfand das, was sie tat, gar nicht als Unrecht. Das Geld sollte Letitia zufallen. In wenigen Monaten wäre Letitia in den Besitz des Geldes gelangt, und sie betrachtete sich als eins mit Letitia. Wahrscheinlich kam ihr die Idee erst, als der Arzt oder sonst jemand nach dem Vornamen ihrer Schwester fragte, und da wurde ihr plötzlich klar, daß sie allen nur als die beiden Misses Blacklock bekannt gewesen waren.

Warum sollte nicht Charlotte gestorben sein und Letitia noch leben? Vielleicht war es nur ein Impuls, vielleicht war es nicht planvoll überlegt. Jedenfalls wurde Letitia unter Charlottes Namen begraben. ‹Charlotte› war tot, ‹Letitia› kehrte nach England zurück.

Nun wirkte sich Charlottes angeborene Tatkraft, die so viele Jahre geschlummert hatte, aus. Als Charlotte hatte sie stets die zweite Geige gespielt, jetzt nahm sie Letitias dominierende Art an.

Im Grunde genommen hatte geistig gar kein so großer Unterschied zwischen den beiden bestanden, wohl aber moralisch.

Charlotte hatte natürlich einige Vorsichtsmaßnahmen ergriffen. Sie kaufte ein Haus in einer Gegend Englands, in der sie gänzlich unbekannt war.

Sie ließ sich in Little Paddocks nieder, nahm den Verkehr mit einigen Nachbarn auf, und als sie einen Brief von einer entfernten Verwandten erhielt, die die liebe Letitia bat, ihre Kinder für eine Weile aufzunehmen, freute sie sich über den Besuch des Neffen und der Nichte. Daß diese beiden sie ohne weiteres als Tante Letty ansahen, erhöhte noch ihr Sicherheitsgefühl.

Das Ganze lief also ausgezeichnet.

Aber dann machte sie, und zwar aus ihrer angeborenen Gutherzigkeit, den einen großen Fehler. Sie erhielt einen Brief von einer Schulfreundin, der es jämmerlich ging, und sie eilte ihr zu Hilfe. Vielleicht tat sie es, weil sie sich trotz des Verkehrs mit den Nachbarn und der Anwesenheit der zwei jungen Verwandten einsam fühlte; auch hielt sie sich wegen ihres Geheimnisses etwas zurück. Und sie hatte Dora Bunner wirklich gern gehabt. Dora war für sie gewissermaßen ein Symbol ihrer fröhlichen Kindheit. Jedenfalls fuhr sie auf Doras Brief hin persönlich zu ihr. Und Dora mußte sehr überrascht gewesen sein! Sie hatte Letitia geschrieben, und Charlotte kam! Sie hat nie den Versuch gemacht, Dora vorzutäuschen, Letitia zu sein; Dora war nämlich eine der wenigen alten Freundinnen gewesen, die Charlotte während ihrer Krankheit hatten besuchen dürfen.

Da sie wußte, daß Dora die Angelegenheit genauso betrachten würde wie sie selbst, erzählte sie ihr, was sie getan hatte. Und Dora stimmte aus ganzem Herzen zu. In ihrem konfusen Sinn schien es ihr unrecht zu sein, daß die liebe Lotty durch den unzeitigen Tod Lettys der Erbschaft beraubt werden sollte. Lotty verdiente eine Belohnung für all die Leiden, die sie so geduldig ertragen hatte. Es wäre eine Schande gewesen, wenn das viele Geld unbekannten Menschen zufallen würde.

Dora kam also nach Little Paddocks, aber bald sah Charlotte ein, daß sie einen großen Fehler begangen hatte.

Es war nicht so schlimm, daß Dora Bunner infolge ihres konfusen Wesens sie oft zur Weißglut brachte, darüber wäre sie hinweggekommen, denn sie hatte Dora ja wirklich gern, und außerdem hatte der Arzt gesagt, daß Dora nicht mehr lange zu leben habe. Aber Dora wurde bald eine wirkliche Gefahr. Für sie waren die beiden Schwestern immer Letty und Lotty gewesen, und obwohl sie sich krampfhaft bemühte, ihre Freundin stets Letty zu nennen, entschlüpfte ihr häufig der richtige Name. Auch erwähnte sie oft gemeinsame Erinnerungen, und Charlotte mußte ständig auf der Hut sein und diese peinlichen Bemerkungen vertuschen. Und sie wurde nervöser und nervöser, obwohl natürlich niemand auf diese Unstimmigkeiten achtete.

Der wirkliche Schlag für Charlottes Sicherheit aber kam, als sie von Rudi Schwarz im Royal Spa Hotel erkannt und angesprochen wurde. Ich glaube, daß das Geld, mit dem Schwarz seine Betrügereien deckte, von Charlotte Blacklock stammte. Aber weder Inspektor Craddock noch ich glauben, daß Schwarz sie mit Erpressungsgedanken um Geld anging.»

«Er hatte nicht die leiseste Ahnung», erklärte nun der Inspektor, «daß es etwas gab, auf Grund dessen er sie hätte erpressen können. Er hielt sich für einen gutaussehenden jungen Mann und hatte die Erfahrung gemacht, daß solche jungen Männer leicht von älteren Damen Geld erhalten, wenn sie eine plausible Geschichte über ihre eigene Notlage erzählen.

Aber sie hat das wohl in einem anderen Licht gesehen. Sie wird geglaubt haben, daß seine Art, sie um Geld anzugehen, nur eine versteckte Erpressung sei, daß er vielleicht etwas vermute und daß er später, wenn in den Zeitungen Belle Goedlers Todesanzeige erschiene, erkennen würde, was für eine Goldgrube sie für ihn darstellen könnte.

Wenn er aus dem Weg geräumt werden könnte, wäre sie sicher.

Vielleicht spielte sie zunächst nur mit diesem Gedanken. In ihrem ganzen Leben hatte sie sich ja nach Aufregungen, nach dramatischen Ereignissen gesehnt. Es war gewissermaßen ein Zeitvertreib für sie, den Plan für den Überfall in allen Einzelheiten auszuarbeiten.

Aber schließlich entschloß sie sich, ihn zu verwirklichen. Sie sagte Schwarz, daß sie einen Ulk mit ihren Nachbarn plane; es solle ein Überfall vorgetäuscht werden, ein Fremder müsse die Rolle des ‹Gangsters› spielen, und sie versprach ihm eine hohe Belohnung für seine Mitwirkung.

Sie ließ ihn die Anzeige aufgeben, sie veranlaßte, daß er sie in Little Paddocks besuchte, damit er sich mit der Örtlichkeit vertraut mache, und zeigte ihm, wo sie ihn an dem bewußten Abend ins Haus einschmuggeln würde. Natürlich hatte Dora Bunner von all dem keine Ahnung. Der Tag kam...»

Der Inspektor hielt inne, und Miss Marple setzte mit ihrer sanften Stimme die Erzählung fort:

«Sie muß einen entsetzlichen Tag verbracht haben. Nun war es zu spät, die Sache rückgängig zu machen...

Es war vielleicht ein Spaß für sie, den Revolver aus Colonel Easterbrooks Wäschekommode in Abwesenheit der Hausbewohner zu entwenden. Es war ein Spaß für sie, die zweite Wohnzimmertür zu ölen, damit sie geräuschlos benutzt werden konnte. Spaß war es, vorzuschlagen, den Tisch von der Tür fortzurücken, damit Phillipas Blumenarrangement besser zur Geltung käme. Das mag ihr alles wie ein Spiel vorgekommen sein. Aber was dann an diesem Tag geschehen sollte, das war kein Spiel mehr. O ja, sie hatte Angst... Dora Bunner hatte recht gehabt.»

«Trotzdem hielt sie durch», setzte nun wieder Craddock den Bericht fort. «Die Ereignisse wickelten sich ab, wie sie es geplant hatte. Kurz nach sechs ging sie hinaus, trieb die Enten in den Stall und ließ Schwarz ins Haus hinein, gab ihm die Maske, den Umhang, die Handschuhe und die Blendlaterne.

Um halb sieben, als die Uhr auf dem Kamin zu schlagen begann, stand sie an dem Tisch beim Türbogen, die Hand auf der Zigarettendose.

Es ist alles so natürlich, Patrick ist in den Nebenraum gegangen, um die Getränke zu holen, sie als Gastgeberin will Zigaretten anbieten. Mit Recht hatte sie angenommen, daß alle Anwesenden, wenn die Uhr zu schlagen begann, zum Kamin blicken würden.

Nur die treue Dora hielt ihre Augen auf die Freundin gerichtet, und sie hat uns bei der ersten Vernehmung das berichtet, was Miss Blacklock wirklich getan hatte, nämlich die Vase mit den Veilchen in die Hand genommen.

Vorher hatte sie an einer Stelle der Lampenschnur die Isolierung entfernt, so daß der Draht bloßlag. Das Ganze erforderte nur einen Augenblick, die Zigarettendose, die Vase und der Schalter waren ja dicht beieinander. Sie nahm die Vase, schüttete Wasser auf den freigelegten Draht, knipste die Lampe an, und so entstand ein Kurzschluß.»

«Wie letzthin bei uns», stellte Bunch fest. «Warst du darum so erschrocken, Tante Jane?»

«Ja, mein Kind. Ich hatte mir wegen dieser Lampen den Kopf zerbrochen. Ich war dahintergekommen, daß zwei Lampen, ein Schäferpaar, vorhanden waren und daß diese wahrscheinlich in der Nacht nach dem Überfall ausgetauscht worden waren. Ich verstand gleich, was Dora Bunner meinte, als sie sagte, am Abend zuvor habe die Schäferin auf dem Tisch gestanden, aber ich nahm ebenso wie sie irrigerweise an, dies sei Patricks Werk.

Dora Bunner war höchst unzuverlässig in der Wiederholung von Dingen, die sie gehört hatte, aber ganz genau berichtete sie, was sie gesehen hatte. Und sie hatte bestimmt gesehen, daß Letitia die Vase mit den Veilchen in die Hand nahm, und ...»

»Und auch Funken hatte sie wahrgenommen», warf Craddock ein. «Ich könnte mich noch jetzt ohrfeigen. Dora Bunner plapperte etwas von einer Brandstelle auf dem Tisch: ‹Jemand hat dort eine brennende Zigarette hingelegt›, aber es hatte sich überhaupt niemand eine Zigarette angezündet... und die Veilchen waren verwelkt, weil kein Wasser in der Vase war – auch ein Versehen Letitias, sie hätte die Vase wieder füllen müssen.

Ich glaube, daß sie Dora Bunner das Mißtrauen gegen Patrick eingeredet hat. Sie wollte dadurch vermeiden, daß Dora auf den Gedanken käme, sie, Miss Blacklock, hätte diesen Überfall inszeniert.

Also, wir wissen ja, was dann geschah. Sowie das Licht ausging und alle durcheinanderschrien, schlüpfte Miss Blacklock durch die frisch geölte Tür und schlich sich hinter Schwarz, der mit seiner Blendlaterne die Anwesenden beleuchtete.

Sicherlich machte ihm diese Rolle Spaß, und bestimmt hatte er keine Ahnung, daß sie mit dem Revolver in der Hand hinter ihm stand.

Sie wartet, bis der Lichtstrahl die Stelle der Wand erreicht, wo sie hätte stehen müssen. Dann gibt sie zwei Schüsse ab, und als er sich überrascht und erschrocken umdreht, hält sie den Revolver dicht an seinen Körper und schießt auf ihn. Sie läßt den Revolver neben ihm zu Boden gleiten, eilt durch die zweite Wohnzimmertür zurück an den Platz, an dem sie gestanden hatte, als das Licht ausging, und fügt sich eine kleine Wunde am Ohrläppchen zu – ich weiß nicht genau, wie sie das tat...»

«Mit einer Nagelschere, nehme ich an», erklärte Miss Marple. «Die kleinste Wunde am Ohrläppchen verursacht einen starken Blutverlust. Da nun tatsächlich Blut auf ihre weiße Bluse tropfte, war es ohne weiteres glaubhaft, daß jemand auf sie geschossen und sie beinahe getötet hätte.»

«Es hätte eigentlich alles so verlaufen müssen, wie sie plante», fuhr Craddock fort. «Man hätte Selbstmord oder einen Unglücksfall annehmen können, und die Sache wäre erledigt gewesen. Doch ich fühlte, daß irgend etwas nicht stimmte, ich wußte aber nicht was, bis mich Miss Marple auf die richtige Spur brachte.

Und dann widerfuhr Miss Blacklock wirkliches Pech. Ich entdeckte zufällig, daß die zweite Wohnzimmertür frisch geölt worden war. Bis dahin hatten wir, obwohl wir etwas vermuteten, keinerlei Beweise, aber diese Tatsache war ein Beweis.

So ging die Jagd von neuem los, doch nun unter anderen Voraussetzungen: Wir suchten jetzt Menschen, die Interesse daran haben konnten, Letitia Blacklock zu ermorden.»

«Und es gab jemanden in ihrer unmittelbaren Umgebung, und sie wußte es», sagte Miss Marple. «Ich glaube, sie hat Phillipa sofort erkannt. Sonja Goedler gehörte zu den wenigen Menschen, die Charlotte vorgelassen hatte. Phillipa sieht ihrer Mutter sehr ähnlich. Ich glaube auch, daß Charlotte sich merkwürdigerweise freute, als sie Phillipa erkannte. Sie gewann Phillipa lieb, und unbewußt wird es auch dazu beigetragen haben, etwaige Gewissensbisse zu unterdrücken. Sie sagte sich, daß sie, wenn sie das Geld erbte, für Phillipa sorgen würde. Sie wollte sie wie eine Tochter behandeln, Phillipa und Harry sollten bei ihr leben. Sie war sehr glücklich bei dem Gedanken und fühlte sich als Wohltäterin.

Aber als der Inspektor Fragen stellte und schließlich die Existenz von ‹Pip und Emma› ausfindig machte, wurde Charlotte höchst unruhig. Sie wollte Phillipa nicht zum Sündenbock machen, ihr Plan war ja gewesen, daß der Überfall angeblich von einem jungen Verbrecher ausgeheckt worden sei, der dabei den Tod gefunden habe. Aber jetzt hatte sich alles geändert. Soviel sie wußte, gab es außer Phillipa keinen Menschen, der ein Interesse haben könnte, sie zu ermorden – sie hatte nämlich keine Ahnung, wer Julia wirklich war. So tat sie ihr möglichstes, Phillipa zu schützen.»

«Und wenn ich denke, daß ich Mrs. Swettenham im Verdacht hatte, Sonja Goedler zu sein!» stieß Craddock ärgerlich hervor.

«Meine arme Mama», murmelte Edmund. «Eine Frau mit einem tadellosen Lebenswandel – wenigstens nehme ich das an.»

«Aber Dora Bunner stellte nach wie vor die eigentliche Gefahr dar», fuhr Miss Marple fort. «Von Tag zu Tag wurde Dora vergeßlicher und geschwätziger. Ich erinnere mich noch, wie Miss Blacklock sie angeschaut hatte, als ich zum Tee in Little Paddocks war. Und warum? Dora hatte sie wieder mit ‹Lotty› angesprochen. Uns kam es nur als ein kleines Versehen vor, aber Charlotte hatte es erschreckt. Und so ging es nun weiter, denn die arme Dora konnte nicht anders, sie mußte schwatzen.

An dem Morgen, als ich mit ihr im ‹Blauen Vogel› Kaffee trank, hatte ich den merkwürdigen Eindruck, als rede sie von zwei Menschen, nicht nur von einem – und tatsächlich war das ja auch der Fall. Einmal bezeichnete sie ihre Freundin als nicht hübsch, aber so charaktervoll, und fast im selben Atemzug schilderte sie sie als ein hübsches, sorgloses Mädchen. Und dann sagte sie, Lotty sei so tüchtig und erfolgreich, und erzählte gleich danach, was für ein trauriges Dasein sie geführt habe, und spricht von einem schweren Leiden, das sie tapfer ertrug, was doch überhaupt nicht zu Letitias Leben paßte. Ich glaube, Charlotte hat einen Teil dieser Unterhaltung mitangehört. Jedenfalls hatte sie gehört, daß Dora erwähnte, die Lampe sei ausgewechselt worden. Und da wurde ihr endgültig klar, was für eine große Gefahr die arme treue Dora für sie darstellte.

Sie liebte Dora, sie wollte Dora nicht umbringen, aber sie sah keinen anderen Ausweg. Und ich glaube, daß sie sich einredete, es sei tatsächlich eine gütige Tat von ihr – wie das diese Schwester Ellerton getan hat, von der ich dir erzählte, Bunch. Die arme Bunny, sie würde ja sowieso nicht mehr lange leben und vielleicht einen qualvollen Tod erleiden müssen. Das Merkwürdige ist, daß sie ihr möglichstes tat, Bunnys letzten Lebenstag glücklich zu gestalten. Die Geburtstagsfeier und diese wunderbare Torte...»

«‹Köstlicher Tod!›» stieß Phillipa schaudernd hervor.

«Jawohl, so war das... sie bemühte sich, ihrer Freundin einen ‹köstlichen Tod› zu bereiten... die Feier, die Süßigkeiten, und sie versuchte, die Leute daran zu hindern, Dinge zu sagen, die Dora aufregen konnten. Und dann vertauschte sie die Aspirintabletten. Es sollte so aussehen, als seien die vergifteten Tabletten für Letitia bestimmt gewesen...

Und so starb Bunny im Schlaf, glücklich, ohne Schmerzen, und Charlotte fühlte sich wieder in Sicherheit.

Aber ihr fehlte Dora Bunner, sie vermißte ihre Liebe und Treue, sie vermißte es, mit ihr über die alten Zeiten zu sprechen. Sie weinte bitterlich, als ich an jenem Nachmittag mit dem Schreiben von Julian zu ihr kam, und ihr Schmerz war ehrlich. Sie hatte ihre liebste Freundin umgebracht...»

«Wie entsetzlich!» rief Bunch. «Entsetzlich!»

«Aber es war menschlich», entgegnete Reverend Harmond. «Man vergißt, wie menschlich Mörder sein können.»

«Ich weiß», stimmte Miss Marple zu. «Menschlich, und oft zu bemitleiden, aber sie sind sehr gefährlich, namentlich eine schwache, gütige Mörderin wie Charlotte Blacklock. Denn wenn ein schwacher Mensch erst einmal in Angst gerät, wird er vor Entsetzen ein Wilder und kennt keine Grenzen mehr.»

«Übrigens, Tante Jane», fragte nun Bunch, «was meintest du mit der Bemerkung auf deiner Liste ‹Schweres Leiden tapfer ertragen›? Das hatte dir Bunny im Café gesagt, aber Letitia hatte doch gar kein Leiden gehabt. Und dann die Bemerkung ‹Jod›, das hat dich wohl auf die Spur des Kropfes gebracht?»

«Ja, mein Kind. Sie hatte ja erzählt, ihre Schwester sei in der Schweiz an Lungenentzündung gestorben. Und es fiel mir ein, daß die berühmtesten Spezialisten für Kropfoperationen Schweizer sind. Und da war dieses auffallende flache Perlenhalsband, das sie stets trug, und so kam ich auf den Gedanken, es könnte dazu dienen, eine Narbe zu verbergen.»

«Jetzt verstehe ich auch, warum sie an dem Abend, an dem die Kette riß, derart aufgeregt war», sagte Craddock. «Das kam mir ziemlich übertrieben vor.»

«Und du hast geschrieben ‹Lotty›», sagte Bunch.

«Ja, ich erinnerte mich, daß ihre Schwester Charlotte geheißen hatte und daß Dora Bunner, als sie Miss Blacklock ein- oder zweimal mit ‹Lotty› anredete, jedesmal furchtbar verlegen war.»

«Und was bedeutete ‹Bern›?»

«Rudi Schwarz war Krankenpfleger in einer Klinik in Bern gewesen.»

Miss Marples Stimme wurde leiser.

«Als mir das klargeworden war, wußte ich, daß sofort etwas unternommen werden müßte. Aber es war noch kein Beweis vorhanden. Ich dachte mir einen Plan aus und sprach mit Sergeant Fletcher darüber.»

«Fletcher wird noch etwas von mir zu hören bekommen», sagte Craddock. «Er hätte sich für Ihre Pläne nicht einspannen lassen dürfen, ohne mir Meldung zu erstatten.»

«Er fühlte sich auch gar nicht wohl in seiner Haut, aber es gelang mir, ihn zu überreden», erklärte Miss Marple. «Wir gingen nach Little Paddocks, und ich nahm mir Mizzi vor.»

Julia warf ein:

«Ich kann mir gar nicht vorstellen, wie Sie Mizzi überreden konnten.»

«Das war auch nicht einfach», bestätigte Miss Marple. «Sie denkt viel zuviel an sich, und es war sehr gut für sie, auch einmal etwas für ihre Mitmenschen zu tun. Ich schmeichelte ihr und sagte ihr, ich sei sicher, daß sie, wenn sie während des Krieges in ihrem Vaterland gewesen wäre, bei der Widerstandsbewegung mitgearbeitet hätte. Und sie sagte: ‹Aber natürlich!› Dann sagte ich ihr, sie sei für solch eine Aufgabe ideal geeignet, denn sie sei so tapfer und habe keine Angst vor Gefahren und so weiter. Ich erzählte ihr von Heldentaten, die Mädchen in der Widerstandsbewegung vollbracht hätten; einige dieser Geschichten stimmten, andere habe ich, das muß ich zu meiner Schande gestehen, erfunden. Sie regte sich furchtbar auf.»

«Großartig!» rief Patrick.

«Und dann brachte ich sie so weit, daß sie zustimmte, die Rolle zu spielen. Ich paukte ihr jedes Wort ein und sagte ihr dann, sie solle in ihr Zimmer gehen und erst herunterkommen, wenn Inspektor Craddock erschienen sei. Das Schlimme bei so rasch erregbaren Menschen ist, daß sie leicht den Kopf verlieren und vorzeitig loslegen.»

Nun setzte Craddock wieder den Bericht fort:

«Ich mußte Mizzis Erklärung, sie habe Miss Blacklock in der Halle gesehen, scheinbar mit Skepsis aufnehmen, dafür beschuldigte ich jemanden, der bisher noch nicht verdächtigt worden war, nämlich Edmund.»

«Und ich habe meine Rolle sehr schön gespielt», sagte Edmund. «Verabredungsgemäß leugnete ich alles wütend. Was aber gegen den Plan verstieß, war, daß du, Phillipa, mein Liebling, dich als ‹Pip› entpupptest. Weder der Inspektor noch ich hatten eine Ahnung davon. Ich sollte Pip sein! Das brachte uns nun schwer aus dem Konzept, aber der Inspektor fand gleich eine Lösung, indem er einige gemeine Verdächtigungen gegen mich ausstieß – ich wollte eine reiche Frau heiraten –, eine Behauptung, die wahrscheinlich in deinem Unterbewußtsein weiterleben und eines Tages Ärger zwischen uns hervorrufen wird.»

Nun fiel wieder Miss Marple ein:

«Charlotte Blacklock nahm an, daß die einzige Person, die die Wahrheit vermutete oder sie wußte, Mizzi sei. Die Polizei verdächtigte zwar offensichtlich Edmund und glaubte Mizzi nicht. Aber wenn Mizzi auf ihrer Aussage bestünde, könnte man ihr schließlich doch Glauben schenken – also mußte auch Mizzi für immer zum Schweigen gebracht werden.

So folgte sie Mizzi, nachdem diese, wie ich ihr gesagt hatte, in die Küche gegangen war. Mizzi war anscheinend allein, aber Sergeant Fletcher und ich hatten im Abstellraum Stellung bezogen ... ein Glück, daß ich so dünn bin.»

Bunch blickte Miss Marple an und fragte:

«Was glaubtest du denn, was geschehen würde, Tante Jane?»

«Entweder würde Charlotte dem Mädchen Geld versprechen, damit es den Mund hält – in diesem Fall wäre der Sergeant Zeuge gewesen –, oder ... oder, so dachte ich, sie würde versuchen, Mizzi umzubringen.»

«Aber sie konnte doch nicht annehmen, daß dieser Mord nicht entdeckt würde. Der Verdacht hätte sich doch sofort gegen sie gerichtet.»

«Ach, mein Kind, sie war ja ganz von Sinnen, sie war wie eine in die Enge getriebene Ratte. Denk doch, was am Nachmittag geschehen war. Sie hört die Unterhaltung zwischen Miss Hinchliffe und Miss Murgatroyd. Miss Hinchliffe fährt zum Bahnhof, sowie sie zurückkommt, wird Miss Murgatroyd ihr sagen, daß Letitia Blacklock während des Überfalls nicht im Wohnzimmer gewesen sei. Es stehen ihr also nur wenige Minuten zur Verfügung, um Miss Murgatroyd zum Schweigen zu bringen. Sie kann keine Pläne machen, keinen Ausweg erfinden, ihr bleibt nur ein gemeiner Mord übrig.

Sie packt die arme Frau und erwürgt sie.

Dann eilt sie nach Hause, zieht sich um, sitzt beim Kamin, als die andern kommen, muß sie harmlos erscheinen, als sei sie nicht draußen gewesen.

Und dann erhält sie diesen Brief, der Julias wahre Persönlichkeit enthüllt. Sie zerreißt ihr Halsband und hat entsetzliche Angst, daß ihre Narbe bemerkt werden könnte. Später ruft der Inspektor an und teilt ihr mit, daß er mit sämtlichen Nachbarn nach Little Paddocks kommen wird. Sie hat keine Zeit zu überlegen, sie hat nicht einen Augenblick Ruhe. Sie ist nun ganz verstrickt in Morde, aber sie fühlt sich noch halbwegs sicher.

Doch dann taucht mit Mizzi eine neue Gefahr auf! Es gibt nur eins: Mizzi den Mund zu stopfen, sie zu ermorden! Sie ist außer sich vor Angst, sie ist kein Mensch mehr, sie ist zum reißenden Tier geworden.»

«Aber warum warst du in dem Abstellraum, Tante Jane?» fragte Bunch. «Du hättest das doch dem Sergeant überlassen können.»

«Es war sicherer, wenn wir zu zweit dort waren, mein Kind. Und außerdem wußte ich, daß ich Dora Bunners Stimme nachahmen konnte. Wenn etwas zum Zusammenbruch Charlotte Blacklocks führen konnte, so war es das.»

Ein langes Schweigen folgte, das schließlich Julia brach:

«Mizzi ist ganz verändert, sie erzählte mir, sie würde eine Stellung in der Nähe von Southampton annehmen.»

«Zu mir ist sie ganz sanft geworden», berichtete Phillipa. «Sie hat mir sogar das Rezept für den ‹Köstlichen Tod› als eine Art Hochzeitsgeschenk mitgeteilt. Sie stellte aber die Bedingung, ich dürfte es nicht Julia verraten, weil Julia ihre Omelettepfanne verdorben hätte.»

«Und Mrs. Lucas ist jetzt die Liebenswürdigkeit selbst zu Phillipa», sagte Edmund. «Sie hat uns einen silbernen Spargelheber als Hochzeitsgeschenk geschickt. Es wird mir aber ein Riesenvergnügen sein, sie nicht zur Hochzeit einzuladen, da sie immer so ekelhaft zu Phillipa war.»

«Und so werden sie alle glücklich leben!» rief nun Patrick. «Edmund und Phillipa ... und Julia und Patrick?» fügte er zögernd hinzu.

«Mit mir wirst du nicht glücklich leben», widersprach Julia. «Die Bemerkung, die Inspektor Craddock gegen Edmund richtete, trifft auf dich zu. Du bist einer jener jungen Männer, die auf eine reiche Frau aus sind. Mit mir ist da nichts zu machen!»

«Undank ist der Welt Lohn!» erwiderte Patrick. «Nach allem, was ich für dieses Mädchen getan habe.»

«Mich fast wegen Mordverdachts ins Gefängnis gebracht, das hast du mit deiner Vergeßlichkeit für mich getan», sagte Julia. «Ich werde den Moment, da der Brief deiner Schwester ankam, mein Lebtag nicht vergessen. Ich dachte, ich sei nun in der Falle, und sah keinen Ausweg.»

Dann fügte sie nachdenklich hinzu: «Ich glaube, ich werde zur Bühne gehen ...»

«Was? Du auch?» stöhnte Patrick.

«Ja. Vielleicht gehe ich nach Perth und versuche, Julias Platz bei der Truppe einzunehmen. Und wenn ich dann den Theaterbetrieb aus dem Effeff kenne, werde ich selbst ein Theater übernehmen und vielleicht Edmunds Stücke aufführen.»

«Tiglatpileser muß eigentlich der stolzeste Kater der Welt sein», sagte Bunch unvermittelt. «Er hat uns gezeigt, wie der Kurzschluß entstanden ist.»

«Wir sollten ein paar Zeitungen und Zeitschriften bestellen», sagte Edmund zu Phillipa am Tag ihrer Rückkehr aus den Flitterwochen. «Laß uns zu Totman gehen.»

Mr. Totman, ein schwer atmender, sich langsam bewegender Mann, empfing sie mit aller Liebenswürdigkeit.

«Ich freue mich, Sie wiederzusehen, Sir. Und Sie natürlich auch, Madam.»

«Wir möchten ein paar Zeitschriften und Zeitungen bestellen.»

«Natürlich, Sir. Und Ihre Frau Mutter ist wohlauf, hoffe ich? Sie hat sich in Bournemouth niedergelassen, nicht wahr? Will sie für immer dort bleiben?»

«Sie liebt Bournemouth», erklärte Edmund, der nicht im entferntesten wußte, ob das der Wahrheit entsprach, aber wie die meisten Söhne zog er es vor anzunehmen, daß es jenen geliebten, aber auch ziemlich irritierenden Wesen, die Eltern nun mal sind, einfach gutgeht.

«Natürlich, Sir. Ein ausgesprochen reizendes Plätzchen. Hab dort im letzten Jahr meine Ferien verbracht. Meiner Frau hat es auch sehr gefallen dort.»

«Wie schön. Nun zu den Zeitschriften, wir möchten –»

«Und ich habe gehört, daß ein Stück von Ihnen in London gespielt wird, Sir. Sehr amüsant, erzählte man mir.»

«Ja, es läuft recht gut.»

«Es heißt *Elefanten vergessen,* sagte man mir – stimmt das? Sie entschuldigen, Sir, wenn ich Sie das frage, aber ich dachte immer, sie würden *nicht* – vergessen, meine ich.»

«Ja – ja, genau. Ich glaube langsam selber, daß es ein Fehler war, das Stück so zu nennen. So viele Leute haben mich schon, so wie Sie, darauf angesprochen.»

«Ein naturwissenschaftliches ... äh ... biologisches Faktum, dachte ich immer.»

«Gewiß. So wie Ohrwürmer gute Mütter machen.»

«Was Sie nicht sagen, Sir. Das habe ich *nicht* gewußt.»

«Nun zu den Zeitungen ...»

«*The Times,* Sir, die hatten Sie abonniert?»

Mr. Totman wartete mit gezücktem Bleistift.

«*The Daily Worker*», erwiderte Edmund würdevoll.

«Und den *Daily Telegraph*», sagte Phillipa.

«Und den *New Statesman*», ergänzte Edmund.

«*The Radio Times*», fügte Phillipa hinzu.

«*The Spectator*», fiel Edmund noch ein.

«*The Gardener's Chronicle* nicht zu vergessen», erinnerte Phillipa.

Beide machten eine Pause, um Atem zu holen.

«Vielen Dank, Sir», sagte Mr. Totman. «*Und* die *Chipping Cleghorn Gazette*, nicht wahr?»

«Nein», sagte Edmund.

«Nein», sagte Phillipa.

«Entschuldigen Sie – Sie *wollen* die *Gazette*?»

«Nein.»

«Nein.»

«Sie meinen» – Mr. Totman war ein Mann, der völlige Klarheit liebte – «Sie meinen, Sie wollen *nicht* die *Gazette*?!»

«So ist es. Wir wollen sie nicht.»

«Ganz bestimmt nicht.»

«Sie wollen nicht die *North Benham News and the Chipping Cleghorn Gazette*???»

«Nein.»

«Sie wollen sie nicht jede Woche zugeschickt bekommen?»

«*Nein*», wiederholte Edmund mit Nachdruck und fügte hinzu: «Ist das jetzt klar?»

«Oh, ja, Sir – ja, gewiß.»

Edmund und Phillipa verabschiedeten sich und verließen Mr. Totman – der sofort, nachdem die Tür sich hinter den beiden geschlossen hatte, in sein hinteres Büro eilte.

«Hast du einen Stift, Mutter?» fragte er. «Mein Schreiber streikt.»

«Hier», sagte Mrs. Totman, nahm dann aber gleich selbst den Bestellblock zur Hand und meinte: «Ich schreib's auf. Was wollen Sie haben?»

«*Daily Worker, Daily Telegraph, Radio Times, New Statesman, Spectator*... laß mich überlegen... und *Gardener's Chronicle*.»

«*Gardener's Chronicle*», wiederholte Mrs. Totman, eifrig kritzelnd. «Und die *Gazette*.»

«Die *Gazette* wollen sie nicht.»

«Was?»

«Sie wollen die *Gazette* nicht. Haben sie gesagt.»

«Unsinn», schnaubte Mrs. Totman. «Du mußt dich verhört haben. Natürlich wollen sie die *Gazette*! Jeder hat die *Gazette*. Wie sollen sie sonst wissen, was hier geschieht?»

Quellenvermerk

Der Dienstagabend-Klub («The Thirteen Problems»). 13 Kurzgeschichten. Übersetzung aus dem Englischen von Maria Meinert. Copyright © 1928, 1929, 1930 by Agatha Christie.

Greenshaws Monstrum («Greenshaw's Folly»). Übersetzung aus dem Englischen von Maria Meinert und Renate Weigl. Copyright © 1956 by Agatha Christie Limited.

Ein Mord wird angekündigt («A Murder Is Announced»). Übersetzung aus dem Englischen. Copyright © 1950 by Agatha Christie Mallowan.

Inhalt